MIŁOŚĆ PONAD CZASEM

Audrey Niffenegger

Przełożyła Katarzyna Malita

Wydawnictwo MAG
Warszawa 2022

Tytuł oryginału: *The Time Traveler's Wife*

First published in the US in 2003 by MacAdam/Cage

Redakcja: Joanna Figlewska
Korekta: Urszula Okrzeja
Ilustracja na okładce: Susan Calvillo
Opracowanie graficzne okładki: Piotr Chyliński
Projekt typograficzny, skład i łamanie: Tomek Laisar Fruń

ISBN 978-83-67023-43-6
Wydanie III

Wydawca: Wydawnictwo MAG
Pl. Konstytucji 5/10, 00-657 Warszawa
www.mag.com.pl
Wyłączny dystrybutor: Dressler Dublin sp. z o. o.
ul. Poznańska 91, 05-850 Ożarów Maz.
tel. 227 335 010
www.dressler.com.pl
Druk i oprawa: CPI Moravia Books s.r.o.

Czas zegarowy jest naszym bankierem,
poborcą podatków, inspektorem policji;
wewnętrzny czas jest naszą żoną.

J.B. Priestley, *Człowiek i czas*

Nadejdzie czas
Kiedy, w uniesieniu,
Powitasz siebie
W swoich własnych drzwiach, w swoim własnym lustrze,
I obaj uśmiechniecie się do siebie,

I powiesz, usiądź tutaj. Zjedz coś.
Znów pokochasz tego obcego, który był tobą.
Podaj mu wino. Podaj chleb. Oddaj serce
Temu obcemu, który cię kochał

Przez całe życie, którego ignorowałeś,
Zajmując się kimś innym, który zna cię na pamięć.
Weź z półki listy miłosne,

Zdjęcia, rozpaczliwe liściki,
Zedrzyj swoje odbicie z lustra.
Usiądź. Rozkoszuj się życiem.

Derek Walcott, *Miłość po miłości*

Dla
ELIZABETH HILLMAN TAMANDL
20 maja 1915 – 18 grudnia 1986
i
NORBERTA CHARLESA TAMANDLA
11 lutego 1915 – 23 maja 1957

PROLOG

CLARE: Trudno jest zostać samej. Czekam na Henry'ego, nie wiedząc, gdzie jest; martwię się, czy nic mu się nie stało. Trudno jest być osobą, która zostaje.

Próbuję się czymś zająć. Dzięki temu czas płynie szybciej.

Chodzę spać sama i sama się budzę. Dużo spaceruję. Pracuję, dopóki nie zacznę padać ze zmęczenia. Obserwuję, jak wiatr bawi się śmieciami, które przez całą zimę leżały ukryte pod śniegiem. Wszystko wydaje się bardzo proste, dopóki nie zaczynasz się nad tym zastanawiać. Dlaczego nieobecność tak bardzo potęguje miłość?

Dawno temu mężczyźni wypływali na morze, a kobiety czekały na nich i stojąc na brzegu, wypatrywały na horyzoncie malutkiego statku. Teraz ja czekam na Henry'ego. Znika nagle, bez ostrzeżenia. Czekam na niego. Każda chwila tego oczekiwania wydaje się rokiem, wiecznością. Każda chwila biegnie wolniutko i jest przejrzysta jak szkło. Przez każdą z nich widzę nieskończoność takich chwil, które są czekaniem. Dlaczego odszedł tam, gdzie nie mogę za nim podążyć?

HENRY: Jak to jest? Co czujesz?

Czasami jest tak, jakby twoja uwaga rozproszyła się na ułamek sekundy. Potem uświadamiasz sobie przerażony, że książka, którą trzymałeś w ręce, czerwona bawełniana koszula z białymi guzikami, ulubione czarne dżinsy i brązowe skarpetki przetarte na jednej pięcie, salonik, czajnik, który już miał zagwizdać w kuchni: wszystko zniknęło.

Jak to jest?

Dokładnie tak, jak w jednym z tych snów, kiedy nagle uświadamiasz sobie, że musisz napisać test, do którego się w ogóle nie uczyłeś, na dodatek nie masz nic na sobie, a portfel zostawiłeś w domu.

Kiedy przemieszczam się w czasie, zamieniam się w rozpaczliwą wersję siebie samego. Staję się złodziejem, włóczęgą, zwierzęciem, które ucieka i szuka kryjówki. Budzę przerażenie na twarzach starszych kobiet i wprawiam w osłupienie dzieci. Jestem magiczną sztuczką, iluzją najwyższego rzędu, tak niewiarygodną, że aż prawdziwą.

Czy w całym tym przemieszczaniu się zawarta jest jakaś logika? Czy istnieje sposób na to, by pozostać w jednym miejscu i trzymać się teraźniejszości każdą komórką ciała? Nie wiem. Pojawiają się pewne symptomy; jak w przypadku każdej choroby istnieją powtarzające się objawy: wyczerpanie, hałas, stres, gwałtowne wstanie z miejsca, migające światło – każda z tych rzeczy może stać się powodem nagłego zniknięcia. Ale dzieje się także i tak: czytam niedzielne wydanie „Timesa", trzymam w ręce kubek z kawą, Clare drzemie obok mnie na łóżku i nagle znajduję się w roku 1976, i oglądam siebie w wieku trzynastu lat, jak koszę trawnik dziadka. Czasami epizody te trwają tylko parę chwil; jest tak, jakby ktoś słuchał radia, ale miał kłopot z odnalezieniem właściwej stacji. Wpadam w tłum, publiczność na jakiejś imprezie, zamęt. Równie często jestem sam: na polu, w domu, w samochodzie, na plaży, w szkole podstawowej w środku nocy. Zawsze bardzo się boję, że trafię do więziennej celi, windy pełnej ludzi, na środek autostrady. Pojawiam się znikąd, nagi. Jak można to wytłumaczyć? Nigdy niczego ze sobą nie zabrałem. Ubrania, pieniędzy, dokumentów. Podczas tych epizodów większość czasu poświęcam na znalezienie ubrania i kryjówki. Na szczęście nie noszę okularów.

To wielka ironia losu, naprawdę. Uwielbiam drobne przyjemności: wygodny fotel, spokojne wieczory w domu. I nie pragnę wiele. Kryminał do poduszki, zapach wilgotnych, rudych włosów Clare, pocztówka od przyjaciół z wakacji, śmietanka do kawy, miękka skóra pod piersiami Clare, symetria toreb z zakupami czekających na kuchennym blacie, by ktoś je rozpakował. Uwielbiam snuć się między regałami w bibliotece, gdy wszyscy już poszli do domu, i dotykać lekko grzbietów książek. Tęsknota za tymi właśnie rzeczami przeszywa mnie szczególnie boleśnie, gdy kaprys Czasu postanawia mnie od nich oddzielić.

I Clare, zawsze Clare. Clare rankiem, zaspana, z odciskiem poduszki na policzku. Clare z rękami zanurzonymi w kadź do robienia papieru, wyjmująca z niej formę i potrząsająca nią gwałtownie, by połączyły się włókna. Clare z książką w ręce, z włosami przerzuconymi przez oparcie fotela, wcierająca przed snem balsam w spierzchnięte, zaczerwienione dłonie. I jej niski głos.

Nienawidzę być tam, gdzie jej nie ma; kiedy jej nie ma. A jednak zawsze odchodzę tam, gdzie ona nie może za mną podążyć.

I

Mężczyzna spoza czasu

Och, nie, iż to właśnie
Szczęściem jest, ten tutaj zysk przedwczesny na rychłej stracie.

Lecz że być to dużo, a ile żeśmy z pozoru
Całej tu bytności, tej znikliwości potrzebni,
Z którą rzecz dziwna, musimy coś począć. Najznikliwsi.

Ach, biada, biada, co nieść ze sobą tam, gdzie
wszystko po się sprzęga? Nie to patrzenie,
Którego się żmudnie uczyło, i nic z tego, co się tu przydarzy. Nic.
Cierpienie tedy. Nasamprzód tedy ciężary, długo tedy
Zgłębiane arkana miłości – to zatem,
Co zgoła niewypowiedziane.

Rainer Maria Rilke, *Elegie duińskie*,
Elegia dziewiąta,
(przeł. Adam Pomorski)

PIERWSZA RANDKA, JEDEN

Sobota, 26 października 1991
(Henry ma 28, Clare 20 lat)

CLARE: W bibliotece panuje chłód i czuć zapach środka do czyszczenia dywanów, choć wszędzie dookoła widzę tylko marmur. Wpisuję się do książki: *Clare Abshire, 11.15, 10 26-91, Zbiory Specjalne*. Nigdy wcześniej nie byłam w Bibliotece Newberry i teraz, kiedy przeszłam już przez ciemny, złowrogi hol, czuję dziwne podniecenie. Biblioteka jest dla mnie niczym ogromne pudło pełne cudownych książek leżące w Boże Narodzenie pod choinką. W windzie panuje półmrok, a ona unosi się w górę niemal bezszelestnie. Wysiadam na trzecim piętrze i wypełniam formularz niezbędny do otrzymania karty czytelnika, po czym udaję się na górę do działu Zbiorów Specjalnych. Obcasy moich butów stukają na drewnianej podłodze. W zatłoczonej sali panuje cisza, pełno tu ciężkich, zarzuconych stosami książek stołów, przy których siedzą czytelnicy. Przez wysokie okna wpada blask jesiennego poranka w Chicago. Podchodzę do biurka dyżurnej bibliotekarki i odbieram rewersy. Zamierzam napisać pracę na zajęcia z historii sztuki. Jej tematem jest *Chaucer* wydany przez Kelmscott Press. Sprawdzam numer książki w katalogu i wypełniam rewers. Chcę poczytać więcej o wytwarzaniu papieru w Kelmscott, ale nie mogę sobie poradzić z katalogiem. Wracam do biurka, by poprosić o pomoc. Kiedy wyjaśniam siedzącej tam kobiecie, czego szukam, spogląda przez moje ramię na przechodzącą właśnie osobę. „Może pan DeTamble będzie mógł pani pomóc”, mówi. Odwracam się, by zacząć wszystko wyjaśniać od początku, i staję twarzą w twarz z Henrym.

Odbiera mi mowę. Stoi przede mną Henry, spokojny, ubrany, młodszy niż kiedykolwiek miałam go okazję oglądać. Pracuje w Bibliotece Newberry i stoi przede mną teraz, w teraźniejszości. Tutaj i teraz.

Nie posiadam się z radości. Henry patrzy na mnie cierpliwie, niepewnie, ale bardzo uprzejmie.

– W czym mogę pani pomóc? – pyta.

– Henry! – Z trudem powstrzymuję się, by nie paść mu w ramiona.

Widać jednak po nim wyraźnie, że w swoim obecnym życiu nigdy mnie nie spotkał.

– Czy my się znamy? Przepraszam, ale...

Rozgląda się niespokojnie w obawie, że całe to zamieszanie nie umknie uwagi czytelników i jego kolegów z pracy. Jednocześnie szybko przeszukuje pamięć i dochodzi do wniosku, że któreś z jego przyszłych wcieleń poznało już kiedyś tę cudowną dziewczynę stojącą teraz przed nim.

Gdy ja widziałam go po raz ostatni, ssał palce moich stóp na Łące.

Próbuję mu wszystko wyjaśnić.

– Nazywam się Clare Abshire. Poznałam cię, kiedy byłam małą dziewczynką...

Brakuje mi słów, bo jestem po uszy zakochana w tym mężczyźnie, który w ogóle mnie nie pamięta. Dla niego wszystko jest jeszcze przyszłością. Cała sytuacja jest tak absurdalna, że mam ochotę wybuchnąć śmiechem. Ja znam Henry'ego od lat, podczas gdy on patrzy na mnie z obawą i niepokojem. Henry w starych rybackich spodniach ojca cierpliwie przepytujący mnie z tabliczki mnożenia, francuskich słówek, stolic; Henry śmiejący się z lunchu o dziwnym smaku, który jako siedmiolatka przyniosłam mu na Łąkę; Henry w smokingu, rozpinający guziki koszuli w moje osiemnaste urodziny. Tutaj! Teraz!

„Chodź ze mną na kawę, na kolację, na cokolwiek...". Jasne, że musi się zgodzić. Henry, który kocha mnie w przeszłości i przyszłości, musi kochać mnie także i teraz. To uczucie powraca niczym echo z innego czasu. Poczułam wielką ulgę, gdy zgodził się ze mną umówić. Mamy się spotkać dziś wieczorem w pobliskiej tajskiej restauracji. Wszystko to odbywa się w obecności zdumionej kobiety za biurkiem. Wychodzę z biblioteki, zapominając o Chaucerze i Kelmscott, zbiegam po marmurowych schodach prosto na zalaną październikowym słońcem ulicę. Potem, krzycząc z radości, biegnę przez park, wśród baraszkujących psów i wiewiórek.

HENRY: Zwykły, rutynowy dzień w październiku, słoneczny i ciepły. Siedzę w pracy w małym, pozbawionym okien pokoju, o wyraźnie określonej wilgotności, na czwartym piętrze Biblioteki Newberry i kataloguję kolekcję marmurkowych papierów, którą niedawno przekazano nam w darze. Papiery są piękne, lecz praca nudna i powoli zaczynam użalać się nad sobą. Czuję się staro, tak staro, jak może się czuć dwudziestoośmiolatek po nocy spędzonej na piciu drogiej wódki i bezskutecznych próbach odzyskania względów Ingrid Carmichel. Kłóciliśmy się przez cały wieczór, a teraz nawet nie pamiętam o co. Czuję, że zaraz pęknie mi głowa. Muszę napić się kawy. Pozostawiając marmurkowe papiery w stanie kontrolowanego chaosu, przechodzę przez biuro i mijam biurko w czytelni. Nagle zatrzymuje mnie głos Isabelle: „Może pan DeTamble będzie mógł pani pomóc", co znaczy: „Henry, ty draniu, dokąd się wybierasz?". Niesamowicie piękna, wysoka, rudowłosa dziewczyna odwraca się i patrzy na mnie, jakbym był jej osobistym zbawicielem. Czuję nagły skurcz w żołądku. Ona najwyraźniej mnie zna, ja za to nie mam pojęcia, kim jest. Bóg jeden wie, co powiedziałem, zrobiłem lub obiecałem temu uroczemu stworzeniu, jestem więc zmuszony zwrócić się do niej najbardziej profesjonalnym tonem, na jaki potrafię się zdobyć: „W czym mogę pani pomóc?". Dziewczyna szepcze nagle: „Henry!", głosem, który przekonuje mnie, że kiedyś musiało nas łączyć coś naprawdę niesamowitego. To jeszcze pogarsza sprawę, bo ja przecież nic o niej nie wiem, nie znam nawet jej imienia. Mówię: „Czy my się znamy?", a Isabelle rzuca mi spojrzenie, które znaczy tylko jedno: „Ty dupku". Dziewczyna odpowiada jednak spokojnie: „Nazywam się Clare Abshire. Poznałam cię, gdy byłam małą dziewczynką", zaprasza mnie na kolację. Zdumiony przystaję na jej propozycję. Patrzy na mnie czule, choć jestem nieogolony, skacowany i ogólnie rzecz biorąc, w nie najlepszej formie. Umawiamy się na wieczór w restauracji Beau Thai i Clare wypada z czytelni.

Kiedy stoję oszołomiony w windzie, uświadamiam sobie, że oto wspaniała część mojej przyszłości odnalazła mnie właśnie w teraźniejszości, i wybucham śmiechem. Przechodzę przez hol i gdy zaczynam schodzić na dół, widzę Clare biegnącą radośnie przez plac Waszyngtona. Czuję, że jestem bliski łez, choć zupełnie tego nie rozumiem.

Później tego samego wieczoru:

HENRY: O szóstej wieczorem pędzę z pracy do domu i próbuję coś ze sobą zrobić. Domem w tych dniach jest niewielkie, lecz szaleńczo drogie studio przy North Dearborn; stale obijam się o ściany, blaty i meble. Krok Pierwszy: otworzyć siedemnaście zamków w drzwiach, wpaść do saloniku, który jest jednocześnie sypialnią, i zrzucić ubranie. Krok Drugi: prysznic i golenie. Krok Trzeci: pozbawione choć cienia nadziei spojrzenie do wnętrza szafy; miałem rację, żadne ubranie nie jest całkiem czyste. Na szczęście udaje mi się znaleźć jedną białą koszulę, której nie wyjąłem jeszcze z worka po odebraniu z pralni. Decyduję się na ciemny garnitur i jasnoniebieski krawat. Krok Czwarty: wkładam to wszystko i dochodzę do wniosku, że wyglądam jak agent FBI. Krok Piąty: rozglądam się po mieszkaniu, bałagan jest rzeczywiście koszmarny. Postanawiam uniknąć zapraszania Clare do siebie dziś wieczorem, nawet jeśli miałbym taką sposobność. Krok Szósty: oglądam się w dużym lustrze w łazience i widzę szczupłego, wysokiego faceta niczym z rysunku Egona Schiele, w czystej koszuli i garniturze przedsiębiorcy pogrzebowego.

Zastanawiam się, w jakim ubraniu oglądała mnie ta dziewczyna, bo z pewnością nie we własnym przybywałem z mojej przyszłości do jej przeszłości. Powiedziała, że była małą dziewczynką? Przez głowę przebiega mi cała masa pytań, na które nie potrafię udzielić odpowiedzi. Chwilę oddycham głęboko. Dobra. Chwytam portfel, klucze i wychodzę. Zamykam trzydzieści siedem zamków, wchodzę do trzeszczącej windy, kupuję dla Clare róże w kwiaciarni w holu i pędzę do oddalonej o dwie przecznice restauracji. I tak jestem pięć minut spóźniony. Clare siedzi już w boksie i kiedy mnie dostrzega, na jej twarzy pojawia się wyraz wielkiej ulgi. Macha do mnie, jakby uczestniczyła w paradzie.

– Cześć – mówię.

Ma na sobie aksamitną sukienkę w kolorze czerwonego wina i perły. Wygląda jak dziewczyna z obrazów Botticellego: duże szare oczy, długi nos, usta delikatne jak u gejszy. Ma długie rude włosy, które opadają miękką falą do połowy pleców. Jest tak blada, że w świetle świec wygląda jak figura z wosku. Podaję jej róże.

– To dla ciebie.

– Dziękuję – mówi dziwnie zachwycona. Patrzy na mnie i uświadamia sobie, że jestem zdziwiony jej reakcją. – Nigdy wcześniej nie dawałeś mi kwiatów.

Siadam obok niej. Jestem zafascynowany. Ta kobieta naprawdę mnie zna; to nie jest tylko przelotna znajomość z któregoś z moich przyszłych wyskoków. Podchodzi kelnerka i podaje nam karty.

– Powiedz mi – rzucam.

– Co?

– Wszystko. Czy rozumiesz, dlaczego ja cię nie znam? Jest mi bardzo przykro z tego powodu...

– Och, niepotrzebnie. Chodzi mi o to, że ja wiem... wiem, dlaczego tak się dzieje. – Clare zniża głos. – Wszystko przez to, że dla ciebie nic się jeszcze nie wydarzyło, a ja znam cię od bardzo dawna.

– Jak długo?

– Czternaście lat. Zobaczyłam cię po raz pierwszy, gdy miałam sześć lat.

– Jezu. Często mnie widywałaś? Czy tylko kilka razy?

– Kiedy spotkaliśmy się po raz ostatni, kazałeś mi to przynieść na nasze następne spotkanie. – Pokazuje jasnoniebieski dziecinny pamiętnik. – Proszę, to dla ciebie.

Otwieram go w miejscu zaznaczonym kawałkiem gazety. Strona z dwoma małymi spanielami w prawym górnym rogu zawiera wykaz dat. Pierwsza z nich to 23 września 1977 roku, a ostatnia, szesnaście ozdobionych śmiesznymi psiakami stron dalej, to 24 maja 1989 roku. Liczę powoli. Sto pięćdziesiąt dwie daty zapisane niebieskim długopisem szerokim pismem sześciolatki.

– To ty spisałaś te daty? Są dokładne?

– Ty mi je podyktowałeś. Kilka lat temu powiedziałeś mi, że nauczyłeś się ich na pamięć z tej właśnie listy. Nie wiem, skąd ona się wzięła... przypomina trochę wstęgę Möbiusa. Ale daty są dokładne. Wiedziałam, kiedy mam wyjść na Łąkę, żeby się z tobą spotkać.

Przy stoliku znów staje kelnerka i składamy zamówienie: tom kha kai dla mnie i gang mussaman dla Clare. Kelnerka przynosi herbatę, którą nalewam do filiżanek.

– Co to takiego ta Łąka? – Jestem tak podniecony, że z trudem udaje mi się usiedzieć na krześle. Nigdy wcześniej nie spotkałem nikogo z mojej przyszłości, a już na pewno nie dziewczynę Botticellego, która widziała mnie sto pięćdziesiąt dwa razy.

– To część posiadłości moich rodziców w Michigan. Po jednej stronie rośnie las, a po drugiej stoi dom. Mniej więcej w środku znajduje się polana o średnicy trzech metrów, z wielkim kamieniem. Jeśli znajdujesz się na tej polanie, to nikt z domu nie może cię zauważyć, bo teren najpierw się wznosi, a na polanie gwałtownie opada. Często się tam bawiłam, bo lubiłam być sama i myślałam, że nikt nie wie, gdzie jestem. Pewnego dnia, kiedy byłam w pierwszej klasie, wróciłam do domu ze szkoły, wyszłam na polanę i zobaczyłam tam ciebie.

– Byłem nagi i pewno wymiotowałem.

– Szczerze mówiąc, sprawiałeś wrażenie bardzo opanowanego. Pamiętam, że wiedziałeś, jak mam na imię, i że zniknąłeś w bardzo spektakularny sposób. Teraz, kiedy patrzę na to z perspektywy, wiem, że musiałeś być tam już wcześniej. To było chyba w tysiąc dziewięćset osiemdziesiątym pierwszym roku, miałam dziesięć lat. Powtarzałeś raz po raz „O mój Boże" i nie spuszczałeś ze mnie wzroku. Byłeś też bardzo skrępowany swoją nagością. Po tym spotkaniu przywykłam już, że ten stary, nagi facet w magiczny sposób zjawi się z przyszłości i będzie chciał dostać ubranie. – Clare się uśmiecha. – I coś do jedzenia.

– Co w tym śmiesznego?

– Przez te wszystkie lata przyrządzałam ci bardzo dziwne rzeczy. Kanapki z masłem orzechowym i pastą z filetów anchois. Pasztet i kawałki buraków na krakersach „Ritz". Chciałam sprawdzić, czy jest coś takiego, czego nie zjesz, a po części próbowałam ci zaimponować umiejętnościami kulinarnymi.

– Ile miałem lat?

– W wersji najstarszej jakieś czterdzieści parę. Nie jestem pewna, ile najmniej, może koło trzydziestu? A ile masz teraz?

– Dwadzieścia osiem.

– Teraz wyglądasz w moich oczach bardzo młodo. Przez kilka lat pojawiałeś się głównie w wersji czterdziestoparoletniej i wyglądało na to, że nie jest ci lekko w życiu... Ale kiedy jest się dzieckiem, wszyscy dorośli wyglądają na dużych i starych.

– Co robiliśmy? Na Łące? Zdaje się, że spędziliśmy tam sporo czasu.

Clare się uśmiecha.

– Mnóstwo rzeczy. Zmieniały się w zależności od mojego wieku i pogody. Dużo pomagałeś mi w lekcjach. Graliśmy w różne gry. Ale przede wszystkim rozmawialiśmy. Kiedy byłam całkiem mała, myślałam, że jesteś aniołem, więc wypytywałam cię o Pana Boga. Jako nastolatka próbowałam cię nakłonić, żebyś się ze mną kochał, ale ty nigdy nie chciałeś, co oczywiście sprawiało, że stawałam się coraz bardziej natarczywa. Bałeś się chyba, że nabawię się przez to jakichś kompleksów. Pod wieloma względami traktowałeś mnie po ojcowsku.

– Och. Miło to słyszeć, ale teraz akurat jakoś nie mam ochoty, żebyś traktowała mnie jak ojca. – Patrzymy sobie w oczy i uśmiechamy jak starzy spiskowcy. – A w zimie? Zimy w Michigan są bardzo ostre.

– Przemycałam cię do piwnic. Są naprawdę ogromne. Jedna z nich pełni funkcję magazynu, a po drugiej stronie ściany znajduje się kotłownia. Nazywamy to pomieszczenie Czytelnią, bo trzymamy tam stare książki i pisma. Pewnego dnia siedziałeś tam zamknięty i rozpętała się wielka śnieżyca. Nikt nie poszedł do szkoły ani do pracy, a ja myślałam, że oszaleję, bo nie mogłam zdobyć dla ciebie jedzenia. Kiedy rozpętała się zamieć, Etta miała właśnie jechać na zakupy. Przez trzy dni siedziałeś więc w piwnicy, czytając stare numery „Reader's Digest", żywiąc się sardynkami i makaronem instant.

– Brzmi słono. Już nie mogę się tego doczekać.

Kelnerka postawiła na stole nasze dania.

– Nauczyłaś się gotować?

– Nie. Marna ze mnie kucharka. Nell i Etta zawsze wpadały w szał, kiedy próbowałam coś zrobić w kuchni. Mogłam tam przyjść tylko po colę. Od czasu przeprowadzki do Chicago nie mam dla kogo gotować i straciłam motywację. Poza tym mam mnóstwo zajęć w szkole, więc jadam głównie tutaj. – Clare wsuwa do ust widelec pełen curry. – To jest naprawdę pyszne.

– Nell i Etta?

– Nell jest naszą kucharką. – Clare się uśmiecha. – Wygląda tak, jak wyglądałaby Aretha Franklin, gdyby była Julią Child*. Etta jest naszą gospodynią i zajmuje się wszystkim. Jest dla nas prawie jak mama, bo moja matka jest... No cóż, Etta jest Niemką i jest przez to dość surowa, ale zawsze była przy nas, gdy tymczasem mama... często buja w obłokach. Rozumiesz?

Kiwam głową, bo mam usta pełne zupy.

– No i jest jeszcze Peter – dodaje Clare. – To nasz ogrodnik.

– No proszę, twoja rodzina ma służbę. Trochę za wysokie progi jak dla mnie. Czy poznałem kiedyś... kogoś z nich?

– Poznałeś babcię Meagram tuż przed jej śmiercią. To jedyna osoba, której o tobie opowiedziałam. Była już wtedy prawie

---

* Julia Child – słynna amerykańska autorka książek kucharskich i gospodyni programów telewizyjnych poświęconych sztuce gotowania (przyp. tłum.).

niewidoma. Wiedziała, że mamy się pobrać, i bardzo chciała cię poznać.

Przestaję jeść i patrzę na Clare. Odpowiada mi poważnym spojrzeniem. Jest urocza i spokojna jak anioł.

– Mamy się pobrać?

– Tak sądzę – odpowiada. – Przez wszystkie te lata opowiadałeś mi, że w czasach, z których przybywasz, jesteśmy małżeństwem.

To za dużo. Stanowczo za dużo. Zamykam oczy i zmuszam się, by o niczym nie myśleć; ostatnią rzeczą, jakiej pragnę, jest utrata kontaktu z tutaj i teraz.

– Henry? Henry, nic ci nie jest?

Czuję, jak Clare siada obok mnie. Otwieram oczy, a ona ujmuje moje dłonie.

– Henry, przepraszam, ale nie mogę się do tego przyzwyczaić. Wszystko się odwróciło. Przez całe moje życie to ty wszystko wiedziałeś i zapomniałam, że dziś wieczór nie powinnam się tak śpieszyć. – Uśmiecha się. – Ostatnie słowa, jakie do mnie powiedziałeś podczas naszego ostatniego spotkania, brzmiały: „Miej litość, Clare", i teraz już wiem, co miałeś na myśli.

Nadal trzyma mocno moje dłonie w swoich. Patrzy na mnie z miłością. Jestem jej głęboko wdzięczny.

– Clare?

– Tak?

– Czy możemy się cofnąć? Możemy udawać, że to normalna pierwsza randka, na którą umówiły się dwie normalne osoby?

– Jasne. – Clare wstaje i wraca na swoje miejsce. Siada wyprostowana i siłą powstrzymuje uśmiech.

– No dobra, Clare. Opowiedz mi coś o sobie. Masz jakieś hobby? Zwierzaki? Niezwykłe upodobania seksualne?

– Sam się przekonaj.

– Dobrze. Co dalej? Gdzie chodzisz do szkoły? Co studiujesz?

– Jestem w Instytucie Sztuk Pięknych. Zaczynałam od rzeźby, ale niedawno zaczęłam zgłębiać tajniki wytwarzania papieru.

– Świetnie. Jak wyglądają twoje dzieła?

Po raz pierwszy Clare sprawia wrażenie zakłopotanej.

– Są... duże i przedstawiają... ptaki. – Wbija wzrok w blat stołu, a po chwili wypija łyk herbaty.

– Ptaki?

– Tak naprawdę chodzi o... tęsknotę. – Nadal nie patrzy na mnie, więc zmieniam temat.

– Opowiedz mi coś o swojej rodzinie.

– Dobrze. – Odpręża się i uśmiecha. – Moja rodzina mieszka w stanie Michigan, niedaleko położonego nad jeziorem małego miasteczka South Haven. Nasz dom tak naprawdę stoi na wydzielonym terenie i należał do rodziców mojej matki, dziadka i babci Meagram. Dziadek umarł przed moim urodzeniem, a babcia mieszkała z nami aż do śmierci. Umarła, gdy miałam siedemnaście lat. Dziadek był prawnikiem i mój tato też jest prawnikiem. Poznał mamę, gdy zaczął pracować w kancelarii dziadka.

– Ożenił się więc z córką szefa.

– Tak. Czasami się zastanawiam, czy przypadkiem nie ożenił się z domem szefa. Dom jest naprawdę niesamowity. Jego zdjęcia można znaleźć w wielu książkach poświęconych architekturze.

– Ma jakąś nazwę? Kto go zbudował?

– Nazywa się Meadowlark House, a zbudował go Peter Wyns w tysiąc osiemset dziewięćdziesiątym szóstym roku.

– Ach tak. Widziałem te zdjęcia. Zbudowano go dla rodziny Hendersonów, prawda?

– Tak. W prezencie ślubnym dla Mary Henderson i Dietera Bascombe. Po dwóch latach rozwiedli się i sprzedali dom.

– To bardzo wytworna rezydencja.

– Moja rodzina też jest wytworna. I ma bzika na jego punkcie.

– A rodzeństwo?

– Mój brat Mark ma dwadzieścia dwa lata i studiuje prawo na Harvardzie. Alicia ma siedemnaście lat i kończy szkołę średnią. Gra na wiolonczeli.

Wyczułem dużo ciepła dla siostry i pewną niechęć w stosunku do brata.

– Nie przepadasz za Markiem?

– Jest podobny do ojca. Obaj lubią wygrywać i potrafią męczyć cię tak długo, aż w końcu przyznasz im rację.

– Wiesz, zawsze zazdrościłem innym rodzeństwa, nawet jeśli za nim nie przepadali.

– Jesteś jedynakiem?

– Tak. Myślałem, że wiesz o mnie wszystko.

– Tak naprawdę wiem wszystko i nic. Wiem, jak wyglądasz bez ubrania, ale do dzisiejszego ranka nie znałam twojego nazwiska. Wiedziałam, że mieszkasz w Chicago, ale nie wiem nic o twojej rodzinie poza tym, że twoja mama zginęła w wypadku samochodowym, kiedy miałeś sześć lat. Wiem, że doskonale znasz się na sztuce i mówisz płynnie po niemiecku i francusku, ale nie miałam pojęcia, że pracujesz w bibliotece. Nie ułatwiłeś mi wcale odnalezienia cię w teraźniejszości; powiedziałeś, że spotkamy się, kiedy nadejdzie odpowiednia chwila. No i jesteśmy.

– Jesteśmy – zgadzam się z nią. – Moja rodzina nie jest wcale wytworna. Rodzice poświęcili życie muzyce. Moim ojcem jest Richard DeTamble, a matką była Annette Lyn Robinson.

– Ta śpiewaczka!

– Owszem. A ojciec jest skrzypkiem. Gra w Chicagowskiej Orkiestrze Symfonicznej. Ale nigdy nie zrobił takiej kariery jak mama. Wielka szkoda, bo jest genialnym wirtuozem. Po śmierci mamy nie potrafił się odnaleźć.

Zjawia się kelnerka z rachunkiem. Niewiele zjedliśmy, ale przynajmniej ja nie mam już na nic ochoty. Clare otwiera torebkę, ale potrząsam głową i płacę. Wychodzimy z restauracji i stajemy na Clark Street w przyjemny jesienny wieczór. Clare ma na sobie jakieś wymyślne niebieskie okrycie i futrzany szalik; ja zapomniałem włożyć płaszcz, więc trzęsę się z zimna.

– Gdzie mieszkasz? – pyta Clare.

Och nie.

– Dwie przecznice stąd, ale mam bardzo małe mieszkanie, w którym teraz panuje kosmiczny bałagan. A ty?

– W Roscoe Village nad Hoyne. Ale mam współlokatorkę.

– Jeśli przyjdziesz do mnie, to będziesz musiała zamknąć oczy i policzyć do tysiąca. Może twoja współlokatorka jest bardzo dyskretna i głucha?

– Masz pecha. Nigdy nikogo nie zapraszam do siebie. Charisse natychmiast by na ciebie naskoczyła i wbiła ci drzazgi pod paznokcie, żeby tylko wszystkiego się dowiedzieć.

– Marzę o tym, by torturowała mnie osóbka o imieniu Charisse, ale widzę, że ty się do tego nie palisz. Chodźmy więc do mojej jaskini.

Ruszamy Clark Street. Po drodze wstępuję do sklepu po butelkę wina. Kiedy wychodzę, Clare patrzy na mnie zaskoczona.

– Myślałam, że nie wolno ci pić alkoholu.

– Nie?

– Doktor Kendrick był wyraźnie temu przeciwny.

– A kto to taki?

– To twój lekarz, ekspert od zaburzeń czasowych.

– Wyjaśnij mi, proszę.

– Niewiele wiem. Doktor Kendrick jest genetykiem molekularnym, który odkrył... odkryje, dlaczego ludzie cierpią na zaburzenia czasowe. To problem genetyczny; rozwiąże go w dwa tysiące szóstym roku. – Wzdycha ciężko. – Musi upłynąć jeszcze sporo czasu. Powiedziałeś mi kiedyś, że za dziesięć lat będzie znacznie więcej ludzi cierpiących na tę chorobę.

– Nigdy nie słyszałem o nikim, kto cierpiałby na tego typu... zaburzenia.

– Podejrzewam, że nawet gdyby udało ci się teraz odnaleźć doktora Kendricka, nie potrafiłby ci pomóc. A gdyby mógł, nigdy byśmy się nie spotkali.

– Przestańmy o tym myśleć.

Stajemy w holu. Clare wchodzi pierwsza do malutkiej windy. Zamykam drzwi i wciskam guzik jedenastego piętra. Clare pachnie starym materiałem, mydłem, potem i futrem. Oddycham głęboko. Winda zatrzymuje się na moim piętrze. Wychodzimy i ruszamy wąskim korytarzem. Męczę się ze wszystkimi stu siedmioma zamkami i lekko uchylam drzwi.

– Kiedy byliśmy na kolacji, bałagan zrobił się jeszcze większy. Będę musiał zawiązać ci oczy.

Clare chichocze, gdy stawiam butelkę na podłodze i zdejmuję krawat. Zasłaniam jej oczy i mocno zawiązuję krawat z tyłu głowy. Otwieram drzwi, wprowadzam ją do środka i sadzam na fotelu.

– Dobra, zacznij liczyć.

Liczy posłusznie. Miotam się po mieszkaniu, zbierając bieliznę i skarpetki z podłogi, łyżeczki i filiżanki po kawie ze wszystkich możliwych powierzchni i wrzucam wszystko do zlewu w kuchni. Kiedy Clare mówi: „Dziewięćset sześćdziesiąt siedem", zdejmuję jej krawat z oczu. Zdążyłem nawet złożyć kanapę i teraz siadam na niej wygodnie.

– Wino? Muzyka? Świece?

– Bardzo proszę.

Wstaję z kanapy i zapalam świece. Gdy kończę, gaszę górne światło i cały pokój zalewa ciepły, migoczący blask. Wszystko od razu wygląda znacznie lepiej. Wkładam róże do wody, znajduję korkociąg, otwieram wino i nalewam do kieliszków. Po chwili zastanowienia wsuwam do odtwarzacza nagraną przez matkę dla wytwórni EMI płytę z pieśniami Schuberta i puszczam ją bardzo cicho.

Moje mieszkanie to w zasadzie tylko kanapa, fotel i około czterech tysięcy książek.

– Jak miło – mówi Clare.

Wstaje i przenosi się na kanapę. Siadam obok niej. To bardzo sympatyczna chwila, gdy siedzimy bez słowa, tylko patrząc na siebie. Blask świec odbija się od jej rudych włosów. Wyciąga dłoń i dotyka mojego policzka.

– Tak dobrze znów cię widzieć. Czułam się bardzo samotna.

Przyciągam ją do siebie. Całujemy się. To bardzo... znajomy i czuły pocałunek, zrodzony z długiej zażyłości i przez moment zastanawiam się, co tak naprawdę robiliśmy na tej jej łące, ale szybko odrzucam tę myśl. Odsuwamy się lekko od siebie. Zazwyczaj w takiej chwili zaczynam się zastanawiać, jak odnaleźć drogę przez labirynt ubrania, lecz teraz kładę się wygodnie na kanapie i pociągam za sobą Clare, chwytając ją pod pachy. W swojej aksamitnej sukience jest bardzo śliska i wsuwa się między mnie i oparcie kanapy niczym węgorz. Przez cienki materiał czuję ciepło jej ciała. Część mnie pragnie gorąco rzucić się na nią i pieścić aż do zapamiętania, ale jestem też wykończony i mocno tym wszystkim przytłoczony.

– Biedny Henry.

– Dlaczego biedny? Nie posiadam się ze szczęścia. – I to jest prawda.

– Zarzuciłam cię tymi wszystkimi rewelacjami niczym lawiną kamieni.

Clare przerzuca nogę przez moje biodro, tak że siedzi teraz na moim penisie.

To cudowne, bo mam się na czym skoncentrować.

– Nie ruszaj się – mówię.

– Dobra. To naprawdę cudowny wieczór. Chodzi mi o to, że wiedza to potęga i tak dalej. Zawsze byłam bardzo ciekawa, gdzie mieszkasz, jak się ubierasz i czym się zajmujesz.

– *Voilà* – wsuwam dłonie pod jej sukienkę i wędruję aż do ud. Ma na nogach pończochy i podwiązki. Moja dziewczyna. – Clare?

– *Oui.*

– Szkoda byłoby pochłonąć to wszystko od razu. Zostawmy sobie coś na potem.

Clare jest wyraźnie zaskoczona moimi słowami.

– Przepraszam! Ale wiesz, czekałam na to tyle lat. A to nie jest jak kawałek tortu, który znika, gdy go zjesz.

– No to jedz swój tort, który nie znika.

– Tak brzmi moje motto. – Uśmiecha się przebiegle i porusza kilka razy biodrami.

Mam teraz erekcję tak wielką, że mogłaby jeździć kolejką górską bez opieki rodziców.

– Często stawiasz na swoim, prawda?

– Zawsze. Jestem okropna. Lecz ty opierałeś się moim najbardziej wymyślnym sztuczkom. Straszliwie cierpiałam z powodu twojego reżimu francuskich słówek i gry w warcaby.

– Chyba powinien pocieszyć mnie fakt, że moja wersja z przyszłości będzie przynajmniej wyposażona w jakieś środki przymusu. Robisz to wszystkim chłopcom?

Clare jest urażona; nie wiem, do jakiego stopnia szczerze.

– Do głowy by mi nawet nie przyszło, żeby robić to z chłopcami. Też masz pomysły! – Zaczyna rozpinać mi koszulę. – Boże, jesteś taki... młody. – Szczypie mnie mocno w sutki.

Do diabła z cnotą. Udało mi się rozwiązać tajemnicę jej sukni.

Następnego ranka:

CLARE: Budzę się i nie mam pojęcia, gdzie jestem. Obcy sufit. Odgłosy ruchu ulicznego w oddali. Półki na książki. Niebieski fotel z moją aksamitną sukienką przerzuconą przez oparcie i leżącym na niej krawatem. Potem wszystko sobie przypominam. Odwracam głowę. Obok mnie leży Henry. Wszystko wydaje się tak proste, jakbym robiła to przez całe życie. Henry śpi głęboko, zwinięty w kłębek, jakby fale wyrzuciły go na brzeg morza. Jedną ręką zasłania oczy, długie czarne włosy rozsypują się na poduszce. To takie proste. Nareszcie jesteśmy razem. Tutaj i teraz. Nareszcie teraz.

Wstaję ostrożnie z łóżka. Henry śpi na rozkładanej kanapie, której sprężyny trzeszczą, gdy się podnoszę. Między kanapą a półkami nie ma zbyt wiele miejsca, więc staram się przecisnąć jak najciszej, by dotrzeć do korytarza. Łazienka jest niewielka. Czuję się jak Alicja w krainie czarów, która nagle urosła i musi wysunąć rękę przez okno, żeby się obrócić. Ozdobny mały kaloryfer jest bardzo ciepły. Robię siku, myję ręce i twarz. A potem dostrzegam dwie szczoteczki do zębów w białym porcelanowym kubku.

Otwieram wiszącą na ścianie szafkę. Żyletki, krem do golenia, tylenol, płyn po goleniu, wykałaczka, dezodorant na najwyższej półce. Krem do rąk, tampony, pudełeczko na krążek dopochwowy, dezodorant, szminka, buteleczka z witaminami, tubka środka plemnikobójczego na najwyższej półce. Szminka jest ciemnoczerwona.

Stoję, trzymając ją w dłoni. Trochę mi niedobrze. Ciekawe, jak ona wygląda, jak się nazywa. Jak długo są razem? Chyba wystarczająco długo. Odkładam szminkę, zamykam szafkę. W lustrze widzę odbicie swojej bladej twarzy, zmierzwionych włosów sterczących we wszystkie strony. Kimkolwiek jesteś, teraz ja jestem tutaj. Może i jesteś przeszłością Henry'ego, ale ja jestem jego przyszłością. Uśmiecham się do swego odbicia, a ono odpowiada mi uśmiechem. Pożyczam sobie biały frotowy szlafrok Henry'ego, który wisi na drzwiach. Pod nim wisi jasnobłękitny jedwabny. Zupełnie bez powodu czuję się znacznie lepiej, mając na sobie jego szlafrok.

Wracam do pokoju. Henry jeszcze śpi. Zdejmuję zegarek z parapetu. Jest dopiero wpół do siódmej. Jestem jednak zbyt niespokojna, żeby wrócić do łóżka. Idę do malutkiej kuchni poszukać kawy. Wszystkie blaty i kuchenka zarzucone są naczyniami, magazynami i papierami. W zlewozmywaku leży nawet skarpetka. Zeszłego wieczoru Henry wrzucał wszystko do kuchni, jak leci. Od samego początku odnosiłam wrażenie, że jest bardzo pedantyczny. Teraz stało się jasne, że należy do tych osób, które bardzo dbają o swój wygląd, a cała reszta niewiele ich obchodzi. Znajduję kawę w lodówce i włączam ekspres. Czekając, aż kawa się zaparzy, oglądam książki.

Tutaj odnajduję Henry'ego, jakiego znam. *Elegie, pieśni i sonety* Donne'a. *Doktor Faustus* Marlowe'a. *Nagi lunch.* Anne Bradstreet, Immanuel Kant. Barthes, Foucault, Derrida. *Pieśni niewinności i doświadczenia* Blake'a. *Kubuś Puchatek. Alicja w krainie czarów* z komentarzami Martina Gardnera. Heidegger. Rilke. Tristram Shandy. *Wisconsin Death Trip*. Biskup Berkeley. Andrew Marvell. *Hipotermia, odmrożenia i inne choroby wywoływane przez niskie temperatury.*

Trzeszczy łóżko, podskakuję przestraszona. Henry siada i patrzy na mnie, mrużąc oczy w blasku poranka. Jest taki młody, tak bardzo przed... Jeszcze mnie nie zna. Nagle ogarnia mnie strach, że zapomniał, kim jestem.

– Wyglądasz na zmarzniętą – mówi. – Wracaj do łóżka, Clare.

– Zaparzyłam kawę – odpowiadam.

– Mmmm, czuję jej zapach. Ale najpierw chodź się przywitać.

Wsuwam się do łóżka, wciąż mając na sobie jego szlafrok. Wkłada rękę pod biały materiał i zatrzymuje ją na chwilę. Widzę, że powiązał fakty i próbuje sobie przypomnieć, co jeszcze mogłam zobaczyć w łazience.

– To cię niepokoi? – pyta.

Waham się przez chwilę.

– Jasne, że tak – odpowiada sam sobie. – I to bardzo. To oczywiste. – Siada, ja też się podnoszę. Patrzy na mnie z powagą. – To i tak było już prawie skończone.

– Prawie?

– Miałem z nią zerwać. To tylko kwestia złego wyczucia czasu. A może dobrego, nie mam pojęcia. – Próbuje wyczytać z mojej twarzy... Co? Przebaczenie? To przecież nie jego wina. Skąd mógł wiedzieć. – Dręczyliśmy się nawzajem od dłuższego czasu... – mówi coraz szybciej, po czym urywa. – Chcesz się dowiedzieć wszystkiego?

– Nie.

– Dzięki. – Przesuwa dłonią po twarzy. – Przepraszam. Nie wiedziałem, że tu przyjdziesz, bo posprzątałbym trochę staranniej. W moim życiu, nie tylko w mieszkaniu. – Ma ślad szminki pod uchem. Pochylam się, by go zetrzeć. Ujmuje moją dłoń. – Czy jestem bardzo inny? Nie tego się spodziewałaś? – pyta z niepokojem w głosie.

– Tak... jesteś bardziej... – Egoistyczny, myślę, ale mówię: – Jesteś młodszy.

Zastanawia się przez chwilę.

– To dobrze czy źle?

– Inaczej.

Przesuwam dłońmi po ramionach i plecach Henry'ego, masując mięśnie, szukając blizn.

– Widziałeś siebie po czterdziestce?

– Tak. Wyglądam, jakby ktoś kiedyś nieźle mnie pobił.

– Też. Ale jesteś mniej... chodzi mi o to, że jesteś bardziej... Znasz mnie, więc...

– Dajesz mi wyraźnie do zrozumienia, że teraz jestem bardziej nieporadny.

Kręcę głową, choć właśnie to miałam na myśli.

– Chodzi o to, że ja mam za sobą wszystkie te doświadczenia, a ty... Po prostu nie przywykłam do tego, że ty jeszcze nic nie wiesz, nic nie pamiętasz.

Henry spoważniał.

– Przepraszam. Ale osoba, którą znasz, jeszcze nie istnieje. Zostań ze mną, a prędzej czy później na pewno się pojawi. To najlepsze, co mogę ci zaoferować.

– Zgoda. Ale tymczasem...

Patrzy mi prosto w oczy.

– Tymczasem?

– Chcę...

– Czego chcesz?

Rumienię się. Henry uśmiecha się i kładzie mnie delikatnie na poduszce.

– No wiesz.

– Nie wiem, ale potrafię się paru rzeczy domyślić.

Później drzemiemy, ciepło okryci w bladym świetle październikowego słońca. Henry mówi mi coś prosto w kark.

– Co takiego?

– Myślałem właśnie, że jest tu z tobą tak spokojnie. Miło jest tak leżeć i wiedzieć, że w pewnym sensie zadbano już o naszą przyszłość.

– Henry?

– Hmmm?

– Dlaczego nigdy nie opowiedziałeś sobie o mnie?

– Nie robię tego.

– Czego?

– Nie opowiadam sobie rzeczy, które się wydarzą, chyba że grozi mi jakieś wielkie niebezpieczeństwo. Próbuję żyć jak normalny człowiek. Nie lubię nawet przebywać w swoim własnym towarzystwie, więc staram się nie wpadać na siebie, chyba że nie mam wyboru.

Zastanawiam się przez chwilę nad jego słowami.

– Ja powiedziałabym sobie o wszystkim.

– Nie powiedziałabyś. Wynikają z tego same kłopoty.

– Zawsze starałam się wyciągnąć z ciebie wszystko.

Przewracam się na plecy, a Henry opiera się na łokciu i patrzy na mnie z góry. Nasze twarze znajdują się blisko siebie, o parę centymetrów. Czuję się trochę dziwnie, rozmawiając z nim w ten sposób. Niby jest jak dawniej, ale przez tę fizyczną bliskość trudno mi się skoncentrować.

– Czy coś ci mówiłem? – pyta.

– Czasami. Kiedy miałeś na to ochotę albo musiałeś.

– Na przykład co?

– Widzisz? Chcesz się dowiedzieć. Ale ja nic ci nie powiem.

Henry wybucha śmiechem.

– Dobrze mi tak! Jestem głodny. Chodźmy na śniadanie.

Dzień jest chłodny. Samochody i rowerzyści suną Dearborn, przytulone pary idą chodnikiem. Idziemy wśród nich, trzymając się za ręce. Nareszcie razem. Nareszcie wszyscy mogą nas zobaczyć. Czuję lekkie ukłucie żalu, jakbym zdradziła długo skrywany sekret, a potem falę wielkiej radości: teraz wszystko zaczyna się naprawdę.

WSZYSTKO PO RAZ PIERWSZY

Sobota, 16 czerwca 1968 roku

HENRY: Pierwszy raz był magiczny. Skąd mogłem wiedzieć, co to znaczy? Był dzień moich piątych urodzin i poszliśmy do Muzeum Historii Naturalnej. Chyba nigdy wcześniej tam nie byłem. Rodzice przez cały tydzień opowiadali mi o cudach, jakie można tam zobaczyć, o wypchanych słoniach w wielkiej sali, szkieletach dinozaurów, dioramach z życia jaskiniowców. Mama wróciła właśnie z Sydney i przywiozła mi ogromnego, cudownie niebieskiego motyla, *Papilio ulysses* w ramce wypełnionej watą. Trzymałem go tuż przy twarzy, tak blisko, że widziałem tylko ten porażający błękit. Przepełniał mnie uczuciem, które później chciałem odtworzyć za pomocą alkoholu, a odnalazłem je dopiero u boku Clare: uczuciem jedności, zapomnienia, bezmyślności w najlepszym tego słowa znaczeniu. Rodzice opowiadali mi o masach gablot z motylami, kolibrami, żukami. Byłem tak podniecony, że obudziłem się przed świtem. Włożyłem tenisówki, zabrałem mojego *Papilio ulysses*, w piżamie przeszedłem przez podwórko i zszedłem po schodkach nad rzekę. Siedziałem na brzegu i patrzyłem, jak wstaje dzień. Po chwili nadpłynęła rodzina kaczek, na drugim brzegu pojawił się szop i spojrzał na mnie zaciekawiony, po czym wyprał swoje śniadanie i zjadł je ze smakiem. Chyba zasnąłem na chwilę. Usłyszałem jednak, jak woła mnie mama, i wbiegłem po śliskich od rosy schodkach, trzymając motyla. Mama była zła, że zszedłem sam nad rzekę, ale upiekło mi się z powodu urodzin.

Rodzice tego wieczoru nie pracowali, więc nie śpieszyli się z ubieraniem i wyjściem z domu. Ja byłem gotowy długo przed nimi. Usiadłem na ich łóżku i udawałem, że czytam partyturę. Wszystko to działo się w czasie, gdy moi rodzice muzycy odkryli, że ich jedyna latorośl nie ma w tym kierunku żadnych talentów. I nie chodziło wcale o to, że nie próbowałem, nie; nie potrafiłem tylko usłyszeć w utworze tego, co oni. Bardzo lubiłem muzykę, ale słuchu nie miałem za grosz. I choć potrafiłem czytać gazetę już w wieku czterech lat, partytury były dla mnie tylko masą śmiesznych czarnych znaczków. Rodzice nie porzucali jednak nadziei, że może obudzą się we mnie jakieś ukryte talenty, więc kiedy wziąłem do ręki partyturę, mama usiadła obok mnie na łóżku i próbowała mi pomóc. Po chwili zaczęła śpiewać, a ja wtórowałem jej, wydając z siebie jakieś okropne dźwięki. Pstrykałem palcami, mama zaczęła mnie łaskotać i oboje wybuchnęliśmy śmiechem. Z łazienki wyszedł tato owinięty w pasie ręcznikiem i przyłączył się do nas. Przez kilka cudownych minut śpiewali razem, potem tato wziął mnie na ręce i zaczęli tańczyć w sypialni, trzymając mnie między sobą. Nagle zadzwonił telefon, przerywając zabawę. Mama poszła odebrać, a tato posadził mnie na łóżku i zaczął się ubierać.

Nareszcie byli gotowi. Mama włożyła czerwoną sukienkę bez rękawów i sandałki. Paznokcie u rąk i nóg pomalowała na pasujący do sukienki kolor. Tato prezentował się wspaniale w granatowych spodniach i białej koszuli z krótkimi rękawami, stanowiąc idealne tło dla urody mamy. Wsiedliśmy do samochodu. Jak zawsze miałem całe tylne siedzenie tylko dla siebie, więc wyciągnąłem się wygodnie, oglądając przez okno wysokie budynki wznoszące się wzdłuż Lake Shore Drive.

– Usiądź, Henry – powiedziała mama. – Jesteśmy na miejscu.

Usiadłem i spojrzałem na budynek muzeum. Do tej pory spędzałem dzieciństwo, podróżując od jednej europejskiej stolicy do drugiej, więc muzeum wprawdzie spełniło moje oczekiwania jako „muzeum", lecz jego kamienna fasada nie zrobiła na mnie większego wrażenia. Była niedziela, przez co mieliśmy trochę problemów ze znalezieniem miejsca na parkingu. W końcu udało nam się zaparkować i ruszyliśmy wzdłuż jeziora, mijając łódki, posągi, a także wiele bardzo podnieconych dzieci. Weszliśmy do budynku między dwiema ogromnymi kolumnami.

Od pierwszej chwili byłem oczarowany.

Miałem przed sobą całą naturę oznaczoną i ułożoną zgodnie z logiką tak wielką, że sprawiała wrażenie, jakby zrobiono to na zamówienie samego Boga; być może zgubił gdzieś oryginalne plany stworzenia świata i poprosił pracowników muzeum, by pomogli Mu je odtworzyć i wszystko raz jeszcze skatalogować. Dla pięciolatka, którego zachwycił jeden błękitny motyl, wizyta w muzeum przypominała spacer przez rajski ogród i oglądanie wszystkiego, co się tam wydarzyło.

A zobaczyliśmy tego dnia mnóstwo: oczywiście motyle, całe setki gablot, z Brazylii, Madagaskaru, nawet brata mojego błękitnego motyla z antypodów. Muzeum było mroczne, zimne i stare, a to jeszcze podkreślało panującą tam aurę niesamowitości, oczekiwania, poczucia, że w tych murach czas i życie stanęły w miejscu. Widzieliśmy kryształy i pumy, szczury piżmowe i mumie, tysiące skamielin. Zrobiliśmy sobie piknik na trawniku przed muzeum, a potem wróciliśmy do środka, żeby oglądać ptaki, aligatory i neandertalczyków. Pod koniec byłem już tak zmęczony, że z trudem trzymałem się na nogach, ale za nic nie chciałem wyjść. Kiedy strażnicy zaczęli nas kierować w stronę wyjścia, najpierw siłą powstrzymywałem łzy, ale w końcu i tak zacząłem płakać ze zmęczenia i rozczarowania, że już musimy iść. Tato wziął mnie na ręce i ruszyliśmy w stronę samochodu. Natychmiast zasnąłem na tylnym siedzeniu, a kiedy się obudziłem, byliśmy w domu. Wróciliśmy w samą porę na kolację.

Zjedliśmy ją na dole w mieszkaniu państwa Kim. Wynajmowaliśmy apartament w należącym do nich domu. Pan Kim był niedużym, szorstkim mężczyzną, który chyba mnie lubił, ale niewiele się odzywał, a pani Kim (nazywałem ją Kimy) była moim kumplem, moją szaloną, uwielbiającą grać w karty koreańską nianią. Spędzałem z nią zresztą większość czasu. Mama nigdy nie radziła sobie zbyt dobrze w kuchni, natomiast Kimy była w tej materii prawdziwą artystką i potrafiła zrobić wszystko: od sufletu po bi bim bop. Któregoś wieczoru, na moją urodzinową kolację, przygotowała pizzę i tort czekoladowy.

Wszyscy odśpiewali mi *Sto lat*, ja zdmuchnąłem świeczki na torcie. Nie pamiętam, jakie wypowiedziałem życzenie. Tego dnia wolno mi było położyć się później niż zwykle. Byłem nadal mocno podniecony wszystkim, co widziałem w muzeum, a poza tym drzemałem w drodze powrotnej do domu. Siedziałem w piżamie na werandzie razem z rodzicami i państwem Kim, popijając lemoniadę. Spoglądałem w ciemnobłękitne wieczorne niebo, słuchałem cykad i dźwięków telewizorów płynących z innych mieszkań. Wreszcie tato powiedział: „Czas spać, Henry". Umyłem zęby, zmówiłem pacierz i poszedłem do łóżka. Byłem wykończony, ale nie mogłem zmrużyć oka. Tato czytał mi przez chwilę, a potem, widząc, że nadal nie mogę zasnąć, razem z mamą zgasił wszystkie światła, uchylił drzwi do mojego pokoju i poszedł do saloniku. Nasz rodzinny układ polegał na tym, że będą mi grali tak długo, jak zechcę, ale ja musiałem zostać w łóżku. Mama usiadła więc przy pianinie, tato wyjął skrzypce i razem grali i śpiewali przez długi czas. Kołysanki, pieśni, nokturny, nastrojową muzykę, która miała uspokoić chłopca leżącego w sypialni. Wreszcie mama przyszła sprawdzić, czy już śpię. W moim niedużym łóżeczku musiałem wyglądać na bardzo zmęczonego – jak małe, wycieńczone zwierzątko w piżamie.

– Moje maleństwo, wciąż nie możesz zasnąć?

Skinąłem głową.

– Idziemy już z tatą spać. Wszystko w porządku?

– Tak.

Mama przytuliła mnie mocno.

– Dzień w muzeum był bardzo ekscytujący, prawda?

– Możemy tam pójść jutro?

– Jutro nie, ale wrócimy tam niebawem, dobrze?

– Dobrze.

– Dobranoc. – Mama zostawiła uchylone drzwi i zgasiła światło w holu. – Śpij słodko. Karaluchy pod poduchy, a szczypawki do zabawki.

Słyszałem szum wody w łazience, wodę spuszczaną w toalecie. Potem zapadła cisza. Wstałem z łóżka i uklęknąłem przy oknie. Widziałem światła w oknach sąsiednich domów, ulicą przejechał samochód, w którym radio grało na cały regulator. Siedziałem tak przez chwilę, a gdy wstałem, nic nie było już takie jak dawniej.

Sobota, 2 stycznia 1988, 4.03 nad ranem/niedziela 16 czerwca 1968, 22.46 (Henry ma 24 i 5 lat)

HENRY: Jest 4.03 w okropnie zimny styczniowy ranek. Wracam właśnie do domu. Poszedłem potańczyć, a teraz jestem wykończony i trochę zalany. Kiedy walczę z kluczami w jasno oświetlonym holu, nagle zaczyna mi się kręcić w głowie. Padam na kolana i po chwili znajduję się już w ciemności, wymiotując na wyłożoną płytkami podłogę. Podnoszę głowę i widzę podświetlony na czerwono napis WYJŚCIE. Kiedy moje oczy przyzwyczajają się do ciemności, dostrzegam tygrysy, jaskiniowców z włóczniami, ich kobiety ubrane w skóry, podobne do wilków psy. Serce wali mi jak młotem i przez pijaną głowę przebiega szalona myśl: „Cholera, cofnąłem się do ery kamienia łupanego". Dopiero po chwili uświadamiam sobie, że napis WYJŚCIE jest raczej typowy dla wieku dwudziestego. Wstaję roztrzęsiony i ruszam w stronę drzwi. Pod bosymi stopami czuję zimne płytki, na ciele mam gęsią skórkę. W całym budynku panuje absolutna cisza. Klimatyzowane powietrze jest duszne i trudno się w nim oddycha. Docieram do drzwi i zaglądam do następnego pomieszczenia. Pełno w nim szklanych gablot, w bladym świetle wpadającym z ulicy przez wysokie okna dostrzegam tysiące żuków. Dzięki Bogu trafiłem do Muzeum Historii Naturalnej. Stoję nieruchomo i biorę głęboki wdech, próbując logicznie myśleć. Nagle w moim umęczonym mózgu zapala się jakieś światełko i próbuję iść za jego blaskiem. Mam coś zrobić. Tak. Moje piąte urodziny... ktoś tutaj był i ja zaraz mam się tym kimś stać... Muszę znaleźć jakieś ubranie. Tak, koniecznie.

Pędzę przez dział żuków do długiego holu, który przecina drugie piętro, zbiegam schodami na pierwsze, wdzięczny, że trafiłem do czasów, gdy nie znano jeszcze czujników ruchu. Wielkie słonie wznoszą się złowieszczo nade mną w blasku księżyca, macham do nich po drodze do sklepu z pamiątkami, który znajduje się po prawej stronie wejścia. Przeglądam szybko oferowane tam przedmioty. Kilka z nich na pewno mi się przyda: ozdobny nożyk do otwierania listów, metalowa zakładka do książki z symbolem muzeum i dwie koszulki z dinozaurami. Zamki na gablotach są nieporozumieniem; otwieram je wsuwką, którą znajduję obok kasy, i wyjmuję, co trzeba. Świetnie. Wracam po schodach na trzecie piętro. To „strych" muzeum, gdzie znajdują się laboratoria i biura pracowników. Odczytuję nazwiska na wizytówkach przy drzwiach, ale żadne z nich nic mi nie mówi. Wreszcie wybieram jedno i przesuwam metalową zakładkę przez zamek, aż puszcza zapadka. Wchodzę do środka.

Biuro należy do niejakiego V.M. Williamsona, który jest straszliwym bałaganiarzem. W pokoju walają się papiery i brudne kubki po kawie, z popielniczki wysypują się niedopałki. Na biurku leży częściowo złożony szkielet żmii. Szukam jakichś ubrań, ale bez powodzenia. Następne pomieszczenie zajmuje kobieta, J.F. Bentley. Trzecie podejście okazuje się udane. W pokoju D.W. Fitcha wisi na wieszaku garnitur, który mniej więcej na mnie pasuje. Ma tylko trochę za krótkie rękawy i nogawki i jest za szeroki w ramionach. Wkładam pod niego jedną koszulkę z dinozaurem. Nie mam co prawda butów, ale prezentuję się względnie przyzwoicie. D.W. schował też w biurku nieotwartą paczkę ciasteczek „Oreo", chwała mu za to. Wyjmuję ją z szuflady i wychodzę, zamykając za sobą starannie drzwi.

Gdzie byłem, kiedy zobaczyłem siebie? Zamykam oczy i czuję, jak ogarnia mnie coraz większe zmęczenie. O mało co nie padam na podłogę, ale udaje mi się odzyskać równowagę i nagle wszystko sobie przypominam: widzę idącą w moją stronę sylwetkę oświetloną od tyłu światłem wpadającym przez frontowe wejście do muzeum. Muszę wrócić do Wielkiego Holu.

Kiedy tam docieram, panuje cisza. Przechodzę przez środek sali, próbując odtworzyć widok wejścia, po czym siadam w pobliżu szatni, by móc pojawić się z lewej strony. Słyszę pulsowanie krwi w głowie, szum klimatyzacji, samochody jadące Lake Shore Drive. Powoli zjadam dziesięć ciasteczek, rozkładając je na pół i wyskrobując nadzienie przednimi zębami, by wystarczyły na dłużej. Nie mam pojęcia, która to godzina ani jak długo przyjdzie mi czekać. Jestem już prawie trzeźwy i w związku z tym czujny. Czas mija, ale nic się nie dzieje. Wreszcie słyszę głuchy stuk i świst wciąganego powietrza. Znów zapada cisza. Czekam. Wstaję cichutko i powoli wchodzę do holu. Staję przy drzwiach i wołam niezbyt głośno: „Henry".

Nic. Grzeczny chłopiec, zawsze ostrożny. Próbuję jeszcze raz.

– Wszystko w porządku, Henry. Jestem twoim przewodnikiem, oprowadzę cię. To wyjątkowe zwiedzanie, tylko dla ciebie. Nie bój się.

Słyszę sapnięcie.

– Przyniosłem ci podkoszulek. Nie zmarzniesz, kiedy będziemy oglądać eksponaty. – Widzę go teraz, jak stoi na granicy bladego światła i ciemności. – Łap!

Rzucam mu podkoszulek, który znika, po czym Henry wchodzi w krąg światła.

Podkoszulek opada mu aż do kolan. Widzę siebie w wieku pięciu lat: czarne sterczące włosy, blada cera, brązowe oczy, szczupły, zwinny. Jako pięciolatek jestem szczęśliwy, chroniony przez normalność i kochające ramiona rodziców. Teraz wszystko się zmieni i nic nie będzie już takie jak dawniej.

Podchodzę do niego powoli i pochylam się.

– Cześć – mówię cicho. – Miło cię widzieć, Henry. Dzięki, że wpadłeś tutaj dziś wieczór.

– Gdzie ja jestem? I kim ty jesteś? – pyta lekko piskliwym głosem, który odbija się echem od zimnych marmurów.

– Jesteś w Muzeum Historii Naturalnej. Przysłano mnie tutaj, żebym pokazał ci eksponaty, których nie można normalnie oglądać za dnia. Ja też mam na imię Henry. Czyż to nie zabawne?

Kiwa głową.

– Masz ochotę na ciasteczko? Ja bardzo lubię jeść ciasteczka, gdy zwiedzam muzeum. To zwiększa ilość doznań. – Podsuwam mu paczkę „Oreo".

Jest na pewno głodny, ale waha się, nie wiedząc, ile ciasteczek może wziąć, by nie okazać się niegrzecznym.

– Weź, ile tylko chcesz. Ja zjadłem już dziesięć, więc będziesz musiał mnie dogonić.

Bierze trzy.

– Czy chciałbyś zobaczyć coś w pierwszej kolejności?

Kręci głową.

– Wiesz co? Chodźmy na trzecie piętro. Tam trzymają wszystkie te rzeczy, których nie pokazują zwiedzającym. Dobrze?

– Dobrze.

Wchodzimy w mroku po schodach. Henry idzie powoli, więc dopasowuję swoje tempo do niego.

– Gdzie jest mama?

– W domu. Śpi. To specjalne zwiedzanie, tylko dla ciebie, bo masz urodziny. Poza tym dorośli nie robią takich rzeczy.

– A ty nie jesteś dorosły?

– Jestem bardzo niezwykłym dorosłym. Moja praca polega na przeżywaniu przygód. Kiedy więc się dowiedziałem, że masz wielką ochotę wrócić natychmiast do muzeum, skorzystałem z okazji, żeby cię oprowadzić.

– Ale jak się tu dostałem? – Zatrzymuje się na ostatnim stopniu i patrzy na mnie, nic nie rozumiejąc.

– To sekret. Jeśli ci go zdradzę, będziesz musiał przysiąc, że nikomu o tym nie powiesz.

– Dlaczego?

– Bo nikt ci nie uwierzy. Możesz powiedzieć mamie albo Kimy, jeśli chcesz, ale nikomu więcej. Dobrze?

– Dobrze...

Klękam przed nim, przed moją tak jeszcze niewinną wersją, i patrzę mu prosto w oczy.

– Przysięgasz na wszystko?

– Aha...

– No to posłuchaj. Podróżowałeś w czasie. Byłeś w swojej sypialni, aż tu nagle bum! i jesteś tutaj. Nie jest jeszcze tak późno, więc mamy mnóstwo czasu, żeby obejrzeć wszystko, zanim będziesz musiał wrócić do domu.

Henry milczy i patrzy na mnie wyraźnie zbity z tropu.

– Ale... dlaczego?

– Tego jeszcze nie wiem. Ale na pewno ci powiem, gdy to odkryję. Na razie chodźmy dalej. Masz jeszcze ochotę na ciasteczko?

Bierze jedno i ruszamy powoli korytarzem. Decyduję się na mały eksperyment.

– Spróbujmy tutaj.

Przesuwam zakładkę wzdłuż drzwi oznaczonych numerem 306 i otwieram je. Kiedy zapalam światło, dostrzegam na podłodze całą masę kamieni wielkości dyni. Niektóre są całe, inne rozbite na pół, mają poszarpaną powierzchnię i żyłki metalu w środku.

– Spójrz, Henry, to meteoryty.

– Co to są meterytty?

– Kamienie, które spadły z kosmosu.

Patrzy na mnie, jakbym ja też stamtąd przybył.

– Pójdziemy dalej?

Kiwa głową. Zamykam drzwi do sali z meteorytami i otwieram te po drugiej stronie korytarza. W tej sali jest mnóstwo ptaków. Uchwycone w symulowanym locie, siedzące na gałęziach drzew, ale też ptasie głowy i skóry. Otwieram jedną z setek szuflad; znajduje się w niej kilkanaście szklanych probówek.

W każdej zamknięto malutkiego złoto-czarnego ptaka. Karteczka z jego nazwą przyczepiona jest do nóżki. Henry ma oczy wielkie jak spodeczki.

– Chcesz jednego dotknąć?

– Aha.

Wyjmuję watę zamykającą probówkę i wytrząsam szczygła na dłoń. Henry gładzi go czule po malutkiej główce.

– Czy on śpi?

– Mniej więcej.

Patrzy na mnie ostro, nieufnie przyjmując moje wyjaśnienie. Wsuwam ostrożnie szczygła z powrotem do probówki, zatykam ją watą i chowam do szuflady. Jestem bardzo zmęczony. Nawet samo słowo „sen" stanowi pokusę nie do odparcia, kusi mnie swą słodyczą. Wyprowadzam Henry'ego do holu i nagle przypominam sobie, co najbardziej urzekło mnie podczas tego nocnego wypadu do muzeum, kiedy byłem mały.

– Chodźmy do biblioteki.

Henry wzrusza ramionami. Idę teraz znacznie szybciej, więc musi podbiegać, by dotrzymać mi kroku. Biblioteka jest na trzecim piętrze we wschodnim skrzydle budynku. Kiedy tam docieramy, zatrzymuję się na chwilę i oglądam zamki. Henry patrzy na mnie, jakby chciał powiedzieć: „No to koniec". Wyjmuję z kieszeni nożyk do otwierania listów. Odkręcam drewnianą rączkę i okazuje się, że w środku jest bardzo użyteczny metalowy pręt. Wsuwam go do zamka i delikatnie nim kręcę. Słyszę, jak poruszają się sprężyny, wsuwam więc pręt głębiej. I nagle proszę! Sezam otwarty.

Nareszcie udało mi się zrobić na nim wrażenie.

– Jak to zrobiłeś?

– To nie jest wcale takie trudne. Nauczę cię, kiedy spotkamy się następnym razem. *Entrez!*

Przytrzymuję drzwi i Henry wchodzi do środka.

Włączam światło i czytelnia ukazuje się nam w całej okazałości: ciężkie drewniane stoły, krzesła, brązowy dywan, ogromne biurko. Biblioteki w Muzeum Historii Naturalnej nie zaprojektowano bynajmniej z myślą o pięciolatkach. Jest zamknięta dla publiczności, korzystają z niej tylko naukowcy. Wzdłuż wszystkich ścian wznoszą się przeszklone półki, lecz znajdują się na nich przede wszystkim oprawione w skórę czasopisma z epoki wiktoriańskiej. Księga, której szukam, leży samotnie w ogromnej dębowej gablocie na środku sali. Otwieram zamek szpilką i podnoszę szklaną pokrywę. Naprawdę, w muzeum powinni zadbać o lepsze zabezpieczenia. Nie mam z tego powodu żadnych wyrzutów sumienia, w końcu jestem pracownikiem biblioteki i przez cały czas oprowadzam wycieczki po Newberry. Znajduję na biurku kawałek filcu i kilka podkładek i kładę je na najbliższym stole. Zamykam księgę, ostrożnie wyjmuję ją z gabloty i układam na filcu. Odsuwam krzesło.

– Stań tutaj. – Wskazuję mu krzesło. – Żebyś mógł lepiej widzieć.

Henry posłusznie wspina się na krzesło, a ja otwieram księgę.

To *Ptaki Ameryki* Audubona, luksusowe ogromne wydanie, które jest niemal tak wysokie, jak moja pięcioletnia wersja. To najpiękniejszy zachowany egzemplarz; podziwiałem go przez wiele deszczowych popołudni. Kiedy pokazuję mu pierwszą ilustrację, Henry się uśmiecha.

– Nur pospolity – czyta. – Wygląda jak kaczka.

– Masz rację. Założę się, że zgadnę, którego ptaka lubisz najbardziej.

Kręci głową z uśmiechem.

– O co się założysz?

Spuszcza wzrok na koszulkę z dinozaurem i wzrusza ramionami. Znam dobrze to uczucie.

– A co powiesz na to: jeśli zgadnę, dostaniesz ciasteczko, a jeśli nie zgadnę, też je dostaniesz?

Zastanawia się przez chwilę i dochodzi do wniosku, że to uczciwe postawienie sprawy. Otwieram księgę na stronie z flamingiem. Henry wybucha śmiechem.

– Zgadłem?

– Tak!

Łatwo jest być wszechwiedzącym, gdy już raz wszystko się przeżyło.

– Proszę, to twoje ciasteczko. Ja też wezmę jedno w nagrodę, że zgadłem. Ale musimy poczekać, aż skończymy oglądać książkę; nie chcemy przecież pobrudzić ptaków okruszkami, prawda?

– Tak!

Henry kładzie ciastko na podpórce fotela i zaczynamy oglądać wszystko od początku, bardzo powoli. Ptaki na obrazkach wydają się o wiele bardziej prawdziwe niż te zamknięte w szklanych probówkach, które oglądaliśmy w pierwszej sali.

– To wielka błękitna czapla. Jest ogromna, o wiele większa od flaminga. Widziałeś kiedyś kolibra?

– Tak, dzisiaj!

– Tutaj, w muzeum?

– Aha.

– Poczekaj, aż zobaczysz go na wolności. Przypominają małe helikoptery, poruszają skrzydełkami tak szybko, że aż się kręci w głowie...

Odwracanie stron przypomina ścielenie łóżka, każda z nich wznosi się majestatycznie, a potem opada. Henry stoi spokojnie, czekając cierpliwie na każdy nowy cud, wydaje okrzyki zachwytu, widząc żurawia, łyskę amerykańską, alkę olbrzymią, dzięcioła. Kiedy dochodzimy do ostatniej strony, śnieżnego trznadla, Henry pochyla się i delikatnie gładzi rysunek. Patrzę na niego, na książkę i wszystko sobie przypominam: ten moment, tę pierwszą książkę, którą pokochałem; pamiętam, jak chciałem się na niej położyć i zasnąć.

– Jesteś zmęczony?

– Uhm.

– Pójdziemy już?

– Dobrze.

Zamykam *Ptaki Ameryki*, wkładam księgę do gabloty, otwieram ją na stronie z flamingiem i zamykam pokrywę. Henry zeskakuje z krzesła i wsuwa do buzi ciasteczko. Odkładam filc na biurko i przysuwam krzesło. Henry gasi światło i wychodzimy z biblioteki.

Idziemy korytarzem, cały czas pogryzając ciasteczka i rozmawiając o stworzeniach, które latają i pełzają. Henry opowiada mi o mamie i tacie, o pani Kim, która uczy go przyrządzać lasagne, o Brendzie, o której zupełnie zapomniałem. Była moją najlepszą przyjaciółką, ale jej rodzina przeniesie się do Tampy na Florydzie za jakieś trzy miesiące. Stajemy przed Buszmenem, legendarnym srebrnym gorylem, który spogląda na nas dostojnie z marmurowego podestu ustawionego w holu pierwszego piętra. Nagle Henry krzyczy, pochyla się, próbuje złapać mnie za rękę. Chwytam go, ale on już znika. Trzymam w ręce mały, wilgotny podkoszulek. Wzdycham ciężko i idę na górę, by przez chwilę pooglądać w samotności mumie. Moja mała wersja jest już na pewno w domu i kładzie się do łóżka. Pamiętam, pamiętam doskonale. Obudziłem się rano i myślałem, że to był cudowny sen. Mama śmiała się i powiedziała, że podróżowanie w czasie jest na pewno bardzo zabawne i ona też chciałaby spróbować. To był mój pierwszy raz.

PIERWSZA RANDKA

Piątek, 23 września 1977
(Henry ma 36, Clare 6 lat)

HENRY: Jestem na Łące, czekam. Siedzę niedaleko polany, nagi, bo nie mogę znaleźć ubrań, które Clare trzyma dla mnie w pudle pod kamieniem. Nie ma też pudła, więc dziękuję Bogu, że popołudnie jest ciepłe. To chyba początek września jakiegoś niezidentyfikowanego roku. Raz jeszcze przeszukuję wysoką trawę. Zastanawiam się przez chwilę. Fakt, że nie znalazłem pudła z ubraniami, oznacza, że zjawiłem się w czasie, kiedy jeszcze nie poznaliśmy się z Clare. Może Clare jeszcze się nie urodziła? Zdarzyło się już tak parę razy i zawsze mocno to przeżywałem. Brak mi jej i ukrywam się wtedy nagi na Łące, bo nie mam odwagi pokazać się w pobliżu jej rodziny. Myślę z tęsknotą o jabłoniach rosnących na zachodnim krańcu Łąki. O tej porze roku na pewno są na nich jabłka, niewielkie i kwaśne, ale jadalne, ulubiony przysmak jeleni. Nagle słyszę stukot zamykanych drzwi i wysuwam głowę nad trawę. Krętą ścieżką biegnie radośnie dziecko i po chwili na polanę wpada Clare.

Jest jeszcze mała. O niczym nie wie, jest sama. Wciąż ma na sobie szkolny mundurek: ciemnozielony sweter, białą bluzkę, podkolanówki i sznurowane buciki. W ręce trzyma reklamówkę i duży plażowy ręcznik. Rozkłada go na trawie i wysypuje z reklamówki mnóstwo przyborów do pisania. Stare długopisy, ogryzki ołówków, kredki, pisaki, wieczne pióro. Przyniosła też papier z kancelarii ojca. Układa wszystko starannie, po czym wypróbowuje po kolei każdy długopis i pisak, malując na papierze najróżniejsze zawijasy. Cały czas nuci coś pod nosem. Przez chwilę słucham uważnie i już wiem: to motyw przewodni z programu „The Dick Van Dyke Show".

Waham się przez moment. Clare jest bardzo pochłonięta tym, co robi. Ma chyba sześć lat; jest wrzesień, więc musiała właśnie zacząć pierwszą klasę. Najwyraźniej nie czeka na mnie, jestem obcy, a na pewno pierwszą rzeczą, jakiej uczą w szkole, jest unikanie wszelkich kontaktów z obcymi, którzy zjawiają się nadzy w twoim ulubionym miejscu, wiedzą, jak masz na imię, i proszą, żeby nie mówić o nich ani słowa rodzicom. Ciekawe, czy dziś przypada dzień naszego pierwszego spotkania. A może wydarzyło się to kiedy indziej? Może powinienem pozostać w ukryciu? Clare pójdzie sobie, a ja zjem kilka tych kwaśnych jabłek i ukradnę jakieś ubrania z pralni. Z zamyślenia wyrywa mnie Clare, która stoi tuż przede mną. Uświadamiam sobie, stanowczo zbyt późno, że podśpiewywałem razem z nią.

– Kto tu jest? – syczy. Wygląda jak rozgniewana gąska: wyciąga szyję i wspina się na palce.

Na gwałt szukam właściwych słów.

– Witaj, mała mieszkanko Ziemi – odpowiadam śpiewnie.

– Mark! Ty świntuchu! – Clare szuka czegoś, czym mogłaby rzucić, i decyduje się na buty z ciężkimi obcasami. Zdejmuje je szybko i rzuca.

Chyba nie widzi, ale ma szczęście, bo jednym trafia mnie prosto w usta. Z rozciętej wargi płynie krew.

– Proszę, nie rób tego. – Nie mam czym zatamować krwi, więc przyciskam dłoń do ust, przez co mówię zduszonym głosem. Boli mnie cała szczęka.

– Kto tam jest? – Clare jest teraz mocno przestraszona; ja też.

– Henry. Mam na imię Henry. Clare, nie zrobię ci krzywdy i proszę, nie rzucaj już we mnie.

– Oddaj mi buty. Nie znam cię. Dlaczego się chowasz? – Patrzy wściekła w moją stronę.

Rzucam buty na polanę. Clare podnosi je z ziemi i trzyma w dłoniach jak pistolety.

– Chowam się, bo zgubiłem ubranie i bardzo się wstydzę. Przybyłem tu z daleka, jestem głodny, nie znam nikogo, a teraz krwawię.

– Skąd się tu wziąłeś? I skąd wiesz, jak mam na imię? Prawda i tylko prawda.

– Przybyłem tu z przyszłości. Podróżuję w czasie. W przyszłości będziemy przyjaciółmi.

– Ludzie podróżują w czasie tylko w filmach.

– Chcemy, żebyście w to wierzyli.

– Dlaczego?

– Gdyby wszyscy zaczęli podróżować w czasie, zrobiłby się straszliwy tłok. Jak wtedy, gdy w zeszłym roku pojechałaś na święta do babci Abshire i na lotnisku O'Hare panował straszny ścisk. Pamiętasz? My, podróżujący w czasie, nie chcemy mieć kłopotów, wiec nikomu o tym nie mówimy.

Clare zastanawia się przez chwilę.

– Wyjdź stamtąd.

– Pożycz mi swój ręcznik.

Chwyta go za jeden koniec i wszystkie pisaki, ołówki i długopisy wylatują w powietrze. Rzuca ręcznik w moją stronę. Odwracam się i owijam nim w pasie. Jest jasnoróżowo-pomarańczowy w duże geometryczne wzory. To coś, co z pewnością chcesz mieć na sobie, gdy po raz pierwszy spotykasz swoją przyszłą żonę. Odwracam się i wychodzę na polanę; siadam na kamieniu z największą godnością, na jaką mogę się w tej sytuacji zdobyć. Clare staje jak najdalej ode mnie, ale pozostaje na polanie. W rękach nadal trzyma buty.

– Krwawisz.

– Tak. Rzuciłaś we mnie butem.

– Och.

Zapada cisza. Staram się wyglądać niewinnie i miło. Clare na pewno wiele razy słyszała, że ludzie mogą mieć złe zamiary, więc nie chcę jej przestraszyć.

– Nabijasz się ze mnie.

– Nigdy bym tego nie zrobił. Dlaczego tak sądzisz?

Jest bardzo uparta.

– Nikt nie podróżuje w czasie. Kłamiesz.

– Święty Mikołaj podróżuje.

– Co?

– Jasne. Myślisz, że udałoby mu się dostarczyć wszystkie prezenty w jedną noc? Przesuwa wskazówki zegara o parę godzin wstecz, żeby zdążyć wrzucić wszystko do kominów.

– Święty Mikołaj jest magiczny. A ty na pewno nie jesteś.

– Chodzi ci o to, że nie jestem magiczny? Jezu, alež twarda z ciebie klientka.

– Nie jestem żadną klientką.

– Wiem. Ty jesteś Clare. Clare Anne Abshire, urodzona dwudziestego czwartego maja tysiąc dziewięćset siedemdziesiątego pierwszego roku. Twoi rodzice to Philip i Lucille Abshire. Mieszkasz z nimi, z babcią, bratem Markiem i siostrą Alicią w tym dużym domu, o tam.

– Nawet jeśli wiesz to wszystko, to jeszcze nie znaczy, że przybyłeś z przyszłości.

– Jeśli zostaniesz tu dłużej, zobaczysz, jak zniknę. – Czuję, że mogę na to liczyć, bo Clare powiedziała mi kiedyś, że podczas naszego pierwszego spotkania największe wrażenie wywarło na niej moje zniknięcie.

Cisza. Clare przestępuje z nogi na nogę i odpędza komara.

– Znasz Świętego Mikołaja?

– Osobiście? Nie. – Krew przestała już płynąć z wargi, ale na pewno wyglądam okropnie. – Clare, masz może plaster? A może coś do jedzenia? Podczas podróży w czasie robię się strasznie głodny.

Zastanawia się przez chwilę. Sięga do kieszeni swetra i wyciąga lekko nadgryziony batonik. Rzuca go w moją stronę.

– Dzięki. Uwielbiam je. – Zjadam batonik bardzo szybko. Mam bardzo niski poziom cukru we krwi. Wsuwam papierek do reklamówki.

Clare jest zachwycona.

– Jesz jak pies.
– Wcale nie! – Jestem do głębi urażony. – Mam przeciwstawne kciuki.
– Co to są stawne kciuki?
– Zrób tak. – Układam palce w znak „okay". Ona robi to samo. – Możesz to zrobić dzięki przeciwstawnym kciukom. Znaczy to też, że możesz otwierać słoiki, wiązać sznurówki i robić mnóstwo innych rzeczy, których zwierzęta nie potrafią.
Nie wydaje się usatysfakcjonowana moim tłumaczeniem.
– Siostra Carmelita mówi, że zwierzęta nie mają duszy.
– Jasne, że mają. Skąd ona o tym wie?
– Mówi, że tak powiedział papież.
– Papież to stary głupek. Zwierzęta mają o wiele piękniejsze dusze od nas. Nigdy nie kłamią ani nikogo nie wysadzają w powietrze.
– Ale się zjadają.
– Muszą to robić. Nie mogą przecież iść do Dairy Queen i kupić dużego waniliowego loda z czekoladową posypką, prawda? – Wiem, że Clare uwielbia je nad życie. (Jako dziecko. Dorosła Clare przepada za sushi, zwłaszcza w Katsu przy Peterson Avenue).
– Mogą jeść trawę.
– My też, ale tego nie robimy. Jemy hamburgery.
Clare siada na brzegu polany.
– Etta zabrania mi rozmawiać z obcymi.
– I ma rację.
Cisza.
– Kiedy znikniesz?
– Kiedy będę gotowy. Nudzisz się ze mną?
Clare przewraca oczami.
– Czym się zajmowałaś?
– Uczyłam się pisać.
– Mogę zobaczyć?
Clare podnosi się ostrożnie i zbiera kilka kartek, nie spuszczając ze mnie badawczego spojrzenia. Pochylam się i wyciągam

rękę, jakby była rottweilerem. Szybko podaje mi kartki i cofa się. Patrzę na nie uważnie, jakby właśnie podała mi oryginalne rysunki Bruce'a Rogersa do *Centaura*, Księgę z Kells lub coś w tym stylu. Pisała raz po raz „Clare Anne Abshire" coraz większymi literami. Wszystkie są bardzo staranne, wypracowane, a we wszystkich kółkach wymalowała uśmiechnięte buzie. Bardzo to ładne.

– Ślicznie.

Clare jest wyraźnie zadowolona, jak zawsze, gdy ktoś chwali jej prace.

– Mogę zrobić coś takiego dla ciebie.

– Wspaniale. Ale nie wolno mi nic zabierać ze sobą, kiedy podróżuję w czasie. Mogłabyś to dla mnie schować, a ja będę oglądał za każdym razem, gdy się spotkamy.

– Dlaczego nie wolno ci nic zabierać?

– Zastanów się przez chwilę. Gdyby podróżujący w czasie zaczęli zabierać ze sobą różne przedmioty, szybko powstałby straszliwy bałagan. Załóżmy, że przeniósłbym w przeszłość trochę pieniędzy. Mógłbym sprawdzić wyniki losowania loterii albo zakłady futbolowe i zarobić kupę forsy. To chyba nie byłoby sprawiedliwe, prawda? A gdybym był nieuczciwy, mógłbym coś ukraść i zabrać do przyszłości, gdzie nikt by mnie nie znalazł.

– Mógłbyś być piratem! – Clare jest tak zachwycona tym pomysłem, że przestaję być dla niej Niebezpiecznym Obcym. – Mógłbyś zakopać pieniądze, zrobić mapę, a potem wykopać je w przyszłości.

Mniej więcej w ten sposób zdobywamy później fundusze na nasz rockandrollowy styl życia. Clare uważa to za lekko niemoralne, choć dzięki temu mamy pewną przewagę na giełdzie.

– To świetny pomysł. Ale teraz nie potrzebuję pieniędzy; potrzebuję ubrania.

Clare spogląda na mnie z powątpiewaniem.

– Czy twój tato ma jakieś niepotrzebne ubrania? Wystarczy para spodni. Nie zrozum mnie źle, ten ręcznik bardzo mi się podoba, ale tam, skąd przybywam, chodzę głównie w spodniach.

Philip Abshire jest trochę niższy ode mnie i jakieś piętnaście kilo grubszy. W jego spodniach wyglądam dość komicznie, ale przynajmniej są wygodne.

– Nie wiem...

– W porządku, nie musisz ich przynosić teraz. Ale będzie mi bardzo miło, jeśli zrobisz to następnym razem.

– Następnym razem?

Biorę kawałek czystej kartki i ołówek. Piszę drukowanymi literami: CZWARTEK, 29 WRZEŚNIA 1977, PO KOLACJI. Podaję kartkę Clare. Bierze ją ostrożnie. Widzę coraz gorzej. Słyszę jeszcze, jak Etta woła Clare do domu.

– To sekret, Clare. Dobrze?

– Dlaczego?

– Nie mogę ci powiedzieć. Muszę już znikać. Miło było cię poznać.

Wyciągam rękę i Clare ujmuję ją bardzo odważnie. Kiedy się żegnamy, znikam.

Środa, 9 lutego 2000
(Clare ma 28, Henry 36 lat)

CLARE: Jest jeszcze wcześnie, dopiero szósta. Śpię lekkim snem, kiedy Henry wpada na mnie z całą siłą. Uświadamiam sobie, że był w innym czasie. Materializuje się na mnie, krzyczę więc z całych sił. Początkowo przerażeni wybuchamy potem śmiechem. Przewracam się na bok, Henry też, i widzę, że ma rozciętą wargę. Płynie z niej krew. Zrywam się z łóżka i biegnę po ręcznik. Kiedy wracam, Henry nadal się uśmiecha.

– Jak to się stało? – pytam, przykładając mu wilgotny ręcznik.

– Rzuciłaś we mnie butem.

Nie pamiętam, żebym kiedykolwiek czymś w niego rzucała.

– Nie rzuciłam.

– Rzuciłaś. Spotkaliśmy się po raz pierwszy i kiedy tylko mnie zobaczyłaś, powiedziałaś: „To mężczyzna, za którego wyjdę za mąż", i cisnęłaś we mnie butem. Zawsze twierdziłem, że świetnie znasz się na ludziach.

Czwartek, 29 września 1977
(Clare ma 6, Henry 36 lat)

CLARE: Na stojącym na biurku taty kalendarzu jest taka sama data, jak ta, którą ten mężczyzna napisał na kartce. Nell gotowała dla Alicii jajko na miękko, a Etta wrzeszczała na Marka, bo nie odrobił zadania i grał ze Steve'em we frisbee. Zapytałam Ettę, czy mogę wziąć trochę ubrań ze skrzyni. Chodziło mi o skrzynię na strychu, gdzie bawimy się w przebieranki, a Etta spytała: „Po co?". Odparłam: „Chcę się pobawić z Megan w przebieranki". Etta wściekła się i powiedziała: „Czas zbierać się do szkoły. Pomyślisz o zabawie, kiedy wrócisz do domu". Poszłam więc do szkoły. Przerabialiśmy dodawanie, mówiliśmy o larwach mącznika, o języku, a po lunchu mieliśmy francuski, religię i muzykę. Cały dzień martwiłam się o spodnie dla tego mężczyzny, bo wyglądał, jakby bardzo ich potrzebował. Kiedy więc wróciłam do domu, poszłam zapytać Ettę jeszcze raz, ale wyszła do miasta. Nell pozwoliła mi oblizać pałkę z ciasta. Etta nigdy nam na to nie pozwala, bo możemy dostać salmonelli. Mama coś pisała i już miałam wyjść bez pytania, kiedy spytała: „O co chodzi, kochanie?". Gdy jej wyjaśniłam, odparła, że mogę poszukać w workach z odzieżą dla biednych i wziąć, co chcę. Poszłam więc do pralni i przeszukałam worki. Znalazłam trzy pary spodni taty, ale w jednej była duża wypalona papierosem dziura. Wzięłam dwie pozostałe, jedną białą koszulę, z tych, jakie tato nosi do pracy, krawat w rybki i czerwony sweter. I jeszcze żółty szlafrok, który nosił, gdy byłam malutka. Pachniał tatą. Schowałam ubrania do torby i wsunęłam ją do komórki. Gdy stamtąd wychodziłam, wpadłam na Marka. „Co robisz, dupku?", spytał. Odparłam: „Nic takiego, dupku". Pociągnął mnie za włosy, a ja nastąpiłam mu z całych sił na stopę. Zaczął płakać i pobiegł się poskarżyć. Ja poszłam do swojego pokoju i bawiłam się Panem Misiem i Jane.

Jane jest gwiazdą filmową i Pan Miś pyta ją, jak się czuje w tej roli, a ona odpowiada, że tak naprawdę chce być weterynarzem, ale jest taka piękna, że musi być gwiazdą. Pan Miś wyjaśnia, że może zostać weterynarzem, kiedy będzie stara. Po chwili zapukała Etta i zapytała: „Dlaczego nastąpiłaś Markowi na nogę?", ja na to: „Bo on pociągnął mnie za włosy". Etta odparła: „Zwariować z wami można" i poszła sobie. Zjedliśmy kolację tylko z Ettą, bo rodzice poszli na przyjęcie. Mieliśmy pieczonego kurczaka z zielonym groszkiem i tort czekoladowy. Mark dostał największy kawałek, ale nic nie mówiłam, bo oblizałam przecież pałkę. Po kolacji spytałam Ettę, czy mogę wyjść się pobawić, a ona zaraz zapytała, czy mam jakieś zadanie. „Pisanie i przynieść liście na zajęcia plastyczne", powiedziałam. Pozwoliła mi wyjść, ale kazała wrócić przed zmrokiem. Poszłam na górę po niebieski sweter w zebrę, wzięłam też torbę i wyszłam na polanę. Mężczyzny nie było. Siedziałam przez chwilę na kamieniu, a potem pomyślałam, że pozbieram trochę liści. Wróciłam do ogrodu i znalazłam kilka z drzewka mamy, później powiedziała mi, że to miłorząb. Znalazłam też liście klonu i dębu. Potem wróciłam na polanę, ale jego nadal tam nie było. Pomyślałam, że on to wszystko wymyślił, że wcale się nie zjawi i nie potrzebuje spodni. Pomyślałam też, że Ruth miała rację, bo kiedy opowiedziałam jej o tym mężczyźnie, powiedziała, że zmyślam. Ludzie nie znikają w prawdziwym życiu, tylko w telewizji. A może wszystko mi się przyśniło? Tak jak wtedy, gdy zdechł Buster, a ja śniłam, że nic mu nie jest i siedzi sobie spokojnie w klatce. Kiedy się obudziłam i nie było Bustera, mama powiedziała mi: „Sny różnią się od rzeczywistości, ale są równie ważne". Zrobiło mi się zimno i pomyślałam, że może powinnam zostawić torbę, bo jeśli ten mężczyzna się zjawi, to będzie mógł sobie zabrać spodnie. Ruszyłam więc ścieżką, gdy nagle usłyszałam hałas i ktoś powiedział: „Cholera, to zabolało". Dopiero wtedy się przestraszyłam.

HENRY: Wpadam na kamień i ocieram sobie boleśnie kolana. Znów jestem na polanie, a zachodzące pomarańczowoczerwone słońce wygląda jak z obrazów Tumera. Na polanie nie ma nic, z wyjątkiem reklamówki pełnej ubrań. Szybko dochodzę do wniosku, że zostawiła je dla mnie Clare i że zjawiłem się tutaj prawdopodobnie niedługo po naszym pierwszym spotkaniu. Nigdzie jej jednak nie widać, więc wołam ją cicho po imieniu. Żadnej odpowiedzi. Przerzucam zawartość reklamówki. Znajduję parę bawełnianych spodni i drugą, brązową z mięciutkiej wełny, okropny krawat w pstrągi, sweter z godłem Harvardu, białą elegancką koszulę z plamami potu pod pachami, wspaniały jedwabny szlafrok z monogramem Philipa i rozdartą kieszenią. Wszystkie ubrania to starzy przyjaciele, z wyjątkiem krawata, i ich widok bardzo mnie cieszy. Wkładam bawełniane spodnie i sweter i błogosławię wrodzony smak Clare i rozsądek. Czuję się wspaniale. Nie mam tylko butów, ale poza tym jestem doskonale wyposażony na mój obecny pobyt w czasie.

– Dzięki, Clare. Spisałaś się wspaniale – wołam cicho.

Ku memu wielkiemu zaskoczeniu Clare pojawia się nagle na skraju polany. Szybko zapada zmrok i wygląda na przestraszoną.

– Cześć.

– Cześć, Clare. Dzięki za ubrania. Są idealne i dzięki nim będzie mi wieczorem ciepło.

– Muszę wracać do domu.

– Nie ma sprawy, zaraz zrobi się ciemno. Byłaś w szkole?

– Tak.

– Jaki dziś mamy dzień?

– Czwartek, dwudziesty dziewiąty września tysiąc dziewięćset siedemdziesiątego siódmego roku.

– Bardzo mi pomogłaś. Dziękuję.

– Czemu tego nie wiesz?

– Dopiero się tu zjawiłem. Kilka minut temu dla mnie był jeszcze poniedziałek, dwudziestego siódmego marca dwutysięcznego roku. Było rano, padał deszcz, a ja robiłem grzankę.

– Ale wszystko dla mnie zapisałeś. – Wyjmuje kawałek firmowego papieru Philipa i podaje mi go.

Podchodzę bliżej i spoglądam na datę wypisaną drukowanymi literami moją własną ręką. Przez chwilę zastanawiam się, jak najlepiej wytłumaczyć zawiłości podróżowania w czasie dziecku, którym w tej chwili jest Clare.

– Wiesz, jak korzystać z magnetofonu?

– Mmhmmm.

– Zakładasz taśmę i słuchasz jej od początku do końca, prawda?

– Tak...

– I tak właśnie wygląda twoje życie. Wstajesz rano, jesz śniadanie, myjesz zęby i wychodzisz do szkoły, prawda? Nie wstajesz rano i nie widzisz nagle, że jesz w szkole lunch z Helen i Ruth, po czym nie wracasz nagle do domu, żeby się ubrać.

Clare chichocze.

– Nie.

– Moje życie wygląda inaczej. Ponieważ umiem podróżować w czasie, przeskakuję z jednego czasu do drugiego. To tak, jakbyś zaczęła słuchać taśmy, po czym w pewnej chwili pomyślała: „Chcę jeszcze raz posłuchać tej piosenki". Cofasz więc taśmę, słuchasz jeszcze raz, po czym chcesz wrócić do momentu, w którym przerwałaś słuchanie, ale przewinęłaś taśmę za daleko. Cofasz ją jeszcze trochę, ale i tak nie trafiasz w to samo miejsce. Rozumiesz?

– Mniej więcej.

– No cóż, nie jest to najlepsza analogia na świecie. Czasami gubię się w czasie i nie wiem, gdzie jestem.

– Co to jest analogia?

– Stosujesz ją, kiedy próbujesz wytłumaczyć jakąś rzecz, porównując ją do innej. Na przykład teraz w nowym ubraniu czuję się jak król, ty jesteś śliczna jak obrazek, a Etta będzie zła jak osa, jeśli zaraz nie wrócisz do domu.

– Będziesz tutaj spał? Lepiej chodź ze mną, mamy pokój gościnny.

– To bardzo miło z twojej strony. Niestety, twoją rodzinę będę mógł poznać dopiero w tysiąc dziewięćset dziewięćdziesiątym pierwszym roku.

Clare wyraźnie nic z tego nie rozumie. Problem po części polega chyba na tym, że nie potrafi sięgnąć wyobraźnią dalej niż do lat siedemdziesiątych. Pamiętam, że miałem ten sam problem z sześćdziesiątymi, gdy byłem w jej wieku.

– Czemu?

– To jedna z naszych zasad. Ludziom, którzy podróżują w czasie, nie wolno rozmawiać z tymi, których czasy odwiedzają, bo moglibyśmy wszystko nieźle pogmatwać. – Szczerze mówiąc, nie bardzo w to wierzę; wszystko dzieje się tak, jak ma się dziać, raz i tylko raz. Nie próbuję przecież nikogo namawiać do rozszczepiania wszechświata.

– Ale ze mną rozmawiasz.

– Ty jesteś wyjątkowa. Jesteś odważna, mądra i potrafisz dochować tajemnicy.

Clare jest zakłopotana.

– Powiedziałam o tobie Ruth, ale mi nie uwierzyła.

– Nie przejmuj się. Mnie też mało kto wierzy. A zwłaszcza lekarze. Lekarze nie wierzą w nic, jeśli nie potrafisz im tego udowodnić.

– Ja ci wierzę.

Clare stoi jakieś półtora metra ode mnie. Na jej bladej buzi odbijają się ostatnie promienie zachodzącego słońca. Włosy ma związane w kucyk, ubrana jest w błękitne dżinsy i sweterek z zebrami na piersi. Dłonie zacisnęła w pięści, a na jej twarzy maluje się wyraz determinacji. Nasza córka, myślę ze smutkiem, wyglądałaby właśnie tak.

– Dziękuję ci, Clare.

– Muszę już wracać.

– Dobry pomysł.

– Wrócisz tu jeszcze?

Przebiegam w pamięci Listę.

– Wrócę szesnastego października. To piątek. Przyjdź tutaj zaraz po szkole. Przynieś ten mały pamiętnik, który Megan dała ci na urodziny, i niebieski długopis. – Powtarzam datę i patrzę na Clare, by się upewnić, że ją zapamiętała.

– *Au revoir*, Clare.

– *Au revoir*...

– Henry.

– *Au revoir*, Henri. – Już ma lepszy akcent ode mnie. Odwraca się i biegnie w górę ścieżką, wpadając prosto w jasne, przyjazne ramiona swojego wielkiego domu.

Idę przez coraz ciemniejszą Łąkę. Później tego samego wieczoru wrzucam krawat do kosza na śmieci przy kiosku z rybami i frytkami.

LEKCJE PRZETRWANIA

Czwartek, 7 czerwca 1973 roku
(Henry ma 27 i 9 lat)

HENRY: Stoję naprzeciwko instytutu sztuki w Chicago w słoneczny dzień 1973 roku koło mojej dziewięcioletniej wersji. On przybył tu z przyszłej środy, ja z 1990. Mamy przed sobą całe popołudnie i wieczór, wybraliśmy się więc do jednego z największych muzeów sztuki na świecie na małą lekcję okradania kieszeni.

– Nie możemy po prostu pooglądać eksponatów? – pyta błagalnym głosem Henry. Jest wyraźnie zdenerwowany. Nigdy wcześniej tego nie robił.

– Nie. Musisz się tego nauczyć. Jak uda ci się przetrwać, jeśli nie będziesz umiał niczego ukraść?

– Będę żebrał.

– To niewiele warte, a poza tym stale zwija cię policja. Teraz posłuchaj: kiedy wejdziemy do środka, chcę, żebyś trzymał się ode mnie z daleka i udawał, że się nie znamy. Ale nie odchodź za bardzo, bo musisz widzieć, co robię. Jeśli coś ci podam, nie upuść, tylko wsuń jak najszybciej do kieszeni. Rozumiesz?

– Chyba tak. Możemy zobaczyć Świętego Jerzego?

– Jasne.

Przechodzimy przez Michigan Avenue i mijamy studentów i gospodynie domowe opalające się na schodach muzeum. Po drodze Henry poklepuje lwa z brązu.

Muszę przyznać, że na myśl o tym, co zamierzam zrobić, odczuwam wyrzuty sumienia. Z jednej strony uczę siebie samego, jak przetrwać, co jest niezwykle ważne. W programie zajęć mamy jeszcze kradzieże w sklepach, bicie ludzi, otwieranie zamków, wspinanie się na drzewa, prowadzenie samochodu, włamywanie się do domów, wskakiwanie do kontenerów na śmieci i wykorzystywanie dziwnych rzeczy, na przykład żaluzji i pokryw pojemników na śmieci, jako broni. Z drugiej strony sprowadzam moją biedną niewinną wersję na złą drogę. Wzdycham ciężko. Ktoś musi to zrobić.

Dziś darmowy dzień, więc w muzeum kłębi się tłum. Stajemy w kolejce, przechodzimy przez bramki i powoli wspinamy się na okazałe schody. Wchodzimy do galerii malarstwa europejskiego i cofamy się z siedemnastowiecznej Anglii do piętnastowiecznej Hiszpanii. Święty Jerzy stoi jak zawsze gotowy, by przeszyć cienką włócznią smoka, podczas gdy delikatna, różowo-zielona księżniczka czeka skromnie w tle. Razem z moją małą wersją uwielbiamy całym sercem smoka o żółtym brzuchu i zawsze z ulgą odkrywamy, że chwila jego zagłady jeszcze nie nadeszła.

Stoimy przed obrazem Bernardo Martorella przez pięć minut, po czym Henry odwraca się w moją stronę. Przez chwilę mamy salę tylko dla siebie.

– To wcale nie jest takie trudne – mówię. – Musisz się tylko uważnie rozglądać. Znajdź kogoś, kto jest rozkojarzony. Zorientuj się, gdzie ma portfel. Większość mężczyzn trzyma go w tylnej kieszeni spodni albo w wewnętrznej kieszeni marynarki. W przypadku kobiet szukaj takiej, która przerzuciła torbę przez ramię. Jeśli jesteś na ulicy, możesz spokojnie chwycić całą torbę. Ale tylko wtedy, jeśli masz pewność, że okażesz się szybszy od wszystkich, którzy zechcą cię gonić. Jednak o wiele lepiej jest zabrać portfel tak, by nikt tego nie zauważył.

– Oglądałem kiedyś taki film, w którym złodzieje ćwiczyli na garniturze z przywiązanymi dzwoneczkami. Jeśli ktoś poruszył garnitur, wyjmując portfel, dzwoneczki dzwoniły...

– Tak, pamiętam ten film. Możesz tego spróbować w domu. A teraz chodź ze mną.

Prowadzę Henry'ego z sali z piętnastowiecznym malarstwem do dziewiętnastowiecznego i nagle znajdujemy się w samym środku francuskiego impresjonizmu. Instytut sztuki słynie ze swojej kolekcji impresjonistów. Mnie jest w zasadzie obojętna, ale jak zwykle pełno tu zwiedzających, którzy wyciągają szyje, by zobaczyć choć fragment *Popołudnia na wyspie Grande Jatte* lub *Stogu siana*. Henry nie widzi nic nad głowami dorosłych, ale i tak jest zbyt zdenerwowany, by oglądać obrazy. Rozglądam się po sali. Jakaś kobieta pochyla się nad rozwrzeszczanym maluchem. Chyba nadeszła pora drzemki. Kiwam na Henry'ego i ruszam w jej stronę. Torebka kobiety ma bardzo proste zapięcie, przerzucona przez plecy wisi na długim pasku. Ona sama pochłonięta jest całkowicie uspokajaniem dziecka. Stoi przed *W Moulin Rouge* Toulouse-Lautreca. Przechodząc obok, udaję, że oglądam obraz, wpadam na kobietę, popycham ją i łapię za ramię.

– Przepraszam, tak mi przykro, nie patrzyłem, nic pani nie jest? Taki tu tłok...

Już trzymam rękę w jej torebce, kobieta rumieni się, ma ciemne oczy i długie włosy, duże piersi, nadal próbuje stracić kilogramy, których nabrała w ciąży. Patrzę jej w oczy i znajduję portfel, wciąż przepraszając, wsuwam go do rękawa, obrzucam ją spojrzeniem od stóp do głów i uśmiecham się, odwracam, odchodzę, jeszcze oglądam się przez ramię. Kobieta bierze malca na ręce i patrzy za mną smutnym wzrokiem. Uśmiecham się i odchodzę, odchodzę. Henry schodzi za mną schodami prowadzącymi do Junior Museum. Spotykamy się przy męskiej toalecie.

– To było dziwne – mówi Henry. – Dlaczego ona tak na ciebie patrzyła?

– Jest samotna – próbuję niejasno tłumaczyć. – Może jej mąż rzadko bywa w domu.

Wchodzimy do kabiny i otwieramy portfel. Kobieta nazywa się Denise Radke. Mieszka w Villa Park w stanie Illinois. Jest członkiem Towarzystwa Przyjaciół Muzeum i absolwentką Roosevelt University. W portfelu ma dwadzieścia dwa dolary w banknotach i trochę drobnych. Pokazuję to wszystko w milczeniu

Henry'emu, zamykam portfel i podaję mu. Wychodzimy z toalety i ruszamy w stronę wejścia do muzeum.

– Daj to strażniczce. Powiedz, że znalazłeś na podłodze.

– Dlaczego?

– Nie jest nam potrzebny; chciałem ci tylko pokazać, jak to się robi.

Henry biegnie do strażniczki, starszej czarnoskórej kobiety, która uśmiecha się i lekko klepie go po ramieniu. Wraca powoli i ruszamy dalej, w odległości trzech metrów od siebie. Ja sunę pierwszy długim, ciemnym korytarzem, który kiedyś użyczy miejsca sztuce dekoracyjnej i będzie prowadził do nieplanowanego jeszcze Rice Building. Na razie wisi tu mnóstwo plakatów. Szukam łatwych celów i dostrzegam tuż przed sobą prawdziwe marzenie kieszonkowca. Niewysoki, korpulentny, spalony słońcem, w czapeczce bejsbolówce, spodniach z poliestru i niebieskiej, zapinanej na guziki koszulce bez rękawów wygląda, jakby przybłąkał się tutaj ze stadionu Wrigley Field. Opowiada swojej myszowatej dziewczynie o Vincencie van Goghu.

– Obcina sobie ucho i daje je swojej dziewczynie, co ty na to? Chciałabyś dostać taki prezent, co? Ucho! Wsadzają go potem do wariatkowa...

Co do tego gościa nie mam żadnych wyrzutów. Idzie dalej, niczego nieświadomy, z portfelem w lewej tylnej kieszeni spodni. Ma wielki bandzioch, ale za to prawie wcale zadka, i portfel aż sam się prosi, żebym go wyjął. Sunę tuż za nimi. Henry ma okazję wyraźnie zobaczyć, jak wsuwam kciuk i palec wskazujący do kieszeni gościa i wyjmuję portfel. Zatrzymuję się, oni idą dalej. Podaję portfel Henry'emu, który wsuwa go do kieszeni, a ja ruszam przed siebie.

Pokazuję Henry'emu jeszcze kilka innych technik: jak wyjąć portfel z wewnętrznej kieszeni marynarki, jak zasłonić rękę ukrytą w damskiej torebce, sześć różnych sposobów na odwrócenie uwagi delikwenta, któremu kradniesz portfel, jak wyjąć portfel z plecaka i jak zmusić kogoś, by nieświadomie pokazał ci, gdzie trzyma pieniądze. Henry jest już bardziej odprężony i nawet zaczyna mu się to podobać. Wreszcie mówię:

– No dobra, teraz twoja kolej.

Patrzy na mnie przerażony.

– Nie mogę.

– Jasne, że możesz. Rozejrzyj się dobrze. Upatrz sobie ofiarę.

Stoimy w sali z japońskimi grafikami. Pełno tu starszych pań.

– Nie tutaj.

– No to gdzie?

Zastanawia się przez chwilę.

– W restauracji?

Idziemy tam w milczeniu. Pamiętam to wszystko bardzo dokładnie. Byłem absolutnie przerażony. Patrzę na swoją młodszą wersję i widzę to wyraźnie: Henry aż pobladł ze strachu. Uśmiecham się, wiem, co zaraz nastąpi. Stoimy na końcu kolejki do restauracyjnego ogródka. Henry rozgląda się uważnie.

Przed nami stoi bardzo wysoki mężczyzna w średnim wieku w doskonale skrojonym lekkim, brązowym garniturze. Nie ma możliwości, by zobaczyć, gdzie trzyma portfel. Henry zwraca się do niego, trzymając w ręce jeden z portfeli, które ukradłem wcześniej.

– Przepraszam, czy to pana? – pyta cicho. – Leżał na ziemi.

– Słucham? Hmm, nie. – Mężczyzna sprawdza prawą tylną kieszeń spodni, znajduje tam swój portfel, pochyla się nad Henrym, by lepiej go słyszeć, wyjmuje mu z ręki portfel i otwiera. – Powinieneś go zanieść ochronie... tu jest sporo gotówki.

Nosi grube szkła i patrzy przez nie na Henry'ego. Gdy mówi, Henry sięga ręką do jego prawej tylnej kieszeni i kradnie mu portfel. Ponieważ ma na sobie podkoszulek z krótkimi rękawami, przechodzę obok niego, by mógł mi go podać. Wysoki mężczyzna w brązowym garniturze wskazuje Henry'emu schody i wyjaśnia, komu powinien oddać portfel. Henry rusza we wskazanym kierunku, ja idę za nim, wyprzedzam go i prowadzę przez muzeum prosto do wyjścia na Michigan Avenue. Uśmiechając się od ucha do ucha, lądujemy w Artists Cafe, gdzie za skradzione pieniądze fundujemy sobie po koktajlu i porcji frytek. Potem opróżnione z gotówki portfele wrzucamy do skrzynki pocztowej, a ja wynajmuję nam pokój w Palmer House.

– I co? – pytam, siadając na brzegu wanny. Patrzę, jak Henry myje zęby.

– So, so? – odpowiada niewyraźnie z ustami pełnymi pasty.

– Co o tym sądzisz?

Wypluwa pastę.

– O czym?

– O podprowadzaniu portfeli.

Patrzy na mnie w lustrze.

– Jest w porządku. – Odwraca się i patrzy już prosto na mnie. – Udało mi się! – Uśmiecha się rozradowany.

– Byłeś wspaniały.

– Tak. – Uśmiech znika. – Henry, nie lubię podróżować w czasie sam. Z tobą jest lepiej. Nie możesz zawsze być ze mną?

Stoi tyłem do mnie, patrzymy na siebie w lustrze. Biedny, mały chłopiec: w tym wieku mam bardzo chude plecy i łopatki wystają niczym zarys skrzydeł. Henry odwraca się, czekając na odpowiedź, i już wiem, co muszę mu powiedzieć. Prawdę. Wyciągam rękę, odwracam go i delikatnie przyciągam do siebie. Stoimy teraz razem przed lustrem.

– Spójrz.

Oglądamy nasze odbicia w ozdobnej ramie lustra Palmer House. Mamy takie same ciemnobrązowe włosy, lekko skośne ciemne oczy zaczerwienione ze zmęczenia i dokładnie takie same uszy. Ja jestem wyższy, bardziej muskularny i ogolony. Mały Henry jest chudy, niezgrabny, za długie kończyny wyraźnie mu przeszkadzają. Sięgam ręką do czoła i odgarniam włosy, pokazuję bliznę po wypadku. Nieświadomie naśladuje mój gest i dotyka takiej samej blizny na swoim czole.

– Zupełnie jak moja – mówi zdumiony. – Skąd ją masz?

– Jest taka sama jak twoja. My też jesteśmy tacy sami.

Ulotna, niemal przezroczysta chwila. Nic nie rozumiałem, aż wszystko stało się jasne. Patrzę, jak do tego doszło. Chcę być nami oboma naraz, poczuć raz jeszcze, jak po raz pierwszy przyszłość miesza się z teraźniejszością. Ja zdążyłem się jednak już do tego przyzwyczaić, jest mi z tym zbyt dobrze, więc pozostaję z boku, przypominając sobie, jak cudownie było mieć dziewięć lat i jak nagle dowiedziałem się, że mój przyjaciel, przewodnik, brat tak naprawdę jest mną. Mną, tylko mną. I wynikającą z tego samotność.

– Jesteś mną.

– Tak. Jestem twoją starszą wersją.

– A... inni?

– Inni podróżujący w czasie?

Kiwa głową.

– Chyba nie ma ich zbyt wielu. Ja w każdym razie nigdy żadnego z nich nie spotkałem.

W kąciku lewego oka Henry'ego błyszczy łza. Kiedy byłem mały, wyobrażałem sobie całą grupę podróżujących w czasie, którzy wysłali Henry'ego, mojego nauczyciela, jako emisariusza, by przygotował mnie do wstąpienia do licznego bractwa. Nadal czuję się jak wyrzutek, ostatni członek bardzo licznego niegdyś gatunku. To tak jakby Robinson Crusoe odkrył na piasku niewyraźny odcisk stopy, a potem uświadomił sobie, że to jego własny ślad. Moja mała wersja, chudziutka i drobna, zaczyna płakać. Przytulam go mocno i trzymam tak przez długą chwilę.

Później zamawiamy do pokoju gorącą czekoladę i oglądamy program Johnny'ego Carsona. Henry zasypia przy zapalonym świetle. Kiedy kończy się program, patrzę na niego, a on znika. Wraca do mojego starego pokoju w mieszkaniu mojego taty, stoi zaspany przy moim starym łóżku i z wdzięcznością na nie opada. Ja wyłączam telewizor i lampkę przy łóżku. Przez otwarte okno dobiegają odgłosy ulicy z 1973 roku. Chcę wrócić do domu. Leżę na twardym hotelowym łóżku, sam. Nadal nic nie rozumiem.

Niedziela, 10 grudnia 1978
(Henry ma 15 i 15 lat)

HENRY: Siedzę w sypialni ze sobą. On przybył tutaj z marca przyszłego roku. Robimy to, co zazwyczaj, gdy mamy trochę prywatności, kiedy jest zimno, kiedy obaj przeszliśmy już okres dojrzewania, a jeszcze nie zainteresowaliśmy się na dobre dziewczynami. Chyba robiłaby to większość ludzi, gdyby miała takie jak ja możliwości. Ale nie jestem gejem, nic z tych rzeczy.

Jest późny niedzielny poranek. Słyszę dzwony w kościele Świętego Józefa. Zeszłego wieczoru tato wrócił do domu późno; po koncercie musiał chyba wstąpić do Exchequer; był tak pijany, że upadł na schodach. Musiałem zataszczyć go do mieszkania i położyć do łóżka. Kaszlę i słyszę, jak krząta się po kuchni.

Moja druga wersja jest wyraźnie rozkojarzona; patrzy stale na drzwi.

– Co jest? – pytam.

– Nic – odpowiada.

Wstaję i sprawdzam zamek.

– Nie – mówi z wielkim wysiłkiem.

– Daj spokój – odpowiadam.

Słyszę kroki ojca przed drzwiami pokoju.

– Henry?

Widzę, jak powoli przekręca gałkę w drzwiach. W jednej chwili uświadamiam sobie, że niechcący otworzyłem drzwi. Henry rzuca się do klamki, ale jest za późno: tato wsuwa głowę do środka i przyłapuje nas *inflagrante delicto*.

– Och – mówi. Ma szeroko otwarte oczy i jest wyraźnie zdegustowany. – Jezu, Henry.

Zamyka drzwi i słyszę, jak wraca do swojego pokoju. Rzucam mojej drugiej wersji pełne wyrzutu spojrzenie, naciągam dżinsy i podkoszulek. Idę korytarzem do pokoju taty. Drzwi są zamknięte. Pukam. Zero odpowiedzi. Czekam.

– Tato?

Cisza. Otwieram drzwi, staję w progu.

– Tato?

Siedzi na łóżku tyłem do mnie. Stoję przez chwilę, nie mając odwagi, by wejść do środka. Ojciec się nie odwraca. Wreszcie zamykam drzwi i wracam do siebie.

– To była wyłącznie twoja wina – mówię z wyrzutem do mojej wersji.

Ma na sobie dżinsy i siedzi z głową ukrytą w dłoniach.

– Wiedziałeś, że to się wydarzy i nie powiedziałeś ani słowa. Gdzie się podział twój instynkt samozachowawczy? Co się z tobą, do cholery, dzieje? Po co znać przyszłość, jeśli nie można oszczędzić takich upokarzających scen...

– Zamknij się, Henry – chrypi moja druga wersja. – Zamknij się.

– Nie, nie zamknę się. – Podnoszę głos. – Wystarczyło tylko powiedzieć...

– Posłuchaj. – Patrzy na mnie zrezygnowany. – To było tak, jak... jak tego dnia na lodowisku.

– O, cholera.

Kilka lat temu widziałem, jak krążek hokejowy uderzył w głowę małą dziewczynkę w Indian Head Park. To było straszne. Później dowiedziałem się, że zmarła w szpitalu. A potem zacząłem wracać do tamtego dnia, raz po raz, chciałem ostrzec jej matkę i nie mogłem. Zupełnie jakbym siedział w kinie. Jakbym był duchem. Krzyczałem: „Nie, zabierz ją do domu, nie pozwól jej zbliżać się do lodu, zabierz ją stąd, ona umrze". I uświadamiałem sobie, że tylko ja słyszę te słowa i wszystko wydarzy się jak wtedy.

– Mówisz o zmienianiu przyszłości – mówi Henry. – Ale dla mnie to przeszłość i, o ile wiem, nic nie mogę zrobić. Chodzi mi o to, że próbowałem i właśnie dlatego to się wydarzyło. Gdybym nic nie powiedział, nie wstałbyś...

– To dlaczego powiedziałeś?

– Bo to zrobiłem. Zobaczysz, jak to jest. – Wzrusza ramionami. – Zupełnie jak z mamą. Wypadek. *Immer wieder* – zawsze tak samo. Raz po raz.

– Wolna wola?

Henry wstaje, podchodzi do okna i wygląda na podwórko.

– Rozmawiałem o tym z naszą wersją z tysiąc dziewięćset dziewięćdziesiątego drugiego roku. Powiedział mi coś interesującego: jego zdaniem wolna wola istnieje tylko w teraźniejszości. W przeszłości możemy zrobić tylko to, co już się stało, i możemy tylko tam wrócić, jeśli rzeczywiście tam byliśmy.

– Ale jeśli znajduję się w jakimś czasie, to dla mnie jest to teraźniejszość. Czy nie powinienem móc zadecydować...

– Nie. Najwyraźniej nie.

– A co mówił o przyszłości?

– Zastanów się. Udajesz się do przyszłości, robisz coś i wracasz do teraźniejszości. Wtedy to, co zrobiłeś, jest już częścią twojej przeszłości. Więc to chyba też jest nieuniknione.

Ogarnia mnie dziwne połączenie wolności i rozpaczy. Pocę się gwałtownie. Henry otwiera okno i do pokoju wpada zimne powietrze.

– Ale dzięki temu nie ponoszę odpowiedzialności za nic, co zrobię, kiedy nie znajduję się w teraźniejszości.

– Dzięki Bogu. – Uśmiecha się.

– I wszystko już się wydarzyło.

– Na to wygląda. – Przesuwa dłonią po twarzy i widzę, że powinien się ogolić. – Ale on powiedział, że musisz się zachowywać tak, jakbyś miał wolną wolę, jakbyś był za wszystkie swoje czyny odpowiedzialny.

– Po co? Jakie to ma znaczenie?

– Bo jeśli nie, to będzie bardzo źle.

– Znał to z doświadczenia?

– Tak.

– Co się teraz wydarzy?

– Tato będzie cię ignorował przez trzy tygodnie. A to... – macha ręką w stronę łóżka – ...musimy z tym skończyć.

Wzdycham ciężko.

– Dobra, nie ma problemu. Coś jeszcze?

– Vivian Teska.

Vivian chodzi ze mną na zajęcia z geometrii i mam bzika na jej punkcie, choć nigdy nie odezwałem się do niej ani słowem.

– Jutro po zajęciach podejdź do niej i umów się z nią.

– Nawet jej nie znam.

– Zaufaj mi.

Patrzy na mnie ukradkiem, a ja zastanawiam się, dlaczego niby miałbym to zrobić. Mimo wszystko bardzo chcę uwierzyć.

– Dobra.

– Muszę już iść. Kasa, proszę.

Wyciągam dwadzieścia dolarów.

– Więcej.

Podaję mu następną dwudziestkę.

– To wszystko, co mam.

– W porządku. – Ubiera się, podnosząc rzeczy, z którymi rozstanę się bez żalu. – Jakaś kurtka?

Podaję mu narciarski sweter w duże wzory, którego nie znoszę. Krzywi się i wkłada go. Ruszamy w stronę drzwi kuchennych. Kościelne dzwony wybijają południe.

– Na razie – mówi moja wersja.

– Powodzenia – odpowiadam dziwnie poruszony widokiem samego siebie wyruszającego w nieznane, w zimny chicagowski poranek, w którym nie ma dla niego miejsca.

Henry zbiega po drewnianych schodach, a ja wracam do pustego pokoju.

Środa, 17 listopada/wtorek, 28 września 1982
(Henry ma 19 lat)

HENRY: Siedzę w samochodzie policyjnym w Zion w stanie Illinois. Mam na sobie wyłącznie kajdanki. W środku pachnie papierosami, skórą, potem. Wyczuwam jeszcze jeden zapach, którego nie potrafię zidentyfikować, a który wydaje się typowy dla samochodów policyjnych. To chyba zapach szaleństwa. Lewe oko puchnie mi coraz bardziej, a całe ciało z przodu mam pokryte bliznami, rozcięciami i brudem. To pamiątka po tym, jak potężniejszy z dwóch policjantów pobił mnie na zasypanym rozbitym szkłem pustym parkingu. Teraz policjanci stoją przed samochodem i rozmawiają z sąsiadami. Przynajmniej jeden z nich widział, jak próbowałem się włamać do biało-żółtego wiktoriańskiego domu, przed którym zaparkowała policja. Nie mam pojęcia, w jakim czasie się znajduję. Przebywam tu od mniej więcej godziny i wszystko totalnie spieprzyłem. Jestem bardzo głodny. I straszliwie zmęczony. Miałem siedzieć na seminarium doktora Quarrie poświęconym Szekspirowi, ale chyba tam nie trafiłem. Wielka szkoda. Mieliśmy omawiać *Sen nocy letniej*.

Ten samochód policyjny ma też swoje zalety: w środku jest ciepło i nie jestem teraz w Chicago. Gliniarze z Chicago nienawidzą mnie, bo zaraz po aresztowaniu znikam, a oni nie mają pojęcia dlaczego. Nie chcę też z nimi rozmawiać, więc nie wiedzą, kim jestem i gdzie mieszkam. Kiedy się w końcu dowiedzą, będę ugotowany, bo mają na mnie kilka nakazów: włamanie, kradzież w sklepie, stawianie oporu przy aresztowaniu, ucieczka, obnażanie się w miejscu publicznym, rabunek *und so weiter*. Można z tego wywnioskować, że marny ze mnie przestępca, ale mój główny problem polega na tym, że trudno nie rzucać się w oczy, gdy jest się nagim. Przebiegłość i szybkość to moje główne zalety, ale kiedy próbuję się włamać do domu w biały dzień, nagusieńki jak mnie Pan Bóg stworzył, czasami nic z tego nie wychodzi. Aresztowano mnie siedem razy i jak dotąd zawsze udało mi się zniknąć, zanim pobrali mi odciski palców lub zrobili zdjęcie.

Sąsiedzi zaglądają przez okna do samochodu. Nic mnie to nie obchodzi. Absolutnie nic. Ale to strasznie długo trwa. Cholera, jak ja tego nienawidzę. Opieram się wygodnie i zamykam oczy.

Otwierają się drzwi. Do środka wpada zimne powietrze. Unoszę leniwie powieki. Przez moment widzę tylko metalową siatkę odgradzającą tył samochodu od siedzenia kierowcy, popękane winylowe siedzenia, moje ręce w kajdankach, pokryte gęsią skórką nogi, niebo za tylną szybą, czarną policyjną czapkę na desce rozdzielczej, podkładkę do pisania w ręce policjanta, jego czerwoną twarz, gęste, siwiejące brwi i obwisłe policzki – wszystko miga i wiruje. Nagle policjant mówi: „Hej, on chyba ma jakiś atak...". Zaczynam mocno szczękać zębami i znikam. Leżę na wznak na moim własnym podwórku. Tak. Tak! Wypełniam płuca słodkim wrześniowym powietrzem. Siadam i pocieram nadgarstki, na których nadal widnieją ślady po kajdankach.

Wybucham niepohamowanym śmiechem. Znów udało mi się uciec! Houdini, Prospero, miejcie się na baczności, bo ja też jestem magikiem.

Robi mi się niedobrze i zaczynam wymiotować żółcią na pelargonie Kimy.

Sobota, 14 maja 1983
(Clare ma 11, prawie 12 lat)

CLARE: Dziś są urodziny Mary Christiny Heppworth i wszystkie uczennice piątej klasy ze szkoły Świętego Bazylego zostają u niej na noc. Na kolację jemy pizzę i sałatkę owocową, pijemy colę. Pani Heppworth zrobiła też ogromny tort w kształcie głowy jednorożca, z napisem z czerwonego lukru: „Sto lat, Mary Christina!". Kiedy śpiewamy, Mary zdmuchuje wszystkie dwanaście świeczek za jednym zamachem. Nie wiem, jakie wypowiedziała życzenie; chyba nie chce już więcej rosnąć. Przynajmniej ja na jej miejscu tego bym sobie życzyła. Mary Christina jest najwyższą uczennicą w naszej klasie. Ma metr siedemdziesiąt dwa wzrostu. Jej mama jest trochę niższa, ale tato jest naprawdę bardzo, bardzo wysoki. Helen zapytała kiedyś Mary Christinę, ile jej ojciec ma wzrostu, a ona odparła, że metr dziewięćdziesiąt. Jest jedyną dziewczynką w rodzinie; wszyscy jej bracia są starsi od niej, już się golą i też są bardzo wysocy. Ignorują nas zupełnie, pochłaniając wielkie kawałki tortu, a Patty i Ruth chichoczą jak najęte, gdy tylko się do nas zbliżają. Mary Christina otwiera prezenty. Ja kupiłam jej zielony sweter bardzo podobny do mojego niebieskiego, który tak się jej podobał, z koronkowym kołnierzykiem od Laury Ashley. Po kolacji oglądamy na wideo *Nie wierzcie bliźniaczkom*, członkowie rodziny Heppworth co jakiś czas rzucają na nas okiem, dopóki nie zaczynamy przebierać się w piżamy w łazience na drugim piętrze. Tłoczymy się potem wszystkie w pokoju Mary Christiny, urządzonym na różowo, łącznie z wykładziną na podłodze. Można odnieść wrażenie, że rodzice Mary Christiny bardzo się ucieszyli z dziewczynki po tych wszystkich chłopcach. Przyniosłyśmy ze sobą śpiwory, ale składamy je pod jedną ścianą i siadamy na łóżku Mary i na podłodze. Nancy przyniosła butelkę wódki miętowej i wypijamy po łyku. Smakuje paskudnie i czuję w piersiach ciepło, jak po wysmarowaniu maścią „Vicks Vapo-Rub". Gramy w „Prawda lub wyzwanie". Ruth wyzywa Wendy, by zbiegła na dół bez góry od piżamy. Wendy pyta Lexi, jaki rozmiar stanika nosi jej siedemnastoletnia siostra Francie. (Odpowiedź: trzydzieści osiem D). Francie pyta Gayle, co robiła w zeszłą sobotę w Dairy Queen z Michaelem Plattnerem. (Odpowiedź: jadłam lody. Guzik prawda). Po chwili wszystkie mamy już dość tej gry. Nudzi nas, bo trudno jest wymyślić wyzwanie, które można zrealizować, poza tym wszystkie wiemy o sobie niemal wszystko, bo znamy się od przedszkola. Mary Christina mówi nagle: „Pobawmy się tabliczką ouija". Zgadzamy się, bo to przecież jej przyjęcie, a poza tym tabliczka ouija jest naprawdę super. Mary Christina wyjmuje ją z szafy. Pudełko jest bardzo zniszczone, a w plastikowym okienku brakuje strzałki, która wskazuje litery. Henry powiedział mi kiedyś, że był na seansie, na którym medium doznało ataku wyrostka robaczkowego i trzeba było wezwać pogotowie. Tabliczka jest mała, jednocześnie mogą z niej korzystać tylko dwie osoby, więc zaczynają Mary Christina i Helen. Trzeba zapytać na głos o to, co chce się wiedzieć, bo inaczej nic z tego nie wyjdzie. Obie kładą palce na plastikowej tabliczce. Helen patrzy na Mary Christinę, która waha się przez chwilę. „Zapytaj o Bobby'ego", podpowiada jej Nancy, więc Mary Christina pyta: „Czy Bobby Duxler mnie lubi?". Wszystkie zaczynamy chichotać. Odpowiedź brzmi „nie", lecz przy niewielkiej pomocy Helen tabliczka mówi „tak". Mary Christina uśmiecha się tak szeroko, że widać wyraźnie aparat na zębach. Helen pyta, czy któryś chłopiec ją lubi. Tabliczka krąży przez chwilę, po czym zatrzymuje się na D. „A.V. Hanley?", pyta Patty i wybuchamy śmiechem. Dave to jedyny czarnoskóry chłopiec w naszej klasie. Jest bardzo nieśmiały, nieduży i świetny z matematyki. „Może nauczyć cię pisemnego dzielenia", mówi Laura, która też jest bardzo nieśmiała. Helen wybucha śmiechem. Ma okropne problemy z matematyką. „Clare, teraz ty i Ruth". Zajmujemy miejsce przy tabliczce. Ruth patrzy na mnie. Wzruszam ramionami. „Nie wiem, o co zapytać", mówię. Wszystkie zaczynają się ze mnie śmiać, przecież wiadomo, że chodzi tylko o jedno. Ale ja chcę się dowiedzieć tylu rzeczy: Czy z mamą będzie wszystko dobrze? Dlaczego tato wrzeszczał dziś rano na Ettę? Czy Henry jest prawdziwy? Gdzie Mark schował moje zadanie z francuskiego? Ruth pyta nagle: „Którzy chłopcy lubią Clare?". Rzucam jej ostre spojrzenie, ale ona tylko się uśmiecha. „Nie chcesz wiedzieć?". „Nie", odpowiadam, lecz i tak kładę palec na białym plastiku. Ruth kładzie swój, ale nic się nie rusza. Obie dotykamy tabliczki bardzo lekko, żeby jej nie popychać. Nagle sama zaczyna się ruszać. Kręci się powoli i zatrzymuje na literze H. Potem trochę przyśpiesza. E, N, R, Y... „Henry", mówi Mary Christina. „Kto to taki?". Helen odpowiada: „Nie wiem, ale ty się rumienisz, Clare. Kim jest Henry?". Potrząsam głową, jakby dla mnie było to równie dużą zagadką. „Teraz ty, Ruth". Pyta (o dziwo), kto ją lubi. Tabliczka ouija wskazuje litery: R, I, C, K. Czuję, jak Ruth ją popycha. Rick to pan Malone, nasz nauczyciel środowiska, który zaleca się do panny Engle, nauczycielki angielskiego. Śmieją się wszystkie z wyjątkiem Patty. Jej też bardzo się podoba pan Malone. Ruth i ja wstajemy, a nasze miejsca zajmują Laura i Nancy. Nancy siedzi do mnie tyłem, więc nie widzę jej twarzy, gdy pyta: „Kto to jest Henry?". Wszystkie patrzą na mnie i w pokoju zapada cisza. Nie spuszczam wzroku z tabliczki. Nic. Kiedy już myślę, że jestem bezpieczna, zaczyna się poruszać. Najpierw zatrzymuje się na M. Nie wiem, jaki napis ułoży się z liter, przecież Laura i Nancy nic o Henrym nie wiedzą. Nawet ja niewiele o nim wiem. Tabliczka zatrzymuje się potem na literach Ą, Ż. MĄŻ. Wszystkie patrzą na mnie zdumione. „Nie jestem przecież mężatką, mam dopiero jedenaście lat". „Ale kim jest Henry?", dopytuje się Laura. „Nie wiem. Może to ktoś, kogo jeszcze nie poznałam". Laura kiwa głową. Wszystkie są trochę przestraszone. Ja też. Mąż?

Czwartek, 12 kwietnia 1984
(Henry ma 36, Clare 12 lat)

HENRY: Gramy z Clare w szachy w lesie. Jest piękny wiosenny dzień, a wokół słychać świergotanie zalecających się i budujących gniazda ptaków. Trzymamy się z daleka od członków rodziny

Abshire, którzy też postanowili wyjść z domu. Clare na chwilę utknęła. Trzy ruchy wcześniej zabrałem jej królową. Nie ma już szans, ale nie poddaje się bez walki. Podnosi wzrok.

– Henry, którego beatlesa lubisz najbardziej?

– Johna, oczywiście.

– Dlaczego „oczywiście"?

– No cóż, Ringo jest w porządku, ale smutas z niego, nie uważasz? A George za bardzo popiera New Age jak na mój gust.

– Co to jest New Age?

– Dziwne religie. Cieniutka, nudna muzyka. Żałosne próby przekonania samego siebie o wyższości wszystkiego, co jest związane z Hindusami. Medycyna niekonwencjonalna.

– Ale ty nie lubisz tej normalnej.

– Dlatego że lekarze zawsze próbują mi wmówić, że zwariowałem. Gdybym złamał rękę, byłbym wielkim fanem normalnej medycyny.

– A Paul?

– Paul jest dla dziewczyn.

Clare uśmiecha się nieśmiało.

– Ja najbardziej lubię Paula.

– Przecież jesteś dziewczyną.

– Dlaczego on jest dla dziewczyn?

Ostrożnie, tylko się nie rozpędzaj, powtarzam sobie w duchu.

– No, on jest tym miłym i sympatycznym beatlesem.

– Czy to źle?

– Nie, wcale nie. Ale faceci zawsze chcą być odjazdowi, a John jest najbardziej odjazdowy z całej czwórki.

– Ale on nie żyje.

Wybucham śmiechem.

– Możesz być odjazdowy nawet po śmierci. Zresztą to o wiele łatwiejsze, bo się nie zestarzejesz, nie wyłysiejesz i nie utyjesz.

Clare nuci początek *When I'm 64*. Przesuwa swoją wieżę o pięć pól. Mogę teraz powiedzieć „szach mat". Kiedy zwracam jej na to uwagę, szybko cofa wieżę.

– Dlaczego lubisz Paula? – pytam. Podnoszę wzrok i widzę, jak się gwałtownie rumieni.

– On jest taki... piękny – mówi.

Coś w tonie jej głosu sprawia, że ogarnia mnie dziwne uczucie. Patrzę na szachownicę. Clare mogłaby skończyć partię, gdyby zbiła mojego gońca koniem. Zastanawiam się, czy powinienem jej o tym powiedzieć. Gdyby była trochę młodsza, zrobiłbym to na pewno. Dwanaście lat to jednak sporo, może już sama pomyśleć. Clare wpatruje się w szachownicę rozmarzonym wzrokiem. Nagle uświadamiam sobie, że jestem zazdrosny. Jezu. Nie mieści mi się w głowie, że potrafię być zazdrosny o multimilionera, gwiazdora rocka, tak starego, że mógłby być ojcem Clare.

– Hmmm – mruczę.

Clare podnosi wzrok i uśmiecha się figlarnie.

– A kogo ty lubisz?

Ciebie, myślę, ale zatrzymuję to dla siebie.

– Chodzi ci o to, kogo lubiłem, gdy byłem w twoim wieku?

– Tak.

Zastanawiam się przez chwilę nad znaczeniem swoich słów, zanim je w końcu wypowiem.

– W twoim wieku byłem w tysiąc dziewięćset siedemdziesiątym piątym roku. Jestem osiem lat starszy od ciebie.

– Masz więc teraz dwadzieścia?

– Nie, trzydzieści sześć – mógłbym być twoim ojcem.

Clare marszczy brwi. Matematyka nie jest jej najsilniejszą stroną.

– Ale skoro miałeś dwanaście lat w tysiąc dziewięćset siedemdziesiątym piątym roku...

– Och, przepraszam. Masz rację. Ja mam trzydzieści sześć lat, ale gdzieś tam... – macham ręką w kierunku południa – ...mam teraz dwadzieścia. W prawdziwym czasie.

Clare próbuje to wszystko ogarnąć.

– Jest więc was dwóch?

– Nie. Zawsze jestem tylko jeden, ale kiedy podróżuję w czasie, trafiam nieraz do miejsca, gdzie już jestem, i wtedy tak, można powiedzieć, że jest nas dwóch. Albo nawet więcej niż dwóch.

– Dlaczego ja nigdy nie widzę więcej niż jednego?

– Zobaczysz. Kiedy spotkamy się w mojej teraźniejszości, będziesz nas widywała bardzo często. O wiele częściej, niżbym chciał, Clare.

– Kogo lubiłeś w tysiąc dziewięćset siedemdziesiątym piątym roku?

– Tak naprawdę to nikogo. W wieku dwunastu lat miałem inne sprawy na głowie. Ale kiedy skończyłem trzynaście lat, kochałem się w Patty Hearst.

Clare wygląda na mocno tym rozgniewaną.

– To twoja koleżanka ze szkoły?

Wybucham śmiechem.

– Nie. Była bogatą dziewczyną z Kalifornii, którą porwali sympatyzujący z lewicą terroryści i kazali jej napadać na banki. Przez całe miesiące co wieczór mówili o niej w wiadomościach.

– Co się z nią stało? Dlaczego tak ją lubiłeś?

– W końcu ją wypuścili, wyszła za mąż, urodziła dzieci i teraz jest bardzo bogatą damą. Mieszka w Kalifornii. Dlaczego ją lubiłem? Sam już nie wiem. To trochę irracjonalne. Chyba wiedziałem, co czuła, gdy ją porwali i zmuszali do robienia rzeczy, na które wcale nie miała ochoty. Ale potem wyglądało na to, że sprawia jej to przyjemność.

– Czy ty robisz rzeczy, których nie chcesz robić?

– Tak. Przez cały czas. – Noga ścierpła mi zupełnie. Wstaję i potrząsam nią, aż zaczynają mi chodzić ciarki. – Nie zawsze ląduję w bezpiecznym miejscu, jak tutaj z tobą. Często trafiam do miejsc, gdzie muszę kraść jedzenie i ubranie.

– Och. – Nachmurza się, po czym nagle dostrzega ruch, przesuwa figurę i patrzy na mnie triumfalnie. – Szach i mat!

– Brawo! Jesteś dziś królową szachów.

– Tak. – Aż pokraśniała z dumy. Zaczyna ustawiać figury. – Jeszcze raz?

Udaję, że spoglądam na zegarek, którego nie mam.

– Jasne. – Siadam na ziemi. – Jesteś głodna?

Siedzimy tutaj już parę godzin i zapasy powoli się kończą. Została nam tylko resztka chrupek.

– Mhm. – Clare trzyma pionki za plecami.

Klepię ją w prawy łokieć i pokazuje mi biały pionek. Robię mój pierwszy stadardowy ruch: pionek sprzed królowej na Q4. Clare odpowiada równie standardowym posunięciem: pionek sprzed królowej na Q4. Następne dziesięć ruchów wykonujemy dość szybko, przy minimalnych stratach. Potem Clare zastanawia się przez chwilę. Lubi eksperymentować, zawsze próbuje dążyć do *coup d'eclat*.

– A kogo lubisz teraz? – pyta, nie podnosząc wzroku znad szachownicy.

– Gdy mam dwadzieścia lat? A może trzydzieści sześć?

– Tu i tu.

Próbuję sobie przypomnieć czasy, gdy miałem dwadzieścia lat. Widzę niewyraźną mieszaninę kobiet, piersi, nóg, skóry, włosów. Wszystkie ich historie zlały się w jedną, a twarze oderwały się od imion. W wieku dwudziestu lat byłem bardzo zajęty, ale nieszczęśliwy.

– Dwudziestka to nic specjalnego. Nikt nie przychodzi mi do głowy.

– A w wieku trzydziestu sześciu lat?

Patrzę uważnie na Clare. Czy dwanaście lat to za mało? Na pewno. Lepiej fantazjować na temat pięknego, nieosiągalnego Paula McCartneya niż zadowalać się Henrym, podróżującym w czasie świrem. Dlaczego ona w ogóle mnie o to pyta?

– Henry?

– Tak?

– Jesteś żonaty?

– Tak – przyznaję niechętnie.

– Z kim?

– Z bardzo piękną, cierpliwą, utalentowaną i mądrą kobietą.

Na twarzy Clare maluje się smutek.

– Och. – Bierze jednego z moich gońców, którego zbiła parę ruchów temu, i zaczyna nim kręcić na ziemi jak bączkiem. – To miło. – Wydaje się przygaszona moimi słowami.

– Co się stało?

– Nic. – Przesuwa królową z Q2 na KN5. – Szach.

Przemieszczam konia, by osłonić króla.

– A czy ja jestem mężatką?

Patrzę jej prosto w oczy.

– Za bardzo kusisz dziś los.

– Czemu nie? I tak nigdy mi nic nie mówisz. No, Henry, powiedz mi, czy zostanę starą panną.

– Jesteś zakonnicą – żartuję.

Clare macha rękami.

– Jejku, mam nadzieję, że nie. – Zbija wieżą jeden z moich pionków. – Jak poznałeś swoją żonę?

– Przykro mi. To ściśle tajne informacje. – Zbijam wieżę królową.

Clare się krzywi.

– Ojej. Podróżowałeś w czasie, kiedy ją poznałeś?

– Zajmowałem się swoimi własnymi sprawami.

Wzdycha ciężko. Zbija mi wieżą jeszcze jednego pionka. Powoli zaczyna mi ich brakować. Przesuwam gońca na KB4.

– To niesprawiedliwe. Wiesz wszystko o mnie, ale nigdy nic nie mówisz o sobie.

– Masz rację. To niesprawiedliwe. – Próbuję przywołać na twarz wyraz żalu.

– Ruth, Helen, Megan i Laura mówią mi wszystko i ja im też.

– Wszystko?

– Tak. No nie, nie opowiadam im o tobie.

– Dlaczego?

Clare przechodzi do obrony.

– To tajemnica. Poza tym i tak by mi nie uwierzyły.

Osacza koniem mojego gońca i rzuca mi przebiegły uśmiech. Koncentruję się na szachownicy, próbując znaleźć sposób, by zabrać jej konia albo przesunąć mojego gońca. Niestety, białe znalazły się w tarapatach.

– Henry, czy ty jesteś prawdziwy?

Zaskoczyła mnie.

– Tak. A kim miałbym być?

– Nie wiem. Może duchem?

– Jestem prawdziwy, Clare.

– Udowodnij to.

– Jak?

– Nie wiem.

– Ty chyba nie potrafiłabyś udowodnić, że jesteś prawdziwa?

– Jasne, że tak.

– Jak?

– Wyglądam jak prawdziwa osoba.

– Ja też.

Zabawne, że Clare o tym wspomina. W roku 1999 razem z doktorem Kendrickiem pogrążyliśmy się w filozoficznej dyspucie na ten sam temat. Kendrick jest przekonany, że jestem zwiastunem nowego gatunku ludzi, różniącego się od znanych do tej pory tak, jak człowiek z Cro Magnon różnił się od swoich neandertalskich sąsiadów. Odpieram jego tezę, twierdząc, że jestem tylko przykładem błędu w kodzie genetycznym, a nasza niezdolność do poczęcia dziecka udowadnia, że nie przydzielono mi misji Brakującego Ogniwa. Po chwili cytujemy już Kierkegaarda i Heideggera, rzucając sobie mordercze spojrzenia. Tymczasem Clare spogląda na mnie z powątpiewaniem.

– Ludzie nie pojawiają się i nie znikają tak jak ty. Jesteś podobny do Kota z Cheshire.

– Chcesz przez to powiedzieć, że jestem postacią fikcyjną? – Nareszcie dostrzegam właściwy ruch: wieża na QR3. Clare może mi teraz zabrać gońca, ale straci przy tym królową.

Mija chwila, zanim to sobie uświadamia, po czym pokazuje mi język. Jest przerażająco pomarańczowy po wszystkich chrupkach, jakie zjadła.

– Przez to wszystko zaczęłam się zastanawiać nad bajkami. Bo jeśli ty jesteś prawdziwy, to czemu bajki też nie miałyby być prawdziwe? – Wstaje, nie spuszczając wzroku z szachownicy, i wykonując mały taniec, podskakując, jakby paliły się jej spodnie. – Ziemia robi się coraz twardsza. Pupa zupełnie mi ścierpła.

– Może rzeczywiście są prawdziwe. A może jakiś ich element jest prawdziwy, a resztę dodali ludzie, kto wie.

– To może oznaczać, że Królewna Śnieżka zapadła w śpiączkę?

– I Śpiąca Królewna też.

– A Jaś z bajki o fasoli był strasznym ogrodnikiem.

– A Noe zdziwaczałym staruszkiem, który mieszkał na łodzi i miał mnóstwo kotów.

Clare patrzy na mnie rozgniewana.

– Noe to postać z Biblii. To nie jest bajka.

– Rzeczywiście. Przepraszam.

Jestem coraz bardziej głodny. Za chwilę Nell zadzwoni na kolację i Clare będzie musiała wrócić do domu. Siada na swojej połowie szachownicy. Widzę, że straciła zupełnie zainteresowanie grą, bo zaczyna budować piramidę ze zbitych figur.

– Wciąż nie udowodniłeś, że jesteś prawdziwy – mówi.

– Ty też nie.

– Zastanawiałeś się kiedyś, czy jestem prawdziwa? – pyta zaskoczona.

– Może tylko mi się śnisz. Może ja śnię się tobie; może istniejemy tylko w swoich snach, a co rano, kiedy się budzimy, zapominamy o wszystkim.

Clare marszczy brwi i macha ręką, jakby chciała odpędzić tę dziwną myśl.

– Uszczypnij mnie – żąda stanowczym głosem.

Pochylam się i szczypię ją lekko w ramię.

– Mocniej!

Szczypię jeszcze raz, tak mocno, że na skórze zostaje biało-czerwony ślad, który utrzymuje się przez kilka sekund, po czym znika.

– Nie sądzisz, że powinnam się obudzić, jeśli spałam? Poza tym wcale nie czuję się tak, jakbym spała.

– A ja nie czuję się jak duch. Albo fikcyjna postać.

– Skąd wiesz? Gdybym cię wymyśliła, nie chciałabym wcale, żebyś się o tym dowiedział, więc bym ci o tym nie powiedziała.

Patrzę na nią, marszcząc brwi.

– Może to Bóg nas wymyślił i nic nam o tym nie powiedział.

– Nie powinieneś mówić takich rzeczy! – wykrzykuje Clare. – Poza tym ty nawet nie wierzysz w Boga, prawda?

Wzruszam ramionami i zmieniam temat.

– Jestem prawdziwszy niż Paul McCartney.

Clare wygląda na zaniepokojoną. Zaczyna wkładać figury do pudełka, starannie oddzielając białe od czarnych.

– Mnóstwo ludzi zna Paula McCartneya. A ciebie znam tylko ja.

– Ale mnie poznałaś, a jego nie.

– Moja mama była na koncercie Beatlesów. – Zamyka pokrywę i wyciąga się na ziemi, spoglądając na baldachim liści. – W Comiskey Park w Chicago, ósmego sierpnia tysiąc dziewięćset sześćdziesiątego piątego roku.

Szturcham ją w brzuch i zwija się jak jeż, chichocząc z całych sił. Przez chwilę łaskoczemy się i miotamy na trawie, po czym kładziemy spokojnie z rękami splecionymi na brzuchu.

– Czy twoja żona też podróżuje w czasie? – pyta Clare.

– Nie, dzięki Bogu.

– Dlaczego „dzięki Bogu"? To mogłoby być zabawne. Moglibyście razem odwiedzać różne miejsca.

– Jeden podróżujący w czasie w rodzinie to i tak za dużo. To bardzo niebezpieczne, Clare.

– Czy ona martwi się o ciebie?

– Tak – mówię cicho. – Bardzo.

Ciekawe, co robi Clare, teraz, w 1999 roku. Może jeszcze śpi? Może nawet nie wie, że zniknąłem.

– Kochasz ją?

– Bardzo – szepczę.

Leżymy w milczeniu obok siebie, wpatrując się w rozkołysane drzewa, ptaki, niebo. Nagle słyszę zduszony dźwięk i odwracam się. Po twarzy Clare spływają łzy. Siadam i pochylam się nad nią.

– Co się stało, Clare? – pytam.

Kręci głową i zaciska usta. Gładzę jej włosy, podnoszę ją i mocno przytulam. Jest przecież jeszcze dzieckiem i jednocześnie nim nie jest.

– Co się stało?

Odpowiada tak cicho, że muszę ją prosić, by powtórzyła.

– Myślałam, że może ożeniłeś się ze mną.

Środa, 27 czerwca 1984
(Clare ma 13 lat)

CLARE: Stoję na Łące. Jest późne popołudnie pod koniec czerwca; za kilka minut będę musiała iść umyć ręce przed kolacją. Robi się coraz chłodniej. Dziesięć minut temu niebo było ciemnoniebieskie, a na Łące panował straszliwy upał, wszystko wyglądało na lekko zaokrąglone, jakby znajdowało się w ogromnej szklanej kuli. Upał tłumił wszelkie odgłosy, słychać było tylko nieznośne buczenie trzmieli. Siedziałam na malutkim mostku i obserwowałam tańczące nad wodą owady. Myślałam o Henrym. Dziś nie jest jego dzień; następny przypada dopiero za dwadzieścia jeden dni. Ochłodziło się. Henry stanowi dla mnie wielką zagadkę. Przez całe życie akceptowałam go jako coś zwyczajnego, mimo że jego istnienie jest tajemnicą dla innych i przez to stał się fascynujący. Ale jest też pewnego rodzaju cudem i dopiero niedawno zaczęło mi świtać, że większość dziewcząt nie ma takiego Henry'ego, a jeśli nawet, to nie wspominają o tym ani słowem. Zaczyna wiać lekki wiatr; trawa faluje. Zamykam oczy i wydaje mi się, jakbym była nad morzem (choć widziałam je tylko w telewizji). Kiedy unoszę powieki, niebo jest najpierw żółte, potem zielone. Henry twierdzi, że przybywa z przyszłości. Gdy byłam mała, nie stanowiło to dla mnie najmniejszego problemu, bo nie miałam pojęcia, co to może oznaczać. Teraz zastanawiam się, czy ta przyszłość jest miejscem, do którego mogłabym się udać w inny sposób, niż tylko dorastając. Ciekawe, czy Henry mógłby mnie zabrać do przyszłości. Las jest teraz zupełnie czarny, drzewa wyginają się pod coraz silniejszym wiatrem. Owady przestały brzęczeć, a wiatr wszystko wygładza. Trawa leży niemal płasko, drzewa trzeszczą i jęczą. Boję się tej przyszłości; wygląda tak, jakby była wielkim pudłem, które na mnie czeka. Henry mówi, że zna mnie w przyszłości. Zza drzew wypływają wielkie czarne chmury, pojawiają się tak nagle, że wybucham śmiechem. Wyglądają zupełnie jak marionetki, wszystko płynie w moją stronę, a w oddali rozlega się grzmot. Uświadamiam sobie, że stoję wyprostowana na Łące, gdzie wszystko zrobiło się płaskie. Kładę się na ziemi w nadziei, że nie zauważy mnie nadciągająca burza. Leżę na wznak, gdy z nieba zaczynają płynąć strugi wody. Po chwili jestem przemoczona na wskroś. Nagle czuję się tak, jakby tuż obok mnie był Henry. Tak bardzo pragnę, by tu był i położył na mnie dłonie. Wydaje mi się, że to on jest deszczem. Jestem sama i tak bardzo go pragnę.

Niedziela, 23 września 1984
(Henry ma 35, Clare 13 lat)

HENRY: Stoję na Łące. Jest bardzo wcześnie, tuż przed świtem. Lato powoli się kończy i wszystkie kwiaty i trawa sięgają mi prawie do piersi. Jestem sam. W powietrzu panuje chłód. Przedzieram się przez trawę i znajduję pudło z ubraniami. Otwieram je i znajduję w środku parę dżinsów, białą koszulę i japonki. Nigdy wcześniej nie widziałem tych ubrań, więc nie mam pojęcia, w jakim czasie się znajduję. Clare zostawiła mi też coś do jedzenia: kanapkę z masłem orzechowym i galaretką, owiniętą starannie w folię aluminiową. Jest też jabłko i paczka ziemniaczanych chipsów. Może to lunch, który zabiera do szkoły. Szacuję czas na koniec lat siedemdziesiątych lub początek osiemdziesiątych. Siadam na kamieniu i zjadam wszystko. Od razu czuję się lepiej. Słońce powoli wstaje. Cała Łąka robi się najpierw niebieska, potem pomarańczowa i różowa, wydłużają się cienie i już jest dzień. Nigdzie ani śladu Clare. Czołgam się parę metrów, zwijam na mokrej jeszcze od rosy trawie i zapadam w sen.

Kiedy się budzę, słońce jest już wysoko na niebie, a obok mnie siedzi Clare. Czyta książkę.

– Na mokradłach wstał dzień – mówi z uśmiechem. – Śpiewają ptaki, kumkają żaby, czas wstawać!

Jęczę i przecieram oczy.

– Cześć, Clare. Jaki dziś mamy dzień?

– Niedziela, dwudziesty trzeci września tysiąc dziewięćset osiemdziesiątego czwartego roku.

Clare ma trzynaście lat. To dziwny i trudny wiek, ale nie aż tak trudny jak to, przez co przechodzimy w mojej teraźniejszości. Siadam i ziewam przeciągle.

– Clare, gdybym cię bardzo ładnie poprosił, poszłabyś do domu i przeszmuglowała dla mnie kubek kawy?

– Kawy? – pyta zdumiona, jakby nigdy o niej nie słyszała.

Dorosła jest od niej tak samo uzależniona jak ja. Zastanawia się nad logistyką całego przedsięwzięcia.

– Bardzo ładnie proszę.

– Dobra, spróbuję.

Wstaje bardzo powoli. W minionym roku urosła dwanaście centymetrów i jeszcze nie przyzwyczaiła się do swego nowego ciała. Piersi, nogi, biodra, wszystko ukształtowane na nowo. Próbuję o tym nie myśleć, gdy patrzę, jak wspina się ścieżką w stronę domu. Spoglądam na książkę, którą czytała. To nieznana mi powieść Dorothy Sayers. Kiedy Clare wraca, jestem na trzydziestej trzeciej stronie. Przyniosła termos, filiżanki, koc i kilka pączków. Letnie słońce poznaczyło jej nos piegami. Muszę siłą powstrzymać pragnienie przesunięcia dłonią po jej rozjaśnionych słońcem włosach, które opadają na ramiona, gdy rozkłada koc na trawie.

– Wielkie dzięki. – Biorę od niej termos, jakby zawierał święty sakrament.

Sadowimy się na kocu. Zrzucam japonki, nalewam sobie filiżankę kawy i wypijam spory łyk. Jest bardzo mocna i gorzka.

– Jezu! To paliwo rakietowe, Clare!

– Za mocna? – Wygląda na lekko przygnębioną, więc szybko ją chwalę.

– Nie ma czegoś takiego jak za mocna kawa, choć ta rzeczywiście jest jak siekiera. Ale bardzo mi smakuje. Sama zaparzyłaś?

– Uh-hm. Nigdy wcześniej nie robiłam kawy. Na dodatek do kuchni wszedł Mark i zaczął mi dokuczać, więc może wszystko pomieszałam.

– Nie, jest pyszna. – Dmucham do filiżanki i szybko ją wychylam. Natychmiast czuję się lepiej. Nalewam sobie następną.

Clare bierze ode mnie termos. Nalewa sobie odrobinę kawy i pociąga ostrożny łyk.

– Fuj. – Krzywi się. – To obrzydliwe. Naprawdę ma tak smakować?

– No cóż, zazwyczaj jest mniej ostra. Ty lubisz pić kawę ze śmietanką i cukrem.

Clare wylewa resztkę swojej kawy na trawę i bierze pączka.

– Robisz ze mnie dziwadło – mówi.

– Nie, wcale nie.

– Tak.

– Nie. – Waham się przez chwilę. – Dlaczego twierdzisz, że robię z ciebie dziwadło? Niczego z ciebie nie robię.

– No wiesz, mówisz mi na przykład, że lubię pić kawę ze śmietanką i cukrem, zanim spróbowałam. Jak mam się przekonać, czy naprawdę to lubię? Może lubię to tylko dlatego, że ty mi tak powiedziałeś?

– Clare, to jedynie kwestia smaku. Na pewno przekonasz się, czy lubisz kawę, bez względu na to, czy ja ci o tym powiem, czy nie. Poza tym to ty mnie zawsze nudzisz, żebym opowiadał ci o przyszłości.

– Poznanie przyszłości różni się zasadniczo od mówienia mi, co lubię – protestuje.

– Dlaczego? Wszystko ma związek z wolną wolą.

Clare zdejmuje buty i skarpetki. Wsuwa skarpetki do butów, które stawia równiutko na brzegu koca. Potem bierze moje byle jak ciśnięte japonki i układa je obok butów, zupełnie jakby koc był matą tatami.

– Myślałam, że wolna wola wiąże się z grzechem.

Zastanawiam się przez chwilę.

– Nie. Dlaczego miałaby się ograniczać tylko do wyboru pomiędzy dobrem i złem? Przed chwilą postanowiłaś z własnej woli zdjąć buty. To nie ma żadnego znaczenia, nikogo nie obchodzi, czy masz na nogach buty, czy nie, nie jest to grzechem ani przejawem szczególnej cnoty i nie wpływa na kształt przyszłości, ale wykazałaś się wolną wolą.

Wzrusza ramionami.

– Ale czasami coś mi mówisz, a ja czuję się tak, jakby przyszłość była już zaklepana. Jakby wydarzyła się w mojej przeszłości i ja nie mogę już nic w tej sprawie zrobić.

– To się nazywa determinizm – wyjaśniam. – I prześladuje mnie w snach.

Jest wyraźnie zaintrygowana.

– Dlaczego?

– Jeśli ty czujesz się przytłoczona świadomością, że nie możesz zmienić swojej przyszłości, to wyobraź sobie, jak ja się czuję. Przez cały czas staję w obliczu faktu, że niczego nie mogę zmienić, nawet jeśli jestem na miejscu i wszystko dzieje się na moich oczach.

– Ależ, Henry, ty potrafisz zmieniać rzeczy! Zapisałeś przecież informację o tym dziecku z zespołem Downa, którą mam ci dać w tysiąc dziewięćset dziewięćdziesiątym pierwszym roku. A Lista? Gdybym jej nie miała, nigdy bym nie wiedziała, kiedy mam się z tobą spotkać. Zmieniasz wszystko przez cały czas.

Uśmiecham się.

– Mogę robić tylko to, co ma związek ze sprawami, które już się wydarzyły. Nie mogę, na przykład, cofnąć twojego zdjęcia butów.

Clare wybucha śmiechem.

– Dlaczego miałoby cię obchodzić, czy je zdjęłam, czy nie?

– I nie obchodzi. Ale nawet gdyby obchodziło, to stanowi już część historii wszechświata i nic nie mogę w tej sprawie zrobić. – Częstuję się pączkiem. To bismarck, mój ulubiony. Lukier stopił się trochę na słońcu i mam lepkie palce.

Clare kończy swojego pączka, podwija nogawki dżinsów i siada po turecku. Drapie się w szyję i patrzy na mnie rozgniewana.

– Przez ciebie czuję się nieswojo. Za każdym razem, kiedy wydmuchuję nos, mam wrażenie, że to wydarzenie historycznej rangi.

– Bo tak jest.

Przewraca komicznie oczami.

– Co jest przeciwieństwem determinizmu?

– Chaos.

– Och. Chyba nie bardzo mi się to podoba. A tobie?

Odgryzam kawałek bismarcka i zastanawiam się nad chaosem.

– I tak, i nie. Chaos to większa wolność; w zasadzie to wolność totalna. Ale jednocześnie brak jakiegokolwiek znaczenia. Chcę być wolny, żeby móc działać, ale jednocześnie chciałbym, aby moje czyny miały jakieś znaczenie.

– Henry, zapominasz o Bogu... Dlaczego Bóg nie może nadawać sprawom znaczenia? – Clare marszczy brwi i odwraca wzrok.

Wsuwam do ust ostatni kawałek pączka i przeżuwam go powoli, by zyskać na czasie. Za każdym razem, kiedy Clare wspomina o Bogu, zaczynają mi się pocić dłonie i czuję nieodparte pragnienie ucieczki lub zniknięcia na dobre.

– Nie wiem, Clare. Mnie w ogóle wydaje się zbyt bezładne i bezsensowne, by mógł istnieć jakiś Bóg.

Clare oplata kolana rękami.

– Ale wspominałeś przed chwilą, że wszystko wygląda na dokładnie z góry zaplanowane.

– Hmmm – mruczę.

Chwytam Clare za kostki, kładę sobie jej stopy na kolanach i mocno trzymam. Clare wybucha śmiechem i opiera się na łokciach. Ma zimne stopy; zimne, różowe i bardzo czyste.

– No dobra – mówię w końcu. – Zastanówmy się. Mamy tu do czynienia z wszechświatem, w którym przeszłość, teraźniejszość i przyszłość egzystują równocześnie i wszystko już się wydarzyło; mamy też chaos, w którym wszystko może się wydarzyć i niczego nie da się przewidzieć, bo nie znamy współrzędnych, i chrześcijański świat, w którym wszystko wyszło spod ręki Boga, ma swój cel, a my mimo to zostaliśmy obdarzeni wolną wolą. Zgadza się?

Clare kręci palcami u nóg.

– Chyba tak.

– Za czym się opowiadasz?

Milczy. Teraz jej pragmatyzm i romantyczne uczucia związane z Jezusem i Maryją są niemal idealnie zrównoważone. Jeszcze rok temu bez wahania opowiedziałaby się za Bogiem. Za dziesięć lat opowie się za determinizmem, a jeszcze dziesięć lat później będzie głęboko wierzyć, że wszechświat rządzi się swoimi własnymi prawami, a jeśli nawet Bóg istnieje, to nie wysłuchuje naszych modlitw; będzie przekonana, że ciąg przyczynowo-skutkowy jest brutalny i nieunikniony, ale i tak pozbawiony wszelkiego znaczenia. A potem? Nie wiem. W chwili obecnej Clare stoi na progu dojrzewania, trzymając w jednej ręce wiarę, a w drugiej rosnący sceptycyzm. Może nimi tylko żonglować albo ścisnąć razem tak mocno, aż się razem stopią.

– Nie wiem. Chciałabym, żeby Bóg istniał. Czy to źle? Czuję się jak ostatni idiota.

– Ależ skąd. W to właśnie wierzysz.

– Ale nie chcę w to tylko wierzyć, chcę, żeby to była prawda.

Przesuwam kciukami po podbiciu jej stopy. Zamyka oczy.

– Podobnie chciał Święty Tomasz z Akwinu – mówię.

– Słyszałam o nim. – Zabrzmiało to tak, jakby wspominała o długo niewidzianym wujku albo gospodarzu programu telewizyjnego, który oglądała w dzieciństwie.

– On pragnął porządku, rozumu i Boga. Żył w trzynastym wieku i uczył na uniwersytecie w Paryżu. Wierzył w Arystotelesa i anioły.

– Ja kocham anioły – mówi Clare. – Są takie piękne. Żałuję, że nie mam skrzydeł. Mogłabym latać i siadać na chmurach.

– *Einjeder Engel ißt schreklich.*

Clare wzdycha cicho, jakby chciała mi powiedzieć: „Nie znam niemieckiego, zapomniałeś?".

– „Każdy anioł jest groźny"*. To fragment z serii wierszy zatytułowanych *Elegie duińskie* poety Rilkego, jednego z naszych ulubionych.

Clare wybucha śmiechem.

– Znów to robisz!

– Co?

– Mówisz mi, co lubię.

Wierzga stopami, które wciąż trzymam na kolanach. Bez zastanowienia zakładam je sobie na ramiona, ale ten gest wydaje

* M. Rilke, *Elegie duińskie*, przekład Adam Pomorski (przyp. tłum.).

mi się zbyt erotyczny, więc szybko znów ujmuję stopy Clare w dłonie. Po chwili trzymam je w powietrzu jedną ręką, a ona leży na wznak, niewinna i anielska z włosami rozsypanymi na kocu. Łaskoczę ją. Chichocze i wije się jak wąż. Zrywa się z koca i zaczyna robić gwiazdy na polanie, uśmiechając się wyzywająco, jakby chciała, żebym ją złapał. Odpowiadam jej uśmiechem. Wraca na koc i siada obok mnie.

– Henry?

– Tak?

– Przez ciebie staję się inna.

– Wiem.

Odwracam się, by na nią spojrzeć, i na chwilę zapominam, jak bardzo jest młoda. Widzę Clare, moją żonę, wtopioną w twarz tej dziewczynki i nie wiem, co powiedzieć tej Clare, która jest jednocześnie młoda i stara, i tak bardzo inna od innych dziewczynek; która wie, jak trudna potrafi być ta inność. Ale Clare nie czeka na odpowiedź. Przytula się do mnie, a ja obejmuję ją ramieniem.

– Clare!

W panującej na polanie ciszy rozlega się donośny głos jej ojca. Clare zrywa się i chwyta buty i skarpetki.

– Czas jechać do kościoła – mówi nagle podenerwowana.

– W porządku. To na razie.

Macham do niej, ona się uśmiecha, mruczy cicho „Do widzenia" i już biegnie ścieżką. Po chwili znika mi z oczu. Leżę na słońcu, myśląc o Bogu i czytając powieść Dorothy Sayers. Po godzinie ja też znikam i tylko koc, książka, filiżanki i ubrania zostają na trawie na dowód, że tam byliśmy.

PO WSZYSTKIM

Sobota, 27 października 1984
(Clare ma 13, Henry 43 lata)

CLARE: Budzę się nagle. Słyszałam hałas: ktoś wołał mnie po imieniu. Wydawało mi się, że to Henry. Siadam na łóżku, nasłuchuję. Słyszę szum wiatru i krakanie kruków. A jeśli to rzeczywiście Henry? Wyskakuję z łóżka i boso biegnę na dół, wypadam na Łąkę. Jest zimno, przez cienki materiał koszuli nocnej czuję porywy wiatru. Gdzie on jest? Zatrzymuję się i przy sadzie dostrzegam tatę i Marka, w jasnopomarańczowych ubraniach do polowania. Jest z nimi jeszcze jeden mężczyzna. Stoją razem i na coś patrzą. Kiedy słyszą, że się zbliżam, odwracają się i wtedy widzę, że tym trzecim mężczyzną jest Henry. Co on robi z tatą i Markiem? Biegnę do nich, stopy rani mi zeschła trawa. Tato podchodzi do mnie.

– Kochanie – mówi. – Co tu robisz tak wcześnie?

– Słyszałam, jak ktoś mnie wołał – mówię.

Tato uśmiecha się do mnie, jakby chciał powiedzieć: „Oj, głuptasie". Patrzę na Henry'ego, czekając na jakieś wyjaśnienia. Dlaczego mnie wołałeś, Henry? On tylko kręci głową i przykłada palec do ust: „Sza, nic nie mów, Clare". Wchodzi do sadu. Bardzo chcę zobaczyć, na co patrzyli, ale tam nic nie ma.

– Wracaj do łóżka, Clare – mówi tato. – To tylko sen.

Obejmuje mnie ramieniem i ruszamy w stronę domu.

Odwracam się, by spojrzeć na Henry'ego, a on macha do mnie z uśmiechem. W porządku, Clare, później ci wszystko wyjaśnię (choć znając Henry'ego, wiem, że nic mi nie wyjaśni, każe mi samej się wszystkiego domyślić albo za jakiś czas wszystko wyjaśni się samo). Macham do niego, po czym sprawdzam, czy Mark to zauważył. Ale on stoi do nas tyłem. Jest zły i czeka, żebym sobie poszła, by dalej mógł robić to, na co ma ochotę. Ale co tu robi Henry? Co sobie powiedzieli? Odwracam się raz jeszcze, ale już go nie widzę.

– Clare, wracaj do łóżka – mówi tato i całuje mnie w czoło. Wygląda na zmartwionego, więc biegnę do domu, potem wchodzę cicho na schody i siadam na łóżku, drżąc z zimna. Nadal nie wiem, co się stało, ale wiem, że to coś złego, coś bardzo złego.

Poniedziałek, 2 lutego 1987
(Clare ma 15, Henry 38 lat)

CLARE: Kiedy wracam ze szkoły, Henry czeka na mnie w Czytelni. Urządziłam mu mały pokoik obok kotłowni po drugiej stronie komórki z rowerami. Dałam do zrozumienia wszystkim domownikom, że lubię tam siedzieć i czytać, i rzeczywiście spędzam tam mnóstwo czasu, ale przynajmniej teraz nikogo to nie dziwi. Henry wsuwa krzesło pod klamkę, by zablokować drzwi. Pukam cztery razy i wpuszcza mnie do środka. Wymościł sobie coś w rodzaju gniazda z poduszek i koców i w świetle mojej lampki czyta stare magazyny. Ubrany w stare dżinsy taty i flanelową koszulę w kratę jest nieogolony i wygląda na zmęczonego. Dziś rano zostawiłam mu otwarte drzwi i rzeczywiście się zjawił. Stawiam na podłodze tacę z jedzeniem.

– Mogę ci przynieść parę książek.

– To jest świetne. – Czyta magazyny „Mad" z lat sześćdziesiątych. – I nieocenione dla osobników podróżujących w czasie, którzy muszą znać na wyrywki wszystkie fakty – mówi, podnosząc „World Almanac" z 1968 roku.

Siadam obok na kocu i patrzę na niego, by sprawdzić, czy każe mi się posunąć. Widzę, że się nad tym zastanawia, pokazuję mu więc ręce, po czym na nich siadam. Uśmiecha się.

– Rozgość się – mówi.

– Z jakiego czasu przybyłeś?

– Z dwa tysiące pierwszego roku. Z października.

– Wyglądasz na zmęczonego.

Widzę, że zastanawia się, czy powiedzieć mi, dlaczego jest zmęczony, ale w końcu postanawia zachować to dla siebie.

– Co knujemy w dwa tysiące pierwszym?

– Wielkie rzeczy. I bardzo wyczerpujące. – Zaczyna jeść kanapkę z wołowiną, którą mu przyniosłam. – Pycha.

– To dzieło Nell.

Wybucha śmiechem.

– Nigdy nie zrozumiem, dlaczego potrafisz wznosić ogromne rzeźby, którym niestraszny największy sztorm, przygotowywać barwniki, gotować włókna i tym podobne rzeczy, a zupełnie nie radzisz sobie w kuchni. To niesamowite.

– To mentalny blok. Fobia.

– Bardzo dziwne.

– Kiedy tylko wchodzę do kuchni, słyszę natychmiast w głowie cichy głos: „Idź stąd", więc znikam.

– Jesz porządnie? Jesteś chuda.

Czuję się bardzo gruba.

– Jem. – Nagle przychodzi mi do głowy straszliwa myśl. – Czy w dwa tysiące pierwszym jestem bardzo gruba? Może dlatego teraz wydaję ci się taka chuda.

Henry uśmiecha się z żartu, którego nie rozumiem.

– No, w mojej teraźniejszości jesteś dość pulchna, ale to minie.

– Ugh.

– Kiedy jesteś pulchna, wyglądasz bardzo pięknie.

– Nie, dziękuję.

Patrzy na mnie wyraźnie zaniepokojony.

– Nie jestem anorektyczką ani nic z tych rzeczy. Nie musisz się o mnie martwić.

– Chodzi mi tylko o to, że mama nie dawała ci z tego powodu spokoju.

– Dawała?

– Daje.

– Dlaczego powiedziałeś „dawała"?

– Bez powodu. Lucille ma się świetnie. Nie martw się.

Kłamie. Czuję nagły ucisk w żołądku, oplatam rękami kolana i kładę na nich głowę.

HENRY: Nie mogę uwierzyć, że tak strasznie się przejęzyczyłem. Gładzę Clare po włosach i marzę o tym, bym mógł choć na chwilę wrócić do teraźniejszości i zapytać ją, co powinienem jej powiedzieć o śmierci matki. Teraz, gdy ma piętnaście lat. To wszystko z braku snu. Gdybym mógł się porządnie wyspać, myślałbym o wiele szybciej albo przynajmniej lepiej wybrnął z tego paskudnego przejęzyczenia. Ale Clare, najbardziej prawdomówna i szczera osoba, jaką znam, jest wyczulona na każde, najmniejsze nawet kłamstwo. Teraz mogę tylko milczeć, co jeszcze bardziej ją przestraszy, skłamać, czego nie przyjmie do wiadomości, albo powiedzieć prawdę, która ją zmartwi i na dobre skomplikuje relacje z matką.

Clare patrzy na mnie.

– Powiedz mi – prosi.

CLARE: Henry wygląda żałośnie.

– Nie mogę, Clare.

– Dlaczego?

– Niedobrze jest wiedzieć o rzeczach, które dopiero się wydarzą. To zupełnie spieprzy ci życie.

– Tak. Ale możesz mi powiedzieć tylko pół prawdy.

– Nie mam ci nic do powiedzenia.

Teraz zaczynam już wpadać w panikę.

– Popełniła samobójstwo. – Jestem już niemal pewna. Zawsze tego bałam się najbardziej.

– Nie, nie i jeszcze raz nie.

Nie spuszczam z niego wzroku. Jest załamany. Nie wiem, czy mówi prawdę. O ileż łatwiejsze byłoby życie, gdybym potrafiła czytać w jego myślach. Mamo! Och, mamo!

HENRY: To jest straszne. Nie mogę jej tak zostawić.
– Rak jajnika – mówię bardzo cicho.
– Dzięki Ci, Boże – szepcze i zaczyna płakać.

Piątek, 5 czerwca 1987
(Clare ma 16, Henry 32 lata)

CLARE: Czekam na Henry'ego cały dzień. Jestem taka podekscytowana. Wczoraj dostałam prawo jazdy i tato pozwolił mi pojechać dziś fiatem na imprezę do Ruth. Mamie wcale się to nie podoba, ale skoro tato już się zgodził, to nic nie może zrobić. Słyszę, jak po kolacji kłócą się w bibliotece.
– Mogłeś mnie zapytać.
– To przecież nic takiego, Lucy...
Zabieram książkę i wychodzę na Łąkę. Kładę się na trawie. Słońce zaczyna powoli zachodzić. Jest dość chłodno, a w trawie fruwają małe białe ćmy. Na zachodzie nad drzewami niebo robi się różowopomarańczowe, a nade mną maluje się ciemnoniebieski łuk. Zastanawiam się, czy nie wrócić do domu po sweter, kiedy słyszę, jak ktoś idzie przez łąkę. To na pewno Henry. Wchodzi na polanę i siada na kamieniu. Patrzę na niego ukryta w trawie. Jest dość młody, może tuż po trzydziestce. Ma na sobie czarny podkoszulek, dżinsy i wysokie buty. Siedzi cicho, czeka. Ale ja nie mogę już wytrzymać ani minuty dłużej i wyskakuję znienacka. Jest nieźle wystraszony.
– Jezu, Clare, przyprawisz staruszka o atak serca.
– Nie jesteś wcale stary.
Uśmiecha się. Tak zabawnie podchodzi do swojego wieku.
– Buzi – domagam się i całuje mnie w policzek.
– Za co? – pyta.

– Dostałam prawo jazdy!

Wygląda na przestraszonego.

– Och nie. Chciałem powiedzieć: gratulacje.

Uśmiecham się do niego. Nie potrafi zepsuć mi humoru.

– Jesteś po prostu zazdrosny.

– Szczerze mówiąc, tak. Uwielbiam prowadzić, a nigdy tego nie robię.

– Dlaczego?

– To zbyt niebezpieczne.

– Tchórz.

– Niebezpieczne dla innych. Wyobraź sobie, co by się stało, gdybym nagle zniknął zza kierownicy? Samochód jechałby dalej i nagle BUM! Mnóstwo zabitych i rannych, strumienie krwi. Niepiękny widok.

Siadam na kamieniu obok niego. Odsuwa się. Postanawiam to zignorować.

– Wybieram się wieczorem na imprezę do Ruth. Chcesz iść ze mną?

Unosi jedną brew. To zwykle oznacza, że zacytuje fragment jakiejś nieznanej mi książki albo wygłosi kazanie. Teraz mówi tylko:

– Musiałbym poznać całą hordę twoich przyjaciół.

– Czemu nie? Mam już dość tego ukrywania się.

– Zastanówmy się. Ty masz szesnaście lat. Ja trzydzieści dwa, jestem tylko dwa razy starszy od ciebie. Na pewno nikt tego nie zauważy, a twoi rodzice nigdy się o tym nie dowiedzą.

Wzdycham ciężko.

– Ja muszę tam iść. Jedź ze mną. Poczekasz w samochodzie. Nie będę długo, a potem gdzieś się razem przejedziemy.

HENRY: Parkujemy przecznicę od domu Ruth. Głośna muzyka dobiega aż tutaj; to *Once In A Lifetime* Talking Heads. Bardzo bym chciał iść tam razem z Clare, ale nie byłoby to zbyt rozsądne. Clare wyskakuje z samochodu i mówi: „Zostań!", jakbym był wielkim, nieposłusznym psem. Biegnie do domu Ruth w szpilkach i krótkiej spódniczce. Kulę się na siedzeniu i czekam.

CLARE: Zaraz po wejściu do środka przekonuję się, że impreza jest totalną porażką. Rodzice Ruth pojechali na tydzień do San Francisco, będzie więc przynajmniej miała dość czasu, żeby posprzątać, usunąć szkody, a potem się zastanowić, jak to wszystko wytłumaczyć. Cieszę się, że impreza nie odbywa się u mnie w domu. Jake, starszy brat Ruth, też zaprosił swoich przyjaciół, więc w sumie przyszło około setki osób. Jest znacznie więcej chłopców niż dziewcząt i żałuję, że nie włożyłam spodni i butów na płaskim obcasie, ale teraz już nic nie mogę na to poradzić. Kiedy ruszam do kuchni po drinka, ktoś za mną mówi: „Uważaj, Panno Niedotykalska", i paskudnie siorbie. Odwracam się i widzę przed sobą chłopaka, którego przezywamy Jaszczur, bo ma okropny trądzik. Patrzy na mnie pożądliwie.

– Ładna sukienka, Clare.

– Dzięki, ale to nie na twoją cześć, Jaszczurze.

Wchodzi za mną do kuchni.

– Nieładnie tak mówić, młoda damo. Próbuję tylko wyrazić zachwyt dla twojej uroczej kreacji, a ty mnie obrażasz... – Za nic nie chce się zamknąć.

Udaje mi się w końcu uciec, bo chwytam za ramię Helen. Wykorzystuję ją jako tarczę, żeby wydostać się z kuchni.

– Beznadzieja – mówi Helen. – Gdzie jest Ruth?

Ruth chowa się na górze w swojej sypialni razem z Laurą. Palą w ciemności skręta i patrzą przez okno, jak zgraja przyjaciół Jake'a kąpie się na golasa w basenie. Po chwili wszystkie już siedzimy z nosami przy szybie.

– Mhm – mruczy Helen. – Miałabym chrapkę.

– Na którego? – pyta Ruth.

– Na tego na trampolinie.

– Och.

– Spójrz na Rona – mówi Laura.

– To jest Ron? – Ruth chichocze.

– Ojejku. No cóż, chyba każdy wyglądałby lepiej bez koszulki z Metallicą i skórzanej kamizelki – oświadcza Helen. – Hej, Clare, coś strasznie zamilkłaś.

– Słucham? Ach tak.

– Tylko spójrz na siebie – mówi Helen. – Siedzisz tutaj z oczami wielkimi z pożądania. Wstyd mi za ciebie... Jak mogłaś się doprowadzić do takiego stanu? – Wybucha śmiechem. – Poważnie, Clare, dlaczego z tym nie skończysz?

– Nie mogę – mówię nieszczęśliwym głosem.

– Jasne, że możesz. Zejdź tylko na dół i krzyknij: „Zerżnij mnie!", a pięćdziesięciu chłopaków zacznie wrzeszczeć: „Ja! Ja!".

– Nic nie rozumiesz. Ja nie chcę... to nie o to chodzi...

– Ona ma ochotę na kogoś szczególnego – mówi Ruth, nie odrywając wzroku od basenu.

– Kogo? – pyta Helen.

Wzruszam ramionami.

– No, Clare, puść farbę.

– Zostawcie ją w spokoju – mówi Laura. – Jeśli Clare nie chce nic powiedzieć, to nie musi.

Siedzę obok Laury i opieram jej głowę na ramieniu.

Helen zrywa się nagle z miejsca.

– Zaraz wrócę.

– Dokąd idziesz?

– Przywiozłam trochę szampana i soku gruszkowego, żeby zrobić koktajl, ale zostawiłam w samochodzie. – Wypada przez drzwi.

Wysoki chłopak z włosami do ramion robi salto do tyłu.

– O, la, la! – wykrzykują chórem Laura i Ruth.

HENRY: Minęło sporo czasu, chyba godzina. Zjadam pół torebki chipsów i popijam je ciepłą colą, którą Clare zabrała z domu. Chwilę drzemię. Nie ma jej już tak długo, że zaczynam się zastanawiać, czy nie wybrać się na spacer. Muszę też zrobić siku.

Nagle słyszę stukot obcasów. Wyglądam przez okno, ale to nie Clare, tylko blondyna w obcisłej czerwonej sukience. Mrugam i przypominam sobie, że to przyjaciółka Clare, Helen Powell. Och nie.

Podchodzi do samochodu z mojej strony, pochyla się i spogląda na mnie. Dekolt ma tak głęboki, że widać niemal Tokio. Lekko kręci mi się w głowie.

– Cześć, chłopaku Clare. Jestem Helen.

– Trafiłaś pod zły adres, Helen. Ale miło mi cię poznać. – W jej oddechu czuć zapach alkoholu.

– Nie wysiądziesz z samochodu, żebyśmy się mogli przywitać, jak należy?

– Jest mi bardzo dobrze tu, gdzie jestem, dziękuję.

– To przysiądę się do ciebie. – Obchodzi samochód z przodu, otwiera drzwiczki i opada na siedzenie kierowcy. – Już od bardzo dawna chciałam cię poznać – wyznaje.

– Naprawdę? Dlaczego? – Rozpaczliwie pragnę, by Clare już wróciła i wybawiła mnie z opresji, ale wtedy wszystko by się wydało.

Helen pochyla się w moją stronę.

– Domyśliłam się, że istniejesz – mówi *sotto voce*. – Dzięki wielkim zdolnościom do obserwacji doszłam do wniosku, że po wyeliminowaniu rzeczy niemożliwych pozostaje najczystsza prawda, choćby nie wiem jak nieprawdopodobna. I tak... – Urywa, by beknąć głośno. – Ależ to nieeleganckie. Przepraszam. I tak wydedukowałam, że Clare musi mieć faceta, bo inaczej nie unikałaby pieprzenia się z tymi wszystkimi miłymi chłopcami, którzy tylko na to czekają i powoli wpadają w kompleksy. No i jesteś. Ta dam!

Zawsze lubiłem Helen i przykro mi, że musiałem ją okłamać.

– Bardzo poruszający przykład logicznego rozumowania, Helen, ale, niestety, nie jestem chłopakiem Clare.

– To dlaczego siedzisz w jej samochodzie?

W głowie rozpętała mi się burza. Clare chyba mnie za to zabije.

– Jestem przyjacielem jej rodziców. Martwili się, że pojedzie samochodem na imprezę, na której może być alkohol, więc poprosili mnie, żebym pojechał razem z nią i zabawił się w szofera, jeśli ona będzie wstawiona.

Helen krzywi się lekko.

– To zupełnie niepotrzebne. Nasza mała Clare prawie nie bierze alkoholu do ust...

– Nie mówiłem, że pije. Ale jej rodzice bardzo się martwią.

Słyszę stukot szpilek na chodniku. Tym razem to Clare. Zamiera, kiedy dostrzega, że nie jestem sam.

Helen wyskakuje z samochodu.

– Clare! Ten okropny człowiek mówi, że nie jest twoim chłopakiem! – wykrzykuje.

Wymieniamy z Clare spojrzenia.

– Bo nie jest – odpowiada krótko Clare.

– Och. Wracasz do domu?

– Już prawie północ. Zaraz zamienię się w dynię. – Clare obchodzi samochód i otwiera drzwiczki. – No, Henry, ruszamy. – Przekręca kluczyk w stacyjce i zapala światła.

Helen stoi nieruchomo w snopie światła reflektorów. Potem podchodzi do mojego okna.

– Nie jesteś jej chłopakiem, Henry? No, prawie ci się udało. Pa, Clare.

Wybucha śmiechem, a Clare ostrożnie wyjeżdża z parkingu. Ruth mieszka przy Conger. Kiedy skręcamy w Broadway, widzę, że zgasły wszystkie latarnie. Broadway jest dwupasmowy i prosty jak drut. Ale bez latarni jazda przypomina powolne zanurzanie się w kałamarzu.

– Lepiej włącz długie światła, Clare – mówię.

Sięga do deski i wyłącza wszystkie światła.

– Clare!

– Przestań mi mówić, co mam robić!

Milknę. Widzę tylko cyferki zegara. Jest 23.36. Słyszę szum powietrza i pomruki silnika. Czuję, jak koła mkną po asfalcie, ale mam wrażenie, że to my stoimy w miejscu, a świat porusza się obok nas z prędkością dziewięćdziesięciu kilometrów na godzinę. To samo. Bez różnicy. Otwieram. Serce wali mi jak szalone. W oddali pojawiają się reflektory samochodu. Clare włącza światła i pędzimy dalej samym środkiem pasa. Jest 23.38.

W blasku padającym z deski rozdzielczej widzę twarz Clare. Jest zupełnie pozbawiona wyrazu.

– Dlaczego to zrobiłaś? – pytam drżącym głosem.

– A czemu nie? – odpowiada spokojnie.

– Bo mogliśmy spłonąć we wraku samochodu?

Zwalnia i skręca na autostradę Blue Star.

– Ale tak się nie stanie – mówi. – Dorosnę, poznamy się, pobierzemy i tyle.

– Mogłaś równie dobrze rozbić samochód i oboje mogliśmy spędzić rok na wyciągu.

– Ale wtedy byś mnie ostrzegł.

– Próbowałem, ale napadłaś na mnie...

– Chodzi o to, że ty jako starszy powiedziałbyś mi, młodszej, żebym nie rozbijała samochodu.

– Mogło już być po wszystkim.

Dojeżdżamy do Meagram Lane i Clare skręca. To prywatna droga, która prowadzi do jej domu.

– Zatrzymaj się, dobrze? Proszę.

Clare wjeżdża na trawę, zatrzymuje się, wyłącza silnik i światła. Znów robi się ciemno. Wokół słyszę miliony cykad. Przyciągam Clare do siebie i obejmuję ją ramieniem. Jest spięta i się nie poddaje.

– Obiecaj mi coś.

– Co? – pyta.

– Obiecaj, że już nigdy nic takiego nie zrobisz. Nie tylko w samochodzie, ale w ogóle nic niebezpiecznego. Bo nic nie wiesz. Przyszłość jest bardzo dziwna i nie możesz się zachowywać, jakbyś była niepokonana i nieśmiertelna...

– Ale jeśli widziałeś mnie w przyszłości...

– Zaufaj mi. Po prostu mi zaufaj.

Clare wybucha śmiechem.

– Dlaczego miałabym to robić?

– Nie wiem. Bo cię kocham?

Odwraca głowę tak szybko, że uderza mnie prosto w szczękę.

– Au.

– Przepraszam. – Widzę niewyraźny zarys jej profilu. – Kochasz mnie?

– Tak.

– Teraz?

– Tak.

– Ale nie jesteś moim chłopakiem.

Ach tak. Zatem o to jej chodziło.

– Technicznie rzecz ujmując, jestem twoim mężem. Ale ponieważ jeszcze się nie pobraliśmy, jesteś moją dziewczyną.

Clare kładzie rękę tam, gdzie zdecydowanie nie powinna.

– Wolałabym być twoją kochanką.

– Masz szesnaście lat. – Delikatnie odsuwam jej dłoń i gładzę ją po twarzy.

– Wystarczy. Fuj, masz mokre ręce.

Clare włącza światło i z przerażeniem dostrzegam, że twarz i sukienkę ma poplamione krwią. Patrzę na swoje dłonie. Są lepkie i czerwone.

– Henry! Co się stało?

– Nie wiem. – Oblizuję prawą dłoń. Teraz widać na niej cztery półksiężyce, jeden przy drugim. – To moje paznokcie... Kiedy jechałaś bez świateł.

Clare gasi światło i znów siedzimy w ciemnościach. Cykady koncertują jak szalone.

– Nie chciałam cię przestraszyć.

– Ale ci się udało. Zwykle czuję się bezpieczny, kiedy prowadzisz. Tylko...

– Co?

– Kiedy byłem dzieckiem, przeżyłem wypadek i nie przepadam teraz za samochodami.

– Przepraszam.

– Nic nie szkodzi. Która godzina?

– O mój Boże. – Clare znów włącza światło. 0.12. – Jestem już spóźniona. I jak mam wejść do domu cała zalana krwią?

Jest tak zakłopotana, że mam ochotę wybuchnąć śmiechem.

– Proszę. – Przesuwam lewą dłonią po jej górnej wardze i pod nosem. – Lała ci się krew z nosa.

– Dobra. – Przekręca kluczyk, włącza światła i wjeżdża na drogę. – Etta wpadnie w szał, gdy mnie zobaczy.

– Etta? A rodzice?

– Mama pewnie już śpi, a tato gra dziś w pokera. – Otwiera bramę i wjeżdżamy do środka.

– Gdyby moje dziecko wyjechało z domu samochodem dzień po otrzymaniu prawa jazdy, siedziałbym z nosem przyklejonym do szyby i ze stoperem w ręce.

Clare zatrzymuje samochód z dala od domu.

– Mamy dzieci?

– Przykro mi, to ściśle tajne.

– Zwrócę się z prośbą o udzielenie mi odpowiedzi na mocy Ustawy o Wolnym Dostępie do Informacji.

– Bardzo proszę. – Całuję ją ostrożnie, by nie zniszczyć kamuflażu. – Powiesz mi, czego się dowiedziałaś. – Otwieram drzwiczki. – Powodzenia z Ettą.

– Dobranoc.

– Dobranoc. – Wysiadam i jak najciszej zamykam drzwiczki. Samochód sunie dalej podjazdem i znika za zakrętem. Ruszam na Łąkę, gdzie czeka na mnie łóżko pod gwiazdami.

Niedziela, 27 września 1987
(Henry ma 32 lata, Clare 16)

HENRY: Ląduję na Łące, jakieś pięć metrów od wejścia na polanę. Czuję się okropnie, kręci mi się w głowie i jest mi niedobrze, więc siedzę spokojnie przez kilka minut, żeby dojść do siebie. Jest chłodno i szaro. Wysoka brązowa trawa przecina mi skórę. Po chwili czuję się już lepiej. Wokół panuje cisza, więc wstaję i wychodzę na polanę.

Clare siedzi na ziemi obok kamienia. Opiera się o niego plecami. Nic nie mówi, patrzy tylko na mnie. Wyraz jej oczu mogę opisać wyłącznie jako gniew. Cholera, myślę, co ja takiego zrobiłem? Clare przeżywa okres fascynacji Grace Kelly; ma na sobie niebieski wełniany płaszczyk i czerwoną spódnicę. Drżę z zimna, szukam więc pudła z ubraniami. Otwieram je i wkładam czarne dżinsy, czarny sweter, czarne wełniane skarpetki, czarny płaszcz, czarne buty i czarne skórzane rękawiczki. Wyglądam, jakbym miał wystąpić w filmie Wima Wendersa. Siadam obok Clare.

– Cześć. Wszystko w porządku?

– Cześć, Henry. Proszę. – Podaje mi termos i dwie kanapki.

– Dzięki. Trochę mi niedobrze, zjem za chwilę. – Kładę jedzenie na kamieniu. W termosie jest kawa; wciągam głęboko powietrze. Już sam jej zapach sprawia, że czuję się lepiej. – Wszystko w porządku?

Nie patrzy na mnie. Przyglądam się jej uważnie i widzę, że płakała.

– Henry, pobiłbyś kogoś dla mnie?

– Co takiego?

– Chcę komuś przyłożyć, a nie jestem dość silna i nie umiem się bić. Zrobisz to dla mnie?

– O czym ty mówisz? Kogo? Dlaczego?

Spuszcza wzrok.

– Nie chcę o tym mówić. Nie możesz mi uwierzyć na słowo, że on w pełni na to zasługuje?

Chyba już wiem, o co chodzi. Zdaje się, że kiedyś mi o tym opowiadała.

Wzdycham, przysuwam się bliżej i obejmuję ją. Kładzie mi głowę na ramieniu.

– To chłopak, z którym umówiłaś się na randkę, tak?

– Tak.

– Okazał się totalnym świrem i teraz chcesz go zetrzeć na proch?

– Tak.

– Clare, mnóstwo facetów to świry. Ja też kiedyś taki byłem...

Wybucha śmiechem.

– Założę się, że nie byłeś takim świrem jak Jason Everleigh.

– To futbolista?

– Tak.

– Dlaczego sądzisz, że uda mi się pobić jakiegoś osiłka, na dodatek o połowę młodszego ode mnie? Po co w ogóle się z nim umówiłaś?

Wzrusza ramionami.

– W szkole wszyscy mi dokuczali, bo nigdy się z nikim nie umawiam. Ruth, Meg i Nancy... zaczęły szeptać, że jestem lesbijką. Nawet mama dopytuje się, dlaczego nie umawiam się z chłopcami. Zapraszają mnie, ale ja odmawiam. Beatrice Dilford, która jest lesbijką, zapytała mnie, czy ja też nią jestem. Zaprzeczyłam. Powiedziała, że tak właśnie myślała, ale wszyscy twierdzą inaczej. Pomyślałam więc, że może lepiej będzie umówić się z paroma chłopakami. Jako pierwszy zgłosił się Jason. Jest popularny i przystojny, więc doszłam do wniosku, że jeśli się z nim umówię, wszyscy się o tym dowiedzą i może przestaną wygadywać bzdury na mój temat.

– To była twoja pierwsza randka?

– Tak. Poszliśmy do włoskiej restauracji. Byli tam też Laura, Mikei i paru uczniów z kółka teatralnego. Chciałam zapłacić za siebie, ale on powiedział, że nigdy nie pozwala dziewczynom płacić. Rozmawialiśmy o szkole, futbolu i różnych innych rzeczach. Potem poszliśmy do kina na *Piątek 13, część VII*. Głupi. Nie wybieraj się.

– Już go widziałem.

– Naprawdę? To przecież nie jest film dla ciebie.

– Oglądałem go z tego samego powodu, co ty. Umówiłem się na randkę i moja dziewczyna chciała go zobaczyć.

– Kto to był?

– Kobieta o imieniu Alex.

– Jaka była?

– Kasjerka z banku z dużymi cyckami, która lubiła, żeby ją chłostać. – Uświadamiam sobie nagle, że rozmawiam z Clare-nastolatką, a nie z Clare-moją żoną, i wymierzam sobie niewidzialny cios w głowę.

– Chłostać? – Clare patrzy na mnie z uśmiechem, unosząc brwi.

– Nieważne. Poszliście więc do kina i...?

– Potem chciał pojechać do Traversa.

– Co to takiego?

– Farma na północy miasta. – Clare mówi teraz tak cicho, że ledwo ją słyszę. – Ludzie jeżdżą tam, żeby... się obściskiwać.

Milczę.

– Powiedziałam mu, że jestem zmęczona i chcę wracać do domu, a on wpadł w szał. – Clare urywa na chwilę.

Siedzimy w milczeniu, słuchając ptaków, samolotów, szumu wiatru. Wreszcie Clare dodaje:

– Był naprawdę wściekły.

– Co się stało potem?

– Nie chciał mnie odwieźć do domu. Nie wiedziałam, gdzie jesteśmy; chyba gdzieś na trasie numer 12. Jason jechał przed siebie, wąskimi dróżkami. Potem zjechał na polną drogę i stała tam ta chata. W pobliżu słyszałam szum jeziora. Miał klucz.

Jestem coraz bardziej zdenerwowany. Clare nigdy mi o tym nie opowiadała, wspomniała tylko, że umówiła się na straszną randkę z facetem o imieniu Jason, który grał w futbol.

– Clare, czy on cię zgwałcił?

– Nie. Powiedział, że nie jestem... dość dobra. Powiedział... Nie, nie zgwałcił mnie. Ale zrobił mi... – Nie potrafi dokończyć.

Czekam. Clare rozpina płaszcz i zdejmuje go. Zdejmuje bluzkę i widzę blizny na plecach. Odcinają się fioletem od jej skóry. Odwraca się i dostrzegam na prawej piersi ślad po przypaleniu papierosem, paskudnie zaczerwieniony. Zapytałem ją kiedyś, skąd ma tę bliznę, ale nie chciała mi powiedzieć. Chyba zabiję tego drania. A już na pewno zostanie kaleką do końca życia.

Clare siedzi przede mną, drżąc z zimna. Czeka. Podaję jej bluzkę.

– Dobra – mówię cicho. – Gdzie go znajdę?

– Zawiozę cię.

Wsiadam do fiata na końcu podjazdu, z dala od domu. Clare ma na nosie okulary przeciwsłoneczne, choć jest już popołudnie. Pomalowała też usta, a włosy upięła z tyłu głowy. Wygląda na znacznie starszą. Zupełnie jakby zeszła z planu filmu *Okno na podwórze*, choć podobieństwo byłoby większe, gdyby miała jasne włosy. Jedziemy wzdłuż szpaleru drzew, lecz żadne z nas nie dostrzega bogactwa barw jesieni. Przed oczami stale widzę to, co przydarzyło się Clare w małej chacie.

– Czy on jest bardzo duży? – pytam.

– Kilka centymetrów wyższy od ciebie. I dużo cięższy. O jakieś dwadzieścia pięć kilo.

– Jezu.

– Przyniosłam to. – Clare sięga do torebki i wyjmuje rewolwer.

– Clare!

– Należy do taty.

Myślę bardzo szybko.

– Clare, to kiepski pomysł. Jestem tak wściekły, że mógłbym go użyć, a to nie byłoby rozsądne. Poczekaj. – Biorę od niej broń, wyjmuję naboje i wkładam do jej torebki. – No już. Tak będzie lepiej. To świetny pomysł, Clare.

Patrzy na mnie pytająco. Wsuwam broń do kieszeni płaszcza.

– Chcesz, żebym zrobił to anonimowo, czy chcesz, żeby wiedział, że za tym stoisz?

– Chcę przy tym być.

– Och.

Wjeżdża na prywatny podjazd i zatrzymuje samochód.

– Chcę gdzieś go zabrać. Masz go zniszczyć, a ja chcę na to wszystko patrzeć. Ma się bać jak nigdy dotąd.

Wzdycham ciężko.

– Clare, zazwyczaj nie robię takich rzeczy. Walczę tylko w samoobronie.

– Proszę – mówi tonem zupełnie pozbawionym emocji.

– Jasne.

Ruszamy dalej i zatrzymujemy się przed dużym domem wzniesionym w stylu kolonialnym. Nie widać żadnych samochodów. Za otwartym oknem na drugim piętrze grzmi płyta Van Halen.

Podchodzimy do frontowych drzwi. Staję z boku, a Clare naciska dzwonek. Po dłuższej chwili muzyka gwałtownie cichnie i na schodach słychać ciężkie kroki. Drzwi stają otworem i słyszę niski głos:

– Co? Masz ochotę na więcej?

Tylko to chciałem usłyszeć. Wyciągam broń i staję przy Clare. Mierzę prosto w pierś chłopaka.

– Cześć, Jason – mówi Clare. – Pomyślałam, że będziesz miał ochotę wybrać się z nami na spacer.

Chłopak robi to samo, co zrobiłbym ja. Pada na podłogę i przetacza się w bok, ale nie jest dość szybki. Skaczę na niego i ląduję mu na piersi. Wstaję, stawiam mu nogę na klatce piersiowej i mierzę prosto w głowę. *C'est magnifique mais ce n'est pas la guerre.* Jest podobny trochę do Toma Cruise'a, bardzo przystojny, typowy amerykański chłopak.

– Na jakiej pozycji gra? – pytam Clare.

– Jest pomocnikiem.

– Hmm. Nigdy bym się nie domyślił. Wstawaj i trzymaj ręce tak, żebym mógł je widzieć – rozkazuję wesołym tonem.

Wykonuje posłusznie polecenie i wyprowadzam go z domu. Stoimy na podjeździe. Nie mam pojęcia, co dalej. Posyłam Clare do domu po sznur; wraca po kilku chwilach z nożyczkami i rolką szerokiej taśmy klejącej.

– Gdzie chcesz to zrobić?

– W lesie.

Jason dyszy ciężko, gdy prowadzimy go do lasu. Po pięciu minutach docieramy do małej polany z bardzo poręcznym młodym wiązem.

– Co powiesz na to, Clare?

– Może być.

Patrzę na nią. Jest zupełnie obojętna, chłodna jak morderczyni z kryminałów Raymonda Chandlera.

– Co sobie życzysz, Clare?

– Przywiąż go do drzewa.

Podaję jej broń, wykręcam Jasonowi ręce i sklejam je taśmą za drzewem. Mamy prawie całą rolkę taśmy i zamierzam ją wykorzystać. Jason oddycha ciężko, ze świstem. Wychodzę zza drzewa i spoglądam na Clare. Patrzy na Jasona, jakby był marnym okazem sztuki konceptualnej.

– Masz astmę?

Kiwa głową. Jego źrenice przypominają główki od szpilki.

– Przyniosę inhalator – mówi Clare.

Oddaje mi broń i rusza przez las ścieżką, którą tu przyszliśmy. Jason stara się oddychać spokojnie i równomiernie. Próbuje coś powiedzieć.

– Kim... jesteś? – pyta w końcu ochryple.

– Jestem chłopakiem Clare. Przyszedłem, żeby nauczyć cię dobrych manier, bo wygląda na to, że nie masz o nich bladego pojęcia. – Rezygnuję z żartobliwego tonu, podchodzę bliżej i mówię cicho: – Jak mogłeś jej to zrobić? Jest taka młoda i niedoświadczona. A ty wszystko totalnie spieprzyłeś...

– Jest... taka... podpuszczalska.

– Nie ma o niczym pojęcia. To tak, jakbyś znęcał się nad kociakiem za to, że cię podrapał.

Jason nie odpowiada. Oddycha coraz bardziej chrapliwie. Kiedy zaczynam się martwić, wraca Clare. Podnosi inhalator i spogląda na mnie.

– Kochanie, wiesz, jak tego używać?

– Chyba trzeba wstrząsnąć, wsunąć mu do ust i przycisnąć od góry.

Clare robi to wszystko i pyta Jasona, czy chce jeszcze.

Chłopak kiwa głową. Po czterech wdechach widzimy, że zaczyna oddychać spokojniej.

– Gotowa? – pytam Clare.

Podnosi nożyczki i kilka razy tnie nimi powietrze. Jason się kuli. Clare podchodzi do niego, klęka i zaczyna rozcinać mu ubranie.

– Hej – protestuje Jason.

– Cicho – rzucam. – Nikt ci nie zrobi krzywdy. Na razie.

Clare kończy rozcinać dżinsy i zabiera się do podkoszulka. Ja zaczynam przyklejać go taśmą do drzewa. Zaczynam od kostek, po czym przesuwam się na łydki i uda.

– Zatrzymaj się tutaj – mówi Clare, wskazując na miejsce tuż pod kroczem chłopaka. Rozcina mu bieliznę.

Zaczynam oklejać go w pasie. Jest bardzo opalony, wszędzie, z wyjątkiem zarysu kąpielówek. Poci się obficie. Zaklejam go aż do ramion, po czym przestaję, bo chcę, żeby mógł swobodnie oddychać. Odchodzimy parę kroków i podziwiamy nasze dzieło. Jason przypomina teraz oklejoną taśmą mumię z wielką erekcją. Clare wybucha śmiechem. Patrzę na nią ostro. W jej śmiechu kryje się coś okrutnego. Odnoszę wrażenie, że ta chwila staje się swoistą linią demarkacyjną oddzielającą dzieciństwo Clare od jej życia jako kobiety.

– Co teraz? – pytam.

Jedna część mnie pragnie zamienić go w hamburgera, a druga nie ma ochoty bić nieszczęśnika przyklejonego do drzewa. Jason jest czerwony jak burak. Ładnie kontrastuje z zieloną taśmą klejącą.

– Chyba wystarczy – mówi Clare.

Oddycham z wyraźną ulgą. Ale oczywiście pytam:

– Jesteś pewna? Mogę zrobić jeszcze mnóstwo rzeczy. Zniszczyć mu bębenki w uszach? Złamać nos? Ale on chyba już go sobie kiedyś złamał. Moglibyśmy przeciąć mu ścięgna Achillesa. W najbliższej przyszłości na pewno nie mógłby grać w futbol.

– Nie! – krzyczy Jason, próbując się oswobodzić.

– To przeproś – mówię.

Waha się przez chwilę.

– Przepraszam.

– To żałosne...

– Wiem – mówi Clare. Sięga do torebki i wyjmuje flamaster. Podchodzi do Jasona, jakby był niebezpiecznym zwierzęciem w zoo, i zaczyna coś pisać na jego oklejonej taśmą piersi. Kiedy kończy, robi krok do tyłu i zamyka flamaster. Wypisała relację z ich randki. – Chodźmy.

– Nie możemy go tak zostawić. Może dostać ataku astmy.

– Masz rację. Zadzwonię do paru osób.

– Poczekaj – mówi Jason.

– Co jest? – pyta Clare.

– Do kogo chcesz zadzwonić? Zadzwoń do Roba.

Clare wybucha śmiechem.

– Do Roba? Chyba sobie żartujesz. Zadzwonię do wszystkich dziewczyn.

Podchodzę do Jasona i przykładam mu lufę rewolweru pod brodę.

– Jeśli wspomnisz komukolwiek o moim istnieniu, a ja się o tym dowiem, wrócę i cię zniszczę. Nie będziesz mógł chodzić, mówić, jeść ani się pieprzyć, kiedy z tobą skończę. Wiesz tylko, że Clare jest bardzo miłą dziewczyną, która z niewyjaśnionych powodów nie umawia się na randki. Zrozumiałeś?

Jason patrzy na mnie z nienawiścią.

– Tak.

– Potraktowaliśmy cię dziś bardzo ulgowo. Ale jeśli jeszcze raz skrzywdzisz Clare w jakikolwiek sposób, gorzko tego pożałujesz.

– W porządku.

– To się zrozumieliśmy. – Chowam broń do kieszeni. – Fajnie było.

– Posłuchaj, ty dupku...

A co mi tam. Cofam się i z całej siły kopię go w krocze. Jason wrzeszczy wniebogłosy. Odwracam się i patrzę na Clare, która zbladła jak ściana pod makijażem. Po twarzy Jasona płyną łzy. Zastanawiam się, czy przypadkiem nie straci przytomności.

– Idziemy – mówię.

Clare kiwa głową. Wracamy w milczeniu do samochodu. Słyszę jeszcze, jak Jason coś za nami krzyczy. Wsiadamy do środka, Clare przekręca kluczyk, skręca i wyjeżdża na ulicę.

Patrzę, jak prowadzi. Zaczyna padać deszcz. W kącikach jej ust błąka się pełen zadowolenia uśmiech.

– Tego chciałaś? – pytam.

– Tak. Było idealnie. Dziękuję.

– Cała przyjemność po mojej stronie. – Zaczyna mi się kręcić w głowie. – Chyba zaraz zniknę.

Clare zatrzymuje samochód. Krople deszczu walą w dach samochodu. Zupełnie jak w myjni.

– Pocałuj mnie – domaga się Clare.

Całuję ją i znikam.

Poniedziałek, 28 września 1987
(Clare ma 16 lat)

CLARE: W poniedziałek w szkole wszyscy na mnie patrzą, ale nikt nie odzywa się do mnie ani słowem. Czuje się zupełnie jak Harriet po tym, jak koleżanki znalazły jej tajny notes*. Idę

* Harriet M. Welsch, bohaterka filmu *Mały szpieg* z 1996 r., nakręconego na podstawie powieści Louise Fitzhugh (przyp. tłum.).

korytarzem, a wszyscy uczniowie rozstępują się przede mną jak Morze Czerwone. Kiedy wchodzę na pierwszą lekcję angielskiego, w klasie zapada cisza. Siadam obok Ruth. Uśmiecha się do mnie i wygląda na zmartwioną. Nic nie mówię, ale czuję, jak ujmuje pod stolikiem moją dłoń. Trzyma ją do chwili, gdy do klasy wchodzi pan Partaki. Od razu zauważa, że wszyscy są niezwykle milczący.

– Miło spędziliście weekend? – pyta uprzejmie.

– O tak – odpowiada Sue Wong i w klasie rozlega się cichy, nerwowy śmiech.

Partaki jest wyraźnie zbity z tropu i na moment zapada niezręczna cisza.

– No to świetnie – mówi wreszcie nauczyciel. – Zabieramy się do omawiania *Billy Budda*. W tysiąc osiemset pięćdziesiątym pierwszym roku Herman Melville opublikował powieść *Moby Dick czyli Biały Wieloryb*, którą amerykańscy czytelnicy przyjęli dość obojętnie...

Nic do mnie nie dociera. Mimo że włożyłam bawełniany podkoszulek, sweter rani mnie w otartą skórę i bolą mnie żebra. Koledzy i koleżanki zawzięcie dyskutują na temat *Billy Budda*. Nareszcie rozlega się dzwonek i wszyscy wybiegają z klasy. Powoli ruszam za nimi razem z Ruth.

– Wszystko w porządku? – pyta.

– Mniej więcej.

– Zrobiłam, o co prosiłaś.

– O której?

– Około szóstej. Bałam się, że jego rodzice wrócą do domu i go znajdą. Trudno było go odciąć. Taśma wyrwała mu wszystkie włosy na piersiach.

– To dobrze. Czy dużo ludzi go widziało?

– Tak, prawie wszyscy. To znaczy dziewczyny. O ile wiem, nie zjawił się żaden chłopak.

Sale są niemal puste. Stoję przed drzwiami pracowni francuskiego.

– Clare, rozumiem dlaczego to zrobiłaś, ale nie wiem jak.

– Ktoś mi pomógł.

Rozlega się dzwonek na lekcję.

– O mój Boże! – wykrzykuje Ruth. – Już pięć razy z rzędu spóźniam się na wf! – Odsuwa się, jakby przyciągał ją niewidzialny magnes. – Opowiesz mi wszystko przy lunchu – woła jeszcze, kiedy odwracam się i wchodzę do klasy Madame Simone.

– *Ah, Mademoiselle Abshire, assyez-vous, s'il vous plait.*

Siadam między Laurą i Helen. Helen pisze mi na kartce: „Dobrze zrobiłaś". Tłumaczymy Montaigne'a. Pracujemy w ciszy, a Madame chodzi po sali i poprawia błędy. Mam problemy z koncentracją. Przed oczami staje mi wyraz twarzy Henry'ego po tym, jak kopnął Jasona: totalna obojętność, jakby tylko pstryknął palcami, jakby nie myślał o niczym szczególnym, a potem się zmartwił, bo nie wiedział, jak ja zareaguję. I wtedy właśnie uświadomiłam sobie, że sprawiło mu to przyjemność. Czy taką samą, jaką odczuwał Jason, gdy mnie bił? Ale Henry jest przecież dobry. Czy to sprawia, że postąpiliśmy słusznie? Czy miałam rację, pragnąc, by to zrobił?

– *Clare, attendez* – mówi Madame, stając tuż za mną.

Jeszcze jeden dzwonek i wszyscy wypadają na korytarz. Idę razem z Helen. Laura przytula mnie i biegnie na zajęcia muzyki, które odbywają się w drugim końcu budynku. My z Helen mamy teraz wf.

– Świetna robota, mała – mówi ze śmiechem Helen. – Nie mogłam uwierzyć własnym oczom. Jak ci się udało przykleić go do tego drzewa?

Powoli zaczynam mieć dość tego pytania.

– Mam przyjaciela, który zajmuje się takimi rzeczami. To on mi pomógł.

– A kto to?

– Jeden z klientów mojego taty – kłamię.

Helen kręci głową.

– Nie umiesz kłamać.

Uśmiecham się, lecz nic nie mówię.

– To Henry, prawda?

Kręcę głową i przykładam palec do ust. Stajemy przed salą gimnastyczną. Wchodzimy do szatni i nagle – abrakadabra! – wszystkie dziewczęta milkną. Po chwili zaczynają szeptać. Mamy z Helen szafki w tym samym rzędzie. Wyjmuję strój. Już wiem, co zrobię. Zdejmuję buty i rajstopy, rozbieram się do majtek i podkoszulka. Nie włożyłam dziś stanika, bo za bardzo bolało.

– Helen! – wołam. Zdejmuję podkoszulek w chwili, gdy Helen się odwraca.

– Jezu Chryste, Clare!

Blizny i otarcia wyglądają jeszcze gorzej niż wczoraj. Niektóre z nich pozieleniały. Na udach mam ślady po pasie Jasona.

– Och, Clare.

Helen podchodzi do mnie i ostrożnie mnie obejmuje. W szatni zapada cisza. Nad ramieniem Helen widzę, że wszystkie dziewczęta zgromadziły się wokół nas i nie spuszczają wzroku z moich pleców.

– No i co? – pyta Helen, odwracając się do nich.

Któraś ze stojących z tyłu dziewcząt zaczyna klaskać, po chwili dołącza do niej cała reszta. Wszystkie śmieją się i pokrzykują radośnie, a ja czuję się lekka, lekka jak piórko.

Środa, 12 czerwca 1995
(Clare ma 24, Henry 32 lata)

CLARE: Leżę w łóżku. Prawie już zasypiam, kiedy czuję dłoń Henry'ego przesuwającą się po moim brzuchu. Wrócił. Otwieram oczy, a on pochyla się i całuje bliznę po papierosie. W mroku nocy dotykam jego twarzy.

– Dziękuję – mówię.

– Cała przyjemność po mojej stronie – odpowiada.

Już nigdy więcej o tym nie wspominamy.

Niedziela, 11 września 1988
(Henry ma 36, Clare 17 lat)

HENRY: Siedzimy z Clare w sadzie w ciepłe wrześniowe popołudnie. Z Łąki dobiega brzęczenie owadów. Poza tym jest bardzo cicho. Kiedy unoszę wzrok nad wysuszoną trawę, powietrze drga od gorąca. Siedzimy pod jabłonią. Clare opiera się o pień, za plecami ma poduszkę. Ja leżę wyciągnięty na ziemi z głową opartą na jej kolanach. Zjedliśmy już, resztki lunchu leżą rozrzucone wokół jabłek, które spadły z drzewa. Jestem śpiący i bardzo zadowolony. W mojej przyszłości jest właśnie styczeń i ostro się z Clare kłócimy. To letnie interludium przypomina więc idyllę.

– Chciałabym cię właśnie tak narysować – mówi Clare.

– Do góry nogami i śpiącego?

– Odprężonego. Wyglądasz tak spokojnie. Czemu nie?

– No to rysuj.

Znaleźliśmy się tutaj przede wszystkim dlatego, że Clare musi narysować drzewa na zajęcia ze sztuki. Bierze do ręki szkicownik i wyjmuje kawałek węgla. Opiera blok na kolanie.

– Chcesz, żebym się przesunął? – pytam.

– Nie, bo wszystko się zmieni. Leż, jak leżałeś, proszę.

Wracam do obserwowania rysunku gałęzi na pogodnym niebie.

Pozostawanie w bezruchu wymaga ogromnej dyscypliny. Potrafię siedzieć nieruchomo bardzo długo, kiedy czytam, lecz pozowanie jest zawsze zaskakująco trudne. Nawet pozycja, która wydawała się początkowo bardzo wygodna, po piętnastu minutach staje się torturą. Odwracam tylko wzrok, żeby spojrzeć na Clare. Jest zupełnie pochłonięta rysowaniem. Gdy rysuje, wygląda zupełnie tak, jakby świat się rozpadł i została tylko ona ze swoim modelem. Dlatego to uwielbiam: kiedy spogląda na mnie z tak wielką uwagą, czuję się, jakbym był dla niej wszystkim. Tak samo patrzy na mnie, kiedy się kochamy. W tej chwili zagląda mi w oczy i uśmiecha się.

– Zapomniałam zapytać: z jakiego czasu przybyłeś?

– Ze stycznia dwutysięcznego roku.

Zasępia się.

– Naprawdę? Myślałam, że nieco później.

– Dlaczego? Wyglądam aż tak staro?

Gładzi mnie po nosie. Przesuwa palcem w górę do brwi.

– Nie, ale wyglądasz na szczęśliwego i spokojnego, a zwykle, kiedy zjawiasz się tutaj z tysiąc dziewięćset dziewięćdziesiątego ósmego, dziewięćdziesiątego dziewiątego albo dwutysięcznego, jesteś zły i zdenerwowany i nigdy nie chcesz mi powiedzieć, dlaczego. A potem w dwutysięcznym wszystko znów wraca do normy.

Wybucham śmiechem.

– Zupełnie jakbym słuchał wróżki. Nie miałem pojęcia, że tak doskonale odczytujesz moje nastroje.

– Co innego mi pozostaje?

– Pamiętaj, że zazwyczaj przysyła mnie tutaj stres. Nie powinnaś więc dochodzić do wniosku, że tamte lata są straszne. Wydarzyło się również mnóstwo bardzo miłych rzeczy.

Clare wraca do rysowania. Przestała mnie już wypytywać o naszą przyszłość.

– Henry, czego ty się boisz? – pyta za to.

Zaskakuje mnie tym pytaniem i muszę się przez chwilę zastanowić.

– Zimna – mówię. – Boję się zimy. I policji. Boję się też, że podróżując w czasie, trafię do złego miejsca lub czasu i potrąci mnie samochód albo ktoś mnie pobije. Albo że utknę w jakimś czasie na dobre i nie będę mógł wrócić. Boję się też bardzo, że cię stracę.

Uśmiecha się.

– Jak mógłbyś mnie stracić? Nigdzie się nie wybieram.

– Martwię się, że będziesz już miała dość tego, że nigdy nie można na mnie polegać, i mnie porzucisz.

Odkłada szkicownik. Siadam.

– Nigdy cię nie porzucę – mówi. – Chociaż ty zawsze mnie opuszczasz.

– Ale nigdy tego nie chcę.

Pokazuje mi rysunek. Już go kiedyś widziałem; wisi nad stołem w pracowni Clare. Rzeczywiście, wyglądam na nim na bardzo spokojnego. Podpisuje go i zaczyna wypisywać datę.

– Nie rób tego – mówię. – Nie ma na nim daty.

– Jak to?

– Już go widziałem. Na pewno nie ma na nim daty.

– W porządku. – Wymazuje datę i w tym miejscu pisze MEADOWLARK. – Gotowe – mówi. Patrzy na mnie zaintrygowana. – Czy zauważyłeś kiedyś po powrocie do przyszłości, że coś się zmieniło? A gdybym napisała teraz datę na tym szkicu? Co by się stało?

– Nie wiem. Spróbuj – odpowiadam zaciekawiony.

Clare wymazuje Meadowlark i pisze datę: 11 WRZEŚNIA 1988.

– No proszę – mówi. – To proste.

Patrzymy na siebie speszeni. Clare wybucha śmiechem.

– Jeśli nawet zakłóciliśmy kontinuum czasoprzestrzeni, to na razie nie widać skutków.

– Powiem ci, czy przypadkiem nie wywołaliśmy trzeciej wojny światowej. – Zaczynam drżeć na całym ciele. – Chyba znikam, Clare. – Całuje mnie i już mnie nie ma.

Czwartek, 13 stycznia 2000
(Henry ma 36, Clare 28 lat)

HENRY: Po kolacji wciąż myślę o rysunku Clare, idę więc do jej pracowni, żeby na niego spojrzeć. Clare pracuje nad ogromną rzeźbą z małych pasków fioletowego papieru. Wygląda jak skrzyżowanie muppeta z ptasim gniazdem. Obchodzę ją ostrożnie i staję przed stołem. Na ścianie nie ma jednak rysunku. Do pracowni wchodzi Clare z całym naręczem włókien manili.

– Cześć – mówi. Rzuca włókna na podłogę i podchodzi do mnie. – Co jest?

– Gdzie jest ten rysunek, który tutaj wisiał? Ten szkic mojej postaci?

– Ach, ten. Nie mam pojęcia. Może gdzieś spadł. – Znika pod stołem. – Nigdzie go nie widzę. Poczekaj, mam. – Wyłania się spod stołu, trzymając rysunek w dwóch palcach. – Fuj, pełno na nim pajęczyn. – Przeciera rysunek dłonią i podaje mi go.

Oglądam go dokładnie. Nie ma na nim daty.

– Co się stało z datą?

– Jaką datą?

– Napisałaś na nim datę, o tu, na dole. Pod swoim nazwiskiem. Wygląda, jakby ktoś ją odciął.

Clare wybucha śmiechem.

– Przyznaję się. Ja ją odcięłam.

– Dlaczego?

– Przestraszyła mnie twoja uwaga o trzeciej wojnie światowej. Zaczęłam się martwić, że przez moją głupią chęć do eksperymentowania możemy się w przyszłości nigdy nie spotkać.

– Cieszę się, że to zrobiłaś.

– Dlaczego?

– Nie wiem. Po prostu się cieszę.

Patrzymy na siebie. Po chwili Clare się uśmiecha, a ja wzruszam ramionami. I tyle. Dlaczego jednak odnoszę wrażenie, że mało brakowało, by wydarzyło się coś niemożliwego? I dlaczego czuję taką ogromną ulgę?

WIGILIA PIERWSZA
(zawsze ten sam wypadek
w tym samym samochodzie)

Sobota, 24 grudnia 1988
(Henry ma 40, Clare 17 lat)

HENRY: Jest ciemne zimowe popołudnie. Siedzę w Czytelni w piwnicy Meadowlark House. Clare zostawiła mi trochę jedzenia: kanapki z pieczoną wołowiną i serem, jabłko, karton mleka i całą miskę świątecznych ciasteczek. Mam na sobie swoje ulubione dżinsy i podkoszulek z Sex Pistols. Powinienem być bardzo zadowolony, ale tak nie jest. Clare zostawiła mi również dzisiejszy numer „South Haven Daily". Jest 24 grudnia 1988 roku, Wigilia. Tego wieczoru w Get Me High Lounge w Chicago moja dwudziestopięcioletnia wersja będzie pić do chwili, gdy zsunie się z barowego stołka i skończy na płukaniu żołądka w Szpitalu Miłosierdzia. To dziewiętnasta rocznica śmierci mojej matki.

Siedzę i myślę o mamie. To zabawne, jak zawodna jest pamięć. Gdyby pozostały mi wyłącznie wspomnienia z dzieciństwa, wiedziałbym o mamie niewiele, jej obraz byłby zamglony, a przed oczami stawałoby mi kilka chwil, które zapisały się w mojej pamięci mocniej od innych. Kiedy miałem pięć lat, słyszałem, jak śpiewała *Lulu* w Lyric Opera. Siedzący obok mnie tato pod koniec pierwszego aktu uśmiechał się do niej promiennie. Pamiętam też, że siedziałem razem z mamą w Orchestra

Hall i słuchałem, jak tato gra Beethovena pod dyrekcją Bouleza. Pamiętam, jak wolno mi było zejść do salonu podczas wydawanego przez rodziców przyjęcia i wygłosić z dumą *Tygrysa* Blake'a, oczywiście z odpowiednim porykiwaniem. Miałem wówczas cztery lata, a kiedy skończyłem, mama wzięła mnie na ręce, pocałowała i wszyscy bili brawo. Miała usta pomalowane ciemną szminką i koniecznie chciałem iść do łóżka ze śladem po jej pocałunku odbitym na policzku. Pamiętam, jak siedziała na ławce w Warren Park, a tato huśtał mnie na huśtawce. Mama raz po raz zbliżała się i oddalała, zbliżała i oddalała.

Jedną z najlepszych i najbardziej bolesnych rzeczy związanych z podróżowaniem w czasie jest okazja do oglądania mojej matki żywej. Kilka razy nawet z nią rozmawiałem; rzucałem krótkie uwagi w stylu: „Parszywa pogoda, prawda?", ustępowałem jej miejsca w kolejce, szedłem za nią w supermarkecie, patrzyłem, jak śpiewa. Czasem staję przed mieszkaniem, które tato nadal zajmuje, i obserwuję ich oboje, czasami z moją malutką wersją; widzę, jak wychodzą na spacer, siedzą w restauracji, wybierają się do kina. To lata sześćdziesiąte i oboje są parą eleganckich, młodych wspaniałych muzyków, przed którymi świat stoi otworem. Promiennie szczęśliwi i radośni. Kiedy wpadamy na siebie, machają do mnie przyjaźnie; są chyba przekonani, że mieszkam w sąsiedztwie, sporo spaceruję, noszę dziwną fryzurę i w tajemniczy sposób stale bywam w innym wieku. Kiedyś podsłuchałem, jak mój tato zastanawia się, czy przypadkiem nie jestem chory na raka. Nadal zadziwia mnie, że nigdy się nie zorientował, iż ten mężczyzna pojawiający się jakby znikąd w pierwszych latach ich małżeństwa jest jego własnym synem.

Widzę mamę ze mną. Najpierw jest w ciąży, potem przywozi mnie do domu ze szpitala, wiezie w wózku na spacer do parku i siedzi na ławce, ucząc się partytur, śpiewa mi cicho, machając delikatnie dłońmi, robiąc miny i potrząsając zabawkami. Teraz idziemy, trzymając się za ręce, i podziwiamy wiewiórki, samochody, gołębie, wszystko, co się rusza. Mama nosi długie, miękkie płaszcze, szerokie spodnie i mocne buty. Ma ciemne włosy i twarz o bardzo wyrazistych rysach: pełne usta, szeroko rozstawione oczy. Wygląda na Włoszkę, ale tak naprawdę jest Żydówką. Nawet przed wyjściem do pralni nakłada szminkę, tusz do rzęs, różuje policzki i podkreśla brwi ołówkiem. Tato jest taki sam jak zawsze: wysoki, wyprostowany, ubiera się z dyskretną elegancją, nosi kapelusze. Różnicę widać tylko na twarzy. Jest bardzo szczęśliwy i zadowolony. Często się dotykają, trzymają za ręce, idą ramię w ramię. Na plaży wszyscy troje mamy takie same okulary przeciwsłoneczne, a ja na dodatek śmieszny niebieski kapelusik. Leżymy wysmarowani oliwką dla dzieci. Rodzice piją colę z rumem, ja hawajski poncz.

Gwiazda mojej matki jaśnieje coraz bardziej. Studiuje u Jehana Mecka, u Mary Delacroix, oboje powoli kierują ją na ścieżkę wiodącą ku sławie; śpiewa kilka wprawdzie niewielkich ról, ale to prawdziwe perełki, które zwracają uwagę Louisa Behaire w Lyric Opera. Zastępuje Lineę Waverleigh w roli Aidy. Potem otrzymuje rolę Carmen. Dzięki tej partii zwraca na siebie uwagę innych teatrów operowych i niebawem zaczynamy podróżować po całym świecie. Nagrywa Schuberta dla wytwórni Decca, Verdiego i Weilla dla EMI, jedziemy do Londynu, Paryża, Berlina, Nowego Jorku. Pamiętam tylko niekończącą się serię pokoi hotelowych i samolotów. Jej występ w Lincoln Center transmituje telewizja; oglądam ją razem z dziadkami w Muncie. Mam sześć lat i z trudem mogę uwierzyć, że ta pani na małym ekranie to moja mama. Śpiewa partię Madame Butterfly.

Pod koniec sezonu 1969/70 rodzice planują przeprowadzkę do Wiednia. Tato ma przesłuchania dla orkiestry. Kiedy dzwoni telefon, zawsze jest to wujek Ish, menedżer mamy albo ktoś z wytwórni płytowej.

Słyszę najpierw skrzypienie drzwi do piwnicy, a potem kroki na schodach. Clare puka cicho cztery razy, a ja wysuwam krzesło spod klamki. Ma wciąż śnieg na włosach i zarumienione policzki. Skończyła siedemnaście lat. Obejmuje mnie i mocno przytula.

– Wesołych świąt, Henry! – mówi podniecona. – Cudownie, że tutaj jesteś!

Całuję ją w policzek. Jej dobry humor i radość rozpędziły przykre myśli, ale poczucie smutku i straty pozostało. Przesuwam dłonią po jej włosach. Zostaje mi w ręce szczypta śniegu, który natychmiast topnieje.

– Co się stało? – Clare obrzuca spojrzeniem nietknięte jedzenie, patrzy na moją zasmuconą twarz. – Smutno ci, bo nie ma majonezu?

– Cii.

Siadam na starym, złamanym fotelu La-Z-Boy, a Clare wciska się obok mnie. Obejmuję ją ramieniem. Kładzie mi rękę na udzie. Ujmuję ją i mocno ściskam. Jest zimna.

– Opowiadałem ci kiedyś o mamie?

– Nie.

Zamienia się w słuch, zawsze chętna wysłuchać fragmentów mojej biografii. Kiedy na naszej Liście ubywa dat i dwuletnia separacja zbliża się coraz bardziej, Clare jest przekonana, że uda jej się odnaleźć mnie w prawdziwym czasie tylko wtedy, jeśli podam jej kilka konkretnych faktów. Ale też wie, że ja tego nie zrobię.

Zjadamy po ciasteczku.

– No dobra. Dawno, dawno temu miałem mamę. Tatę też. Byli bardzo w sobie zakochani. I mieli mnie. Byliśmy wszyscy bardzo szczęśliwi. Oboje rodzice byli świetni w tym, co robili, szczególnie mama. Podróżowaliśmy po całym świecie, zwiedziłem mnóstwo pokoi hotelowych. Zbliżały się święta Bożego Narodzenia...

– Którego roku?

– Miałem sześć lat. Był wigilijny ranek. Tato był w Wiedniu, bo zamierzaliśmy się tam niebawem przeprowadzić i szukał dla nas mieszkania. Wracał samolotem, a my z mamą mieliśmy wyjechać po niego na lotnisko i pojechać dalej do babci na święta. Był szary poranek, padał śnieg, jezdnie pokrywała warstwa lodu. Mama zawsze bardzo się denerwowała za kierownicą. Nienawidziła autostrad, nie znosiła jeździć na lotnisko i tego dnia zgodziła się pojechać tylko dlatego, że tak było najwygodniej. Wstaliśmy wcześnie, mama zapakowała wszystko do samochodu. Ja miałem na sobie zimową kurtkę, czapkę z włóczki, ciepłe buty, dżinsy, sweter, ciepłą bieliznę, ciasne wełniane skarpety i rękawiczki. Mama była cała ubrana na czarno, co w tamtych czasach nie było tak powszechne jak dziś.

Clare wypija łyk mleka prosto z kartonu. Zostawia na nim odcisk szminki w kolorze cynamonu.

– Jaki to był samochód?

– Biały ford farlane z tysiąc dziewięćset sześćdziesiątego drugiego roku.

– A co to takiego?

– Sprawdź. Wyglądał zupełnie jak mały czołg. Moi rodzice uwielbiali ten samochód... miał swoją historię. Wsiedliśmy więc do niego. Siedziałem obok mamy, oboje zapięliśmy pasy. I ruszyliśmy. Pogoda była straszna. Widoczność fatalna, a ogrzewanie szyb w samochodzie pozostawiało wiele do życzenia. Jechaliśmy przez labirynt małych uliczek, a potem wyjechaliśmy na autostradę. Było już po godzinie szczytu, ale i tak ruch był koszmarny, z powodu świąt i paskudnej pogody. Jechaliśmy jakieś trzydzieści, czterdzieści kilometrów na godzinę. Mama trzymała się prawego pasa, pewnie dlatego, że przy tak ograniczonej widoczności nie chciała go zmieniać, a poza tym i tak zaraz mieliśmy zjechać z autostrady w kierunku lotniska. Wlekliśmy się za jakąś ciężarówką. Kiedy tylko znaleźliśmy się na autostradzie, tuż za nami wyrosła mała czerwona corvetta. Prowadzący ją dentysta, tylko lekko wstawiony, była przecież dopiero 10.30, nacisnął gaz zbyt mocno, wpadł w poślizg i uderzył w tył naszego samochodu. W normalnych warunkach cały przód corvetty zostałby zmiażdżony, a nasz ford farlane miałby tylko wgnieciony błotnik i nic wielkiego by się nie stało. Ale jezdnia była bardzo śliska, więc ford poleciał do przodu po lodzie. W tej samej chwili sznur samochodów zaczął zwalniać. Jadąca przed nami ciężarówka prawie się nie poruszała. Mama naciskała hamulec, ale nie była w stanie zatrzymać forda. Uderzyliśmy w tył ciężarówki. Widziałem to wszystko jak w zwolnionym tempie. Naprawdę jechaliśmy jakieś sześćdziesiąt kilometrów na godzinę. Ciężarówka wiozła na otwartej skrzyni skrawki metalu. Kiedy w nią uderzyliśmy, duży płat zsunął się, przeleciał przez naszą przednią szybę i ściął mamie głowę.

Clare zamknęła oczy.

– Nie.

– To prawda.

– Ale ty też tam... Byłeś dużo niższy!

– Nie, to nie to. Stal wbiła się w moje siedzenie dokładnie w miejscu, gdzie znajdowała się moja głowa. Mam bliznę na czole. – Pokazuję Clare bliznę. – Przecięła mi czapkę. Policja za nic nie mogła dojść, jak to się stało. Wszystkie moje ubrania pozostały w samochodzie, na siedzeniu i na podłodze, a mnie znaleziono nagiego na poboczu.

– Przeniosłeś się w czasie.

– Tak. – Przez chwilę siedzimy w milczeniu. – Zdarzyło mi się to po raz drugi w życiu. Nie miałem pojęcia, co się dzieje. Patrzyłem, jak powoli wpadamy na ciężarówkę, a potem ocknąłem się w szpitalu. Nic wielkiego mi się nie stało, byłem tylko w szoku.

– Jak... dlaczego to się stało?

– Stres... ogromny strach. Moje ciało wykonało jedyną sztuczkę, na jaką je było stać.

Clare odwraca twarz w moją stronę, smutną i jednocześnie podekscytowaną.

– Więc...

– Mama zginęła, a ja nie. Przód forda został zupełnie zmiażdżony, kierownica przebiła pierś mamy, jej głowa przeleciała przez rozbitą przednią szybę i wpadła na tył ciężarówki, wszystko było zalane krwią. Kierowca corvetty nie odniósł żadnych obrażeń. Kierowca ciężarówki wysiadł z kabiny, żeby zobaczyć, kto w niego uderzył, zobaczył mamę i zemdlał. Przejechał go kierowca szkolnego autobusu, który go nie zauważył, bo patrzył na wypadek. I w ten sposób złamał mu obie nogi. Tymczasem ja zniknąłem na dziesięć minut i czterdzieści siedem sekund. Nie pamiętam, gdzie trafiłem; dla mnie mogło to trwać tylko dwie lub trzy sekundy. Ruch na autostradzie zamarł. Karetki próbowały dojechać na miejsce wypadku z trzech różnych stron, ale nie mogły się do nas zbliżyć przez pół godziny. Sanitariusze przybiegli piechotą. Ja nagle zmaterializowałem się na poboczu.

Jedyną osobą, która to widziała, była mała dziewczynka; siedziała na tylnym siedzeniu zielonego chevroleta. Patrzyła na mnie z otwartą buzią.

– Ale, Henry... powiedziałeś, że nic nie pamiętasz. Skąd to wszystko wiesz? Dziesięć minut i czterdzieści siedem sekund? Tak dokładnie?

Milczę przez chwilę, zastanawiając się, jak najlepiej to wytłumaczyć.

– Wiesz, co to grawitacja, prawda? Im coś jest większe, tym większą ma masę i większą siłę przyciągania. Przyciąga do siebie mniejsze przedmioty, a one krążą dookoła.

– Tak...

– Śmierć mojej matki... to najważniejsze wydarzenie... wszystkie inne krążą wokół niego... śnię o tym i powracam na miejsce wypadku. Stale. Gdybyś mogła się tam znaleźć, unosić się nad tą straszliwą sceną, gdybyś mogła zobaczyć wszystkie najmniejsze szczegóły, ludzi, samochody, drzewa, śnieg, gdybyś miała dość czasu, by dokładnie się wszystkiemu przyjrzeć, zobaczyłabyś także i mnie. Siedzę w samochodach, kryję się za krzakami, jestem na moście, na drzewie. Oglądałem to wszystko z każdego możliwego kąta, nawet uczestniczyłem w wydarzeniach: zadzwoniłem na lotnisko z pobliskiej stacji benzynowej, żeby przekazać ojcu wiadomość, by natychmiast przyjechał do szpitala. Siedziałem w poczekalni i patrzyłem, jak ojciec wchodzi do szpitala, żeby mnie tam odnaleźć. Miał poszarzałą z bólu twarz. Szedłem poboczem, czekając, aż pojawi się moja mała wersja. Zarzucałem koc na szczupłe ramiona chłopczyka, którym byłem. Patrzyłem na moją nic nierozumiejącą twarz i myślałem... myślałem...

Po twarzy płyną mi łzy. Clare obejmuje mnie ramieniem i płaczę cicho na jej okrytej moherowym sweterkiem piersi.

– Co, Henry? Co myślałeś?

– Myślałem, że ja też powinienem był zginąć.

Przytulamy się mocno. Powoli dochodzę do siebie. Zupełnie zamoczyłem sweterek Clare. Wychodzi do pralni i wraca po chwili ubrana w białą koszulę, którą Alicia nosi podczas koncertów. Alicia ma dopiero czternaście lat, ale jest już wyższa i grubsza od siostry. Patrzę na Clare i jest mi bardzo przykro. Przykro, że zjawiłem się tutaj i zniszczyłem jej święta.

– Przepraszam, Clare. Nie chciałem ci tego wszystkiego opowiadać. Ale święta są dla mnie okropnie... trudne.

– Och, Henry! Bardzo się cieszę, że jesteś, i naprawdę wolę wiedzieć... Zjawiasz się tutaj znikąd, a potem znikasz. Jeśli czegoś się o tobie dowiaduję, to stajesz się przez to bardziej... prawdziwy. Nawet te straszne rzeczy... Muszę wiedzieć jak najwięcej.

Alicia woła Clare. Powinna dołączyć do swojej rodziny i cieszyć się świętami. Wstaje, całujemy się delikatnie.

– Już lecę! – woła Clare. Rzuca mi promienny uśmiech i wbiega na schody.

Ustawiam krzesło pod klamką i szykuję się na długą noc.

WIGILIA DRUGA

Sobota, 24 grudnia 1988
(Henry ma 25 lat)

HENRY: Dzwonię do taty i pytam, czy chce, żebym przyszedł na obiad po świątecznym poranku muzycznym. Zaprasza mnie nieszczerze, ale się wykręcam. Czuję, że oddycha z wielką ulgą. Oficjalny Dzień Żałoby Rodziny DeTamble odbędzie się więc w tym roku w wielu różnych miejscach. Pani Kim pojechała do Korei, by odwiedzić siostry; podlewam jej kwiatki i wyjmuję pocztę ze skrzynki. Dzwonię do Ingrid Carmichel i proszę, żeby się ze mną umówiła. Przypomina mi sucho, że jest Wigilia i niektórzy ludzie mają rodziny. Przeglądam notes z adresami. Wszyscy albo wyjechali z miasta, albo w nim pozostali i przyjmują krewnych. Powinienem był pojechać w odwiedziny do dziadków. Po chwili przypominam sobie, że są na Florydzie. Jest 14.53 i powoli zamykają sklepy. Kupuję butelkę wódki i wsuwam do kieszeni płaszcza. Potem wskakuję do kolejki na stacji Belmont i jadę do centrum. Jest pochmurny, zimny dzień. W kolejce nie ma zbyt wielkiego tłoku. Pasażerowie to głównie rodziny z dziećmi jadące obejrzeć świąteczne wystawy u Marshalla Fielda i zrobić ostatnie zakupy w Water Tower Place. Wysiadam na stacji Randolph i idę piechotą do Grant Park. Przez chwilę stoję na moście, popijam wódkę i schodzę w stronę lodowiska. Kręci się na nim kilka par i garstka dzieciaków. Dzieci gonią się po lodzie, jeżdżą tyłem, kręcą ósemki. Wypożyczam pasujące na mnie z grubsza buty z łyżwami, wkładam je i wchodzę na lód. Objeżdżam powoli całe lodowisko. Ruch, równowaga, zimne powietrze. Miło. Słońce powoli zachodzi. Jeżdżę przez jakąś godzinę, oddaję łyżwy, wkładam swoje buty i odchodzę.

Idę najpierw na zachód wzdłuż Randolph, potem na południe Michigan Avenue, mijam instytut sztuki. Lwy mają na szyjach świąteczne wieńce. Ruszam powoli Columbus Drive. Grant Park jest pusty, pełno w nim jedynie kruków skaczących po niebieskobiałym śniegu. Uliczne lampy barwią niebo na pomarańczowo; tylko nad jeziorem ma kolor głębokiego błękitu. Zatrzymuję się na dłużej przy Buckingham Fountain. Jest tak zimno, że niemal zamarzam. Obserwuję mewy walczące o bochenek chleba, który ktoś im rzucił. Policjant na koniu objeżdża powoli fontannę, po czym rusza na południe. Idę wolno dalej. Moje buty nie są nieprzemakalne i choć włożyłem kilka swetrów, cienka kurtka nie chroni przed coraz niższą temperaturą. Mam za mało tkanki tłuszczowej i od listopada do kwietnia stale marznę. Idę Harrison do State Street, mijam Pacific Garden Mission, gdzie gromadzą się bezdomni, by znaleźć schronienie i zjeść ciepły posiłek. Ciekawe, co dostaną. Czy w schronisku też obchodzą święta? Na ulicy widać niewiele samochodów. Nie mam zegarka, ale dochodzę do wniosku, że musi być około siódmej. Zauważyłem ostatnio, że zupełnie inaczej odbieram upływ czasu; dla mnie płynie on wolniej niż dla innych. Popołudnie może być całym dniem; przejazd kolejką nabiera rozmachu wielkiej epickiej podróży. Dzisiejszy dzień nie ma końca. Udało mi się przez niego przebrnąć, nie myśląc zbyt wiele o mamie, o wypadku, o tym wszystkim... ale teraz wieczorem wszystko dopada mnie ze zdwojoną siłą. Uświadamiam sobie, że jestem głodny. Upojenie alkoholowe minęło. Przeliczam w myślach gotówkę, jaką mam przy sobie, i postanawiam zrujnować się na kolację u Berhoffa, czyli w szacownej niemieckiej restauracji, która słynie z podawanego tam piwa.

U Berhoffa jest ciepło i gwarnie. Sporo ludzi je kolację, inni rozmawiają, stojąc. Legendarni kelnerzy kursują zaaferowani pomiędzy kuchnią i salą jadalną. Stoję w kolejce i powoli odtajam pośród gawędzących wesoło par i rodzin. W końcu prowadzą mnie do niewielkiego stolika położonego nieco na tyłach głównej sali. Zamawiam ciemne piwo i kiełbaski z kluseczkami. Kiedy kelner stawia przede mną talerz, jem powoli. Zmiatam też cały chleb i nagle uświadamiam sobie, że nie pamiętam, czy jadłem lunch. Dobrze, myślę, zaczynam się o siebie troszczyć, pamiętałem, by zjeść kolację. Opieram się wygodnie o krzesło i rozglądam po sali. Pod wysoko sklepionym sufitem, w otoczeniu boazerii z ciemnego drewna i fresków przedstawiających łodzie, pary w średnim wieku spożywają posiłek. Spędzili całe popołudnie na zakupach albo na koncercie i teraz rozmawiają z ożywieniem o prezentach, o wnukach, biletach na samolot, o Mozarcie. Nagle mam wielką ochotę iść do filharmonii, teraz, ale wieczorem nie ma koncertu. Tato prawdopodobnie wraca do domu. Usiadłbym w ostatnim rzędzie na najwyższym balkonie (tam jest najlepsza akustyka) i słuchałbym *Das Lied von der Erde* Beethovena albo czegoś równie nieświątecznego. No dobra. Może w przyszłym roku. Widzę nagle przed sobą cały szereg świąt czekających mnie jeszcze w życiu, przez które będę musiał jakoś przebrnąć, i ogarnia mnie rozpacz. Nie. Przez chwilę pragnę, by Czas uniósł mnie z tego dnia i zabrał do jakiegoś przyjemniejszego. Potem ogarnia mnie poczucie winy, że chcę uciec przed tym smutkiem; zmarli potrzebują, byśmy o nich pamiętali, nawet jeśli to nas niszczy, nawet jeśli możemy powtarzać tylko: „Bardzo mi przykro", aż ten zwrot straci zupełnie na znaczeniu. Nie chcę obciążać tej ciepłej, świątecznej restauracji żalem i smutkiem, przypomnę sobie te uczucia następnym razem, gdy przyjdę tu z dziadkami, więc płacę i wychodzę.

Na ulicy zastanawiam się, co dalej. Nie chcę wracać do domu. Pragnę znaleźć się wśród ludzi, by odwrócili moją uwagę od przepełniającego mnie smutku. Nagle przychodzi mi na myśl Get Me High Loung, miejsce, gdzie wszystko może się wydarzyć, azyl dla największych ekscentryków i popaprańców. Idealne. Ruszam w kierunku Water Tower Place i łapię autobus numer 6. Wychodzę przy Damen i przesiadam się do jadącego na północ autobusu numer 50. W środku czuć wymiocinami. Jestem jedynym pasażerem. Kierowca wyśpiewuje *Cichą noc* wyszkolonym w kościelnym chórze tenorem. Życzę mu wesołych świąt i wysiadam przy Wabansia. Kiedy mijam sklep z przyborami do majsterkowania, zaczyna padać śnieg. Chwytam wielkie wilgotne płatki na koniuszki palców. Słyszę dobiegającą z baru muzykę. Stare tory nad ulicą odcinają się od nieba w blasku sodowych lamp. Otwieram drzwi baru. Ktoś zaczyna grać na trąbce i gorący jazz uderza mnie prosto w pierś. Wchodzę do środka jak tonący, ale przecież właśnie w takiej roli postanowiłem się tu zjawić.

W barze jest jakieś dziesięć osób, wliczając w to Mię, barmankę. Trzech muzyków grających na trąbce, kontrabasie i klarnecie okupuje malutką scenę, a wszyscy klienci siedzą przy barze. Muzycy grają z zapamiętaniem niczym derwisze w transie, a kiedy siadam, z hałasu udaje mi się wyłowić melodię *White Christmas*. Mia podchodzi do mnie, a ja krzyczę z całych sił: „Whisky z wodą!". Odwraca się, żeby przyrządzić mi drinka. Nagle muzyka cichnie. Dzwoni telefon, Mia gwałtownym ruchem podnosi słuchawkę i mówi: „Get Me Hiiigh!". Stawia przede mną szklaneczkę, a ja kładę dwudziestkę na barze. „Nie", mówi do słuchawki. „Cholera. Pieprz się". Ciska ją z powrotem na widełki. Przez kilka chwil wygląda na nieźle wkurzoną, potem pali pall malla i wydmuchuje w moją stronę chmurę dymu. „Och, przepraszam". Do baru podchodzą muzycy, podaje im piwo. Toaleta znajduje się za sceną, więc korzystam z przerwy, żeby się wysikać. Kiedy wracam do baru, Mia stawia przede mną następnego drinka.

– Chyba jesteś jasnowidząca – mówię.

– A ty jesteś łatwy – odpowiada. Zdejmuje popielniczkę z baru i zastanawia się przez chwilę. – Co robisz potem?

Rozważam możliwości. Raz czy dwa wróciłem do domu z Mią, było zabawnie, ale dziś nie jestem w odpowiednio frywolnym nastroju. Z drugiej strony ciepłe ciało w łóżku to niezła rzecz, kiedy jesteś w dołku.

– Planuję zalać się w trupa. A o co chodzi?

– Jeśli nie będziesz zbyt pijany, możesz do mnie wpaść, a jeśli się obudzisz bez koszmarnego kaca, będziesz mógł mi wyrządzić ogromną przysługę i iść ze mną na świąteczny obiad do moich rodziców w Glencoe i reagować na imię Rafe.

– Boże święty, Mia. Na samą myśl o tym mam ochotę popełnić samobójstwo. Wybacz.

Opiera się o bar.

– No, Henry – mówi z naciskiem. – Wybaw mnie z kłopotu. Jesteś bardzo przystojnym osobnikiem płci męskiej. Cholera jasna, jesteś bibliotekarzem. Nie odbije ci, gdy moi rodzice zaczną cię wypytywać, kim są twoi i do jakiego college'u chodziłeś.

– Szczerze mówiąc, odbije. Pobiegnę prosto do łazienki i podetnę sobie gardło. A tak nawiasem mówiąc, po co miałbym to robić? Nawet jeśli im się spodobam, to będą cię przez całe lata dręczyć pytaniami: „Co się stało z tym sympatycznym młodym bibliotekarzem, z którym chodziłaś?". A co się stanie, jeśli poznają prawdziwego Rafe'a?

– Chyba nie muszę się o to martwić. No, Henry. Pokażę ci w łóżku sztuczki, o jakich ci się nawet nie śniło.

Od miesięcy wykręcam się przed poznaniem rodziców Ingrid. Nie zgodziłem się pójść z nią jutro na świąteczny obiad. Za nic nie zrobię tego dla Mii, której prawie nie znam.

– W każdy inny wieczór bardzo chętnie. Ale dzisiaj chcę się upić tak straszliwie, żebym nie mógł utrzymać się na nogach. Zadzwoń do rodziców i powiedz, że Rafe'owi usunięto migdałki albo coś w tym stylu.

Przechodzi w drugi koniec baru, by obsłużyć trzech podejrzanie wyglądających typków z college'u. Potem przez chwilę przygotowuje bardzo wyszukanego drinka i stawia na barze wysoką szklankę.

– Proszę. To na koszt firmy. – Drink ma kolor koktajlu truskawkowego.

– Co to takiego? – Wypijam łyk. Smakuje jak 7-up.

Uśmiecha się przebiegle.

– To moja specjalność. Sama go wymyśliłam. Jeśli chcesz się szybko upić, to nie znajdziesz nic lepszego.

– Dzięki. – Wznoszę toast, po czym wypijam czerwoną zawartość do dna. Ogarnia mnie nagle fala ciepła i uczucie wielkiego zadowolenia. – Jezu, Mia, powinnaś to opatentować. Mogłabyś rozstawić wózki w całym Chicago i sprzedawać to w kubkach. Szybko zostałabyś milionerką.

– Jeszcze jeden?

– Jasne.

Jako obiecujący młodszy partner w firmie DeTamble & DeTamble Alkoholicy nie odkryłem jeszcze kresu swoich możliwości na tym polu. Kilka drinków później Mia spogląda na mnie zza baru z wyraźnym zatroskaniem.

– Henry?

– Tak?

– Wystarczy.

To chyba dobry pomysł. Próbuję skinąć głową, ale stanowi to dla mnie zbyt wielki wysiłek. Zsuwam się za to powoli, niemal z wdziękiem, na podłogę.

Budzę się dużo później w Szpitalu Miłosierdzia. Przy łóżku siedzi Mia. Na twarzy ma rozmazany tusz do rzęs. Jestem podłączony do kroplówki i czuję się źle. Bardzo źle. Najgorzej jak można. Odwracam głowę i wymiotuję do miski. Mia wyciąga rękę i wyciera mi usta.

– Henry... – szepcze.

– Co, do cholery...

– Henry, tak mi przykro.

– To nie twoja wina. Co się stało?

– Straciłeś przytomność, a ja szybko obliczyłam... Ile ważysz?

– Osiemdziesiąt kilo.

– Jezu. Jadłeś kolację?

Zastanawiam się przez chwilę.

– Tak.

– Drinki, które piłeś, zawierały czterdzieści procent alkoholu. A wcześniej wypiłeś jeszcze dwie whisky... Niby wszystko było w porządku, ale potem nagle zmieniłeś się na twarzy i straciłeś przytomność. Uświadomiłam sobie, że wchłonąłeś sporo alkoholu. Zadzwoniłam po karetkę i tak się tu znalazłeś.

– Chyba powinienem ci podziękować.

– Henry, czy ty chcesz umrzeć?

Zastanawiam się przez chwilę.

– Tak.

Odwracam się do ściany i udaję, że zasypiam.

Sobota, 8 kwietnia 1989
(Clare ma 17, Henry 40 lat)

CLARE: Siedzę w pokoju babci Meagram i rozwiązuję z nią krzyżówkę w „New York Timesie". Jest słoneczny, choć chłodny kwietniowy ranek. Wyglądam przez okno i widzę targane wiatrem czerwone tulipany. Mama jest właśnie w ogrodzie i sadzi coś niedużego białego obok forsycji. Wiatr co chwila zrywa jej kapelusz i musi przytrzymywać go ręką. Wreszcie się poddaje: zdejmuje kapelusz i stawia na nim koszyk.

Nie widziałam Henry'ego od blisko dwóch miesięcy; najbliższa data na Liście oddalona jest o trzy tygodnie. Powoli zbliżamy się do czasu, gdy nie będę go widzieć przez ponad dwa lata. Kiedy byłam mała, traktowałam go tak obojętnie; nie widziałam w spotkaniach z nim niczego nadzwyczajnego. Jednakże teraz, za każdym razem, kiedy się tutaj zjawia, wiem, że mamy przed sobą jedno spotkanie mniej. I sprawy między nami układają się inaczej. Chcę czegoś... Chcę, żeby Henry powiedział albo zrobił coś, co udowodni, że wszystko to nie było tylko kosmicznie wyszukanym żartem. Tego właśnie chcę. Tylko tyle. I nadal czekam.

Babcia siedzi w swoim niebieskim fotelu. Ja na ławeczce pod oknem i trzymam na kolanach gazetę. Jesteśmy mniej więcej w połowie krzyżówki. Odbiegam myślami bardzo daleko.

– Przeczytaj jeszcze raz ostatnie hasło, dziecko – mówi babcia.

– Dwadzieścia pionowo. Zakonna małpa. Dziewięć liter, druga a, ostatnia a.

– Kapucynka. – Babcia uśmiecha się i patrzy na mnie niewidzącymi oczami. Jestem dla niej tylko ciemnym cieniem odbijającym się od nieco jaśniejszego tła. – Nieźle, co?

– Świetnie. Ale spróbuj to: dziewiętnaście poziomo, zabawna reklama przy drodze. Dziesięć liter, druga „u".

– Burma Shave. Jeszcze cię nie było na świecie.

– Nie, nie nadaję się do tego.

Wstaję i przeciągam się. Koniecznie muszę się przejść. Pokój babci jest bardzo przytulny, ale ciasny i duszny. Niski sufit, tapety w drobne niebieskie kwiatki, narzuta też w kwiaty, biały dywan, w powietrzu unosi się zapach pudru, sztucznej szczęki i starej skóry. Babcia Meagram siedzi wyprostowana. Ma piękne siwe włosy, zaczesane do tyłu i spięte w elegancki kok. Nadal widać w nich kilka rudych pasemek. To po niej odziedziczyłam kolor włosów. Oczy babci są jak błękitne chmurki. Od dziewięciu lat jest niewidoma, ale dobrze sobie radzi i w domu porusza się bez przeszkód. Od dawna próbuje mnie nauczyć sztuki rozwiązywania krzyżówek, ale nie mam do tego cierpliwości. Babcia nigdy nie zniżyła się do używania ołówka i gumki; zawsze wpisywała hasła piórem. Henry też uwielbia krzyżówki.

– Piękny dziś dzień, prawda? – Babcia opiera się wygodnie o fotel i pociera knykcie.

Kiwam głową.

– Tak, ale mocno wieje. Mama pracuje w ogrodzie i wiatr stale coś jej zwiewa.

– Cała Lucille – odpowiada jej matka. – Wiesz, dziecko, chętnie wybrałabym się na spacer.

– Właśnie o tym myślałam.

Babcia uśmiecha się, wyciąga ręce, a ja ostrożnie podnoszę ją z fotela. Biorę płaszcze i obwiązuję głowę babci apaszką, by wiatr nie zniszczył fryzury. Schodzimy powoli po schodach i przez frontowe drzwi wychodzimy na podjazd. Odwracam się do babci.

– Dokąd chciałabyś pójść?

– Do sadu.

– To dość daleko. O, mama macha do nas.

My też do niej machamy. Jest daleko, przy fontannie, razem z Peterem, ogrodnikiem. Przestał z nią rozmawiać i czeka, aż ruszymy dalej, żeby mógł dokończyć toczony z mamą spór, najprawdopodobniej o żonkile lub peonie. Uwielbia się z nią kłócić, ale mama i tak zawsze stawia na swoim.

– Do sadu jest półtora kilometra, babciu.

– Nogi mam zupełnie sprawne, dziecko.

– Dobra, ruszamy do sadu. – Ujmuję ją pod ramię. Kiedy docieramy do brzegu Łąki, pytam: – W cieniu czy w słońcu?

– Oczywiście, że w słońcu.

Idziemy więc ścieżką prowadzącą przez środek Łąki do polany. Opisuję jej wszystko, co widzę.

– Mijamy teraz miejsce na ognisko. Siedzi tu mnóstwo ptaków... O, już odfrunęły!

– Kruki. Szpaki. I gołębie.

– Tak. No, jesteśmy już przy bramie. Uważaj, na ścieżce jest trochę błota. Widzę ślady psa. I to dużego. Może Joeya od Allinghamów. Wszystko pięknie się zieleni. Mijamy teraz krzew dzikiej róży.

– Jak wysoka jest trawa? – pyta babcia.

– Około trzydziestu centymetrów. I jest bladozielona. Mamy przed sobą te niewysokie dęby.

Babcia odwraca się do mnie z uśmiechem.

– Chodźmy się przywitać.

Prowadzę ją do dębów, które rosną niecałe dwa metry od ścieżki. Zasadził je w latach czterdziestych dziadek dla upamiętnienia brata babci, Teddy'ego, który zginął w czasie drugiej wojny światowej. Dęby nie są jeszcze zbyt wysokie, mają jakieś cztery metry. Babcia obejmuje dłońmi pień i mówi: „Witaj". Nie wiem, czy zwraca się do drzewa, czy do swojego brata. Ruszamy dalej. Kiedy wspinamy się na ścieżkę, widzę przed sobą Łąkę w całej okazałości. Na polanie stoi Henry. Zatrzymuję się gwałtownie.

– Co się stało? – pyta babcia.

– Nic.

Prowadzę ją dalej.

– Co widzisz?

– Nad lasem krąży jastrząb.

– Która godzina?

Patrzę na zegarek.

– Już prawie południe.

Wchodzimy na polanę. Henry stoi nieruchomo. Uśmiecha się do mnie. Wygląda na zmęczonego. Siwieje. W czarnym płaszczu odcina się wyraźnie od jasnej Łąki.

– Gdzie jest kamień? – pyta babcia. – Chcę usiąść.

Prowadzę ją do kamienia i pomagam wygodnie się usadowić. Odwraca twarz w kierunku Henry'ego i wciąga głęboko powietrze.

– Kto tam jest? – pyta naglącym tonem.

– Nikt – kłamię.

– Tam stoi jakiś mężczyzna – mówi babcia, kiwając głową w stronę Henry'ego.

On patrzy na mnie znacząco. „Powiedz jej", mówi wyraz jego twarzy. W lesie szczeka pies. Waham się.

– Clare. – W głosie babci słychać strach.

– Przedstaw nas – mówi cicho Henry.

Babcia siedzi nieruchomo, czeka. Obejmuję ją ramieniem.

– Wszystko w porządku, babciu – mówię. – To mój przyjaciel, Henry. Ten, o którym ci opowiadałam.

Henry podchodzi do nas i wyciąga rękę. Wsuwam dłoń babci w jego.

– Elizabeth Meagram – przedstawiam ją Henry'emu.

– A więc to pan – mówi babcia.

– Tak. – To krótkie słowo niemal pieści moje uszy. Tak.

– Mogę? – Babcia zbliża dłoń do twarzy Henry'ego.

– Czy mam usiąść obok pani?

Siada na kamieniu. Kładę dłoń babci na jego twarzy. Kiedy ona delikatnie go dotyka, Henry nie spuszcza ze mnie wzroku.

– To łaskocze – mówi.

– Zupełnie jak papier ścierny. – Babcia przesuwa palcami po podbródku Henry'ego. – Nie jesteś chłopcem.

– Nie.

– Ile masz lat?

– Jestem osiem lat starszy od Clare.

Babcia wygląda na zaskoczoną.
– Dwadzieścia pięć?
Patrzę na szpakowate włosy Henry'ego, na zmarszczki wokół oczu. Wygląda na czterdzieści lat, może więcej.
– Dwadzieścia pięć – odpowiada zdecydowanym tonem. Gdzieś tam w czasie jest to przecież zgodne z prawdą.
– Clare mówiła mi, że zamierza wyjść za ciebie za mąż.
Henry uśmiecha się do mnie.
– Tak, zamierzamy się pobrać. Za kilka lat, kiedy Clare skończy szkołę.
– W moich czasach dobrze wychowany młody człowiek przychodził na kolację, żeby poznać rodzinę.
– Nasza sytuacja jest... dość nieortodoksyjna. To nie jest możliwe.
– Nie mam pojęcia dlaczego. Jeśli włóczysz się po łąkach z moją wnuczką, to równie dobrze możesz przyjść do domu i pokazać się rodzicom.
– Byłbym zachwycony. – Henry wstaje z kamienia. – Ale teraz, niestety, śpieszę się na pociąg.
– Chwileczkę, młody człowieku... – zaczyna babcia.
– Do widzenia pani – przerywa jej. – Bardzo się cieszę, że wreszcie panią poznałem. Clare, przykro mi, ale nie mogę zostać dłużej...
Wyciągam do niego rękę, ale nagle rozlega się świst, jakby całe powietrze zostało wyssane z Łąki i Henry znika. Odwracam się do babci. Siedzi na kamieniu z wyciągniętymi rękami z wyrazem bezbrzeżnego zdumienia na twarzy.
– Co się stało? – pyta.
Zaczynam wszystko wyjaśniać. Kiedy kończę, siedzi ze spuszczoną głową, układając powykrzywiane przez artretyzm palce w najróżniejsze kształty. Wreszcie podnosi głowę.
– Clare, to na pewno jakiś demon. – Mówi to zupełnie obojętnym tonem, jakby zwracała mi uwagę, że źle zapięłam płaszcz albo że nadeszła pora obiadu.
Co mogę odpowiedzieć?

– Zastanawiałam się nad tym. – Ujmuję jej dłonie, by przestała nimi pocierać. – Ale Henry jest dobry. Nie zachowuje się wcale jak demon.

Babcia się uśmiecha.

– Mówisz, jakbyś spotkała w życiu całą zgraję demonów.

– Nie sądzisz, że prawdziwy demon byłby trochę... demoniczny?

– Jeżeli tylko zechce, może być słodki jak miód.

Starannie dobieram słowa.

– Henry powiedział mi kiedyś, że zdaniem jego lekarza, on jest nowym rodzajem człowieka. No wiesz, następnym krokiem na drodze ewolucji.

Babcia kręci głową.

– To tak samo, jakby był demonem. Wielkie nieba, Clare, dlaczego miałabyś wychodzić za takiego człowieka? Pomyśl o dzieciach, które będziecie mieli! Będą wskakiwać w następny tydzień i wracać przed śniadaniem!

Wybucham śmiechem.

– Ależ to będzie ekscytujące! Zupełnie jak Mary Poppins albo Piotruś Pan.

Babcia ściska moją dłoń.

– Zastanów się przez chwilę, kochanie: w bajkach to zawsze dzieci mają ciekawe przygody. Matki muszą zostawać w domu i czekać, aż wlecą z powrotem oknem.

Patrzę na kupkę ubrań, które zostawił po sobie Henry. Zbieram je i składam.

– Chwileczkę, babciu. – Znajduję pudło i chowam w nim ubrania. – Wracajmy do domu. Pora na obiad.

Pomagam jej wstać z kamienia. Wiatr targa trawą jak szalony. Pochylamy się i ruszamy w stronę domu. Kiedy docieramy do szczytu ścieżki, odwracam się i spoglądam na polanę. Nikogo na niej nie ma.

Kilka dni później siedzę wieczorem przy łóżku babci i czytam jej *Panią Dalloway*. W pewnej chwili podnoszę wzrok. Chyba zasnęła. Przestaję czytać i zamykam książkę. Otwiera oczy.

– Cześć – mówię.

– Tęsknisz za nim? – pyta.

– Każdego dnia. Każdej minuty.

– Każdej minuty – powtarza. – Tak. Tak to jest, prawda? – Odwraca się na bok i wtula w poduszkę.

– Dobranoc.

Gaszę światło. Kiedy tak stoję w ciemnościach przy łóżku babci, zaczynam się nagle rozczulać nad sobą. Tak to jest, prawda? Prawda.

ZJEŚĆ LUB ZOSTAĆ ZJEDZONYM

Sobota, 30 listopada 1991
(Henry ma 28, Clare 20 lat)

HENRY: Clare zaprosiła mnie do siebie na kolację. Oprócz nas będą tam również Charisse, jej współlokatorka, i chłopak Charisse, Gomez. O 18.59 czasu środkowoamerykańskiego stoję wystrojony jak spod igły w holu domu, w którym mieszka Clare. Palec jednej ręki trzymam na guziku domofonu, w drugiej ściskam żółte frezje i butelkę australijskiego caberneta. Ze strachu serce podchodzi mi do gardła. Jeszcze nigdy nie byłem u Clare; nie poznałem też nikogo z jej przyjaciół. Nie mam pojęcia, co mnie czeka. Domofon brzęczy niemiłosiernie. Otwieram drzwi.

– Na samą górę! – woła ktoś głębokim męskim głosem.

Wbiegam po schodach. Właściciel głosu jest wysokim blondynem. Ma gładko zaczesane do tyłu włosy, w ustach trzyma papierosa i jest ubrany w koszulkę z napisem „Solidarność". Wydaje mi się znajomy, ale nie potrafię go nigdzie umiejscowić. Niby ma na imię Gomez, ale wygląda raczej na... Polaka. Później dowiaduję się, że tak naprawdę nazywa się Jan Gomoliński.

– Witaj, Bibliotekarku! – wykrzykuje na mój widok.

– Towarzyszu! – odpowiadam i wręczam mu kwiaty i wino.

Przez chwilę patrzymy sobie w oczy, postanawiamy ogłosić rozejm, po czym Gomez szerokim gestem zaprasza mnie do środka. Mieszkanie to jeden z tych „kolejowych" cudów z lat dwudziestych – długi korytarz, do którego jakby po chwili zastanowienia dodano pokoje. Urządzono je w dwóch stylach: funky i wiktoriańskim. Ich przejawem są śliczne krzesełka z ciężkimi rzeźbionymi nogami ustawione pod wiszącymi na ścianach portretami Elvisa. Z końca korytarza dobiega *Got It Bad and That Ain't Good* Duke'a Ellingtona i Gomez prowadzi mnie w tym kierunku. Clare i Charisse krzątają się w kuchni.

– Moje koteczki, przyprowadziłem wam nową zabawkę – oznajmia śpiewnym tonem Gomez. – Reaguje na imię Henry, ale możecie ją też nazywać Bibliotekarek.

Napotykam wzrok Clare. Wzrusza ramionami i wysuwa twarz do pocałunku. Cmokam ją lekko w policzek i wyciągam rękę do Charisse. Jest nieduża i uroczo zaokrąglona, z masą długich czarnych włosów. Ma tak miłą twarz, że czuję nieodpartą potrzebę zwierzenia się jej z jakiegoś sekretu tylko po to, by sprawdzić, jak zareaguje. Przypomina małą Madonnę Filippina.

– Gomez, zamknij się – mówi zwodniczo słodkim głosem. – Witaj, Henry. Jestem Charisse Bonavant. Nie zwracaj uwagi na Gomeza. Trzymam go tu tylko do przenoszenia ciężkich rzeczy.

– I do seksu. Nie zapominaj o seksie – przypomina Gomez. Patrzy na mnie. – Piwo?

– Jasne.

Podaje mi z lodówki blatza. Otwieram butelkę i pociągam długi łyk. Kuchnia wygląda tak, jakby eksplodowała w niej cała fabryka ciasta. Clare dostrzega mój badawczy wzrok. Nagle przypominam sobie, że ona przecież nie potrafi gotować.

– Prace trwają – wyjaśnia.

– To będzie instalacja – dodaje Charisse.

– Jadalna? – pyta Gomez.

Patrzę na nich z zaciekawieniem i wszyscy wybuchamy śmiechem.

– Czy któreś z was potrafi gotować?

– Nie.

– Gomez potrafi przyrządzić ryż.

– Tylko danie w pięć minut.

– A Clare umie zamówić pizzę.

– I tajskie jedzenie. To też umiem.

– A Charisse potrafi jeść.

– Zamknij się, Gomez! – wykrzykują zgodnie dziewczyny.

– No tak... co to miało być? – pytam, kiwając głową w stronę katastrofy na blacie.

Clare podaje mi wycinek z magazynu „Gourmand". To przepis na risotto z kurczaka z kabaczkami i sosem z pinioli. Potrzeba do tego jakieś dwadzieścia składników.

– Masz to wszystko?

Clare kiwa głową.

– Z zakupami radzę sobie całkiem nieźle. Gorzej mi idzie łączenie wszystkiego w jedną całość.

Przyglądam się dokładniej rozrzuconym na blacie produktom.

– Chyba uda mi się coś z tego zrobić.

– Potrafisz gotować?

Kiwam głową.

– To on gotuje! Kolacja jest uratowana! Napij się jeszcze piwa! – wykrzykuje Gomez.

Charisse oddycha z ulgą i uśmiecha się do mnie ciepło. Clare, która stała do tej pory wyraźnie przestraszona, podchodzi do mnie.

– Nie żartujesz?

Całuję ją nieco dłużej, niż wypada w obecności osób postronnych. Prostuję się, zdejmuję marynarkę i podwijam rękawy.

– Daj mi fartuch. Gomez, otwórz wino. Clare, posprzątaj na blacie, wszystko zaraz zrobi się twarde jak beton. Charisse, nakryjesz do stołu?

Godzinę i czterdzieści trzy minuty później siedzimy przy stole, jedząc duszonego kurczaka z ryżem i purée z kabaczków przyrządzone na gigantycznej ilości masła. Wszyscy jesteśmy nieźle zalani.

CLARE: Kiedy Henry przygotowuje kolację, Gomez przez cały czas stoi w kuchni. Rzuca dowcipy, pali, pije piwo, a kiedy nikt nie patrzy, robi okropne miny. W końcu Charisse przyłapuje go na tym niecnym procederze, wymownym gestem przeciąga palcem po gardle i Gomez się uspokaja. Rozmawiamy o najbardziej banalnych rzeczach: pracy, szkole, miejscach, w których dorastaliśmy; jednym słowem o wszystkim, o czym rozmawiają ludzie, którzy spotykają się po raz pierwszy. Gomez opowiada Henry'emu o swojej pracy prawnika, reprezentującego zaniedbane i maltretowane dzieci pozostające pod opieką stanu. Charisse zasypuje nas opowieściami o swoich związkach z Lusus Maturae, malutką firmą, która próbuje nauczyć komputery rozumienia ludzkiej mowy, i o swoich pracach – obrazach, które można oglądać na ekranie komputera. Henry opowiada o Bibliotece Newberry i dziwnych ludziach, którzy tam przychodzą.

– Czy naprawdę macie tam książkę z ludzkiej skóry? – pyta Charisse.

– Tak. *The Chronicles of Nawat Wuzeer Hyderabed.* Znaleziono ją w pałacu króla Delhi w tysiąc osiemset pięćdziesiątym siódmym roku. Wpadnij któregoś dnia, to ci pokażę.

Charisse otrząsa się z udanym przerażeniem i uśmiecha od ucha do ucha. Henry miesza kurczaka w garnku. Kiedy oznajmia: „Gotowe", pędzimy do stołu. Przez cały czas w kuchni Henry i Gomez pili piwo, a ja z Charisse wino. Gomez stale nam dolewał, nic nie jedliśmy. Jesteśmy nieźle zalani, ale uświadamiam to sobie w pełni dopiero, kiedy ledwo trafiam na krzesło, które odsunął dla mnie Henry, a Gomez, zapalając świece, prawie podpala sobie włosy. Teraz unosi w górę kieliszek.

– Za rewolucję!

Idziemy jego śladem i wykrzykujemy zgodnie: „Za rewolucję!", po czym z wielkim entuzjazmem zabieramy się do jedzenia. Ryż jest sypki, purée z kabaczków słodkie, kurczak pływa w maśle. Wszystko jest tak pyszne, że aż chce mi się płakać.

Nagle Henry wymierza widelec w Gomeza.

– Za którą rewolucję? – pyta.

– Słucham?

– Za którą rewolucję pijemy?

Razem z Charisse spoglądamy na siebie z niepokojem, ale jest już za późno. Gomez uśmiecha się, a ja wzdycham zrezygnowana.

– Za następną.

– Za tę, która wyniesie proletariat na szczyt, sprawi, że bogaci zostaną zjedzeni, a kapitalizm ustąpi miejsca bezklasowemu społeczeństwu?

– Właśnie.

Henry puszcza do mnie oko.

– To może być trudne dla Clare. A co planujecie zrobić z inteligencją?

– Ich chyba też zjemy – mówi Gomez. – Ale ciebie zostawimy przy życiu. Będziesz dla nas gotował. To jest rewelacyjne.

Charisse kładzie dłoń na ramieniu Henry'ego.

– Nie będziemy nikogo jeść – mówi. – Rozdamy tylko wszystko, co mają.

– Co za ulga – odpowiada Henry. – Jakoś nie miałem ochoty ugotować Clare.

– Wielka szkoda – wzdycha Gomez. – Clare na pewno byłaby bardzo smaczna.

– Ciekawe, jak radzą sobie w kuchni kanibale? – zastanawiam się na głos. – Mają swoją książkę kucharską?

– Ugotowani i surowi – mówi Charisse.

– To nie tak – sprzeciwia się Henry. – Levi-Strauss nie podaje żadnych przepisów.

– Moglibyśmy jakiś zaadaptować – oświadcza z powagą Gomez, nabierając kolejną porcję kurczaka. – Na przykład Clare w potrawce z grzybkami i makaronem. Albo pierś Clare w sosie pomarańczowym. A może...

– Hej – protestuję. – A jeśli nie chcę zostać zjedzona?

– Przykro mi, Clare – mówi poważnym tonem Gomez. – Obawiam się, że będziesz musiała zostać zjedzona dla wspólnego dobra.

Henry napotyka mój wzrok i uśmiecha się lekko.

– Nie martw się, Clare. Kiedy wybuchnie rewolucja, ukryję cię w bibliotece. Zamieszkasz między regałami i będę cię karmił batonikami i chrupkami z bufetu. Nigdy cię tam nie znajdą.

Potrząsam głową.

– A co powiecie na: „Najpierw zabijemy wszystkich prawników"?

– Nie – protestuje Gomez. – Prawników musimy zostawić w spokoju. Bez nich cała rewolucja skończy się w dziesięć minut. Nie będzie miał kto pilnować porządku.

– Mój tato jest prawnikiem, więc nie będziesz mógł nas zjeść – mówię.

– Nie jest odpowiednim rodzajem prawnika – tłumaczy Gomez. – Zajmuje się sprawami bogaczy. A ja reprezentuję biedne uciśnione dzieci...

– Zamknij się, Gomez! – wykrzykuje Charisse. – Nie widzisz, że ranisz uczucia Clare?

– Wcale nie! Clare chce zostać zjedzona dla rewolucji, prawda?

– Nie.

– Och.

– A co z imperatywem kategorycznym? – pyta Henry.

– Z czym?

– No wiesz. Nie jedz innych, jeśli sam nie chcesz zostać zjedzony.

Gomez zaczyna czyścić paznokcie czubkiem widelca.

– Nie sądzisz, że zasada Zjedz lub Zostań Zjedzony rządzi światem?

– W większości wypadków tak. Ale czy sam nie jesteś dowodem przemawiającym za altruizmem? – pyta Henry.

– Jasne, ale przede wszystkim jestem uważany za niebezpiecznego świra. – Gomez mówi to z udaną obojętnością, ale widzę wyraźnie, że Henry wprawia go w zakłopotanie. – Clare, co z deserem?

– O Boże, zupełnie zapomniałam. – Zrywam się z krzesła za szybko i muszę chwycić brzeg stołu, by odzyskać równowagę. – Zaraz przyniosę.

– Pomogę ci. – Gomez rusza za mną do kuchni.

Mam na nogach wysokie szpilki. Kiedy wchodzę do kuchni, chwieję się niebezpiecznie i Gomez chwyta mnie w ostatniej chwili. Przez moment stoimy przytuleni do siebie i czuję jego dłonie na talii.

– Jesteś pijana – mówi.

– Wiem. Ty też.

Przyciskam guzik ekspresu i kawa powoli zaczyna kapać do dzbanka. Opieram się o blat i ostrożnie zdejmuję folię z talerza z ciastkami. Gomez stoi tuż za mną. Kiedy się pochyla, jego oddech łaskocze mnie w ucho.

– To ten sam facet.

– O co ci chodzi?

– Ten, przed którym cię ostrzegałem. To Henry...

Do kuchni wchodzi Charisse. Gomez natychmiast odskakuje i otwiera lodówkę.

– Mogę w czymś pomóc? – pyta Charisse.

– Weź filiżanki...

Jakoś udaje nam się bezpiecznie dotrzeć do stołu i niczego po drodze nie rozbić. Henry siedzi z miną przerażonego pacjenta czekającego na wizytę u dentysty. Wybucham śmiechem. Wyglądał dokładnie tak samo, gdy przynosiłam mu jedzenie na Łąkę... ale on nic nie pamięta, jeszcze tam nie był.

– Spokojnie – mówię. – To tylko ciastka. Nawet ja potrafię je upiec.

Śmiejemy się i siadamy. Ciastka są trochę niedopieczone.

– Pośpieszyłaś się, Clare – mówi Charisse.

– To pożywka dla salmonelli – dodaje Gomez.

– Zawsze lubiłem surowe ciasto. – Henry oblizuje palce.

Gomez skręca papierosa, zapala i głęboko wciąga w płuca aromatyczny dym.

HENRY: Gomez zapala papierosa i opiera się wygodnie o krzesło. Coś w jego wyglądzie i zachowaniu nie daje mi spokoju. Może lekka zaborczość w stosunku do Clare albo ten marksizm dla ubogich? Na pewno już go gdzieś widziałem. W przeszłości czy przyszłości? Zaraz się przekonamy.

– Wyglądasz znajomo – rzucam obojętnie.

– Mmmm? Też mi się wydaje, że już się gdzieś spotkaliśmy. Już mam.

– Iggy Pop w Riviera Theater?

Jest wyraźnie zaskoczony.

– Tak. Byłeś tam z tą blondynką, Ingrid Carmichel, z którą cię zawsze widywałem.

Patrzymy obaj na Clare. Wpatruje się w Gomeza, a on uśmiecha się do niej. Clare odwraca wzrok, ale nie patrzy na mnie. Charisse śpieszy na ratunek.

– Poszedłeś na koncert Iggy'ego Popa beze mnie?

– Wyjechałaś z miasta.

Charisse się nachmurza.

– Stale mnie coś omija – mówi do mnie. – Nie widziałam Patti Smith, a teraz przestała występować. Nie byłam też na koncercie Talking Heads podczas ich ostatniej trasy.

– Patti Smith jeszcze wróci na scenę – mówię.

– Naprawdę? Skąd wiesz? – pyta Charisse.

Wymieniamy z Clare spojrzenia.

– Mam przeczucie.

Zaczynamy rozmawiać o muzyce i odkrywamy, że wszyscy jesteśmy fanami punka. Gomez opowiada o koncercie New York Dolls na Florydzie, jeszcze przed odejściem Johnny'ego Thundersa. Ja rewanżuję się opowieścią o występie Lene Lovich, który widziałem podczas jednej z podróży w czasie. Charisse i Clare są bardzo podekscytowane, bo za kilka tygodni w Aragon Ballroom wystąpią Violent Femmes i Charisse udało się zdobyć darmowe bilety. Wieczór kończy się bez dalszych niespodzianek. Clare odprowadza mnie na dół. Stoimy przez chwilę w holu.

– Przepraszam – mówi Clare.

– Nie ma za co. Było zabawnie, a poza tym lubię gotować.

– Nie. – Clare wpatruje się w czubki butów. – Chodzi mi o Gomeza.

W holu jest zimno. Obejmuję ją mocno, a ona wtula się we mnie.

– O Gomeza?

Coś nie daje jej spokoju, ale tylko wzrusza ramionami.

– Wszystko będzie dobrze – mówi i postanawiam trzymać ją za słowo. Całujemy się.

Otwieram drzwi, wychodzę na zewnątrz i odwracam się. Clare stoi w półotwartych drzwiach i patrzy na mnie. Tak bardzo pragnę zawrócić i przytulić ją; wrócić z nią na górę. Odwraca się i zaczyna wchodzić na schody. Stoję w miejscu, dopóki nie znika mi z oczu.

Sobota, 14 grudnia 1991/wtorek, 9 maja 2000
(Henry ma 36 lat)

HENRY: Okładam pięściami potężnego pijaka, który miał czelność nazwać mnie ciotą, a potem próbował mnie pobić, by udowodnić, że ma rację. Wszystko dzieje się w przejściu za Vic Theater. Słyszę dobiegające ze środka dźwięki gitary basowej Smoking Popes, kiedy systematycznie rozbijam temu idiocie nos i zabieram się powoli do żeber. Mam za sobą naprawdę okropny wieczór, a ten głupek stał się ofiarą mojej frustracji.

– Hej, Bibliotekarku.

Odwracam się od jęczącego japiszona i widzę Gomeza opierającego się z posępną miną o kontener na śmieci.

– Towarzyszu. – Cofam się o krok od faceta, którego tłukłem.

Osuwa się na ziemię i zwija z bólu.

– Jak leci? – Na widok Gomeza odczuwam wielką ulgę; więcej, jestem nawet zachwycony.

On jednak wyraźnie nie podziela moich odczuć.

– Nie chcę ci przeszkadzać ani nic w tym stylu, ale tak się składa, że ten facet, nad którym się znęcasz, jest moim kolegą.

Już to widzę.

– Sam się o to prosił. Podszedł do mnie i powiedział: „Proszę pana, odczuwam palącą potrzebę oberwania. I to porządnie".

– Nieźle ci poszło. Niemal artystyczna robota.

– Dzięki.

– Pozwolisz, że zgarnę Nicka z ziemi i zabiorę go do szpitala?

– Bardzo proszę.

Cholera. Miałem ochotę podprowadzić Nickowi ubranie, zwłaszcza buty. Nowiutkie martensy, bordowe.

– Gomez.

– Tak? – Przestaje podnosić kumpla, który wypluwa wybity ząb.

– Jaki dziś dzień?

– Czternasty grudnia.

– Którego roku?

Patrzy na mnie jak człowiek, który ma lepsze rzeczy do roboty niż zabawianie wariatów, i podnosi kumpla z ziemi. Nick jęczy z bólu.

– Tysiąc dziewięćset dziewięćdziesiątego pierwszego. Jesteś chyba bardziej pijany, niż wyglądasz.

Idzie ciasną alejką i niedaleko wejścia do teatru znika. Dokonuję szybkich obliczeń. Niedawno zaczęliśmy chodzić z Clare, więc prawie się z Gomezem nie znamy. Nic dziwnego, że tak mnie potraktował.

Po chwili wraca już sam.

– Kazałem Trentowi zająć się wszystkim. To brat Nicka. Nie muszę chyba dodawać, że nie był zachwycony.

Ruszamy alejką.

– Wybacz, że pytam, Bibliotekarku, ale dlaczego, u licha, jesteś tak ubrany?

Mam na sobie niebieskie dżinsy, błękitny sweterek z wyhaftowanymi żółtymi kaczuszkami, odblaskową czerwoną kamizelkę i różowe tenisówki. Nic dziwnego, że ktoś chciał mnie pobić.

– To najlepsze, na co w danej chwili było mnie stać. – Mam nadzieję, że facet, z którego to zdjąłem, miał niedaleko do domu. Jest jakieś siedem stopni poniżej zera. – Dlaczego zadajesz się z takimi typkami?

– Studiowaliśmy razem prawo.

Przechodzimy obok tylnego wejścia do sklepu z wojskowymi ciuchami i nagle odczuwam palącą potrzebę włożenia normalnego ubrania. Postanawiam zaryzykować i wprawić Gomeza w totalne osłupienie; wiem, że jakoś się z tego otrząśnie. Zatrzymuję się.

– Towarzyszu, to potrwa tylko chwilę. Muszę coś załatwić. Możesz poczekać na mnie na końcu alejki?

– Co chcesz zrobić?

– Nic takiego. Tylko włamać się do środka. Tam za zasłoną stoi manekin, nie ochroniarz.

– Mogę iść z tobą?

– Nie.

Wygląda na mocno rozczarowanego.

– No dobra. Skoro musisz.

Wchodzę do wnęki, która osłania drzwi na tyłach sklepu. Włamuję się tutaj już po raz trzeci, lecz dwa pozostałe wyskoki należą dopiero do przyszłości. Wszystko mam opracowane z niemal naukową precyzją. Otwieram mało skomplikowany zamek, który zabezpiecza kratę, odsuwam ją, otwieram zamek Yale skuwką od starego pióra i agrafką, które znalazłem wcześniej na Belmont Avenue, po czym przesuwam kawałek aluminium między rozsuwanymi drzwiami. *Voilà*. Wszystko trwało jakieś trzy minuty. Gomez patrzy na mnie z niemal nabożną czcią.

– Gdzie się tego nauczyłeś?

– Po prostu mam do tego smykałkę – odpowiadam skromnie.

Wchodzimy do środka. Panel z migającymi czerwonymi światełkami próbuje udawać system alarmowy, ale ja nie daję się oszukać. W środku jest bardzo ciemno. Przypominam sobie w myślach rozkład sklepu i miejsca, w których ułożono interesujące mnie towary.

– Niczego nie dotykaj, Gomez.

Chcę, żeby było mi ciepło i żebym nie rzucał się w oczy. Przechodzę ostrożnie wzdłuż półek i moje oczy powoli przyzwyczajają się do ciemności. Zaczynam od spodni: czarne levisy. Biorę też granatową flanelową koszulę, ciepły czarny płaszcz z mocną podszewką, wełniane skarpety, bokserki, ciepłe rękawice do górskich wspinaczek i czapkę z nausznikami. W dziale z obuwiem ku swej wielkiej radości znajduję martensy, takie same, jakie miał na sobie mój kumpel Nick. Teraz jestem gotów wkroczyć do akcji.

Tymczasem Gomez zagląda za ladę.

– Daj spokój – mówię. – Nie zostawiają w kasie gotówki na noc. Idziemy.

Wychodzimy tą samą drogą. Zamykam cicho drzwi i zasuwam kratę. Rzeczy, które miałem wcześniej na sobie, niosę w reklamówce. Znajdę potem kontener z ubraniami dla Armii Zbawienia. Gomez spogląda na mnie wyczekująco, zupełnie jak wielki pies, który chce sprawdzić, czy zostało mi jeszcze trochę mięsa.

A skoro już mowa o jedzeniu...

– Umieram z głodu – rzucam. – Chodźmy do knajpy Ann Sather.

– Ann Sather? Myślałem, że zaproponujesz napad na bank albo przynajmniej morderstwo. Masz ciąg, stary, nie zatrzymuj się.

– Muszę najpierw coś wrzucić na ruszt. Idziemy.

Skręcamy z alejki na należący do restauracji parking. Parkingowy patrzy na nas w milczeniu, kiedy równym krokiem przemierzamy jego królestwo. Wychodzimy na Belmont. Jest dopiero dziewiąta, więc na ulicy jak zwykle roi się od przybyłych z przedmieść miasta uciekinierów, bezdomnych wariatów, amatorów dubbingu i poszukiwaczy wrażeń. Restauracja Ann Sather jawi się jako oaza normalności wśród gabinetów tatuażu i kiosków sprzedających prezerwatywy. Wchodzimy i czekamy przy ladzie z pieczywem na wolne miejsce. W brzuchu burczy mi z głodu. Szwedzki wystrój działa kojąco; lubię drewnianą boazerię i blaty z czerwonego marmuru. Siadamy w części dla palących tuż przed kominkiem. Wszystko powoli nabiera coraz jaśniejszych barw. Zdejmujemy płaszcze, rozsiadamy się wygodnie i czytamy menu, choć mieszkając w Chicago od urodzenia, możemy je odśpiewać z pamięci w dwugłosowej harmonii. Gomez kładzie obok sztućców przybory do palenia.

– Nie przeszkadza ci?

– Przeszkadza, ale nie ma sprawy.

Ceną za towarzystwo Gomeza jest nieustanne wędzenie się w papierosowym dymie wypływającym z jego nozdrzy. Koniuszki palców zupełnie mu zbrązowiały; teraz zwija nimi delikatnie bibułkę, liże jej brzeg, przyciska, wsuwa gotowego papierosa do ust i zapala.

– To jest to.

Dla niego pół godziny bez papierosa to tortura. Zawsze lubię patrzeć, jak ludzie zaspokajają swoje apetyty, nawet jeśli ich nie podzielam.

– Nie palisz? W ogóle?

– Biegam.

– Ach tak. Cholera, jesteś w świetnej formie. O mało co nie zabiłeś Nicka, a sam nie przyjąłeś nawet jednego ciosu.

– Był za bardzo pijany, żeby walczyć. Przypominał duży worek treningowy.

– Dlaczego tak się na niego zawziąłeś?

– Z czystej głupoty.

Zjawia się kelner, oznajmia, że ma na imię Lance, a specjalnością lokalu jest łosoś i krem z zielonego groszku. Przyjmuje zamówienie na napoje i szybko odchodzi. Bawię się pojemnikiem na śmietankę do kawy.

– Na widok moich ciuchów doszedł do wniosku, że jestem świetnym kandydatem na ofiarę, zrobił się obrzydliwy, chciał mnie pobić, ale nieźle się na tym przejechał. Ja nie wchodziłem mu w drogę, naprawdę. Zajmowałem się własnymi sprawami.

Gomez zamyślił się na chwilę.

– Czyli czym dokładnie?

– Słucham?

– Henry, może i wyglądam na matoła, ale szczerze mówiąc, twój stary wujek Gomez nie jest wcale taki głupi. Obserwuję cię od pewnego czasu. Nawiasem mówiąc, robiłem to jeszcze, zanim Clare przyprowadziła cię do domu. Nie wiem, czy zdajesz sobie z tego sprawę, ale w pewnych kręgach cieszysz się nie najlepszą sławą. Spotkałem mnóstwo osób, które znają ciebie. Dokładnie mówiąc, kobiet. Kobiet, które znają ciebie. – Mrużąc oczy, spogląda na mnie przez chmurę dymu. – Opowiadają bardzo dziwne rzeczy.

Zjawia się Lance z kawą dla mnie i mlekiem dla Gomeza. Zamawiamy: cheeseburger i frytki dla Gomeza, zupa z groszku, łosoś, ziemniaki i sałatka owocowa dla mnie. Czuję, że zaraz stracę przytomność, jeśli szybko nie wchłonę mnóstwa kalorii.

Lance znika równie szybko jak za pierwszym razem. Niewiele mnie obchodzą niecne poczynania mojej wcześniejszej wersji i nie mam ochoty opowiadać o nich Gomezowi. To nie jego sprawa. Ale wyraźnie czeka na odpowiedź. Wlewam śmietankę do kawy i patrzę na rozpływające się na powierzchni białe strumyczki. Postanawiam zrezygnować ze środków ostrożności. To i tak nie ma żadnego znaczenia.

– Co chciałbyś wiedzieć, towarzyszu?

– Wszystko. Chciałbym się dowiedzieć, dlaczego pozornie spokojny i dobrze wychowany bibliotekarz bije faceta do nieprzytomności, i to bez powodu, mając przy tym na sobie ciuchy wychowawcy z przedszkola. Chciałbym też wiedzieć, dlaczego Ingrid Carmichel próbowała osiem dni temu popełnić samobójstwo. I dlaczego wyglądasz teraz dziesięć lat starzej niż w dniu, w którym widziałem cię po raz ostatni. Siwiejesz. Ciekawi mnie też, dlaczego potrafisz bez problemów otwierać zamki w drzwiach. I dlaczego Clare miała twoje zdjęcie, jeszcze zanim cię poznała.

Clare miała moje zdjęcie sprzed 1991 roku? Nie wiedziałem.

– Jakie to było zdjęcie?

Gomez przygląda mi się uważnie.

– Wyglądałeś na nim mniej więcej tak jak teraz, a nie jak dwa tygodnie temu, kiedy przyszedłeś na kolację. – To było dwa tygodnie temu? Boże, widzę Gomeza dopiero drugi raz w życiu. – Zrobiono je w plenerze. Uśmiechasz się. Na odwrocie zapisano datę: czerwiec tysiąc dziewięćset osiemdziesiąt osiem.

Zjawia się kelner z jedzeniem. W milczeniu ustawiamy talerze na niedużym stoliku. Zaczynam jeść, jakby to był ostatni posiłek w moim życiu.

Gomez patrzy na mnie, sam nic nie je. Widziałem, że podobnie robi w sądzie, gdy ma do czynienia z wyjątkowo opornymi świadkami. Zmusza ich po prostu do powiedzenia wszystkiego. Ja nie mam nic przeciwko temu, chcę tylko najpierw się najeść. Szczerze mówiąc, nawet mi zależy, żeby Gomez o wszystkim wiedział, bo w nadchodzących latach wielokrotnie ocali mi tyłek.

Zjadłem już połowę łososia, a on nadal nie wziął do ust ani kęsa.

– Jedz, jedz. – Najlepiej, jak umiem, naśladuję panią Kim. Macza frytkę w keczupie i wsuwa ją do ust.

– Nic się nie martw, przyznam się do wszystkiego. Pozwól mi tylko zjeść w spokoju mój ostatni posiłek.

W końcu kapituluje i zabiera się do cheeseburgera. Nie odzywamy się już ani słowem, dopóki nie zjadam do końca sałatki z owoców. Lance przynosi mi jeszcze jedną kawę. Wlewam śmietankę, mieszam. Gomez wpatruje się we mnie, jakby chciał mną potrząsnąć. Postanawiam zabawić się jego kosztem.

– No dobra. Odpowiedź jest prosta: podróże w czasie.

Gomez przewraca oczami i krzywi się, ale nie mówi ani słowa.

– Naprawdę podróżuję w czasie. Mam teraz trzydzieści sześć lat. Dzisiejszego popołudnia był dziewiąty maja dwutysięcznego roku. Wtorek. Byłem w pracy, skończyłem właśnie wykład dla grupy członków Caxton Club i wróciłem między regały, żeby poukładać książki, kiedy nagle znalazłem się na School Street w roku tysiąc dziewięćset dziewięćdziesiątym pierwszym. Jak zwykle musiałem zdobyć jakieś ubranie. Na chwilę ukryłem się pod czyjąś werandą. Było mi zimno, nikt nie nadchodził, aż wreszcie zjawił się ten młody facet ubrany... sam widziałeś, co miałem na sobie. Napadłem na niego, zabrałem mu gotówkę i ubranie, z wyjątkiem bielizny. Nieźle się przestraszył. Myślał chyba, że zamierzam go zgwałcić albo coś w tym stylu. W każdym razie miałem już co na siebie wrzucić. Niestety, w tej okolicy nie można paradować w takich ciuchach, nie budząc pewnych podejrzeń. Ludzie obrzucali mnie stekiem wyzwisk, a twój kumpel okazał się po prostu ostatnią kroplą, która przepełniła czarę goryczy. Przykro mi, jeśli mocno oberwał. Bardzo chciałem zabrać mu ubranie, zwłaszcza buty.

Gomez zagląda pod stół.

– Tego typu sytuacje przytrafiają mi się przez cały czas. Coś jest ze mną nie w porządku. Przenoszę się w czasie zupełnie bez powodu. Nie mogę nad tym zapanować, nigdy nie wiem, kiedy to się wydarzy ani gdzie wyląduję. Muszę sobie jakoś radzić, więc otwieram zamki szpilkami, okradam sklepy, napadam na ludzi, włamuję się do domów, kradnę samochody, kłamię i wdaję się w bójki. Mam na swoim koncie chyba wszystko, do wyboru, do koloru.

– Morderstwo?

– Nic mi o tym nie wiadomo. Nikogo też nie zgwałciłem. – Obrzucam go uważnym spojrzeniem. Siedzi z twarzą pokerzysty. – Ingrid. Naprawdę znasz Ingrid?

– Znam Celię Attley.

– O Boże. Obracasz się w dziwnym towarzystwie. Jak Ingrid próbowała się zabić?

– Przedawkowała valium.

– W tysiąc dziewięćset dziewięćdziesiątym pierwszym? Zgadza się. To jej czwarta próba samobójcza.

– Co takiego?

– Nie wiedziałeś? Celia nie mówi ci więc wszystkiego. Ingrid zabiła się drugiego stycznia tysiąc dziewięćset dziewięćdziesiątego czwartego roku. Strzeliła sobie w pierś.

– Henry...

– Wiesz, to się wydarzyło sześć lat temu, a ja nadal jestem na nią wściekły. Szkoda jej. Ale przez długi czas była w głębokiej depresji. Nic nie mogłem dla niej zrobić. Stale się o to kłóciliśmy.

– To paskudny żart, Bibliotekarku.

– Chciałeś mieć dowód.

Uśmiecha się tylko.

– A to zdjęcie? To, które ma Clare? – Uśmiech znika. – Przyznaję, że nie bardzo to ogarniam.

– Poznałem Clare w październiku tysiąc dziewięćset dziewięćdziesiątego pierwszego. Ona poznała mnie we wrześniu tysiąc dziewięćset siedemdziesiątego siódmego roku, miała wtedy sześć lat, ja trzydzieści osiem. Zna mnie przez całe swoje życie. W tysiąc dziewięćset dziewięćdziesiątym pierwszym roku ja dopiero ją poznaję. A tak nawiasem mówiąc, powinieneś ją o to zapytać. Wszystko ci powie.

– Już to zrobiłem. Powiedziała.

– Do licha, Gomez. Marnujesz cenny czas, jeszcze raz wypytując mnie o wszystko. Nie uwierzyłeś jej?

– Nie. A ty byś uwierzył?

– Jasne. Clare jest bardzo prawdomówna. Wszystko przez to katolickie wychowanie. – Lance zjawia się z kolejną kawą. Mam już we krwi niezły poziom kofeiny, ale jeszcze jedna nie zaszkodzi. – No i co? Jakiego jeszcze chcesz dowodu?

– Clare powiedziała, że znikasz.

– Tak. To jedna z moich najlepszych sztuczek. Przyklej się do mnie, a wcześniej czy później zobaczysz, jak to robię. To może zabrać parę minut, godzin albo dni, ale na pewno się wydarzy.

– Czy znamy się w dwutysięcznym roku?

– Tak. – Uśmiecham się do niego. – Jesteśmy dobrymi przyjaciółmi.

– Opowiedz mi o mojej przyszłości.

Och nie. To zdecydowanie zły pomysł.

– Nie.

– Czemu?

– Gomez, w życiu zdarzają się różne rzeczy. Jeśli będziesz o nich wiedział z góry... wszystko stanie się bardzo dziwne. Poza tym i tak nie możesz niczego zmienić.

– Dlaczego?

– Przyczynowość biegnie tylko do przodu. Wszystko wydarza się raz, tylko raz. Jeśli wiesz o wszystkim... Przez większość czasu czuję się osaczony. Jeśli tkwisz w swoim czasie, nic nie wiedząc... jesteś wolny. Zaufaj mi. – Wygląda na rozczarowanego. – Będziesz świadkiem na naszym ślubie. A ja na twoim. Masz wspaniałe życie, Gomez. Ale nie zdradzę ci żadnych szczegółów.

– A notowania na giełdzie?

Czemu nie? W dwutysięcznym roku rynek giełdowy oszalał, ale można zarobić niezłą kasę i Gomez będzie jednym ze szczęśliwców.

– Słyszałeś kiedyś o Internecie?

– Nie.

– To rzecz związana z komputerami. Światowa sieć, do której mogą się podłączać zwykli śmiertelnicy i dzięki liniom telefonicznym porozumiewać się między sobą za pomocą komputerów. Kupuj akcje tych firm. Netscape, America Online, Sun Microsystems, Yahoo!, Microsoft, Amazon.com.

Starannie wszystko notuje.

– Kropka com?

– Nie przejmuj się, tylko kupuj. – Uśmiecham się. – I klaszcz w dłonie, jeśli wierzysz we wróżki.

– Myślałem, że dziś wieczór pobijesz wszystkich, którzy wspomną choć słowem o wróżkach.

– To z Piotrusia Pana, analfabeto.

Nagle robi mi się niedobrze. Nie chcę wywoływać tu sceny. Zrywam się z krzesła.

– Chodź za mną – rzucam, biegnąc w stronę męskiej toalety. Wpadam do środka. Na szczęście nie ma tam nikogo. Po twarzy płyną mi krople potu. Wymiotuję do umywalki.

– Jezu Chryste! – wykrzykuje Gomez. – Cholera, Bibliotekarku...

Nie słyszę reszty, bo leżę już nagi na boku na zimnym linoleum w całkowitych ciemnościach. Kręci mi się w głowie, więc przez chwilę pozostaję w bezruchu. Wyciągam rękę i dotykam grzbietów książek. Znajduję się między regałami w Newberry. Wstaję i chwiejnym krokiem podchodzę do końca rzędu. Zapalam światło. Jego blask zupełnie mnie oślepia. W następnym rzędzie znajduję moje ubranie i wózek z książkami, które układałem. Ubieram się, odkładam książki i ostrożnie otwieram drzwi prowadzące do magazynu. Nie wiem, która jest godzina; mogli już włączyć alarm. Ale nie, wszystko jest tak, jak przed moim zniknięciem. Isabelle tłumaczy nowemu czytelnikowi zasady panujące w czytelni; Matt przechodzi obok i macha do mnie. Przez okna wpada słońce, a wskazówki zegara w czytelni pokazują 16.15. Nie było mnie niecałe piętnaście minut. Widząc mnie, Amelia wskazuje na drzwi.

– Idę do Starbucks. Chcesz kawy?

– Nie, raczej nie. Ale dzięki. – Strasznie boli mnie głowa.

Zaglądam do biura Roberta i mówię, że nie czuję się najlepiej. Kiwa głową ze współczuciem i wskazuje telefon, z którego z szybkością karabinu maszynowego wylewa się potok włoskich słów. Biorę rzeczy i wychodzę.

Kolejny zwykły dzień w pracy Bibliotekarka.

Niedziela, 15 grudnia 1991
(Clare ma 20 lat)

CLARE: Jest piękny niedzielny poranek. Wracam do domu od Henry'ego. Ulice są śliskie, leży na nich kilka centymetrów świeżego śniegu. Wszystko jest oślepiająco białe i czyste. Śpiewam razem z Arethą Franklin „R-E-S-P-E-C-T!" i skręcam z Addison w Hoyne. Tuż przed sobą widzę wolne miejsce do parkowania. Mam dziś szczęśliwy dzień. Wysiadam z samochodu i po śliskim chodniku idę ostrożnie do domu. Wciąż nucąc pod nosem, wchodzę do holu. Czuję się lekka i rozmarzona. Zaczynam powoli łączyć to uczucie z seksem, z budzeniem się w łóżku Henry'ego, z powrotem do domu wcześnie rano. Wbiegam na schody. Charisse jest na pewno w kościele. Marzę o długiej kąpieli z „New York Timesem". Jednakże, gdy tylko otwieram drzwi, uświadamiam sobie, że nie jestem sama. W saloniku siedzi Gomez otoczony chmurą dymu. Żaluzje są jeszcze zaciągnięte. Na tle czerwonych tapet i czerwonych, wyściełanych aksamitem mebli wygląda zupełnie jak jasnowłosy polski szatan. Nie mówi do mnie ani słowa, więc cofam się do swojego pokoju. Nadal jestem na niego wściekła.

– Clare.

Odwracam się.

– Co?

– Przepraszam. Myliłem się.

Nigdy nie słyszałam, by Gomez przyznał się do błędu. W swoim mniemaniu był równie nieomylny jak papież.

Wchodzę do saloniku i odsłaniam żaluzje. Słońce z trudem przedziera się przez dym, więc uchylam okno.

– Nie rozumiem, jak możesz tyle palić, nie uruchamiając przy tym czujnika dymu.

Gomez wskazuje mi dziewięciowoltową baterię.

– Włożę ją z powrotem przed wyjściem.

Siadam na kanapie. Czekam, by powiedział, dlaczego zmienił zdanie. Skręca kolejnego papierosa. Zapala go i patrzy na mnie uważnie.

– Spędziłem wczorajszy wieczór z twoim Henrym.

– Ja też.

– Co robiliście?

– Poszliśmy do Facets, obejrzeliśmy film Petera Greenawaya, zjedliśmy coś marokańskiego i poszliśmy do niego.

– I właśnie od niego wróciłaś.

– Zgadza się.

– No cóż, mój wieczór był zdecydowanie mniej kulturalny, ale za to obfitował w niezwykłe wydarzenia. Natknąłem się na twojego cudownego chłopaka w alejce za Vic, kiedy robił z Nicka miazgę. Trent powiedział mi dziś rano, że Nick ma złamany nos i trzy żebra, pięć złamanych kości w ręce, liczne uszkodzenia tkanek i czterdzieści sześć szwów. I muszą mu wstawić nowy ząb.

Nie wzrusza mnie to. Nick to zwykły zbir.

– Żałuj, że tego nie widziałaś, Clare. Twój chłopak okładał Nicka jak worek treningowy. Jakby był rzeźbą, którą musi skończyć. Wymierzał każdy cios dokładnie, by osiągnąć jak najlepszy efekt. Gdyby nie chodziło o Nicka, byłbym pod wielkim wrażeniem.

– Dlaczego Henry bił Nicka?

Na twarzy Gomeza pojawia się wyraz zakłopotania.

– Wygląda na to, że mogła to być wina Nicka. Lubi atakować... gejów, a Henry był ubrany jak Mała Panna Muffet*.

Wyobrażam sobie. Biedny Henry.

– A potem?

– Włamaliśmy się do sklepu z wojskowymi ciuchami.

Na razie całkiem nieźle.

– I?

---

* Mała Panna Muffet (Little Miss Muffet) – bohaterka popularnych wierszyków dla dzieci, przedstawiana na ilustracjach w sukience i bucikach zapinanych na paseczki (przyp. tłum.).

– Poszliśmy do Ann Sather na kolację.

Wybucham śmiechem. Gomez też się uśmiecha.

– I opowiedział mi tę samą zwariowaną historię, którą słyszałem od ciebie.

– Dlaczego jemu uwierzyłeś?

– Był taki cholernie nonszalancki. Widziałem, że zna mnie na wylot. Wiedział o mnie wszystko, ale niewiele go to obchodziło. A potem... zniknął. Stałem sam w toalecie i po prostu musiałem... uwierzyć.

Kiwam głową ze współczuciem.

– Jego znikanie jest naprawdę imponujące. Pamiętam doskonale pierwszy raz, gdy to zobaczyłam, kiedy byłam jeszcze mała. Trzymał mnie za rękę, a potem nagle puff! i już go nie było.

– Z jakiego czasu przybył?

– Z dwutysięcznego roku. Mocno się postarzał.

– Nie jest mu łatwo.

Miło jest tak siedzieć i rozmawiać o Henrym z kimś, kto wie. Ogarnia mnie fala ciepła dla Gomeza, która natychmiast znika, gdy pochyla się i mówi:

– Nie wychodź za niego, Clare.

– Jeszcze mnie o to nie poprosił.

– Wiesz, co mam na myśli.

Siedzę nieruchomo, patrząc na splecione na kolanach dłonie. Jest mi zimno i jestem wściekła. Podnoszę wzrok. Gomez patrzy na mnie z niepokojem.

– Kocham go. Jest całym moim życiem. Czekałam na niego tak długo, a teraz nareszcie tu jest. – Nie wiem, jak mu to wytłumaczyć. – Z Henrym widzę wszystko dokładnie jak na mapie, przeszłość i przyszłość, wszystko naraz... jakby był aniołem... – Potrząsam głową. Nie potrafię ująć tego w słowa. – Mogę go dotknąć, zagłębić się w niego i jednocześnie dotykać czasu... on mnie kocha. Pobraliśmy się, bo... jesteśmy częścią siebie... – Urywam. – To już się wydarzyło. Wszystko naraz. – Spoglądam na Gomeza, by sprawdzić, czy cokolwiek z tego zrozumiał.

– Clare, lubię go, i to bardzo. To fascynujący człowiek. Ale też niebezpieczny. Wszystkie kobiety, z którymi był związany, źle kończyły. Nie chcę, żebyś z uśmiechem na ustach rzuciła się prosto w ramiona tego socjopaty...

– Nie widzisz, że jest za późno? Mówisz o kimś, kogo znam od czasu, gdy skończyłam sześć lat. Ty spotkałeś go tylko dwa razy i każesz mi uciekać. Nie mogę. Widziałam swoją przyszłość; nie mogę jej zmienić, a nawet gdybym mogła, to i tak bym tego nie zrobiła.

Gomez się zamyśla.

– Nie chciał mi nic powiedzieć o mojej przyszłości.

– Zależy mu na tobie, nie chciał ci tego robić.

– Ale tobie zrobił.

– Nic nie można było na to poradzić; jesteśmy ze sobą związani. Całe moje dzieciństwo z jego powodu stało się niezwykłe, a on próbował radzić sobie z tym najlepiej, jak potrafił.

Słyszę szczęk klucza Charisse.

– Clare, nie wściekaj się na mnie... chcę ci tylko pomóc.

Uśmiecham się do niego.

– Pomożesz nam. Przekonasz się.

Do pokoju wchodzi Charisse, pokasłując.

– Kochanie, czekałeś tak długo.

– Rozmawiałem z Clare. O Henrym.

– Na pewno opowiadałeś jej, że go uwielbiasz – mówi Charisse ostrzegawczym tonem.

– Mówiłem jej, żeby uciekała ile sił w nogach.

– Och, Gomez. Nie słuchaj go, Clare. Jeśli chodzi o mężczyzn, ma okropny gust.

Charisse siada skromnie pół metra od Gomeza. On jednak obejmuje ją ramieniem i sadza sobie na kolanach. Patrzy na niego groźnie.

– Zawsze jest taka po powrocie z kościoła.

– Mam ochotę na śniadanie.

– Już się robi, skarbie.

Wstają i wychodzą do kuchni. Po chwili słyszę chichot Charisse, kiedy Gomez próbuje klepać ją po pośladkach gazetą „Times Magazine". Wzdycham i idę do swojego pokoju. Słońce nadal świeci. W łazience puszczam gorącą wodę do wielkiej starej wanny i zrzucam z siebie ubranie. Wchodząc do wanny, patrzę na swoje odbicie w lustrze. Ostatnio trochę się zaokrągliłam. Cieszy mnie to ogromnie i wsuwam się do wody, czując się niemal jak odaliska Ingres'a. Henry mnie kocha. Jest tutaj, nareszcie, tutaj i teraz. Ja też go kocham. Przesuwam dłońmi po piersiach. Dlaczego wszystko musi być tak skomplikowane? Czy nie pozostawiliśmy już kłopotów za sobą? Zanurzam głowę w wodzie. Włosy unoszą się na powierzchni jak ciemna sieć. Nie wybrałam Henry'ego i on nie wybrał mnie. Czy mogliśmy więc popełnić błąd? Po raz kolejny uświadamiam sobie, że nigdy się tego nie dowiemy. Leżę w wannie, wpatrując się w kafelki, aż woda robi się niemal zupełnie zimna. Charisse puka do drzwi, pytając, czy przypadkiem nie umarłam. Chciałaby umyć zęby. Osuszając włosy ręcznikiem, widzę swoje niewyraźne odbicie w zaparowanym lustrze. Czas zdaje się zwijać i nagle widzę siebie jako zbiór warstw wszystkich moich minionych dni i lat oraz czasu, który ma dopiero nadejść. Nagle czuję się tak, jakbym stała się niewidzialna. Poczucie to mija jednak równie szybko, jak się pojawiło. Stoję nieruchomo jeszcze przez minutę, po czym wkładam szlafrok i wychodzę z łazienki.

Sobota, 22 grudnia 1991
(Henry ma 28 i 33 lata)

HENRY: O 5.25 rano rozlega się dzwonek do drzwi. To zawsze zły znak. Chwiejnym krokiem podchodzę do domofonu i przyciskam guzik.

– Tak?

– To ja. Wpuść mnie.

Przyciskam guzik raz jeszcze. Rozlega się to straszliwe brzęczenie, które oznajmia, że można wejść do mojej twierdzy. Czterdzieści pięć sekund później zgrzyta winda i zaczyna powoli wjeżdżać na górę. Wkładam szlafrok, wychodzę do holu i patrzę na zwijające się w oszklonym szybie windy kable. Po chwili pojawia się klatka, zatrzymuje się, a w środku oczywiście jestem ja.

Moja druga wersja otwiera drzwi i wychodzi na korytarz. Jestem nagi, nieogolony i mam bardzo krótkie włosy. Szybko przechodzimy przez pusty hol i znikamy w mieszkaniu. Zamykam drzwi i przez chwilę przyglądamy się sobie w milczeniu.

– No cóż – rzucam w końcu, żeby jakoś zacząć. – Jak leci?

– Tak sobie. Jaki dziś dzień?

– Dwudziesty drugi grudnia tysiąc dziewięćset dziewięćdziesiątego pierwszego roku. Sobota.

– Och... Violent Femmes grają dziś wieczór w Aragon?

– Tak.

Wybucha śmiechem.

– Cholera. To był okropny wieczór.

Podchodzi do łóżka, mojego łóżka, kładzie się i narzuca kołdrę na głowę. Siadam obok niego.

– Hej.

Zero odpowiedzi.

– Z jakiego czasu się zjawiłeś?

– Trzynasty listopada tysiąc dziewięćset dziewięćdziesiątego szóstego roku. Właśnie kładłem się spać. Pozwól mi się zdrzemnąć albo za pięć lat gorzko tego pożałujesz.

To brzmi rozsądnie. Zdejmuję szlafrok i kładę się do łóżka. Leżę teraz po złej stronie, stronie Clare, bo mój sobowtór zajął moją. Tutaj wszystko jest trochę inne. Zupełnie tak, jakbyś zamknął jedno oko i patrzył na coś z bardzo bliska, a potem spojrzał na to drugim okiem. Leżę przez chwilę, zabawiając się właśnie w ten sposób. Patrzę na fotel zarzucony moimi ubraniami, pestkę z brzoskwini na dnie kieliszka stojącego na parapecie, wierzch mojej prawej dłoni. Muszę koniecznie obciąć paznokcie, a w moim mieszkaniu można równie dobrze ogłosić stan klęski żywiołowej. Miejmy nadzieję, że moja druga wersja trochę się tym przejmie i pomoże mi posprzątać, by zarobić na swoje utrzymanie. Przebiegam w myślach zawartość lodówki i spiżarni i dochodzę do wniosku, że jesteśmy całkiem nieźle zaopatrzeni. Planuję zaprosić dziś wieczór Clare i nie bardzo wiem, co począć z moim sobowtórem. Nagle przychodzi mi do głowy myśl, że Clare będzie wolała jego towarzystwo, w końcu znają się znacznie lepiej. Z jakiegoś powodu budzi to we mnie gniew. Próbuję przypomnieć sobie, że wszystko, co odejmę teraz, zostanie później dodane, ale nadal jestem bardzo niespokojny i marzę o tym, żeby tamten wreszcie zniknął.

Przyglądam mu się przez chwilę. Leży zwinięty w kłębek, odwrócony do mnie plecami i śpi bardzo głęboko. Zazdroszczę mu. On jest mną, ale ja jeszcze nie jestem nim. Ma za sobą pięć lat życia, które dla mnie są jeszcze tajemnicą, nadal pozostają zwinięte w niebezpieczny kłębek i czekają, by ukąsić. Oczywiście on ma za sobą także i wszystkie przyjemności, czekające na mnie jak pudełko nietkniętych czekoladek.

Próbuję spojrzeć na niego oczami Clare. Dlaczego nosi krótkie włosy? Zawsze lubiłem moje włosy, czarne, lekko kręcone, opadające do ramion. Jednakże prędzej czy później będę musiał je ściąć. Przychodzi mi nagle do głowy, że moje włosy to jedna z wielu rzeczy, które przypominają Clare, że nie jestem do końca tym mężczyzną, którego zna od dzieciństwa. Jestem tylko bardzo podobny do osoby istniejącej w jej wyobraźni. Czym byłbym bez niej?

Na pewno nie mężczyzną, który oddycha głęboko po drugiej stronie łóżka. Na jego karku i plecach widać rysujące się pod skórą kręgi i żebra. Ma gładką, prawie pozbawioną owłosienia skórę, jest mocno umięśniony. I wyraźnie wykończony, ale śpi tak, jakby w każdej chwili miał się zerwać i uciekać. Czy jestem aż tak bardzo spięty? Chyba tak. Clare narzeka, że nie potrafię się odprężyć, dopóki nie padam na nos ze zmęczenia, ale kiedy jestem z nią, często udaje mi się rozluźnić. Moja starsza wersja wydaje się szczuplejsza i bardziej zmęczona życiem, ale i spokojniejsza. Kto wie, może tylko się popisuje. Zna mnie na wylot i wie doskonale, co robi na mnie największe wrażenie. Jest 7.14. Na pewno już nie zasnę. Wstaję i włączam ekspres do kawy. Wkładam bieliznę i spodnie od dresu i przeciągam się. Ostatnio bolą mnie kolana, więc wkładam ochraniacze. Teraz kolej na skarpetki i mocno zniszczone adidasy. To pewnie przez nie tak bolą mnie kolana. Przyrzekam sobie w duchu, że jutro kupię nowe. Szkoda, że nie zapytałem mojego gościa, jaka jest pogoda.

Choć w grudniu w Chicago może być tylko paskudna. Wkładam stary podkoszulek z logo festiwalu filmowego, czarną bluzę, a na nią grubą pomarańczową kurtkę z kapturem i wielkim znakiem X z odblaskowej taśmy na piersiach i plecach. Biorę rękawiczki i klucze i wychodzę z mieszkania.

Jak na zimę, wcale nie jest tak źle. Na ulicach leży tylko cieniutka warstwa śniegu, którym bawi się wiatr. Na Dearborn utworzył się niezły korek, silniki samochodów mruczą monotonnie, a niebo powoli się rozjaśnia.

Przywiązuję klucze sznurówką do buta i postanawiam biec nad jezioro. Ruszam powoli w stronę Michigan Avenue, przecinam kładkę dla pieszych i zaczynam biec obok ścieżki dla rowerów. W taki dzień jak dzisiaj można spotkać tylko najbardziej zatwardziałych biegaczy i rowerzystów. Jezioro Michigan wygląda jak wielka ciemna plama, a po odpływie pozostał pas ciemnobrązowego piachu. Mewy krążą nad moją głową i daleko nad powierzchnią wody. Poruszam się z trudem, moje stawy bardzo nie lubią zimna. Biegnę wolniej niż zazwyczaj, rozgrzewając się stopniowo. Przypominam moim biednym kolanom i kostkom, że ich zadaniem jest nosić mnie szybko i daleko. Wciągam w płuca zimne, suche powietrze, serce bije szybko, a kiedy docieram do North Avenue, czuję się już o wiele lepiej i zaczynam przyśpieszać. Bieganie oznacza dla mnie wiele rzeczy: przetrwanie, spokój, euforię, samotność. To dowód na moje fizyczne istnienie, zdolność do kontrolowania przemieszczania się w przestrzeni, jeśli nie w czasie. Kiedy biegam, moje ciało jest posłuszne mojej woli. Ścieżka sunie pod moimi stopami niczym taśma filmowa. Przypominam sobie, że jako dziecko, na długo przed pojawieniem się gier wideo i Internetu, wsuwałem taśmę do projektora w szkolnej bibliotece i kręcąc gałką, oglądałem filmy. Nie pamiętam już, co przedstawiały, ale pamiętam doskonale zapach biblioteki i pisk, który za każdym razem towarzyszył obrotowi gałki. Biegnę teraz szybko, ogarnia mnie to cudowne poczucie, że mógłbym wzbić się w powietrze. Jestem niezwyciężony, nic mnie nie może zatrzymać, nic mnie nie może zatrzymać, nic, nic, nic...

Wieczór tego samego dnia
(Henry ma 28, Clare 20 lat)

CLARE: Jedziemy na koncert Violent Femmes w Aragon Ballroom. Henry początkowo niechętnie podchodził do tego pomysłu i nie bardzo to mogłam zrozumieć, bo przecież uwielbia Femmes. Szukając miejsca do zaparkowania, jeżdżę w kółko, mijając Green Mili, bary, budynki mieszkalne i pralnie samoobsługowe, które wyglądają zupełnie jak dekoracje do jakiegoś filmu. Wreszcie udaje mi się zaparkować przy Argyle i drżąc z zimna, idziemy po oblodzonym chodniku. Henry chodzi bardzo szybko i zawsze brakuje mi tchu, kiedy próbuję dotrzymać mu kroku. Ostatnio zauważyłam jednak, że stara się dopasować swoje tempo do mojego. Zdejmuję rękawiczkę i wsuwam rękę do kieszeni jego płaszcza, a Henry obejmuje mnie ramieniem. Jestem bardzo podekscytowana, bo po raz pierwszy wybieramy się razem potańczyć, a poza tym uwielbiam Aragon z całym jego sztucznym hiszpańskim splendorem. Babcia Meagram opowiadała mi o odbywających się tutaj w latach trzydziestych wieczorkach, kiedy do tańca przygrywały big bandy, wszystko było nowe i urocze, ludzie nie wydzierali się z balkonów, a w męskich toaletach podłogi nie były dokumentnie zasikane. Ale *c'est la vie*, czasy się zmieniają.

Przez kilka minut stoimy w kolejce. Henry jest bardzo spięty. Trzyma mnie za rękę, lecz uważnie obserwuje tłum. Korzystam z okazji, by na niego spojrzeć. Jest piękny. Ma długie do ramion, zaczesane gładko do tyłu lśniące, czarne włosy. Przypomina kota: szczupły, czujny, emanuje fizycznością. Wygląda zupełnie tak, jakby szykował się do skoku. Dziś ma na sobie czarny płaszcz i białą koszulę z rozpiętymi mankietami, które wysuwają się spod rękawów płaszcza, luźno zawiązany zielony jedwabny krawat, czarne dżinsy i czarne, wysokie, sportowe buty. Zbiera garść moich włosów i okręca sobie wokół ręki. Przez chwilę jestem jego więźniem. Kolejka posuwa się jednak do przodu i musi mnie puścić.

Pokazujemy bilety i razem z tłumem fanów wchodzimy do budynku. Wewnątrz znajduje się mnóstwo długich przejść, wnęk i balkonów, które otaczają główną salę. Można się tam idealnie ukryć albo zgubić. Wchodzimy z Henrym na balkon niedaleko sceny i siadamy przy malutkim stoliku. Zdejmujemy płaszcze. Henry nie spuszcza ze mnie wzroku.

– Cudownie wyglądasz. Sukienka jest naprawdę piękna, ale nie wiem, jak można w niej tańczyć.

Bardzo obcisła sukienka jest uszyta z liliowobłękitnego jedwabiu, ale rozciąga się na tyle, że można się w niej swobodnie poruszać. Przymierzałam ją dziś po południu przed lustrem i wszystko było w porządku. Martwią mnie tylko włosy; przez suche, lodowate powietrze wyglądają, jakby było ich dwa razy więcej niż zwykle. Zaczynam zaplatać je w warkocz, ale Henry protestuje.

– Zostaw, proszę... Lubię, jak są rozpuszczone.

Jako pierwszy pojawia się na scenie mało znany zespół, którego zadaniem jest rozgrzać publiczność. Słuchamy cierpliwie. Wokół nas krążą ludzie, palą, rozmawiają. Na dole nie ma już wolnych miejsc. Nagłośnienie jest fenomenalne.

Henry pochyla się w moją stronę.

– Chcesz coś do picia? – krzyczy mi do ucha.

– Tylko colę.

Wstaje i rusza w stronę baru. Opieram się o poręcz balkonu i obserwuję tłum. Dziewczyny w sukienkach vintage, w bojówkach, chłopcy z czubami na głowie, we flanelowych koszulach. Widzowie obu płci w dżinsach i podkoszulkach. Studenci college'ów i dwudziestoparolatkowie, kilka starszych osób.

Henry'ego nie ma już długą chwilę. Zespół skończył swój występ i został nagrodzony zdawkowymi brawami. Członkowie ekipy technicznej zaczynają usuwać ze sceny jego sprzęt i wnosić niemal identyczne instrumenty. W końcu mam już dość czekania. Zostawiam nasz stolik i płaszcze i przeciskając się przez tłum, schodzę na dół do długiego korytarza, w którym znajduje się bar. Nie widzę tu jednak Henry'ego. Przechodzę z trudem dalej, przez cały czas starając się sprawiać wrażenie, że nikogo nie szukam.

Dostrzegam go na końcu korytarza. Stoi bardzo blisko jakiejś kobiety. Początkowo wydaje mi się, że się obejmują. Ona stoi plecami do ściany, a Henry pochyla się nad nią, opierając dłoń nad jej ramieniem. Zaczyna brakować mi tchu. Kobieta jest blondynką, piękną w typowo niemiecki sposób: wysoką i pełną dramatyzmu.

Kiedy podchodzę bliżej, widzę, że wcale się nie całują, tylko kłócą. Wolną ręką Henry podkreśla znaczenie wykrzykiwanych do blondynki słów. Nagle na jej obojętnej twarzy pojawia się wyraz gniewu, a po chwili w oczach błyszczą łzy. Krzyczy coś do niego. Henry cofa się i wyrzuca ręce wysoko w powietrze. Kiedy odchodzi, słyszę jego ostatnie słowa:

– Nie mogę, Ingrid, po prostu nie mogę! Przykro mi...

– Henry!

Biegnie za nim i nagle oboje mnie dostrzegają. Stoję nieruchomo na środku korytarza. Henry z posępną miną ujmuje mnie pod ramię i ruszamy szybko w stronę schodów. Na trzecim stopniu odwracam się. Kobieta nie spuszcza z nas wzroku. Stoi z opuszczonymi ramionami, bezradna i spięta. Henry odwraca się na moment, po czym znów ruszamy na górę.

Odnajdujemy nasz stolik, o dziwo, nadal wolny. Na oparciach krzeseł wciąż wiszą nasze płaszcze. Gasną światła, a Henry próbuje przekrzyczeć ryk tłumu.

– Przepraszam. Nie udało mi się dotrzeć do baru. Wpadłem na Ingrid...

Kim jest Ingrid? Przypominam sobie, jak stałam w łazience Henry'ego ze szminką w ręce. Muszę się tego dowiedzieć, ale nagle zapada całkowita ciemność i na scenę wchodzą Violent Femmes.

Gordon Gano staje przy mikrofonie i obrzuca publiczność groźnym spojrzeniem, po czym przysuwa mikrofon i płyną pierwsze słowa *Blister in the Sun*. Ludzie szaleją. Henry pochyla się w moją stronę i krzyczy:

– Chcesz wyjść?

Parkiet zamienił się w skłębioną masę ludzkich ciał.

– Chcę tańczyć!

Na twarzy Henry'ego pojawia się wyraz ulgi.

– Świetnie! Chodź!

Zdejmuje krawat i wsuwa go do kieszeni. Przedostajemy się z trudem na dół i wchodzimy do głównej sali. Widzę Charisse i Gomeza tańczących mniej więcej razem. Charisse nie zwraca na nic uwagi, a Gomez ledwo się porusza z nieodłącznym papierosem w ustach. Dostrzega mnie i macha ręką. Wejście w tłum przypomina zanurzenie się w wody jeziora Michigan. Ludzka masa wciąga nas niby wielki wir i ciągnie ze sobą w stronę sceny. Tłum wrzeszczy: „Więcej czadu!", a muzycy atakują instrumenty z jeszcze większym zapałem.

Henry porusza się w rytm linii basu. Znajdujemy się na samym brzegu parkietu; tancerze obijają się o siebie w gorączkowym szaleństwie, kręcą biodrami, wyrzucają w górę ramiona.

Tańczymy. Muzyka przenika mnie na wylot, fale dźwięku poruszają moimi stopami, biodrami, ramionami bez udziału mózgu. (*Beautiful girl, love your dress, high school smile, oh yes, where she is now, I can only guess*). Otwieram oczy i widzę, że Henry uważnie mnie obserwuje, nie przerywając tańca. Kiedy unoszę ramiona, chwyta mnie w talii i unosi w górę. Spoglądam na tańczących przez całą wieczność. Ktoś do mnie macha, lecz zanim dostrzegam, kto to taki, Henry znów stawia mnie na podłodze. Tańczymy jednocześnie blisko siebie i daleko. (*How can I explain personal pain?*). Czuję, jak pot spływa mi po plecach. Henry potrząsa głową. Na twarz opadają mi kropelki potu z jego włosów. Muzyka jest dynamiczna, zmusza do zatracenia się w niej całkowicie. (*I ain't had much to live for I ain't had much to live for I ain't had much to live for I ain't had much to live for*). Moje ciało staje się elastyczne, nie czuję nóg, a uczucie porażającego gorąca wędruje od krocza do czubka głowy. Włosy wyglądają jak mokre sznurki, które przyklejają się do twarzy, ramion, szyi i pleców. Muzyka rozbija się o ścianę i cichnie. Serce wali jak szalone. Kładę dłoń na piersi Henry'ego i ze zdziwieniem odkrywam, że jego serce tylko nieznacznie przyśpieszyło.

Jakiś czas potem wchodzę do damskiej toalety. Na blacie obok umywalki siedzi Ingrid. Płacze. Przed nią stoi niewysoka

Afroamerykanka z pięknymi długimi dredami. Mówi coś cicho i gładzi Ingrid po włosach. Echo szlochów Ingrid odbija się od żółtych kafelków, którymi wyłożono toaletę. Zaczynam się powoli wycofywać, lecz zwracam na siebie ich uwagę. Obrzucają mnie uważnym spojrzeniem. Ingrid wygląda okropnie. Całe jej niemieckie opanowanie i chłód zniknęły, ma zapuchniętą od płaczu twarz, rozmazany na policzkach tusz do rzęs. Patrzy na mnie tępym wzrokiem. Afroamerykanka rusza w moją stronę. Jest bardzo ładna, delikatna i smutna. Staje tuż przede mną.

– Siostro – mówi cicho. – Jak ci na imię?

– Clare – odpowiadam po chwili wahania.

Odwraca się w stronę Ingrid.

– Clare. Posłuchaj dobrej rady. Nie pakuj się tam, gdzie cię nie chcą. Henry to chodzące kłopoty, ale to kłopoty Ingrid, a ty nie bądź głupia i przestań się z nim zadawać. Zrozumiałaś?

Nie chcę nic o tym wiedzieć, ale nie potrafię się powstrzymać.

– O czym ty mówisz?

– Mieli się pobrać, ale Henry z nią zerwał. Powiedział Ingrid, że jest mu bardzo przykro i żeby o nim zapomniała. Tłumaczę, że lepiej jej będzie bez niego, ale nie chce mnie słuchać. Traktuje ją parszywie, pije na umór, znika na całe dnie, a potem wraca jak gdyby nigdy nic, śpi ze wszystkim, co się rusza. To cały on. Kiedy będziesz przez niego płakać, pamiętaj, że cię ostrzegałam. – Odwraca się gwałtownie i wraca do Ingrid, która nadal nie spuszcza ze mnie wzroku. W jej oczach czai się bezmierna rozpacz.

– Przepraszam – mówię i uciekam.

Chodzę po korytarzach i wreszcie znajduję pustą wnękę. Pustą, z wyjątkiem młodej, ubranej na czarno dziewczyny, której urwał się film. Leży na kanapie z palącym się papierosem w palcach. Wyjmuję go i gaszę na brudnej podłodze. Siadam na oparciu kanapy. Muzyka wibruje w całym moim ciele. Czuję ją nawet w zębach. Nadal bardzo chce mi się siku i boli mnie głowa. Chce mi się płakać. Nie rozumiem nic z tego, co się przed chwilą wydarzyło. To znaczy rozumiem, ale nie mam pojęcia, co robić. Nie wiem, czy powinnam o wszystkim zapomnieć, czy domagać się od Henry'ego wyjaśnień. Czego się spodziewałam? Żałuję, że nie mogę wysłać kartki w przeszłość, do tego młodego Henry'ego, którego nie znam: „Nic nie rób. Czekaj na mnie. Szkoda, że cię tu nie ma".

Zza ściany wysuwa się nagle głowa Henry'ego.

– Tu jesteś. A już myślałem, że mi zginęłaś.

Krótkie włosy. Albo Henry obciął je w ciągu ostatnich trzydziestu minut, albo mam przed sobą mojego ulubionego podróżnika w czasie. Zrywam się i rzucam mu się na szyję.

– Ufff... ja też się cieszę, że cię widzę...

– Tęskniłam za tobą... – Teraz ja zaczynam płakać.

– Jesteś ze mną niemal przez cały czas od wielu tygodni.

– Wiem, ale nie jesteś jeszcze sobą... chodzi mi o to, że jesteś inny. Cholera. – Opieram się o ścianę, a Henry przytula się do mnie. Całujemy się, a potem zaczyna lizać moją twarz jak kociak. Próbuję zamruczeć i wybucham śmiechem. – Ty draniu. Próbujesz odwrócić moją uwagę od swojego paskudnego zachowania.

– Jakiego zachowania? Nawet nie wiedziałem, że istniejesz. Z wielkim bólem spotykałem się z Ingrid. Potem poznałem ciebie. I zerwałem z nią przed upływem dwudziestu czterech godzin. Niewierność nie działa wstecz, nie wiedziałaś o tym?

– Ona powiedziała...

– Kto?

– Ta Afroamerykanka. Niewysoka, wielkie oczy, dredy...

– O Boże. To Celia Attley. Nienawidzi mnie. Sama jest zakochana w Ingrid.

– Powiedziała, że miałeś się z Ingrid ożenić. Że cały czas pijesz, pieprzysz się na prawo i lewo. Dała mi wyraźnie do zrozumienia, że jesteś złym człowiekiem i powinnam uciekać ile sił w nogach.

Henry jest ubawiony moją relacją, ale widać, że nie mieści mu się to w głowie.

– Część z tych rzeczy rzeczywiście jest zgodna z prawdą. Pieprzyłem się na prawo i lewo i słynąłem z tego, że sporo piję. Ale nie byliśmy wcale z Ingrid zaręczeni. Musiałbym chyba być szalony, żeby się z nią ożenić. Byliśmy razem cudownie nieszczęśliwi.

– To dlaczego...

– Clare, niewiele osób spotyka swoją drugą połowę w wieku sześciu lat. Muszą więc jakoś spędzać czas. A Ingrid była bardzo... cierpliwa. Nad wyraz cierpliwa. Była gotowa godzić się na moje wszystkie wyskoki, w nadziei, że kiedyś się opamiętam i ożenię z nią. A kiedy ktoś jest tak bardzo cierpliwy, najpierw odczuwasz wielką wdzięczność, a potem pragniesz go ranić. Czy to brzmi sensownie?

– Chyba tak. To znaczy dla mnie nie, bo ja nigdy w ten sposób nie myślałam.

Henry wzdycha ciężko.

– To urocze, że nie masz pojęcia o pokręconej logice większości związków. Zaufaj mi. Kiedy się poznaliśmy, byłem ludzkim wrakiem, udręczonym i skazanym na porażkę, ale powoli zaczynam się zbierać, bo widzę, że ty jesteś człowiekiem i ja też chciałbym nim być. A próbowałem robić to wszystko tak, żebyś niczego nie zauważyła, bo jeszcze nie byłem świadomy, że między nami wszelkie udawanie nie ma sensu. Moje obie wersje, tę z tysiąc dziewięćset dziewięćdziesiątego pierwszego i dziewięćdziesiątego szóstego roku, z którą teraz rozmawiasz, dzieli jeszcze przepaść. Musisz nade mną sporo popracować. Sam tego nie dokonam.

– Zgoda. Ale to bardzo trudne. Nie potrafię być nauczycielką.

– Kiedy tylko ogarnie cię zniechęcenie, pomyśl o tych wszystkich godzinach, które spędzałem i nadal spędzam z twoją malutką wersją. Matematyka i biologia, ortografia i historia Ameryki. Możesz teraz rzucić pod moim adresem kilka bardzo brzydkich francuskich słów, bo to ja cię ich nauczyłem.

– Racja. *Il a les defauts de les qualites*. Uczyć takich rzeczy jest o wiele łatwiej niż uczyć kogoś, jak być szczęśliwym.

– Ale dzięki tobie naprawdę jestem szczęśliwy. Najtrudniejsze jest trwanie w poczuciu szczęścia. – Bawi się moimi włosami, splatając je w małe węzełki. – Posłuchaj, Clare. Oddam cię teraz temu biednemu imbecylowi, z którym tu przyszłaś. Siedzę na górze straszliwie przygnębiony i zastanawiam się, gdzie jesteś.

Uświadamiam sobie, że z wielkiej radości, która ogarnęła mnie na widok mojego przyszłego Henry'ego, zapomniałam zupełnie o tym obecnym. Jest mi okropnie wstyd. Czuję niemal macierzyńską potrzebę pocieszenia tego dziwnego chłopca, który na moich oczach staje się mężczyzną – tym, który całuje mnie na pożegnanie i przykazuje, żebym była grzeczna. Wchodząc na schody, widzę jeszcze, jak mój przyszły Henry wchodzi w tłum tańczących. Jak we śnie idę do Henry'ego, który jest moim tutaj i teraz.

WIGILIA TRZECIA

Wtorek, środa, czwartek, 24, 25, 26 grudnia 1991
(Clare ma 20, Henry 28 lat)

CLARE: Jest 8.23 rano 24 grudnia. Razem z Henrym jedziemy do Meadowlark House na święta. Jest piękny słoneczny dzień. W Chicago nie ma śniegu, ale w South Haven wszystko pokrywa kilkunastocentymetrowa warstwa białego puchu. Przed wyjazdem Henry dokładnie przepakował cały samochód, sprawdził opony i zajrzał nawet pod maskę. Nie wiem, po co, bo nie sądzę, by miał jakiekolwiek pojęcie o budowie silnika. Mój samochód to zgrabna honda civic z 1990 i bardzo ją lubię, ale Henry nienawidzi podróżować samochodem, zwłaszcza małym. Jako pasażer jest okropny: trzyma się kurczowo uchwytu i przez cały czas odruchowo hamuje. Bałby się na pewno mniej, gdyby sam prowadził, ale ze zrozumiałych powodów nie ma prawa jazdy. Suniemy więc autostradą w piękny zimowy dzień. Jestem spokojna i odprężona i nie mogę się już doczekać spotkania z rodziną, natomiast Henry to jeden wielki kłębek nerwów. Na dodatek nie biegał dziś rano, a czuje się nieswojo, jeśli porządnie się nie zmęczy. Zupełnie jakbym miała u swego boku charta. Przebywanie z Henrym w prawdziwym czasie różni się zasadniczo od naszych wcześniejszych kontaktów. Kiedy dorastałam, pojawiał się i znikał, a wszystkie nasze spotkania były dramatyczne i niepokojące. Henry zachowywał dla siebie mnóstwo najróżniejszych informacji i przez większość czasu nie pozwalał mi się do siebie zbliżać, więc zawsze towarzyszyło mi uczucie niezaspokojenia. Kiedy wreszcie znalazłam go w teraźniejszości, myślałam, że będzie tak samo. Ale tak naprawdę pod wieloma względami jest o wiele lepiej. Po pierwsze, zamiast ode mnie uciekać, Henry stale mnie dotyka, całuje, kocha się ze mną. I wszystko mi mówi! Kiedy tylko wypytuję o szczegóły z jego życia, podaje mi nazwiska, daty, nazwy miejsc. Rzeczy, które w dzieciństwie odbierałam jako bardzo tajemnicze, odsłaniają się przede mną z niezwykłą logiką. Najwspanialsze jest jednak to, że widuję go teraz bardzo długo. Mamy dla siebie całe godziny i dni. I zawsze wiem, gdzie go znaleźć. Chodzi do pracy, wraca do domu. Czasami otwieram notes z adresami tylko po to, by zobaczyć ten wpis: *Henry DeTamble, 714 Dearborn, 11e, Chicago, IL 60610, 312-431-8313*. Nazwisko, adres, numer telefonu. Mogę do niego w każdej chwili zadzwonić. To prawdziwy cud. Czuję się zupełnie jak Dorotka, która przekonała się, że jej dom wylądował awaryjnie w Krainie Oz i świat z czarno-białego stał się kolorowy.

Wyjechaliśmy już ze stanu Kansas i zaraz znajdziemy się w Michigan.

Widzę przed nami przydrożny bar. Wjeżdżam na parking i wysiadamy, żeby rozprostować kości. Wchodzimy do budynku, gdzie rozłożono mapy i broszury dla turystów i ustawiono mnóstwo automatów z piciem i przekąskami.

– Popatrz tylko – mówi Henry. Podchodzi do automatów, a potem zaczyna czytać broszury. – Pojedźmy do Frankenmuth! „Boże Narodzenie przez 365 dni w roku!". Boże, chyba po godzinie popełniłbym harakiri. Masz drobne?

Znajduję na dnie torebki garść monet i z radością wydajemy je na dwie cole, pudełko cukierków Good & Plenty i batonik Hershey. Wychodzimy na rześkie, chłodne powietrze. W samochodzie otwieramy puszki z colą i zjadamy słodycze. Henry spogląda na zegarek.

– Co za dekadencja. Jest dopiero 9.15.

– Za kilka minut będzie 10.15.

– Racja, w Michigan jest godzina później. To bardzo surrealistyczne.

Spoglądam na niego.

– Wszystko jest surrealistyczne. Nie mogę uwierzyć, że niedługo poznasz moją rodzinę. Tyle czasu poświęciłam na ukrywanie cię przed nią.

– Robię to tylko dlatego, że cię bezgranicznie uwielbiam. Do tej pory jak ognia unikałem podróży samochodem, poznawania rodzin moich dziewczyn i świąt Bożego Narodzenia. Fakt, że zdecydowałem się na wszystkie te trzy rzeczy naraz, dowodzi, jak bardzo cię kocham.

– Henry...

Odwracam się do niego i całujemy się. Pocałunek zaczyna przechodzić w coś poważniejszego, gdy nagle kątem oka dostrzegam trzech nastoletnich chłopców i wielkiego psa stojących parę metrów od nas. Obserwują nas z wielkim zainteresowaniem. Henry odwraca się, żeby zobaczyć, na co patrzę. Chłopcy uśmiechają się do niego promiennie, unoszą kciuki w górę, po czym odchodzą w stronę samochodu rodziców.

– A tak, nawiasem mówiąc, jakie panują w twoim domu zwyczaje dotyczące układania gości do snu?

– O Boże. Etta dzwoniła do mnie wczoraj w tej sprawie. Ja będę spała w moim pokoju, a ty w niebieskim. Pokoje znajdują się w dwóch różnych końcach korytarza, a pomiędzy nimi śpią rodzice i Alicia.

– Czy musimy utrzymać ten układ?

Przekręcam kluczyk w stacyjce i wyjeżdżamy na autostradę.

– Nie mam pojęcia, bo nigdy przedtem tego nie robiłam. Mark sprowadza swoje dziewczyny do bawialni na dole i obmacuje je świtem na kanapie, a my wszyscy udajemy, że nic o tym nie wiemy. Jeśli sprawy przybiorą zły obrót, zawsze będziemy mogli zejść do Czytelni; kiedyś tam cię ukrywałam.

– Hmmm. No dobra. – Spogląda przez okno. – Wiesz, to wcale nie jest takie najgorsze.

– Co?

– Jazda samochodem. Po autostradzie.

– Świetnie. Następnym razem wsiądziesz do samolotu.

– Nigdy w życiu.

– Paryż. Kair. Londyn. Kioto.

– Nie ma mowy. Na pewno przeniósłbym się gdzieś w czasie i Bóg jeden wie, czy potrafiłbym wrócić do czegoś, co pędzi z prędkością siedmiuset kilometrów na godzinę. Skończyłoby się na tym, że spadłbym z nieba jak Ikar.

– Poważnie?

– Nie zamierzam tego sprawdzać.

– Czy mógłbyś się przenieść do tych miejsc, podróżując w czasie?

– Posłuchaj, co sobie wymyśliłem. To tylko Specjalna Teoria Dotycząca Podróży w Czasie opracowana przez Henry'ego DeTamble'a, nie ma ona nic wspólnego z ogólnymi zasadami dotyczącymi tych podróży.

– Dobra.

– Po pierwsze, wszystko ma swój początek w mózgu. Moim zdaniem przypomina trochę epilepsję, bo przemieszczam się, gdy znajduję się pod działaniem silnego stresu. W nieoczekiwaną podróż może mnie też wysłać na przykład ostry błysk światła. Za to bieganie, seks i medytacja pozwalają mi na długo pozostawać w teraźniejszości. Po drugie, nie mam absolutnie żadnej świadomej kontroli nad tym, kiedy to się wydarzy, dokąd się udam, jak długo tam pozostanę i kiedy wrócę. Tak więc podróże w czasie na francuską Riwierę raczej nie wchodzą w grę. Za to moja podświadomość odgrywa niezwykle istotną rolę, bo spędzam mnóstwo czasu w mojej własnej przeszłości, przeżywając raz jeszcze wydarzenia, które okazały się bardzo ważne lub interesujące. Oczywiście będę spędzał mnóstwo czasu, odwiedzając ciebie, czego już nie mogę się doczekać. Z reguły trafiam do miejsc, które odwiedziłem już w prawdziwym czasie, choć od czasu do czasu przenoszę się do mniej mi znanych. Częściej przenoszę się też w przeszłość niż w przyszłość.

– Byłeś w przyszłości? Nie wiedziałam, że to potrafisz.

Henry wygląda na bardzo z siebie zadowolonego.

– Jak dotąd, potrafię się przenosić o pięćdziesiąt lat w obu kierunkach. Rzadko trafiam w przyszłość i nie znalazłem tam niczego, co uznałbym za szczególnie przydatne. Moje wizyty są zawsze bardzo krótkie. Może po prostu nie wiem, co oglądam. Przeszłość przyciąga mnie zdecydowanie mocniej. Czuję się tam bezpieczniej. Nie mam pojęcia. W przyszłości zawsze czuję się tak, jakbym oddychał rozrzedzonym powietrzem. Wiem, że znajduję się właśnie tam, bo wszystko jest inne. W przyszłości o wiele trudniej się biega.

Nagle uświadamiam sobie, jakie to musi być straszne: znaleźć się w nieznanym czasie i miejscu, bez ubrania, przyjaciół.

– Dlatego twoje stopy...

– Są takie twarde.

Podeszwy stóp Henry'ego niemal zrogowaciały, jakby próbowały zamienić się w podeszwy butów.

– To niemal kopyta. Jeśli cokolwiek stanie się z moimi stopami, możesz mnie równie dobrze zastrzelić.

Przez chwilę jedziemy w milczeniu. Droga wznosi się i opada, za oknami migają pola. Zimowe słońce oświetla zabudowania farmerów i furgonetki, przyczepy do przewożenia koni i samochody ustawione przy podjazdach. Wzdycham. Odwiedziny w domu budzą we mnie mieszane uczucia. Nie mogę się już doczekać spotkania z Ettą i Alicią, martwię się o mamę i nie palę się zbytnio do rozmów z ojcem i Markiem. Jestem jednak bardzo ciekawa, jak zareagują na Henry'ego, a on na nich. Jestem dumna z tego, że tak długo udało mi się utrzymać nasz związek w tajemnicy. Czternaście lat. Kiedy jesteś dzieckiem, czternaście lat to wieczność.

Mijamy Wal-Mart, Dairy Queen, McDonalda. Pola. Sad. Gospodarstwa, gdzie można samemu zbierać truskawki i jagody. Latem tą drogą sunie niekończący się korowód owoców, zboża i kapitalizmu. Teraz jednak pola są martwe, a samochody mkną przed siebie, ignorując wabiące je parkingi.

Nigdy nie poświęcałam South Haven zbyt wiele uwagi, dopóki nie przeniosłam się do Chicago. Nasz dom zawsze był dla mnie wyspą, otoczoną przez Łąkę, sady, lasy, farmy, a South Haven było po prostu Miastem. Pojedziemy do miasta na lody. Miasto to były artykuły spożywcze, piekarnia McKenziego, partytury i płyty w Music Emporium, ulubionym sklepie Alicii. Wystawaliśmy przed studiem fotograficznym Appleyard, wymyślając historie o pannach młodych, maluchach i rodzinach, uśmiechających się sztucznie na zdjęciach na wystawie. Nie uważaliśmy, że sztuczny grecki wystrój biblioteki jest śmieszny, wybór potraw w restauracjach ograniczony, a prezentowane w Michigan Theater filmy są typowo amerykańskie i głupie. Do takich wniosków doszłam znacznie później, kiedy stałam się mieszkanką wielkiego miasta, emigrantką za wszelką cenę próbującą się odciąć od dzieciństwa spędzanego na głębokiej prowincji. Nagle ogarnia mnie tęsknota za tamtą dziewczynką, która kochała pola i wierzyła w Boga, zimą siedziała chora w domu, pochłaniając powieści o Nancy Drew* i ssąc miętowe pastylki na kaszel, i która potrafiła zachować tajemnicę. Spoglądam na Henry'ego. Zasnął.

South Haven, osiemdziesiąt kilometrów.

Pięćdziesiąt, dwadzieścia pięć, osiem, dwa.

Phoenix Road.

Autostrada Blue Star.

A potem: Meagram Lane. Wyciągam rękę, żeby obudzić Henry'ego, ale on już nie śpi. Uśmiecha się nerwowo i wygląda przez okno, za którym miga niekończący się tunel nagich drzew. Kiedy dojeżdżamy do bramy, pochylam się i szukam w schowku pilota.

Dom pojawia się nagle, niczym w rozkładanej książce z bajkami dla dzieci. Henry wciąga ze świstem powietrze i wybucha śmiechem.

– Co jest? – pytam niepewnie.

– Nie wiedziałem, że jest taki wielki. Ile pokoi liczy to monstrum?

– Dwadzieścia cztery.

Etta macha do nas z okna w holu. Zatrzymuję się niedaleko frontowych drzwi. We włosach Etty pojawiło się kilka dodatkowych siwych pasemek, ale aż zarumieniła się z radości. Kiedy

---

* Nancy Drew – bohaterka bardzo popularnej serii powieści sensacyjnych dla młodzieży, wydawanej od lat dwudziestych ubiegłego wieku (przyp. tłum.).

wysiadamy z samochodu, zaczyna schodzić po oblodzonych schodach, bez płaszcza, w granatowej wełnianej sukience z białym, koronkowym kołnierzykiem, ostrożnie stawiając kroki. Podbiegam, żeby podać jej rękę, ale mnie odpycha. Dopiero na dole bierze mnie w objęcia i mocno całuje (z radością wciągam zapach mydła „Noxzema" i pudru). Henry staje obok nas, czeka.

– A co my tu mamy? – pyta Etta, jakby był małym dzieckiem, które zupełnie niespodziewanie przywiozłam ze sobą.

– Etta Milbauer, Henry DeTamble – dokonuję prezentacji.

Dostrzegam wyraz zaskoczenia na twarzy Henry'ego i zastanawiam się, za kogo ją wziął. Etta uśmiecha się do niego promiennie, gdy wchodzimy na schody. Otwiera frontowe drzwi.

– Co z naszymi bagażami? – pyta cicho Henry.

Wyjaśniam, że zajmie się nimi Peter.

– Gdzie są wszyscy? – zwracam się do Etty.

Mówi, że za piętnaście minut podadzą lunch. Możemy się rozebrać, odświeżyć i iść prosto do jadalni. Zostawia nas w holu i znika w kuchni. Zdejmuję płaszcz i wieszam w szafie. Kiedy odwracam się do Henry'ego, widzę, że do kogoś macha. W drzwiach jadalni dostrzegam szeroką twarz Nell. Podbiegam i mocno ją całuję.

– Śliczny chłopiec, małpeczko – mówi, chichocząc, i znika, zanim Henry zdążył do nas podejść.

– Nell? – pyta.

Kiwam głową.

– Nie jest nieśmiała, tylko bardzo zajęta.

Prowadzę go po schodach na piętro.

– Będziesz spał tutaj. – Otwieram drzwi do niebieskiego pokoju. Zagląda do środka i rusza za mną korytarzem.

– To jest mój pokój – mówię niepewnie.

Henry wchodzi za mną i stając na środku dywanu, rozgląda się dookoła. Kiedy odwraca się do mnie, wiem, że niczego nie poznaje. Żaden ze znajdujących się w tym pokoju przedmiotów nic dla niego nie znaczy. Uświadamiam sobie z bólem, że wszystkie drobiazgi i pamiątki w tym muzeum naszej przeszłości są jak listy miłosne do analfabety. Henry bierze do ręki gniazdko strzyżyka (pierwsze z wielu, które mi dał w ciągu tych wszystkich lat) i mówi:

– Bardzo ładne.

Kiwam głową i już otwieram usta, żeby mu o tym powiedzieć, kiedy on pyta:

– Czy te drzwi można zamknąć?

Przekręcam klucz i oczywiście spóźniamy się na lunch.

HENRY: Jestem prawie całkiem spokojny, kiedy schodzimy z Clare schodami, przemierzamy ciemny korytarz i wchodzimy do jadalni. Wszyscy już jedzą. Pokój z niskim sufitem jest piękny i urządzony wygodnie w stylu Williama Morrisa. Trzaskający w małym kominku ogień napełnia go przyjemnym ciepłem, a szyby pokrywa tak gruba warstwa szronu, że nie widzę, co się dzieje na zewnątrz. Clare podchodzi do szczupłej kobiety o wypłowiałych rudych włosach, która musi być jej matką. Kobieta nadstawia Clare policzek do pocałunku i podając mi rękę, lekko unosi się na krześle. Clare przedstawia ją: „Moja matka". Zwracam się do niej „Pani Abshire", co wywołuje jej protest: „Mów do mnie Lucille, jak wszyscy". Rzuca mi zmęczony, choć ciepły uśmiech, zupełnie jakby była jasnym słońcem z innej, odległej galaktyki. Zajmujemy miejsca naprzeciwko siebie. Clare siada między Markiem i starszą panią, która okazuje się jej stryjeczną babką Dulcie; ja siedzę między Alicią i pulchną blondynką, która przedstawiła się jako Sharon i najwyraźniej przyjechała tutaj z Markiem. Ojciec Clare zajmuje miejsce u szczytu stołu i od pierwszej chwili odnoszę wrażenie, że jest moją obecnością mocno zaniepokojony. Przystojny, zadzierzysty Mark jest równie niespokojny. Ciekawe, co takiego zrobiłem, że mnie zauważyli, zapamiętali i cofnęli się z lekkim obrzydzeniem, gdy Clare mnie przedstawiła. Ale Philip Abshire, jako prawnik, potrafi doskonale nad sobą panować i już po minucie jest nadzwyczaj uprzejmym, uśmiechniętym gospodarzem, ojcem mojej dziewczyny, łysiejącym panem w średnim wieku w dużych okularach, o lekko zwiotczałym ciele sportowca, silnych dłoniach tenisisty, szarych oczach, które bacznie mnie obserwują. Mark z większym trudem ukrywa swój niepokój i za każdym razem, kiedy na niego patrzę, spuszcza wzrok. Alicia jest zupełnie inna, niż oczekiwałem: bezpośrednia i uprzejma, ale przy tym trochę dziwna, jakby nieobecna. Podobnie jak Mark, odziedziczyła ciemne włosy Philipa i rysy Lucille. Wygląda tak, jakby ktoś próbował połączyć w jedną całość Clare i Marka, a w brakujące miejsca dorzucił odrobinę Eleanor Roosevelt. Philip coś mówi i Alicia wybucha śmiechem. Dopiero teraz dostrzegam, że jest urocza i pełna wdzięku. Kiedy wstaje od stołu, patrzę na nią zdziwiony.

– Muszę już iść – wyjaśnia. – Mam próbę. Przyjedziecie do kościoła?

Spoglądam na Clare, która kiwa lekko głową.

– Oczywiście – odpowiadam i kiedy wszyscy oddychają z ulgą, przypominam sobie, że Boże Narodzenie jest nie tylko dniem mojej pokuty, ale również chrześcijańskim świętem.

Alicia wychodzi.

Wyobrażam sobie moją matkę, jak śmieje się ze mnie, unosząc starannie wydepilowane brwi na widok swego syna, pół-Żyda, siedzącego wśród chrześcijan w tej Gojlandii. W wyobraźni grożę jej palcem. „Chyba coś o tym wiesz", mówię w duchu. „Przecież wyszłaś za członka Kościoła episkopalnego". Spoglądam na talerz: leżą na nim szynka, groszek i odrobina jakiejś sałatki. Nigdy nie jadam wieprzowiny i nienawidzę groszku.

– Clare powiedziała nam, że pracujesz w bibliotece – oznajmia Philip.

Rozmawiamy przez chwilę o Newberry i członkach rady nadzorczej biblioteki, którzy okazują się również klientami firmy Philipa. Siedziba firmy mieści się w Chicago, nie mam więc pojęcia, dlaczego rodzina Clare mieszka aż w Michigan.

– Letnie domy – wyjaśnia Philip i przypominam sobie, jak Clare opowiadała mi, że jej ojciec specjalizuje się w testamentach i funduszach powierniczych.

Wyobrażam sobie starszych bogatych ludzi, którzy, leżąc wygodnie na prywatnych plażach i wcierając kremy z filtrami, postanawiają wykluczyć juniora z testamentu. Sięgają więc po telefony komórkowe, by zadzwonić do Philipa. Przypominam sobie, że Avi, który gra pierwsze skrzypce i siedzi obok ojca w orkiestrze, też ma gdzieś tu dom. Wspominam o tym i wszyscy natychmiast nadstawiają uszu.

– Znasz go? – pyta Lucille.

– Jasne. Siedzi obok mojego ojca.

– Siedzi obok twojego ojca?

– No, wiecie, pierwsze i drugie skrzypce.

– Twój ojciec jest skrzypkiem?

– Tak. – Patrzę na Clare, która spogląda na matkę z niemą prośbą, by nie przyniosła jej wstydu.

– I gra w Chicagowskiej Orkiestrze Symfonicznej?

– Tak.

Twarz Lucille zalewa rumieniec. Już wiem, po kim Clare to odziedziczyła.

– Myślisz, że posłuchałby gry Alicii? Jeśli przesłalibyśmy mu taśmę?

Mam nadzieję, że Alicia jest świetna. Ojciec dostaje mnóstwo taśm, lecz rzadko decyduje się je przesłuchać. Nagle wpadam na lepszy pomysł.

– Alicia gra na wiolonczeli, prawda?

– Tak.

– Nie szuka przypadkiem nauczyciela?

– Uczy się u Franka Wainwrighta w Kalamazoo – wtrąca Philip.

– Mógłbym przekazać jej taśmę Yoshi Akawie. Jeden z jego studentów właśnie wyjechał na kontrakt do Paryża.

Yoshi to wspaniały facet i pierwszy wiolonczelista w orkiestrze. Wiem, że przynajmniej przesłucha uważnie taśmę; mój ojciec, który udziela lekcji, po prostu ją wyrzuci.

Lucille nie posiada się z radości, nawet Philip wygląda na zadowolonego. Clare oddycha z wyraźną ulgą. Mark nie przerywa jedzenia. Stryjeczna babka Dulcie, różowowłosa i drobniutka, w ogóle nie zwraca uwagi na całą tę wymianę zdań. Może jest głucha? Spoglądam na siedzącą po mojej lewej stronie Sharon, która do tej pory nie odezwała się ani słowem. Wygląda na bardzo nieszczęśliwą. Philip i Lucille zastanawiają się, którą taśmę mają mi dać. A może Alicia powinna nagrać nową? Korzystając z okazji, pytam Sharon, czy przyjechała tutaj po raz pierwszy. Kiwa głową. Kiedy zastanawiam się, jak nawiązać z nią bardziej ożywioną rozmowę, Philip pyta, czym zajmuje się moja matka. Mrugam gwałtownie i spoglądam pytająco na Clare: „Nic im nie powiedziałaś?".

– Moja mama była śpiewaczką. Nie żyje.

– Matką Henry'ego była Annette Lyn Robinson – wyjaśnia Clare.

Równie dobrze mogła im powiedzieć, że moją matką była Najświętsza Maryja Panna. Twarz Philipa natychmiast się rozjaśnia. Lucille trzepie w podnieceniu palcami.

– To niesamowite... Fantastyczne! Mamy wszystkie jej płyty... – *Und so weiter.*

– Poznałam ją, kiedy byłam młoda – mówi nagle Lucille. – Ojciec zabrał mnie do opery na *Madame Butterfly*. Znał kogoś, kto po przedstawieniu zaprowadził nas za kulisy. Poszliśmy do garderoby. Ileż tam było kwiatów! Był tam też jej synek... przecież to ty!

Kiwam głową, próbując odzyskać głos.

– Jak ona wyglądała? – pyta Clare.

– Idziemy dziś po południu na narty? – rzuca Mark, a Philip kiwa głową.

– Była taka piękna – ciągnie dalej pogrążona we wspomnieniach Lucille. – Nie zdążyła zdjąć peruki z długich czarnych włosów... łaskotała nimi synka, a on skakał po całej garderobie. Miała cudowne dłonie. Była mojego wzrostu, szczupła. Była Żydówką, ale moim zdaniem przypominała bardziej Włoszkę... – Lucille urywa nagle i przykłada dłoń do ust. Patrzy na mój talerz, na którym zostało kilka ziarenek groszku.

– Jesteś Żydem? – pyta Mark.

– Chyba mógłbym nim być, gdybym chciał, ale nikomu jakoś nigdy na tym nie zależało. Mama zmarła, gdy miałem sześć lat, a tato jest bardzo luźno związany z Kościołem episkopalnym.

– Jesteś do niej bardzo podobny – mówi Lucille.

Dziękuję jej serdecznie. Etta zbiera talerze ze stołu i pyta Sharon i mnie, czy pijemy kawę. Oboje wykrzykujemy ochoczo:

„Tak!", co cała rodzina kwituje gromkim śmiechem. Etta uśmiecha się do nas promiennie i kilka minut później stawia przed nami parujące filiżanki. Nie było wcale tak źle, myślę. Wszyscy zaczynają rozmawiać o nartach i pogodzie. Wstajemy od stołu. Philip i Mark wychodzą do holu. Pytam Clare, czy wybiera się na narty. Wzrusza ramionami i pyta, czy mam ochotę pojeździć. Wyjaśniam, że nie umiem i wcale nie zamierzam się nauczyć. Clare decyduje się jej towarzyszyć, kiedy Lucille oświadcza, że potrzebuje kogoś do pomocy przy zapięciu wiązań. Wchodząc na schody, słyszę, jak Mark mówi: „...podobieństwo jest uderzające...", i uśmiecham się do siebie.

Później, kiedy wszyscy już odeszli i w domu zapadła cisza, wychodzę z zimnego pokoju i idę na dół w poszukiwaniu ciepła i kawy. Przez jadalnię wchodzę do kuchni i nagle staję wśród niesamowitej ilości kieliszków, szklanek, sztućców, ciastek, obranych jarzyn, lśniących garnków i patelni. Kuchnia wygląda zupełnie tak, jakby znajdowała się w czterogwiazdkowej restauracji. Wśród tego wszystkiego króluje stojąca do mnie tyłem Nell. Wyśpiewuje głośno *Rudolph the Red Noise Reindeer*, kręci potężnymi biodrami i wymachuje gruszką do odciągania tłuszczu w kierunku młodej Afroamerykanki, która bez słowa pokazuje mnie palcem. Nell odwraca się i ukazuje w uśmiechu szczerby między zębami.

– Co robisz w mojej kuchni, panie chłopaku?

– Zastanawiałem się właśnie, czy nie zostało trochę kawy?

– Zostało? Wyobrażasz sobie, że trzymam kawę przez cały dzień, żeby skwaśniała? No, zmykaj synku. Idź sobie posiedzieć w salonie, zadzwoń, a ja zaparzę ci świeżej. Mama nie uczyła cię, jak to się robi?

– Moja mama była marną kucharką – wyjaśniam i podchodzę bliżej. Coś pięknie pachnie. – Co robisz?

– Ten zapach to indyk Thompsona – mówi Nell. Otwiera piekarnik, żeby pokazać mi monstrualnych rozmiarów ptaka, który wygląda jak ofiara wielkiego pożaru. Jest zupełnie czarny. – Nie patrz z takim powątpiewaniem, chłopcze. Pod tą skórką kryje się najlepszy indyk na ziemi.

Jestem gotów uwierzyć, bo pachnie naprawdę rewelacyjnie.

– Co to takiego indyk Thompsona? – pytam.

Nell zaczyna się rozwodzić nad cudownymi właściwościami tego dania, na które przepis opracował w latach trzydziestych dziennikarz Morton Thompson. Przyrządzenie tego smakowitego ptaka wymaga sporo zachodu i umiejętności: trzeba przygotować nadzienie, zaszyć indyka, a potem często go podlewać sosem i obracać. Nell pozwala mi zostać w kuchni, podczas gdy ona parzy kawę, a potem wyjmuje indyka z piekarnika, przewraca go na grzbiet, zgrabnie oblewa sosem i z powrotem wsuwa do pieca. W wypełnionej wodą wielkiej plastikowej misce przy zlewie pełza dwanaście homarów.

– Zwierzątka domowe? – rzucam żartobliwym tonem.

– To twój świąteczny obiad, synu. Chcesz sobie któregoś wybrać? Chyba nie jesteś wegetarianinem?

Zapewniam ją, że nie, i dodaję, iż jestem grzecznym chłopcem, który je wszystko, co mu podają.

– A jesteś taki chudy. – Nell obrzuca mnie bacznym spojrzeniem. – Będę cię musiała podtuczyć.

– Dlatego Clare mnie tutaj przywiozła.

– Hmmm. To świetnie – odpowiada wyraźnie zadowolona. – A teraz zmykaj, bo mam dużo pracy.

Zabieram wielki kubek z pachnącą kawą i wracam do salonu, gdzie stoi ogromna choinka, a na kominku płonie ogień. Wszystko wygląda jak z reklamy. Siadam w pomarańczowym fotelu i zaczynam przerzucać gazety.

– Skąd masz kawę?

Podnoszę wzrok i dostrzegam Sharon siedzącą naprzeciwko w niebieskim, idealnie pasującym do jej swetra fotelu.

– Cześć. Przepraszam...

– Nic nie szkodzi.

– Poszedłem do kuchni, ale normalnie trzeba chyba skorzystać z dzwonka.

Rozglądamy się po pokoju i rzeczywiście znajdujemy w rogu ozdobną taśmę na haczyku.

– Dziwnie się tu czuję – mówi Sharon. – Jestem od wczoraj i staram się nie zwracać na siebie uwagi. Poza tym stale się boję, że zacznę jeść nie tym widelcem, co trzeba...

– Skąd pochodzisz?

– Z Florydy. – Wybucha śmiechem. – Nigdy nie widziałam białych świąt, dopóki nie przyjechałam na Harvard. Mój ojciec ma stację benzynową w Jacksonville. Myślałam, że po studiach tam wrócę, bo bardzo nie lubię zimna, ale teraz wygląda na to, że utknęłam tu na dobre.

– Dlaczego?

Sharon ma zaskoczoną minę.

– Nie powiedzieli ci? Wychodzę za mąż za Marka.

Ciekawe, czy Clare o tym wie; gdyby tak było, na pewno by coś wspomniała. Dostrzegam błyszczący na palcu Sharon pierścionek z brylantem.

– Gratulacje.

– Chyba tak. To znaczy dziękuję.

– Nie jesteś do końca przekonana?

Sharon wygląda, jakby płakała, ma podpuchnięte oczy.

– Jestem w ciąży, więc...

– Nie trzeba koniecznie wychodzić za mąż...

– Trzeba, jeśli jesteś katolikiem. – Wzdycha i opada na fotel.

Znam kilka katoliczek, które zdecydowały się na aborcję i jakoś nie poraził ich grom z jasnego nieba, ale Sharon najwyraźniej traktuje religię znacznie poważniej.

– Raz jeszcze gratuluję. Kiedy...?

– Jedenastego stycznia. – Na widok mojego zaskoczenia pyta: – Chodzi ci o dziecko? W kwietniu. – Krzywi się. – Mam nadzieję, że urodzę w czasie przerwy wiosennej, bo inaczej nie wiem, jak sobie dam radę... Ale teraz to już nie ma takiego znaczenia...

– Co studiujesz?

– Przygotowuję się do medycyny. Moi rodzice są wściekli. Naciskają, żebym oddała dziecko do adopcji.

– Nie lubią Marka?

– Nawet go nie widzieli, ale nie o to chodzi. Boją się, że w ogóle zrezygnuję ze studiów i wszystko pójdzie na marne.

Drzwi frontowe otwierają się z hukiem. Wrócili narciarze. Do salonu wpada podmuch zimnego powietrza. Uświadamiam sobie, że piekłem się przy kominku zupełnie jak indyk Nell.

– O której jest kolacja? – pytam Sharon.

– O siódmej, ale wczoraj wieczorem zeszliśmy najpierw tutaj na drinki. Mark powiedział rodzicom o dziecku, lecz nie byli wcale zachwyceni i nie chwycili mnie w objęcia. Byli mili, owszem, ale jednocześnie nieprzyjemni. Można by pomyśleć, że zaszłam w ciążę sama, a Mark nie miał z tym nic wspólnego.

Oddycham z ulgą, gdy do salonu wchodzi Clare. Ma na sobie śmieszną zieloną czapkę z wielkim pomponem i paskudny żółty narciarski sweter. Jest zarumieniona z zimna i uśmiechnięta. Kiedy w samych skarpetkach idzie lekko w moją stronę po ogromnym perskim dywanie, widzę, że to jej świat, że należy do niego, nie jest jakimś wybrykiem natury, tylko po prostu wybrała inny styl życia. Bardzo mnie to cieszy. Wstaję z fotela. Clare obejmuje mnie mocno, a potem szybko odwraca się w stronę Sharon.

– Właśnie się dowiedziałam! Gratuluję!

I obejmuje zaskoczoną Sharon, która z uśmiechem spogląda na mnie znad jej ramienia.

– Chyba trafiła ci się najmilsza osoba z całej rodziny – mówi Sharon jakiś czas potem.

Kręcę głową, ale wiem doskonale, co ma na myśli.

CLARE: Do kolacji jest jeszcze godzina i nikt nie zauważy, jeśli znikniemy.

– Chodź – mówię do Henry'ego. – Wyjdźmy z domu.

Jęczy z niezadowoleniem.

– Musimy?

– Chcę ci coś pokazać.

Wkładamy kurtki, buty, czapki i rękawice i przez tylne drzwi wychodzimy z domu. Niebo ma barwę ultramaryny, nad Łąką jest nieco jaśniejsze. Dwa odcienie błękitu spotykają się nad linią drzew, u wejścia do lasu. Jest jeszcze za wcześnie na gwiazdy, ale w oddali widać migoczące światełka samolotu. Wyobrażam sobie nasz dom oglądany z jego okna: jest małą plamką światła i migocze jak gwiazda.

– Tędy.

Ścieżkę prowadzącą na polanę pokrywa ponad dziesięciocentymetrowa warstwa śniegu. Przypominam sobie, ile razy zacierałam ślady bosych stóp, by nikt nie widział, że kierują się w stronę domu. Teraz na śniegu widać ślady jelenia i dużego psa.

Uschnięte rośliny szeleszczą, słychać gwizd wiatru, chrzęst naszych kroków. Polana przypomina wielką miskę pełną błękitnego śniegu; leżący na środku kamień wygląda zupełnie jak wyspa.

– To tutaj.

Henry stoi z rękami w kieszeniach płaszcza. Okręca się na pięcie.

– A więc to tutaj.

Przyglądam mu się uważnie, by sprawdzić, czy przez jego twarz nie przebiegnie błysk rozpoznania. Nic.

– Czy masz kiedykolwiek déjà vu? – pytam.

Wzdycha ciężko.

– Moje całe życie to jedno długie déjà vu.

Odwracamy się i po własnych śladach wracamy do domu.

Później:

Uprzedziłam wcześniej Henry'ego, że w Wigilię przebieramy się do kolacji, więc kiedy spotykam go ponownie w holu, wygląda wspaniale w czarnym garniturze, białej koszuli i rdzawoczerwonym krawacie ze spinką z macicy perłowej.

– Wielkie nieba! – wykrzykuję. – Wypastowałeś buty!

– Zgadza się. Żałosne, prawda?

– Wyglądasz wspaniale. Zupełnie jak uosobienie Sympatycznego Młodego Człowieka.

– Ale tak naprawdę jestem uosobieniem punkowego bibliotekarza, więc, rodzice, miejcie się na baczności.

– Na pewno cię pokochają.

– To ja kocham ciebie. I uwielbiam. Chodź tutaj.

Stoimy przez dużym lustrem wiszącym u szczytu schodów i przyglądamy się sobie z podziwem. Na ten wieczór wybrałam bladozieloną jedwabną sukienkę bez ramiączek, która należała jeszcze do mojej babci. Mam jej zdjęcie z sylwestra 1941 roku właśnie w tej kreacji. Na zdjęciu śmieje się, ma pomalowane na ciemno usta i trzyma w palcach papierosa. Obok niej stoi jej brat Teddy, który zginął we Francji sześć miesięcy później. On też się śmieje. Henry obejmuje mnie w talii i ze zdumieniem odkrywa ukryty pod jedwabiem misternie skonstruowany gorset. Opowiadam mu o babci.

– Była mniejsza i szczuplejsza ode mnie. Ale boli tylko wtedy, gdy siadam. Końce tych stalowych prętów wbijają się w biodra.

Henry całuje mnie w szyję, gdy nagle ktoś zaczyna kaszleć ostrzegawczo i odskakujemy od siebie. W drzwiach pokoju stoją Mark i Sharon. Rodzice uznali, że teraz nie ma już powodu, by nie spali razem.

– Nic z tych rzeczy – mówi Mark tonem podenerwowanej nauczycielki. – Przykład starszych niczego was nie nauczył?

– Jak najbardziej – odpowiada Henry. – Zawsze trzeba być przygotowanym.

Z uśmiechem poklepuje kieszeń spodni (która tak naprawdę jest pusta) i spływamy w dół po schodach, słysząc za plecami chichot Sharon.

Kiedy zjawiamy się w salonie, wszyscy są już po paru drinkach. Alicia daje ręką nam tylko znany znak: „Uważaj na mamę, nie jest dobrze". Mama siedzi na kanapie i wygląda zupełnie nieszkodliwie: włosy ma gładko upięte z tyłu, a na sobie brzoskwiniową sukienkę z koronkowymi rękawami i naszyjnik z pereł. Wygląda na bardzo zadowoloną, kiedy obok niej siada Mark, śmieje się z jego żartów i przez moment zastanawiam się, czy Alicia przypadkiem się nie pomyliła. Potem jednak dostrzegam, że tato uważnie ją obserwuje, i dochodzę do wniosku, że tuż przed naszym przyjściem musiała powiedzieć coś naprawdę okropnego. Tato stoi przy barku na kółkach. Odwraca się do mnie z wyraźną ulgą, nalewa mi colę i podaje Markowi piwo i szklankę. Pyta Sharon i Henry'ego, czego się napiją. Sharon prosi o la croix. Henry, po chwili zastanowienia, decyduje się na szkocką z wodą. Przyrządzając drinki, ojciec nigdy nie żałuje alkoholu, więc teraz patrzy zdumiony, jak Henry jednym haustem wypija zawartość szklaneczki.

– Jeszcze jeden?

– Nie, dziękuję.

Teraz już wiem, że Henry marzy o tym, by zabrać butelkę na górę i skulić się w łóżku z książką, i że nigdy nie pije drugiego drinka, bo nie mógłby się powstrzymać przed trzecim i czwartym. Sharon nie odstępuje go na krok, więc zostawiam ich razem i siadam przy oknie, obok cioci Dulcie.

– Moja malutka, jak ślicznie wyglądasz... nie widziałam tej sukienki od czasu, gdy Elizabeth miała ją na sobie na przyjęciu wydanym przez Lichtów w Planetarium...

Przysiada się do nas Alicia. Ma na sobie granatowy sweter z wycięciem w serek, z dziurą pod pachą, starą spódnicę w kratę i wełniane pończochy, które zwijają się w obwarzanki w okolicy kostek jak u starej babci. Wiem, że robi to tylko po to, żeby dokuczyć tacie, ale mogłaby sobie odpuścić.

– Co jest nie tak z mamą? – pytam.

Alicia wzrusza ramionami.

– Wkurzyła się z powodu Sharon.

– A co jej zrobiła Sharon? – dopytuje się Dulcie, czytając z ruchu naszych warg. – To bardzo miła dziewczyna. Moim zdaniem jest o wiele sympatyczniejsza od Marka.

– Jest w ciąży – wyjaśniam. – Mają się pobrać. Mama uważa ją za białą nędzę, bo jako pierwsza w rodzinie poszła do college'u.

Dulcie patrzy na mnie ostro i widzi, że wiem to, co ona.

– Ze wszystkich osób to właśnie Lucille powinna się wykazać odrobiną zrozumienia dla tej dziewczyny.

Alicia już ma zapytać Dulcie, co chciała przez to powiedzieć, ale rozlega się gong na kolację i niczym psy Pawłowa wstajemy z miejsc i ruszamy w stronę jadalni.

– Jest pijana? – pytam szeptem Alicię.

– Chyba piła w swoim pokoju jeszcze przed kolacją – odpowiada również szeptem Alicia.

Ściskam ją za rękę, a za nami pojawia się Henry. Razem wchodzimy do jadalni i znajdujemy swoje miejsca. Tato i mama siedzą w dwóch końcach stołu, Dulcie, Sharon i Mark po jednej stronie, przy czym Mark najbliżej mamy, a Alicia, Henry i ja po drugiej. Alicii przypadło miejsce najbliżej taty. W pokoju pali się mnóstwo świec, w kryształowych misach pływają drobne kwiaty, a Etta ułożyła srebra i porcelanę na obrusie haftowanym w Prowansji przez zakonnice. Krótko mówiąc, mamy Wigilię, dokładnie taką, jaką pamiętam z dzieciństwa, z tą tylko różnicą, że teraz siedzi przy mnie Henry i spuszcza nieśmiało głowę, gdy tato odmawia modlitwę.

– Ojcze niebieski, w ten święty wieczór dziękujemy Ci za Twoje miłosierdzie i dobroć, za kolejny rok przeżyty w zdrowiu i szczęściu, za rodzinę i nowych przyjaciół. Dziękujemy Ci, że przysłałeś na ziemię swojego Syna jako bezbronne Dzieciątko, by wskazywał nam drogę, i dziękujemy za dziecko, które za sprawą Marka i Sharon pojawi się w naszej rodzinie. Wspieraj nas, Panie, byśmy obdarzali się miłością i traktowali bliźnich z należnym im szacunkiem. Amen.

Oho, myślę. Jednak to zrobił. Rzucam spojrzenie na mamę i widzę, że aż kipi z gniewu. Jednakże, jeśli się jej dobrze nie zna, można tego wcale nie zauważyć: siedzi nieruchomo i wpatruje się w talerz. Otwierają się drzwi do kuchni. Wchodzi Etta z zupą i stawia przed każdym z nas niewielką miseczkę. Spoglądamy na siebie Markiem. Unosi brwi i kiwa lekko głową w stronę mamy. Odpowiadam mu równie delikatnym skinieniem. Pyta mamę o tegoroczne zbiory jabłek, a ona uprzejmie mu odpowiada. Razem z Alicią uspokajamy się na chwilę. Sharon nie spuszcza ze mnie wzroku, więc puszczam do niej oko. Jemy zupę z kasztanów i pasternaku, co brzmi okropnie, wiem, ale tylko do czasu, gdy się spróbuje, co Nell potrafi z tego wyczarować.

– Pycha – zachwyca się Henry i wszyscy wybuchamy śmiechem.

Po zupie Etta zbiera miseczki, a Nell wnosi indyka. Jest złocisty, parujący i ogromny; jak co roku witamy jego pojawienie się oklaskami. Nell się rozpromienia.

– Proszę bardzo – mówi jak co roku.

– Och, Nell, jest wprost idealny. – Mama ma łzy w oczach.

Nell patrzy na nią ostro, potem spogląda na tatę i mówi:

– Dziękuję, panno Lucille.

Etta przynosi nadzienie, marchewki, tłuczone ziemniaki i sos cytrynowy, a my po kolei podajemy talerze tacie, który napełnia je po brzegi plastrami mięsa. Obserwuję Henry'ego, gdy bierze do ust pierwszy kęs indyka Nell: na jego twarzy najpierw maluje się zaskoczenie, a potem wielka radość.

– Widzę przed sobą przyszłość – oświadcza, a ja sztywnieję na krześle. – Zrezygnuję z pracy w bibliotece i zamieszkam w waszej kuchni. Będę czołgał się z uwielbieniem u stóp Nell, a może po prostu się z nią ożenię.

– Spóźniłeś się – mówi Mark. – Nell jest już mężatką.

– No to będę się tylko czołgał. Dlaczego wy wszyscy nie ważycie po sto pięćdziesiąt kilo?

– Stale nad tym pracuję – odpowiada ojciec, poklepując się po wydatnym brzuchu.

– Ja będę ważyć sto pięćdziesiąt kilo, kiedy się zestarzeję i nie będę już musiała dźwigać wiolonczeli – mówi Alicia. – Będę mieszkać w Paryżu, jeść wyłącznie czekoladę, palić cygara, brać heroinę i słuchać tylko Jimiego Hendriksa i The Doors. Dobrze, mamo?

– Świetnie. Na pewno do ciebie przyjadę – rzuca łaskawym, dostojnym tonem mama. – Ale wolałabym słuchać Johnny'ego Mathisa.

– Jeśli zamierzasz brać heroinę, nie będziesz miała wcale ochoty na jedzenie – informuje Henry Alicię, która patrzy na niego zaciekawiona. – Spróbuj lepiej marihuany.

Tato marszczy brwi, a Mark szybko zmienia temat.

– Słyszałem w radiu, że dziś w nocy ma spaść dwadzieścia centymetrów śniegu.

– Dwadzieścia! – wykrzykujemy chórem.

– *I'm dreaming of a white Christmas*... – intonuje bez większego przekonania Sharon.

– Mam nadzieję, że nie zasypie nas, kiedy będziemy w kościele – mówi zrzędliwym tonem Alicia. – Po mszy zawsze okropnie chce mi się spać.

Rozmawiamy przez chwilę o burzach śnieżnych. Dulcie opowiada, jak utknęła podczas jednej z nich w Chicago w 1967 roku.

– Musiałam zostawić samochód na Lake Shore Drive i iść piechotą z Adams do Belmont.

– Ja też wtedy utknąłem – mówi Henry. – O mało co nie zamarzłem. Wylądowałem na plebanii czwartego kościoła prezbiteriańskiego przy Michigan Avenue.

– Ile miałeś wtedy lat? – pyta tato.

– Trzy – odpowiada po chwili wahania Henry. Patrzy na mnie i już wiem, że opowiada o przygodzie, która przydarzyła mu się podczas podróży w czasie. – Byłem wtedy z ojcem – dodaje.

Kłamie jak z nut, to jasne, ale nikt poza mną tego nie zauważa. Zjawia się Etta i zbiera talerze ze stołu, po czym ustawia przed nami talerzyki deserowe. Po chwili wchodzi Nell z płonącym puddingiem śliwkowym.

– No proszę! – wykrzykuje Henry.

Nell stawia pudding przed mamą i przez krótką chwilę w blasku dogasających płomieni jej jasne włosy robią się zupełnie rude, jak moje. Tato otwiera szampana (zakrywając go serwetą, by korek nie wybił nikomu oka). Podsuwamy swoje kieliszki. Mama kroi pudding na cienkie kawałki. Dwa dodatkowe kieliszki trafiają w ręce Etty i Nell i wszyscy po kolei wygłaszamy toasty.

– Za rodzinę – zaczyna ojciec.

– Za Nell i Ettę, które są jak rodzina, ciężko pracują, dbają o nasz dom i mają mnóstwo wspaniałych talentów – mówi cicho mama.

– Za pokój i sprawiedliwość. – To Dulcie.

– Za początki – dodaje Mark, unosząc kieliszek w stronę Sharon.

– Za szansę – odpowiada ona.

Teraz moja kolej. Patrzę na Henry'ego.

– Za szczęście. Za tutaj i teraz.

– Za dość świata i czasu* – odpowiada poważnie Henry.

Serce zaczyna mi bić szybciej i zastanawiam się, skąd wie, ale zaraz uświadamiam sobie, że Marvell jest jednym z jego ulubionych poetów, a on sam ma na myśli wyłącznie przyszłość.

– Za śnieg, Jezusa, mamę, tatę, katgut, cukier i moje nowe czerwone converse'y – mówi z powagą Alicia i wszyscy wybuchamy śmiechem.

– Za miłość. – Nell patrzy prosto na mnie i uśmiecha się od ucha do ucha. – I za Mortona Thompsona, wynalazcę przepisu na najlepszego indyka pod słońcem.

HENRY: Przez cały wieczór nastrój Lucille zmieniał się nieustannie, przechodząc gwałtownie od smutku, przez euforię, do rozpaczy. Cała rodzina uważnie śledziła te zmiany, raz po raz sprowadzając rozmowę na neutralny temat, by ją ochronić. Jednakże przy deserze Lucille załamuje się zupełnie. Zaczyna bezgłośnie szlochać; drżą jej ramiona, a z przekrzywioną na bok głową wygląda jak ptak, który chce ją wsunąć pod skrzydło i spokojnie zasnąć. Początkowo jestem jedyną osobą, która to zauważa, i siedzę przerażony, nie wiedząc, co począć. Po chwili Philip dostrzega, co się dzieje, i przy stole zapada cisza. Natychmiast staje przy krześle żony.

– Lucy? – szepcze. – Lucy, co się dzieje?

Clare natychmiast staje obok ojca.

– Mamo, wszystko jest w porządku, naprawdę, mamo...

Lucille kręci głową i wykręca palce. Philip wycofuje się, Clare szepcze: „Ciii".

Lucille zaczyna wyrzucać z siebie potok bezładnych słów. Po chwili słyszę: „Wszystko jest nie tak", „Zrujnuje mu życie". I na

* Nawiązanie do wiersza Andrew Marvella *Do cnotliwej damy*: „Gdybyśmy czasu mieli dość na świecie...", przekład Jerzy Pietrkiewicz (przyp. tłum.).

koniec: „W tej rodzinie nikt nie zwraca na mnie uwagi" i „Banda hipokrytów", a potem przeraźliwy szloch. Ku memu wielkiemu zaskoczeniu ciszę przerywa ciotka Dulcie.

– Dziecko, jeśli ktokolwiek jest tu hipokrytą, to na pewno ty. Zrobiłaś dokładnie to samo, a jakoś nie widać, żeby zrujnowało to Philipowi życie. A nawet zwiększyło jego szansę.

Lucille przestaje płakać i patrzy zdumiona na ciotkę. Mark zerka na ojca, który kiwa głową, a potem na Sharon, uśmiechniętą od ucha do ucha, jakby zgarnęła główną wygraną w bingo. Patrzę na Clare, która wcale nie wydaje się szczególnie zaskoczona tym, co przed chwilą usłyszała. Ciekawe, skąd o wszystkim wiedziała, skoro Mark nie miał o tym pojęcia. Zastanawiam się, co jeszcze wie, a o czym mi nie powiedziała. I nagle spływa na mnie objawienie, że Clare wie wszystko. Zna naszą przyszłość i przeszłość. W ciepłym pokoju przebiega mnie nagły dreszcz.

Etta przynosi kawę, ale nie pijemy jej zbyt długo.

CLARE: Ja i Etta położyłyśmy mamę do łóżka. Jak zawsze przepraszała nas bez końca i próbowała przekonywać, że czuje się wspaniale i może jechać do kościoła, ale kiedy wreszcie ją położyłyśmy, natychmiast zasnęła. Etta mówi, że zostanie w domu, na wypadek gdyby mama się obudziła. Staram się ją przekonać, żeby jednak pojechała, a ja zostanę przy mamie, ale jest uparta. Zostawiam ją więc na krześle przy łóżku, czytającą Ewangelię Świętego Mateusza. Idę korytarzem i zaglądam do pokoju Henry'ego, ale w środku jest ciemno. Kiedy otwieram drzwi do siebie, znajduję go wyciągniętego na łóżku z powieścią *Fałdka czasu* w ręce. Zamykam drzwi i kładę się obok niego.

– Co jest nie tak z twoją mamą? – pyta, gdy moszczę się ostrożnie, by nie przeszyły mnie na wylot stalowe pręty gorsetu.

– Cierpi na psychozę maniakalno-depresyjną.

– Jak długo?

– Czuła się lepiej, gdy byłam mała. Kiedy miałam siedem lat, zmarło jej maleńkie dziecko i jej stan bardzo się pogorszył. Próbowała popełnić samobójstwo. To ja ją znalazłam.

Przypominam sobie krew, wszędzie, wannę pełną czerwonej wody, przesiąknięte krwią ręczniki. Wołałam o pomoc, ale nikogo nie było w domu.

Henry nie odzywa się ani słowem. Wyciągam szyję i widzę, że wpatruje się w sufit.

– Clare – mówi w końcu.

– Co takiego?

– Dlaczego mi o tym nie powiedziałaś? W twojej rodzinie dzieje się sporo rzeczy, o których lepiej byłoby dowiedzieć się wcześniej.

– Ale przecież wiedziałeś o tym... – Urywam. Nic nie wiedział. Bo niby skąd? – Przepraszam. Powiedziałam ci, kiedy to się wydarzyło, i zapomniałam, że teraz cofnęliśmy się w czasie. Byłam przekonana, że o wszystkim wiesz...

– Jeśli chodzi o moją rodzinę, zdradziłem ci wszystkie sekrety, wywołałem wszystkie duchy z przeszłości i byłem po prostu zaskoczony... Sam już nie wiem.

– Ale nie przedstawiłeś mnie jemu. – Umieram z ciekawości, żeby poznać ojca Henry'ego, lecz bałam się poruszać ten temat.

– Nie, nie przedstawiłem.

– A zamierzasz?

– Kiedyś tak.

– Kiedy?

Spodziewam się, że usłyszę, że za dużo chcę wiedzieć, jak zawsze, gdy zadaję mnóstwo pytań, lecz Henry siada tylko na brzegu łóżka, machając nogami w powietrzu. Tył koszuli ma całkiem zmięty.

– Nie wiem, Clare. Kiedy będę mógł to znieść.

Słyszę w holu kroki, które zatrzymują się przed moimi drzwiami. Gałka przekręca się w obie strony.

– Clare? – pyta ojciec. – Dlaczego drzwi są zamknięte?

Wstaję i otwieram. Tato już otwiera usta, żeby coś powiedzieć, gdy nagle dostrzega siedzącego na łóżku Henry'ego. Gestem daje mi znak, żebym wyszła na korytarz.

– Clare, wiesz przecież, że razem z matką nie życzymy sobie, żebyś zapraszała swojego przyjaciela do sypialni – mówi cicho. – W tym domu jest mnóstwo pokoi...

– Tylko rozmawialiśmy...

– Możecie rozmawiać w salonie.

– Opowiadałam mu o mamie i nie chciałam tego robić w salonie, rozumiesz?

– Kochanie, nie sądzę, żeby to było konieczne...

– Po tym przedstawieniu, jakie odstawiła przy kolacji? Co miałam zrobić? Henry sam widzi, że jest szurnięta, nie jest przecież głupi... – Podnoszę głos.

Alicia otwiera drzwi do swojego pokoju i kładzie palec na ustach.

– Twoja matka nie jest „szurnięta" – oznajmia surowym tonem ojciec.

– Jasne, że jest – wrzuca swoje trzy grosze Alicia.

– Nie wtrącaj się...

– Cholera jasna...

– Alicia! – wykrzykuje ojciec z poczerwieniałą nagle z gniewu twarzą. Oczy niemal wyszły mu z orbit.

Etta otwiera drzwi do pokoju mamy i spogląda na nas z wyrzutem.

– Jeśli chcecie krzyczeć, to lepiej zejdźcie na dół – syczy i zamyka drzwi.

Patrzymy na siebie zawstydzeni.

– Później – mówię do ojca. – Możesz mnie ochrzanić później.

Przez cały czas Henry siedzi na moim łóżku i udaje, że go tutaj nie ma.

– Chodź, Henry. Posiedzimy w jakimś innym pokoju.

Wstaje posłusznie jak skarcony chłopiec i schodzi za mną na dół. Alicia rusza ciężko za nami. Na samym dole oglądam się przez ramię. Tato spogląda na nas bezradnie. Odwraca się, podchodzi do drzwi pokoju mamy i puka.

– Obejrzyjmy *To wspaniałe życie* – rzuca Alicia, spoglądając na zegarek. – Zaczyna się za pięć minut na kanale sześćdziesiątym.

– Znowu? Przecież oglądałaś to już ze dwieście razy. Alicia bezgranicznie wielbi Jimmy'ego Stewarta.

– A ja jeszcze nie oglądałem tego filmu – oznajmia Henry.

Alicia udaje, że jest do głębi wstrząśnięta tą wieścią.

– Nigdy? Jak to możliwe?

– Nie mam w domu telewizora.

Teraz Alicia jest naprawdę wstrząśnięta.

– Zepsuł się, czy co?

Henry wybucha śmiechem.

– Nie. Po prostu nie znoszę telewizji. Przyprawia mnie o ból głowy.

Wiem, że migające na ekranie obrazki mogą wywołać nagłą podróż w czasie.

Alicia jest wyraźnie rozczarowana.

– To nie chcesz go zobaczyć?

Henry spogląda na mnie; nie mam nic przeciwko temu.

– Jasne – mówię. – Przez chwilę. Ale nie obejrzymy do końca, bo musimy iść do kościoła.

Wchodzimy do znajdującego się tuż przy salonie pokoju telewizyjnego. Alicia włącza odbiornik. Chór śpiewa *It Came Upon the Midnight Clear.*

– Fuj – rzuca z odrazą. – Spójrzcie tylko na te żółte plastikowe szaty. Wyglądają zupełnie jak peleryny przeciwdeszczowe.

Opada na podłogę, a Henry zajmuje miejsce na kanapie. Siadam obok niego. Od chwili naszego przybycia tutaj przez cały czas rozmyślam, jak powinnam się zachowywać w stosunku do Henry'ego w obecności członków mojej rodziny. Jak blisko powinnam usiąść? Gdyby nie było tu Alicii, położyłabym się na kanapie z głową na jego kolanach. On sam rozwiązuje jednak mój problem, przysuwając się bliżej i obejmując mnie ramieniem. Robi to zupełnie nieświadomie; w innej sytuacji na pewno byśmy tak nie siedzieli. Oczywiście nigdy nie oglądamy razem telewizji. Chór znika i zaczyna się seria reklam. McDonald's, lokalny dealer Buicka, Pillsbury, Red Lobster; wszyscy życzą nam wesołych świąt. Patrzę na Henry'ego, który siedzi z wyrazem zdumienia na twarzy.

– Co się dzieje? – pytam cicho.

– Ta szybkość. Obrazy zmieniają się co kilka sekund, zaraz zrobi mi się niedobrze. – Pociera oczy palcami. – Chyba pójdę poczytać.

Wstaje i wychodzi z pokoju. Po chwili słyszę jego kroki na schodach. Odmawiam krótką modlitwę: Boże, proszę Cię, nie pozwól, by Henry przeniósł się w czasie teraz, gdy mamy jechać do kościoła i nie będę go mogła wytłumaczyć.

Alicia wdrapuje się na kanapę w chwili, gdy na ekranie pojawia się czołówka filmu.

– Długo nie wytrzymał – rzuca obojętnie.

– Cierpi na okropne bóle głowy. Z gatunku tych, kiedy musisz się położyć w ciemnym pokoju i nie ruszać, a jeśli ktoś odezwie się trochę głośniej, to czujesz, że mózg zaraz ci wybuchnie.

– Och.

James Stewart przegląda stos broszurek biura podróży, ale jego wyjazd musi zostać odłożony z powodu konieczności wzięcia udziału w wieczorku tanecznym.

– On jest naprawdę słodki.

– Jimmy Stewart?

– Też. Ale miałam na myśli Henry'ego.

Uśmiecham się od ucha do ucha. Jestem tak dumna, jakbym go sama stworzyła.

– Jasne.

Donna Reed uśmiecha się promiennie do Jimmy'ego Stewarta z drugiego końca pokoju. Teraz tańczą razem, a rywal Stewarta przekręcił gałkę, która rozsuwa rozłożony nad basenem parkiet.

– Mamie bardzo się podoba.

– Alleluja.

Donna i Jimmy, tańcząc, wpadają do wody, a po chwili z pluskiem dołączają do nich inni goście w strojach wieczorowych; zespół muzyczny nie przestaje grać ani na chwilę.

– Nell i Etta też go zaaprobowały.

– Rewelacja. Teraz musimy jakoś przebrnąć przez następne trzydzieści sześć godzin, nie niszcząc świetnego pierwszego wrażenia.

– To chyba nie będzie trudne? Chyba że... nie, nie byłabyś aż tak głupia. – Alicia spogląda na mnie podejrzliwie. – Prawda?

– Jasne, że nie.

– Jasne, że nie – powtarza. – Boże, ten Mark nie mieści mi się w głowie. Co za durny kutas z niego.

Jimmy i Donna śpiewają *Buffalo Girls*: *won't you come out tonight*, idąc ulicami Bedford Fali odziani odpowiednio w strój futbolowy i szlafrok.

– Szkoda, że cię tu wczoraj nie było. Myślałam, że tato dostanie zawału tuż przy choince. Już sobie wyobrażałam, jak na nią wpadnie, choinka się przewróci, a sanitariusze będą musieli usunąć wszystkie ozdoby, żeby móc zabrać się do reanimacji...

Jimmy ofiarowuje Donnie księżyc, a ona łaskawie go przyjmuje.

– Myślałam, że uczyli cię w szkole, jak udzielać pierwszej pomocy.

– Ja byłabym zbyt zajęta cuceniem mamy. Było naprawdę źle, Clare. Wszyscy okropnie krzyczeli.

– Czy Sharon przy tym była?

Alicia śmieje się posępnie.

– Coś ty! Siedziałyśmy tutaj razem i próbowałyśmy prowadzić uprzejmą rozmowę, a Mark z rodzicami wrzeszczeli na siebie w salonie. Po chwili już tylko siedziałyśmy i słuchałyśmy.

Wymieniamy znaczące spojrzenie, które znaczy: „Nic się nie zmieniło". Przez całe życie słuchałyśmy, jak rodzice krzyczą: na siebie nawzajem, na nas. Czasami czuję, że jeśli jeszcze raz zobaczę, jak mama płacze, wyjadę stąd i nigdy więcej nie wrócę. Teraz mam ochotę złapać Henry'ego wrócić z nim do Chicago, gdzie nikt na nikogo nie krzyczy, nikt nie udaje, że wszystko jest w największym porządku i nic się nie wydarzyło. Rozgniewany gruby mężczyzna w podkoszulku krzyczy na Jamesa Stewarta, żeby przestał zagadywać Donnę Reed na śmierć i wreszcie ją pocałował. W pełni to popieram, ale Stewart jest innego zdania. Zamiast ją pocałować, staje niechcący na jej szlafroku, a ona, nic nie wiedząc, idzie parę kroków do przodu i w następnej scenie ukrywa się naga za krzewem hortensji.

Na ekranie pojawia się reklama sieci Pizza Hut i Alicia wyłącza dźwięk.

– Clare?

– Tak?

– Czy Henry już kiedyś tutaj był?

O nie.

– Nie. Dlaczego pytasz?

Alicia wierci się na kanapie i na moment odwraca wzrok.

– Pomyślisz, że zwariowałam.

– Co takiego?

– Pamiętam pewne wydarzenie. Dawno temu... miałam chyba dwanaście lat i miałam ćwiczyć, ale przypomniałam sobie, że nie mam czystej bluzki na przesłuchanie... Wszyscy wyszli z domu. Nie było też Etty. Mark miał niby robić za niańkę, ale siedział u siebie w pokoju i coś tam popalał... Zeszłam na dół do pralni i zaczęłam szukać koszuli. Nagle usłyszałam jakiś hałas... jakby otworzyły się drzwi w drugim końcu piwnicy, no wiesz, te do pomieszczenia z rowerami. Pomyślałam, że to na pewno Peter. Stałam więc w drzwiach do pralni i nasłuchiwałam, nagle otworzyły się drzwi do rowerowni i Clare, nie uwierzysz, stanął w nich zupełnie nagi facet, który był łudząco podobny do Henry'ego.

Wybuchłam śmiechem, który nawet dla mnie brzmi fałszywie.

– Och, daj spokój.

Alicia uśmiecha się szeroko.

– Widzisz? Miałam rację, że weźmiesz mnie za wariatkę. Ale przysięgam, to się wydarzyło naprawdę. Ten facet był trochę zaskoczony, stałam tam jak wryta z rozdziawioną gębą, zastanawiając się, czy mnie zgwałci, czy zabije, a on tylko spojrzał na mnie i powiedział: „Cześć, Alicia", po czym wszedł do Czytelni i zamknął drzwi.

– Co?

– Wbiegłam jak szalona po schodach, zaczęłam walić do drzwi Marka, ale on kazał mi spadać. Kiedy w końcu otworzył, był tak naćpany, że dopiero po dłuższej chwili zajarzył, co do niego mówię. Oczywiście nie uwierzył w ani jedno moje słowo, ale jakoś udało mi się go zmusić, żeby zszedł na dół. Zapukał do drzwi Czytelni. Byliśmy oboje przerażeni, zupełnie jak Nancy Drew, no, wiesz, kiedy myślisz: „Te dziewczyny są naprawdę głupie, powinny przecież wezwać policję", ale nic się nie wydarzyło.

Mark otworzył drzwi, a w środku nie było nikogo. Nawrzeszczał na mnie, że wszystko zmyśliłam, ale potem oboje doszliśmy do wniosku, że ten mężczyzna mógł wejść na górę, poszliśmy więc do kuchni i usiedliśmy przy telefonie, z wielkim nożem Nell pod ręką.

– Dlaczego nigdy mi o tym nie opowiadałaś?

– Kiedy wszyscy wróciliście do domu, było mi głupio. Wiedziałam, że tato się zdenerwuje, a przecież nic wielkiego się nie stało... ale to nie było też zabawne i nie miałam ochoty o tym rozmawiać. – Alicia wybucha śmiechem. – Zapytałam kiedyś babcię, czy w domu są duchy, ale odparła, że o żadnych nie słyszała.

– A ten facet czy duch wyglądał jak Henry?

– Tak! Przysięgam, Clare, o mało co nie padłam trupem, kiedy tu przyjechaliście i go zobaczyłam. To był on! Nawet jego głos brzmiał tak samo. Ten, którego widziałam w piwnicy, miał co prawda krótsze włosy i był starszy... chyba koło czterdziestki.

– Ale jeśli ten facet miał czterdzieści lat, a to było pięć lat temu... Henry ma dopiero dwadzieścia osiem lat, więc wtedy musiałby mieć dwadzieścia trzy, Alicio.

– No tak. Ale, Clare, to było takie dziwne... Czy on ma brata?

– Nie. I nawet nie jest podobny do ojca.

– Może to była jakaś astralna projekcja albo coś w tym stylu.

– Podróż w czasie – rzucam z uśmiechem.

– Może. Wielkie nieba, to przecież niesamowite.

Ekran telewizora na moment ciemnieje, po czym wracamy do Donny ukrytej za krzewem hortensji i Jimmy'ego Stewarta krążącego wokół niej z przerzuconym przez ramię szlafrokiem. Żartuje, mówiąc, że zacznie sprzedawać bilety, by ludzie mogli ją oglądać. Drań, myślę, choć rumieniąc się ze wstydu, przypominam sobie gorsze rzeczy, które mówiłam do Henry'ego na temat ubrań i nagości. W tej chwili podjeżdża jednak samochód i Jimmy rzuca Donnie szlafrok. „Twój ojciec miał wylew!", mówi ktoś w samochodzie i Jimmy znika, nie oglądając się, pozostawiając ukrytą w liściach Donnę. Czuję, że do oczu napływają mi łzy.

– Jezu, Clare, wszystko będzie dobrze. On wróci – przypomina mi Alicia.

Uśmiecham się i oglądamy dalej. Pan Potter namawia Jimmy'ego, żeby zrezygnował ze studiów w college'u i zajął się prowadzeniem rodzinnej firmy budowlanej.

– Drań – mówi Alicia.

– Drań – zgadzam się z opinią siostry.

HENRY: Kiedy wchodzimy do ciepłego, jasno oświetlonego kościoła, czuję okropny ucisk w żołądku. Nigdy w życiu nie byłem na katolickiej mszy. Ostatnim nabożeństwem, w jakim uczestniczyłem, był pogrzeb mojej matki. Trzymam Clare pod ramię jak ślepiec, a ona prowadzi mnie główną nawą. Siadamy w pustej ławce. Clare i członkowie jej rodziny klękają na wyłożonych poduszkami klęcznikach, a ja siedzę, jak przykazała mi Clare. Przyjechaliśmy bardzo wcześnie. Alicia zniknęła, a Nell siedzi za nami z mężem i synem, który dostał na święta przepustkę z marynarki. Dulcie siedzi z jakąś swoją rówieśnicą. Clare, Mark, Sharon i Philip klęczą obok siebie: Clare niczego nieświadoma, Mark roztargniony, Sharon spokojna i pogrążona w modlitwie, Philip zmęczony. Kościół udekorowano kwiatami poinsencji. Pachną woskiem i mokrymi ubraniami. Po prawej stronie ołtarza stoi duża szopka z Maryją, Józefem i całym towarzystwem. Kościół powoli się zapełnia. Ludzie wybierają miejsca, pozdrawiają się. Clare siada obok mnie, Mark i Philip idą w jej ślady; Sharon klęczy jeszcze przez parę minut. Po chwili na scenę-ołtarz – wychodzi mężczyzna w garniturze i sprawdza mikrofony przyczepione do małych pulpitów, po czym znika. W kościele jest już tłum wiernych. Z lewej strony wychodzi Alicia z dwiema kobietami i mężczyzną; wszyscy niosą swoje instrumenty. Jasnowłosa kobieta gra na skrzypcach, a druga na altówce; mocno zaawansowany wiekiem mężczyzna, który głośno szura nogami, jest drugim skrzypkiem. Wszyscy są ubrani na czarno. Siadają na rozkładanych krzesłach, zapalają światełka nad pulpitami, szeleszczą nutami, uderzają w struny i spoglądają na siebie, by sprawdzić, czy wszystko jest, jak należy. W kościele zapada cisza, którą nagle przerywa jedna długa nuta, niezwiązana z żadnym znanym utworem. Wzbija się w powietrze i trwa.

Alicia pochyla się nad instrumentem tak nisko, jak tylko może pochylić się człowiek. Grany przez nią dźwięk pojawia się jakby znikąd i odbija w mojej czaszce; mam wrażenie, że ktoś gładzi mnie palcami po mózgu. Dźwięk cichnie. W kościele na krótko zapada absolutna cisza. Po chwili czwórka muzyków zaczyna grać. Po prostocie tej jednej, zawieszonej wysoko nuty muzyka przypomina kakofonię. Bartók? Wsłuchuję się uważniej i uświadamiam sobie, że grają *Cichą noc*. Nie mam pojęcia, dlaczego brzmi tak dziwnie. Widzę jednak, jak jasnowłosa skrzypaczka kopie w krzesło Alicii i już od następnego taktu wszystko brzmi, jak należy. Clare odwraca się do mnie z uśmiechem. Zgromadzeni w kościele wierni spoglądają do tyłu. Główną nawą podąża dostojnie ksiądz w otoczeniu stadka ministrantów i kilku mężczyzn w garniturach. Podchodzą do ołtarza i zajmują miejsca. Muzyka gwałtownie cichnie. Och nie, myślę, co teraz? Clare ujmuje moją dłoń i stoimy razem w tłumie. Boże, jeśli istniejesz naprawdę, pozwól mi tu stać spokojnie, tutaj i teraz, tutaj i teraz.

CLARE: Henry wygląda tak, jakby zaraz miał stracić przytomność. Wielki Boże, nie pozwól mu teraz zniknąć. Ojciec Compton wita nas swoim głosem spikera radiowego. Sięgam do kieszeni płaszcza Henry'ego, znajduję dziurę w materiale i mocno ściskam go za penisa. Podskakuje, jakbym potraktowała go prądem elektrycznym.

– Pan z wami – zaczyna ksiądz.

– I z duchem twoim – odpowiadamy.

Wszystko jest tak samo jak zawsze. A jednak teraz jesteśmy tutaj razem i wszyscy mogą nas zobaczyć. Czuję na swoich plecach wzrok Helen. Ruth siedzi pięć ławek za nami z bratem i rodzicami. Nancy, Laura, Mary Christina, Patty, Dave, Chris, nawet Jason Everleigh; zjawili się tu chyba wszyscy, z którymi chodziłam do szkoły. Spoglądam na Henry'ego, który nie zwraca na nic uwagi. Mocno się poci. Patrzy na mnie, unosząc jedną brew. Msza trwa. Czytania, Kyrie, „Pan z wami, I z duchem twoim". Wstajemy, by wysłuchać Ewangelii: Łukasz, rozdział drugi. Wszyscy mieszkańcy imperium rzymskiego mają się udać do swoich rodzinnych miast, by dać się zapisać, Józef i Maria, która była brzemienna, narodziny, cud w lichej stajence. Liche ubrania, żłóbek. Nigdy nie potrafiłam dopatrzyć się w tym logiki, ale zawsze doceniałam ukryte w tym piękno. Pastuszkowie na polu. Anioł: „Nie bójcie się, bo zwiastuję wam radość wielką...". Henry macha nogą w bardzo denerwujący sposób. Zamknął oczy i przygryza dolną wargę. Zastępy aniołów. Ojciec Compton kończy: „Lecz Maryja zachowywała wszystkie te sprawy i rozważała je w swoim sercu"*.

– Amen – mówimy na zakończenie i siadamy, by wysłuchać kazania.

Henry pochyla się w moją stronę.

– Gdzie jest toaleta? – pyta szeptem.

– Za tamtymi drzwiami. – Pokazuję mu miejsce, z którego wyszła Alicia z resztą muzyków.

– Jak mogę się tam dostać?

– Idź na tył kościoła, a potem boczną nawą.

– Jeśli nie wrócę...

– Musisz wrócić.

Kiedy ojciec Compton zaczyna kazanie: „W tę radosną noc...", Henry wstaje i szybko odchodzi. Ksiądz śledzi go wzrokiem. Ja też patrzę, jak znika za drzwiami i zamyka je za sobą.

HENRY: Stoję w dużym pomieszczeniu, które jest chyba korytarzem szkoły podstawowej. Tylko nie wpadaj w panikę, powtarzam sobie w duchu. Nikt nie może cię zobaczyć. Ukryj się gdzieś. Rozglądam się dookoła i dostrzegam drzwi z napisem: CHŁOPCY. Otwieram je i wchodzę do miniaturowej toalety. Brązowe kafelki, malutkie urządzenia, gorący kaloryfer, unoszący się w powietrzu zapach środków dezynfekujących. Uchylam okno i wyglądam na zewnątrz. Widok zasłania rząd iglaków, wciągam więc w płuca pachnące igliwiem powietrze. Po kilku minutach odprężam się. Zwijam się w kłębek na wyłożonej kafelkami podłodze. Jestem. Tutaj. Leżę na brązowej podłodze. Proszę o tak

* Fragmenty Ewangelii pochodzą z Biblii Tysiąclecia (przyp. tłum.).

niewiele. Ciągłość. Jeśli Bóg istnieje, to chce, byśmy byli dobrzy, a nierozsądnie byłoby wymagać tego od ludzi bez odpowiedniej zachęty. Clare jest bardzo dobra, nawet wierzy w Boga, dlaczego miałby ją zawstydzać w obecności tych wszystkich ludzi...

Otwieram oczy. Wszystkie miniaturowe urządzenia otacza lekki blask, błękitny, zielony i różowy. Już wiem, że muszę zniknąć, nie mogę tego powstrzymać, cały drżę. „Nie!", krzyczę, ale już mnie nie ma.

CLARE: Ojciec Compton kończy kazanie o konieczności pokoju na świecie. Mój ojciec pochyla się obok Sharon i Marka.

– Czy twój przyjaciel źle się poczuł? – pyta szeptem.

– Tak – odszeptuję. – Cierpi na bóle głowy i często robi mu się niedobrze.

– Mam wyjść i sprawdzić, czy wszystko jest w porządku?

– Nie! Nic mu nie będzie.

Tato nie wygląda na przekonanego, ale zostaje na miejscu. Ksiądz robi znak krzyża nad hostią. Siłą powstrzymuję pragnienie, by wybiec z kościoła i szukać Henry'ego. Siedzący w pierwszych ławkach ludzie wstają, by przyjąć komunię. Alicia gra suitę Bacha na wiolonczelę. Jest smutna i piękna. Wróć, Henry. Wróć.

HENRY: Jestem w moim mieszkaniu w Chicago. Jest ciemno, klęczę na podłodze w salonie. Wstaję, chwiejąc się na nogach, i uderzam łokciem w biblioteczkę.

– Kurwa mać!

Nie mogę w to uwierzyć. Nie potrafię przebrnąć nawet przez jeden dzień z rodziną Clare. Wyssało mnie stamtąd i wypluło jak piłeczkę pingpongową w moim własnym mieszkaniu...

– Cześć.

Odwracam się i widzę siebie, jak zaspany siadam na rozłożonej kanapie.

– Jaki dziś dzień?

– Dwudziesty ósmy grudnia tysiąc dziewięćset dziewięćdziesiątego pierwszego roku.

Cztery dni później. Siadam na łóżku.

– Nie mogę już tego wytrzymać.

– Uspokój się. Za kilka minut tam wrócisz. Nikt nawet nie zauważy, że zniknąłeś. Do końca wizyty wszystko będzie w jak największym porządku.

– Na pewno?

– Tak. Przestań jęczeć – mówi moja druga wersja, idealnie naśladując ton ojca.

Mam ochotę mu przyłożyć, ale po co? W tle gra cicho muzyka.

– Czy to Bach?

– Co? Ach tak. Gra w twojej głowie. To Alicia.

– Dziwne. Och! – Biegnę do łazienki i prawie udaje mi się zdążyć na czas.

CLARE: Ostatni wierni przyjmują komunię, gdy w drzwiach staje Henry. Jest trochę blady, ale idzie spokojnie. Wsuwa się do ławki obok mnie.

– Idźcie w pokoju Chrystusa – mówi ojciec Compton.

– Amen – odpowiadamy.

Ministranci gromadzą się wokół księdza jak stadko owieczek, idą razem z nim nawą, a my ruszamy za nimi. Słyszę, jak Sharon pyta Henry'ego, czy wszystko w porządku, ale nie wiem, co on odpowiada, bo doganiają nas Helen i Ruth i przedstawiam im Henry'ego.

– Ależ myśmy się już spotkali! – wykrzykuje Helen.

Henry spogląda na mnie zaniepokojony. Patrzę na Helen i kręcę głową.

– No, może nie – wycofuje się moja przyjaciółka. – Miło cię poznać... Henry.

Ruth podaje mu rękę nieśmiałym gestem. Ku memu zaskoczeniu Henry trzyma jej dłoń przez dłuższą chwilę.

– Witaj, Ruth – mówi, zanim zdążyłam ich przedstawić, ale wydaje mi się, że go nie poznała.

Dołącza do nas również Laura, w chwili gdy przez tłum przeciska się Alicia, dźwigając futerał z wiolonczelą.

– Wpadnijcie jutro do mnie – zaprasza nas Laura. – Rodzice wyjeżdżają o czwartej na Bahamy.

Wszyscy przyjmujemy zaproszenie z entuzjazmem; co roku rodzice Laury wyjeżdżają w jakieś tropikalne miejsce zaraz po rozpakowaniu prezentów, a my co roku zjawiamy się tam w chwili, gdy ich samochód znika na końcu podjazdu. Rozstajemy się, wykrzykując wesołych świąt, i przez boczne drzwi kościoła wychodzimy na parking.

– Wiedziałam! – wzdycha ciężko Alicia.

Wszystko dookoła pokrywa warstwa świeżego śniegu i świat nagle zrobił się biały. Stoję nieruchomo, patrząc na drzewa, samochody i ulicę prowadzącą do jeziora. Henry stoi obok mnie, czeka.

– Chodź, Clare – woła Mark, więc posłusznie ruszam przed siebie.

HENRY: Wchodzimy do holu Meadwolark House o wpół do drugiej nad ranem. Przez całą drogę do domu Philip robił Alicii wyrzuty z powodu „błędu", który popełniła na początku *Cichej nocy*. Clare siedziała w milczeniu, obserwując migające za oknem ciemne domy i drzewa. Teraz wszyscy idą na górę i rozchodzą się do swoich pokoi, życząc sobie wesołych świąt po raz chyba pięćdziesiąty. Wszyscy z wyjątkiem Clare i Alicii, które znikają w pokoju na końcu korytarza. Instynktownie ruszam za nimi.

– ...totalny dupek – mówi Alicia, gdy wsuwam głowę przez drzwi.

Na samym środku pokoju stoi wielki stół bilardowy oświetlony jasnym blaskiem wiszącej nad nim lampy. Clare toczy kule po zielonym blacie, a Alicia chodzi tam i z powrotem na granicy plamy światła.

– Jest taki zadowolony z siebie! – wykrzykuje Alicia, wymachując pięściami.

Kaszlę ostrzegawczo. Obie aż podskakują.

– Henry, dzięki Bogu! – woła Clare. – Myślałam, że to ojciec.

– Chcesz zagrać? – pyta Alicia.

– Nie, popatrzę tylko.

Sadowię się wygodnie na stojącym obok stołu wysokim zydlu.

Clare podaje siostrze kij. Alicia pociera jego koniec kawałkiem kredy i ostro rozbija bile. Dwie połówki wpadają do bocznych kieszeni. Alicia wbija jeszcze dwie, po czym pudłuje.

– Uf – wzdycha Clare. – Chyba jestem w tarapatach.

Wbija bez trudu dwójkę, która stała tuż przy brzegu łuzy. Zaraz potem trafia białą bilę i ta wpada do łuzy po trójce. Alicia wyjmuje obie i ustawia białą na stole. Bez większych problemów posyła do łuzy wszystkie jedna po drugiej.

– Ósma bila do boku – oznajmia i już jest po partii.

– No i tyle. Szkoda – mówi Clare. – Na pewno nie chcesz zagrać? – pyta, podając mi kij.

– No, Henry – namawia mnie Alicia. – Macie może ochotę na drinka?

– Nie – odpowiada Clare.

– A co masz? – pytam.

Alicia zapala światło i w drugim końcu pokoju z ciemności wyłania się nagle piękny stary bar. Wchodzimy z Alicią za kontuar i odkrywam tam wszystko, co tylko można sobie wymarzyć w świecie alkoholu. Alicia przyrządza dla siebie rum z colą. Waham się przez chwilę w obliczu takiego bogactwa i w końcu nalewam szklaneczkę whisky. Clare decyduje się dotrzymać nam kroku i kiedy wsypuje drobniutkie kostki lodu do szklanki, żeby nalać sobie kahluę, drzwi otwierają się i wszyscy zamieramy. To Mark.

– Gdzie jest Sharon? – pyta Clare.

– Zamknij drzwi – rzuca ostro Alicia.

Mark przekręca klucz i wchodzi za bar.

– Sharon już śpi – mówi i wyjmuje z malutkiej lodówki butelkę heinekena. Trzymając ją w ręce, podchodzi do stołu.

– Kto gra?

– Alicia i Henry – informuje Clare.

– Hmm. Ostrzegłyście go?

– Zamknij się, Mark – warczy Alicia.

– To Jackie Gleason* w przebraniu – wyjaśnia Mark.

---

* Jackie Gleason – słynny konferansjer i aktor amerykański nominowany w 1962 r. do Oscara za rolę w filmie *Bilardzista* (przyp. tłum.).

Odwracam się do Alicii.

– Zaczynajcie – ponagla nas Clare.

Alicia rozbija bile. Whisky zaostrzyła moje zmysły, wszystko staje się jasne i wyraźne. Bile wybuchają niczym fajerwerk i układają się na stole w nowy wzór. Trzynastka chwieje się na brzegu łuzy w rogu i po chwili sama do niej wpada.

– Znowu połówki – oznajmia Alicia. Wbija bez trudu piętnastkę, dwunastkę i dziewiątkę, lecz potem zły układ bil zmusza ją do wykonania bardzo skomplikowanego ruchu.

Clare stoi na krawędzi światła z twarzą ukrytą w cieniu, ze splecionymi na piersiach rękami. Koncentruję się na stole i układzie bil. Nie grałem od tak dawna. Wbijam bez najmniejszych problemów dwójkę, trójkę i szóstkę i szukam kolejnego celu. Jedynka ustawiła się bardzo wygodnie w rogu po drugiej stronie stołu i umieszczam ją w łuzie za pomocą siódemki. Potem wrzucam do łuzy czwórkę i zderzając dwie bile, posyłam do rogu piątkę. Miałem po prostu szczęście, ale mimo to Alicia gwiżdże z podziwem. Siódemka wpada bez problemów.

– Ósemka do rogu – mówię. Szybki ruch kijem i bila wpada do łuzy.

Przy stole rozlega się przeciągłe westchnienie.

– To było piękne – mówi Alicia. – Zrób to jeszcze raz.

Clare uśmiecha się w mroku.

– Nie jesteś chyba w formie – mówi Mark do Alicii.

– Jestem zbyt zmęczona, żeby się skoncentrować. I za bardzo wkurzona.

– Ojciec?

– Tak.

– Jeśli będziesz go prowokować, na pewno odda.

– Każdy może się pomylić – mówi niewinnym tonem Alicia, wydymając usta.

– Przez chwilę brzmiało to zupełnie jak Riley – mówię.

Alicia się uśmiecha.

– Bo to był Terry Riley. Fragment *Salome Dances For Peace*. – Wybucha śmiechem.

– Jakim cudem Salome zabłąkała się do *Cichej nocy*?

– No wiesz, Jan Chrzciciel, uznałam to za wystarczające skojarzenie, a jeśli podniesiesz partię pierwszych skrzypiec o oktawę, brzmi całkiem nieźle, no wiesz, la la la la...

– Nie dziw się jednak, że ojciec wpadł w szał – mówi Mark. – Wie doskonale, że nie zagrałabyś czegoś takiego przez czysty przypadek.

Nalewam sobie następnego drinka.

– Co powiedział Frank? – pyta Clare.

– Bardzo mu się spodobało. Zaczął się już zastanawiać, jak zmontować z tego całkiem nowy utwór, na przykład *Cichą noc* z elementami Strawińskiego. Frank ma osiemdziesiąt siedem lat i nie obchodzi go, jeśli coś knocę, kiedy on może się przy tym nieźle zabawić. Ale Arabella i Ashley miały mi oczywiście za złe.

– Nie jest to zbyt profesjonalne podejście – oświadcza Mark.

– A kogo to obchodzi? Przecież to tylko nasz kościół. – Alicia spogląda na mnie pytająco. – A co ty o tym sądzisz?

– W zasadzie jest mi to obojętne – odpowiadam po chwili wahania. – Ale mój ojciec na pewno byłby zły.

– Naprawdę? Dlaczego?

– Jego zdaniem każdy utwór muzyczny należy traktować z szacunkiem, nawet jeśli się go nie lubi. On sam nie przepada za Czajkowskim i Straussem, ale gra ich kompozycje z należytą powagą. Dlatego właśnie jest taki świetny; gra każdy utwór, jakby był w nim bezgranicznie zakochany.

– Och. – Alicia znika za barem, nalewa sobie kolejnego drinka i zastanawia się przez chwilę. – Szczęściarz z ciebie. Masz ojca, który kocha coś oprócz pieniędzy.

Stoję za Clare i w ciemnościach przebiegam palcami wzdłuż jej kręgosłupa. Chwyta moją dłoń za plecami.

– Nie mówiłabyś tak, gdybyś znała moją rodzinę. Poza tym widać wyraźnie, że twojemu ojcu bardzo na tobie zależy.

– Nie. – Kręci zdecydowanie głową. – On chce tylko, żebym w obecności jego przyjaciół zawsze była idealna. Poza tym nic a nic go nie obchodzę. – Zbiera bile i ustawia je na stole. – Kto chce zagrać?

– Ja – mówi Mark. – Henry?

– Jasne.

Pocieramy kije kredą i stajemy po przeciwnych stronach stołu. Ja rozbijam. Czwórka i piętnastka wpadają do łuzy.

– Całe – oznajmiam, widząc dwójkę blisko rogu.

Posyłam ją do luzy, lecz przy następnym pudłuję. Jestem już zmęczony, a poza tym whisky wpłynęła znacząco na moją koordynację ruchów. Mark gra z wielką determinacją, lecz bez polotu. Posyła do łuzy dziesiątkę i jedenastkę. Walczymy dalej i po chwili udaje mi się umieścić w łuzach wszystkie całe bile. Trzynastka Marka leży na brzegu łuzy w rogu.

– Ósemka do rogu – mówię.

– Wiesz, że nie możesz wrzucić bili Marka, bo przegrasz – ostrzega mnie Alicia.

– Nie ma sprawy.

Uderzam lekko białą bilę, która sunie wolno przez stół i niemal czule muska ósemkę. Ta zaczyna się toczyć wolniutko w stronę trzynastki, omija ją jak po szynach i wpada do łuzy. Clare wybucha śmiechem, lecz w tej chwili trzynastka chwieje się i też wpada do łuzy.

– No cóż – mówię. – Łatwo przyszło, łatwo poszło.

– Świetna partia – rzuca z podziwem Mark.

– Boże, gdzie się tak nauczyłeś grać? – pyta Alicia.

– To jedna z rzeczy, których nauczyłem się w college'u.

Oprócz gry w bilard nauczyłem się też pić, brać narkotyki i poznałem tajniki angielskiej i niemieckiej poezji.

– Co studiowałeś? – Mark otwiera drzwi i ruszamy korytarzem w stronę kuchni.

– Literaturę angielską.

– Czemu nie muzykę? – Alicia trzyma w ręce szklanki, swoją i Clare, i otwiera drzwi do jadalni.

Wybucham śmiechem.

– Nie uwierzysz, ale nie mam za grosz słuchu. Moi rodzice byli przekonani, że przywieźli ze szpitala nie to niemowlę, co trzeba.

– To musiało być okropne – rzuca Mark. – Ale przynajmniej ojciec nie zmusza cię, żebyś został prawnikiem.

Wchodzimy do kuchni i Clare zapala światło.

– Ciebie też nie. Uwielbiasz to – odparowuje Alicia.

– O to mi właśnie chodziło. Nie zmusza nas do robienia czegoś, na co wcale nie mamy ochoty.

– Czy naprawdę było okropnie? – pyta mnie Alicia.

– Zanim umarła mama, było wspaniale. Potem już tylko strasznie. Gdybym był cudownym dzieckiem i grał na skrzypcach, to może... nie wiem. – Patrzę na Clare i wzruszam ramionami. – W każdym razie nie możemy się z ojcem dogadać. Jakoś nam nie wychodzi.

– Dlaczego?

– Pora spać – oznajmia Clare. Chce oczywiście dać do zrozumienia, że dość już pytań, ale Alicia czeka na odpowiedź.

Odwracam się do niej.

– Widziałaś kiedyś zdjęcie mojej mamy?

Kiwa głową.

– Jestem do niej bardzo podobny.

– I co z tego?

Alicia myje szklanki, Clare wyciera.

– Ojciec nie może na mnie patrzeć. To oczywiście tylko jeden z wielu powodów.

– Ale...

– Alicia... – Clare próbuje się wtrącić, lecz nie może powstrzymać siostry.

– Ale to twój ojciec.

Uśmiecham się.

– To, co robisz, żeby zdenerwować swojego ojca, to małe piwo w porównaniu z tym, co robiliśmy zawsze sobie nawzajem z moim tatą.

– Na przykład?

– Na przykład wiele razy zamykał mi drzwi przed nosem i nie wpuszczał do mieszkania, bez względu na pogodę. Ja wrzucałem do rzeki kluczyki do samochodu.

– Dlaczego?

– Nie chciałem, żeby rozbił samochód, bo był pijany.

Alicia, Mark i Clare patrzą na mnie i kiwają głowami. Rozumieją wszystko doskonale.

– Pora spać – oznajmia Alicia.

Wychodzimy z kuchni i ruszamy do swoich pokojów, mówiąc sobie już tylko dobranoc.

CLARE: Budzik pokazuje 3.14. Próbuję się ogrzać w zimnym łóżku, gdy otwierają się drzwi i do pokoju wsuwa się cicho Henry. Odrzucam kołdrę, a on szybko wskakuje do łóżka, które skrzypi niemiłosiernie, gdy próbujemy się wygodnie ułożyć.

– Cześć – szepczę.

– Cześć – odpowiada szeptem.

– To nie jest dobry pomysł.

– U mnie w pokoju jest przeraźliwie zimno.

Henry gładzi mnie po policzku, a ja tłumię krzyk. Ma lodowate palce. Rozcieram je w dłoniach. Henry wsuwa się głębiej pod kołdrę. Przytulam się do niego, raz jeszcze próbując się rozgrzać.

– Masz na nogach skarpetki? – pyta cicho.

– Tak.

Zdejmuje je ostrożnie, a po chwili, wśród skrzypienia łóżka i wzajemnego uciszania się, oboje jesteśmy nadzy.

– Gdzie trafiłeś, kiedy zniknąłeś z kościoła?

– Do mojego mieszkania. Na jakieś pięć minut, za cztery dni.

– Dlaczego to się stało?

– Byłem chyba zmęczony i spięty.

– Nie o to mi chodzi. Dlaczego właśnie tam?

– Nie mam pojęcia. Chyba błąd mechanizmu. A może kontrolerzy lotów pracujący przy podróżach w czasie doszli do wniosku, że będę tam dobrze wyglądał. – Wsuwa palce w moje włosy.

Za oknem robi się coraz jaśniej.

– Wesołych świąt – szepczę.

Henry nie odpowiada. Leżę w jego ramionach, myśląc o zastępach aniołów, słuchając jego miarowego oddechu, i rozważam wszystko w swoim sercu.

HENRY: Nad ranem wstaję, żeby zrobić siku, i kiedy tak stoję zaspany w łazience Clare, słyszę nagle dziewczęcy głos:

– Clare?

Zanim udaje mi się odkryć, skąd dobiega ten głos, otwierają się drzwi, które uznałem za prowadzące do szafy, i stoję oto nagusieńki przed Alicią.

– Och – szepcze zaskoczona, gdy chwytam ręcznik, żeby się okryć.

– Cześć.

Oboje uśmiechamy się od ucha do ucha. Alicia znika w swoim pokoju równie szybko, jak się pojawiła.

CLARE: Drzemię, nasłuchując odgłosów budzącego się domu. Nell podśpiewuje w kuchni i grzechocze garnkami. Ktoś idzie korytarzem, mija drzwi do mojego pokoju. Henry jest nadal pogrążony w głębokim śnie, a ja uświadamiam sobie nagle, że muszę go jakoś stąd wyprowadzić. Nikt nie może go zobaczyć.

Wysuwam się spod kołdry i cicho wstaję z łóżka. Podnoszę z podłogi koszulę nocną i właśnie przeciągam ją przez głowę, gdy słyszę wesołe: „Clare! Wstawaj, kochanie. Mamy święta!", i do pokoju zagląda Etta. Nagle woła ją Alicia i gdy wysuwam głowę z koszuli, widzę, jak Etta odwraca się, by jej odpowiedzieć. Rzucam przerażone spojrzenie w stronę łóżka, ale nie ma na nim Henry'ego. Jego spodnie od piżamy leżą jednak na dywaniku, więc kopnięciem wsuwam je pod łóżko. Do pokoju wchodzi Etta w żółtym szlafroku, z warkoczami przerzuconymi na plecy. Życzę jej wesołych świąt, a ona zaczyna opowiadać mi coś o mamie, ale nie mogę się skoncentrować, bo cały czas wyobrażam sobie Henry'ego, który nagle zmaterializuje się nagusieńki przed Ettą.

– Clare? – Etta spogląda na mnie z wyraźną troską.

– Tak? Och, przepraszam. Chyba jeszcze się nie obudziłam.

– Na dole czeka kawa. – Zaczyna ścielić łóżko. Wygląda na zaskoczoną.

– Sama to zrobię, Etto. Idź na dół.

Etta przechodzi na drugą stronę łóżka, a do pokoju zagląda mama. Wygląda przepięknie, już spokojna po wczorajszej burzy.

– Wesołych świąt, kochanie.

Podchodzę do niej i lekko całuję w policzek.

– Wesołych świąt, mamo.

Tak trudno jest się na nią złościć, gdy znów stała się dobrze znaną, uroczą mamą.

– Etto, zejdziesz ze mną na dół?

Etta wygładza poduszki i zaraz znikają z nich dwa wgłębienia pozostawione przez nasze głowy. Patrzy na mnie, unosi brwi, ale nic nie mówi.

– Etto?

– Już idę...

Pośpiesznie wychodzi z pokoju. Zamykam drzwi i opieram się o nie plecami, w samą porę, by zobaczyć, jak spod łóżka wyczołguje się Henry. Wstaje z podłogi i zaczyna wkładać piżamę. Zamykam drzwi na klucz.

– Gdzie byłeś? – pytam szeptem.

– Pod łóżkiem – odpowiada również szeptem, jakby to była najbardziej oczywista sprawa.

– Przez cały czas?

– Tak.

O dziwo, uznaję to za niezwykle zabawne i zaczynam chichotać. Henry zakrywa mi dłonią usta, a po chwili oboje zanosimy się od bezgłośnego śmiechu.

HENRY: Pierwszy dzień świąt jest, o dziwo, bardzo spokojny po burzliwych wydarzeniach Wigilii. Gromadzimy się wokół choinki, jeszcze w szlafrokach, i zaczynamy otwierać prezenty, okazując głośny zachwyt. Po wylewnych podziękowaniach jemy śniadanie. Potem długo leniuchujemy i jemy obiad, wychwalając pod niebiosa kulinarne umiejętności Nell i homary. Wszyscy są uśmiechnięci, uprzejmi i pięknie wyglądają. Stanowimy wzór szczęśliwej rodziny, rodem z reklamy. Jesteśmy wszystkim, o czym marzyłem, kiedy podczas każdych świąt siedziałem w restauracji Lucky Wok z tatą i państwem Kim i udawałem, że świetnie się bawię, a dorośli przyglądali mi się z niepokojem. Ale nawet kiedy siedzimy w salonie straszliwie objedzeni, oglądamy w telewizji mecz, czytamy książki, które wręczyliśmy sobie w prezencie, i próbujemy uruchomić prezenty, które wymagały włożenia baterii i/lub złożenia, daje się wyczuć wiszące w powietrzu napięcie. Wygląda to trochę tak, jakby w jednym z oddalonych pokoi podpisano zawieszenie broni i wszystkie strony ze wszystkich sił próbują je uszanować, przynajmniej do jutra albo do czasu, gdy nadejdzie następny transport broni. Wszyscy odgrywamy komedię; udajemy, że jesteśmy zrelaksowani, uosabiamy idealną matkę, ojca, siostry, brata, chłopaka, narzeczoną. Oddycham jednak z wielką ulgą, gdy Clare spogląda na zegarek, wstaje z kanapy i mówi:

– Zbierajmy się, pora jechać do Laury.

CLARE: Kiedy docieramy na miejsce, przyjęcie zdążyło się już nieźle rozkręcić. Henry jest spięty i blady, i gdy tylko zdejmujemy płaszcze, pędzi po alkohol. Ja nadal jestem trochę senna po winie, które wypiłam do obiadu, więc kiedy pyta, na co mam ochotę, proszę o colę. On sam trzyma w dłoni butelkę piwa, jakby to był balast, bez którego straci równowagę.

– Pod żadnym pozorem nie zostawiaj mnie samego – rzuca ostrzegawczym tonem, patrząc na kogoś ponad moim ramieniem.

Nie zdążyłam nawet odwrócić głowy, gdy staje przy nas Helen. Na moment zapada niezręczna cisza.

– Henry, podobno jesteś bibliotekarzem – przełamuje ją w końcu Helen. – Ale zupełnie na niego nie wyglądasz.

– Tak naprawdę jestem modelem reklamującym bieliznę Calvina Kleina, a ta biblioteka to tylko przykrywka.

Jeszcze nigdy nie widziałam Helen tak zaskoczonej. Szkoda, że nie mam przy sobie aparatu. Szybko jednak dochodzi do siebie i z uśmiechem obrzuca Henry'ego spojrzeniem od stóp do głów.

– W porządku, Clare, możesz go zatrzymać.

– Co za ulga – odpowiadam. – Bo wyrzuciłam już paragon.

Podchodzą do nas Laura, Ruth i Nancy i z wyrazem determinacji na twarzach zaczynają przesłuchanie: jak się poznaliśmy, czym się Henry zajmuje, gdzie chodził do college'u, ple, ple, ple. Nigdy nie przyszło mi nawet do głowy, że kiedy wreszcie pokażemy się z Henrym publicznie, będzie to jednocześnie tak bardzo denerwujące i nudne. Z zamyślenia wyrywa mnie głos Nancy.

– To bardzo dziwne, że masz na imię Henry.

– Tak? Dlaczego?

Nancy opowiada mu o imprezie u Mary Christiny, podczas której tabliczka ouija mówiła, że wyjdę za mąż właśnie za Henry'ego. Teraz wywiera to na nim spore wrażenie.

– Naprawdę? – pyta.

– Tak. – Nagle strasznie chce mi się siusiu. – Przepraszam – mówię i odchodzę, nie zwracając uwagi na błagalne spojrzenie Henry'ego.

Biegnę po schodach na górę, a tuż za mną Helen. Muszę zamknąć jej drzwi łazienki przed nosem, bo inaczej weszłaby tam razem ze mną.

– Otwieraj, Clare – mówi, kręcąc gałką.

Nie zamierzam się jednak śpieszyć. Robię siku, myję ręce, maluję usta.

– Clare, zejdę na dół i powiem twojemu chłopakowi o wszystkich paskudnych rzeczach, jakie zrobiłaś w życiu, jeśli natychmiast nie ot...

Otwieram drzwi, a Helen omal nie wpada do środka.

– No dobra, panno Clare Abshire – zaczyna groźnie, zamykając drzwi.

Siadam na brzegu wanny, a ona opiera się o umywalkę.

– Mów. Co tak naprawdę jest między tobą i tym Henrym? Przed chwilą na dole wciskałaś wszystkim niezły kit. Nie poznałaś go przed trzema miesiącami, znasz go od lat! Co to za tajemnica?

Naprawdę nie wiem jak zacząć. Czy mam powiedzieć Helen prawdę? Nie. A niby czemu nie? O ile wiem, widziała go tylko raz, a nie różnił się zbytnio wyglądem. Kocham Helen. Jest silna, zwariowana, trudno ją oszukać. Ale wiem też, że nie uwierzyłaby mi, gdybym opowiedziała jej o podróżach w czasie. To trzeba zobaczyć, żeby uwierzyć.

– W porządku – rzucam, zbierając się w sobie. – Masz rację, znam go od dawna.

– Jak długo?

– Poznałam go, gdy miałam sześć lat.

Duże oczy Helen stają się jeszcze większe i o mało nie wychodzą z orbit, zupełnie jak bohaterom kreskówek. Wybucham śmiechem.

– Dlaczego... Jak... Od jak dawna z nim chodzisz?

– Nie wiem. Był taki okres, kiedy byliśmy o krok od tego, ale nic się tak naprawdę nie działo, no wiesz. Henry zawsze powtarzał bardzo stanowczo, że nie będzie się zadawał z dzieciakiem, więc ja tylko beznadziejnie do niego wzdychałam...

– Ale... jakim cudem my nigdy się o tym nie dowiedziałyśmy? Nie rozumiem, po co ta wielka tajemnica. Mogłaś mi powiedzieć.

– W pewnym sensie wiedziałaś. – Zdaję sobie sprawę, że to kiepska wymówka.

Helen wygląda na urażoną.

– Byłoby zupełnie inaczej, gdybyś sama mi o tym powiedziała.

– Wiem. Przepraszam.

– Hmm. O co więc cały ten krzyk?

– On jest osiem lat starszy ode mnie.

– I co z tego?

– Kiedy miałam dwanaście lat, a on dwadzieścia, stanowiło to pewien problem. – Nie wspominając o chwilach, gdy ja miałam sześć, a on czterdzieści.

– Nadal nic nie chwytam. Rozumiem, nie chciałaś, by rodzice się dowiedzieli, że odgrywasz Lolitę z nim w roli Humberta Humberta, ale nam mogłaś przecież o wszystkim powiedzieć. Popierałybyśmy cię całym sercem. Strasznie było nam ciebie żal, wciąż się martwiłyśmy i zastanawiałyśmy, dlaczego zgrywasz świętoszkę... – Helen kręci głową. – A ty przez cały czas pieprzyłaś się z tym bibliotekarzem...

Nie mogę powstrzymać rumieńca, który zalewa mi twarz.

– Wcale się z nim nie pieprzyłam.

– Och, daj spokój.

– Naprawdę! Czekaliśmy, aż skończę osiemnaście lat. Pierwszy raz zrobiliśmy to w moje urodziny.

– Jeśli nawet, Clare... – zaczyna Helen, ale nagle ktoś zaczyna walić do drzwi i niski męski głos pyta:

– Skończyłyście już?

– Ciąg dalszy nastąpi – syczy Helen i wychodzimy z łazienki. Pięciu czekających w kolejce chłopaków nagradza nas gromkimi brawami.

Znajduję Henry'ego w kuchni. Słucha cierpliwie, jak jeden z niezidentyfikowanych bliżej kumpli Laury rozwodzi się nad futbolem. Spoglądam znacząco na jego blond dziewczynę z nosem jak guziczek, która odciąga go w stronę baru.

– Spójrz, Clare – wykrzykuje nagle Henry. – Małe punki!

Odwracam się i widzę Jodie, czternastoletnią siostrę Laury, i jej chłopaka Bobby'ego Hardgrove. Bobby ma na głowie imponującego zielonego irokeza i stosowny strój, na który składa się między innymi podarty podkoszulek i mnóstwo agrafek. Jodie stara się naśladować Lydię Lunch, lecz, niestety, przypomina raczej szopa pracza, który zapomniał się uczesać. Oboje wyglądają zresztą tak, jakby uczestniczyli w przyjęciu z okazji Halloween, a nie świąt Bożego Narodzenia. Rozglądają się dookoła skuleni i przyczajeni, ale Henry nie kryje entuzjazmu.

– Jejku, ile oni mogą mieć lat? Dwanaście?

– Czternaście.

– Teraz mamy tysiąc dziewięćset dziewięćdziesiąty pierwszy rok, więc urodzili się... w tysiąc dziewięćset siedemdziesiątym siódmym. Boże, jaki ja jestem stary. Muszę się koniecznie napić.

Przez kuchnię przechodzi Laura z tacą pełną małych kieliszków wypełnionych czystą wódką. Henry wypija szybko dwa, jeden po drugim i krzywi się niemiłosiernie.

– Uff, okropne.

Wybucham śmiechem.

– Jak myślisz, czego oni słuchają?

– Nie mam pojęcia. Może sam ich zapytasz?

– Za nic. Jeszcze bym ich wystraszył.

– Moim zdaniem, to ty się ich boisz.

– Może masz rację. Są tacy młodzi i delikatni, zupełnie jak świeże listki na drzewach.

– Ubierałeś się tak?

Henry prycha z pogardą.

– Za kogo mnie uważasz? Jasne, że nie. Te dzieci są uosobieniem brytyjskiego punka, a ja byłem punkiem amerykańskim. Nie, ja naśladowałem Richarda Hella.

– Może z nimi porozmawiasz? Wyglądają na zagubionych.

– Musisz nas przedstawić i przez cały czas trzymać mnie za rękę.

Powoli ruszamy przez kuchnię, zupełnie jak Levi-Strauss podchodzący do dwójki kanibali. Jodie i Bobby wyglądają jak dwa spłoszone jelenie na kanale Discovery.

– Cześć wam.

– Cześć, Clare – odpowiada Jodie.

Znam ją od pieluch, ale ona nagle staje się bardzo nieśmiała i dochodzę do wniosku, że punkowy wizerunek był pomysłem Bobby'ego.

– Wyglądacie na trochę znudzonych, więc przyprowadziłam Henry'ego, żeby was poznał. Bardzo podobają mu się wasze... stroje.

– Cześć – mówi Henry wyraźnie zakłopotany. – Byłem tylko ciekawy... zastanawiałem się... czego słuchacie?

– Słuchamy? – powtarza Bobby.

– No wiecie, jakiej muzyki. Jaka muzyka was kręci?

Bobby się rozpromienia.

– Sex Pistols – mówi i urywa.

– Jasne. – Henry kiwa głową. – I The Clash?

– Tak. I jeszcze Nirvany...

– Nirvana jest niezła – zgadza się Henry.

– Blondie? – pyta niepewnie Jodie.

– Bardzo lubię – mówię. – A Henry przepada za Deborah Harry.

– Ramones? – pyta Henry.

Oboje kiwają głowami.

– A Patti Smith?

Jodie i Bobby patrzą na niego tępym wzrokiem.

– Iggy Pop?

Bobby kręci głową.
– Pearl Jam – rzuca.
– Tu nie ma zbyt wielu stacji radiowych – wyjaśniam Henry'emu. – Nie mają gdzie tego wszystkiego słuchać.
– Och. – Henry zamyśla się na chwilę. – Chcecie, żebym wam to wszystko zapisał? Możecie potem posłuchać?
Jodie wzrusza ramionami, a Bobby kiwa głową wyraźnie podekscytowany. Wyjmuję z torebki kartkę i długopis. Henry siada przy stole w kuchni, Bobby opada na krzesło naprzeciw niego.
– No dobra. Musicie się cofnąć aż do lat sześćdziesiątych. Zaczniecie od Velvet Underground. Działali w Nowym Jorku. Potem przenosimy się do Detroit i mamy MC5, Iggy'ego Popa i The Stooges. A potem znów The New York Dolls i The Heartbreakers...
– Tom Petty? – pyta Jodie. – Słyszeliśmy o nim.
– Nie, to zupełnie inny zespół – wyjaśnia Henry. – Większość tych muzyków zmarła w latach osiemdziesiątych.
– Katastrofa samolotowa? – pyta Bobby.
– Heroina. Nie wolno też zapomnieć o Television, Richardzie Hellu i The Voidoids, no i oczywiście Patti Smith.
– Talking Heads – dodaję.
– Sam nie wiem. Naprawdę uważasz ich za zespół punkowy?
– Grali w tym czasie.
– Dobra. – Henry dopisuje Talking Heads do listy. – Potem wszystko przeniosło się do Anglii...
– Myślałem, że punk narodził się w Londynie – mówi Bobby.
– Nie – odpowiada Henry, odsuwając krzesło od stołu. – Oczywiście niektórzy ludzie, w tym również ja, są przekonani, że ideologia punkowa to coś zupełnie nowego, dzięki czemu możemy wyrazić swoje obawy. Prawda wygląda jednak tak, że wszystko popsuło się już dawno. Teraz można już tylko wrzasnąć: „Pieprzyć to wszystko", i powtarzać to jak najgłośniej raz po raz, aż ktoś w końcu cię uciszy.
– Tak – mówi cicho Bobby, a jego twarz pod zielonym irokezem jaśnieje niemal religijnym uniesieniem. – Tak.
– Deprawujesz nieletniego – ostrzegam Henry'ego.

– Sam też by doszedł do takiego wniosku, prawda?

– Próbowałem, ale tutaj to nie jest wcale łatwe.

– Rozumiem. – Henry dopisuje kolejne nazwy do listy.

Zaglądam mu przez ramię. Sex Pistols, The Clash, Gang of Four, Buzz-cocks, Dead Kennedys, X, Mekons, The Raincoats, The Dead Boys, New Order, The Smiths, Lora Logic, The Au Pairs, Big Black, PiL, The Pixies, The Breeders, Sonic Youth...

– Henry, nie ma mowy, żeby zdobyli coś z tych rzeczy tutaj.

Kiwa głową i pisze na dole strony numer telefonu i adres Vintage Vinyl.

– Macie w domu gramofon?

– Moi rodzice mają – mówi Bobby.

Henry się krzywi.

– A co ty lubisz? – pytam Jodie. Odnoszę wrażenie, że zupełnie straciła wątek podczas męskiej rozmowy Henry'ego z Bobbym.

– Prince'a – wyznaje.

Razem z Henrym krzyczymy głośno: „Hurrra!", i zaczynamy śpiewać na cały głos *1999*. Henry zrywa się z krzesła i porywa mnie do tańca.

Słyszy to Laura. Szybko włącza stosowną płytę i po chwili tańczą już wszyscy.

HENRY: Wracamy z Clare z przyjęcia u Laury.

– Coś strasznie jesteś milczący – mówi Clare.

– Myślałem o tych dzieciakach. O małych punkach.

– Ach tak. Dlaczego?

– Zastanawiałem się, co skłoniło tego chłopca...

– Bobby'ego.

– ...Bobby'ego do zainteresowania się muzyką tworzoną w roku, w którym się urodził.

– Ja bardzo lubiłam The Beatles – przypomina mi Clare. – A rozpadli się w roku, w którym się urodziłam.

– Zgadza się. Ale dlaczego? Powinnaś mieć bzika na punkcie Depeche Mode albo Stinga. Bobby i jego dziewczyna powinni słuchać The Cure, jeśli już mają ochotę się przebierać. Ale zainteresowali się punkiem, o którym właściwie nic nie wiedzą.

– Jestem pewna, że robią to głównie dlatego, by zajść za skórę rodzicom. Laura opowiadała mi, że ojciec nie pozwala Jodie wychodzić z domu w takim stroju. Wynosi więc wszystko w plecaku i przebiera się w szkolnej toalecie.

– Wszyscy to kiedyś robiliśmy. To sposób na podkreślenie swojej indywidualności. To jestem w stanie zrozumieć, ale dlaczego podkreślają indywidualność z tysiąc dziewięćset siedemdziesiątego siódmego roku? Powinni nosić flanelowe koszule w kratę.

– Dlaczego tak cię to obchodzi?

– To mnie przygnębia. Przypomina mi, że ta chwila w czasie, do którego należałem, już nie istnieje, i na dodatek została zupełnie zapomniana. Ta muzyka w ogóle nie pojawia się w radiu, nie mam pojęcia dlaczego. Zupełnie jakby jej nigdy nie było. Dlatego tak bardzo się cieszę, gdy widzę dzieciaki udające punków, bo nie chcę, żeby to wszystko zniknęło na dobre.

– No cóż, ty zawsze możesz tam wrócić. Większość ludzi na dobre tkwi w teraźniejszości, ty możesz odwiedzać przeszłość wiele razy.

Zamyślam się na chwilę.

– To bardzo smutne, Clare. Nawet jeśli uda mi się zrobić coś fajnego, na przykład wybrać się na koncert, który mnie w danym czasie ominął, obejrzeć występ zespołu, który już nie istnieje, albo podziwiać kogoś, kto od dawna nie żyje, to przykro mi to oglądać, bo wiem, co się potem wydarzy.

– Czy różni się to od twojego życia?

– Nie.

Dojeżdżamy do prywatnej drogi, która prowadzi do domu Clare, i skręcamy.

– Henry?

– Tak?

– Gdybyś mógł teraz z tego zrezygnować... gdybyś mógł już więcej nie podróżować w czasie, bez żadnych konsekwencji, dałbyś sobie z tym spokój?

– Gdybym mógł przestać, a mimo to poznać ciebie?

– Mnie już poznałeś.

– Tak. – Spoglądam na Clare w mroku panującym w samochodzie.

– To byłoby nawet zabawne – mówi Clare. – Ja zachowałabym wszystkie wspomnienia, których ty nigdy byś nie poznał. To byłoby zupełnie... to jest jak życie z człowiekiem chorym na amnezję. Czuję się tak od chwili, gdy tu przyjechaliśmy.

Wybucham śmiechem.

– W przyszłości będziesz więc miała okazję oglądać, jak odkrywam każde twoje wspomnienie, aż zbiorę całą kolekcję.

Uśmiecha się.

– Chyba tak.

Zatrzymuje samochód na okrągłym podjeździe przed domem.

– Dom, kochany dom.

Później, kiedy już rozeszliśmy się do swoich pokoi, wkładam piżamę, myję zęby i zakradam się do pokoju Clare. Tym razem pamiętam, żeby zamknąć drzwi na klucz. Przytulamy się mocno w wąskim łóżku.

– Nie chciałabym, żeby cię to ominęło – szepcze Clare.

– Co?

– To wszystko, co było. Kiedy byłam dzieckiem. Na razie to wszystko wydarzyło się tylko w połowie, bo ciebie jeszcze tam nie ma. Kiedy więc przydarzy się także i tobie, stanie się prawdziwe.

– Już jestem w drodze. – Przesuwam dłonią po brzuchu Clare i wędruję między nogi.

Clare piszczy cicho.

– Ciii.

– Masz lodowatą rękę.

– Przepraszam.

Kochamy się w ciszy. Kiedy dochodzę, jest to doznanie tak intensywne, że zaczyna mnie boleć głowa i przez moment boję się, że zniknę. Na szczęście nadal leżę w ramionach Clare, a z bólu oczy niemal wychodzą mi z orbit. Clare pochrapuje cichutko, a ja czuję się tak, jakby przez głowę przejeżdżał mi buldożer. Marzę, żeby znaleźć się we własnym łóżku, w moim własnym mieszkaniu. Dom, ukochany dom. Nie ma innego takiego miejsca na świecie. Doprowadźcie mnie do domu, wiejskie drogi.

Tam dom twój, gdzie serce twoje. Ale moje serce jest tutaj. Więc jestem w domu. Clare wzdycha cichutko, odwraca głowę. Cześć, kochanie. Jestem w domu. Jestem w domu.

CLARE: Jest pogodny, mroźny poranek. Zjedliśmy śniadanie. Zapakowaliśmy samochód. Mark i Sharon wyjechali już z tatą na lotnisko w Kalamazoo. Henry żegna się w holu z Alicią; ja biegnę na górę do pokoju mamy.

– Jest aż tak późno? – pyta, widząc mnie w płaszczu i botkach. – Myślałam, że zostaniecie na lunch.

Mama siedzi przy biurku, które jak zawsze zarzucone jest papierami pokrytymi wyszukanym charakterem pisma.

– Nad czym pracujesz? – Cokolwiek to jest, pełno tam skreśleń i najróżniejszych zawijasów.

Mama odwraca kartkę. Jest zawsze bardzo tajemnicza, jeśli chodzi o jej pisanie.

– To nic takiego. Wiersz o ogrodzie ukrytym pod śniegiem. Ale nie bardzo mi wychodzi. – Wstaje i podchodzi do okna. – To zabawne, wiersze nigdy nie są tak ładne jak prawdziwy ogród. A przynajmniej moje wiersze.

Nie potrafię się do tego odnieść, bo nigdy nie pokazała mi żadnego z nich.

– Ogród jest piękny – mówię tylko.

Ona macha ręką. Pochwały nic dla niej nie znaczą, nigdy nie wierzy w ich szczerość. O rumieniec przyprawia ją jedynie krytyka. I tylko na nią zwraca uwagę. Gdybym powiedziała coś przykrego, zapamiętałaby to do końca życia. Zapada niezręczna cisza. Uświadamiam sobie, że czeka, aż wyjdę. Będzie mogła spokojnie wrócić do pisania.

– Do widzenia. – Całuję ją w chłodny policzek i wybiegam z pokoju.

HENRY: Jedziemy już prawie godzinę. Całymi kilometrami wzdłuż autostrady widać było sosny, teraz wjechaliśmy na płaski teren poprzecinany ogrodzeniami z drutu kolczastego. Od dłuższego czasu żadne z nas nie odezwało się ani słowem. Kiedy to sobie uświadamiam, milczenie zaczyna mi ciążyć, więc postanawiam się odezwać.

– Nie było wcale tak źle – rzucam radosnym tonem, zbyt głośno w ciasnej przestrzeni samochodu.

Clare nie odpowiada. Patrzę na nią i widzę, że płacze. Łzy płyną strumieniem po jej policzkach, ale udaje, że nic się nie dzieje. Nigdy wcześniej nie widziałem, żeby płakała, i te jej ciche łzy zaczynają mnie denerwować.

– Clare? Clare, możesz się na chwilę zatrzymać?

Nie patrząc na mnie, zwalnia i zatrzymuje się na poboczu. Jesteśmy gdzieś w Indianie. Niebo lśni błękitem, a na polach przy drodze siedzą całe zastępy kruków. Clare opiera czoło o kierownicę i oddycha głęboko.

– Clare – przemawiam do tyłu jej głowy. – Przepraszam. Czy... czy coś spieprzyłem? Co się stało? Ja...

– Nie chodzi o ciebie – mówi zza zasłony rudych włosów.

Siedzimy tak przez chwilę.

– No to co się stało? – pytam w końcu.

Kręci głową. Nie spuszczam z niej wzroku. Wreszcie zdobywam się na odwagę, by jej dotknąć. Gładzę po włosach, czuję pod palcami kręgi na karku. Odwraca się do mnie, przytulam ją nieśmiało i teraz zaczyna już szlochać, drżąc na całym ciele.

Po chwili się uspokaja.

– Do diabła z mamą – mówi.

Jakiś czas potem stoimy w wielkim korku przy dojeździe do autostrady Dan Ryan, słuchając Irmy Thomas.

– Henry? Czy było... bardzo ci przeszkadzało?

– Co? – pytam, myśląc, że ma na myśli swój wybuch.

– Moja rodzina? Czy oni...?

– Są w porządku, Clare. Bardzo ich polubiłem. Zwłaszcza Alicię.

– Czasami mam ochotę zepchnąć ich do jeziora Michigan i patrzeć, jak toną.

– Znam to uczucie. Myślę, że twój ojciec i brat już mnie kiedyś widzieli. A przy pożegnaniu Alicia powiedziała coś bardzo dziwnego.

– Widziałam cię raz z Markiem i tatą. A Alicia widziała cię na pewno, gdy miała dwanaście lat. W piwnicy.

– Czy to cię bardzo martwi?

– Nie, bo nikt nie uwierzy, jeśli spróbujemy im to wyjaśnić.

Oboje wybuchamy śmiechem i napięcie, które towarzyszyło nam kawał drogi, powoli się rozwiewa. Ruch robi się coraz większy. Niebawem Clare zatrzymuje samochód przed moim domem. Wyjmuję torbę z bagażnika i patrzę, jak rusza i jedzie wzdłuż Dearborn. Czuję bolesny ucisk w gardle. Kilka godzin później identyfikuję to uczucie jako samotność i na cały rok mam święta oficjalnie z głowy.

DOM JEST TAM, GDZIE SKŁADASZ GŁOWĘ

Sobota, 9 maja 1992
(Henry ma 28 lat)

HENRY: Doszedłem do wniosku, że najlepszą strategią jest zapytać prosto z mostu; odpowie „tak" albo „nie". Jadę kolejką do mieszkania ojca, gdzie spędziłem dzieciństwo i młodość. Ostatnio rzadko tu bywam; tato nieczęsto mnie zaprasza, a ja nie lubię wpadać niezapowiedziany, tak jak zamierzam to zrobić teraz. Ale jeśli nie odbiera telefonu, to na co liczy? Wysiadam na stacji Western. Nasze mieszkanie znajduje się przy Virginia Street, a weranda na tyłach wychodzi na rzekę Chicago. Kiedy stoję w holu, szukając kluczy, uchylają się drzwi do mieszkania pani Kim, a ona gestem daje mi znak, żebym wszedł do środka. Natychmiast budzi to we mnie niepokój. Kimy jest zazwyczaj bardzo serdeczna i głośna, i choć wie o nas wszystko, nigdy się nie miesza do naszych spraw. To znaczy prawie nigdy. Szczerze mówiąc, stanowi nieodłączny element naszego życia, ale nam się bardzo to podoba. Teraz wyczuwam, że jest zmartwiona.

– Masz ochotę na colę? – pyta, idąc w stronę kuchni.

– Jasne.

Stawiam plecak przy drzwiach wejściowych i idę za nią. W kuchni pani Kim podnosi metalową dźwignię staromodnej tacy do robienia kostek lodu. Zawsze zdumiewa mnie jej siła.

Ma już siedemdziesiąt lat, a wygląda dokładnie tak jak wtedy, gdy byłem mały. Spędzałem u niej mnóstwo czasu, pomagając gotować obiad dla pana Kima (zmarł pięć lat temu), czytałem, odrabiałem zadania, oglądałem telewizję. Teraz siadam przy stole, a pani Kim stawia przede mną szklankę pełną lśniących kostek lodu z colą. Delikatna filiżanka z porcelany z wymalowanymi wokół brzegu kolibrami wypełniona jest do połowy rozpuszczalną kawą. Pamiętam, jak pozwoliła mi po raz pierwszy wypić kawę z jednej z tych filiżanek. Miałem wtedy trzynaście lat i poczułem się bardzo dorosły.

– Dawno cię tu nie było, synku.

– Wiem. Przepraszam... Tyle się ostatnio dzieje.

Patrzy przenikliwymi czarnymi oczami, które przewiercają mnie na wylot. Jej płaska koreańska twarz nie zdradza żadnych emocji do chwili, gdy sama zapragnie je okazać. Fantastycznie gra w brydża.

– Podróżowałeś w czasie?

– Nie. Od wielu miesięcy nigdzie nie byłem. To wspaniałe.

– Masz dziewczynę?

Uśmiecham się szeroko.

– Ho, ho. Już wszystko wiem. Jak ma na imię? Dlaczego jej jeszcze tu nie przyprowadziłeś?

– Ma na imię Clare. Już kilka razy proponowałem, że przyjdziemy tu razem, ale on zawsze odmawiał.

– Nie umawiałeś się ze mną. Przyjdziecie, to Richard też się zjawi. Zjemy kaczkę w sosie migdałowym.

Jak zwykle zadziwia mnie moja własna tępota. Pani Kim ma idealne sposoby na rozwiązywanie wszelkich towarzyskich problemów. Mój ojciec nie ma oporów, żeby zachowywać się wobec mnie jak czubek, ale dla niej zawsze się stara. I dobrze. Przecież wychowała jego dziecko i prawdopodobnie pobiera od niego tylko symboliczny czynsz.

– Jesteś geniuszem.

– Wiem. Czemu nie chcą mi przyznać stypendium McArthura? No, dlaczego?

– Nie mam pojęcia. Może za rzadko wychodzisz z domu. Ludzie z Fundacji McArthura raczej nie odwiedzają salonów gry w bingo.

– Nie, mają już dość pieniędzy. Kiedy się pobieracie?

Wybucham śmiechem tak gwałtownym, że zaczynam się krztusić. Kimy zrywa się z krzesła i klepie mnie mocno w plecy. Uspokajam się, a ona wraca na swoje miejsce.

– Co w tym śmiesznego? – pyta zrzędliwym tonem. – Tylko pytam. Chyba wolno?

– Nie, nie o to chodzi. Śmieję się, bo chyba czytasz w moich myślach. Przyszedłem poprosić tatę, żeby dał mi pierścionki mamy.

– Och. Sama nie wiem. Żenisz się! To wspaniale! Ona się zgodzi?

– Chyba tak. Jestem pewny na dziewięćdziesiąt dziewięć procent.

– To świetnie. Ale nie wiem, co będzie z tymi pierścionkami. Widzisz, chciałam ci powiedzieć... – wbija wzrok w sufit – ...z twoim tatą nie jest najlepiej. Często krzyczy, ciska rzeczami po mieszkaniu i nie ćwiczy.

– Wcale mnie to nie dziwi. Ale masz rację, to niedobrze. Byłaś tam ostatnio?

Kimy często bywa w mieszkaniu ojca. Robi porządki, a raz widziałem, jak z groźną miną prasowała jego koszule do smokingu.

– Nie wpuszcza mnie! – Jest bliska łez.

To źle. Ojciec ma sporo problemów, ale nie powinien obarczać nimi pani Kim.

– A kiedy go nie ma?

Zazwyczaj udaję, że nie wiem o jej wizytach w mieszkaniu taty pod jego nieobecność; ona udaje, że nigdy by się do tego nie posunęła. Ale doceniam jej wysiłki teraz, kiedy już tam nie mieszkam. Ktoś musi mieć na niego oko.

Wygląda na lekko zaniepokojoną tym, że w ogóle poruszam ten temat.

– No dobra. Chodzę tam od czasu do czasu, ale tylko dlatego, że się o niego martwię. Wszędzie jest pełno śmieci. W całym domu zalęgną się robaki, jeśli nie będzie się tam sprzątać.

W lodówce ma tylko piwo i cytryny. Na łóżku leży tak wielka sterta ubrań, że chyba w ogóle w nim nie sypia. Nie mam pojęcia, czym się zajmuje. Nie było tak źle od czasu śmierci twojej mamy.

– O Jezu. Co o tym myślisz?

Nad naszymi głowami rozlega się wielki huk, co oznacza, że tato upuścił coś na podłogę w kuchni. A może tylko wstał.

– Lepiej tam pójdę.

– Tak. – Kimy zamyśla się na chwilę. – Twój ojciec to taki sympatyczny człowiek. Nie mam pojęcia, dlaczego tak się zachowuje.

– Jest alkoholikiem. A tym właśnie zajmują się alkoholicy. To wchodzi w zakres ich obowiązków: doprowadzić się do całkowitego zniszczenia.

Kimy patrzy na mnie przenikliwie.

– A skoro już mowa o obowiązkach...

– Tak? O, cholera.

– On chyba w ogóle nie pracuje.

– Sezon już się skończył. Nigdy nie pracuje w maju.

– Orkiestra pojechała na tournée do Europy, a on został w domu. I nie zapłacił czynszu za ostatnie dwa miesiące.

Cholera!

– Dlaczego do mnie nie zadzwoniłaś? To straszne. Jezu.

Zrywam się z miejsca i wypadam do holu; chwytam plecak i wracam do kuchni. Wyjmuję książeczkę czekową.

– Ile jest ci winien?

Pani Kim jest wyraźnie zakłopotana.

– Nie, Henry... on zapłaci.

– Może oddać mnie. No, kochana, wykrztuś wreszcie. Ile?

Nie patrzy na mnie.

– Tysiąc dwieście dolarów – mówi cicho.

– Tylko tyle? Co ty wyprawiasz? Prowadzisz fundację na rzecz utrzymywania rodziny DeTamble? – Wypisuję czek i wsuwam go pod spodeczek. – Zrealizuj go albo będziesz miała ze mną do czynienia.

– Jeśli go nie zrealizuję, to znów mnie odwiedzisz.

– I tak cię odwiedzę. – Ogarnia mnie nagle poczucie winy. – Przyprowadzę Clare.

Kimy się rozpromienia.

– Mam nadzieję. Będę twoim świadkiem na ślubie, dobrze?

– Jeśli tato nie wróci do formy, będziesz mogła poprowadzić mnie do ołtarza. Tak, to świetny pomysł: poprowadzisz mnie główną nawą, Clare będzie czekać w smokingu przy ołtarzu, a organista zagra Lohengrina...

– Muszę sobie kupić sukienkę.

– Ale dopiero wtedy, gdy ci powiem, że wszystko jest zaklepane. – Wzdycham ciężko. – Pójdę na górę i porozmawiam z nim.

Wstaję od stołu. W kuchni pani Kim czuję się jak wielkolud, zupełnie jakbym odwiedzał swoją szkołę podstawową i nie mógł się nadziwić, że ławki są takie małe. Kimy idzie za mną do drzwi. Obejmuję ją mocno. Przez moment wydaje mi się, że jest bardzo delikatna i krucha. Zastanawiam się nad jej życiem wypełnionym sprzątaniem, pracą w ogrodzie i partyjkami brydża. Myśli o jej monotonnej egzystencji ustępują jednak pod naporem moich własnych. Niebawem tu wrócę. Nie mogę spędzić całego życia, ukrywając się w łóżku z Clare. Kimy nie spuszcza ze mnie wzroku, gdy otwieram drzwi do mieszkania ojca.

– Tato? Jesteś w domu?

Chwila ciszy, a potem:

– IDŹ SOBIE!

Wchodzę na schody, a pani Kim zamyka drzwi do swojego mieszkania.

Pierwszą rzeczą, jaka uderza mnie po wejściu do środka, jest smród: coś tu się psuje. Salon to jedna wielka ruina. Gdzie się podziały wszystkie książki? Moi rodzice mieli tony książek: o muzyce, historyczne, powieści, po francusku, niemiecku, po włosku. Gdzie one są? Nawet kolekcja płyt wydaje się mocno przerzedzona. Wszędzie walają się papiery: ulotki reklamowe, gazety, partytury. Pianino mamy jest pokryte grubą warstwą kurzu, a na parapecie w wazonie usychają gladiole. Idę korytarzem, zaglądając do sypialni. Wszędzie panuje totalny chaos;

ubrania, śmieci, gazety. W łazience pod umywalką leży butelka po piwie, a jego zaschnięta plama pokrywa kafelki na podłodze.

Ojciec siedzi w kuchni tyłem do wejścia i patrzy przez okno na rzekę. Kiedy wchodzę do środka, nie odwraca się. Nie patrzy na mnie, gdy siadam przy stole. Ale nie wstaje i nie wychodzi, co przyjmuję jako dobry znak do rozpoczęcia rozmowy.

– Cześć, tato.

Cisza.

– Widziałem się przed chwilą z panią Kim. Mówi, że nie najlepiej sobie radzisz.

Cisza.

– Podobno nie pracujesz.

– Jest maj.

– Dlaczego nie pojechałeś na tournée?

Wreszcie patrzy na mnie. Pod malującym się w jego oczach uporem czai się przerażenie.

– Jestem na zwolnieniu.

– Od kiedy?

– Od marca.

– Na płatnym zwolnieniu?

Cisza.

– Jesteś chory? Co się dzieje?

Początkowo sądzę, że zamierza zignorować moje pytanie, lecz w odpowiedzi wyciąga przed siebie dłonie. Drżą tak, jakby przeżywały swoje własne małe trzęsienie ziemi. W końcu mu się udało. Dwadzieścia trzy lata nieustannego picia i nie może już grać na skrzypcach.

– O Boże, tato. Co mówi Stan?

– Że to koniec. Nerwy są uszkodzone i nie można tego odwrócić.

– Jezu.

Patrzymy na siebie przez niewyobrażalnie długą minutę. Na twarzy ojca maluje się smutek, a ja zaczynam już wszystko rozumieć: nie zostało mu już nic. Nie ma niczego, co mogłoby go trzymać przy życiu. Najpierw odeszła mama, a teraz pożegnał się z muzyką. Ja nigdy dla niego wiele nie znaczyłem, więc moje spóźnione wysiłki na pewno nie odegrają żadnej istotnej roli.

– Co teraz? – pytam.

Cisza. Już nic się nie wydarzy.

– Nie możesz siedzieć sam w mieszkaniu i pić przez następne dwadzieścia lat.

Wpatruje się w blat stołu.

– A twoja emerytura? Ubezpieczenie zdrowotne? AA?

Nie zrobił nic, pozwolił, by wszystko się rozpłynęło. Gdzie ja byłem?

– Zapłaciłem czynsz.

– Och. – Jest wyraźnie zakłopotany. – Ja nie zapłaciłem?

– Nie. Zalegałeś za dwa miesiące. Pani Kim była bardzo zażenowana. Nie chciała mi nic powiedzieć, nie chciała wziąć ode mnie pieniędzy, ale nie ma sensu obciążać jej twoimi problemami.

– Biedna pani Kim. – Po policzkach ojca zaczynają płynąć łzy.

Jest stary. Nie potrafię tego inaczej ująć. Ma pięćdziesiąt siedem lat i jest starym człowiekiem. Już nie jestem zły. Żal mi go i bardzo się o niego martwię.

– Tato.

Znów patrzy na mnie.

– Posłuchaj. Musisz mi pozwolić, żebym coś dla ciebie zrobił, dobrze?

Odwraca wzrok i patrzy przez okno na o wiele bardziej interesujące drzewa na drugim brzegu rzeki.

– Musisz mi pozwolić przejrzeć dokumenty emerytalne i wyciągi bankowe. I żebym tu posprzątał razem z panią Kim. A przede wszystkim musisz przestać pić.

– Nie.

– Co nie? Nie zgadzasz się na wszystko czy tylko na pewne rzeczy?

Cisza. Zaczynam tracić cierpliwość, postanawiam więc zmienić temat.

– Żenię się, tato.

Udało mi się przykuć jego uwagę.

– Z kim? Kto chce za ciebie wyjść?

Mówi to chyba bez złośliwości. Jest wyraźnie zaciekawiony. Wyjmuję portfel i z plastikowej przegródki wysuwam zdjęcie Clare. Spogląda na nim w zamyśleniu, na Lighthouse Beach. Jej włosy powiewają na wietrze jak sztandar, a w świetle poranka cała sylwetka jaśnieje na tle ciemnych drzew. Tato bierze zdjęcie i uważnie mu się przygląda.

– Nazywa się Clare Abshire. Jest artystką.

– Bardzo ładna – mruczy niechętnie. To najlepsze ojcowskie błogosławieństwo, na jakie mogę liczyć.

– Chciałbym... chciałbym jej dać obrączkę i pierścionek zaręczynowy mamy. Myślę, że mama by sobie tego życzyła.

– Skąd wiesz? Prawie w ogóle jej nie pamiętasz.

Początkowo nie mam ochoty o tym rozmawiać, ale nagle ogarnia mnie przemożna chęć wyrzucenia z siebie wszystkiego.

– Widuję ją regularnie. Od dnia jej śmierci widziałem ją setki razy. Widzę, jak spaceruje po okolicy, z tobą, ze mną. Chodzi do parku i uczy się partytur, robi zakupy, pije kawę z Marą w kawiarni Tia. Widuję ją z wujkiem Ishem. I w Juilliard. Słyszę, jak śpiewa!

Tato wpatruje się we mnie oniemiały. Ranię go, ale nie potrafię się powstrzymać.

– Rozmawiałem z nią. A pewnego razu stałem obok niej w zatłoczonej kolejce i dotykałem jej.

Zaczyna płakać.

– To nie zawsze jest przekleństwem, rozumiesz? Czasami podróże w czasie są wspaniałe. Muszę ją widywać. I często tak jest. Na pewno pokochałaby Clare, chciałaby, żebym był szczęśliwy, i byłaby wściekła, że spieprzyłeś sobie życie tylko dlatego, że ona umarła.

Tato siedzi przy stole i płacze. Nie zakrywa twarzy, lecz pochyla głowę i pozwala, by łzy kapały na blat. Patrzę na niego przez chwilę. Taka jest cena za utratę panowania nad sobą. Po chwili idę do łazienki i wracam z rolką papieru toaletowego. Urywa kawałek i wydmuchuje nos. Przez kilka minut siedzimy w milczeniu.

– Dlaczego mi o tym nie powiedziałeś?

– Co masz na myśli?

– Dlaczego mi nie powiedziałeś, że ją widujesz? Żałuję, że tego nie wiedziałem.

Dlaczego mu nie powiedziałem? Bo każdy normalny ojciec zdążyłby się już zorientować, że nieznajomy facet śledzący początki ich małżeństwa jest ich nienormalnym, podróżującym w czasie synem. Bo się bałem; przecież nienawidził mnie za to, że przeżyłem. Bo w głębi serca czułem, że jestem od niego lepszy z powodu tego, co on uważał za defekt. Z takich właśnie paskudnych powodów.

– Bo myślałem, że to ci sprawi ból.

– Nie. To mnie... nie rani. Dobrze jest wiedzieć... że ona gdzieś tam jest. Najgorsza jest świadomość, że... odeszła na zawsze. Dobrze, że gdzieś tam jest. Nawet jeśli ja nie mogę jej zobaczyć.

– Zwykle wygląda na bardzo szczęśliwą.

– Tak. Była bardzo szczęśliwa... my byliśmy bardzo szczęśliwi.

– Byłeś zupełnie inny. Zawsze się zastanawiałem, co by się zmieniło, gdybym dorastał u boku ojca, jakim wtedy byłeś.

Powoli wstaje od stołu. Chwiejnym krokiem wychodzi do holu, potem znika w sypialni. Słyszę, jak czegoś szuka. Wraca do kuchni z niewielkim atłasowym woreczkiem w ręce. Wysuwa z niego ozdobne granatowe pudełeczko. Otwiera je i wyjmuje ze środka dwa delikatne pierścionki. Spoczywają jak nasiona na jego szczupłej drżącej dłoni. Przykrywa je lewą ręką i siedzi tak przez chwilę, jakby były robaczkami świętojańskimi uwięzionymi między jego dłońmi. Nagle otwiera oczy i wyciąga prawą rękę. Wyciągam stulone dłonie, a ojciec zsuwa do nich oba pierścionki.

Zaręczynowy jest ze szmaragdem. Kamień lśni zielenią we wpadającym przez okno świetle. Oba pierścionki są srebrne i koniecznie należy je wyczyścić. Trzeba je też nosić, a znam dziewczynę, która zrobi to wręcz idealnie.

URODZINY

Niedziela, 24 maja 1992
(Clare ma 21, Henry 28 lat)

CLARE: Dziś są moje dwudzieste pierwsze urodziny. Jest cudowny letni wieczór. Leżę w łóżku Henry'ego i czytam *Kamień księżycowy*. W kuchni Henry przygotowuje kolację. Kiedy wkładam jego szlafrok i idę do łazienki, słyszę, jak wścieka się na blender.

Nie śpieszę się. Myję włosy. Zastanawiam się, czy ich nie ściąć. Byłoby miło umyć je szybko, przeciągnąć grzebieniem i gotowe. Wzdycham. Henry kocha moje włosy tak bardzo, jakby były niezależnym bytem, jakby miały duszę i potrafiły odwzajemnić jego miłość. Wiem, że kocha je, bo są częścią mnie, ale wiem też, że byłby bardzo zmartwiony, gdybym je obcięła. Ja chyba też bym za nimi tęskniła... Ale czasami mam ich dość, chciałabym zdjąć je jak perukę, odłożyć i mieć choć na chwilę spokój. Rozczesuję włosy starannie, pasmo po paśmie. Po umyciu są bardzo ciężkie. Aż boli mnie skóra na głowie. Uchylam drzwi łazienki, by wypuścić kłęby pary. Henry śpiewa fragment *Carmina Burana*; to brzmi bardzo dziwnie i fałszywie. Kiedy wychodzę z łazienki, nakrywa do stołu.

– Masz idealne wyczucie czasu. Kolacja gotowa.

– Jeszcze chwileczkę. Muszę się ubrać.

– Nie musisz. Naprawdę. – Podchodzi do mnie, rozchyla szlafrok i przesuwa dłońmi po moich piersiach.

– Mmm. Kolacja wystygnie.

– Kolacja jest zimna. Taka miała być z założenia.

– Och... no to bierzmy się do jedzenia. – Nagle czuję się bardzo zmęczona.

– Dobra.

Wypuszcza mnie bez słowa i zaczyna układać sztućce. Obserwuję go przez chwilę, po czym zbieram rozrzucone w różnych miejscach na podłodze ubranie i wkładam je. Siadam przy stole. Henry przynosi dwie miseczki z zupą, jasną i gęstą.

– Vichysoisse. Według przepisu mojej babci.

Próbuję. Jest wyśmienita. Następne danie to łosoś z długimi zielonymi szparagami w oliwie. Otwieram usta, by powiedzieć coś miłego o jedzeniu, lecz zamiast tego pytam:

– Henry, czy inni ludzie uprawiają seks tak często jak my?

Zastanawia się przez chwilę.

– Większość ludzi... chyba nie. Tylko ci, którzy nie znają się zbyt długo i nadal nie mogą uwierzyć w swoje szczęście. Czy robimy to za często?

– Nie wiem. Może. – Wbijam wzrok w talerz. Nie mogę uwierzyć, że w ogóle to powiedziałam. Przez cały okres dorastania błagałam Henry'ego, żeby się ze mną kochał, a teraz uważam, że robimy to za często.

Henry siedzi nieruchomo.

– Clare, tak mi przykro. Nie wiedziałem. W ogóle się nad tym nie zastanawiałem.

Podnoszę wzrok. Jest wyraźnie przybity. Wybucham śmiechem. Uśmiecha się z lekkim poczuciem winy, ale oczy mu błyszczą.

– Wiesz, są takie dni, kiedy po prostu nie mogę swobodnie usiąść.

– Musisz mi tylko powiedzieć. Powiedz: „Kochanie, dziś wieczór nie, bo robiliśmy to już dwadzieścia trzy razy i teraz mam ochotę poczytać *Dom na pustkowiu*".

– A ty się grzecznie na to zgodzisz?

– Już raz to zrobiłem, pamiętasz? Byłem bardzo grzeczny.

– Zgoda. Ale ja czułam się winna.

Henry wybucha śmiechem.

– Nie możesz liczyć, że ci w tym pomogę. To może być moja jedyna nadzieja: dzień po dniu, tydzień po tygodniu, będę marzył o jednym pocałunku, marniał, śniąc o cudownej lasce, którą mi zrobisz, aż w końcu podniesiesz wzrok znad książki i uświadomisz sobie, że umrę u twoich stóp, jeśli natychmiast cię nie przelecę. Ja oczywiście nie odezwę się ani słowem. Może wydam z siebie tylko kilka jęków.

– Ale... ja nic nie rozumiem... chodzi mi o to, że ja ledwo żyję, a ty... jesteś w świetnej formie. Chyba nie jestem nienormalna?

Henry pochyla się nad stołem i wyciąga ręce. Kładę swoje dłonie na jego.

– Clare.

– Tak?

– Wybacz, że to mówię, nie jest to zbyt delikatne z mojej strony, ale twój temperament seksualny przewyższa temperament niemal wszystkich kobiet, z którymi miałem do czynienia. Większość na twoim miejscu już dawno by się poddała i wiele miesięcy temu włączyła automatyczną sekretarkę. Myślałem jednak... zawsze miałaś na to wielką ochotę. Ale jeśli to dla ciebie zbyt wiele, jeśli nie masz ochoty, musisz mi tylko powiedzieć, bo inaczej będę tuptał obok ciebie, zastanawiając się, czy przypadkiem za dużo od ciebie nie żądam.

– Jaką ilość seksu można uznać za wystarczającą?

– Dla mnie? Dla mnie idealnym rozwiązaniem byłoby w ogóle nie wychodzić z łóżka. Moglibyśmy się kochać bez końca i wychodzić tylko po jedzenie. No wiesz, po wodę i świeże owoce, żeby chronić się przed szkorbutem. Od czasu do czasu wpadałbym też do łazienki, żeby się ogolić. I co jakiś czas moglibyśmy zmieniać pościel. No i chodzić do kina, żeby nie dostać odleżyn. Co rano musiałbym też biegać.

Bieganie jest dla Henry'ego jak religia.

– Po co biegać? I tak miałbyś dość ćwiczeń fizycznych.

Nagle robi się poważny.

– Bo bardzo często moje życie zależy od tego, czy potrafię biegać szybciej od osoby, która akurat mnie ściga.

– Och. – Teraz ja muszę się zawstydzić, bo przecież wiedziałam o tym doskonale. – Ale... – Jak mam to ująć? – Przecież ostatnio nigdzie nie znikasz. Od chwili, gdy znalazłam cię tutaj, w teraźniejszości, nigdzie nie podróżowałeś, prawda?

– W święta sama widziałaś. I raz w okolicach Święta Dziękczynienia. Byłaś wtedy w Michigan, a ja nic o tym nie wspomniałem, bo byłem zbyt przygnębiony.

– Oglądałeś wypadek?

– Tak. – Patrzy na mnie zdumiony. – Skąd wiesz?

– Kilka lat temu zjawiłeś się w Meadowlark w Wigilię i wszystko mi opowiedziałeś. Byłeś bardzo poruszony.

– Tak. Pamiętam, że przygnębiła mnie już sama data na Liście. Pomyślałem, że to jeszcze jedne święta, przez które muszę jakoś przebrnąć. W normalnym czasie też nie było najlepiej. Zatrułem się alkoholem i musieli mi płukać żołądek. Mam nadzieję, że nie popsułem ci wtedy świąt.

– Nie... byłam bardzo szczęśliwa, mogąc cię zobaczyć. I opowiedziałeś mi coś bardzo ważnego, osobistego, choć bardzo się pilnowałeś, by nie wyjawić żadnych nazwisk ani nazw. Mimo to słuchałam wspomnień z twojego prawdziwego życia, a bardzo chciałam się dowiedzieć czegoś, co pomogłoby mi uwierzyć, że nie jesteś tylko wytworem mojej chorej wyobraźni. Dlatego, między innymi, zawsze cię dotykałam. – Śmieję się. – Nigdy nie przyszło mi do głowy, jak strasznie ci wszystko utrudniam. Robiłam, co w mojej mocy, a ty pozostawałeś chłodny i niedostępny. Musiałeś wtedy chyba umierać.

– Na przykład?

– Co jest na deser?

Henry posłusznie wstaje i przynosi deser. To lody o smaku mango z malinami. W jedną porcję, trochę pod kątem, wbił cieniutką świeczkę. Śpiewa *Sto lat*, ja chichoczę, bo okropnie fałszuje. Wypowiadam w myślach życzenie i zdmuchuję świeczkę. Lody są rewelacyjne. W bardzo radosnym nastroju szukam w pamięci wydarzenia, które wystawiło Henry'ego na najcięższą próbę.

– Dobra. To było najgorsze. Kiedy miałam szesnaście lat, czekałam na ciebie pewnej nocy, około jedenastej. Na polanie było ciemno. Byłam trochę zła na ciebie, bo nadal traktowałeś mnie jak dziecko, kumpla, a ja aż paliłam się do tego, by stracić dziewictwo, pomyślałam, że schowam twoje ubranie...

– Och nie.

– Tak. Przeniosłam więc ciuchy na inne miejsce... – Trochę się wstydzę, ale teraz jest już za późno.

– I?

– Pojawiłeś się, a ja straszliwe się z tobą droczyłam. Byłeś naprawdę u kresu wytrzymałości.

– I?

– Skoczyłeś na mnie i przygwoździłeś mnie do ziemi. Przez jakieś trzydzieści sekund oboje myśleliśmy, że nadszedł ten wielki moment. To wcale nie przypominałoby gwałtu, bo sama się o to prosiłam. Ale nagle na twojej twarzy pojawił się ten szczególny wyraz, powiedziałeś: „Nie", wstałeś i odszedłeś. Przeszedłeś przez Łąkę i zniknąłeś wśród drzew. Nie widziałam cię potem przez trzy tygodnie.

– No proszę. Wyszedłem na lepszego faceta, niż jestem w rzeczywistości.

– Miałam potem tak okropne wyrzuty sumienia, że z wielkim wysiłkiem zachowywałam się porządnie przez całe dwa lata.

– Dzięki Bogu. Nie wyobrażam sobie, żebym mógł regularnie wykazywać się aż tak silną wolą.

– Ale się wykazywałeś. I to jest w tym wszystkim najbardziej niesamowite. Przez długi czas myślałam, że ci się po prostu nie podobam. Jeśli mamy spędzić całe życie w łóżku, podejrzewam, że będziesz musiał mocno ograniczyć wypady w moją przeszłość.

– Posłuchaj, ja wcale nie żartuję, mówiąc, że pragnę aż tyle seksu. Od dawna chciałem ci powiedzieć, że czuję się zupełnie inaczej. Czuję się... tak mocno z tobą związany. I to chyba zatrzymuje mnie tutaj, w teraźniejszości. Taki mocny fizyczny związek jak nasz wpływa korzystnie na mój mózg. Coś się tam chyba poprzestawiało. – Henry gładzi mnie po dłoni opuszkami palców. Podnosi wzrok. – Mam coś dla ciebie. Chodź i usiądź tam.

Wstaję i idę za nim do saloniku. Wcześniej zdążył złożyć kanapę i teraz sadza mnie na niej. Słońce zaczęło już zachodzić i cały pokój zalany jest różowopomarańczowym blaskiem. Henry otwiera biurko, sięga do małej szufladki i wyjmuje mały atłasowy woreczek. Siada obok mnie, nasze kolana niemal się dotykają. Chyba słyszy, jak wali mi serce, myślę. Nareszcie. Henry ujmuje moje dłonie i patrzy na mnie z powagą. Czekałam na to tak długo, a teraz tak bardzo się boję.

– Clare?

– Tak? – pytam cicho chrapliwym głosem.

– Wiesz, jak bardzo cię kocham. Wyjdziesz za mnie?

– Tak... – Ogarnia mnie przemożne poczucie déjà vu. – Ale wiesz... tak naprawdę... ja już za ciebie wyszłam.

Niedziela, 31 maja 1992
(Clare ma 21, Henry 28 lat)

CLARE: Stoimy z Henrym w holu budynku, w którym dorastał. Jesteśmy już trochę spóźnieni, ale nie wchodzimy na górę. Henry opiera się o skrzynki pocztowe. Zamyka oczy i oddycha głęboko.

– Nie martw się – mówię. – To nie może być gorsze od twojego spotkania z mamą.

– Twoi rodzice byli dla mnie bardzo mili.

– Ale mama jest... tak nieprzewidywalna.

– Mój tato też.

Henry wsuwa klucz do zamka i wchodzimy na pierwsze piętro. Puka do drzwi mieszkania, które natychmiast otwiera drobna Koreanka: Kimy. Włożyła błękitną jedwabną sukienkę, usta ma pomalowane jaskrawoczerwoną szminką i krzywo wydepilowane brwi. Szpakowate włosy splotła w dwa warkocze i upięła wokół uszu. Z jakiegoś powodu przypomina mi Ruth Gordon*. Sięga mi do ramienia. Podchodzi do mnie i przekrzywia głowę.

---

* Ruth Gordon – aktorka amerykańska, znana m.in. z roli Minnie Castevet w *Dziecku Rosemary* Polańskiego (przyp. tłum.).

– Och, Henry, ona jest taka piękna! – mówi.

Czuję, że się rumienię.

– Kimy, gdzie twoje maniery? – karci ją żartem Henry.

Kimy wybucha śmiechem.

– Dzień dobry, panno Abshire – mówi.

– Dzień dobry, pani Kim.

Obie się uśmiechamy.

– Mów do mnie Kimy, jak wszyscy.

Kiwam głową i ruszam za nią w stronę salonu. Siedzi tam w fotelu ojciec Henry'ego.

Nie odzywa się ani słowem, tylko patrzy na mnie. Jest chudy, wysoki, kanciasty i wyraźnie zmęczony. W niczym nie przypomina Henry'ego. Ma krótkie szpakowate włosy, ciemne oczy, długi nos i wąskie usta z opuszczonymi kącikami. Siedzi skulony w fotelu. Długie, eleganckie dłonie ułożył na kolanach. Wyglądają zupełnie jak śpiący kot.

Henry kaszle cicho i mówi:

– Tato, to jest Clare Abshire. Clare, to mój ojciec, Richard DeTamble.

Pan DeTamble powoli wyciąga rękę, a ja robię krok do przodu i delikatnie ją ujmuję. Jest lodowata.

– Dzień dobry. Miło mi pana poznać.

– Naprawdę? Henry chyba niewiele ci o mnie opowiadał – mówi ochrypłym głosem, w którym słychać cień rozbawienia. – Muszę szybko wykorzystać to przychylne nastawienie. Chodź i usiądź koło mnie. Kimy, podasz nam coś do picia?

– Właśnie miałam o to zapytać. Clare, na co masz ochotę? Zrobiłam sangrię, lubisz? Henry, a ty? Sangria? Świetnie. Richard, masz ochotę na piwo?

Wszyscy zamierają na moment.

– Nie, Kimy, dziękuję – mówi pan DeTamble. – Napiję się herbaty, jeśli będziesz tak dobra i ją zaparzysz.

Kimy uśmiecha się i znika w kuchni. Pan DeTamble odwraca się w moją stronę.

– Trochę się przeziębiłem. Zażyłem lekarstwo, ale jestem przez nie odrobinę senny.

Henry siedzi na kanapie i nie spuszcza z nas oka. Wszystkie meble w pokoju są białe i wyglądają, jakby kupiono je w sklepie JCPenney gdzieś w 1945 roku. Tapicerkę okrywa ochronny plastik, podobnie jak biały dywan. Jest też kominek, który wygląda, jakby go nigdy nie używano, a nad nim wisi rysunek piórkiem przedstawiający poruszane wiatrem pędy bambusa.

– To piękny rysunek – mówię, żeby przerwać ciszę.

Pan DeTamble wygląda na zadowolonego.

– Podoba ci się? Przywieźliśmy go z Annette z Japonii w tysiąc dziewięćset czterdziestym drugim. Kupiliśmy go w Kioto, ale oryginał pochodzi z Chin. Pomyśleliśmy, że spodoba się Kim i Dongowi. To siedemnastowieczna kopia o wiele starszego obrazu.

– Opowiedz Clare o wierszu – mówi Henry.

– Brzmi mniej więcej tak: „»Bambus wysyła w bezmiar nieba szybujące myśli. Stojąc na samotnym wzgorzu, cichy, dystyngowany, uosabia wolę dżentelmena«. Namalował i napisał z lekkim sercem Wu Chen".

– Uroczy – mówię.

Kim wchodzi do pokoju z zastawioną tacą. Razem z Henrym bierzemy po kieliszku sangrii, a pan DeTamble ostrożnie ujmuje filiżankę w obie dłonie. Filiżanka drży na spodeczku, kiedy odstawia ją na stolik. Kimy siada w niewielkim fotelu przy kominku i popija swoją sangrię. Łykam trochę, jest bardzo mocna. Henry spogląda na mnie, unosząc brwi.

– Lubisz ogrody, Clare? – pyta Kimy.

– Tak. Moja mama jest zapaloną ogrodniczką.

– Powinnaś wyjść przed obiadem na podwórko. Wszystkie moje peonie już kwitną i musimy ci pokazać rzekę.

– Będzie mi miło.

Wychodzimy do ogródka na tyłach domu. Podziwiam rzekę Chicago, płynącą majestatycznie u stóp niebezpiecznych schodów. Zachwycam się peoniami.

– Jaki ogród ma twoja mama? – pyta Kimy. – Hoduje róże? – Sama ma niewielkie, zadbane rozarium, w którym dominują róże herbaciane.

– Tak. Ale jej prawdziwą pasją są irysy.

– Ja też je mam. Tam. – Kimy wskazuje kępę kwiatów. – Muszę je rozdzielić. Jak myślisz, czy twoja mama chciałaby kilka pędów?

– Nie wiem. Mogę zapytać. – Mama ma ponad dwieście odmian irysów. Widzę, jak Henry uśmiecha się za plecami Kimy, i marszczę groźnie brwi. – Zapytam ją, czy chciałaby się z tobą wymienić. Ma kilka odmian, które sama wyhodowała, i bardzo lubi obdarowywać nimi przyjaciół.

– Twoja matka hoduje irysy? – pyta pan DeTamble.

– Tak. Hoduje też tulipany, ale irysy to jej kwiaty.

– Ma wykształcenie ogrodnicze?

– Nie. Jest amatorką. Ma ogrodnika, który wykonuje najcięższe prace, i kilka osób do pomocy, które koszą trawę i pielą.

– To musi być wielki ogród – stwierdza Kimy i prowadzi nas z powrotem do domu. W kuchni brzęczy minutnik. – Pora na obiad.

Pytam, czy w czymś jej pomóc, ale wskazuje mi krzesło. Siedzę naprzeciwko Henry'ego. Po prawej stronie mam jego ojca, a po lewej puste krzesło Kimy. Pan DeTamble ma na sobie sweter, mimo że w mieszkaniu jest dość ciepło. Zastawa Kimy jest naprawdę urocza, wszędzie wymalowane są małe kolibry. Przed każdym z nas stoi szklanka z wodą. Kimy nalewa nam też po kieliszku białego wina. Zatrzymuje się na chwilę przy kieliszku pana DeTamble i omija go, gdy ojciec Henry'ego kręci głową. Przynosi z kuchni sałatki i siada. Pan DeTamble unosi szklankę z wodą.

– Za szczęśliwą parę – mówi.

– Za szczęśliwą parę – powtarza Kimy.

Stukamy się delikatnie kieliszkami i spełniamy toast.

– Clare, Henry opowiadał, że jesteś artystką. Czym się zajmujesz?

– Robię papier. Rzeźby z papieru.

– Och. Będziesz mi je kiedyś musiała pokazać, bo nie mam pojęcia, jak mogą wyglądać. Są podobne do origami?

– Raczej nie.

Do rozmowy wtrąca się Henry.

– Są podobne do dzieł tego niemieckiego artysty, które widzieliśmy w instytucie sztuki. Pamiętasz? Anselm Kiefer. Wielkie, przerażające rzeźby z papieru.

Kimy wygląda na mocno tym stropioną.

– Dlaczego taka śliczna dziewczyna robi takie brzydkie rzeczy?

Henry wybucha śmiechem.

– To sztuka, Kimy. Poza tym te rzeźby są naprawdę piękne.

– Często wykorzystuję kwiaty – mówię do Kimy. – Jeśli dasz mi swoje zasuszone róże, umieszczę je w rzeźbie, nad którą teraz pracuję.

– Dobrze. A co to takiego?

– Ogromny kruk z róż, włosów i włókna liliowca.

– Ach tak. Ale dlaczego kruk? Kruki przynoszą pecha.

– Naprawdę? Moim zdaniem są śliczne.

Pan DeTamble unosi jedną brew i przez moment wygląda zupełnie jak Henry.

– Masz dość szczególne pojęcie piękna.

Kimy wstaje i zbiera talerze po sałatkach. Znika w kuchni, a po chwili wyłania się z wielką misą zielonego groszku i parującym półmiskiem z pieczoną kaczką w sosie malinowo-pieprzowym. Smakuje niebiańsko. Już wiem, gdzie Henry nauczył się gotować.

– I co o tym sądzicie? – dopytuje się Kimy.

– Pyszne – mówi pan DeTamble, a ja natychmiast przyłączam się do jego pochwał.

– Czy nie za dużo cukru? – mówi Henry.

– Chyba tak – zgadza się z nim Kimy.

– Ale mięso jest niezwykle kruche – dodaje Henry i Kimy rozpływa się w uśmiechach.

Wyciągam rękę, by sięgnąć po kieliszek. Pan DeTamble kiwa głową.

– Pierścionek Annette świetnie wygląda na twoim palcu – mówi.

– Jest przepiękny. Dziękuję, że pozwolił pan mi go nosić.

– Ten pierścionek i obrączka mają bardzo długą historię. Zrobiono je w Paryżu w tysiąc osiemset dwudziestym trzecim roku dla mojej praprababki, która miała na imię Jeanne. Przyjechały do Ameryki w tysiąc dziewięćset dwudziestym razem z moją babką, Yvette, a od tysiąc dziewięćset sześćdziesiątego dziewiątego, od dnia śmierci Annette, spoczywały w szufladzie. Dobrze je znów zobaczyć w świetle dnia.

Spoglądam na pierścionek. Mama Henry'ego miała go na palcu, gdy zginęła. Patrzę na Henry'ego, który najwyraźniej myśli o tym samym, i na pana DeTamble, który wrócił do jedzenia kaczki.

– Proszę mi opowiedzieć o Annette – zwracam się do niego.

Odkłada widelec, opiera łokcie na stole i przykłada dłonie do czoła. Patrzy na mnie zza rozstawionych lekko palców.

– Henry na pewno coś ci już mówił.

– Tak. Trochę. Dorastałam, słuchając jej płyt, bo moi rodzice ją uwielbiali.

Pan DeTamble się uśmiecha.

– Wiesz już więc, że Annette miała cudowny głos... czysty, o niezwykłym brzmieniu... potrafiła nim wyrazić wszystko, co kryło się w duszy. Kiedy jej słuchałem, czułem, że moje życie to coś więcej niż tylko biologia... rozumiała też doskonale strukturę utworów, potrafiła je do głębi analizować, a potem przekazywać głosem wszystkie ukryte treści... Annette była niezwykle wrażliwą, pełną emocji osobą. I potrafiła budzić najgłębsze emocje w innych. Kiedy odeszła, przestałem cokolwiek odczuwać.

Skrępowana spoglądam na Henry'ego. Patrzy na ojca z wyrazem tak wielkiego smutku na twarzy, że szybko wbijam wzrok w talerz.

– Pytałaś jednak o Annette, nie o mnie. Była bardzo miła i była wielką artystką, a to nie zawsze idzie w parze. Potrafiła uszczęśliwiać innych i sama była bardzo szczęśliwa. Kochała życie. Tylko dwa razy widziałem, jak płacze: kiedy dawałem jej ten pierścionek i gdy urodziła Henry'ego.

Kolejna chwila ciszy.

– Mieliście wielkie szczęście – mówię w końcu.

Uśmiecha się, nadal ukrywając twarz w dłoniach.

– I tak, i nie. W jednej chwili mieliśmy wszystko, o czym można zamarzyć, a w następnej ona leżała w kawałkach na drodze.

Henry krzywi się i drży.

– Nie sądzi pan jednak... – nie daję za wygraną – ...że lepiej jest być ogromnie szczęśliwym przez krótki czas, nawet jeśli ma się to szczęście stracić, niż przez całe życie odczuwać względne zadowolenie?

Pan DeTamble patrzy na mnie uważnie. Odejmuje dłonie od twarzy i nie spuszcza ze mnie wzroku.

– Często się nad tym zastanawiałem – mówi. – Wierzysz w to?

Wracam myślami do dzieciństwa, do czekania i nieustannego zastanawiania się nad wszystkim, do radości na widok Henry'ego idącego przez Łąkę po całych tygodniach i miesiącach rozstania. Przypominam sobie, jak to było nie widzieć go przez dwa lata, a potem nagle znaleźć w czytelni Newberry; wielką radość płynącą z faktu, że mogę go dotknąć, luksus pewności, gdzie aktualnie przebywa, pewności, że mnie kocha.

– Tak – mówię. – Całym sercem.

Napotykam wzrok Henry'ego i uśmiecham się. Pan DeTamble kiwa z powagą głową.

– Henry dokonał świetnego wyboru – mówi.

Kimy wstaje, by podać kawę, a kiedy krząta się w kuchni, pan DeTamble kontynuuje:

– On nie został stworzony po to, by wnieść spokój w czyjeś życie. Pod wieloma względami jest zupełnym przeciwieństwem swojej matki: nie można na nim polegać, jest nieprzewidywalny, myśli przede wszystkim o sobie. Powiedz mi, Clare, dlaczego taka urocza dziewczyna jak ty chce wyjść za takiego faceta jak Henry?

Wydaje się, że wszystko w pokoju zamarło. Henry sztywnieje, ale nie odzywa się ani słowem. Pochylam się z uśmiechem w stronę pana DeTamble i odpowiadam z entuzjazmem tak wielkim, jakby spytał mnie właśnie o ulubiony smak lodów:

– Bo jest naprawdę, ale to naprawdę świetny w łóżku.

Słychać dobiegający z kuchni wybuch radości. Pan DeTamble spogląda na Henry'ego, który z uśmiechem unosi brwi, i w końcu sam się rozpromienia.

– *Touché*, moja droga – mówi.

Później, kiedy wypiliśmy już kawę, zjedliśmy doskonały tort migdałowy, kiedy Kimy pokazała mi zdjęcia Henry'ego jako niemowlęcia, brzdąca uczącego się chodzić i ucznia szkoły średniej, i kiedy wyciągnęła od nas więcej informacji o mojej rodzinie (Ile pokoi? Aż tyle! Henry, dlaczego nie powiedziałeś mi, że ona jest piękna i bogata!), stoimy przy drzwiach wejściowych, dziękujemy Kimy za pyszną kolację i żegnamy się z panem DeTamble.

– To była prawdziwa przyjemność, Clare. Ale, proszę, mów do mnie Richard.

– Dziękuję... Richardzie.

Ujmuje moją dłoń, trzyma ją przez chwilę, a ja widzę go takim, jakim wiele lat temu musiała go widzieć Annette. Ten nastrój szybko jednak mija. Richard kiwa głową w stronę Henry'ego, który całuje Kimy, i schodzimy na dół prosto w ciepły letni wieczór. Wydaje mi się, że minęły całe lata od czasu, gdy wchodziliśmy do środka.

– Ufff – wzdycha Henry. – Umierałem raz po raz, patrząc na to wszystko.

– Dobrze wypadłam?

– Dobrze? Byłaś rewelacyjna! Pokochał cię od pierwszej chwili!

Idziemy ulicą, trzymając się za ręce. Na jej końcu znajduje się plac zabaw dla dzieci. Biegnę i wspinam się na huśtawkę. Henry siada na huśtawce obok i zaczynamy się huśtać, coraz wyżej i wyżej. Czasem mijamy się tak blisko, że wydaje mi się, że zaraz dojdzie do zderzenia. Śmiejemy się na cały głos. Nie istnieją już smutek, strata, śmierć. Jesteśmy tutaj i teraz, i nic nie może zakłócić tej idealnej radości.

Środa, 10 czerwca 1992
(Clare ma 21 lat)

CLARE: Siedzę sama przy malutkim stoliku przy oknie w Cafe Peregolisi, marnej knajpce, gdzie podają rewelacyjną kawę. Mam pracować nad esejem o *Alicji w krainie czarów* na zajęcia z historii groteski, w których właśnie uczestniczę, lecz zamiast tego marzę i gapię się na ludzi przechodzących Halsted Street. Rzadko przychodzę do tej części miasta. Doszłam jednak do wniosku, że więcej zrobię, jeśli zabiorę się do pracy w miejscu, gdzie nikt nie będzie mnie szukał. Henry zniknął. Nie ma go w domu i dziś nie zjawił się w pracy. Próbuję się tym nie martwić. Usiłuję podchodzić do tego lekko i beztrosko. Henry potrafi o siebie zadbać. Fakt, że nie mam pojęcia, gdzie się akurat znajduje, nie znaczy wcale, że dzieje się coś złego. Kto wie? Może jest właśnie ze mną?

Nagle dostrzegam, że ktoś macha do mnie po drugiej stronie ulicy. Mrużę oczy i uświadamiam sobie, że to niewysoka Afroamerykanka, która towarzyszyła Ingrid tamtego wieczoru w Aragon. Celia. Macham do niej i przechodzi przez ulicę. Staje przede mną. Jest tak niska, że jej twarz znajduje się na wysokości mojej, choć ja siedzę, a ona stoi.

– Cześć, Clare – mówi.

Jej głos jest miękki jak koc. Mam ochotę się nim owinąć i zasnąć.

– Witaj, Celio. Siadaj.

Siada naprzeciwko mnie i widzę, że jej niewysoki wzrost to kwestia nóg. Kiedy siedzi, wygląda w miarę normalnie.

– Słyszałam, że się zaręczyłaś.

Podnoszę lewą rękę i pokazuję jej pierścionek. Podchodzi kelner i Celia zamawia kawę po turecku. Patrzy na mnie i uśmiecha się nieśmiało, ukazując białe, trochę krzywe zęby. Przykryte do połowy powiekami duże oczy wyglądają, jakby miała za chwilę zasnąć. Dredy upięła dziś wysoko i ozdobiła różowymi spinkami, które pasują do różowej sukienki.

– Jesteś albo bardzo odważna, albo szalona – mówi.

– Tak mówią.

– Na pewno już wiesz o wszystkim.

Uśmiecham się, wzruszam ramionami, wypijam łyk kawy, chłodnej i za słodkiej.

– Wiesz, gdzie jest teraz Henry?

– Nie. A wiesz, gdzie teraz jest Ingrid?

– Aha. Siedzi przy barze w Berlinie i czeka na mnie. – Spogląda na zegarek. – Jestem już spóźniona. – Światło padające z ulicy nadaje jej czekoladowej skórze odcień błękitu, potem fioletu. Wygląda jak wspaniały Marsjanin. Uśmiecha się do mnie. – Henry biegnie teraz Broadwayem golusieńki, jak go Pan Bóg stworzył, i ściga go grupa skinheadów.

Och nie.

Kelner przynosi kawę dla Celii. Napełnia też moją filiżankę, a ja odmierzam płaską łyżeczkę cukru i mieszam. Celia wsypuje do swojej pół łyżeczki. Kawa po turecku jest czarna i gęsta jak melasa. „Dawno, dawno temu żyły sobie trzy małe siostrzyczki... mieszkały na dnie studni... Dlaczego na dnie studni?... To była studnia z syropem z melasy".

Celia czeka na jakąś reakcję z mojej strony. Dygaj, kiedy zastanawiasz się, co powiedzieć. To oszczędza czas.

– Naprawdę?

Rewelacyjnie, Clare.

– Nie wydajesz się zbytnio tym zmartwiona. Gdyby mój facet ganiał goły po mieście, pewnie bym się przejęła.

– No tak, ale Henry nie jest zwyczajnym facetem.

Celia wybucha śmiechem.

– Powtórz to, siostro.

Ile ona wie? A Ingrid? Celia pochyla się w moją stronę, wypija łyk kawy, otwiera szeroko oczy i unosi brwi.

– Naprawdę chcesz za niego wyjść?

Jakiś szalony impuls zmusza mnie do powiedzenia:

– Jeśli nie wierzysz, możesz się przekonać na własne oczy. Przyjdź na ślub.

Celia potrząsa głową.

– Ja? Henry mnie nie lubi. I to bardzo.

– Ty też chyba za nim nie przepadasz?

Celia uśmiecha się szeroko.

– Teraz już tak. Rzucił Ingrid, a ja zbieram ją do kupy. – Znów spogląda na zegarek. – A skoro o niej mowa, to jestem już bardzo spóźniona. – Wstaje. – Może pójdziesz ze mną?

– Nie, dziękuję.

– No chodź, mała. Powinnyście się lepiej poznać z Ingrid. Macie ze sobą tyle wspólnego. Możemy sobie zrobić mały wieczór panieński.

– W Berlinie?

Celia wybucha śmiechem.

– Nie chodzi o miasto, lecz bar.

Jej śmiech jest jak karmel; można odnieść wrażenie, że wydobywa się ze znacznie większego ciała. Nie chcę, żeby odeszła, ale...

– Nie, to chyba nie najlepszy pomysł. – Patrzę jej prosto w oczy. – To byłoby okrutne. – Wbija we mnie wzrok i natychmiast przychodzą mi do głowy skojarzenia z wężami i kotami. „Czy koty jedzą nietoperze?... Czy koty jedzą nietoperze?". – Poza tym muszę to skończyć.

Celia spogląda na moje notatki.

– Co to, zadanie domowe? A, chodzimy jeszcze do szkoły! Posłuchaj teraz swojej starszej siostry, która wie, co jest dla uczennic najlepsze. Możesz już legalnie pić?

– Tak – odpowiadam z dumą. – Od trzech tygodni.

Celia przybliża się jeszcze bardziej. Pachnie cynamonem.

– No chodź. Musisz trochę pożyć, zanim zwiążesz się z panem Bibliotekarzem. Chodź, Clare. Zanim otoczy cię gromadka małych bibliotekarzątek srających w pampersy.

– Chyba nie powinnam...

– Nic nie mów, tylko chodź. – Celia zaczyna pakować moje notatniki i książki i udaje się jej przy tym przewrócić dzbanuszek z mlekiem.

Próbuję zrobić porządek na stole, lecz Celia wychodzi już z kawiarni, trzymając pod pachą moje książki. Wybiegam za nią.

– Celia, nie, są mi potrzebne... – Jak na osobę z krótkimi nogami, na dodatek w wysokich szpilkach, porusza się niezwykle szybko.

– Nie oddam ci ich, dopóki nie obiecasz, że pójdziesz ze mną.

– Ingrid nie będzie zachwycona.

Idziemy ramię w ramię, zmierzając w stronę Belmont. Nie mam ochoty spotykać się z Ingrid. Widziałam ją pierwszy i jedyny raz na koncercie Violent Femmes, i to w zupełności wystarczy.

– Będzie na pewno. Bardzo chciała cię poznać.

Skręcamy w Belmont, mijamy salony tatuażu, hinduskie restauracje, sklepy ze skórą i kaplice. Przechodzimy pod biegnącymi górą torami kolejki i stajemy przed Berlinem. Z zewnątrz nie wygląda zbyt zachęcająco z pomalowanymi na czarno oknami. Głośna muzyka disco dobiega z mrocznego wnętrza, zza pleców chudego piegowatego chłopaka, który sprzedaje mi bilet (Celia wchodzi za darmo), przybija nam pieczątki na rękach i wpuszcza do otchłani.

Kiedy moje oczy przyzwyczajają się do ciemności, dostrzegam, że w klubie są same kobiety. Tłoczą się przy malutkiej scenie, na której swoje wdzięki prezentuje striptizerka w czerwonych stringach. Kobiety śmieją się i flirtują przy barze. To Noc Kobiet. Celia ciągnie mnie w stronę stolika. Ingrid siedzi przy nim sama, a przed nią stoi wysoka szklanka z błękitnym drinkiem. Wstaje i widzę, że wcale nie jest zachwycona moim widokiem. Celia całuje ją i gestem wskazuje mi krzesło. Nie siadam.

– Cześć, malutka – mówi Celia do Ingrid.

– Chyba żartujesz – rzuca Ingrid. – Po co ją tu przywlokłaś?

Obie zupełnie mnie ignorują. Celia przyciska do piersi moje książki.

– W porządku, Ingrid, ona jest spoko. Myślałam, że będziecie chciały lepiej się poznać, to wszystko. – Celia przemawia przepraszającym tonem, ale nawet ja dostrzegam, że niepokój Ingrid sprawia jej przyjemność.

Ingrid rzuca mi pełne wściekłości spojrzenie.

– Po co tu przyszłaś? Żeby się napawać swoim zwycięstwem?

Opiera się o krzesło i unosi podbródek. Wygląda zupełnie jak blond wampir, w czarnej marynarce i z ustami pomalowanymi jaskrawoczerwoną szminką. Jest zachwycająca. Czuję się przy niej jak uczennica z małego miasteczka. Wyciągam ręce i Celia podaje mi książki.

– Zmusiła mnie. Ale już wychodzę.

Odwracam się, lecz Ingrid gwałtownie chwyta mnie za rękę.

– Poczekaj chwilę...

Ciągnie mnie za lewą rękę, potykam się, książki rozsypują się po podłodze. Wyrywam się.

– Jesteś zaręczona?

Uświadamiam sobie, że patrzy na pierścionek od Henry'ego. Nie odzywam się ani słowem. Ingrid odwraca się do Celii.

– Wiedziałaś, prawda?

Celia wbija wzrok w blat stolika.

– Przyprowadziłaś ją tutaj, żeby mi to pokazać, suko – mówi tak cicho, że ledwo ją słyszę na tle ogłuszającej muzyki.

– Nie, Ing, ja tylko...

– Pieprz się, Celia. – Ingrid wstaje. Przez moment jej twarz znajduje się tak blisko mojej, że wyobrażam sobie, jak Henry całował te czerwone usta. Nie spuszcza ze mnie wzroku. – Powiedz Henry'emu, że może iść do diabła. I powiedz mu, że poczekam tam na niego.

Wychodzi. Celia siedzi przy stoliku z twarzą ukrytą w dłoniach. Zaczynam zbierać książki.

– Poczekaj – mówi Celia, gdy odwracam się, żeby wyjść.

Czekam.

– Przepraszam, Clare.

Wzruszam ramionami. Podchodzę do drzwi, a kiedy odwracam się po raz ostatni, widzę, jak siedzi z twarzą opartą na dłoni i popija niebieskiego drinka Ingrid. Nie patrzy na mnie.

Wychodzę na ulicę i szybkim krokiem wracam do samochodu. Jadę do domu, wchodzę do mojego pokoju, kładę się na łóżku i wykręcam numer Henry'ego, lecz nie ma go w domu. Gaszę światło, ale nie mogę zmrużyć oka.

CHEMIA POPRAWIA ŻYCIE

Niedziela, 5 września 1993
(Clare ma 22, Henry 30 lat)

CLARE: Henry przegląda zniszczony egzemplarz *Podręcznego spisu leków*. To nie wróży nic dobrego.

– Nie wiedziałam, że jesteś takim lekomanem.

– Wcale nie jestem lekomanem. Jestem alkoholikiem.

– Nie jesteś alkoholikiem.

– Jasne, że jestem.

Kładę się na kanapie i opieram nogi na jego kolanach. Henry kładzie książkę na moich goleniach i przegląda ją dalej.

– Wcale tak dużo nie pijesz.

– Kiedyś piłem. Trochę odpuściłem po tym zatruciu. O mało co nie odjechałem. Mój tato to też smutny przykład tego zgubnego nałogu.

– Czego szukasz?

– Czegoś, co mógłbym zażyć przed ślubem. Nie chcę cię zostawić przed ołtarzem w obecności czterystu osób.

– Tak, to niezły pomysł. – Zastanawiam się przez chwilę nad takim scenariuszem i przebiega mnie dreszcz. – Może uciekniemy i pobierzemy się w tajemnicy?

Patrzy mi prosto w oczy.

– Świetny pomysł. Jestem za.

– Moi rodzice na pewno by mnie wydziedziczyli.

– Na pewno nie.

– Chyba nie do końca wiesz, co się szykuje. To wielki spektakl rodem z Broadwayu. My jesteśmy tylko skromnym dodatkiem, dzięki któremu mój ojciec może wydać ogromne przyjęcie i pochwalić się przed swoimi kumplami prawnikami. Gdybyśmy zniknęli, rodzice wynajęliby aktorów, żeby odegrali nasze role.

– To chodźmy do ratusza i pobierzmy się wcześniej, przed oficjalnym ślubem. A potem, jeśli zdarzy się coś nieprzewidzianego, i tak będziemy już małżeństwem.

– Nie bardzo mi się to podoba. To byłoby jak kłamstwo... dziwnie bym się czuła. Może zrobimy to później, jeśli z prawdziwego ślubu nic nie wyjdzie?

– Dobra. To nasz Plan B.

Wyciąga rękę, a ja mocno ją ściskam.

– Znalazłeś coś?

– Idealny byłby neuroleptyk o nazwie rysperydon, ale pojawi się na rynku dopiero w tysiąc dziewięćset dziewięćdziesiątym czwartym roku. Drugi w kolejności jest clozaril, a trzeci haldol.

– Wszystkie te nazwy brzmią jak najnowocześniejsze leki na kaszel.

– To leki antypsychotyczne.

– Naprawdę?

– Tak.

– Ale ty nie cierpisz na żadną psychozę.

Henry patrzy na mnie, wykrzywia się straszliwie i zakrzywia palce niczym wilkołak w niemym filmie. Potem mówi już bardzo poważnym tonem:

– Wyniki elekroencefalografu pokazują, że mam mózg schizofrenika. Wielu lekarzy utrzymywało, że omamy związane z podróżowaniem w czasie to efekt schizofrenii. Wszystkie te leki blokują receptory dopaminy.

– Efekty uboczne?

– Dystonia, akatyzja, pseudoparkinsonizm. To znaczy drżenie mięśni, kołysanie się, bezsenność, bezruch. A potem przychodzi utrata kontroli nad mięśniami twarzy i agranulocytoza, czyli utrata zdolności organizmu do wytwarzania białych ciałek krwi. Nie zapominajmy też o zaniku funkcji seksualnych. No i o tym, że obecnie dostępne leki to w pewnym sensie środki uspokajające.

– Chyba nie myślisz poważnie, żeby zażyć coś takiego.

– No cóż... brałem już kiedyś haldol. I tiorydazynę.

– I...?

– Okropieństwo. Byłem zupełnie jak zombi. Czułem się tak, jakbym w głowie miał klej zamiast mózgu.

– Nie ma nic innego?

– Valium. Librium. Xanax.

– Mama je zażywa. Xanax i valium.

– Tak, w jej przypadku to ma sens.

Henry krzywi się i odkłada książkę na bok.

– Posuń się.

Układamy się na kanapie tak, że leżymy teraz obok siebie. Jest nam bardzo wygodnie.

– Niczego nie zażywaj.

– Dlaczego?

– Nie jesteś wcale chory.

Henry wybucha śmiechem.

– Za to właśnie cię kocham: że nie potrafisz dostrzec moich najgorszych stron.

Rozpina mi bluzkę, a ja wsuwam rękę pod jego koszulę. Spogląda na mnie wyczekująco. Jestem trochę zła.

– Nie rozumiem, dlaczego tak mówisz. Zawsze opowiadasz o sobie takie straszne rzeczy. Wcale nie jesteś taki. Jesteś dobry.

Przytula mnie mocno.

– Nie jestem wcale dobry – szepcze mi do ucha. – Ale może będę, co?

– Lepiej, żeby tak było.

– Jestem dobry dla ciebie. To prawda.

– Clare?

– Hmmm?

– Zastanawiasz się czasem podczas bezsennych nocy, czy nie jestem przypadkiem paskudnym żartem, który chciał ci zrobić Bóg?

– Nie. Podczas bezsennych nocy często martwię się, że możesz zniknąć i już nigdy nie wrócić. Leżę w łóżku i zastanawiam się nad rzeczami, mającymi się wydarzyć w przyszłości, o których mam tylko mgliste pojęcie. Wierzę jednak głęboko, że będziemy razem.

– Głęboko.

– A ty nie?

Całuje mnie.

– „Ni Czas, ni Los, ni Śmierć mych pragnień nie odmienia..."*.

– Znowu zaczynasz?

– Nie miałbym nic przeciwko temu.

– Maniak.

– I kto tu mówi paskudne rzeczy na mój temat?

Poniedziałek, 6 września 1993
(Henry ma 30 lat)

HENRY: Siedzę w Humboldt Park na schodach obskurnego białego domku, którego boczne ściany wyłożono aluminiowymi płytami. Jest poniedziałek, około dziesiątej rano. Czekam na Bena, żeby wrócił stamtąd, gdzie akurat się znajduje. Nie przepadam za tą okolicą. Siedząc pod tymi drzwiami, czuję się jak obnażony, ale Ben jest niezwykle punktualnym facetem, więc nie ruszam się stąd, ufając, że zaraz się zjawi. Obserwuję dwie młode Latynoski popychające po wyszczerbionym chodniku dziecięce wózki. Kiedy zaczynam się zastanawiać nad kiepską kondycją służb miejskich, słyszę nagle w oddali okrzyk: „Bibliotekarku!". Spoglądam w kierunku, z którego dobiega głos, i moim oczom ukazuje się oczywiście Gomez. Jęczę w duchu; Gomez ma wyjątkowy dar do wpadania na mnie, kiedy chcę zrobić coś wyjątkowo nikczemnego. Będę się musiał go pozbyć, zanim zjawi się Ben.

Gomez podchodzi do mnie wielce uradowany. Ma na sobie elegancki garnitur prawnika, w ręce trzyma neseser. Wzdycham ciężko.

---

* Francis Quarles, *Kantyczki*, II, 16 (przyp. tłum.).

– *Ça va*, towarzyszu.

– *Ça va*. Co tu robisz?

Dobre pytanie.

– Czekam na przyjaciela. Która godzina?

– Dziesiąta piętnaście. Mamy szósty września tysiąc dziewięćset dziewięćdziesiątego trzeciego roku – dodaje uprzejmie.

– Wiem, Gomez, ale dziękuję. Odwiedzasz klienta?

– Tak. Dziesięcioletnią dziewczynkę. Chłopak matki kazał jej wypić płyn do przetykania rur. Czasami mam serdecznie dość ludzi.

– Racja. Zbyt wielu maniaków, za mało archaniołów.

– Jadłeś lunch? A raczej śniadanie?

– Tak. Muszę tu zostać i poczekać na kumpla.

– Nie miałem pojęcia, że któryś z twoich przyjaciół mieszka w tej okolicy. Wszyscy ludzie, których tutaj znam, potrzebują, niestety, pomocy prawnej.

– To przyjaciel ze szkoły bibliotekarskiej.

W tej chwili Ben podjeżdża srebrnym mercedesem z 1962 roku. W środku to wrak, ale z zewnątrz wygląda bardzo sympatycznie. Gomez gwiżdże cicho.

– Przepraszam za spóźnienie – mówi Ben, idąc szybko przez chodnik. – Miałem wizytę domową.

Gomez patrzy na mnie badawczo. Postanawiam go zignorować. Ben spogląda najpierw na niego, potem na mnie.

– Gomez, to Ben. Ben, to Gomez. Przykro mi, że musisz już iść, towarzyszu.

– Tak naprawdę mam kilka godzin luzu...

Ben przejmuje kontrolę nad sytuacją.

– Gomez, miło było cię poznać. Może innym razem, dobra?

Ben jest krótkowidzem i spogląda uprzejmie na Gomeza zza grubych szkieł, które powiększają jego oczy niemal dwukrotnie. Potrząsa trzymanymi w ręce kluczami. Ich brzęk zaczyna mi działać na nerwy. Stoimy obaj w milczeniu, czekając, by Gomez wreszcie sobie poszedł.

– W porządku. To do zobaczenia.

– Zadzwonię do ciebie po południu – mówię.

Odwraca się i nie patrząc na mnie, odchodzi. Czuję się parszywie, ale są takie sprawy, o których Gomez nie powinien wiedzieć, i to jest właśnie jedna z nich. Spoglądamy na siebie z Benem. Obaj wiemy o sobie rzeczy, które można – delikatnie rzecz ujmując – uznać za problematyczne. Ben otwiera frontowe drzwi. Mam wielką ochotę spróbować się kiedyś do niego włamać, bo zamontował w drzwiach całą gamę skomplikowanych zamków i zabezpieczeń. Wchodzimy do wąskiego, ciemnego korytarza. Jak zawsze pachnie w nim gotowaną kapustą, choć wiem na pewno, że Ben nigdy nic nie gotuje, a już na pewno nie kapustę. Podchodzimy do schodów na tyłach, po nich idziemy na górę do innego korytarza, a stamtąd do pokoju, gdzie Ben urządził swoje laboratorium. Stawia torbę na podłodze i wiesza kurtkę. Wydaje mi się, że powinien włożyć tenisówki, jak Pan Rogers z programu dla dzieci, ale zamiast tego zaczyna walczyć z ekspresem do kawy. Siadam na rozkładanym krześle i czekam, aż skończy.

Ben wygląda na bibliotekarza bardziej niż którakolwiek ze znanych mi osób. I rzeczywiście poznałem go w szkole, lecz zrezygnował przed końcowymi egzaminami. Od czasu naszego poprzedniego spotkania znacznie zeszczuplał i stracił jeszcze więcej włosów. Ben jest chory na AIDS i każde nasze spotkanie przeżywam bardzo mocno, bo nie wiem, czy nie będzie ostatnim.

– Dobrze wyglądasz – mówię.

– Potężne dawki AZT. Witaminy, joga i wizualizacja. A skoro już o tym mowa, co mogę dla ciebie zrobić?

– Żenię się.

Ben, początkowo zaskoczony, rozpromienia się.

– Gratulacje! Z kim?

– Z Clare. Poznałeś ją. Ta dziewczyna z długimi rudymi włosami.

– Ach tak. – Na twarzy Bena pojawia się wyraz powagi. – Wie?

– Tak.

– To świetnie. – Spogląda na mnie pytająco.

– Jej rodzice planują wielki ślub w Michigan. Kościół, druhny, ryż, cała wielka szopa. I eleganckie przyjęcie w Yacht Clubie. Obowiązują oczywiście stroje wieczorowe.

Ben nalewa kawę i podaje mi kubek z Kubusiem Puchatkiem. Wsypuję śmietankę w proszku i mieszam dokładnie. W pokoju panuje ziąb, kawa jest gorzka, ale dobra.

– Muszę tam być. Muszę jakoś przebrnąć przez osiem godzin wykręcającego mózg stresu i nie zniknąć.

– Ach tak.

Ben ma świetny zwyczaj akceptowania nawet najtrudniejszych spraw, co zawsze wpływa na mnie kojąco.

– Muszę mieć coś, co zablokuje wszystkie receptory dopaminy, które znajdują się w moim ciele.

– Haldol, tiorydazyna, serentil, mellaril, stelazina... – Ben wyciera okulary w sweter. Bez nich wygląda jak wielka nieowłosiona mysz.

– Miałem nadzieję, że uda ci się to dla mnie zrobić. – Sięgam do kieszeni dżinsów po kartkę i podaję ją Benowi.

Czyta zapisane na niej informacje, mrużąc oczy.

– 3-(2-[4-(6-fluoro-l,2-berizoizoksazol-3-ilo)-piperydyno]-etylo... koloidalny dwutlenek krzemu, hydroksypropyl, metyloceluloza... glikol propylenowy. – Patrzy na mnie zdumiony. – Co to jest?

– To nowy antypsychotyk o nazwie rysperydon. Będzie go można kupić dopiero w tysiąc dziewięćset dziewięćdziesiątym ósmym roku, ale ja chciałbym go wypróbować już teraz. Należy do nowej grupy leków nazywanych pochodnymi benzoizoksazolu.

– Skąd to masz?

– Z podręcznego spisu leków. Wydanie z dwutysięcznego roku.

– Kto to wytwarza?

– Janssen.

– Henry, wiesz, że nie tolerujesz zbyt dobrze antypsychotyków. Chyba że ten działa w zupełnie inny sposób?

– Jeszcze nie wiedzą, jak działa. Przeczytałem, że ma jakieś efekty uboczne, ale dokładnie nie wiadomo jakie.

– Stara śpiewka. Dlaczego sądzisz, że ten lek okaże się lepszy od haldolu?

Uśmiecham się cierpliwie.

– Stawiam tylko hipotezę. Nie mam żadnej pewności. Możesz to dla mnie zrobić?

Waha się przez chwilę.

– Tak.

– Jak szybko? Musi upłynąć trochę czasu, nim lek zacznie działać.

– Dam ci znać. Kiedy ślub?

– Dwudziestego trzeciego października.

– Mmmm. Jaka jest dawka?

– Zaczyna się od jednego miligrama i powoli zwiększa.

Ben wstaje, przeciąga się. W tym lekko mrocznym, zimnym pokoju wydaje się stary, pożółkły, a jego skóra przypomina papier. Jakaś jego cząstka uwielbia wyzwania (hej, zróbmy ten odjazdowy narkotyk, którego nikt jeszcze nie wymyślił), inna wcale nie pali się do podejmowania ryzyka.

– Henry, nie masz nawet pewności, że twoim problemem jest dopamina.

– Widziałeś wyniki badań.

– Tak, tak. Czemu nie możesz po prostu z tym żyć? Lekarstwo może się okazać groźniejsze od choroby.

– Ben, gdybym teraz pstryknął palcami... – wstaję i pochylam się w jego stronę – ...o tak, a ty natychmiast znalazłbyś się w sypialni Allena w tysiąc dziewięćset osiemdziesiątym szóstym roku...

– ...to zabiłbym skurwysyna.

– Ale nie mógłbyś, bo tego nie zrobiłeś.

Ben zamyka oczy i kręci głową.

– I nie mógłbyś nic zmienić: najpierw zachorowałby on, potem ty. A gdybyś raz po raz musiał oglądać, jak umiera?

Ben siada na rozkładanym krześle. Nie patrzy na mnie.

– Tak to właśnie wygląda, Ben. Czasami jest nawet zabawnie. Ale w większości wypadków sprowadza się to do tego, że czujesz się zupełnie zagubiony, musisz kraść i próbować...

– Jakoś sobie z tym poradzić. – Wzdycha. – Boże święty, nie mam pojęcia, dlaczego cię w ogóle znoszę.

– Ciekawostka biologiczna? Mój nieodparty chłopięcy urok?

– Śnij dalej. Hej, mam się czuć zaproszony na ślub?

To ci dopiero. Nigdy nawet nie przyszło mi do głowy, że Ben zechce się tam zjawić.

– Tak! Naprawdę? Możesz przyjechać?

– Śluby są lepsze od pogrzebów.

– Wspaniale. Po mojej stronie nawy zaczyna się robić tłoczno. Będziesz moim ósmym gościem.

Ben wybucha śmiechem.

– Zaproś swoje wszystkie byłe dziewczyny. Ławki natychmiast się zapełnią.

– Nie miałbym żadnych szans na przeżycie. Większość z nich marzy o tym, żeby zobaczyć moją głowę zatkniętą na kiju.

– Mmm.

Ben wstaje i zaczyna grzebać w szufladzie biurka. Wyjmuje puste opakowanie po pigułkach, otwiera drugą szufladę i wyciąga wielką butelkę pełną kapsułek. Otwiera ją i wkłada trzy do pustego opakowania, po czym rzuca je w moją stronę.

– Co to takiego? – pytam. Otwieram opakowanie i wytrząsam jedną kapsułkę.

– To stabilizator endorfin połączony ze środkiem antydepresyjnym. To... Hej, nie.

Wkładam kapsułkę do ust i połykam.

– Ma w składzie morfinę. – Wzdycha ciężko. – Masz strasznie aroganckie podejście do leków.

– Lubię opiaty.

– No pewnie. Ale nie myśl sobie, że pozwolę ci zażyć całą tonę. Daj mi znać, czy twoim zdaniem pomoże ci podczas ceremonii. Na wypadek gdyby tamto drugie nie wypaliło. Działa przez cztery godziny, więc będą ci potrzebne dwie kapsułki. – Skinieniem głowy wskazuje opakowanie, które mi rzucił. – Tylko nie zażyj ich dla zabawy, dobra?

– Słowo harcerza.

Prycha z pogardą. Płacę mu za pigułki i wychodzę. Kiedy idę po schodach, czuję, jak ogarnia mnie fala gorąca, i zatrzymuję się, żeby się w niej na dobre pogrążyć. Nie mam pojęcia, co Ben tam zmieszał, ale efekt jest fantastyczny. Zupełnie jak dziesięciokrotny orgazm przyprawiony kokainą i coraz silniejszy. Kiedy wychodzę frontowymi drzwiami, prawie potykam się o Gomeza. Czekał na mnie.

– Podwieźć cię?

– Jasne. – Jestem głęboko poruszony jego troską. Albo ciekawością. Albo czymkolwiek.

Idziemy w stronę jego chevroleta, model nova z krytymi reflektorami. Siadam na miejscu obok kierowcy. Gomez zatrzaskuje drzwi. Po kilku próbach udaje mu się zapalić i ruszamy.

Miasto jest szare, posępne, zaczyna padać deszcz. Wielkie krople uderzają w przednią szybę, akurat gdy mijamy meliny handlarzy narkotyków i opuszczone rudery. Gomez włącza radio. Grają Charlesa Mingusa, który jest dla mnie zbyt wolny, ale niby czemu nie? Wszak to wolny kraj. Ashland Avenue jest pełna dziur. Kiedy wjeżdżamy w jedną z nich, mój mózg wykonuje nagłe salto, ale poza tym wszystko jest w porządku. Moja głowa przypomina kulkę rtęci, która wypłynęła z rozbitego termometru. Mogę tylko siłą powstrzymywać się, by nie jęczeć z rozkoszy, gdy narkotyk liże zakończenia moich nerwów swoim malutkim języczkiem. Mijamy salon wróżki, sklep z oponami, Burger Kinga, Pizza Hut. Gomez mówi coś do mnie, lecz nie rozumiem jego słów.

– Henry!

– Tak?

– Co wziąłeś?

– Nie jestem pewny. To taki mały eksperyment naukowy.

– Dlaczego?

– Świetne pytanie. Pozwól, że później ci wyjaśnię.

Nie odzywamy się już ani słowem. Po chwili zatrzymujemy się przed domem Clare. Patrzę na niego zaskoczony.

– Potrzebujesz towarzystwa – mówi łagodnie.

Nie mam siły się sprzeciwiać. Prowadzi mnie do drzwi i wchodzimy do środka. Otwiera nam Clare i widzę, jak na jej twarzy maluje się wyraz ulgi, zdenerwowania i rozbawienia. Wszystko naraz.

CLARE: Udało mi się przekonać Henry'ego, żeby położył się w moim łóżku. Siedzimy teraz z Gomezem w saloniku, pijemy herbatę i jemy kanapki z masłem orzechowym i galaretką z kiwi.

– Naucz się gotować, kobieto – rzuca podniosłym tonem. Zupełnie jak Charlton Heston odczytujący dziesięcioro przykazań.

– Kiedyś na pewno. – Słodzę herbatę. – Dzięki, że go tu przywiozłeś.

– Dla ciebie wszystko, kiciu.

Zaczyna zwijać papierosa. Jest jedyną znaną mi osobą, która pali podczas jedzenia. Powstrzymuję się jednak od komentarzy. Zapala. Patrzy na mnie, a ja zbieram się na odwagę.

– Powiesz mi, o co chodzi? Większość osób, które odwiedzają ten przybytek, to ofiary AIDS albo chorzy na raka.

– Znasz Bena?

Czy naprawdę powinnam się dziwić? Gomez zna przecież wszystkich.

– Słyszałam o nim. Moja mama chodziła do niego, gdy miała chemioterapię.

– Och.

Oceniam sytuację, szukając w myślach rzeczy, o których mogę bezpiecznie wspomnieć.

– Ben dał mu coś, dzięki czemu zaczął się poruszać w mocno zwolnionym tempie – wyjaśnia Gomez.

– Próbujemy znaleźć jakiś lek, który pomoże Henry'emu zostać w teraźniejszości.

– Teraz raczej w ogóle nie nadaje się do użytku.

– Może powinien spróbować wziąć mniejszą dawkę?

– Dlaczego to robisz?

– Co?

– Pomagasz panu Chaosowi i wiernie trwasz przy jego boku. Dlaczego za niego wychodzisz?

Słyszę, że Henry mnie woła. Wstaję. Gomez chwyta mnie za rękę.

– Clare. Proszę...

– Puść mnie.

Patrzę mu prosto w oczy. Po długiej, strasznej chwili odwraca wzrok i puszcza moją dłoń. Biegnę do swojego pokoju i zamykam za sobą drzwi.

Henry leży wyciągnięty w poprzek łóżka jak kot, twarzą w dół. Zdejmuję buty i kładę się obok niego.

– Jak leci? – pytam.

Przewraca się na bok.

– Bosko. – Gładzi mnie po twarzy. – Chcesz się przyłączyć?

– Nie.

Wzdycha.

– Jesteś taka dobra. Nie powinienem sprowadzać cię na złą drogę.

– Nie jestem wcale dobra. Boję się.

Leżymy w milczeniu przez długą chwilę. Wpadający do pokoju blask popołudniowego słońca oświetla drewnianą ramę łóżka, złoto-fioletowy wschodni dywan, szczotkę, szminkę i butelkę balsamu do rąk na komodzie. Na starym fotelu kupionym na garażowej wyprzedaży leży numer „Art In America" ze zdjęciem Leona Goluba na okładce, przykryty do połowy przez powieść *Na wspak*. Henry ma na nogach czarne skarpetki. Jego długie kościste stopy zwisają z krawędzi łóżka. Choć zamknął oczy, chyba czuje, że mu się przyglądam, bo otwiera je i uśmiecha się. Włosy opadły mu na twarz. Odgarniam je delikatnie. Ujmuje moją dłoń i całuje. Rozpinam mu dżinsy i zaczynam go pieścić, ale on tylko kręci głową i wysuwa moją rękę.

– Przepraszam, Clare – mówi cicho. – Ta pigułka chyba wyłączyła sprzęt na jakiś czas. Może później.

– Podczas nocy poślubnej będzie zabawnie.

Henry raz jeszcze potrząsa głową.

– Nie mogę tego wziąć przed ślubem. Jest za mocne. Ben to geniusz, ale zwykle pomaga ludziom śmiertelnie chorym. Nie wiem, co tu zmieszał, bo efekt jest piorunujący. Niemal jak śmierć. – Wzdycha ciężko i stawia słoiczek na szafce przy łóżku. – Powinienem to wysłać Ingrid. Na pewno by się jej spodobało.

Słyszę trzask frontowych drzwi. Gomez wyszedł.

– Chcesz coś zjeść? – pytam.

– Nie, dziękuję.
– Czy Ben zrobi dla ciebie tamto lekarstwo?
– Spróbuje.
– Ale jeśli coś pójdzie nie tak?
– Jeśli Ben coś spieprzy?
– Tak.
– Bez względu na to, co się wydarzy, wiemy oboje, że dożyję co najmniej czterdziestu trzech lat. Nie przejmuj się.
Czterdziestu trzech?
– A co potem?
– Nie wiem, Clare. Może uda mi się znaleźć sposób, żeby zostać w teraźniejszości.
Przytula mnie i znów leżymy w milczeniu. Kiedy się budzę, jest już ciemno. Henry śpi obok mnie. Mały słoiczek z lekarstwem lśni czerwienią w blasku cyfr na budziku. Czterdziestu trzech?

Poniedziałek, 27 września 1993
(Clare ma 22, Henry 30 lat)

CLARE: Wchodzę do mieszkania Henry'ego i zapalam światło. Wybieramy się dziś wieczór do opery na *Duchy Wersalu* Corigliano. Do Lyric Opera nie wpuszczają spóźnialskich, więc jestem trochę zdenerwowana i początkowo nie uświadamiam sobie, że panujące w mieszkaniu ciemności oznaczają, iż Henry'ego tu nie ma. Kiedy to do mnie dociera, wpadam w złość, bo przez niego się spóźnimy. Potem zaczynam się zastanawiać, czy przypadkiem nie zniknął. A jeszcze później słyszę ciężki oddech.
Nieruchomieję. Dźwięk dobiega z kuchni. Biegnę tam, zapalam światło i widzę Henry'ego leżącego na podłodze. Jest ubrany i leży skulony w dziwnej pozycji, sztywny, patrząc przed siebie szklanym wzrokiem. Nagle wydaje z siebie niski, niemal nieludzki jęk, który wyrywa się z głębi gardła przez zaciśnięte zęby.
O mój Boże.
Wykręcam szybko numer pogotowia. Dyspozytorka zapewnia mnie, że karetka przyjedzie za kilka minut. Siadam na

podłodze i czuję, jak ogarnia mnie wściekłość. Zrywam się, biegnę do biurka, znajduję notes z adresami i wykręcam numer.

– Halo? – słyszę cichy głos.

– Czy to Ben Matteson?

– Tak. Kto mówi?

– Clare Abshire. Posłuchaj, Ben, Henry leży zupełnie sztywny na podłodze i nie może mówić. Co się, do cholery, stało?

– Co takiego? Zadzwoń natychmiast na pogotowie.

– Już to zrobiłam.

– Ten lek wywołuje objawy choroby Parkinsona. Trzeba mu natychmiast podać dopaminę! Powiedz im... Cholera, zadzwoń do mnie ze szpitala...

– Już tu są...

– Dobra! Zadzwoń do mnie...

Odkładam słuchawkę i wpuszczam do mieszkania sanitariuszy.

Później, kiedy jesteśmy już w szpitalu Memorial, a Henry, zaintubowany, śpi podłączony do kroplówki, podnoszę wzrok i widzę w drzwiach jego pokoju wysokiego, chudego mężczyznę. Nagle przypominam sobie, że miałam zadzwonić do Bena. Wchodzi do środka i staje po drugiej stronie łóżka. W pokoju jest ciemno, a wpadające z korytarza światło oświetla zarys jego sylwetki, gdy pochyla się nad śpiącym Henrym.

– Przepraszam – mówi. – Tak bardzo mi przykro.

Sięgam nad łóżkiem i ujmuję jego dłonie w swoje.

– Wszystko w porządku. Nic mu nie będzie. Naprawdę.

Ben kręci głową.

– To wyłącznie moja wina. Nie powinienem był tego robić.

– Co się stało?

Ben wzdycha i siada na krześle.

– Możliwe, że to splot różnych okoliczności – mówi. – Może wystąpiło tylko działanie uboczne i to mogło się przydarzyć każdemu, ale niewykluczone, że Henry źle zapisał skład. To długi wzór, do zapamiętania. A ja nie mogłem go sprawdzić.

Oboje chwilę milczymy. Kroplówka Henry'ego sączy się miarowo do jego ramienia. Korytarzem przechodzi salowa z wózkiem.

– Ben?
– Tak, Clare?
– Zrobisz coś dla mnie?
– Wszystko.
– Koniec z lekami. Nic mu już nie dawaj. One i tak nie pomogą.
Uśmiecha się do mnie z wyraźną ulgą.
– Powiedz, że to koniec.
– Właśnie mówię.
Oboje wybuchamy śmiechem. Ben siedzi ze mną jeszcze przez chwilę. Kiedy w końcu wstaje z krzesła, bierze mnie za rękę.
– Dzięki, że tak wspaniale do tego podeszłaś. On mógł umrzeć.
– Ale nie umarł.
– Nie.
– Do zobaczenia na ślubie.
– Do zobaczenia.
Stoimy na korytarzu. W świetle jarzeniówek Ben wygląda na zmęczonego i chorego. Wtula głowę w ramiona, odwraca się i odchodzi, a ja siadam w ciemnym pokoju, gdzie spokojnie śpi Henry.

PUNKT ZWROTNY

Piątek, 22 października 1993
(Henry ma 30 lat)

HENRY: Idę wolno Linden Street w South Haven. Mam dla siebie całą godzinę, bo Clare z matką są czymś zajęte w kwiaciarni. Ślub jest już jutro, ale jako pan młody nie mam zbyt wielu obowiązków. Być tam to najważniejszy punkt na mojej liście. Clare stale gdzieś biega: na przymiarki, konsultacje, spotkania z przyjaciółkami połączone z wręczaniem prezentów. Kiedy wreszcie udaje mi się ją zobaczyć, jest raczej smutna i zamyślona.

Jest chłodny, lecz pogodny dzień. Spaceruję bez celu po miasteczku. Szkoda, że w South Haven nie ma porządnej księgarni. Nawet w bibliotece mają niemal wyłącznie powieści Barbary Cartland i Johna Grishama. Mam przy sobie kieszonkowe wydanie Kleista, ale nie jestem w nastroju. Mijam sklep z antykami, piekarnię, bank, jeszcze jeden sklep z antykami. Przechodząc obok salonu fryzjerskiego, zaglądam do środka. Łysiejący fryzjer goli jakiegoś starszego pana. Nagle wiem, co powinienem zrobić.

Kiedy wchodzę do salonu, rozlega się dźwięk małych dzwoneczków zawieszonych na drzwiach. Wewnątrz pachnie mydłem, parą i płynem do włosów. Całe wyposażenie zakładu jest jasnozielone. Stary fotel, na ciemnych drewnianych półkach butelki o wymyślnych kształtach. Na plastikowych tacach leżą nożyczki, grzebienie i brzytwy. Przypomina to trochę gabinet lekarski. Fryzjer spogląda na mnie.

– Strzyżenie? – pytam.

Kiwa głową w stronę prostych krzeseł ustawionych pod ścianą. Na stojącej przy nich półeczce leżą równo poukładane czasopisma. Z radia płynie piosenka Sinatry. Siadam i zaczynam przerzucać egzemplarz „Reader's Digest". Fryzjer ściera resztki piany z brody starszego pana i delikatnie wklepuje płyn po goleniu. Staruszek ostrożnie podnosi się z fotela i płaci. Fryzjer podaje mu płaszcz i laskę.

– Do zobaczenia, George – mówi w drzwiach starszy pan.

– Do widzenia, Ed – odpowiada fryzjer i odwraca się do mnie. – Co pan sobie życzy? – pyta.

Siadam na fotelu, który podjeżdża kilka centymetrów do góry. Po raz ostatni oglądam w lustrze swoje długie włosy.

– Proszę je ściąć – pokazuję palcami. – Krótko, o tak.

Fryzjer kiwa głową z aprobatą i zawiązuje mi pod brodą plastikową pelerynkę. Po chwili nożyczki zaczynają szczękać metalicznie wokół mojej głowy, a włosy opadają na podłogę. Na koniec fryzjer omiata mi pędzlem twarz i szyję, zdejmuje osłonę i *voilá*, staję się sobą z przyszłości.

W KOŚCIELE MUSZĘ BYĆ NA CZAS

Sobota, 23 października 1993
(Henry ma 30, Clare 22 lata)

(6.00)

HENRY: Budzę się o szóstej. Pada deszcz. Leżę w przytulnym pokoiku ze skośnym sufitem, w niewielkim pensjonacie o nazwie U Blake'a, mieszczącym się tuż przy południowej plaży w South Haven. Wybrali go rodzice Clare. Mój tato śpi w równie przytulnym różowym pokoiku na dole, obok pani Kim, której przydzielono pokoik żółty. Dziadkom przypadła superprzytulna niebieska sypialnia. Leżę na niezwykle miękkim łóżku pod pościelą Laury Ashley i słucham obijającego się o ściany domu wiatru. Leje jak z cebra. Ciekawe, czy potrafiłbym biegać w taką ulewę. Słyszę, jak strugi deszczu prychają w rynnach i tłuką o dach znajdujący się jakieś pół metra nad moją twarzą. Pokój przypomina elegancką mansardę. Jest w nim delikatne biureczko, na wypadek gdybym miał ochotę napisać w dzień mego ślubu jakieś ważne listy. Na komodzie stoją porcelanowy dzbanek i miednica. Gdybym nawet chciał z nich skorzystać, to najpierw musiałbym rozbić warstwę lodu, bo w pokoju jest bardzo zimno. Czuję się niczym różowy robak w zielonym kokonie, jakbym musiał wygryźć sobie drogę do wyjścia i stać się pięknym motylem. Nie jestem jeszcze całkiem rozbudzony. Słyszę, jak ktoś kaszle. Słyszę, jak wali mi serce, i ostry pisk wydawany przez mój system nerwowy. Boże, pozwól, niech dzisiejszy dzień będzie normalny. Niech będę normalnie oszołomiony, normalnie zdenerwowany, niech zdążę na czas do kościoła. Niech nikogo nie przestraszę, a już na pewno nie samego siebie. Pozwól mi przebrnąć przez dzień naszego ślubu bez dodatkowych efektów specjalnych. Oszczędź Clare przykrych scen. Amen.

CLARE: Budzę się w swoim łóżku; łóżku mojego dzieciństwa. Kiedy przechodzę powoli ze snu w jawę, nie mogę odnaleźć się w czasie; to Boże Narodzenie czy Święto Dziękczynienia? Znów jestem w trzeciej klasie? Jestem chora? Dlaczego pada deszcz? Niebo za żółtymi zasłonami ma barwę ołowiu, wiatr zrywa ostatnie żółte liście z dużego wiązu. Śniłam całą noc. Teraz sny powoli zlewają się w jedną całość. Początkowo śniło mi się, że pływam w oceanie, jestem syreną. Było to dla mnie zupełnie nowe doświadczenie i inna syrenka próbowała mnie uczyć; dawała mi lekcje bycia syreną. Bałam się oddychać pod wodą. Woda wdzierała mi się do płuc i nie miałam pojęcia, jak sobie z tym poradzić. Czułam się okropnie, co chwilę wypływałam na powierzchnię, żeby zaczerpnąć powietrza. Druga syrenka powtarzała raz po raz: „Nie, Clare, musisz oddychać w ten sposób...". Aż uświadomiłam sobie, że ma na szyi skrzela. Ja też je miałam i od tej pory było już dobrze. Pływanie przypominało szybowanie w powietrzu, wszystkie ryby były ptakami... Na powierzchni oceanu unosiła się łódź i wszystkie podpłynęłyśmy, żeby ją zobaczyć. To była mała żaglówka i siedziała w niej moja mama, zupełnie sama. Kiedy do niej podpłynęłam, bardzo się zdziwiła. Powiedziała: „Clare, myślałam, że wychodzisz dziś za mąż", a ja nagle uświadomiłam sobie, że nie mogę wyjść za Henry'ego, skoro jestem syreną. Zaczęłam płakać i obudziłam się w środku nocy. Później leżałam w ciemnościach przez długą chwilę. Doszłam do wniosku, że stałam się prawdziwą kobietą, jak Mała Syrenka;

na szczęście nie paliły mnie stopy i nikt nie uciął mi języka. Hans Christian Andersen musiał być bardzo dziwnym i smutnym człowiekiem. Potem znów zasnęłam, a teraz leżę w łóżku i wiem, że dziś wychodzę za Henry'ego.

(7.16)

HENRY: Ceremonia zaczyna się o 14.00. Potrzebuję około pół godziny, żeby się ubrać, i dwadzieścia minut, by dojechać do kościoła. Teraz jest 7.16, więc mam jeszcze pięć godzin i czterdzieści pięć minut, które muszę jakoś przetrwać. Wkładam dżinsy, starą flanelową koszulę i adidasy i cichutko schodzę na dół w poszukiwaniu kawy. Tato okazał się szybszy; siedzi już w jadalni i tuli w dłoniach kubek z parującym brązowym napojem. Nalewam kawę dla siebie i siadam naprzeciwko niego. We wpadającym przez koronkowe firanki świetle tato wygląda zupełnie jak duch albo postać z czarno-białego filmu, który pokolorowano. Włosy sterczą mu we wszystkie strony. Bezwiednie przygładzam swoje, jakby tato był lustrem, w którym się przeglądam. Robi to samo i uśmiechamy się do siebie.

(8.17)

CLARE: Alicia siedzi na brzegu łóżka i szturcha mnie w ramię.

– Wstawaj, Clare. Słonko już wstało, ptaszki śpiewają (nieprawda), żabki kumkają. Ty też musisz wstać!

Łaskocze mnie. Odrzuca kołdrę, zaczynamy się mocować i kiedy udaje mi się przygwoździć ją do łóżka, Etta wsuwa głowę przez uchylone drzwi.

– Dziewczęta! – syczy. – Co to za hałasy? Wasz ojciec myślał, że drzewo zwaliło się na dom, a to wy, głuptasy, bijecie się jak dzieci. Śniadanie prawie gotowe.

Z tymi słowami znika i słyszymy, jak, głośno tupiąc, schodzi na dół. Wybuchamy śmiechem.

(8.32)

HENRY: Nadal wieje jak diabli, ale mimo to idę pobiegać. Studiuję plan South Haven („Lśniący klejnot na słonecznym brzegu jeziora Michigan!"), który dała mi Clare. Wczoraj biegłem wzdłuż plaży. Było bardzo przyjemnie, ale dzisiaj nie może być o tym mowy. O brzeg jeziora rozbijają się prawie dwumetrowe fale. Wytyczam sobie długą na półtora kilometra trasę po mieście. Zrobię kilka okrążeń, a jeśli będzie zbyt paskudnie, to po prostu wrócę do pensjonatu. Kiedy się rozciągam, trzeszczą mi wszystkie stawy. Czuję niemal namacalne napięcie nerwów. Ubieram się i wychodzę.

Strugi deszczu smagają mnie po twarzy. Już po chwili jestem przemoczony. Biegnę powoli Maple Street. Nie będzie łatwo. Walczę z wiatrem. W taki dzień nie może być mowy o szybkim bieganiu. Mijam stojącą przy krawężniku kobietę z buldogiem. Patrzy na mnie zdumiona. To nie jest zwykły bieg, mówię jej w duchu. To desperacja.

(8.45)

CLARE: Siedzimy przy stole w jadalni. Zimno sączy się do pokoju przez wszystkie okna zalane strugami deszczu. Jak Henry będzie biegał w taką pogodę?

– Idealna pogoda na ślub – żartuje Mark.

Wzruszam ramionami.

– Ja jej nie wybierałam.

– Nie?

– Tato ją wybrał.

– Ja za nią zapłaciłem – mówi tato wyraźnie rozdrażniony.

– To prawda. – Chrupię grzankę.

Mama spogląda krytycznie na mój talerz.

– Kochanie, zjedz trochę bekonu. I koniecznie jajka.

Na samą myśl o tym mój żołądek wykonuje salto.

– Nie mogę. Naprawdę.

– To przynajmniej posmaruj grzankę masłem orzechowym. Potrzebujesz protein.

Spoglądam na Ettę, która wychodzi do kuchni i wraca po chwili z kryształową miseczką pełną masła orzechowego. Dziękuję jej i smaruję grzankę.

– Czy mam jeszcze trochę czasu do przyjścia Janice? – pytam mamę.

Janice ma zrobić coś okropnego z moją twarzą i włosami.

– Przyjdzie o jedenastej. Dlaczego pytasz?

– Muszę coś załatwić w mieście.

– Ja mogę to za ciebie zrobić, kochanie.

Myśl o możliwości wyrwania się z domu sprawia jej wyraźną przyjemność.

– Chciałabym zrobić to sama.

– Możemy pojechać razem.

– Sama. – Patrzę na nią znacząco.

Jest zdumiona, lecz ustępuje.

– No dobrze.

– Świetnie. Niedługo wrócę.

Kiedy wstaję od stołu, tato cicho chrząka.

– Czy mogę wstać?

– Oczywiście.

– Dziękuję – rzucam i wypadam z jadalni.

(9.35)

HENRY: Stoję w ogromnej, pustej wannie i zrzucam z siebie zimne, przemoczone na wskroś ubranie. Moje nowiuteńkie adidasy nabrały specyficznego kształtu i wyglądają teraz, jakby należały do wilka morskiego. Idąc do łazienki, zostawiłem za sobą na podłodze mokry ślad, ale mam nadzieję, że pani Blake nie będzie zła. Nagle ktoś puka do drzwi.

– Chwileczkę! – wołam.

Podkradam się do drzwi i lekko je uchylam. Ku swemu wielkiemu zaskoczeniu widzę przed sobą Clare.

– Hasło? – pytam cicho.

– Przeleć mnie – odpowiada.

Otwieram szeroko drzwi. Clare wchodzi do pokoju, siada na łóżku i zdejmuje buty.

– Nie żartujesz?

– No chodź, mój prawie-mężu. Muszę wrócić przed jedenastą. – Obrzuca mnie uważnym spojrzeniem od stóp do głów. – Biegałeś! Nie myślałam, że się na to zdecydujesz w taki deszcz!

– Chwile pełne desperacji wymagają desperackich rozwiązań. – Ściągam podkoszulek i wrzucam do wanny. Ląduje na dnie z głośnym plaśnięciem. – Czy nie jest tak, że pan młody nie powinien oglądać panny młodej przed ślubem? To podobno przynosi pecha.

– To zamknij oczy.

Clare wchodzi do łazienki i bierze ręcznik. Pochylam się. Wyciera mi włosy. Czuję się wspaniale. Mógłbym tak stać przez całe życie. O tak, przez całe życie.

– Tu jest naprawdę bardzo zimno.

– Chodź do łożnicy, moja prawie-żono. To jedyne ciepłe miejsce w tym przybytku.

Wsuwamy się pod kołdrę.

– Robimy wszystko nie tak, prawda?

– To cię niepokoi?

– Nie. Podoba mi się.

– To świetnie. Jeśli chcesz robić wszystko niezgodnie z ustalonym porządkiem i czasem, to znalazłaś właściwego mężczyznę.

(11.15)

CLARE: Wchodzę do domu przez tylne drzwi i zostawiam parasol w schowku. W holu niemal wpadam na Alicię.

– Gdzie się podziewałaś? Janice już tu jest.

– Która godzina?

– Piętnaście po jedenastej. Hej, włożyłaś bluzkę tyłem na przód i na dodatek na lewą stronę.

– To chyba przynosi szczęście?

– Może, ale lepiej popraw, zanim pójdziesz na górę.

Wchodzę do schowka i poprawiam bluzkę. Potem biegnę na górę. Mama i Janice stoją na korytarzu przed moim pokojem. Janice ma torbę pełną kosmetyków i innych narzędzi tortur.

– No, jesteś wreszcie. Już zaczynałam się martwić. – Mama wprowadza mnie do pokoju, za nami wchodzi Janice. – A teraz muszę porozmawiać z dostawcami. – Wychodząc, wykręca nerwowo palce.

Odwracam się do Janice, która przygląda mi się krytycznie.

– Masz mokre i splątane włosy. Rozczesz je, a ja wszystko przygotuję.

Zaczyna wyjmować z torby milion tubek i buteleczek i ustawia je na toaletce.

– Janice... – Podaję jej pocztówkę z galerii Uffizi. – Możesz zrobić coś takiego?

Zawsze podobała mi się mała księżniczka z rodu Medyceuszów, która ma włosy nawet trochę podobne do moich; na obrazie uwieczniono ją z drobniutkimi warkoczykami, w które wpleciono perełki. Anonimowy malarz też musiał ją kochać. Jakże mogło być inaczej?

Janice zastanawia się przez chwilę.

– Twoja mama miała na myśli coś innego.

– Jasne. Ale to mój ślub. I moje włosy. I dam ci duży napiwek, jeśli uczeszesz mnie tak, jak chcę.

– Nie będę miała czasu na makijaż; te warkoczyki są strasznie pracochłonne.

Alleluja.

– Nie ma sprawy. Sama zajmę się makijażem.

– Dobra. Rozczesz teraz włosy i bierzemy się do roboty. Nawet zaczyna mi się to podobać.

Poddaję się miękkim, smagłym dłoniom Janice, a jednocześnie zastanawiam się, co knuje Henry.

(11.36)

HENRY: Smoking i towarzyszące mu nieszczęsne akcesoria leżą na łóżku. Powoli zamarzam w tym zielonym pokoju. Wyjmuję mokre ubrania z wanny i wrzucam je do umywalki. Łazienka jest, o dziwo, niemal tak duża jak pokój. Na podłodze leży miękka wykładzina, a całość jest paskudnie wiktoriańska w stylu. Wanna stoi na ogromnych łapach, wszędzie pełno jest paproci, ręczniki ułożono w zgrabny stosik, a nad komodą wisi reprodukcja obrazu Hunta *Przebudzone sumienie*. Parapet znajduje się jakieś piętnaście centymetrów nad podłogą. Przez białe muślinowe firanki widać Maple Street zasłaną jesiennymi liśćmi. Ulicą sunie leniwie wielki lincoln continental. Puszczam gorącą wodę do wanny, która jest tak wielka, że mam dość czekania, aż się napełni, i wchodzę do niej. Bawię się prysznicem, bardzo europejskim w stylu, i odkręcam buteleczki z szamponami, żelem do kąpieli i odżywką do włosów. Wącham wszystkie, ale już po piątej zaczyna mnie boleć głowa. Śpiewam na cały głos *Żółtą łódź podwodną*. Wszystko w promieniu półtora metra zalewa woda.

(12.35)

CLARE: Janice wreszcie wypuszcza mnie ze swoich rąk, zjawia się mama z Ettą.

– Clare, wyglądasz przepięknie! – wykrzykuje Etta.

– Nie taką fryzurę wybrałyśmy – karci Janice mama.

Płaci jej, a kiedy nie patrzy, ja wręczam jej suty napiwek. Mam się ubrać już w kościele, więc pakują mnie do samochodu i ruszamy do Świętego Bazylego.

(12.55)
(Henry ma 38 lat)

HENRY: Idę wzdłuż autostrady numer 12, jakieś trzy kilometry od South Haven.

Dzień jest paskudny. Wiatr szaleje, leje deszcz, jest okropnie zimno. Mam na sobie tylko dżinsy, idę boso i jestem przemoczony na wylot. Nie mam pojęcia, w jakim czasie się znajduję. Idę do Meadowlark House w nadziei, że uda mi się wysuszyć w Czytelni i może coś zjeść. Nie mam pieniędzy, ale kiedy widzę przed sobą różowy neon stacji benzynowej, ruszam w tamtym kierunku. Wchodzę do środka i przez chwilę stoję, żeby złapać oddech. Woda kapie na linoleum.

– Niezły dzień na spacery – mówi starszy, szczupły pan za ladą.

– Tak.

– Zepsuł się panu samochod?

– Słucham? Nie. – Patrzy na moje bose stopy, dziwny strój. Udaję zakłopotanie. – Dziewczyna wyrzuciła mnie z domu.

Mężczyzna mówi coś jeszcze, ale nie słyszę co, bo patrzę na egzemplarz „South Haven Daily". Dziś jest sobota, 23 października 1993 roku. Dzień naszego ślubu. Zawieszony nad stojakiem z papierosami zegar pokazuje 13.10.

– Muszę pędzić – mówię do starszego pana i wybiegam na deszcz.

(13.42)

CLARE: Stoję w ślubnej sukni w swojej dawnej klasie. Suknia jest uszyta z jedwabiu w kolorze kości słoniowej, ozdobiona koronką i mnóstwem sztucznych perełek. Ma obcisły stanik, wąskie rękawy, a bardzo szeroki dół przechodzi w dziesięciometrowy tren.

Mogłabym pod nim schować chyba z dziesięciu karzełków. Czuję się jak przygotowana na paradę platforma, lecz mama nie posiada się z zachwytu. Robi zdjęcia i stara się mnie przekonać, żebym nałożyła mocniejszy makijaż. Alicia, Charisse, Helen i Ruth kręcą się wokoło w sukniach koloru oliwkowej zieleni. Charisse i Ruth są niskie, a Alicia i Helen wysokie, wyglądają więc jak zastęp źle dobranych harcerek, ale w obecności mamy postanowiłyśmy tego nie komentować. Teraz porównują odcienie pantofelków i kłócą się, która powinna złapać bukiet.

– Charisse, ty jesteś już zaręczona, więc powinnaś odpuścić – mówi Helen.

Charisse wzrusza ramionami.

– Potraktuję to jako dodatkowe zabezpieczenie. Z Gomezem nigdy nic nie wiadomo.

(13.48)

HENRY: Siedzę na kaloryferze w pachnącym pleśnią pokoju pełnym pudełek i książeczek do nabożeństwa. Gomez chodzi tam i z powrotem, paląc papierosa. W smokingu wygląda rewelacyjnie. Czuję się trochę jak prezenter prowadzący teleturniej w telewizji. Gomez strząsa popiół do filiżanki. Przez niego denerwuję się jeszcze bardziej.

– Masz obrączkę? – pytam chyba tysięczny raz.

– Tak, mam.

Zatrzymuje się na chwilę i spogląda na mnie.

– Masz ochotę się napić?

– Tak.

Gomez wyciąga piersiówkę. Pociągam spory łyk bardzo dobrej whisky. Jeszcze jeden i oddaję piersiówkę. Słyszę, jak ludzie śmieją się i rozmawiają w przedsionku kościoła. Pocę się i strasznie boli mnie głowa. W pokoju jest bardzo ciepło. Wstaję, otwieram okno i wystawiam głowę na zewnątrz. Oddycham głęboko. Wciąż pada deszcz.

Nagle w krzakach rozlega się szelest. Otwieram okno szerzej i spoglądam w dół. Widzę moją drugą wersję. Siedzi przemoczony, ciężko dysząc. Uśmiecha się do mnie szeroko i unosi w górę kciuk.

(13.55)

CLARE: Stoimy w przedsionku kościoła.

– Przedstawienie czas zacząć – mówi tato i puka do drzwi pokoju, w którym ubiera się Henry.

W uchylonych drzwiach pojawia się głowa Gomeza.

– Dajcie nam jeszcze minutkę – mówi.

Rzuca mi spojrzenie, pod wpływem którego wywraca mi się żołądek, i zamyka drzwi. Ruszam w ich stronę, gdy nagle znów się otwierają. Staje w nich Henry i zapina spinki u mankietów. Jest mokry, brudny i nieogolony. Wygląda na jakieś czterdzieści lat. Ale jest tutaj i, uśmiechając się do mnie triumfalnie, wchodzi do kościoła i rusza dostojnie główną nawą.

Niedziela, 13 czerwca 1976
(Henry ma 30 lat)

HENRY: Leżę na podłodze mojego starego pokoju. W ten piękny letni wieczór nieznanego roku jestem sam. Przez chwilę przeklinam i czuję się jak idiota. Potem wstaję, idę do kuchni i wypijam kilka piw taty.

Sobota, 23 października 1993
(Henry ma 38 i 30 lat, Clare 22)
(14.37)

CLARE: Stoimy przed ołtarzem.

Henry odwraca się do mnie i mówi:

– Ja, Henry, biorę sobie ciebie, Clare, za żonę i ślubuję ci miłość, wierność i uczciwość małżeńską oraz że nie opuszczę cię aż do śmierci.

Myślę: dobrze to sobie zapamiętaj.

Powtarzam za nim słowa przysięgi małżeńskiej.

Ojciec Compton uśmiecha się do nas i mówi:

– Co Bóg złączył, człowiek niech nie rozdziela.

Myślę: nie na tym polega nasz problem.

Henry wsuwa cienką srebrną obrączkę na mój palec tuż pod pierścionkiem zaręczynowym. Ja wkładam mu na palec grubą złotą obrączkę. To jedyny raz, kiedy będzie ją nosił. Msza trwa dalej, a ja myślę: tylko to się liczy. On jest tutaj, ja jestem, nieważne jak, byle tylko był ze mną.

Ojciec Compton błogosławi nas i mówi:

– Idźcie w pokoju Chrystusa.

Ruszamy nawą ramię w ramię, razem.

(18.26)

HENRY: Przyjęcie właśnie się rozpoczyna. Kelnerzy uwijają się z wózkami i tacami. Goście powoli napływają, oddają płaszcze w szatni. Nareszcie przestało lać. Yacht Club w South Haven znajduje się na północnej plaży. Mieści się w budynku z lat dwudziestych, wyłożonym boazerią, czerwonymi dywanami, skórą. Na ścianach wiszą obrazy przedstawiające statki. Jest już ciemno, ale na molu miga światło latarni morskiej. Stoję przy oknie, popijając glenlivet. Czekam na Clare, którą w niewiadomym celu porwała na chwilę matka. Widzę w szybie odbicia zbliżających się do mnie Gomeza i Bena. Odwracam się.

– Jak się czujesz? – pyta wyraźnie zaniepokojony Ben.

– Dobrze. Możecie coś dla mnie zrobić?

Kiwają głowami.

– Gomez, wróć do kościoła. Czekam tam w przedsionku. Zgarnij mnie i przywieź tutaj. Przeszmugluj mnie jakoś do męskiej toalety na dole i zostaw tam. Ben, nie spuszczaj ze mnie oka (wskazuję palcem na pierś) i kiedy ci powiem, chwyć mój smoking i zanieś go do toalety.

– Ile czasu mamy? – pyta Gomez.

– Niewiele.

Kiwa głową i odchodzi. Natyka się na Charisse, całuje ją w czoło i idzie dalej. Odwracam się do Bena, który wygląda na bardzo zmęczonego.

– Jak się czujesz? – pytam.

Ben wzdycha.

– Mam trochę dość. Henry?

– Tak?

– Z którego roku przybywasz?

– Z dwa tysiące drugiego.

– Czy możesz... Wiem, że tego nie lubisz, ale...

– Nie ma sprawy, Ben. Dzisiaj jest wyjątkowy dzień.

– Powiedz mi, czy jeszcze żyję? – Nie patrzy na mnie, wbił wzrok w muzyków strojących instrumenty w sali balowej.

– Tak. I masz się świetnie. Widzieliśmy się parę dni temu, graliśmy w bilard.

Ben oddycha z wyraźną ulgą.

– Dziękuję.

– Nie ma za co.

Jego oczy wypełniają się łzami. Podaję mu chusteczkę, lecz po chwili zwraca mi ją i rusza na poszukiwanie toalety.

(19.04)

CLARE: Wszyscy siadają do kolacji, lecz nie możemy znaleźć Henry'ego. Pytam Gomeza, czy go widział, ale on rzuca mi tylko jedno z tych swoich spojrzeń i mówi, że Henry na pewno zjawi się lada moment. Podchodzi do nas Kimy w różowej jedwabnej sukience, krucha i bardzo zmartwiona.

– Gdzie jest Henry? – pyta.

– Nie wiem.

Przyciąga mnie do siebie i szepcze do ucha:

– Widziałam, jak jego przyjaciel Ben wynosił z sali stos ubrań.

Och nie. Jeśli Henry wrócił do swojej teraźniejszości, będzie to bardzo trudno wytłumaczyć. Może powinnam powiedzieć, że zaszły nieprzewidziane i nagłe okoliczności? Że w bibliotece wydarzyło się coś, co wymaga jego natychmiastowej obecności? Ale wszyscy jego współpracownicy są tutaj. Może powiem, że Henry cierpi na amnezję, że gdzieś się zgubił...

– Jest – mówi Kimy i ściska mnie za rękę.

W drzwiach stoi Henry i szuka mnie wzrokiem. Po chwili szybko podbiega. Całuję go.

– Witaj, nieznajomy.

Wrócił, jest znów moim młodym Henrym, którego miejsce jest tutaj. Ujmuje pod ramię mnie i Kimy i prowadzi nas do stołu. Kimy chichocze cicho i mówi do Henry'ego coś, czego nie usłyszalam.

– Co powiedziała? – pytam, gdy już usiedliśmy.

– Zapytała, czy na noc poślubną planujemy *manage á trois.*

Rumienię się jak burak, a Kimy puszcza do mnie oko.

(19.16)

HENRY: Siedzę w bibliotece klubu, jem kanapki i czytam prawdopodobnie nigdy jeszcze nieotwierane pierwsze wydanie *Jądra ciemności.* Kątem oka widzę, jak w moją stronę zmierza szybkim krokiem kierownik klubu. Zamykam książkę i odkładam ją na półkę.

– Przepraszam bardzo, ale muszę pana prosić o opuszczenie klubu. Bez koszuli i butów nie ma co liczyć na uprzejmą obsługę.

– Dobra.

Wstaję, a kiedy kierownik odwraca się, znikam. Ląduję ze śmiechem na podłodze naszej kuchni 2 marca 2002 roku. Od dawna marzyłem, żeby mu to zrobić.

(19.21)

CLARE: Gomez wygłasza mowę:

„Droga Clare, Henry, krewni i przyjaciele, panie i panowie przysięgli... nie, to trzeba wykreślić. Umiłowani, zebraliśmy się tutaj, na brzegu Krainy Wolności, by pomachać chusteczkami Clare i Henry'emu, którzy wyruszają w podróż na Statku Małżeństwa. I choć przykro nam patrzeć, jak żegnają się z przyjemnościami stanu wolnego, jesteśmy pewni, że wychwalana pod niebiosa przystań Małżeńskiej Radości przyjmie ich z otwartymi ramionami. Niektórzy z nas może niebawem tam do nich dołączą, chyba że uda nam się znaleźć sposób, by się od tego wykręcić. Teraz wypijmy jednak za Clare Abshire DeTamble, piękną młodą artystkę, która w najwyższym stopniu zasługuje na szczęście, i za Henry'ego DeTamble, świetnego faceta i piekielnego farciarza: niech Morze Życia rozpościera się przed wami niczym gładka tafla, a wiatr zawsze wieje wam w plecy. Za szczęśliwą parę!".

Gomez pochyla się i całuje mnie w usta. Przez bardzo krótką chwilę patrzę mu w oczy.

(20.48)

HENRY: Pokroiliśmy i zjedliśmy weselny tort. Clare rzuciła swój bukiet (trafił w ręce Charisse), a ja rzuciłem jej podwiązkę (złapał ją, o dziwo, Ben). Zespół gra *Take A Train*, goście tańczą. Ja tańczyłem już z Clare, Kimy, Alicią i Charisse; teraz tańczę z Helen, która świetnie sobie radzi, a Clare z Gomezem. Kiedy obracam Helen w tańcu, widzę, jak Celia Attley odbija Clare Gomezowi, który z kolei odbija mi Helen. Pozbawiony partnerki dołączam do gości stojących przy barze i patrzę, jak Celia tańczy z Clare. Po chwili staje przy mnie Ben. Pije wodę sodową. Ja zamawiam wódkę z tonikiem. Ben założył podwiązkę Clare na ramię, zupełnie jakby był w żałobie.

– Kto to? – pyta.

– Celia Attley, przyjaciółka Ingrid.

– To dziwne.

– Tak.

– Co jest nie tak z tym Gomezem?

– O co ci chodzi?

Ben patrzy na mnie przez chwilę, po czym odwraca głowę.
– O nic.

(22.23)

CLARE: Koniec. Wycałowaliśmy, wyściskaliśmy wszystkich gości i odjechaliśmy samochodem udekorowanym puszkami. Zaparkowałam przed niewielkim motelem Drew Drop nad brzegiem Silver Lake. Henry śpi. Wysiadam, wypełniam formularz i proszę recepcjonistę, by pomógł mi zaprowadzić Henry'ego do pokoju. Rzucamy go na łóżko. Recepcjonista przynosi nasz bagaż, obrzuca zaciekawionym spojrzeniem moją ślubną suknię i leżącego nieruchomo Henry'ego i uśmiecha się do mnie. Wręczam mu napiwek, wychodzi. Zdejmuję Henry'emu buty i rozluźniam krawat. Zdejmuję suknię i kładę ją na fotelu.

Stoję w łazience w samej bieliźnie i drżąc z zimna, myję zęby. W lustrze widzę Henry'ego na łóżku. Chrapie. Wypluwam pastę i płuczę usta. Nagle spływa na mnie wielka fala szczęścia. I olśnienie: jesteśmy małżeństwem. W każdym razie ja jestem zamężna.

Gaszę światło i całuję Henry'ego na dobranoc. Pachnie alkoholem, potem i perfumami Helen. Dobranoc, karaluchy pod poduchy, a szczypawki do zabawki. Zapadam w głęboki, szczęśliwy sen.

Poniedziałek, 25 października 1993
(Henry ma 30, Clare 22 lata)

HENRY: W poniedziałek po ślubie kościelnym bierzemy z Clare ślub cywilny w ratuszu. Świadkami są Charisse i Gomez. Potem idziemy na kolację do restauracji Charliego Trottera, tak drogiej, że wystrój przypomina pierwszą klasę samolotu albo minimalistyczną rzeźbę. Na szczęście potrawy, mimo że przypominają małe dzieła sztuki, są pyszne. Charisse fotografuje każde danie, które pojawia się na naszym stole.

– Jak to jest być po ślubie? – pyta.

– Ja czuję się bardzo poślubiona – mówi Clare.

– Tak trzymać – radzi Gomez. – Możecie wypróbować wszystkie dostępne ceremonie: buddyjską, nudystyczną...

– Ciekawe, czy jestem bigamistką? – Clare je coś o barwie pistacji udekorowane kilkoma dużymi krewetkami, które wyglądają jak krótkowidz czytający gazetę.

– Chyba można poślubić tę samą osobę, ile razy się chce – mówi Charisse.

– A ty jesteś tą samą osobą? – pyta mnie Gomez.

Danie, które jem, jest pokryte cieniutkimi plastrami surowego tuńczyka topiącymi się na języku.

– Tak, ale bardziej niż inni – odpowiadam po chwili zastanowienia.

Gomez mruczy coś na temat zagadek zen, ale Clare uśmiecha się do mnie i unosi kieliszek. Stukam go delikatnie swoim. Kryształowa nuta wzbija się na moment w powietrze, by po chwili rozpłynąć się w gwarze panującym w restauracji. I tak zostaliśmy małżeństwem.

II

Kropla krwi w misce mleka

– Co się stało? Najdroższa?

– Ach, jak my to zniesiemy?

– Co zniesiemy?

– To. Tak mało czasu. Jak możemy go przespać?

– Możemy leżeć razem w ciszy i udawać, gdyż to dopiero początek, że mamy mnóstwo czasu przed sobą.

– I co dzień będzie go coraz mniej. A potem wcale.

– Wolałabyś, byśmy go wcale nie mieli?

– Nie. Do tego zawsze zmierzałam. Od początku swych dni. A kiedy stąd odjadę, to będzie ów środek, do którego wszystko się zbiegało, z którego wszystko wybiegnie. Lecz teraz, mój kochany, jesteśmy tutaj, jesteśmy teraz, a te inne czasy biegną gdzie indziej.

A.S. Byatt, *Opętanie*,
przekład Barbara Kopeć-Umiastowska

ŻYCIE MAŁŻEŃSKIE

Marzec 1994
(Clare ma 22, Henry 30 lat)

CLARE: No i jesteśmy małżeństwem.

Początkowo mieszkamy w apartamencie z dwiema sypialniami w niewielkim domu w Ravenswood. Jest bardzo słoneczny, z jasną drewnianą podłogą, kuchnią pełną staromodnych szafek i równie staromodnych urządzeń. Kupujemy różne rzeczy, spędzamy niedzielne popołudnia w Crate & Barrel, wymieniając prezenty ślubne, zamawiamy kanapę, która nie chce przejść przez drzwi, więc musimy ją oddać. Nasze mieszkanie jest również laboratorium, w którym przeprowadzamy eksperymenty, badając siebie nawzajem. Odkrywamy, że Henry nie znosi, kiedy, czytając gazetę przy śniadaniu, stukam w zamyśleniu łyżeczką o przednie zęby. Dochodzimy do porozumienia w sprawie muzyki: ja mogę słuchać Joni Mitchell, a Henry The Shags, pod warunkiem, że drugiej osoby nie ma akurat w domu. Zgadzamy się, że to Henry powinien się zająć gotowaniem, a ja praniem i prasowaniem. Żadne z nas nie lubi odkurzać, zatrudniamy więc sprzątaczkę.

Powoli wpadamy w rutynę. Henry pracuje od wtorku do soboty w Newberry. Wstaje o 7.30 i nastawia ekspres, a potem idzie biegać. Po powrocie bierze prysznic, ubiera się, a ja z trudem zwlekam się z łóżka i rozmawiam z nim, kiedy robi śniadanie. Po śniadaniu myje zęby i wypada z domu, żeby złapać kolejkę, a ja wracam do łóżka i drzemię jeszcze przez godzinkę.

Kiedy wstaję na dobre, w mieszkaniu panuje cisza. Biorę kąpiel, rozczesuję włosy i wkładam robocze ubranie. Nalewam sobie kolejną filiżankę kawy, idę do drugiej sypialni, w której mieści się moja pracownia, i zamykam za sobą drzwi.

Na początku naszego małżeńskiego życia nie jest mi lekko w tej malutkiej pracowni. Przestrzeń, którą mogę nazwać moją własną, która nie jest pełna Henry'ego, jest tak nieduża, że zmalały także moje pomysły. Przypominam gąsienicę w kokonie z papieru; wszędzie wokół walają się szkice z projektami rzeźb, niewielkie rysunki, które obijają się o szyby jak ćmy, marzą o wyrwaniu się z tego ciasnego pomieszczenia. Robię makiety, małe rzeźby, które są przygotowaniem do tych wielkich. Z każdym dniem pomysłów jest coraz mniej, jakby wiedziały, że je stłamszę i nie pozwolę im się rozwinąć. Nocami śnię o kolorach, o włożeniu rąk do kadzi pełnej włókna. Śnię o miniaturowych ogrodach, do których nie mogę wejść, bo jestem gigantką.

Najwspanialszą rzeczą w tworzeniu sztuki – tworzeniu czegokolwiek – jest ta chwila, kiedy ulotny, niesprecyzowany jeszcze pomysł zaczyna nabierać kształtów i staje się rzeczą, substancją w świecie substancji. Kirke, Nimbue, Artemida, Atena, wszystkie dawne czarodziejki: one na pewno znały to uczucie, gdy zamieniały zwykłych mężczyzn w bajkowe stwory, kradły sekrety magikom, nakazywały wymarsz wojskom: „Ach, spójrz, to jest to, coś zupełnie nowego". Obojętne, czy była to świnia, wojna czy drzewo laurowe. Można to również nazwać sztuką. Magia, którą jestem teraz w stanie tworzyć, jest malutka, okaleczona. Pracuję codziennie, ale bez żadnych widocznych efektów. Czuję się jak Penelopa, która tkała i pruła swoje płótno.

A Henry, mój Odyseusz? On jest artystą innego gatunku, artystą znikającym. Nasze wspólne życie w tym zbyt małym mieszkaniu jest odmierzane jego nieobecnością. Czasami znika zupełnie niezauważalnie: przechodzę z kuchni do holu i znajduję na podłodze kupkę ubrań. Czasami wstaję z łóżka, w łazience leje się woda, ale pod prysznicem nikogo nie ma. Niekiedy jest to przerażające. Pewnego dnia pracuję nad czymś u siebie i nagle słyszę za drzwiami jęk; kiedy je otwieram, znajduję Henry'ego na czworakach na podłodze. Jest nagi i ma zakrwawioną głowę. Otwiera oczy, widzi mnie i znika. Czasem budzę się w nocy, a jego nie ma. Rankiem opowie mi, gdzie był, tak jak inni mężowie opowiadają swoje sny: „Byłem w bibliotece Seltzer w tysiąc dziewięćset osiemdziesiątym piątym roku". Albo: „Wielki wilczur gonił mnie po czyimś podwórku i musiałem wspiąć się na drzewo". Albo: „Stałem w deszczu przed domem rodziców i słuchałem, jak mama śpiewa". Czekam, żeby powiedział mi, że widział mnie jako dziecko, ale jak dotąd to się jeszcze nie wydarzyło. Kiedy byłam mała, nie mogłam się doczekać spotkania z nim. Każda wizyta była wielkim wydarzeniem. Teraz jego nieobecność jest pustką, przygodą, o której usłyszę, gdy mój podróżnik zmaterializuje się u moich stóp, zakrwawiony lub wesoło pogwizdujący, uśmiechnięty lub drżący z przerażenia. Teraz, za każdym razem, gdy znika, bardzo się boję.

HENRY: Kiedy mieszkasz z kobietą, codziennie dowiadujesz się czegoś nowego. Do tej pory udało mi się dowiedzieć, że długie włosy zatykają odpływ prysznica szybciej, niż zdążysz pomyśleć o płynie do przetykania rur; że nie należy wycinać z gazety niczego, dopóki twoja żona jej nie przeczyta, nawet jeśli ta gazeta jest sprzed tygodnia; że jestem jedyną osobą w naszym dwuosobowym stadle, która może jeść na kolację to samo przez trzy dni z rzędu bez narzekania, i że słuchawki wynaleziono po to, żeby uchronić drugą połowę przed własnymi gustami muzycznymi. (Jak ona może słuchać Cheap Trick? Dlaczego lubi The Eagles? Nigdy się tego nie dowiem, bo kiedy pytam, zaraz robi uniki. Jakim cudem kobieta, którą kocham, nie chce słuchać *Musique Du Garrot Et De La Ferraille*). Następną lekcją jest upodobanie Clare do przebywania w samotności. Czasami, kiedy wracam do domu, wydaje się rozdrażniona; przerywam jej tok myśli, wdzieram się do rozmarzonej ciszy dnia. Czasami widzę na jej twarzy wyraz, który przypomina zamknięte drzwi. Chowa się do pokoju swego umysłu i siedzi tam, robiąc na drutach. Odkryłem, że Clare lubi być sama. Ale kiedy wracam z podróży w czasie, zawsze wita mnie z wielką ulgą.

Kiedy kobieta, z którą mieszkasz, jest artystką, każdy dzień jest niespodzianką. Clare przemieniła drugą sypialnię w gabinet cudów, pełen małych rzeźb i rysunków, które zajmują każde wolne miejsce na ścianie. Zwoje drutu i rolki papieru wypełniają półki i szuflady. Rzeźby przypominają mi latawce albo modele samolotów. Mówię to Clare pewnego wieczoru, stając w drzwiach jej pracowni w garniturze i krawacie. Wróciłem właśnie z pracy i zaraz wezmę się do przygotowywania kolacji. Clare rzuca we mnie jedną z rzeźb. Leci zaskakująco daleko i wysoko. Po chwili stoimy w dwóch końcach holu i rzucamy do siebie małymi rzeźbami, wypróbowując ich zdolności aerodynamiczne. Dzień po powrocie do domu znajduję całe stado papierowych ptaków kołyszących się na drucikach zawieszonych u sufitu w salonie. Tydzień później na oknach naszej sypialni pojawiają się abstrakcyjne niebieskie kształty. Wpadające do środka słońce rzuca ich cienie na ściany, tworząc niebo dla ptaków, które Clare tam namalowała. Są piękne.

Następnego wieczoru staję w drzwiach pracowni Clare i patrzę, jak kończy rysunek. To plątanina czarnych kresek otaczająca małego czerwonego ptaszka. Nagle widzę Clare w jej malutkim pokoiku, przytłoczoną przez wszystkie potrzebne jej do pracy rzeczy, i uświadamiam sobie, że próbuje mi coś powiedzieć. I już wiem, co muszę zrobić.

Środa, 13 kwietnia 1994
(Clare ma 22, Henry 30 lat)

CLARE: Słyszę szczęk klucza w zamku i wychodzę z pracowni w chwili, gdy Henry wchodzi do domu. Ku memu wielkiemu zaskoczeniu niesie pod pachą telewizor. Nie kupiliśmy go wcześniej, bo Henry nie może oglądać, a ja nie chcę siedzieć przed ekranem sama. Odbiornik jest mały i stary, czarno-biały, ze złamaną anteną.

– Cześć, kochanie, wróciłem – mówi, stawiając telewizor na stole.

– Gdzie znalazłeś to obrzydlistwo? Na śmietniku?

Jest wyraźnie urażony.

– Kupiłem go w Unique. Za dziesięć dolców.

– Po co?

– Dziś wieczór musimy koniecznie obejrzeć jeden program.

– Ale... – Nie wyobrażam sobie, jaki program mógłby zmusić go do zaryzykowania podróży w czasie.

– W porządku, ja nie będę patrzył. Ale chcę, żebyś ty obejrzała.

– Ale co? – Nie mam pojęcia, co teraz warto oglądać.

– To niespodzianka. O ósmej.

Kiedy jemy kolację, telewizor stoi na podłodze. Henry nie chce odpowiedzieć na żadne z pytań i dokucza mi żartobliwie, pytając, co bym zrobiła, gdybym miała większą pracownię.

– Po co to wszystko? Moja jest teraz wielkości szafy. Może zajmę się origami.

– Nie, pytam poważnie.

– Nie wiem. – Nawijam makaron na widelec. – Każda makieta byłaby sto razy większa. Rysowałabym na papierze o wymiarach trzy metry na trzy. Z jednego końca pracowni na drugi musiałabym jeździć na rolkach. Ustawiłabym wielkie kadzie i japońskie urządzenia do suszenia papieru. No i jeszcze wielkie mieszadło... – Daję się ponieść wizji, która rysuje się w mojej wyobraźni, ale potem wracam na ziemię i wzruszam ramionami. – No, może kiedyś.

Żyjemy całkiem nieźle z pensji Henry'ego i procentów z mojego funduszu powierniczego, ale żeby móc sobie pozwolić na pracownię, musiałabym pójść do pracy, a wtedy nie miałabym czasu, żeby przebywać w pracowni. Klasyczny paragraf 22. Wszyscy moi przyjaciele artyści nie mają czasu albo pieniędzy, albo jednego i drugiego. Charisse w dzień pisze programy komputerowe, a w nocy zajmuje się swoją sztuką. W przyszłym miesiącu pobierają się z Gomezem.

– Co kupimy Gomezom w prezencie ślubnym?

– Nie mam pojęcia. Nie możemy im dać wszystkich tych ekspresów do kawy, które dostaliśmy?

– Wymieniliśmy je na kuchenkę mikrofalową i maszynę do robienia ciasta na chleb.

– Ach tak. Hej, już prawie ósma. Weź kawę, idziemy do salonu.

Henry wstaje, bierze pod pachę telewizor, a ja niosę nasze filiżanki. Stawia telewizor na niskim stoliku i po chwili zamieszania z przedłużaczem i kręcenia gałkami oglądamy na kanale 9 reklamę łóżka wodnego. Odnoszę wrażenie, że w salonie wystawowym pada śnieg.

– Cholera – mówi Henry, spoglądając na ekran. – W Unique działał lepiej.

Na ekranie pojawia się logo Illinois Lottery. Henry sięga do kieszeni spodni i podaje mi kawałek papieru.

– Trzymaj. To kupon.

– Mój Boże. Ty chyba nie...

– Cii. Oglądaj.

Z wielkimi fanfarami szefowie loterii, poważni panowie w garniturach, odczytują numery na piłeczkach pingpongowych, które po kolei wpadają do szklanej rury. 43, 2, 26, 51, 10, 11. Numery na kuponie, który trzymam w ręce, są oczywiście takie same. Panowie z loterii składają nam gratulacje. Właśnie wygraliśmy osiem milionów dolarów. Henry gasi telewizor i uśmiecha się od ucha do ucha.

– Niezła sztuczka, co?

– Nie wiem, co powiedzieć.

Henry widzi, że jakoś nie skaczę z radości.

– Powiedz: „Dziękuję, kochanie, że postarałeś się o pieniądze, za które kupimy sobie dom". Wystarczy.

– Ale... Henry... to nie może być prawda.

– Jasne, że jest. To prawdziwy kupon. Jeśli zaniesiesz go do delikatesów Katz, Minnie uściska cię z całych sił, a stan Illinois wypisze ci prawdziwy czek.

– Ale ty wiedziałeś.

– Oczywiście. Musiałem to tylko sprawdzić w jutrzejszym wydaniu „Trib".

– Nie możemy... to oszustwo.

Dramatycznym gestem Henry uderza się w czoło.

– Ależ ze mnie dureń! Zupełnie zapomniałem, że należy kupować kupony, nie mając pojęcia, jakie numery zostaną wylosowane. Ale to da się załatwić.

Znika w kuchni i wraca z pudełkiem zapałek. Zapala jedną i trzyma kupon nad płomieniem.

– Nie!

Zdmuchuje zapałkę.

– To nie ma żadnego znaczenia, Clare. Jeśli będziemy mieli na to ochotę, możemy wygrywać co tydzień przez najbliższy rok. Jeśli więc masz z tym jakiś problem, to nie ma o czym mówić.

Kupon jest lekko nadpalony w jednym rogu. Henry siada obok mnie na kanapie.

– Powiem ci coś. Przemyśl to dokładnie i jeśli będziesz miała ochotę zamienić go na gotówkę, zrobimy to. Ale jeśli postanowisz wręczyć go pierwszemu napotkanemu bezdomnemu, nie ma sprawy...

– To niesprawiedliwe.

– Co?

– Nie możesz zrzucać na mnie tak wielkiej odpowiedzialności.

– Będę zadowolony bez względu na to, co postanowisz. Jeśli uważasz, że okradamy stan Illinois z pieniędzy, które wyrwał ciężko pracującym frajerom, to zapomnijmy o wszystkim. Na pewno znajdziemy inny sposób, żeby wynająć ci większą pracownię.

Ach tak. Większą pracownię. Nagle spływa na mnie, głupią, olśnienie, że Henry mógł wygrać miliony na loterii w każdej chwili. Nigdy jednak o tym nie myślał, bo to nie jest normalne. Postanowił jednak zrezygnować ze swego fanatycznego pragnienia, by żyć jak normalny człowiek, bo chciał, żebym miała większą pracownię i mogła w niej jeździć na rolkach. Uświadamiam sobie, że okazałam się niewdzięczna.

– Clare? Ziemia do Clare...

– Dziękuję – mówię zbyt gwałtownie.

Henry unosi brwi.
– Czy to oznacza, że zamienimy kupon na gotówkę?
– Nie wiem. To znaczy „dziękuję".
– Bardzo proszę.
Zapada niezręczna cisza.
– Ciekawe, co jest w telewizji.
– Śnieg.
Henry wybucha śmiechem, wstaje i ściąga mnie z kanapy.
– Chodź, pójdziemy przepuścić tę nieuczciwie zdobytą kasę.
– Dokąd?
– Nie wiem.
Henry otwiera szafę w holu i podaje mi żakiet.
– Kupmy Gomezom samochód w prezencie ślubnym.
– Oni dali nam kieliszki do wina.

Zbiegamy po schodach, prosto w piękny wiosenny wieczór. Stoimy na chodniku przed naszym domem. Henry bierze mnie za rękę, spoglądam na niego i unoszę nasze splecione dłonie. Henry okręca mnie dookoła i po chwili tańczymy na Belle Plaine Avenue, bez muzyki, za to do szumu przejeżdżających samochodów, naszego śmiechu, zapachu kwiatów wiśni, które opadają na chodnik jak śnieg, podczas gdy my wirujemy szaleńczo pod drzewami.

Środa, 18 maja 1994
(Clare ma 22, Henry 30 lat)

CLARE: Próbujemy kupić dom. To jest naprawdę niesamowite. Ludzie, którzy nigdy w żadnych okolicznościach nie wpuściliby cię pod swój dach, teraz otwierają drzwi na oścież, pozwalają ci zaglądać do szaf, wypowiadać się w sprawie tapet, zadawać szczegółowe pytania na temat rur.

Różnimy się z Henrym zasadniczo pod względem oceniania domów. Ja idę powoli, przyglądam się dokładnie podłodze, urządzeniom, zadaję pytania na temat kominka, sprawdzam, czy w piwnicy nie ma zacieków. Za to on idzie prosto na tył domu, wygląda przez okno i kręci głową. Nasza agentka, Carol, uważa go za wariata. Mówię jej, że Henry ma bzika na punkcie pracy w ogrodzie. Po całym dniu wędrówki jedziemy do domu z biura Carol. Postanawiam go zapytać, czy w tym jego szaleństwie kryje się jakaś metoda.

– Co ty, do cholery, wyprawiasz? – pytam uprzejmym tonem.

Henry wygląda na zmieszanego.

– Nie byłem pewny, czy chcesz o tym wiedzieć, ale byłem w naszym przyszłym domu. Nie wiem kiedy, ale byłem... będę... tam w piękny jesienny dzień, późnym popołudniem. Stałem przy oknie na tyłach przy tym stoliku z marmurowym blatem, który dostałaś od babci, i przez podwórko patrzyłem na okno budynku z cegieł, w którym mieściła się twoja pracownia. Robiłaś tam wielkie płaty papieru. Były błękitne. Włosy związałaś żółtą chustką, żeby ci nie przeszkadzały, i miałaś na sobie zielony sweter i gumowy fartuch, jak zwykle. Na podwórku stoi altana porośnięta dzikim winem. Byłem tam przez jakieś dwie minuty. Próbuję więc to odtworzyć, a kiedy mi się uda, będę wiedział, że właśnie ten dom powinniśmy kupić.

– Jezu! Dlaczego nigdy mi o tym nie powiedziałeś? Teraz jest mi głupio.

– Proszę, nie. Pomyślałem, że będziesz zadowolona, jeśli zrobimy wszystko, jak należy. Podeszłaś do całej sprawy tak bardzo metodycznie, przeczytałaś mnóstwo książek, więc doszedłem do wniosku, że chcesz kupić dom, a nie poddać się temu, co nieuniknione.

– Ktoś musi zapytać o mrówki, azbest, pleśń i zatkane rury...

– No właśnie. Postępujmy więc tak dalej, a na pewno dojdziemy osobno do wspólnych wniosków.

Rzeczywiście tak się dzieje, choć po drodze dochodzi do kilku scysji. Mnie zauroczył ogromny biały dom w East Roger's Park, okropnej okolicy na północnych obrzeżach miasta. To potwór w stylu wiktoriańskim, prawdziwy dwór, który może pomieścić dwunastoosobową rodzinę razem ze służbą. Wiem bez pytania, że to na pewno nie nasz dom. Henry nie kryje odrazy, jeszcze zanim podchodzimy do frontowych drzwi. Na podwórku mieści się parking dla dużego sklepu. Wnętrze jest naprawdę piękne: wysokie sufity, wyłożone marmurem kominki, ozdobna boazeria...

– Proszę – jęczę cicho. – Jest niesamowity.

– Tak, to najlepsze określenie. Gwałcono by nas tutaj i okradano co tydzień. Poza tym musielibyśmy przeprowadzić generalny remont, wymienić instalacje, rury, ogrzewanie, pewnie także i dach... To nie to.

Jego głos brzmi stanowczo, jak głos osoby, która zaglądała w przyszłość i nie ma najmniejszej ochoty nic w niej zmieniać. Dąsam się przez kilka dni. Henry zabiera mnie na sushi.

– Ukochana moja. Serce mojego serca. Odezwij się do mnie.

– Przecież z tobą rozmawiam.

– Wiem. Ale się dąsasz. A ja tego nie chcę, zwłaszcza gdy przemawia przeze mnie głos zdrowego rozsądku.

Zjawia się kelnerka i szybko przeglądamy menu. Nie mam ochoty kłócić się w Katsu, mojej ulubionej restauracji serwującej sushi, gdzie często bywamy. Dochodzę do wniosku, że Henry właśnie na to liczy, poza tym ma nadzieję, że moje ukochane sushi jakoś mnie udobrucha. Zamawiamy goma-ae, hijiki, futomaki, kappamaki, imponujący zestaw surowizn na kwadracikach z ryżu. Kiko, kelnerka, znika z naszym zamówieniem.

– Nie jestem na ciebie zła. – To tylko w części jest prawdą.

Henry unosi brew.

– Dobra. W porządku. To co się dzieje?

– Czy jesteś absolutnie pewny, że miejsce, które odwiedziłeś, było naszym domem? A jeśli się pomyliłeś i zrezygnujemy z czegoś naprawdę wspaniałego tylko dlatego, że widok z okna na tyłach nie jest taki, jakiego oczekujesz?

– W środku było za dużo naszych rzeczy, żeby mogło być inaczej. Może nie był to nasz pierwszy dom, nie stałem zbyt blisko, żeby móc zobaczyć, ile masz lat. Wydawało mi się, że jesteś młoda, albo po prostu dobrze się trzymasz. Przysięgam, że był naprawdę ładny, a poza tym, czy naprawdę nie chciałabyś mieć pracowni na podwórku?

– Tak – wzdycham. – Bardzo. Boże. Szkoda, że nie możesz nagrać na taśmę wideo swoich niektórych podróży. Bardzo bym chciała obejrzeć to miejsce. Nie mogłeś przynajmniej sprawdzić adresu?

– Przepraszam. Ale to działo się tak szybko.

Czasami dałabym wszystko, żeby móc otworzyć mózg Henry'ego i obejrzeć jego wspomnienia jak film. Pamiętam, jak uczyłam się pracować na komputerze. Miałam wtedy czternaście lat i Mark uczył mnie rysować na swoim macintoshu. Po dziesięciu minutach miałam ochotę wsunąć ręce w ekran i dotknąć tego, co się tam znajduje, cokolwiek to było. Lubię mieć ze wszystkim bezpośredni kontakt, dotykać faktury, oglądać kolory. Poszukiwanie domu z Henrym doprowadza mnie do szału. Zupełnie jakbym bawiła się zdalnie sterowanym samochodzikiem. Zawsze wjeżdżam nim na ścianę. Specjalnie.

– Henry, czy miałbyś coś przeciwko, gdybym przez jakiś czas sama szukała domu?

– Nie, chyba nie. – Wygląda na lekko urażonego. – Jeśli naprawdę tego chcesz.

– Przecież i tak wylądujemy w tym, który widziałeś. To nic nie zmieni.

– Racja. Nie zwracaj na mnie uwagi. Ale postaraj się nie zakochać w jakiejś dziurze z piekła rodem, dobrze?

Znajduję wreszcie po miesiącu i obejrzeniu ponad dwudziestu domów. Parterowy dom z czerwonej cegły zbudowany w 1926 roku stoi przy Lincoln Square. Carol przez chwilę zmaga się z zamkiem, a kiedy w końcu otwiera drzwi, ogarnia mnie niesamowite uczucie, że wszystko nagle zaczyna pasować... Podchodzę do okna na tyłach domu, wyglądam na podwórko i widzę tam moją przyszłą pracownię i porośniętą dzikim winem altanę. Odwracam się do Carol, która bacznie mi się przygląda.

– Bierzemy go – mówię.

Trudno opisać wyraz zaskoczenia malujący się na jej twarzy.

– Nie chcesz obejrzeć reszty? A twój mąż?

– On już go widział. Ale dobrze, obejrzyjmy resztę.

Sobota, 9 lipca 1994
(Henry ma 31, Clare 23 lata)

HENRY: Dziś Dzień Przeprowadzki. Od rana było straszliwie gorąco; koszule kleiły się do ciała speców od przeprowadzek, gdy wchodzili rano po schodach. Szli z uśmiechem, przekonani, że szybko uwiną się z tym niewielkim mieszkaniem i do południa będzie po sprawie. Miny zrzedły im jednak, kiedy stanęli w saloniku i zobaczyli ciężkie wiktoriańskie meble Clare i siedemdziesiąt osiem pudeł moich książek. Teraz jest ciemno. Chodzimy z Clare po naszym nowym domu, dotykamy ścian, przesuwamy dłonie po parapetach z drewna czereśniowego. Nasze bose stopy klapią na drewnianych podłogach. Puszczamy wodę do opartej na wielkich łapach wanny, włączamy i wyłączamy palniki dużego pieca w kuchni. W oknach nie ma jeszcze firanek; gasimy światło. Wpadający z ulicy przez brudne szyby blask latarni oświetla marmurowy kominek. Clare przechodzi z pokoju do pokoju, pieści swój nowy dom, nasz dom. Chodzę za nią, patrzę, jak otwiera szafy, okna, szafki. Wspina się na palce w jadalni, dotyka delikatnie małych szybek w kredensie. Potem zdejmuje bluzkę. Przesuwam językiem po jej piersiach. Dom otacza nas ramionami, przygląda się nam, kiedy kochamy się w nim po raz pierwszy, a gdy leżymy zmęczeni na gołej podłodze wśród stosów pudeł, czuję, że nareszcie znaleźliśmy nasz dom.

Niedziela, 28 sierpnia 1994
(Clare ma 23, Henry 31 lat)

CLARE: Jest wilgotne, gorące niedzielne popołudnie. Razem z Henrym i Gomezem wybraliśmy się do Evanston. Ranek spędziliśmy na Lighthouse Beach, pławiąc się w jeziorze Michigan i smażąc na słońcu. Gomez chciał, żeby zakopać go w piachu, zatem ja i Henry z radością spełniliśmy tę prośbę. Zjedliśmy lunch na plaży i chwilę drzemaliśmy. Teraz, liżąc lody, idziemy zacienioną stroną Church Street zmęczeni słońcem.

– Clare, masz we włosach pełno piasku – mówi Henry.

Zatrzymuję się, pochylam głowę i trzepię włosy dłonią jak dywan. Na ulicę spada cała plaża piachu.

– Mam pełno piasku w uszach. I w niewymownych – oświadcza Gomez.

– Z radością przyłożę ci w głowę, ale resztą musisz zająć się sam – mówię.

Zrywa się lekki wiatr. Z rozkoszą wystawiamy rozgrzane ciała na jego podmuchy. Upinam włosy na czubku głowy i od razu czuję się lepiej.

– Co teraz robimy? – dopytuje się Gomez.

Wymieniamy z Henrym spojrzenie.

– Bookman's Alley – odpowiadamy chórem.

Gomez jęczy przeciągle.

– Boże, tylko nie to. Nie chcę oglądać żadnej księgarni. Panie, zmiłuj się nad twoim pokornym sługą...

– Idziemy do Bookman's Alley – oświadcza beztrosko Henry.

– Obiecajcie tylko, że nie spędzicie tam więcej niż, powiedzmy, trzy godziny...

– Zamykają chyba o piątej, a jest już wpół do trzeciej – mówię.

– Możesz iść na piwo – podsuwa Henry.

– Myślałem, że w Evanston nie sprzedają alkoholu.

– Nie, chyba zmienili przepisy. Jeśli potrafisz udowodnić, że nie jesteś członkiem YMCA, podadzą ci piwo.

– Pójdę z wami. Jeden za wszystkich, wszyscy za jednego.

Skręcamy w Sherman, mijamy dawne biuro szeryfa, w którym mieści się teraz sklep fabryczny, i dawny teatr, zamieniony na sklep firmowy Gap. Skręcamy w alejkę, gdzie między kwiaciarnią i zakładem szewskim mieści się Bookman's Alley. Otwieram drzwi i wchodzimy do chłodnego wnętrza, jak gdybyśmy zagłębiali się w przeszłość.

Roger siedzi przy zarzuconym papierami biurku i rozmawia z siwym panem o muzyce kameralnej. Na nasz widok uśmiecha się szeroko.

– Clare, mam tu coś, co ci się na pewno spodoba – mówi.

Henry idzie natychmiast na tył sklepu, gdzie znajdują się stare książki i druki. Gomez chodzi po całym sklepie, oglądając różne dziwne przedmioty znajdujące się w poszczególnych działach: siodło w dziale Dzikiego Zachodu, czapkę á la Sherlock Holmes w dziale zagadek. W dziale dziecięcym bierze żelkę z wielkiej misy, nie mając pojęcia, że te żelki leżą tam od lat i może się pochorować. Książka, którą odłożył dla mnie Roger, to holenderski katalog ozdobnych papierów z próbkami wklejonymi między strony. Widzę od razu, że to prawdziwy rarytas, kładę ją więc na stoliku przy jego biurku jako pierwszy element stosu książek, który z pewnością tu kupię. Potem zaczynam przeglądać zawartość półek, wdychając zapach papieru, kleju, starych dywanów i drewna. Henry siedzi w dziale książek o sztuce, z dużym tomem rozłożonym na kolanach. Jest spalony przez słońce, włosy sterczą mu we wszystkie strony. Cieszę się, że je ściął. Przypomina teraz bardziej Henry'ego, którego znam. Podnosi rękę, by owinąć wokół palca pasmo włosów, ale przypomina sobie, że je obciął, więc zamiast tego drapie się w ucho. Mam wielką ochotę go dotknąć, wsunąć palce w te krótkie, sterczące włosy, ale odwracam się i zaczynam myszkować w dziale książek podróżniczych.

HENRY: Clare stoi w głównej sali przy dużym stosie nowo zakupionych przez księgarnię książek. Roger nie jest zachwycony, gdy klienci grzebią w niewycenionych jeszcze egzemplarzach, ale zauważyłem, że jej pozwala na wiele. A ona pochyla teraz głowę nad małą czerwoną książeczką. Włosy próbują się wymknąć z upiętego na czubku głowy węzła, a jedno ramiączko sukienki zsunęło się z ramienia, odsłaniając kawałek kostiumu kąpielowego. Widok ten jest tak poruszający, że czuję nagłe pragnienie, by do niej podejść, dotknąć jej, a jeśli nikt nie będzie patrzył, może nawet ugryźć. Z drugiej strony chcę, by ta chwila trwała jak najdłużej. Nagle dostrzegam Gomeza, który stoi w dziale Zagadek i patrzy na Clare z wyrazem twarzy tak dokładnie odzwierciedlającym moje własne uczucia, że teraz już wiem...

W tej chwili Clare podnosi wzrok i patrzy prosto na mnie.

– Henry, spójrz, to Pompeje.

Pokazuje mi małą książeczkę z pocztówkami, a ton jej głosu kryje wyraźne przesłanie: „Widzisz, wybrałam ciebie". Podchodzę do niej, obejmuję ją ramieniem, poprawiam ramiączko sukienki. Kiedy sekundę później podnoszę wzrok, Gomez stoi do nas tyłem i z wielkim zainteresowaniem ogląda kryminały Agathy Christie.

Sobota, 15 stycznia 1995
(Clare ma 23, Henry 31 lat)

CLARE: Zmywam naczynia, a Henry obiera zieloną paprykę. Na naszym podwórku zachodzące słońce barwi styczniowy śnieg na różowo. Robimy chili i śpiewamy *Żółtą łódź podwodną*:

In the town when I was born
Lived a man who sailed to sea...

Na patelni skwierczy cebula. Kiedy dochodzimy do *And our friends are all on board*, uświadamiam sobie nagle, że śpiewam sama, i odwracam się. Ubranie Henry'ego leży na podłodze, obok niego nóż. Połówka papryki kołysze się wdzięcznie na krawędzi deski do krojenia.

Wyłączam gaz i przykrywam cebulę. Siadam na podłodze obok ubrań i składam je starannie. Są nadal ciepłe. Tulę je mocno do piersi. Po chwili wstaję, idę do sypialni i kładę ubrania na łóżku. Wracam do kuchni, kończę kolację, jak umiem najlepiej, i zjadam ją sama, czekając na jego powrót.

Piątek, 3 lutego 1995
(Clare ma 23, Henry 31 i 39 lat)

CLARE: Siedzimy z Charisse i Gomezem przy stole w jadalni i gramy we Współczesną Kapitalistyczną Mózgojebkę. To gra wymyślona przez Gomeza i Charisse, a gra się w nią przy użyciu zestawu do „Monopoly". Polega na odpowiadaniu na pytania, zdobywaniu punktów, gromadzeniu pieniędzy i wykorzystywaniu pozostałych graczy. Teraz kolej Gomeza. Potrząsa kostkami, wyrzuca sześć oczek i ląduje na polu Community Chest. Ciągnie kartę.

– No dobra, słuchajcie. Jakiego współczesnego wynalazku pozbyłbyś się dla dobra społeczeństwa?

– Telewizora – odpowiadam.

– Płynu do płukania tkanin – mówi Charisse.

– Czujników ruchu – rzuca zaciekle Henry.

– A ja wybrałbym proch strzelniczy.

– Trudno to uznać za współczesny wynalazek – protestuję.

– Dobra. Linia montażowa.

– Nie można odpowiadać dwa razy – mówi Henry.

– Jasne, że można. A poza tym trudno uznać „czujniki ruchu" za rzecz godną uwagi.

– Mam stale z nimi problem w Newberry. Tylko w tym tygodniu wylądowałem dwa razy między regałami już po zamknięciu biblioteki i strażnik zaraz przybiegał sprawdzić, co się dzieje. Strasznie mnie to wkurza.

– Nie sądzę, by los proletariatu poprawił się zbytnio po zlikwidowaniu czujników ruchu. Razem z Clare dostajemy po dziesięć punktów za poprawną odpowiedź, Charisse pięć za inwencję, a Henry cofa się o trzy pola za przedkładanie potrzeb jednostki nad potrzeby społeczne.

– Dzięki temu wracam na start. Bankierze, proszę mi wypłacić dwieście dolarów.

Charisse wręcza Henry'emu pieniądze.

– O kurczę! – rzuca Gomez.

Uśmiecham się do niego. Teraz moja kolej. Wyrzucam cztery.

– Park Place. Kupuję.

Aby kupić cokolwiek, muszę poprawnie odpowiedzieć na pytanie. Henry ciągnie kartę ze stosiku Charisse.

– Z kim chciałabyś zjeść kolacje i dlaczego: z Karolem Marksem, Różą Luksemburg czy Alanem Greenspanem?

– Z Różą.

– Dlaczego?

– Zmarła najbardziej interesującą śmiercią.

Henry, Charisse i Gomez naradzają się przez chwilę i zgadzają się, żebym kupiła Park Place. Wręczam Charisse pieniądze, a ona podaje mi akt własności. Teraz Henry ląduje na polu Podatek Dochodowy. To pole ma swój specjalny stosik kart. Wszyscy zamieramy z ciekawości.

– Wielki Skok Naprzód – odczytuje z dumą Henry.

– Cholera.

Oddajemy Charisse wszystkie nasze akty własności, a ona odkłada je do Banku razem ze swoimi.

– Nie nacieszyłam się Park Place.

– Przepraszam. – Henry przesuwa pionek na pole St. James. – Kupuję.

– Mój biedny St. James – jęczy Charisse.

Ciągnę kartę ze stosiku Darmowy Parking.

– Jaki jest dzisiejszy kurs jena w stosunku do dolara? – zadaję Henry'emu pytanie.

– Nie mam pojęcia. Kto to wymyślił?

– Ja – uśmiecha się Charisse.

– A jak brzmi odpowiedź?

– Jeden dolar to 99,8 jena.

– No dobra. Pa, pa, St. James. Teraz twoja kolej. – Henry podaje kostki Charisse.

Wyrzuca cztery i trafia do Więzienia. Bierze kartę ze swoim przestępstwem.

– Wykorzystywanie Poufnych Informacji.

Wybuchamy śmiechem.

– To raczej wasza sprawka – mówi Gomez.

Uśmiechamy się z Henrym skromnie. Ostatnio sporo zarabiamy na giełdzie. Żeby wydostać się z więzienia, Charisse musi odpowiedzieć na trzy pytania.

Gomez podnosi kartę ze stosika Charisse.

– Pierwsze pytanie: podaj nazwiska dwóch słynnych artystów, których Trocki poznał w Meksyku.

– Diego Rivera i Frida Kanio.

– Dobrze. Pytanie drugie: jaką dniówkę płaci robotnikom w Wietnamie firma Nike za wytwarzanie tych horrendalnie drogich butów?

– O Boże. Nie mam pojęcia... Trzy dolary? Dziesięć centów?

– Zdecyduj się.

Nagle słyszymy głośny huk w kuchni. Zrywamy się z miejsc.

– Siadać! – woła Henry tak stanowczo, że spełniamy jego polecenie, a sam biegnie do kuchni.

Charisse i Gomez patrzą na mnie zdumieni. Kręcę głową.

– Nie mam pojęcia, co się dzieje.

Ale mijam się z prawdą. Z kuchni dobiega cichy szum głosów i jęk. Charisse i Gomez zamierają na swoich miejscach, a ja wstaję i cicho idę za Henrym.

Klęczy na podłodze, przyciskając ścierkę do głowy nagiego mężczyzny leżącego na podłodze, który jest oczywiście Henrym. Drewniana szafka, w której trzymamy talerze, leży przewrócona na bok; oszklone drzwi rozbiły się, podobnie jak jej rozsypana na podłodze zawartość. Henry leży w samym środku tego bałaganu, zakrwawiony i pokryty odłamkami szkła. Teraz obaj patrzą na mnie: jeden żałośnie, drugi natarczywie. Klękam obok Henry'ego i pochylam się nad Henrym.

– Skąd płynie krew? – pytam szeptem.

– Chyba z głowy – odpowiada również szeptem.

– Wezwijmy karetkę – mówię i zaczynam wyjmować z piersi Henry'ego kawałki szkła.

– Przestań – mówi i zamyka oczy.

– O, cholera!

W drzwiach staje Gomez. Za nim wspina się na palce Charisse i próbuje zajrzeć mu przez ramię.

– Jezu – mówi, odsuwając Gomeza.

Henry okrywa ścierką genitalia swojej drugiej wersji.

– Nie przejmuj się tym. Rysowałam setki aktów...

– Próbuję zachować odrobinę prywatności – rzuca Henry.

Charisse kuli się, jakby wymierzył jej policzek.

– Posłuchaj, Henry... – zaczyna Gomez.

W całym tym zamieszaniu nie mogę myśleć.

– Zamknijcie się, proszę – rzucam w rozpaczy. Ku mojemu zaskoczeniu w kuchni zapada cisza.

– Co teraz? – pytam Henry'ego, który leży, krzywiąc się z bólu, na podłodze i próbuje się nie ruszać.

Otwiera oczy i patrzy na mnie.

– Za kilka minut zniknę – mówi cicho. – Chcę się napić.

Henry wstaje i po chwili wraca do kuchni z wysoką szklanką wypełnioną whisky. Podtrzymuje Henry'emu głowę. Ten wypija jedną trzecią szklanki.

– Czy to rozsądne? – pyta Gomez.

– Nie wiem. Mało mnie to obchodzi – uspokaja go leżący na podłodze Henry. – Boli jak cholera. – Wciąga ze świstem powietrze. – Cofnijcie się! Zamknijcie oczy...

– Dlaczego...? – zaczyna Gomez.

Henry wije się na podłodze, jakby poddawano go elektrowstrząsom. Wali głową o podłogę i krzyczy: „Clare!". Zamykam oczy. Rozlega się nagle trzask, jakby ktoś rozdarł prześcieradło, tylko o wiele głośniejszy. Szkło i kawałki porcelany wylatują w powietrze i Henry znika.

– O mój Boże! – woła Charisse.

Patrzymy z Henrym na siebie. To wyglądało zupełnie inaczej, Henry. To tutaj było gwałtowne i okropne. Co się z tobą dzieje? Jego pobladła nagle twarz mówi mi, że on też nie ma pojęcia. Sprawdza, czy w szklance z whisky nie ma odłamków szkła, i wypija jej zawartość do dna.

– A to szkło? – pyta Gomez, strzepując drobiny z ubrania.

Henry podnosi się i podaje mi rękę. Cały jest pokryty krwią, kawałkami porcelany i okruchami kryształu. Wstaję i patrzę na Charisse. Odłamek szkła rozciął jej policzek, strużka krwi spływa po nim jak łza.

– Zostawiam wszystko, co nie jest częścią mnie – wyjaśnia Henry. Pokazuje im puste miejsce po zębie, który musiał wyrwać, bo stale gubił plombę. – Przynajmniej w miejscu, do którego wróciłem, nie będą musieli wyciągać ze mnie pęsetą szkła.

– Oni nie, ale my tak – mówi Gomez, delikatnie wyjmując kawałki szkła z włosów Charisse. Ma sporo racji.

BIBLIOTECZNE SCIENCE FICTION

Środa, 8 marca 1995

HENRY: Zabawiam się z Mattem w chowanego między regałami działu Zbiorów Specjalnych. Szuka mnie, bo mamy oprowadzić po dziale starodruków panią z zarządu i członkinie jej Klubu Kaligrafii dla Pań. A ja się chowam, bo usiłuję się ubrać, zanim on mnie znajdzie.

– Henry, chodźże już, one czekają! – woła Matt gdzieś spomiędzy półek z wczesnymi amerykańskimi drukami.

Naciągam spodnie w dziale z francuskimi *livres d'artistes* dwudziestego wieku.

– Chwileczkę, chcę jeszcze tylko znaleźć jedną rzecz – odpowiadam.

Muszę koniecznie nauczyć się brzuchomówstwa, by wykorzystać to w sytuacjach takich jak ta. Głos Matta zbliża się coraz bardziej.

– Wiesz, że pani Connelly będzie się wściekać. Zostaw to i chodźmy...

Wysuwa głowę zza regału w chwili, gdy zapinam guziki koszuli.

– Co ty robisz?

– Słucham?

– Znów ganiałeś goły między regałami?

– Może. – Staram się, by zabrzmiało to nonszalancko.

– Jezu, Henry. Daj mi ten wózek.

Matt zaczyna popychać wyładowany książkami wózek w stronę czytelni. Ciężkie metalowe drzwi otwierają się i zamykają. Wkładam skarpetki i buty, wiążę krawat, otrzepuję marynarkę. Już kompletnie ubrany wchodzę do czytelni, staję naprzeciwko Matta przy długim stole, wokół którego zebrała się grupka bogatych pań w średnim wieku, i zaczynam wykład na temat kunsztu geniusza kaligrafii Rudolfa Kocha. Matt rozkłada teczki i portfolia, wrzuca interesujące komentarze na temat Kocha i po godzinie odnoszę wrażenie, że może tym razem uda mi się ujść z życiem.

Zadowolone damule wychodzą na lunch. Razem z Mattem zbieramy książki ze stołu, pakujemy do kartonów i odkładamy z powrotem na wózek.

– Przepraszam za spóźnienie – mówię.

– Gdybyś nie był taki świetny, obdarłbym cię ze skóry i wykorzystał do oprawienia *Das Manifest der Nachtkultur.*

– Nie ma takiej książki.

– Założysz się?

– Nie.

Ciągniemy wózek z powrotem i zaczynamy odkładać książki na regały. Stawiam Mattowi lunch w Beau Thai i wszystko zostaje wybaczone, ale nie zapomniane.

Wtorek, 11 kwietnia 1995
(Henry ma 31 lat)

HENRY: W Bibliotece Newberry jest jedna klatka schodowa, której się boję. Znajduje się na wschodnim końcu długiego korytarza, taki korytarz biegnie przez każde z czterech pięter, oddzielając pomieszczenia czytelni od magazynów. Nie jest tak wielka jak główne schody z marmurowymi stopniami i rzeźbionymi balustradami. Nie ma tam okien, za to są jarzeniówki, ściany z pustaków i betonowe stopnie z żółtymi pasami ostrzegawczymi. Na każdym piętrze znajdują się metalowe drzwi bez szyb. Ale nie te rzeczy mnie przerażają. Najbardziej nie lubię tam Klatki.

Klatka jest wysoka na cztery piętra i biegnie środkiem klatki schodowej. Na pierwszy rzut oka wygląda jak szyb windy, ale windy tam nie ma i nigdy nie było. Nikt w Newberry nie ma pojęcia, do czego Klatka służy ani po co ją zainstalowano. Zakładam, że zbudowano ją, by powstrzymać ludzi od rzucania się w dół i zamieniania się w krwawą masę. Klatka jest wykonana ze stali i pomalowana na beżowo.

Kiedy zacząłem pracować w Newberry, Catherine oprowadziła mnie po wszystkich zakamarkach. Z dumą pokazała mi magazyny, cenne książki, nieużywany pokój we wschodnim skrzydle, gdzie Matt ćwiczy śpiewanie, bałagan w dziupli McAllistera, pokój socjalny. Kiedy otworzyła drzwi na klatkę schodową, by pokazać mi dział konserwacji zbiorów, na moment wpadłem w panikę. Spojrzałem na stalowy szkielet Klatki i niemal stanąłem dęba jak dziki koń.

– Co to jest? – spytałem.

– Och, to Klatka – odparła lekko.

– Czy to winda?

– Nie, tylko klatka. Chyba do niczego nie służy.

– Ach tak. – Podszedłem bliżej. – Czy tam na dole są drzwi?

– Nie. Tam nie można wejść.

Ruszyliśmy w stronę schodów, by kontynuować obchód.

Od tamtej pory unikam tamtych schodów. Staram się nie myśleć o Klatce; nie chcę robić z tego wielkiej sprawy. Ale jeśli kiedykolwiek tam trafię, nie będę mógł się wydostać.

Piątek, 9 czerwca 1995
(Henry ma 31 lat)

HENRY: Ląduję na podłodze toalety dla pracowników na czwartym piętrze Newberry. Nie było mnie przez kilka dni. Zgubiłem się w 1973 roku, w wiejskim stanie Indiana. Jestem zmęczony, głodny i nieogolony; najgorsze jest jednak to, że mam podbite oko i nie mogę znaleźć ubrania. Wstaję, zamykam się w kabinie, siadam na klozecie i zaczynam się zastanawiać, co dalej. Nagle ktoś wchodzi do toalety, rozpina zamek i staje przed pisuarem. Kiedy kończy, zapina spodnie i stoi jeszcze przez chwilę. W tym momencie kicham.

– Kto tu jest? – pyta Roberto.

Siedzę bez słowa. Przez szparę między drzwiami kabiny i podłogą widzę, jak Roberto pochyla się i patrzy na moje stopy.

– Henry? – pyta. – Każę Mattowi przynieść ci ubranie. Ubierz się i przyjdź do mnie do biura.

Wsuwam się do gabinetu Roberta i siadam naprzeciwko niego. Rozmawia przez telefon, więc spoglądam na kalendarz. Jest piątek.

Zegar nad biurkiem wskazuje 14.17. Nie było mnie tutaj przez niecałe dwadzieścia cztery godziny. Roberto odkłada delikatnie słuchawkę i odwraca się w moją stronę.

– Zamknij drzwi – mówi.

To tylko formalność, bo ściany naszych pokoi nie sięgają sufitu, ale robię, co mi każe.

Roberto Calle jest wybitnym znawcą włoskiego renesansu i szefem działu Zbiorów Specjalnych. To pełen optymizmu facet, jowialny i uśmiechnięty, lecz teraz spogląda na mnie smutno zza okularów.

– Wiesz, że nie możemy tego tolerować – mówi.

– Wiem.

– Czy mogę zapytać, jakim sposobem podbiłeś sobie oko w tak malowniczy sposób? – pyta posępnym tonem.

– Chyba wpadłem na drzewo.

– Oczywiście. Głupiec ze mnie, że o tym nie pomyślałem.

Siedzimy, patrząc na siebie.

– Wczoraj zauważyłem, jak Matt wchodzi do twojego pokoju ze stosem ubrań. Ponieważ widziałem to nie po raz pierwszy, zapytałem, skąd wziął akurat te ubrania. Odparł, że znalazł je w męskiej toalecie. Spytałem, dlaczego postanowił zanieść je akurat do twojego pokoju, i usłyszałem, że są bardzo podobne to tych, które miałeś na sobie, więc chyba należą do ciebie. Tak było w istocie. A ponieważ nikt nie mógł cię znaleźć, zostawiliśmy je na twoim biurku.

Urywa na chwilę, jakby czekał na jakieś wyjaśnienie z mojej strony. Nic sensownego nie przychodzi mi do głowy, więc milczę.

– Dziś rano zadzwoniła Clare i powiedziała Isabelle, że masz grypę i nie przyjdziesz do pracy.

Opieram głowę na ręce. Czuję bolesne pulsowanie w jednym oku.

– Wytłumacz się – żąda Roberto.

Mam wielką ochotę powiedzieć: „Wiesz, utknąłem w tysiąc dziewięćset siedemdziesiątym trzecim roku w Muncie w stanie Indiana. Przez kilka dni mieszkałem w szopie, a jej właściciel zaatakował mnie, bo myślal, że chcę mu ukraść owce".

– Naprawdę nie pamiętam, Roberto. Bardzo mi przykro.

– Ach tak. Więc Matt wygrał zakład.

– Jaki zakład?

Roberto uśmiecha się i przebiega mi przez głowę myśl, że może jednak mnie nie wyleje.

– Powiedział, że nawet nie będziesz próbował się tłumaczyć. Amelia postawiła na porwanie przez kosmitów, a Isabelle twierdziła, że jesteś członkiem międzynarodowego kartelu handlarzy narkotyków i mafia kazała cię sprzątnąć.

– A Catherine?

– Oboje jesteśmy przekonani, że to efekt bardzo dziwnego zboczenia seksualnego związanego z nagością i książkami.

Oddycham głęboko.

– To bardziej przypomina epilepsję.

Roberto obrzuca mnie bardzo sceptycznym spojrzeniem.

– Epilepsję? Zniknąłeś wczoraj po południu. Masz podbite oko, podrapaną twarz i ręce. Wczoraj kazałem ochronie przeszukać cały budynek. Powiedzieli mi, że masz zwyczaj zdejmować ubranie między regałami.

Wbijam wzrok w paznokcie. Kiedy podnoszę głowę, Roberto wygląda przez okno.

– Nie mam pojęcia, co z tobą zrobić, Henry. Nie chciałbym cię stracić. Kiedy jesteś tutaj w kompletnym stroju, pracujesz znakomicie. Ale nie mogę tolerować takiego zachowania.

Siedzimy wpatrzeni w siebie przez kilka minut.

– Obiecaj mi, że to się już więcej nie powtórzy – mówi wreszcie Roberto.

– Nie mogę. Bardzo żałuję, ale nie mogę.

Roberto wzdycha i macha ręką w stronę drzwi.

– Idź już. Skataloguj zbiór Quigleya, to cię zajmie przez jakiś czas.

(Podarowany niedawno bibliotece zbiór Quigleya obejmuje ponad dwa tysiące pisemek z epoki wiktoriańskiej, zajmujących się przede wszystkim tematem mydła).

Kiwam głową posłusznie i wstaję.

– Henry – zatrzymuje mnie Roberto, gdy otwieram drzwi. – Czy to jest aż tak złe, że nie możesz mi o tym powiedzieć?

– Tak – odpowiadam po chwili wahania.

Roberto nie odzywa się już ani słowem. Zamykam za sobą drzwi i ruszam w stronę swojego pokoju. Za moim biurkiem siedzi Matt, przepisując informacje ze swojego kalendarza do mojego. Kiedy wchodzę, podnosi wzrok.

– Wylał cię? – pyta.

– Nie.

– Czemu?

– Nie mam pojęcia.

– Dziwne. A tak przy okazji, odwaliłem za ciebie wykład dla Chicagowskiego Stowarzyszenia Introligatorów.

– Dzięki. Postawić ci jutro lunch?

– Jasne. – Matt spogląda na rozłożony na biurku kalendarz. – Za czterdzieści pięć minut mamy wykład dla studentów historii typografii z Columbii.

Kiwam głową i zaczynam szukać na biurku listy rzeczy, które mamy im pokazać.

– Henry? Gdzie byłeś?

– W Muncie w stanie Indiana w tysiąc dziewięćset siedemdziesiątym trzecim roku.

– Ach tak. – Matt przewraca oczami i uśmiecha się sarkastycznie. – Wszystko jasne.

Niedziela, 17 grudnia 1995
(Clare ma 24, Henry 8 lat)

CLARE: Wpadłam z wizytą do Kimy. Jest niedzielne grudniowe popołudnie, pada śnieg. Wcześniej robiłam świąteczne zakupy, a teraz siedzę w kuchni, popijam gorącą czekoladę, grzeję stopy przy kaloryferze i zasypuję Kimy opowieściami o świątecznych przecenach i dekoracjach. Podczas naszej rozmowy Kimy układa pasjansa. Patrzę z podziwem, jak zgrabnie tasuje karty, kładzie czerwone na czarnych. Na kuchence dusi się gulasz. Nagle w jadalni rozlega się hałas, przewraca się krzesło. Kimy podnosi wzrok znad kart i odwraca się.

– Kimy, pod stołem w jadalni jest jakiś chłopiec – mówię szeptem.

Ktoś chichocze.

– Henry?! – woła Kimy.

Żadnej odpowiedzi. Wstaje i podchodzi do drzwi.

– Hej, kolego. Przestań. I włóż jakieś ubranie.

Kimy znika w sypialni. Słychać gorączkowe szepty. I chichot. Zapada cisza. Nagle w drzwiach pojawia się nagi chłopiec i równie szybko znika.

Kimy wraca do kuchni, siada przy stole i dalej układa pasjansa.

– Jejku – mówię.

– Ostatnio nie zdarza się to zbyt często. – Kimy się uśmiecha. – Teraz zjawia się tu jako dorosły mężczyzna. Ale też rzadziej niż dawniej.

– Nigdy nie widziałam, żeby przenosił się tak daleko w przyszłość.

– Nie przeżyłaś jeszcze z nim wiele z tej przyszłości.

Zastanawiam się przez chwilę, co miała na myśli. Kiedy wreszcie znajduję wytłumaczenie, zaczynam się zastanawiać, jak będzie wyglądać ta nasza przyszłość. Nagle widzę, jak się rozciąga, stopniowo otwiera, by Henry mógł do mnie przybyć z przeszłości. Piję czekoladę i wyglądam na pokryte śniegiem podwórko.

– Tęsknisz za nim? – pytam.

– Tak, bardzo. Ale teraz jest już dorosły. Kiedy zjawia się tu jako chłopiec, czuję się tak, jakbym widziała ducha. Rozumiesz?

Kiwam głową. Kimy kończy pasjansa i zbiera karty ze stołu. Patrzy na mnie i uśmiecha się.

– Kiedy będziecie mieli dziecko?

– Nie wiem, Kimy. Nie jestem pewna, czy w ogóle możemy je mieć.

Wstaje i podchodzi do pieca, żeby zamieszać gulasz.

– Nigdy nic nie wiadomo.

– Racja.

Nigdy nic nie wiadomo.

Później leżymy z Henrym w łóżku. Śnieg nadal pada, w panującej w domu ciszy kaloryfery syczą cichutko. Odwracam się do Henry'ego i mówię;

– Zróbmy sobie dziecko.

Poniedziałek, 11 marca 1996
(Henry ma 32 lata)

HENRY: Udało mi się odnaleźć doktora Kendricka; pracuje w szpitalu uniwersyteckim w Chicago. Jest paskudny marcowy dzień. Marzec w Chicago niby powinien być o wiele lepszy od lutego, ale, niestety, często okazuje się dużo gorszy. Wsiadam do kolejki i zajmuję miejsce tyłem do biegu pociągu. Za oknami migają domy i wkrótce kolejka zatrzymuje się przy Pięćdziesiątej Dziewiątej ulicy. Wysiadam i idę przed siebie, walcząc ze śniegiem i deszczem. Jest dziewiąta rano w poniedziałek. Mijam skulonych przechodniów, z niechęcią rozpoczynających kolejny tydzień pracy. Lubię Hyde Park. Czuję się w nim tak, jakbym nagle przeniósł się z Chicago do innego miasta, może do Cambridge. Szare kamienne budynki pociemniały w deszczu, a z sopli wiszących na gałęziach drzew spływają na przechodniów lodowate krople. Czuję, że uda mi się przekonać Kendricka, choć z wieloma lekarzami nie miałem szczęścia. Przekonam go. Zostanie moim lekarzem, bo w przyszłości nim jest.

Wchodzę do małego budynku przylegającego do szpitala. Jadę windą na trzecie piętro, otwieram szklane drzwi ze złotym napisem: „Dr C.P. Sloane i Dr D.L. Kendrick", przedstawiam się recepcjonistce i siadam w miękkim lawendowym fotelu. Cała poczekalnia jest różowo-fioletowa. Wybrano taki wystrój prawdopodobnie dlatego, by uspokoić pacjentów. Doktor Kendrick jest genetykiem i nie przypadkiem filozofem. Ta druga profesja musi mu się chyba przydawać w zetknięciu z twardą rzeczywistością tej pierwszej. Dzisiaj w poczekalni nie ma nikogo poza mną. Zjawiłem się dziesięć minut za wcześnie. Tapety w szerokie pasy są różowe, zupełnie jak pepto-bismol na dolegliwości żołądkowe. Ostro kontrastują z wiszącym naprzeciwko mnie brązowo-zielonym obrazem przedstawiającym młyn wodny. Meble w pseudokolonialnym stylu nie porażają urodą, ale na podłodze leży bardzo ładny perski dywan. Trochę mi go żal; utknął na dobre w tej okropnej poczekalni. Recepcjonistka jest sympatyczną kobietą w średnim wieku, z twarzą pooraną zmarszczkami wywołanymi przez zbyt intensywne opalanie; jest mocno opalona nawet teraz, w marcu, w Chicago.

O 9.35 słyszę głosy na korytarzu i do poczekalni wchodzi blondynka z małym chłopczykiem w wózku. Malec cierpi na porażenie mózgowe. Kobieta uśmiecha się do mnie; odpowiadam jej uśmiechem. Kiedy się odwraca, widzę, że jest w ciąży.

– Może pan wejść, panie DeTamble – mówi recepojonistka.

Mijając chłopca, uśmiecham się do niego. Patrzy na mnie wielkimi oczami, ale nie uśmiecha się w odpowiedzi.

Kiedy wchodzę do gabinetu, doktor Kendrick notuje coś w kartotece. Siadam, on nie przestaje pisać. Jest młodszy, niż myślałem; zbliża się do czterdziestki. Zawsze uważałem, że lekarze powinni być starzy. Nic nie mogę na to poradzić, to pozostałość z dzieciństwa i niekończących się wizyt w różnych gabinetach. Kendrick jest rudy, ma szczupłą twarz, brodę, a na nosie okulary w drucianych oprawkach. Wygląda trochę jak D.H. Law. Ma na sobie ciemnoszary garnitur i wąski zielony krawat ze spinką w kolorach tęczy. Na biurku stoi popielniczka pełna niedopałków; w pokoju jest gęsto od dymu, choć w tej chwili doktor nie pali. Wszystko wokół wygląda bardzo nowocześnie: stal, beże, jasne drewno. Kendrick podnosi wzrok znad papierów i uśmiecha się.

– Dzień dobry, panie DeTamble. W czym mogę panu pomóc? – Spogląda na kalendarz. – Nie mam o panu żadnych informacji. Jaki ma pan kłopot?

– *Dasein*.

Kendrick jest wyraźnie zaskoczony.

– *Dasein*. Bycie? O co chodzi?

– Cierpię na chorobę, która, o ile wiem, za kilka lat zostanie zdiagnozowana jako zaburzenia czasowe. Mam problemy z pozostawaniem w teraźniejszości.

– Słucham?

– Podróżuję w czasie. Bezwiednie.

Kendrick szybko ukrywa zmieszanie. Podoba mi się. Próbuje mnie traktować jak osobę normalną, choć jestem pewny, że właśnie się zastanawia, któremu ze swoich kolegów-psychiatrów ma mnie podesłać.

– Ale do czego jest panu potrzebny genetyk? A może zwraca się pan do mnie jako do filozofa?

– To choroba genetyczna. Choć miło byłoby z kimś porozmawiać o szerszych aspektach tego problemu.

– Panie DeTamble, jest pan najwyraźniej bardzo inteligentnym człowiekiem... Nigdy nie słyszałem o tej chorobie. Nic nie mogę dla pana zrobić.

– Nie wierzy mi pan.

– Zgadza się. Nie wierzę.

Teraz ja uśmiecham się smutno. Czuje się okropnie, ale muszę to zrobić.

W całym swoim życiu odwiedziłem wielu lekarzy, ale po raz pierwszy mam coś na poparcie moich słów. Oczywiście do tej pory nikt mi nie uwierzył.

– Pańska żona spodziewa się dziecka, prawda? Przyjdzie na świat w przyszłym miesiącu?

Patrzy na mnie podejrzliwie.

– Tak. Skąd pan wie?

– Podczas podróży w czasie sprawdziłem akt urodzenia pańskiego dziecka. Potem przeniosłem się w przeszłość mojej żony, zapisałem informacje na kartce i schowałem do koperty. Dała mi ją, gdy spotkaliśmy się w teraźniejszości. Teraz daję ją panu. Proszę otworzyć po narodzinach syna.

– Ale to będzie dziewczynka.

– Nie – zaprzeczam łagodnie. – Lecz nie spierajmy się o to teraz. Proszę schować tę kopertę i otworzyć po narodzinach dziecka. Tylko proszę jej nie wyrzucić. Kiedy pan to przeczyta, może pan do mnie zadzwonić. – Wstaję z krzesła i zbieram się do wyjścia. – Powodzenia – mówię, choć ostatnimi czasy nie bardzo wierzę w szczęśliwe zrządzenia losu. Jest mi go bardzo żal, ale nie mam innego wyjścia.

– Do widzenia, panie DeTamble – mówi chłodno Kendrick.

Wychodzę. Kiedy wsiadam do windy, myślę, że właśnie teraz otwiera kopertę. W środku znajduje się kartka papieru maszynowego z następującymi danymi:

Colin Joseph Kendrick, 6 kwietnia 1996, 01.38, 3,40 kg, chłopiec, biały, zespół Downa.

Niedziela, 6 kwietnia 1996, 5.32
(Henry ma 32, Clare 24 lata)

HENRY: Śpimy mocno do siebie przytuleni; przez całą noc kręciliśmy się, wstawaliśmy, wracaliśmy do łóżka. Dziecko Kendricków przyszło na świat dziś w nocy. Niebawem zadzwoni telefon. Rzeczywiście, rozlega się dzwonek. Telefon stoi po stronie Clare. Podnosi słuchawkę, mówi cicho: „Słucham?" i podaje ją mnie.

– Skąd pan wiedział? Skąd pan wiedział? – szepcze Kendrick.

– Bardzo mi przykro. Naprawdę.

Przez długą chwilę żaden z nas nie odzywa się ani słowem. Wydaje mi się, że Kendrick płacze.

– Proszę przyjść do mnie do gabinetu.

– Kiedy?

– Jutro – mówi i odkłada słuchawkę.

Niedziela, 7 kwietnia 1996
(Henry ma 32, Clare 24 lata)

HENRY: Razem z Clare jedziemy do Hyde Parku. Większość drogi przebywamy w milczeniu. Pada i szum wycieraczek stanowi idealną sekcję rytmiczną dla deszczu spływającego po szybie i szalejącego wiatru.

Jakby kontynuując rozmowę, której nie prowadziliśmy, Clare mówi nagle:

– To niesprawiedliwe.

– Co? Kendrick?

– Tak.

– Natura nigdy nie jest sprawiedliwa.

– Nie, chodzi mi o to, że... oczywiście to bardzo smutne, co stało się z dzieckiem, ale chodzi mi przede wszystkim o nas. To niesprawiedliwe, że to wykorzystujemy.

– Zachowujemy się niesportowo?

– Aha.

Wzdycham. Pojawia się skręt w Pięćdziesiątą Dziewiątą ulicę. Clare zmienia pas i zjeżdża z głównej drogi.

– Zgadzam się z tobą, ale już za późno. Poza tym próbowałem...

– I tak już za późno.

– Masz rację.

Znów zapada cisza. Po chwili prowadzę Clare przez labirynt jednokierunkowych uliczek i niebawem zatrzymujemy się przed budynkiem, w którym mieści się gabinet Kendricka.

– Powodzenia.

– Dzięki.

Jestem bardzo zdenerwowany.

– Bądź miły.

Clare całuje mnie. Patrzymy na siebie, a związane z tą wizytą nadzieje przyciemnia poczucie winy z powodu Kendricka. Clare uśmiecha się i odwraca wzrok. Wysiadam i patrzę, jak odjeżdża powoli Pięćdziesiątą Dziewiątą ulicą. Ma coś do załatwienia w Smart Gallery.

Główne wejście jest otwarte. Wjeżdżam windą na trzecie piętro. W poczekalni Kendricka nie ma nikogo. Idę korytarzem w stronę gabinetu. Drzwi są otwarte. Kendrick stoi za biurkiem tyłem do mnie i wygląda przez okno na zalaną deszczem ulicę. Przez długą chwilę stoję cicho w drzwiach. Wreszcie wchodzę do środka.

Kendrick odwraca się, a ja zamieram na widok jego twarzy. Nie jest udręczona, lecz pusta. Zniknęło z niej coś, co wcześniej z pewnością tam było. Bezpieczeństwo, ufność, pewność siebie. Ja sam jestem tak bardzo przyzwyczajony do życia na metafizycznym trapezie, że często zapominam, iż inni lubią przebywać na bardziej stałym gruncie.

– Henry DeTamble – mówi doktor Kendrick.

– Dzień dobry.

– Dlaczego przyszedł pan właśnie do mnie?

– Bo musiałem. To nie była kwestia wyboru.

– Los?

– Proszę to nazywać, jak tylko pan zechce. Kiedy jest się osobą taką jak ja, wszystko porusza się jak po kole. Granice przyczyny i skutku powoli się zacierają.

Kendrick siada za biurkiem. Krzesło skrzypi przeraźliwie. Poza tym w pokoju słychać tylko szum deszczu. Kendrick sięga do kieszeni po papierosy i spogląda na mnie. Wzruszam ramionami. Przez chwilę pali w milczeniu.

– Skąd pan wiedział? – pyta w końcu.

– Już panu mówiłem. Widziałem jego akt urodzenia.

– Kiedy?

– W tysiąc dziewięćset dziewięćdziesiątym dziewiątym roku.

– To niemożliwe.

– To proszę to wyjaśnić.

Kendrick kręci głową.

– Nie potrafię. Próbowałem to jakoś poukładać, ale nie mogę. Wszystko się zgadza. Godzina, dzień, waga... nawet ta wada. – Patrzy na mnie z rozpaczą. – A gdybyśmy wybrali dla niego inne imię? Na przykład Alex, Fred albo Sam?

Kręcę głową, lecz przestaję, gdy uświadamiam sobie, że zaczynam go naśladować.

– Ale nie zrobiliście tego. Nie posunę się aż tak daleko, by powiedzieć, że nie mogliście, jednak nie zrobiliście tego. Ja tylko zrelacjonowałem wydarzenia. Nie jestem wróżką.

– Ma pan dzieci?

– Nie. – Nie chcę teraz o tym mówić, choć kiedyś będę musiał. – Bardzo mi przykro z powodu Colina. Ale jest naprawdę wspaniałym chłopcem.

Kendrick patrzy na mnie uporczywie.

– Już wiemy, skąd wziął się błąd. Wyniki naszych badań pomylono z badaniami pary o nazwisku Kendwick.

– Co by pan zrobił, gdyby wiedział o tym wcześniej?

Odwraca wzrok.

– Nie wiem. Jesteśmy z żoną katolikami, więc podejrzewam, że rezultat końcowy byłby taki sam. To wielka ironia...

– Tak.

Kendrick gasi papierosa i zapala następnego. Godzę się w duchu na wywołany dymem ból głowy.

– Jak to działa?

– Co?

– Te rzekome podróże w czasie, które pan odbywa. – W jego głosie słychać gniew. – Wypowiada pan jakieś magiczne zaklęcie? Wsiada do jakiejś machiny?

Próbuję wyjaśnić wszystko w jak najprostszy sposób.

– Nie, nic nie robię. To się po prostu dzieje samo. Nie mogę tego kontrolować. W jednej chwili wszystko jest w porządku, a w następnej jestem już w innym miejscu, innym czasie. Jakbym zmieniał kanały w telewizorze. Nagle trafiam do innego miejsca i czasu.

– Czego pan chce ode mnie?

Pochylam się, by podkreślić swoje słowa.

– Chcę, żeby się pan dowiedział, dlaczego tak się dzieje, i powstrzymał to.

Kendrick się uśmiecha. Nie jest to uśmiech przyjazny.

– Dlaczego? To może być bardzo przydatne. Wie pan o wielu rzeczach, o których inni nie mają pojęcia.

– To niebezpieczne. Prędzej czy później mnie zabije.

– Nie mogę powiedzieć, żebym miał coś przeciwko temu.

Nie ma sensu ciągnąć tego dalej. Wstaję i podchodzę do drzwi.

– Do widzenia, doktorze.

Idę korytarzem powoli, na wypadek gdyby chciał mnie zawołać, ale nie robi tego. Już w windzie myślę, że skoro coś poszło nie tak, to widocznie tak musiało być i prędzej czy później wszystko się jakoś wyprostuje. Kiedy otwieram drzwi wejściowe, widzę Clare czekającą na mnie w samochodzie po drugiej stronie ulicy. Odwraca się i dostrzegam na jej twarzy wyraz tak wielkiego oczekiwania, że nagle ogarnia mnie niezmierny smutek. Boję się wyznać, że spotkanie z Kendrickiem zakończyło się niepowodzeniem. Gdy przechodzę przez ulicę, w uszach zaczyna mi nagle szumieć i spadam, lecz zamiast na chodniku, ląduję na dywanie. Leżę chwilę bez ruchu, po czym rozlega się dziecinny głos: „Henry, nic ci nie jest?". Podnoszę wzrok i widzę moją ośmioletnią wersję siedzącą na łóżku.

– Wszystko w porządku, Henry – mówię.

Patrzy na mnie z powątpiewaniem.

– Naprawdę – zapewniam go.

– Chcesz trochę czekolady?

– Jasne.

Wstaje z łóżka i chwiejnym krokiem wychodzi z sypialni. Jest środek nocy. Przez chwilę Henry krząta się w kuchni, po czym wraca z dwoma kubkami gorącej czekolady. Pijemy w milczeniu. Henry wynosi potem kubki z powrotem do kuchni i myje je starannie. Nie ma sensu zostawiać po sobie śladów.

– Co jest grane? – pytam, gdy wraca do pokoju.

– Nic takiego. Byliśmy dziś z wizytą u kolejnego lekarza.

– Hej, ja też. U którego?

– Zapomniałem, jak się nazywa. Jakiś starszy facet z włosami w uszach.

– Jak było?

Wzrusza ramionami.

– Nie uwierzył mi.

– Uhm. Powinniście dać sobie spokój. Żaden lekarz ci nie uwierzy.

– Ten, u którego byłem dzisiaj, chyba uwierzył, ale nie chciał mi pomóc.

– Dlaczego?

– Chyba mnie nie lubi.

– Chcesz koce?

– Może jeden.

Ściągam narzutę z łóżka Henry'ego i zwijam się w kłębek na podłodze.

– Dobranoc. Słodkich snów.

W mroku panującym w sypialni widzę jeszcze błysk białych zębów mojej małej wersji. Po chwili odwraca się i zasypia. Ja leżę wpatrzony w sufit mojego dawnego pokoju, marząc o powrocie do Clare.

CLARE: Henry wychodzi z budynku. Wygląda na bardzo przygnębionego. Nagle wydaje z siebie okrzyk i znika. Wyskakuję z samochodu i biegnę na miejsce, w którym przed sekundą stał. Teraz oczywiście leży tam tylko kupka ubrań. Zbieram je wszystkie, przez chwilę stoję na środku ulicy i nagle dostrzegam twarz mężczyzny patrzącego na mnie z okna na trzecim piętrze. Po chwili już go nie ma. Wracam do samochodu, wsiadam do środka i siedzę wpatrzona w niebieską koszulę Henry'ego i czarne spodnie. Zastanawiam się, czy czekanie tutaj ma jakiś sens. Mam w torebce *Znowu w Brideshead*, więc postanawiam zostać przez jakiś czas, na wypadek gdyby Henry zaraz wrócił. Kiedy odwracam się, by poszukać książki, widzę biegnącego w moją stronę rudowłosego mężczyznę. Zatrzymuje się przy drzwiach od strony pasażera i zagląda do środka. To na pewno Kendrick. Otwieram blokadę i mężczyzna wsiada. Przez chwilę nie wie, co powiedzieć.

– Dzień dobry – rzucam. – Doktor David Kendrick, prawda? Ja jestem Clare DeTamble.

– Tak... – Jest zupełnie wytrącony z równowagi. – Tak, tak. Pani mąż...

– Właśnie zniknął w biały dzień.

– Tak!

– Wygląda pan na zaskoczonego.

– No, cóż...

– Czy nie mówił panu o tym? Często mu się to zdarza. – Nie jestem zachwycona tym facetem, ale postanawiam jakoś to przetrwać. – Tak mi przykro z powodu pańskiego dziecka. Ale Henry mówi, że to uroczy malec. Pięknie rysuje i ma bardzo bogatą wyobraźnię. A pańska córka jest bardzo utalentowana. Wszystko będzie dobrze. Zobaczy pan.

Wpatruje się we mnie z otwartymi ustami.

– Nie mamy córki. Tylko Colina.

– Ale będziecie mieć. Ma na imię Nadia.

– To był wielki szok. Moja żona jest bardzo zmartwiona...

– Ale wszystko ułoży się dobrze. Proszę mi wierzyć.

Ku memu wielkiemu zaskoczeniu ten zupełnie obcy mężczyzna zaczyna płakać. Ramionami wstrząsa szloch, twarz ukrył w dłoniach. Po kilku minutach uspokaja się i podnosi głowę. Podaję mu chusteczkę higieniczną.

– Przepraszam.

– Nic nie szkodzi. Co się wydarzyło między panem i Henrym? Coś poszło nie tak, prawda?

– Skąd pani wie?

– Był w wielkim stresie i stracił kontakt z teraźniejszością.

– Gdzie on jest? – Kendrick rozgląda się, jakby uważał, że schowałam Henry'ego na tylnym siedzeniu.

– Nie wiem. Nie tutaj. Mieliśmy nadzieję, że pan nam pomoże, ale chyba się myliłam.

– Nie rozumiem, jakim...

W tej właśnie chwili Henry pojawia się dokładnie w tym samym miejscu, w którym zniknął. Jakieś sześć metrów od niego wyrasta nagle samochód, którego kierowca naciska gwałtownie hamulec w chwili, gdy Henry rzuca się na maskę naszego samochodu. Kierowca opuszcza szybę, a Henry siada i lekko się kłania. Kierowca wrzeszczy coś pod jego adresem, po czym odjeżdża. Czuję pulsowanie krwi w uszach. Spoglądam na Kendricka, któremu odebrało mowę. Wyskakuję z samochodu, a Henry zsuwa się z maski.

– Cześć, Clare. O mały włos, co? – Obejmuję go ramionami, cały drży. – Masz moje ubranie?

– Tak, w samochodzie. Jest tu też Kendrick.

– Co? Gdzie?

– W samochodzie.

– Dlaczego?

– Widział, jak zniknąłeś, i zrobiło to na nim ogromne wrażenie.

Henry wsuwa głowę przez drzwi od strony pasażera.

– Cześć – mówi.

Chwyta ubranie i zaczyna je wkładać. Kendrick wysiada z samochodu i podchodzi do nas.

– Gdzie pan był?

– W tysiąc dziewięćset siedemdziesiątym pierwszym roku. Popijałem czekoladę z moją ośmioletnią wersją w moim starym pokoju o pierwszej nad ranem. Byłem tam przez jakieś pół godziny. Dlaczego pan pyta? – Henry patrzy na Kendricka chłodno i zaczyna zawiązywać krawat.

– To nie do wiary.

– Może pan to powtarzać bez końca, ale, niestety, to prawda.

– Chce pan powiedzieć, że miał pan nagle osiem lat?

– Nie. Chcę powiedzieć, że siedziałem w moim starym pokoju w mieszkaniu mojego ojca w tysiąc dziewięćset siedemdziesiątym pierwszym roku. Miałem trzydzieści jeden lat, jak teraz, a towarzyszyła mi moja ośmioletnia wersja. Piliśmy razem czekoladę. I rozmawialiśmy o różnych aspektach zawodu lekarza. – Henry podchodzi do samochodu i otwiera drzwi. – Clare, zmywamy się. To nie ma sensu.

Otwieram drzwi od strony kierowcy.

– Do widzenia, doktorze. Życzę panu powodzenia z Colinem.

– Proszę poczekać... – Kendrick urywa i usiłuje się opanować. – To choroba genetyczna?

– Tak – odpowiada Henry. – Genetyczna, a my staramy się o dziecko.

Kendrick uśmiecha się smutno.

– To bardzo ryzykowne.

Odpowiadam mu uśmiechem.

– Ryzyko stanowi nieodłączny element naszego życia. Do widzenia.

Wsiadamy do samochodu i odjeżdżamy. Kiedy skręcam w Lake Shore Drive, spoglądam na Henry'ego, który ku mojemu wielkiemu zaskoczeniu uśmiecha się od ucha do ucha.

– Z czego się tak cieszysz?

– Kendrick jest nasz.

– Tak myślisz?

– O tak.

– To świetnie. Ale on zrobił na mnie wrażenie dość tępego.

– Wręcz przeciwnie.

– To świetnie.

Jedziemy do domu w milczeniu, ale jest to zupełnie inne milczenie niż to, jakie towarzyszyło nam wcześniej. Jeszcze tego samego wieczoru dzwoni do nas Kendrick i umawia się z Henrym na wizytę. Razem zaczną pracować nad terapią, która pomoże zostać Henry'emu tu i teraz.

Piątek, 12 kwietnia 1996
(Henry ma 32 lata)

HENRY: Kendrick siedzi z pochyloną głową. Przesuwa kciukami po brzegu dłoni, jakby się bał, że mu uciekną. Jest popołudnie i gabinet zalewa blask złotego światła; siedzi nieruchomo, słuchając mojej opowieści. Czerwony perski dywan i stalowe nogi beżowych foteli lśnią w blasku słońca. Paczka cameli Kendricka leży nietknięta na biurku. Promienie słońca odbijają się od złotych oprawek jego okularów. Przez całe popołudnie siedzi tak w swoim fotelu, słuchając uważnie.

A ja opowiadam mu wszystko: pierwsza podróż, przyjemność płynąca z poznania faktów, które dopiero się wydarzą, przerażenie płynące z wiedzy o rzeczach, których nie można odwrócić, smutek związany ze stratą. Teraz siedzimy w milczeniu. W końcu Kendrick podnosi głowę i patrzy na mnie. W jego oczach czai się smutek, który bardzo pragnę wymazać. Kiedy już wszystko mu wyznałem, mam ochotę to cofnąć i zdjąć z niego ciężar, jakim go obarczyłem. Kendrick sięga po papierosy, wyjmuje jednego, zapala, zaciąga się i wydmuchuje błękitną chmurę, która przechodząc przez promień światła, staje się przezroczysta.

– Czy ma pan problemy ze snem? – pyta chrapliwym głosem.

– Tak.

– Czy... znika pan w jakiejś określonej porze dnia?

– Nie... raczej nie. Może częściej wczesnym rankiem.

– Czy miewa pan bóle głowy?

– Tak.

– Migreny?

– Nie. Ale czuję, że rośnie mi ciśnienie i gorzej wtedy widzę.

– Hmmm.

Kendrick wstaje. Trzeszczą mu kolana. Zaczyna chodzić po gabinecie, przez cały czas paląc papierosa. Powolnym krokiem chodzi dookoła dywanu. Zaczyna mnie to denerwować, ale na szczęście po chwili zatrzymuje się i znów siada za biurkiem.

– Proszę posłuchać – mówi, marszcząc brwi. – Istnieje coś takiego jak geny czasowe. Są odpowiedzialne za rytmy dobowe, pozwalają nam funkcjonować zgodnie z ruchem słońca i tak dalej. Znaleźliśmy je w różnych typach komórek, w całym ciele, ale przypisane są przede wszystkim do zmysłu wzroku, a większość odczuwanych przez pana objawów wiąże się właśnie z nim. Jądro podwzgórza, usytuowane tuż nad skrzyżowaniem nerwów wzrokowych, służy jako swoisty guzik resetowy pańskiego poczucia czasu i od tego właśnie chciałbym zacząć.

– Jasne – odpowiadam, gdy patrzy na mnie, jakby oczekiwał reakcji z mojej strony.

Wstaje i podchodzi do drzwi, których wcześniej nie zauważyłem, otwiera je i znika na minutę. Kiedy znów się pojawia, trzyma lateksowe rękawiczki i strzykawkę.

– Proszę podwinąć rękaw.

– Co pan robi? – pytam, zawijając rękaw do łokcia.

Nie odpowiada. Odpakowuje strzykawkę, obwiązuje moje ramię gumką i wbija mi igłę w żyłę. Odwracam wzrok. Słońce przesunęło się już na niebie i w gabinecie panuje półmrok.

– Czy ma pan ubezpieczenie zdrowotne? – pyta, wyciągając igłę. Zakleja plastrem ślad po ukłuciu.

– Nie. Płacę za wszystko sam. – Przyciskam bolące miejsce i zginam łokieć.

Kendrick się uśmiecha.

– Nie, nie. Będzie pan moim małym eksperymentem, częścią badań, na które dostałem grant.

– Jakich badań?

– Nie będziemy działać po omacku... – Urywa i stoi przez chwilę, trzymając probówkę z krwią, którą właśnie mi pobrał. – Zbadamy pana DNA.

– Myślałem, że to trwa całe lata.

– Jeśli celem jest cały genom. My na początek przyjrzymy się najbardziej prawdopodobnym miejscom, na przykład chromosomowi siedemnaście.

Wrzuca rękawiczki i zużytą strzykawkę do pudełka z napisem „Skażone" i zapisuje coś na probówce. Siada naprzeciwko mnie i kładzie probówkę obok paczki cameli.

– Ale ludzki genom zostanie w pełni zbadany dopiero w dwutysięcznym roku. Z czym pan więc porówna swoje wyniki?

– W dwutysięcznym? Tak szybko? Jest pan pewny? Chyba ma pan rację. Ale odpowiadając na pańskie pytanie: choroba, która ma podobne objawy jak pańska, często pojawia się jako rodzaj zakodowanej informacji, powtarzającej, że coś jest nie tak. Na przykład choroba Huntingtona to tylko zwiększona liczba powtórzeń trójki nukleotydów CAG w obrębie genu HD.

Przeciągam się. Wiele bym dał za filiżankę kawy.

– Więc to tyle? Mogę już iść się pobawić?

– Chciałbym przeprowadzić kompleksowe badania pańskiej głowy, ale nie dzisiaj. Umówię pana w szpitalu na tomografię i prześwietlenie. Wyślę też pana do mojego przyjaciela, Alana Larsona; ma na terenie uniwersytetu laboratorium, w którym bada procesy zachodzące podczas snu.

– To niezła zabawa. – Wstaję bardzo powoli, żeby krew nie uderzyła mi do głowy.

Kendrick unosi twarz. Nie widzę jednak jego oczu ukrytych za lśniącymi szkłami.

– To rzeczywiście jest zabawa – mówi. – Ale i wielka zagadka, a my nareszcie mamy odpowiednie narzędzia, żeby się dowiedzieć...

– Czego?

– Co to jest. Czym pan jest. – Uśmiecha się, a ja dostrzegam po raz pierwszy, że ma nierówne pożółkłe zęby. Wstaje, wyciąga rękę.

Ściskając mu dłoń, dziękuję za wszystko. Zapada niezręczna cisza. Po spędzonym wspólnie popołudniu pełnym najbardziej intymnych wyznań znów jesteśmy sobie obcy. Schodzę po schodach i wychodzę na zalaną słońcem ulicę. Dowiemy się, czym jestem. Kim jestem?

BARDZO MAŁY BUCIK

Wiosna, 1996
(Clare ma 24, Henry 32 lata)

CLARE: Po dwóch latach małżeństwa, niewiele się nad tym zastanawiając, postanawiamy z Henrym sprawdzić, czy możemy mieć dziecko. Wiedziałam, że Henry nie podchodzi do tego ze zbyt wielkim optymizmem, i nie pytałam jego ani siebie, czy dzieje się tak dlatego, że widział nas w przyszłości bez dziecka. Nie chciałam wiedzieć. Nie chciałam też myśleć o tym, czy problemy Henry'ego z podróżowaniem w czasie mogą być dziedziczne albo stanąć na przeszkodzie naszym rodzicielskim planom. Nie zastanawiałam się w ogóle nad wieloma bardzo istotnymi sprawami, bo miałam obsesję na punkcie dziecka: dziecka, które byłoby podobne do Henry'ego, miałoby czarne włosy i jego oczy, pachniałoby mlekiem i talkiem. A może odziedziczyłoby po mnie jasną skórę? Stale miałam przed oczami gruchające niemowlę, uśmiechnięte i rozkoszne. Dzieci śniły mi się niemal co noc. W moich snach wspinałam się na drzewo i znajdywałam w gnieździe mały bucik; odkrywałam nagle, że kot/książka/kanapka, którą trzymam w ręce, tak naprawdę jest dzieckiem; pływałam w jeziorze i znajdywałam na dnie całą kolonię maluchów.

Nagle zaczęłam dostrzegać dzieci wszędzie: kichającą rudą dziewczynkę w małym kapelusiku w supermarkecie, malutkiego

Chińczyka, synka właścicieli w Golden Wok, śpiącego niemowlaka w filmie o Batmanie. W przymierzalni w domu towarowym JCPenney ufna młoda kobieta dała mi do potrzymania swoją trzymiesięczną córeczkę. Musiałam się siłą powstrzymywać, żeby nie zerwać się z różowego plastikowego krzesła i nie uciec, przyciskając do piersi miękki pakuneczek.

Całe moje ciało pragnęło dziecka. Czułam się pusta i chciałam, by coś je wypełniło. Chciałam mieć przy sobie kogoś do kochania, kto będzie ze mną zawsze. I by to dziecko było częścią Henry'ego, żeby jakaś cząstka jego zostawała ze mną, gdy on znika; było taką małą polisą ubezpieczeniową na wypadek pożaru, powodzi, działania siły wyższej.

Niedziela, 2 października 1966
(Henry ma 33 lata)

HENRY: Siedzę bardzo wygodnie na drzewie w Appleton w stanie Wisconsin w 1966 roku. Mam na sobie biały podkoszulek i bawełniane spodnie ukradzione z czyjegoś sznura. Jem kanapkę z tuńczykiem. Gdzieś tam w Chicago mam trzy lata, moja mama jeszcze żyje, a te przeklęte problemy z podróżami w czasie jeszcze się nie zaczęły. Pozdrawiam w duchu moją małą wersję, a kiedy myślę o sobie jako o dziecku, powracam do Clare i naszych prób poczęcia własnego potomka. Z jednej strony bardzo pragnę dać Clare dziecko, patrzeć, jak jej brzuch rośnie niczym dojrzewający na słońcu melon, Demeter w pełnej glorii i chwale. Chcę mieć normalne dziecko, które będzie robiło to, co robią wszystkie normalne dzieci: ssało pierś, chwytało przedmioty w małą rączkę, robiło kupki, spało, śmiało się, przewracało na brzuszek, siadało, uczyło się chodzić, paplało w sobie tylko znanym języku. Chcę zobaczyć, jak mój ojciec trzyma niepewnie w ramionach maleńkiego wnuka; tak niewiele szczęścia zaznał w życiu z mojego powodu. Niemowlę podziałałoby jak balsam na jego udręczoną duszę. I na duszę Clare również: kiedy zniknę, jakaś cząstka mnie zostanie jednak przy niej.

Ale... No cóż. Wiem, że to bardzo mało prawdopodobne. Wiem, że moje dziecko niemal na pewno okaże się magicznie znikającym maluchem, jakby porywały go wróżki. I kiedy, leżąc w ekstazie nad Clare, modlę się, by cud seksu przyniósł nam potomka, jakaś cząstka mnie prosi, by nam tego oszczędzono. Przypomina mi się historia małpiej łapki z opowiadania W.W. Jacobsa i trzech życzeń, które tak przerażająco wypływały jedno z drugiego. Ciekawe, czy nasze życzenia są podobne.

Jestem tchórzem. Mężczyzna lepszy ode mnie przytuliłby Clare i powiedzial: „Kochanie, to wielka pomyłka, pogódźmy się z losem i bądźmy szczęśliwi". Ale wiem, że Clare nigdy się z tym nie pogodzi i zawsze już będzie smutna. Nie porzucam wiec nadziei i kocham się z Clare, jakby mogło z tego wyniknąć wyłącznie coś dobrego.

JEDEN

Poniedziałek, 3 czerwca 1996
(Clare ma 25 lat)

CLARE: Gdy to dzieje się po raz pierwszy, nie ma przy mnie Henry'ego. Jestem w ósmym tygodniu ciąży. Dziecko jest wielkości śliwki, ma malutką buźkę, rączki i bijące serduszko. Jest wczesny letni wieczór. Kiedy zmywam naczynia, widzę na zachodzie fioletowopomarańczowe chmury. Henry zniknął blisko dwie godziny temu. Poszedł podlać trawnik i kiedy po półgodzinie uświadomiłam sobie, że nadal nie słyszę szumu wody, stanęłam w prowadzących do ogrodu drzwiach i znalazłam kupkę ubrań leżącą przy altanie. Złożyłam dżinsy, bieliznę i stary podkoszulek z napisem „Your Television" i położyłam na łóżku. Przez chwilę zastanawiałam się, czy nie włączyć zraszacza, ale doszłam do wniosku, że Henry nie będzie zachwycony, jeśli zjawi się nagle w ogródku i zaleją go strumienie wody.

Zrobiłam sobie makaron z serem i sałatkę, zażyłam witaminy i wypiłam wielką szklankę odtłuszczonego mleka. Zmywając naczynia, nucę pod nosem i wyobrażam sobie, że słyszy to malutka rosnąca we mnie istotka. Kiedy myję starannie miskę po sałatce, czuję gdzieś głęboko lekki skurcz. Dziesięć minut później siedzę w saloniku, czytając Louisa de Bernieres, gdy czuję to znowu, jakby ktoś uderzał w moje wewnętrzne struny. Postanawiam to zignorować. Wszystko jest w porządku. Henry'ego nie ma już od ponad dwóch godzin. Przez chwilę martwię się o niego, a potem postanawiam także i to zignorować. Nie martwię się jeszcze przez następne pół, bo teraz te dziwne skurcze przypominają okres i czuję nawet między nogami lepką strużkę krwi. Wstaję z fotela, idę do łazienki i ściągam majtki. Są całe zalane krwią. O mój Boże.

Dzwonię do Charisse. Odbiera Gomez. Staram się, by mój głos brzmiał jak najbardziej naturalnie. Proszę do telefonu Charisse.

– Co się stało? – pyta natychmiast.

– Krwawię.

– Gdzie jest Henry?

– Nie wiem.

– Jak krwawisz?

– Jakbym miała okres. – Ból staje się coraz ostrzejszy. Siadam na podłodze. – Możesz mnie zawieźć do szpitala?

– Zaraz tam będę, Clare.

Odkładam słuchawkę na widełki bardzo delikatnie, zupełnie jakbym mogła urazić jej uczucia, robiąc to zbyt gwałtownie. Podnoszę się z podłogi, znajduję torebkę. Chcę zostawić Henry'emu wiadomość, ale nie wiem, co napisać. W końcu decyduję się na; „Pojechałam do szpitala Illinois Masonic. (Skurcze). Charisse zawiozła mnie tam o 19.20. C". Otwieram tylne drzwi i zostawiam karteczkę przy telefonie. Kilka minut później zjawia się Charisse. Gomez czeka za kierownicą. Prawie nie rozmawiamy. Siedzę na przednim siedzeniu i wyglądam przez okno. Najpierw Western, potem Sheffield i Wellington. Widzę wszystko niezwykle ostro, jakbym musiała dokładnie zapamiętać trasę, zdać jakiś test. Gomez podjeżdża pod izbę przyjęć. Razem z Charisse wysiadamy z samochodu. Oglądam się na Gomeza, który uśmiecha się do mnie przelotnie i odjeżdża na parking. Przechodzimy przez automatycznie otwierane drzwi, które rozsuwają się przed nami zupełnie jak w bajce, jakby tu na nas czekano. Ból na chwilę ustał, a teraz powraca ze zdwojoną siłą. W jasno oświetlonej poczekalni siedzi kilka osób. Czekają na swoją kolej, otulając swój ból dłońmi, ramionami. Siadam wśród nich. Charisse podchodzi do mężczyzny siedzącego za dużym biurkiem. Nie słyszę, co mówią, ale gdy dociera do mnie pytanie: „Poronienie?", nagle uświadamiam sobie, że to właśnie się dzieje, że tak to się nazywa. To okrutne słowo rośnie w mojej głowie, wypełnia wszystkie komórki, wypierając wszelkie inne myśli. Zaczynam płakać.

Kiedy już zrobili wszystko, co było w ich mocy, to słowo stało się faktem. Później dowiedziałam się, że Henry zjawił się w szpitalu niedługo po nas, ale go do mnie nie wpuścili. Widzę go przy łóżku, gdy budzę się późno w nocy. Jest blady, ma podkrążone oczy i nie mówi ani słowa.

– Gdzie byłeś? – pytam niewyraźnym szeptem.

Pochyla się i delikatnie mnie obejmuje. Jego zarost drapie mnie w policzek. Gdzieś głęboko otwiera się we mnie straszliwa rana. Twarz Henry'ego jest mokra, lecz nie wiem od czyich łez.

Czwartek, 13 czerwca i piątek, 14 czerwca 1996
(Henry ma 32 lata)

HENRY: Zjawiam się w laboratorium badania snu wykończony, jak życzył sobie Kendrick. To piąta noc, którą tu spędzam, więc wiem już, co mnie czeka. Siadam na łóżku w urządzonej po domowemu sypialni, mając na sobie spodnie od piżamy, podczas gdy asystentka doktora Larsona, Karen, smaruje mi kremem głowę i klatkę piersiową i przykleja przewody. Karen jest młodą blondynką, Wietnamką. Ma długie sztuczne paznokcie i mówi: „Ojej, przepraszam", kiedy przejeżdża jednym z nich po moim policzku. W pokoju panuje półmrok, jest chłodno. Nie ma okien, tylko na jednej ścianie wisi lustro weneckie, za którym siedzi doktor Larson lub osoba, która dziś nadzoruje maszyny. Karen kończy podłączanie przewodów, życzy mi dobrej nocy i wychodzi. Układam się wygodnie na łóżku, zamykam oczy, wyobrażam sobie podobne do pajęczych nóg linie wykresów odzwierciedlające po drugiej stronie lustra ruchy moich gałek ocznych, oddech, fale mózgowe. Po kilku minutach zasypiam.

Śni mi się, że biegnę przez las, mijam gęste krzaki, drzewa. Czasami przenikam przez nie jak duch. Wypadam na polanę, na której płonie ognisko...

Śni mi się, że uprawiam seks z Ingrid. Wiem, że to ona, choć nie widzę jej twarzy, to jej ciało, długie, gładkie nogi. Robimy to w domu jej rodziców, na kanapie w salonie. Na ekranie włączonego telewizora pojawia się najpierw stado pędzących antylop, potem jakaś parada. Clare siedzi na niewielkiej platformie, jest bardzo smutna, a stojący wzdłuż ulicy ludzie wznoszą radosne okrzyki. Nagle Ingrid zrywa się z kanapy, bierze łuk i strzały i strzela do Clare. Strzała przebija ekran telewizora, Clare przyciska dłonie do piersi jak Wendy w niemej wersji *Piotrusia Pana*. Zrywam się z kanapy i zaczynam dusić Ingrid. Zaciskam dłonie na jej gardle, wrzeszczę na nią...

Budzę się gwałtownie. Cały jestem zlany zimnym potem, serce wali mi jak oszalałe. Znajduję się w laboratorium badania snu. Zastanawiam się przez moment, czy oni nie widzą przypadkiem moich snów, moich myśli. Odwracam się na bok i zamykam oczy.

Śni mi się, że razem z Clare idziemy przez muzeum. Mieści się w starym pałacu, obrazy wiszą w złoconych rokokowych ramach, wszyscy pozostali zwiedzający mają na sobie wysokie pudrowane peruki, krynoliny, fraki i bryczesy. Nie zwracają na nas uwagi. Oglądamy obrazy, lecz tak naprawdę to nie są obrazy, ale wiersze, którym nadano fizyczny kształt. „Spójrz", mówię do Clare, „to wiersz Emily Dickinson". „Serce żąda Rozkoszy najpierw, potem zwolnienia od Bólu..."*. Clare staje przed jasnożółtym wierszem i ogrzewa się w jego blasku. Oglądamy Dantego, Donne'a, Blake'a, Nerudę, Bishop; dłuższą chwilę spędzamy w sali pełnej Rilkego, mijamy szybko bitników, zatrzymujemy się na chwilę przed Verlaine'em i Baudelaire'em. Raptem uświadamiam sobie, że zgubiłem Clare. Ruszam przed siebie, zaczynam biec. Mijam jedną salę po drugiej i nagle ją znajduję: stoi przed wierszem, małym białym wierszykiem wciśniętym w kąt.

* Przekład Stanisław Barańczak (przyp. tłum.).

Płacze. Staję za nią i czytam wiersz: „Przed snem do Boga modlitwę zanoszę, weź w swą opiekę mą duszę, proszę. A jeśli we śnie odejść będzie trzeba, weź ją, o Boże, prosto do nieba".

Upadam na trawę, jest zimno, wiatr smaga moje ciało. Leżę nagi na pokrytej śniegiem ziemi, klękam, krew kapie na śnieg, wyciągam rękę...

– Mój Boże, on krwawi...

– Co się, do cholery, stało?

– Zerwał wszystkie elektrody, pomóż mi położyć go z powrotem na łóżku...

Otwieram oczy. Kendrick i doktor Larson pochylają się nade mną. Doktor Larson jest wyraźnie zdenerwowany i zaniepokojony, ale Kendrick uśmiecha się triumfalnie.

– Zapisał pan to? – pytam.

– Było idealnie – mówi.

– To świetnie – odpowiadam i tracę przytomność.

DWA

Niedziela, 12 października 1997
(Henry ma 34, Clare 26 lat)

HENRY: Budzę się i czuję zapach żelaza. Ale to krew. Krew jest wszędzie, a Clare leży zwinięta w jej kałuży jak kociak. Potrząsam nią.

– Nie – mówi.

– Clare, obudź się, krwawisz.

– Śniło mi się...

– Clare, proszę...

Siada gwałtownie. Ręce, twarz, włosy ma całe umazane krwią. Wyciąga dłoń, na której leży mały potworek.

– Umarł – mówi i wybucha płaczem.

Siedzimy razem na brzegu zalanego krwią łóżka. Obejmujemy się mocno. Po naszych twarzach płyną łzy.

Poniedziałek, 16 lutego 1998
(Clare ma 28, Henry 34 lata)

CLARE: Zbieramy się z Henrym do wyjścia. Jest przyjemne popołudnie, prószy śnieg.

Wkładam właśnie buty, gdy dzwoni telefon.

Henry idzie do salonu, by podnieść słuchawkę. Słyszę, jak mówi: „Halo", a potem: „Naprawdę?" i „Cholera". W końcu rzuca szybko: „Proszę poczekać, wezmę coś do pisania...", i zapada długa cisza, przerywana od czasu do czasu przez: „Chwileczkę, proszę mi wytłumaczyć".

Zdejmuję buty i płaszcz i w samych skarpetkach idę do salonu. Henry siedzi na kanapie, trzymając telefon na kolanach jak kota, i zawzięcie coś notuje. Kiedy siadam obok niego, uśmiecha się od ucha do ucha. Spoglądam na notes, na górze kartki widnieją tajemnicze informacje:

4 geny: per4, bezczasowy1, Zegar, nowy gen+podróże w czasie? Chrom+17x2, 4, 25, 200+, powiązanie z seksem? Nie, +zbyt wiele receptorów dopaminy, jakie proteiny???...

Uświadamiam sobie, że Kendrick nareszcie to zrobił! Już wie! Nie mogę w to uwierzyć. Naprawdę to zrobił. Co teraz?

Henry odkłada słuchawkę i odwraca się w moją stronę. Jest tak samo oszołomiony jak ja.

– Co teraz? – pytam.

– Sklonuje geny i przeszczepi je myszom.

– Co?!

– Stworzy podróżujące w czasie myszy. A potem je wyleczy.

W jednej chwili oboje wybuchamy śmiechem i zaczynamy tańczyć i skakać po całym pokoju. Po chwili opadamy na kanapę, dysząc ciężko. Patrząc na Henry'ego, nie mogę się nadziwić, że na poziomie komórkowym tak bardzo różni się od innych ludzi, a jest przy tym zwyczajnym mężczyzną w białej koszuli i ciemnozielonej marynarce, który uśmiecha się jak wszyscy. Zawsze wiedziałam, że jest inny, więc jakie to ma znaczenie? Kilka pogmatwanych kodów! Ale to ma znaczenie i musimy to jakoś zmienić. Na drugim końcu miasta doktor Kendrick siedzi w swoim gabinecie i zastanawia się, jak stworzyć myszy, które będą żyć wbrew wszelkim regułom czasu. Zaczynam się śmiać, ale dla nas jest to kwestia życia lub śmierci, więc po chwili zakrywam usta dłonią i milknę.

INTERMEZZO

Środa, 12 sierpnia 1998
(Clare ma 27 lat)

CLARE: Mama nareszcie zasnęła. Śpi w swoim własnym łóżku, w swoim własnym pokoju; uciekła ze szpitala tylko po to, by znaleźć się w swoim pokoju zamienionym w salę szpitalną. Ale teraz nie wie już, co się wokół niej dzieje. Przez całą noc coś mówiła, płakała, śmiała się, krzyczała, wołała: „Philip!", „Marna!" i „Nie, nie!". Przez całą noc towarzyszył jej chór cykad i żab, a we wpadającym przez okna blasku nocy jej skóra wyglądała jak wosk, wychudzone ręce unosiły się w błagalnym geście, trzymały kurczowo szklankę z wodą, którą przykładałam do spierzchniętych ust. Teraz świta. Okna pokoju mamy wychodzą na wschód. Siedzę na białym krześle przy oknie, twarzą do łóżka, ale nie patrzę na mamę, malutką w wielkim łóżku, na słoiczki z lekarstwami, łyżeczki, szklanki, kroplówkę, migające czerwone światełko, nerkę na wymiociny, pudełko lateksowych rękawic i pudełko z napisem „Skażone" pełne strzykawek. Wyglądam przez okno na budzący się dzień. Ptaki zaczynają swój koncert. Słyszę gołębie, które budzą się w krzakach wistarii. Szary świat stopniowo wypełnia się kolorami, rosnąca powoli plama czerwieni pojawia się na horyzoncie, po czym zalewa ogród. Błękitne niebo wypełnia złota poświata, a po chwili wszystkie kwiaty wybuchają feerią barw: róże, szałwia, margerytki lśnią w porannej rosie jak szkło. Srebrne brzozy rosnące na krawędzi lasu wyglądają zupełnie jak białe struny zwisające z nieba. Nisko nad trawą leci kruk. Jego cień ślizga się po ziemi do chwili, gdy ptak ląduje tuż po oknem i kracze, jeden raz. Przez okno wpadają pierwsze promienie słońca, zatrzymując się na moich dłoniach.

Zamykam oczy. Słyszę szum klimatyzacji. Robi mi się zimno, więc wyłączam urządzenie. Teraz w pokoju panuje absolutna cisza. Podchodzę do łóżka. Mama leży nieruchomo. Urywany oddech, który nawiedzał mnie w snach, ucichł. Ma lekko rozchylone usta i uniesione brwi, jakby w zdziwieniu. Klękam przy łóżku, odrzucam kołdrę i przykładam ucho do jej serca. Ma ciepłą skórę. Nic. Nie wyczuwam pulsu, oddechu. Cisza.

Przytulam jej wycieńczone ciało i na krótką chwilę znów staje się moją idealną, piękną mamą, chociaż jej kości wbijają mi się w klatkę piersiową, a głowa opada do tyłu. Choć jej ciało przeżarł rak, widzę ją we wspomnieniach uśmiechniętą, szczęśliwą, wolną.

W holu rozlegają się kroki. W uchylonych drzwiach pojawia się głowa Etty.

– Clare? Och...

Kładę mamę na poduszkach, wygładzam jej koszulę, włosy.

– Odeszła.

Sobota, 12 września 1998
(Henry ma 35, Clare 27 lat)

HENRY: Lucille kochała ogród. Kiedy przyjeżdżaliśmy z wizytą, Clare wchodziła do Meadowlark House i natychmiast kierowała się do drzwi na tyłach, by zawsze, bez względu na pogodę, znaleźć matkę w ogrodzie. Kiedy czuła się dobrze, klęczała przy grządkach, wyrywając chwasty lub przesadzając rośliny. Gdy była chora, Etta i Philip znosili ją zawiniętą w koce i sadzali w wiklinowym fotelu, czasami przy fontannie, czasem pod gruszą, skąd mogła obserwować pracującego Petera. Kiedy Lucille czuła się dobrze, zasypywała nas opowieściami o ogrodzie: o ziarnojadach z czerwonymi łebkami, które wreszcie znalazły nowy karmnik, o daliach rosnących przy zegarze słonecznym, które udały się lepiej, niż myślała, o nowej róży, która ma okropny lawendowy kolor, ale jest tak żywotna, że nie ma sumienia jej wykopać. Pewnego lata Lucille i Alicia przeprowadziły eksperyment: Alicia przez kilka godzin dziennie ćwiczyła w ogrodzie, by sprawdzić, czy rośliny zareagują na muzykę.

Lucille zaklinała się, że zbiór nigdy nie był tak obfity, i pokazała nam cukinie wielkości mojego uda. Eksperyment uznano więc za wielki sukces, ale nigdy go nie powtórzono, bo było to ostatnie lato, gdy Lucille czuła się na tyle dobrze, by pracować w ogrodzie.

Lucille rozkwitała i więdła wraz z porami roku, jak roślina. Latem, kiedy wszyscy przyjeżdżaliśmy z wizytą, była w swoim żywiole, a w całym domu słychać było radosne pokrzykiwania dzieci Sharon i Marka, które pluskały się jak pieski w fontannie i tarzały brudne na trawniku. Lucille często bywała przygnębiona i smutna, ale zawsze bardzo elegancka. Siwiejące rude włosy miała niezmiennie spięte w kok, podczas pracy w ogrodzie nosiła białe irchowe rękawiczki. Witała się z nami w otoczeniu eleganckich narzędzi firmy Smith & Hawken. Zazwyczaj całowaliśmy się na powitanie bardzo oficjalnie, w dwa policzki, jak stare francuskie hrabiny, które nie widziały się od dawna. Dla mnie była zawsze bardzo miła, ale swoją córkę potrafiła osadzić na miejscu jednym spojrzeniem. Tęsknię za nią. A Clare? „Tęskni" nie wydaje się tu odpowiednim słowem. Clare czuje się osamotniona. Chodzi po pokojach, zapominając, po co tu przyjechała. Siedzi wpatrzona w książkę, nie przewracając kartki przez godzinę. Ale nie płacze. Uśmiecha się, gdy rzucam jakiś żart. Je wszystko, co stawiam przed nią na stole. Jeśli próbuję się z nią kochać, nie protestuje... ale po chwili zostawiam ją w spokoju, bojąc się tej udręczonej twarzy, oddalonej o tysiące kilometrów. Tęsknię za Lucille, ale brakuje mi Clare. Clare, która odeszła, zostawiając mnie z tą obcą osobą, która tylko wygląda jak ona.

Środa, 26 listopada 1998
(Clare ma 27, Henry 35 lat)

CLARE: Pokój mamy jest biały i nagi. Zniknęły wszystkie lekarstwa i strzykawki. Na łóżku leży tylko poplamiony materac, który wygląda paskudnie w czystym pokoju. Stoję przy białym biurku mamy. Jest ciężkie, bardzo nowoczesne i zupełnie nie pasuje do delikatnego pokoju pełnego francuskich antyków. Stoi między oknami, a jego blat zalewają teraz promienie słońca. Jest zamknięte. Szukałam klucza przez godzinę, niestety, bez powodzenia. Opieram łokcie o obrotowy fotel i przez chwilę wpatruję się w biurko. W końcu schodzę na dół. Salon i jadalnia są puste. W kuchni rozlega się nagle wybuch śmiechu, więc otwieram tam drzwi. Henry i Nell pochylają się nad całym zastępem misek, stolnicą i wałkiem.

– Powoli, chłopcze! Nie tak mocno, bo będą za twarde. Trzeba to robić bardzo delikatnie albo będą smakować jak kamienie.

– Przepraszam, przepraszam. Zaraz się poprawię, tylko nie krzycz na mnie. Cześć, Clare. – Henry odwraca się z uśmiechem i widzę, że jest cały zasypany mąką.

– Co robicie?

– Rogaliki. Przysiągłem sobie, że zgłębię sztukę wałkowania ciasta albo zginę.

– Spoczywaj w pokoju, synu – mówi z uśmiechem Nell.

– Co jest? – pyta Henry, gdy Nell zgrabnie rozwałkowuje kulę ciasta i zaczyna wycinać równe kwadraty.

– Muszę pożyczyć Henry'ego na parę minut – mówię do Nell.

Kiwa głową i celuje w niego wałkiem.

– Wróć za piętnaście minut, to zajmiemy się marynatą.

– Tak jest.

Ruszamy na górę i po chwili stajemy przed biurkiem mamy.

– Chcę je otworzyć, ale nie mogę znaleźć klucza.

– Ach tak. – Rzuca mi spojrzenie, z którego jednak nic nie mogę wyczytać. – To proste.

Wychodzi z pokoju i wraca po kilku minutach. Siada na podłodze przed biurkiem i rozgina dwa spinacze. Zaczyna od dolnej szuflady po lewej stronie, ostrożnie kręcąc w zamku jednym spinaczem, po czym wykonuje szybki ruch drugim.

– *Voilà!* – mówi i wyciąga szufladę po brzegi wypełnioną papierami. Równie szybko otwiera cztery pozostałe.

Patrzę na ich zawartość: notesy, luźne kartki, katalogi ogrodnicze, paczuszki nasion, długopisy i ołówki, książeczka czekowa, batonik „Hershey", taśma do mierzenia i kilka drobnych przedmiotów, które w świetle dnia wyglądają na smutne i zagubione. Henry niczego nie dotknął. Teraz patrzy na mnie, a ja niemal bezwiednie przenoszę wzrok na drzwi. Henry natychmiast pojmuje aluzję i wychodzi.

W papierach panuje ogromny bałagan. Siadam na podłodze i wysypuję zawartość jednej z szuflad. Wygładzam wszystkie kartki zapisane ręką mamy i odkładam je na lewo. Część z nich to listy i notatki w stylu: *Nie pytać P. o S.*; *Przypomnieć Etcie o piątkowej kolacji*. Są też całe kartki z bezładnymi zawijasami, spiralami, czarnymi kółkami i znaczkami przypominającymi odciski ptasich stóp. Na niektórych pojawia się też jakieś zdanie lub kilka słów. *Rozczesuję włosy nożem*. I: *Nie mogłam nie mogłam tego zrobić. Jeśli będę milczeć, to minie*. Na niektórych kartkach pojawiają się wiersze, czasem tak pokreślone i pełne poprawek, że trudno je odczytać. Na przykład ten fragment o Safonie:

Jak stare mięso, odprężone i miękkie
Bez powietrza XXXXXX powiedziała tak
Powiedziała XXXXXXXXXXXXXXX

Albo:

Jego ręka XXXXXXXXXXXX
XXXXXXXXXX wziąć w posiadanie
W nadzwyczajny XXXXXXXXXXX

Niektóre wiersze przepisano na maszynie:

W tej chwili
Nadzieja jest wątła
I słaba.
Muzyka i piękno
To sól mojego smutku:
Biała pustka rozdziera mój lód.
Kto by powiedział
Że anioł seksu
Jest taki smutny?
Lub że pożądanie
Stopi tę bezkresną
Zimową noc
W powódź ciemności.

1/23/79

Wiosenny ogród:
Letni statek
Mój zimowy krajobraz.

4/6/79

W 1979 roku mama straciła dziecko i próbowała popełnić samobójstwo. Czuję bolesny ucisk w żołądku i oczy zachodzą mi mgłą. Teraz już wiem, co czuła. Zbieram wszystkie papiery i odkładam je na bok, już bez czytania. W kolejnej szufladzie znajduję nowsze wiersze. A potem trafiam na jeden adresowany do mnie:

Ogród pod śniegiem
Dla Clare
Śnieg przykrył ogród
Biała karta, na której zostawiamy odciski naszych stóp
Clare, która nigdy nie była moja
Lecz zawsze należała tylko do siebie
Śpiąca królewna
Krystaliczny pled
Czeka
To jest jej wiosna

To jeſt jej sen/przebudzenie
Czeka
Wszyſtko wokół jeſt oczekiwaniem
Na pocałunek
Wymyślne kształty bulw
Nigdy nic myślałam
Moje dziecko
Jej twarz
ogród, w oczekiwaniu...

HENRY: Zbliża się kolacja, a tylko przeszkadzam Nell, więc kiedy mówi: „Nie powinieneś przypadkiem sprawdzić, co knuje ta twoja kobieta?", uznaję, że to dobry pomysł.

Clare siedzi na podłodze przed biurkiem matki w otoczeniu białych i żółtych kartek. Wszystko zalewa krąg światła padający ze stojącej na biurku lampy, lecz twarz Clare jest ukryta w cieniu. Podnosi na mnie wzrok, podaje kartkę i mówi: „Spójrz, Henry, mama napisała dla mnie wiersz". Siadam obok niej na podłodze i czytając wiersz, wybaczam Lucille jej gigantyczny egoizm i porażającą śmierć. „Jest piękny", mówię, spoglądając na Clare, a ona kiwa głową, przez chwilę pewna, że matka mimo wszystko ją kochała. Myślę o mojej matce śpiewającej *Lieder* po obiedzie w letnie popołudnie, uśmiechającej się do naszego odbicia w wystawie, wirującej w błękitnej sukni po podłodze garderoby. Kochała mnie. Nigdy nie wątpiłem w jej miłość. Lucille była zmienna jak wiatr. Wiersz, który Clare trzyma w dłoni, jest dowodem, niezmiennym, niezaprzeczalnym, iskierką uczucia. Obrzucam spojrzeniem rozłożone na podłodze papiery i czuję wielką ulgę na myśl, że z tego bałaganu wyłoniło się coś, co stało się dla Clare łodzią ratunkową.

– Napisała dla mnie wiersz – powtarza raz jeszcze w zdumieniu. Po jej policzkach płyną łzy.

Obejmuję ją ramionami i czuję, że moja żona, Clare, wróciła bezpiecznie na brzeg po katastrofie, szlochając jak mała dziewczynka, która widzi, jak matka macha do niej z chyboczącej się na falach łodzi.

SYLWESTER PIERWSZY

Piątek, 31 grudnia 1999, 23.55
(Henry ma 36, Clare 28 lat)

HENRY: Stoimy z Clare na dachu w Wicker Park, czekając na początek tak zwanego nowego tysiąclecia. Noc jest pogodna i wcale nie taka zimna, ale przy każdym oddechu z ust wypływa obłoczek pary, a nos i uszy trochę mi zmarzły. Clare owinięta jest mocno czarnym szalikiem, a w blasku księżyca i lamp ulicznych jej twarz wydaje się bardzo blada. Dach należy do pary artystów, przyjaciół Clare. Obok nas, w ciepłych kurtkach i rękawiczkach, Charisse i Gomez kołyszą się w rytm melodii, którą tylko oni słyszą. Wszyscy wokół lekko pijanymi głosami opowiadają o zapasach konserw, jakie zgromadzili, i wymyślnych procedurach, zastosowanych, by uchronić komputery przed wielkim milenijnym krachem. Uśmiecham się do siebie, wiedząc, że całe to zamieszanie z nowym tysiącleciem odejdzie w niepamięć, kiedy z rogów ulic znikną świąteczne choinki.

Czekamy na rozpoczęcie pokazu sztucznych ogni. Razem z Clare opieramy się o wysoki fronton budynku i patrzymy na Chicago. Stoimy zwróceni twarzami na wschód, spoglądając w kierunku jeziora Michigan.

– Cześć wszystkim! – woła Clare, machając rękawiczką w stronę South Haven. – Zabawne – mówi do mnie. – Tam już jest nowy rok. I wszyscy na pewno śpią.

Stoimy na wysokości szóstego piętra i nie mogę się nadziwić, ile stąd widać. Nasz dom przy Lincoln Square znajduje się gdzieś na północny wschód, ale tam jest ciemno i cicho. Za to miasto aż lśni od różnokolorowych światełek. Budynki Searsa i The Hancock wpatrują się w siebie jak gigantyczne roboty nad nieco niższymi wieżowcami. Udaje mi się niemal dostrzec dom przy North Dearborn, w którym mieszkałem, gdy poznałem Clare. Teraz zasłania go jednak o wiele wyższy i brzydszy budynek, który wzniesiono parę lat temu. W Chicago jest tyle wspaniałych budowli, że od czasu do czasu władze czują się zobowiązane część z nich wyburzyć i zastąpić o wiele gorszymi, byśmy tym bardziej doceniali piękno tych, które łaskawie pozostawiono na miejscu. W mieście prawie nie ma ruchu, wszyscy chcą przywitać Nowy Rok w jakimś przyjemnym miejscu, nie w samochodzie na ulicy. Tu i tam rozlegają się nagle odgłosy strzelających fajerwerków, przerywane wystrzałami z broni należącej do kretynów, którzy zapominają, że broń nie tylko głośno strzela, ale też może wyrządzić wiele szkód.

– Strasznie mi zimno – mówi Clare. Spogląda na zegarek. – Jeszcze dwie minuty.

Wybuchy radości rozlegające się w sąsiedztwie to najlepszy dowód na to, że niektóre zegarki zdecydowanie się śpieszą.

Myślę o Chicago w następnym wieku. W mieście będzie żyło o wiele więcej ludzi. Ruch uliczny da się wszystkim we znaki, ale będzie za to mniej dziur w jezdniach. W Grant Park stanie okropny budynek przypominający wybuchającą puszkę coca-coli; w West Side będzie mniej nędzy, a South Side nadal będzie się borykać z różnymi problemami. Władze podejmą w końcu decyzję o zburzeniu Wrigley Field, jego miejsce zajmie paskudny megastadion, ale na razie stary błyszczy jeszcze feerią świateł.

Gomez zaczyna odliczać: „Dziesięć, dziewięć, osiem...". Dołączamy do niego, powtarzając zgodnym chórem: „Siedem, sześć, pięć, cztery, TRZY! DWA! JEDEN! Szczęśliwego Nowego Roku!".

Strzelają korki od szampana, wybuchają ognie sztuczne, rozświetlając niebo nad miastem, a my z Clare padamy sobie w ramiona. Czas staje w miejscu, a ja mam nadzieję, że w nowym roku i w nowym tysiącleciu nadejdą same dobre rzeczy.

TRZY

Sobota, 13 marca 1999
(Henry ma 35, Clare 27 lat)

HENRY: Charisse i Gomezowi właśnie urodziło się trzecie dziecko, Rosa Evangeline Gomolinski. Dajemy im tydzień na złapanie oddechu, po czym zjawiamy się obładowani prezentami i jedzeniem.

Drzwi otwiera Gomez. Trzyletni Maksymilian trzyma się jego nogi i chowa twarz za kolanem ojca, gdy mówimy: „Cześć, Maks!". Joseph, który ma rok i jest o wiele bardziej introwertyczny od brata, biegnie do Clare, wołając: „Ba ba ba", i beka głośno, gdy ląduje w jej ramionach. Gomez przewraca oczami, Clare i Joe wybuchają śmiechem i nawet ja muszę się uśmiechnąć na widok tego totalnego chaosu. Dom wygląda, jakby przesunął się po nim lodowiec z zatopionym w środku sklepem z zabawkami, pozostawiając po sobie całe kałuże klocków lego i pluszowych misiów.

– Tylko się nie rozglądajcie – mówi Gomez. – To nie jest prawdziwe. Testujemy właśnie jedną z wirtualnych gier Charisse. Nazywamy ją „rodzicielstwo".

– Gomez? – dobiega nas z sypialni głos Charisse. – Czy to Clare i Henry?

Idziemy do sypialni. Przechodząc przez hol, zaglądam do kuchni. Przy zlewie stoi kobieta w średnim wieku i zmywa naczynia.

Charisse leży w łóżku z dzieckiem w ramionach. Malutka śpi. Ma czarne włosy i przypomina trochę potomka Azteków. Maks i Joe mają obaj jasne włosy. Charisse wygląda okropnie. (Przynajmniej dla mnie. Po powrocie do domu Clare oświadczyła, że przyjaciółka wygląda „cudownie"). Sporo utyła i wygląda na bardzo zmęczoną. Ostani poród odbył się przez cesarskie cięcie. Siadam na krześle, a Clare i Gomez na łóżku. Maks wspina się na kołdrę i wsuwa pod wolne ramię matki. Nie spuszczając ze mnie wzroku, wkłada kciuk do buzi. Joe siada na kolanach Gomeza.

– Jest piękna – mówi Clare. Charisse się uśmiecha. – A ty wyglądasz wspaniale.

– Za to czuję się parszywie. Ale udało się. Mamy córeczkę. – Gładzi malutką po buzi. Rosa ziewa i podnosi maleńką rączkę.

Jej oczka przypominają ciemne szparki.

– Rosa Evangeline – grucha Clare. – Takie piękne imię.

– Gomez chciał dać jej na imię Wednesday*, ale ostro zaprotestowałam.

– I tak urodziła się w czwartek – wyjaśnia Gomez.

– Chcesz ją potrzymać? – pyta Charisse.

Clare kiwa głową, a Charisse delikatnie podaje jej dziecko. Na widok Clare z niemowlęciem w ramionach przypominam sobie wszystkie poronienia i przez chwilę jest mi niedobrze. Mam nadzieję, że nie zniknę. Po chwili wszystko wraca do normy i pozostaję ze świadomością tego, co nam się raz po raz przytrafia: tracimy nasze dzieci. Gdzie one teraz są? Gdzie wędrują, zupełnie zdezorientowane?

– Henry, chciałbyś potrzymać Rosę? – pyta Clare.

Wpadam w panikę.

– Nie – rzucam może zbyt ostro. – Chyba nie jestem w tym najlepszy – wyjaśniam.

Wstaję i wychodzę z sypialni. Przez drzwi kuchni idę na podwórko. Pada lekki deszcz. Oddycham głęboko. Po chwili trzaskają drzwi i obok mnie staje Gomez.

– Wszystko w porządku? – pyta.

---

* Wednesday (ang.) – środa (przyp. tłum.).

– Chyba tak. Dopadła mnie tylko klaustrofobia.

– Wiem, co masz na myśli.

Przez kilka minut stoimy w milczeniu. Próbuję przypomnieć sobie ojca, który nosił mnie na rękach, gdy byłem malutki. Ale pamiętam tylko, jak graliśmy w najróżniejsze gry, biegaliśmy, śmialiśmy się, nosił mnie na barana. Gomez patrzy na mnie, a po moich policzkach płyną łzy. Ocieram je rękawem. Ktoś musi coś powiedzieć.

– Nie zwracaj na mnie uwagi – rzucam.

Gomez macha ręką.

– Zaraz wracam – mówi i znika w domu.

Wydaje mi się, że poszedł na dobre, ale po chwili wraca z zapalonym papierosem w ręce. Siadam na rozpadającym się stoliku. Blat jest mokry i pokryty sosnowymi igłami. Jest dość zimno.

– Nadal staracie się o dziecko?

Jego pytanie bardzo mnie dziwi, lecz po chwili uświadamiam sobie, że Clare prawdopodobnie opowiada Charisse o wszystkim, a Charisse, a jakże, nie wspomina o tym Gomezowi „ani słowem".

– Tak.

– Czy Clare wciąż przeżywa to poronienie?

– Poronienia. Liczba mnoga. Przeżyliśmy trzy.

– Utrata jednego dziecka, panie DeTamble, może być traktowana jako nieszczęście, lecz stracić troje to już beztroska.

– To wcale nie jest śmieszne, Gomez.

– Przepraszam. – Choć raz Gomez rzeczywiście wygląda na zmieszanego.

Nie mam ochoty na rozmowę. Nie potrafię wyrazić tego słowami i z trudem się przełamuję, żeby rozmawiać o tym z Clare, Kendrickiem i innymi lekarzami, którym zwierzyliśmy się z naszych problemów.

– Przepraszam – powtarza Gomez.

Wstaję.

– Lepiej wracajmy do domu.

– Ale one wcale nas tam nie chcą, bo gadają o babskich sprawach.

– Mmmm. To co powiesz o Cubsach?
– Zamknij się.
Żaden z nas nie interesuje się bejsbolem. Gomez zaczyna chodzić tam i z powrotem. Marzę o tym, żeby się zatrzymał, a jeszcze lepiej wrócił do środka.
– Na czym więc polega problem? – pyta lekkim tonem.
– Z czym? Z Cubsami? Fatalnie podają.
– Nie, mój drogi Bibliotekarku, nie chodzi mi o Cubsów. Dlaczego ty i Clare nadal jesteście sami?
– To naprawdę nie twoja sprawa, Gomez.
Niestety nie udaje mi się zbić go z tropu.
– Czy wiedzą już, jaka jest przyczyna?
– Odpieprz się.
– No, no, co za język. Bo ja znam rewelacyjną lekarkę...
– Gomez...
– ...która specjalizuje się w zaburzeniach chromosomów u embrionów.
– Skąd, u licha, miałbyś znać...
– Była biegłą w jednej ze spraw.
– Och.
– Nazywa się Amit Montague. To prawdziwy geniusz. Występowała w telewizji i zdobyła tysiące nagród. Przysięgli ją uwielbiają.
– No, skoro przysięgli ją uwielbiają... – zaczynam sarkastycznym tonem.
– Umówcie się z nią tylko na wizytę. Jezu, przecież próbuję wam pomóc.
Wzdycham ciężko.
– Dobra. Dzięki.
– Czy to znaczy: „Dzięki, zaraz zrobimy tak, jak radzisz, drogi towarzyszu" czy „Dzięki, ale odpieprz się od nas, dobra?".
Wstaję i otrzepuję igły z siedzenia.
– Wejdźmy do środka – mówię.

CZTERY

Środa, 21 lipca 1999/8 września 1998
(Henry ma 36, Clare 28 lat)

HENRY: Leżymy w łóżku. Clare zwinęła się w kłębek plecami do mnie, a ja mocno się do niej przytuliłem. Jest druga nad ranem i właśnie zgasiliśmy światło po długiej i bezsensownej dyskusji na temat naszych rodzicielskich problemów. Leżę teraz wtulony twarzą w plecy Clare, trzymam w dłoni jej prawą pierś i próbuję rozumieć, czy ten problem nadal dotyczy nas obojga, czy też może pozostałem gdzieś z tyłu.

– Clare – mówię cicho prosto w jej kark.

– Mmm?

– Zaadoptujmy dziecko. – Zastanawiałem się nad tym od wielu tygodni, miesięcy. To wygląda na doskonałe wyjście awaryjne z naszej sytuacji: będziemy przecież mieli dziecko. Będzie zdrowe. I Clare będzie zdrowa. Będziemy szezęśliwi. To chyba najlepsze rozwiązanie.

– Ale to byłoby oszustwo – mówi Clare. – Udawanie.

Siada na łóżku twarzą do mnie. Ja też siadam.

– To byłoby prawdziwe dziecko i byłoby nasze. Gdzie tu oszustwo?

– Mam już dość udawania. Udajemy przez cały czas. Chcę zrobić wszystko, jak należy.

– Wcale nie udajemy przez cały czas. O czym ty mówisz?

– Udajemy, że jesteśmy normalnymi ludźmi i wiedziemy normalne życie! Ja udaję, że nie mam absolutnie nic przeciwko twojemu znikaniu. Ty udajesz, że wszystko jest w największym porządku, nawet jeśli ocierasz się o śmierć, a Kendrick nie ma pojęcia, co z tym wszystkim zrobić! Udaję, że się nie martwię, gdy nasze dzieci umierają... – Szlocha skulona, z twarzą ukrytą za kurtyną rudych jedwabistych włosów.

Mam już dość płaczu. Mam dość patrzenia na łzy Clare. W ich obliczu staję się bezradny, bo nie mogę zrobić nic, co zmieniłoby naszą sytuację.

– Clare... – Wyciągam rękę, by jej dotknąć, pocieszyć, pocieszyć samego siebie, ale ona mnie odpycha.

Wstaję z łóżka i chwytam ubranie. Wkładam je w łazience. Wyjmuję klucze z torebki Clare i wkładam buty.

Clare staje nagle w holu.

– Dokąd idziesz?

– Nie wiem.

– Henry...

Wychodzę, zatrzaskując za sobą drzwi. Dobrze jest znaleźć się na zewnątrz. Nie pamiętam, gdzie stoi samochód. Dostrzegam go po chwili po drugiej stronie ulicy i wsiadam.

Początkowo miałem ochotę tylko przespać się w samochodzie, ale teraz, kiedy już wsiadłem, postanawiam gdzieś pojechać. Na plażę; tak, pojadę na plażę. Wiem, że to okropny pomysł. Jestem zmęczony, zdenerwowany, jazda będzie szaleństwem... ale jednocześnie mam na to wielką ochotę. Ulice są puste. Przekręcam kluczyk w stacyjce i silnik zaskakuje. Po minucie wyjeżdżam na ulicę. Widzę twarz Clare w oknie. Niech się martwi. Choć raz niewiele mnie to obchodzi.

Jadę przez Ainslie do Lincoln, skręcam w Western i kieruję się na północ. Już od dawna nie byłem sam w teraźniejszości poza domem w środku nocy i nie pamiętam, kiedy ostatni raz prowadziłem samochód, jeśli nie byłem do tego zmuszony. To miłe. Mijam cmentarz Rosehill i cały szereg salonów samochodowych. Włączam radio, znajduję stację, która gra Coltrane'a. Puszczam muzykę na cały regulator i odkręcam szybę. Hałas, wiatr, pojawiające się z kojącą regularnością światła uliczne uspokajają mnie i po chwili zapominam, dlaczego w ogóle się tu znalazłem. Na granicy Evanston skręcam w kierunku Ridge, po czym jadę w stronę jeziora. Parkuję w pobliżu laguny, zostawiam kluczyki w stacyjce, wysiadam i idę przed siebie. Jest chłodno i bardzo cicho. Wchodzę na molo i z samego końca obserwuję światła Chicago migające pod pomarańczowofioletowym niebem.

Jestem bardzo zmęczony. Zmęczony myśleniem o śmierci. Zmęczony seksem jako środkiem prowadzącym do celu. Nie wiem, czy zdołam znieść presję, jaką wywiera na mnie Clare.

Czym są te zarodki, te embriony, skupiska komórek, które tworzymy i tracimy? Co jest w nich aż tak ważnego, że Clare decyduje się ryzykować życie? Natura wyraźnie daje nam do zrozumienia, żebyśmy dali sobie spokój, powtarza: „Henry, masz totalnie spieprzony organizm i nie chcemy tworzyć więcej podobnych do ciebie istot". A ja jestem gotowy zgodzić się z tym twierdzeniem.

Nigdy nie widziałem siebie w przyszłości z dzieckiem. Choć spędzałem sporo czasu z moją małą wersją i mnóstwo czasu z Clare jako małą dziewczynką, nie czuję wcale, że moje życie jest puste bez własnego dziecka. Żadna z moich starszych wersji nie nakłaniała mnie do kontynuowania prób. Kilka tygodni temu złamałem się: między regałami w Newberry wpadłem na moją wersję z 2004 roku. „Czy będziemy mieli dziecko?", spytałem. Starszy Henry tylko się uśmiechnął i wzruszył ramionami. „Musisz to przeżyć sam, przykro mi", odparł ze współczuciem w głosie. „Jezu, tylko mi powiedz!", wykrzyknąłem, lecz on uniósł rękę i zniknął. „Dupek", powiedziałem głośno. Isabelle wsunęła głowę przez drzwi i spytała, dlaczego tak wrzeszczę i czy zdaję sobie sprawę, że słychać mnie aż w czytelni.

Nie widzę żadnego wyjścia z tej sytuacji. Clare wpadła w prawdziwą obsesję. Amit Montague tylko ją zachęca, zasypuje opowieściami o dzieciach, które cudem przyszły na świat, i przyrządza dla niej witaminowe koktajle, które przypominają mi *Dziecko Rosemary*. Może powinienem zastrajkować. Jasne, to jest wyjście.

Odmówię uprawiania seksu. Wybucham śmiechem. Jego dźwięk tłumi delikatny szum fal rozbijających się o molo. Nic z tego, po paru dniach będę skruszony błagał Clare na kolanach, żeby się ze mną kochała. Boli mnie głowa. Staram się jednak nie zwracać na to uwagi. To wszystko dlatego, że jestem zmęczony. Ciekawe, czy mógłbym przespać się na plaży. Noc jest piękna. W tej samej chwili poraża mnie jasny promień światła, który odbija się od mola i nagle ląduję w kuchni Kimy. Leżę na wznak pod stołem, widząc dookoła nogi krzeseł. Na jednym z nich siedzi Kimy i zagląda pod stół. Moje lewe biodro wbija się w jej buty.

– Cześć – mówię cicho. Czuję się tak, jakbym miał za chwilę stracić przytomność.

– Jeszcze dostanę przez ciebie zawału – mówi Kimy i szturcha mnie stopą. – Wyłaź stamtąd i włóż jakieś ubranie.

Przewracam się na brzuch i na czworakach wychodzę spod stołu. Przez chwilę leżę zwinięty na linoleum. Muszę odpocząć i zebrać się do kupy.

– Henry... wszystko w porządku? – Kimy pochyla się nade mną. – Chcesz coś zjeść? Może trochę zupy? Mam jarzynową... Kawy?

Potrząsam głową.

– Chcesz poleżeć na kanapie? Niedobrze ci?

– Nie, Kimy, wszystko w porządku. Nic mi nie będzie.

Klękam, a potem wstaję z podłogi. Chwiejnym krokiem idę do sypialni i otwieram szafę pana Kim, w której wisi tylko kilka par starannie wyprasowanych dżinsów w różnych rozmiarach, od dziecinnych po dorosłe, i parę białych koszul. To moje zabezpieczenie. Już ubrany wracam do kuchni, pochylam się nad Kimy i całuję ją w policzek.

– Jaki dziś dzień?

– Ósmy września tysiąc dziewięćset dziewięćdziesiątego ósmego roku. Skąd przybywasz?

– Z przyszłego lipca.

Siadamy przy stole. Kimy rozwiązuje krzyżówkę w „New York Timesie".

– Co się dzieje w tym lipcu?

– Lato jest chłodne, a twój ogród wygląda pięknie. Wszystkie akcje firm elektronicznych idą w górę. W styczniu kup trochę akcji Apple'a.

Zapisuje coś na brązowej papierowej torebce.

– Dobra. A ty? Jak ci leci? A Clare? Macie już dziecko?

– Jestem bardzo głodny. Wspominałaś coś o zupie?

Kimy wstaje z krzesła i otwiera lodówkę. Wyjmuje garnek i stawia go na kuchence.

– Nie odpowiedziałeś na moje pytanie.

– Żadnych wieści, Kimy. Nie mamy jeszcze dziecka. Kłócimy się o to z Clare przez cały czas. Przynajmniej ty nie zaczynaj.

Kimy stoi odwrócona do mnie tyłem i miesza zupę. Widać, że jest bardzo zasmucona.

– Niczego nie zaczynam. Tylko pytałam. Byłam ciekawa i tyle.

Milczymy przez chwilę. Odgłos łyżki skrobiącej o dno garnka zaczyna działać mi na nerwy. Myślę o Clare wyglądającej przez okno, gdy odjeżdżałem sprzed domu.

– Hej, Kimy.

– Hej, Henry.

– Dlaczego nie mieliście z panem Kim dzieci?

Długa cisza.

– Mieliśmy dziecko.

– Naprawdę?

Nalewa parującą zupę na talerz z Myszką Miki, który uwielbiałem jako dziecko. Siada i wygładza dłonią włosy, wsuwając wymykające się siwe pasma pod kok z tyłu głowy.

– Jedz zupę. Zaraz wrócę – mówi.

Wstaje i wychodzi z kuchni. Słyszę, jak szura nogami po plastikowej folii przykrywającej wykładzinę w salonie. Kiedy wraca, prawie kończę jeść.

– Proszę. To jest Min. Moje dziecko.

Zdjęcie jest czarno-białe, lekko zamazane. Pięcio-, a może sześcioletnia dziewczynka stoi na nim przed domem pani Kim, tym domem, czyli domem, w którym dorastałem. Ma na sobie mundurek szkoły katolickiej, uśmiecha się i trzyma w ręce parasolkę.

– To jej pierwszy dzień w szkole. Jest jednocześnie bardzo szczęśliwa i przerażona.

Oglądam zdjęcie bardzo uważnie. Boję się o cokolwiek zapytać. Podnoszę wzrok. Kimy patrzy przez okno na rzekę.

– Co się stało?

– Umarła. Jeszcze przed twoim urodzeniem. Chorowała na białaczkę i umarła.

Nagle coś sobie przypominam.

– Czy siadywała na bujanym fotelu na podwórku? W czerwonej sukience?

Pani Kim patrzy na mnie zdumiona.

– Widziałeś ją?

– Tak mi się wydaje. Dawno temu. Kiedy miałem jakieś siedem lat. Stałem na schodach prowadzących do rzeki, nagusieńki. Powiedziała mi, żebym lepiej nie wchodził na jej podwórko. Odparłem, że to moje podwórko, ale mi nie uwierzyła. Nie mogłem się w tym wszystkim połapać. – Wybucham śmiechem. – Powiedziała mi, że jej mama zbije mnie na kwaśne jabłko, jeśli natychmiast sobie nie pójdę.

Kimy śmieje się cichutko.

– Miała rację, prawda?

– Tak, pomyliła się tylko o kilka lat.

– Z Min był niezły numer – mówi ze smutnym uśmiechem Kimy. – Ojciec nazywał ją Panna Pyskata. Bardzo ją kochał.

Odwraca głowę i ukradkiem podnosi dłoń do oczu. Pamiętam pana Kim jako bardzo spokojnego człowieka, który większość czasu spędzał w fotelu, oglądając transmisje sportowe w telewizji.

– W którym roku urodziła się Min?

– W tysiąc dziewięćset czterdziestym dziewiątym. A umarła w tysiąc dziewięćset pięćdziesiątym szóstym. Zabawne, teraz by była panią w średnim wieku i miała dzieci. Miałaby czterdzieści dziewięć lat. Jej dzieci chodziłyby może do college'u. – Spogląda na mnie, a ja odpowiadam uważnym spojrzeniem.

– Próbujemy, Kimy. Naprawdę. Robimy wszystko, co w naszej mocy.

– Nic nie mówiłam.

– Aha.

Trzepocze rzęsami, zupełnie jakby była Louise Brooks*.

– Kolego, zupełnie utknęłam przy tej krzyżówce. Dziewięć pionowo, zaczyna się na K...

CLARE: Patrzę, jak policyjni nurkowie wypływają na wody jeziora Michigan. Ranek jest pochmurny, ale już bardzo gorący. Stoję na molo od strony Dempster Street. Przy Sheridan Road migają światła pięciu wozów strażackich, trzech karetek i wozów policyjnych. Przyjechało siedemnastu strażaków i sześciu sanitariuszy. Czternastu policjantów i policjantka: niska, gruba kobieta, z głową, która wygląda na zupełnie spłaszczoną przez czapkę. Wygaduje jakieś bzdury, które rzekomo mają mnie uspokoić, a po paru chwilach mam ochotę zepchnąć ją z mola. Przyciskam do siebie ubrania Henry'ego. Jest piąta rano. Wokół kręci się dwudziestu jeden reporterów, część z nich to członkowie ekip telewizyjnych, z wozami transmisyjnymi, mikrofonami i kamerzystami. Pozostali to dziennikarze z gazet, którzy stawili się tutaj z fotografami. Nieopodal stoi jakaś starsza para; oboje są dyskretni, ale wyraźnie zaciekawieni. Staram się nie myśleć o słowach policjanta, który widział, jak Henry skacze do jeziora, oświetlony blaskiem policyjnego reflektora. Staram się w ogóle nie myśleć.

Molem idzie dwóch kolejnych policjantów. Naradzają się przez chwilę z kolegami, którzy są tu już od dłuższego czasu, po czym jeden z nich, starszy, podchodzi do mnie. Ma śmieszne wąsy, takie staromodne, zabawnie wywinięte na końcach. Przedstawia się jako kapitan Michels i pyta, czy istniały jakieś powody, dla których mój mąż mógłby chcieć odebrać sobie życie.

– Nie sądzę, by popełnił samobójstwo, kapitanie. Jest świetnym pływakiem, teraz prawdopodobnie płynie do... Wilmette. – Macham ręką w nieokreślonym kierunku. – Niedługo wróci.

---

* Louise Brooks (1906-1985), gwiazda kina niemego i utalentowana tancerka. Występowała m.in. w rewii Ziegfield Follies (przyp. tłum.).

Kapitan patrzy na mnie z powątpiewaniem.

– Czy mąż ma zwyczaj pływać w środku nocy?

– Cierpi na bezsenność.

– Pokłóciliście się? Był zdenerwowany?

– Nie – kłamię. – Oczywiście, że nie. – Spoglądam na taflę jeziora. Wiem, że moje zaprzeczenia nie brzmią zbyt przekonująco. – Spałam, a on najwyraźniej miał ochotę popływać i nie chciał mnie budzić.

– Zostawił jakąś wiadomość?

– Nie. – Gdy zastanawiam się gorączkowo nad jakimś bardziej realistycznym wytłumaczeniem, słyszę wielki plusk wody przy brzegu. Alleluja. W samą porę. – Jest tam!

Henry powoli się podnosi, słyszy mój krzyk, nurkuje i podpływa do mola.

– Clare. Co się tu dzieje?

Klękam na deskach mola. Henry wygląda na bardzo zmęczonego i zmarzniętego.

– Myśleli, że utonąłeś – mówię cicho. – Jeden z policjantów widział, jak rzucasz się do wody. Szukają twojego ciała od dwóch godzin.

Henry wygląda na zaniepokojonego, ale i rozbawionego tą sytuacją. Zrobi wszystko, byle tylko dopiec policji. Tymczasem wszyscy funkcjonariusze tłoczą się wokół mnie i w milczeniu spoglądają na Henry'ego.

– Czy pan jest Henrym DeTamble? – pyta w końcu kapitan.

– Tak. Czy mógłbym wyjść z wody?

Wszyscy kierujemy się w stronę brzegu: Henry płynie, my idziemy molem. Wychodzi z wody i stoi na brzegu jak zmokły szczur. Podaję mu koszulę, którą próbuje się wytrzeć. Wkłada ubranie i czeka spokojnie, aż policjanci postanowią, co z nim zrobić. Mam wielką ochotę najpierw go uściskać, a potem zabić. Albo na odwrót. Henry obejmuje mnie mocno ramieniem. Jest zimny i wilgotny. Przytulam się do niego, by się trochę ochłodzić, a on do mnie, by się rozgrzać. Policjanci zaczynają zadawać mu pytania. Odpowiada bardzo uprzejmie. Na plażę przyjechali policjanci z Evanston oraz kilku z Morton Grove i Skokie. Gdyby zjawili się ci z Chicago, rozpoznaliby Henry'ego i natychmiast by go aresztowali.

– Dlaczego nie zareagował pan, gdy oficer nakazał panu wyjść z wody?

– Miałem zatyczki w uszach, kapitanie.

– Zatyczki?

– Żeby woda nie wlewała mi się do uszu. – Zaczyna przeszukiwać kieszenie, robiąc z tego małe show. – Nie mam pojęcia, gdzie przepadły. Kiedy pływam, zawsze noszę zatyczki.

– Dlaczego pływał pan o trzeciej nad ranem?

– Nie mogłem zasnąć.

I tak dalej. Henry kłamie bezwstydnie, wymyślając na gorąco fakty na poparcie swojej opowieści. Na koniec policjanci wymierzają mu grzywnę za pływanie na zamkniętej plaży. Pięćset dolarów. Kiedy wreszcie wychodzimy, dopadają nas reporterzy, którzy towarzyszą nam w drodze do samochodu. „Żadnych komentarzy". „Miałem ochotę popływać". „Proszę nie robić zdjęć". Błysk flesza. Nareszcie docieramy do samochodu, który nadal z kluczykami w stacyjce stoi przy Sheridan Road. Zapalam i podnoszę szybę. Policjanci, reporterzy i starsza para nie spuszczają z nas wzroku. My jednak nie patrzymy na siebie.

– Clare.

– Henry.

– Tak mi przykro.

– Mnie też.

Patrzy na mnie i gładzi moją opartą o kierownicę dłoń. W milczeniu wracamy do domu.

Piątek, 14 stycznia 2000
(Clare ma 28, Henry 36 lat)

CLARE: Kendrick prowadzi nas do sali konferencyjnej przez labirynt korytarzy pokrytych wykładziną dywanową. Nie ma w niej okien, za to stoi długi, czarny stół otoczony miękkimi obrotowymi krzesłami. W sali znajdują się też: biała tablica do pisania, markery, zegar nad drzwiami i ekspres do kawy, a przy nim filiżanki, śmietanka i cukier. Siadamy z Kendrickiem przy stole, a Henry zaczyna chodzić po pokoju. Kendrick zdejmuje okulary i końcami palców delikatnie masuje nos. Nagle otwierają się drzwi i młody Latynos w chirurgicznym fartuchu wtacza do sali wózek.

– Gdzie mam to postawić? – pyta Kendricka.

– Zostaw tutaj.

Mężczyzna wzrusza ramionami i wychodzi. Kendrick zamyka za nim drzwi i przygasza światło. W panującym mroku z trudem dostrzegam Henry'ego stojącego obok klatki. Kendrick podchodzi do niego i w milczeniu zdejmuje przykrywający klatkę materiał.

W powietrzu unosi się zapach cedru. Stoję wpatrzona w klatkę. Nie widzę nic z wyjątkiem kartonowej tubki po papierze toaletowym, kilku miseczek z jedzeniem, butelki z wodą, kółka do zabawy i garści cedrowych trocin. Kendrick podnosi wieko klatki i wyjmuje coś małego i białego. Razem z Henrym wpatrujemy się teraz w siedzącą na jego dłoni przerażoną myszkę. Kendrick wyjmuje z kieszeni małą latarkę i zapala ją nagle nad myszką, która spina się i znika.

– Jejku! – wołam.

Kendrick zasłania klatkę materiałem i zapala światło.

– Opublikują to w następnym numerze „Nature" – mówi z uśmiechem. – Jako artykuł wiodący.

– Gratulacje. – Henry patrzy na zegar. – Na jak długo znikają? I gdzie trafiają?

Kendrick wskazuje gestem ekspres do kawy, a my zgodnie kiwamy głowami.

– Znikają na jakieś dziesięć minut – mówi, nalewając kawę i podając nam filiżanki. – Przenoszą się do laboratorium w piwnicy, gdzie przyszły na świat. Nie potrafią jeszcze zniknąć na dłużej niż parę minut.

Henry kiwa głową.

– Będą znikać na dłużej, gdy będą starsze.

– Tak, zdążyliśmy to już zaobserwować.

– Jak pan tego dokonał? – pytam Kendricka. Nadal nie mogę uwierzyć, że naprawdę to zrobił.

Kendrick dmucha na filiżankę, wypija łyk kawy i krzywi się. Kawa jest bardzo gorzka, ale ja zdążyłam już swoją posłodzić.

– Bardzo nam pomogło opracowanie genomu myszy przez Celerę. Dzięki temu wiedzieliśmy, gdzie szukać czterech genów, które stanowiły cel naszych badań. Ale i bez tego poradzilibyśmy sobie. Zaczęliśmy od klonowania pańskich genów, a potem za pomocą enzymów wycięliśmy uszkodzone fragmenty DNA. Później wszczepiliśmy je do embrionów myszy jeszcze na etapie dzielenia się komórek. To było najłatwiejsze.

– Jasne. – Henry unosi brwi. – Razem z Clare robimy to w kuchni codziennie. Która część okazała się więc najtrudniejsza? – Siada na stole i stawia obok filiżankę.

Słyszę dobiegające z klatki skrzypienie kółka do zabawy. Kendrick spogląda na mnie.

– Najtrudniej było sprawić, by matki myszy donosiły zmienione płody. Stale nam umierały, wykrwawiały się na śmierć.

– Matki umierały? – pyta wyraźnie przerażony Henry.

Kendrick kiwa głową.

– Matki i dzieci. Nie mogliśmy dojść, co jest nie tak, więc obserwowaliśmy je przez dwadzieścia cztery godziny na dobę. Okazało się, że embriony znikały z macicy matki, a kiedy wracały, matki się wykrwawiały. Albo po dziesięciu dniach dochodziło do poronienia. To było bardzo frustrujące.

Patrzymy na siebie z Henrym, po czym odwracamy wzrok.

– Coś o tym wiemy.

– Taak – mówi przeciągle Kendrick. – Ale rozwiązaliśmy ten problem.

– Jak? – pyta Henry.

– Doszliśmy do wniosku, że to może być reakcja immunologiczna. W mysich embrionach musiał kryć się jakiś obcy element, więc organizm matki zaczynał je zwalczać, jakby były wirusem. Stłumiliśmy więc system immunologiczny matek i wszystko poszło jak z płatka. To było niczym magia.

Moje serce zaczyna bić jak szalone. Niczym magia. Kendrick pochyla się nagle i podnosi coś z podłogi.

– Mam cię! – woła, pokazując skuloną na jego dłoni myszkę.

– Brawo! – wykrzykuje Henry. – Co teraz?

– Terapia genowa – wyjaśnia Kendrick. – Leki. – Wzrusza ramionami. – Choć potrafimy sprawić, by coś takiego się wydarzyło, nadal nie wiemy, dlaczego tak się dzieje. Ani jak. Próbujemy więc to rozgryźć.

Podaje Henry'emu myszkę. Trzymając ją w dłoniach, Henry przygląda się jej z zaciekawieniem.

– Ma tatuaż.

– To jedyny sposób, żeby je rozróżnić i zlokalizować – mówi Kendrick. – Doprowadzają techników z laboratorium do szału. Stale uciekają.

Henry wybucha śmiechem.

– To nasza ewolucyjna przewaga. Zawsze możemy uciec. – Gładzi delikatnie myszkę, która robi mu na dłoni kupkę.

– Zero tolerancji dla stresu – wyjaśnia Kendrick i wsadza myszkę do klatki, a ta natychmiast chowa się w kartonowej tubce.

Kiedy tylko wracamy do domu, dzwonię do doktor Montague i opowiadam jej o tłumieniu systemu immunologicznego i wewnętrznych krwotokach. Słucha uważnie, po czym umawia się ze mną na przyszły tydzień. Będzie miała dość czasu, żeby dokładnie to zbadać.

Odkładam słuchawkę. Henry patrzy na mnie znad otwartego na dziale biznesu numeru „Timesa".

– Warto spróbować – mówię.

– Mnóstwo mysich matek umarło, zanim dowiedzieli się, na czym polega problem.

– Ale udało się! Kendrick tego dokonał!

– Tak. – Henry wraca do lektury.

Otwieram usta, żeby coś powiedzieć, lecz zmieniam zdanie i wychodzę do pracowni. Jestem zbyt podekscytowana, żeby się kłócić.

To było niczym magia. Niczym magia.

PIĘĆ

Czwartek, 11 maja 2000
(Henry ma 39, Clare 28 lat)

HENRY: Idę Clark Street późną wiosną dwutysięcznego roku. Nie ma w tym nic niezwykłego. Jest uroczy ciepły wieczór w Andersonville; hołdująca trendom młodzież siedzi przy małych stolikach U Kopisa, popijając mrożoną kawę, lub zajada kuskus U Rezy, albo spaceruje, nie zwracając uwagi na sklepy ze szwedzkimi bibelotami. W dwutysięcznym roku powinienem być teraz w pracy, ale co mi tam. Matt będzie musiał mnie zastąpić w czasie popołudniowego wykładu. Muszę go potem koniecznie zaprosić na kolację.

Nagle dostrzegam po drugiej stronie ulicy Clare. Stoi przed wystawą sklepu z ciuchami i ogląda ubranka dla dzieci. Nawet jej plecy emanują smutkiem, a ramiona unoszą się w tęsknym westchnieniu. Kiedy tak na nią patrzę, opiera czoło o szybę. Przechodzę przez ulicę, unikając bliskiego spotkania z furgonetką UPS, i staję za nią. Clare, przestraszona, podnosi wzrok i dostrzega moje odbicie w wystawie.

– To ty – mówi i odwraca się do mnie. – Myślałam, że poszedłeś z Gomezem do kina.

Zachowuje się trochę tak, jakbym przyłapał ją na czymś, czego nie powinna robić.

– Chyba poszedłem. Ale tak naprawdę powinienem być w pracy. W dwutysięcznym roku.

Clare uśmiecha się. Wygląda na zmęczoną.

Dokonuję szybkich obliczeń i uświadamiam sobie, że trzy tygodnie temu poroniła po raz piąty. Po chwili wahania obejmuję ją ramionami. Oddycham z ulgą, gdy kładzie mi głowę na ramieniu.

– Jak się czujesz? – pytam.

– Okropnie – mówi cicho. – Jestem zmęczona.

Pamiętam. Całymi tygodniami leżała w łóżku.

– Henry, poddaję się. – Patrzy na mnie uważnie, jakby chciała sprawdzić, jak na to zareaguję. – Rezygnuję. Nic z tego nie będzie.

Czy coś może powstrzymać mnie przed daniem jej tego, czego tak bardzo potrzebuje? Nie przychodzi mi do głowy żaden powód. Szukam w myślach czegoś, co mogłoby skłonić mnie do ukrycia przed nią prawdy. Ale pamiętam tylko jej niezachwianą pewność, której dzięki mnie zaraz nabierze.

– Wytrwaj, Clare.

– Co takiego?

– Nie poddawaj się. W mojej teraźniejszości mamy dziecko.

Clare zamyka oczy.

– Dziękuję – szepcze.

Nie wiem, czy zwraca się do mnie, czy do Boga. Ale to już nie ma znaczenia.

– Dziękuję – powtarza, nie spuszczając ze mnie wzroku.

Czuję się, jakbym był aniołem w jakieś szalonej wersji zwiastowania. Pochylam się i całuję ją; czuję przepełniające ją zdecydowanie i radość. Pamiętam doskonale małą główkę pokrytą gęstymi czarnymi włosami, wyłaniającą się między nogami Clare i nie mogę się nadziwić, jak jedna chwila jest zdolna stworzyć tak wielki cud.

Dziękuję. Dziękuję.

– Wiedziałeś? – pyta mnie Clare.

– Nie.

Wygląda na mocno rozczarowaną.

– Nie tylko nie wiedziałem, ale robiłem wszystko, żeby zapobiec kolejnej ciąży.

– Świetnie. – Clare się śmieje. – Więc bez względu na to, co się wydarzy, mam siedzieć cicho i iść na całość?

– Tak.

Uśmiecha się do mnie szeroko. Odpowiadam jej uśmiechem. Iść na całość.

SZEŚĆ

Sobota, 3 czerwca 2000
(Clare ma 29, Henry 36 lat)

CLARE: Siedzę przy stole w kuchni i przerzucając leniwie „Chicago Tribune", patrzę, jak Henry rozpakowuje zakupy. Duże brązowe torby stoją równo na blacie, a on niczym magik wyjmuje z nich keczup, kurczaka i żółty ser. Czekam cierpliwie na królika i srebrne szaliki. Zamiast nich widzę jednak pieczarki, czarną fasolę, makaron, sałatę, ananasa, odtłuszczone mleko, kawę, rzodkiewki, rzepę, owsiankę, masło, biały ser, chleb żytni, majonez, jajka, żyletki, dezodorant, zielone jabłka, małe piwo, bajgle, krewetki, ser topiony, mrożony sok pomarańczowy, marchewki, prezerwatywy, słodkie ziemniaki... Prezerwatywy? Wstaję, podchodzę do blatu, biorę do ręki niebieskie pudełeczko i potrząsam nim przed oczami Henry'ego.

– Co jest, masz romans?

Patrzy na mnie wojowniczo, otwierając zamrażarkę.

– Nie, miałem objawienie. Stałem właśnie przed regałem z pastą do zębów, kiedy mnie oświeciło. Chcesz posłuchać?

– Nie.

Odwraca się w moją stronę. Wyraz jego twarzy przypomina ciężkie westchnienie.

– I tak ci powiem: nie możemy dalej próbować.

Zdrajca.

– Umówiliśmy się...

– Nie możemy. Pięć poronień wystarczy. Dość już próbowaliśmy.

– Nie. Dlaczego nie mielibyśmy spróbować jeszcze raz? – Staram się, by mój głos nie brzmiał błagalnie. Staram się, by gniew, który ściska mi gardło, nie przedarł się do wypowiadanych słów.

Henry obchodzi blat i staje przede mną, lecz mnie nie dotyka. Wie, że nie może tego teraz zrobić.

– Clare, następne poronienie cię zabije, a ja nie będę uparcie robił czegoś, co doprowadzi do twojej śmierci. Pięć ciąż... Wiem, że chcesz spróbować jeszcze raz, ale ja nie mogę. Nie wytrzymam tego dłużej. Przykro mi.

Wychodzę na podwórko i staję w słońcu przy krzakach agrestu. Nasze dzieci, martwe i owinięte w cienką bibułkę, leżą teraz w małych drewnianych pudełkach pod krzewami róż. Czuję ciepło słońca na ramieniu i ogarnia mnie wielki smutek. W ten pogodny czerwcowy dzień jest im na pewno bardzo zimno. „Pomocy!" – wołam w duchu do naszego nienarodzonego dziecka. „On nic nie wie, więc nie mogę mu powiedzieć. Przybywaj szybko".

Piątek, 9 czerwca 2000/19 listopada 1986
(Henry ma 36, Clare 15 lat)

HENRY: Jest piątek rano. Siedzę w poczekalni gabinetu doktora Roberta Gonzalesa. Clare nie wie, że tutaj jestem.

Postanowiłem poddać się zabiegowi przecięcia nasieniowodu.

Gabinet doktora Gonzalesa mieści się przy Sheridan Road, w pobliżu Diversey, w eleganckim centrum medycznym nieopodal Lincoln Park Conservatory. Poczekalnię urządzono w brązach i zieleniach, dużo tu boazerii i grafik przedstawiających zwycięzców derby z lat osiemdziesiątych dziewiętnastego wieku. Bardzo męskie. Chyba powinienem mieć na sobie bonżurkę i trzymać w zębach długie cygaro. Koniecznie muszę się napić.

Sympatyczna kobieta w poradni planowania rodziny zapewniła mnie kojącym głosem, że nic nie będzie bolało. W poczekalni siedzi pięciu innych facetów. Może mają trypra albo problemy z prostatą. A może niektórzy z nich, podobnie jak ja, czekają na zakończenie kariery potencjalnych ojców. Czuję, że łączy mnie z nimi szczególna solidarność. Wszyscy siedzimy w tym eleganckim brązowo-zielonym pokoju w szary poranek i czekamy, by wejść do gabinetu i zdjąć spodnie. Bardzo stary mężczyzna w okularach z grubymi szkłami, pochylony, zaciska dłonie na lasce. Prawdopodobnie czeka, żeby mu coś ciachnęli. Nastoletni chłopiec przerzucający niedbale strony starego numeru „Esquire" udaje obojętność. Zamykam oczy i wyobrażam sobie, że siedzę w barze, a odwrócona do mnie plecami barmanka przyrządza mi szkocką z odrobiną wody. Może to jakiś angielski pub. Tak, to by się zgadzało z wystrojem. Mężczyzna siedzący obok kaszle głęboko. Kiedy otwieram oczy, nadal jestem w poczekalni. Spoglądam ukradkiem na zegarek faceta z prawej. Ma jeden z tych ogromnych sportowych zegarków, którym można mierzyć czas biegu albo dzwonić na statek bazę. Jest 9.58. Za dwie minuty mam wejść do gabinetu. Ale wygląda na to, że lekarz ma opóźnienie. Recepcjonistka woła: „Pan Liston". Nastolatek zrywa się z krzesła i wchodzi przez ciężkie drzwi do gabinetu. Patrzymy na siebie z pozostałymi mężczyznami ukradkowo, jakbyśmy siedzieli w metrze i ktoś próbował nam sprzedać „Streetwise".

Jestem spięty, powtarzam więc sobie w duchu, że to, co zamierzam zrobić, jest konieczne i słuszne. Nie jestem zdrajcą. Nie jestem zdrajcą. Chcę uchronić Clare przed przerażeniem i bólem. Ona nigdy się o tym nie dowie. Nie będzie bolalo. No, może trochę. Pewnego dnia powiem jej o wszystkim, a ona zrozumie, że musiałem to zrobić. Próbowaliśmy. Nie miałem wyboru. Nie jestem zdrajcą. Nawet jeśli zaboli, to będzie warto. Robię to, bo ją kocham. Myślę o Clare, siedzącej na naszym łóżku, zalanej krwią, płaczącej, i robi mi się niedobrze.

– Pan DeTamble.

Wstaję i teraz robi mi się naprawdę niedobrze. Kolana uginają się pode mną. Kręci mi się w głowie i zginam się wpół, wymiotuję. Klęczę na zimnej, pokrytej zmarzniętą trawą ziemi. Mam zupełnie pusty żołądek, więc wymiotuję żółcią. Jest zimno. Podnoszę głowę. Jestem na polanie, na Łące. Drzewa są nagie, niebo pokrywają szare chmury, zaraz zapadnie zmrok. Jestem sam.

Wstaję i znajduję pudło z ubraniami. Po chwili mam na sobie podkoszulek z Gang of Four, sweter i dżinsy, grube skarpety, czarne wojskowe buty, czarny wełniany płaszcz i niebieskie rękawiczki. Jakieś zwierzątko wygryzło dziurę w pudle i zrobiło tam sobie legowisko. Ubrania wskazują na połowę lat osiemdziesiątych. Clare ma więc piętnaście, szesnaście lat. Zastanawiam się, czy na nią poczekać, czy odejść. Nie wiem, czy teraz potrafię zmierzyć się z radosną, nastoletnią Clare. Odwracam się i ruszam w stronę sadu.

To chyba połowa listopada. Łąka jest cała brązowa i szeleści na wietrze. Na skraju sadu kruki walczą o leżące na ziemi jabłka. Kiedy sięgam po jedno z nich, słyszę za sobą kroki i ciężki oddech. Odwracam się. Clare.

– Henry... – dyszy ciężko.

Wygląda, jakby była mocno przeziębiona. Daję jej minutę na złapanie tchu. Nie mogę z nią rozmawiać. Z jej ust przy każdym oddechu wypływa obłok pary, a rude włosy odcinają się ostro od szarego nieba.

Odwracam się i ruszam w stronę sadu.

– Henry... – Biegnie za mną i chwyta mnie za ramię. – Co się stało? Co takiego zrobiłam? Dlaczego nie chcesz ze mną rozmawiać?

O Boże.

– Próbowałem zrobić coś dla ciebie, coś bardzo ważnego i nic z tego nie wyszło. Zdenerwowałem się i wylądowałem tutaj.

– Co to było?

– Nie mogę ci powiedzieć. Nie zamierzałem ci o tym powiedzieć nawet w teraźniejszości. Nie byłabyś zachwycona.

– To dlaczego chciałeś to zrobić? – Clare trzęsie się z zimna.

– To było jedyne wyjście. Nie chciałaś mnie słuchać. Pomyślałem, że jeśli to zrobię, nareszcie przestaniemy się kłócić. – Wzdycham. Spróbuję jeszcze raz, a jeśli będę musiał, to jeszcze raz.

– Dlaczego się kłócimy? – Clare patrzy na mnie spięta i zaniepokojona. Cieknie jej z nosa.

– Jesteś zaziębiona?

– Tak. O co się kłócimy?

– Wszystko zaczęło się od tego, że żona twojego ambasadora wymierzyła policzek kochance mojego premiera na *soirée* zorganizowanym w ambasadzie. To wydarzenie wpłynęło na wysokość stawek celnych nałożonych na owsiankę, co z kolei doprowadziło do wysokiego bezrobocia i zamieszek...

– Henry!

– Tak?

– Czy choć raz, ten jeden raz, mógłbyś się przestać ze mnie nabijać i odpowiedzieć na zadane przeze mnie pytanie?

– Nie mogę.

Bez chwili zastanowienia Clare wymierza mi siarczysty policzek. Cofam się zaskoczony, zadowolony.

– Uderz mnie jeszcze raz.

Kręci głową, zmieszana.

– Proszę cię, Clare.

– Nie. Dlaczego chcesz, żebym cię uderzyła? Mogłam cię zranić.

– Chcę, żebyś mnie zraniła. Proszę. – Zwieszam głowę.

– Co się z tobą dzieje?

– Wszystko jest straszne, a ja nic nie czuję.

– Co jest takie straszne? Co się dzieje?

– Nie pytaj.

Clare podchodzi bardzo blisko i bierze mnie za rękę. Ściąga śmieszną niebieską rękawiczkę, przykłada moją dłoń do ust i gryzie. Przeszywa mnie ostry ból. Spoglądam na rękę. Wokół śladu po ugryzieniu pojawiają się kropelki krwi. Pewnie dostanę zakażenia, ale w tej chwili mało mnie to obchodzi.

– Powiedz mi. – Jej twarz jest kilka centymetrów od mojej.

Całuję ją ostro. Opiera się. Puszczam ją, a ona odwraca się do mnie tyłem.

– To nie było miłe – mówi cicho.

Co się ze mną dzieje? Piętnastoletnia Clare nie jest tą samą osobą, która dręczy mnie od miesięcy, nie chce zrezygnować z prób poczęcia dziecka, ryzykuje śmierć, zamienia uprawianie miłości w pole bitwy zasłane ciałkami dzieci. Kładę dłonie na jej ramionach.

– Przepraszam. Bardzo mi przykro, Clare. To nie twoja wina. Proszę cię.

Odwraca się. Twarz ma zalaną łzami. Cudownym zrządzeniem losu znajduję w kieszeni chusteczkę higieniczną. Wycieram łzy, a ona bierze chusteczkę i wydmuchuje nos.

– Nigdy wcześniej mnie nie pocałowałeś.

O nie. Muszę wyglądać naprawdę zabawnie, bo Clare wybucha śmiechem. Nie mogę w to wszystko uwierzyć. Ależ ze mnie dureń.

– Och, Clare. Zapomnij o wszystkim, dobrze? Po prostu wymaż to z pamięci. To się nigdy nie wydarzyło. Chodź do mnie. Clare?

Robi kilka niepewnych kroków w moją stronę. Obejmuję ją i spoglądam prosto w twarz. Ma zaczerwienione oczy, spuchnięty nos. Wyraźnie jest bardzo przeziębiona. Kładę dłonie na jej uszach, odchylam głowę i całuję ją. Staram się włożyć w ten pocałunek całe serce i schować głęboko w sercu Clare, na wypadek gdybym znów je zgubił.

Piątek, 9 czerwca 2000
(Clare ma 29, Henry 36 lat)

CLARE: Przez cały wieczór Henry był straszliwie cichy, rozkojarzony i zamyślony. Podczas kolacji wydawało mi się, że przeszukuje w pamięci półki w poszukiwaniu książki, którą przeczytał w 1942 roku. Na dodatek ma zabandażowaną prawą dłoń. Po kolacji poszedł do sypialni i położył się na brzuchu, zwieszając głowę poza łóżko i opierając stopy na mojej poduszce. Ja poszłam do pracowni. Wyczyściłam formy i wypiłam kawę, ale nie sprawiło mi to żadnej przyjemności, bo nie mogłam dojść, co gryzie Henry'ego. Wróciłam więc do domu. Henry leży w tej samej pozycji. W ciemnościach.

Kładę się na podłodze. Kiedy się przeciągam, trzeszczą mi wszystkie kości.

– Clare?

– Mmm?

– Pamiętasz, kiedy pocałowałem cię po raz pierwszy?

– Jakby to było dzisiaj.

– Przepraszam.

Henry przewraca się na bok. Aż płonę z ciekawości.

– Co cię tak zdenerwowało? Próbowałeś coś zrobić i nic z tego nie wyszło. Powiedziałeś, że nie będę zachwycona. Co to było?

– Jakim cudem pamiętasz to wszystko?

– Mam pamięć jak słoń. Powiesz mi teraz?

– Nie.

– A jeśli zgadnę, powiesz, czy mam rację?

– Pewnie nie.

– Dlaczego?

– Bo jestem wykończony i nie mam ochoty się kłócić.

Ja też nie. Dobrze leży mi się na podłodze. Jest trochę zimno, ale twarde deski wywołują poczucie bezpieczeństwa.

– Poszedłeś poddać się wazektomii.

Henry nie odpowiada. Milczy tak długo, że mam ochotę przyłożyć mu do ust lusterko, by sprawdzić, czy oddycha.

– Skąd wiesz? – pyta w końcu.

– Nie wiem. Bałam się, że może chodzić właśnie o to. I zobaczyłam kartkę, na której zapisałeś termin wizyty.

– Przecież ją spaliłem.

– Treść odbiła się na następnej stronie notesu.

– No dobra, Sherlocku – jęczy Henry. – Dopadłaś mnie.

Nadal leżymy w ciemnościach.

– Zrób to.

– Co takiego?

– Poddaj się wazektomii. Skoro musisz.

Henry odwraca się i patrzy na mnie. W ciemnościach widzę tylko jego ciemną głowę na tle sufitu.

– Nie wrzeszczysz na mnie.

– Nie. Już nie mogę. Poddaję się. Wygrałeś. Przestaniemy starać się o dziecko.

– Nie określiłbym tego mianem wygranej. To po prostu... konieczność.

– Jeśli tak chcesz to nazwać.

Zsuwa się z łóżka i siada na podłodze obok mnie.

– Dziękuję.

– Bardzo proszę.

Całuje mnie. Wyobrażam sobie pochmurny listopadowy dzień w 1986 roku, z którego właśnie przybył; wiatr, ciepło jego ciała w zimnym sadzie. Niebawem, po raz pierwszy od wielu miesięcy, kochamy się, nie przejmując się konsekwencjami. Henry złapał przeziębienie, na które cierpiałam szesnaście lat temu. Cztery tygodnie później poddaje się wazektomii, a ja odkrywam, że po raz szósty jestem w ciąży.

O DZIECKU

Wrzesień, 2000
(Clare ma 29 lat)

CLARE: Śni mi się, że schodzę do piwnicy babci Abshire. Na ścianie nadal widnieje długi czarny ślad po sadzy pozostawiony przez kruka, który wpadł tam przez komin. Schody pokrywa kurz, jego gruba warstwa leży też na poręczy i zostawia brudne ślady na mojej dłoni. Wchodzę do pomieszczenia, które zawsze mnie przerażało, gdy byłam mała. Jest tu mnóstwo głębokich półek, na których stoją słoje z przetworami: pomidory, pikle, kolby kukurydzy i buraki. Wyglądają, jakby były zabalsamowane. W jednym ze słoików widać płód kaczki. Ostrożnie odkręcam wieczko i wylewam go na dłoń. Płód zaczyna wymiotować. „Dlaczego mnie zostawiłaś?", pyta, gdy może już przemówić. „Czekałem na ciebie".

Śni mi się, że razem z mamą idę cichą aleją w South Haven. Niosę w ramionach dziecko. Kiedy tak idziemy, staje się coraz cięższe, nie mogę go udźwignąć. Odwracam się do mamy i mówię, że nie mogę go już dłużej nieść; bierze je ode mnie zupełnie bez wysiłku i idziemy dalej. Dochodzimy do jakiegoś domu i kierujemy się na podwórko. Stoją tam dwa duże ekrany i projektor do wyświetlania slajdów. Ludzie siedzą na ogrodowych krzesłach i oglądają zdjęcia drzew. Na każdym z ekranów pojawia się połowa drzewa. Jedna z nich to drzewo w lecie, druga – w zimie.

To samo drzewo w różnych porach roku. Dziecko śmieje się i radośnie krzyczy.

Śni mi się, że stoję na stacji kolejki. Trzymam w rękach dwie siatki. Kiedy zaglądam do środka, okazuje się, że są w nich dwa pudła solonych krakersów i malutkie, martwe dziecko z rudymi włosami owinięte w folię.

Śni mi się, że jestem w domu, w swoim starym pokoju. Ciemność rozjaśnia tylko blask padający z akwarium. Nagle uświadamiam sobie z przerażeniem, że w akwarium pływa w kółko małe zwierzątko. Szybko podnoszę pokrywę i wyjmuję zwierzaka. To gerbil ze skrzelami. „Przepraszam", mówię. „Zupełnie o tobie zapomniałam".

Śni mi się, że wchodzę po schodach w Meadowlark House. Wszystkie meble zniknęły, pokoje są puste, w promieniach słońca wiruje kurz. Idę długim korytarzem, zaglądając po kolei do sypialni. W końcu dochodzę do swojego pokoju. Na środku stoi drewniana kołyska. Panuje absolutna cisza. Boję się zajrzeć do środka. W pokoju mamy podłogę przykrywają białe prześcieradła. U moich stóp pojawia się kropelka krwi, która dotyka końca prześcieradła i zaczyna się rozlewać w ogromną plamę. Po chwili cała podłoga jest zalana krwią.

Sobota, 23 września 2000
(Clare ma 29, Henry 37 lat)

CLARE: Żyję jak pod wodą. Wszystko wydaje się tak powolne i dalekie. Wiem, że gdzieś tam jest prawdziwy świat, zalany słońcem, w którym czas przesypuje się jak piasek w klepsydrze, ale tutaj, gdzie jestem, powietrze, dźwięki, czas, uczucia są gęste i grube. Pływam z dzieckiem jak w kapsule, próbujemy oboje przeżyć w tej wrogiej atmosferze, lecz czuję się bardzo samotna. Halo? Jesteś tam? Żadnej odpowiedzi. „On nie żyje", mówię do Amit. „Nie", odpowiada z nerwowym uśmiechem. „Clare, zobacz, jak bije mu serce". Nie potrafię tego wytłumaczyć. Henry bardzo się stara, karmi mnie, masuje, rozwesela, dopóki nie warknę na niego groźnie. Idę przez podwórko do pracowni. Wygląda zupełnie jak muzeum, jest taka opuszczona, nic tu nie oddycha, nie ma żadnych pomysłów, tylko przedmioty, które patrzą na mnie oskarżycielsko. „Przepraszam", mówię do mojego pustego stołu, do suchych kadzi i form, do na wpół ukończonych rzeźb. „Urodziły się martwe", myślę, patrząc na owiniętą błękitnym papierem rzeźbę, która w czerwcu prezentowała się tak obiecująco. Moje ręce są czyste, miękkie i różowe. Nienawidzę ich. Nienawidzę tej pustki. Nienawidzę tego dziecka. Nie. Jego nie nienawidzę. Tylko nie mogę go znaleźć.

Siadam przy desce kreślarskiej z ołówkiem. Przed oczami mam białą kartkę papieru. Nic nie przychodzi mi do głowy. Zamykam oczy, lecz widzę tylko czerwień. Biorę więc tubkę farby, ciemnoczerwonej, wyjmuję gruby pędzel, napełniam słoik wodą i zaczynam pokrywać papier lśniącą czerwienią. Papier jest wilgotny i w miarę jak schnie, kolor ciemnieje. Obserwuję go uważnie. Pachnie gumą arabską. Na samym środku rysuję czarnym tuszem serce, nie jakieś tam głupie, walentynkowe, ale anatomicznie poprawne, maleńkie, jak u lalki, potem dodaję naczynia, całą ich mapę, sięgającą brzegów kartki, które podtrzymują serduszko niczym pajęczyna – „Zobacz, jak bije mu serce".

Zapadł wieczór. Wylewam wodę ze słoika i myję pędzel. Zamykam drzwi pracowni i przechodzę przez podwórko. Henry robi sos do spaghetti. Kiedy wchodzę, podnosi głowę.

– Lepiej? – pyta.

– Lepiej – zapewniam jego i samą siebie.

Środa, 27 września 2000
(Clare ma 29 lat)

CLARE: To leży na łóżku. Jest trochę krwi, ale niewiele. Leży na plecach i próbuje oddychać. Malutka klatka piersiowa unosi się z trudem i drży, ale wszystko dzieje się za wcześnie. Dostaje konwulsji i z każdym jego oddechem z pępowiny bucha krew. Klękam obok łóżka i biorę go do ręki, mojego maleńkiego chłopczyka, podskakującego jak ryba wyrwana z wody, tonącego w powietrzu. Trzymam go delikatnie, ale on nawet nie wie, że tutaj jestem. Jest śliski, a maleńkie ciałko otoczone jest przezroczystą skórą. Ma zamknięte oczy. Przez głowę przebiega mi szalona myśl o oddychaniu usta-usta, o pogotowiu, Henrym. „Proszę, nie odchodź, dopóki Henry cię nie zobaczy!", ale z jego ust wypływają banieczki płynu, malutki morski stworek oddychający wodą. Otwiera szeroko usta, spoglądam w ich czeluść i nagle moje ręce są puste, a on znika.

Nie wiem, ile czasu mija. Klęczę przy łóżku. Klęcząc, modlę się. Boże wielki. Boże wielki. Boże wielki. Dziecko porusza się w moim łonie. Ciii. Schowaj się.

Budzę się w szpitalu. Jest przy mnie Henry. Dziecko nie żyje.

SIEDEM

Czwartek, 28 grudnia 2000
(Henry ma 33 i 37, Clare 29 lat)

HENRY: Stoję w naszej sypialni, w przyszłości. Jest noc, a blask księżyca nadaje pokojowi nieco surrealistyczny charakter, zaostrzając wszystkie kształty. Dzwoni mi w uszach, jak często bywa w przyszłości. Patrzę na siebie i Clare, jak śpimy. Zupełnie jakbym był martwy. Leżę zwinięty w kłębek, z kolanami przyciągniętymi do piersi, zawinięty w koce, z lekko otwartymi ustami. Mam ochotę się dotknąć. Chcę wziąć się w ramiona, zajrzeć sobie w oczy. Ale tak się nie stanie. Stoję przez kilka minut wpatrzony w moją wersję z przyszłości, po czym przechodzę na drugą stronę łóżka, gdzie śpi Clare, i klękam. Jest zupełnie tak, jak w mojej teraźniejszości. Zmuszam się do zapomnienia o drugiej leżącej w łóżku osobie, by skoncentrować się na Clare.

Nagle otwiera oczy. Nie jest pewna, gdzie się znajdujemy. Ja też nie.

Ogarnia mnie nagle potężna fala pożądania i pragnienia, by połączyć się z Clare jak najmocniej, by być tutaj i teraz. Całuję ją delikatnie, nie myśląc o niczym. Zaspana gładzi mnie dłonią po twarzy i powoli się budzi, czując, że to nie sen. Już przytomna przesuwa pieszczotliwie dłonią po moim ramieniu. Ostrożnie ściągam okrywające ją prześcieradło, żeby nie obudzić mojej drugiej wersji. Clare nie wie jeszcze, że on tutaj jest. Jestem ciekawy, czy on łatwo się budzi, ale jakoś nie mam ochoty sprawdzać. Leżę teraz na Clare, przykrywając ją dokładnie swoim ciałem. Bardzo chciałbym powstrzymać ją przed odwróceniem głowy, ale wiem, że zaraz to zrobi. Kiedy w nią wchodzę, patrzy mi prosto w oczy, a ja czuję się tak, jakbym wcale nie istniał. Sekundę później odwraca głowę i dostrzega moją drugą wersję. Krzyczy cichutko i spogląda na mnie. Potem wszystko sobie przypomina, akceptuje to i w tej chwili kocham ją bardziej niż życie.

Poniedziałek, 12 lutego 2001
(Henry ma 37, Clare 29 lat)

HENRY: Przez cały tydzień Clare była w bardzo dziwnym nastroju. Jest wyraźnie rozkojarzona, jakby jej uwagę odwracało coś, co tylko ona usłyszy, jakby otrzymywała zakodowane wiadomości od samego Boga albo przekaz satelitarny zaszyfrowany przez Rosjan. Kiedy ją pytam, co się dzieje, wzrusza tylko ramionami i uśmiecha się. Jest to tak do niej niepodobne, że budzi we mnie niepokój, ale postanawiam odpuścić.

Pewnego wieczoru wracam do domu z pracy i jedno spojrzenie rzucone na Clare mówi mi, że stało się coś strasznego. Na jej twarzy na przemian maluje się przerażenie i błaganie. Podchodzi do mnie, ale nic nie mówi. Chyba ktoś umarł, myślę. Kto? Tato? Kimy? Philip?

– Powiedz coś – mówię. – Co się stało?

– Jestem w ciąży.

– Ale jak... – Wypowiadając te słowa, już wiem, jak to się stało. – Nie ma sprawy, pamiętam. – Dla mnie wydarzenia tamtej nocy miały miejsce wiele lat temu, lecz dla Clare minęło tylko kilka tygodni. Przeklinam siebie w duchu. Ależ ze mnie idiota.

Clare czeka na jakąś reakcję z mojej strony, zmuszam się więc do uśmiechu.

– Ale niespodzianka.

– Tak.

Wygląda, jakby zbierało się jej na płacz. Biorę ją w ramiona, a ona mocno się do mnie przytula.

– Boisz się? – mruczę prosto w jej włosy.

– Aha.

– Nigdy przedtem się nie bałaś.

– Wtedy byłam szalona. Teraz już wiem...

– ...jak to jest.

– Wiem, co może się wydarzyć.

Przez moment oboje się nad tym zastanawiamy.

– Moglibyśmy... – zaczynam z wahaniem.

– Nie. Ja nie mogę.

To prawda. Clare nie może. Do końca pozostanie katoliczką.

– Może wszystko będzie dobrze. Taki szczęśliwy wypadek przy pracy.

Clare się uśmiecha, a ja już wiem, że bardzo tego pragnie; ma nadzieję, że siódemka przyniesie nam szczęście. Czuję bolesny ucisk w gardle i muszę odwrócić wzrok.

Wtorek, 20 lutego 2001
(Clare ma 29, Henry 37 lat)

CLARE: Radio z budzikiem włącza się o 7.46 i ze smutkiem słyszę wiadomość o katastrofie samolotowej, w której zginęło osiemdziesiąt sześć osób. Na pewno jestem jedną z nich. Łóżko po stronie Henry'ego jest puste. Zamykam oczy i natychmiast znajduję się na małej koi wielkiego liniowca, który jak szalony kołysze się na wzburzonym morzu. Wzdycham, zsuwam się z łóżka i powoli idę do łazienki. Dziesięć minut później nadal wymiotuję, a Henry wsuwa głowę przez uchylone drzwi i pyta, czy wszystko w porządku.

– Świetnie. Nigdy nie czułam się lepiej.

Siada na brzegu wanny. Zdecydowanie wolałabym nie robić tego przed publicznością.

– Czy powinienem zacząć się martwić? Nigdy wcześniej nie wymiotowałaś.

– Amit twierdzi, że to dobry znak. Powinnam rano wymiotować. To jest związane z moim ciałem, które rozpoznaje dziecko jako cząstkę mnie, a nie jakieś obce ciało. Amit podawała mi lekarstwo, które dają pacjentom po przeszczepach.

– Może powinienem oddać dziś więcej krwi.

Oboje z Henrym mamy grupę o. Kiwam głową i dalej wymiotuję. Oboje oddajemy krew do banku jak najęci. Henry już dwa razy wymagał transfuzji, a ja trzy, przy czym w jednym wypadku potrzebowałam sporej ilości krwi. Przez chwilę siedzę spokojnie, po czym z trudem wstaję. Henry podaje mi rękę i pomaga utrzymać równowagę. Wycieram usta i myję zęby. Henry schodzi na dół, żeby zrobić śniadanie. Nagle ogarnia mnie przemożna chęć zjedzenia owsianki.

– Owsianka! – krzyczę ze schodów.

– Dobra!

Zaczynam szczotkować włosy. Moje odbicie w lustrze jest różowe i opuchnięte. Do tej pory myślałam, że kobiety w ciąży lśnią wewnętrznym blaskiem. Mnie się nie udało. Ale co tam. Jestem w ciąży i tylko to się liczy.

Czwartek, 19 kwietnia 2001
(Henry ma 37, Clare 29 lat)

HENRY: Siedzimy w poczekalni doktor Amit Montague i czekamy na badanie USG. Oboje z Clare bardzo chcemy je przeprowadzić i jednocześnie mamy stracha. Wcześniej nie zgodziliśmy się na punkcję owodni, bo byliśmy pewni, że stracimy dziecko, jeśli wbijemy w nie długą igłę. Clare jest w osiemnastym tygodniu ciąży. To połowa. Gdybyśmy mogli złożyć czas jak kartkę papieru, ten tydzień stanowiłby załamanie w połowie. Przez cały czas wstrzymujemy oddech, bojąc się wypuścić powietrze, by razem z nim nie wyrzucić dziecka za wcześnie na świat.

Siedzimy w poczekalni z innymi parami oczekującymi potomstwa oraz z matkami, których małe pociechy biegają jak szalone, stale na siebie wpadając. Gabinet doktor Montague zawsze mnie przygnębia, bo spędziliśmy tu zbyt wiele czasu, czekając na wiadomości, które zawsze okazywały się złe. Ale dzisiaj jest inaczej. Dzisiaj wszystko będzie w porządku.

Pielęgniarka wywołuje nasze nazwisko. Wstajemy i idziemy do gabinetu. Clare się rozbiera i kładzie, smarują ją galaretką i zaczyna się badanie. Techniczka nie spuszcza wzroku z monitora. Wpatruje się weń także Amit Montague, wysoka i królewska Francuzka pochodząca z Maroka. Trzymamy się z Clare za ręce. Także i my nie spuszczamy wzroku z monitora. Powoli pojawia się na nim obraz.

Na ekranie maluje się meteorologiczna mapa świata. Albo galaktyka, wirujące gwiazdy. A może dziecko.

– *Bien joué, une filie* – mówi doktor Montague. – Ssie kciuk. Jest bardzo ładna. I bardzo duża.

Oboje z Clare wypuszczamy z ulgą powietrze. Na ekranie śliczna galaktyka ssie kciuk. Kiedy na nią patrzymy, wyciąga go z buzi.

– Uśmiecha się – mówi doktor Montague.

I my też.

Poniedziałek, 20 sierpnia 2001
(Clare ma 30, Henry 38 lat)

CLARE: Malutka ma się urodzić za dwa tygodnie, a my nadal nie wybraliśmy dla niej imienia. Prawdę mówiąc, nawet o tym nie rozmawialiśmy; unikaliśmy tego tematu, jakby wybranie imienia mogło zwrócić na malutką uwagę furii, które zaczęłyby ją dręczyć. W końcu Henry przynosi do domu tomiszcze zatytułowane *Wielka księga imion*.

Leżymy w łóżku. Jest dopiero 20.30, ale jestem wykończona. Leżę na boku, z brzuchem wydętym jak półwysep, zwrócona twarzą do Henry'ego, który opiera głowę na ręce. Między nami leży księga. Spoglądamy na siebie i uśmiechamy się nerwowo.

– Jakieś pomysły? – pyta Henry, przerzucając strony.

– Jane.

Krzywi się.
– Jane?
– Wszystkie moje lalki i pluszowe zwierzaki miały na imię Jane. Bez wyjątku.
Henry sprawdza imię w księdze.
– To znaczy „Dar Boga".
– Dla mnie może być.
– Wybierzmy coś bardziej niezwykłego. Co powiesz na Ilette? Albo Jodotha? – Przerzuca strony. – O, mam coś dobrego: Loololulah. To po arabsku znaczy perła.
– A może Pearl? – Wyobrażam sobie nasze dziecko jako lśniącą białą kulę.
Henry przesuwa palcem wzdłuż kolumny.
– Dobra: „(Z łaciny) Prawdopodobny wariant słowa perula, oznaczającego najcenniejszą formę tego produktu cierpienia".
– Jeju. Co jest nie tak z tą księgą? – Biorę książkę od Henry'ego i dla zabawy sprawdzam jego imię: – ,,Henry (z niemieckiego): władca rodziny, wódz domowego ogniska".
Henry wybucha śmiechem.
– Sprawdź Clare.
– To wariacja na temat „Clara (z łaciny): lśniąca, jasna".
– Brzmi nieźle.
Przerzucam niedbale strony księgi.
– Philomele?
– Podoba mi się – oświadcza Henry. – Ale wiesz, jakie zdrobnienia można do tego wymyślić? Philly? Mel? Okropność.
– „Pyrene (z greckiego): Rudowłosa".
– A jeśli nie będzie ruda? – Henry sięga nad książką, ujmuje w palce pasmo moich włosów i wsadza ich końce do ust.
Szybko je wyciągam i przerzucam na plecy.
– Myślałem, że wiemy o tym dziecku wszystko. Na pewno Kendrick przeprowadził testy na kolor włosów.
Henry zabiera mi książkę.
– Yseult? Zoe? Podoba mi się. W Zoe drzemie sporo możliwości.
– A co to znaczy?

– Życie.

– Masz rację. Koniecznie zaznacz.

– Eliza – proponuje Henry.

– Elizabeth.

Henry spogląda na mnie z wahaniem.

– Anette.

– Lucy.

– Nie – zaprzecza zdecydowanie.

– Nie. Masz rację.

– Potrzebny nam jest nowy początek. Musimy zacząć wszystko od nowa – mówi. – Czysta karta. Nazwijmy ją Tabula Rasa.

– Już lepiej Biel Tytanowa.

– Blanche, Blanca, Bianca...

– Alba – rzucam.

– Jak ta księżna?

– Alba DeTamble. – Czuję rozkosz, wypowiadając te słowa.

– Brzmi bardzo miło, tak potoczyście... – Henry przerzuca książkę. – „Alba (z łaciny): Biała. (W Prowansji) Świt, brzask". Hmmm. – Z trudem podnosi się z łóżka.

Słyszę, jak szuka czegoś w salonie. Po chwili wraca z pierwszym tomem słownika oksfordzkiego, słownikiem wydawnictwa Random House i mocno zniszczonym pierwszym tomem mojej encyklopedii.

– „Pieśń poranna, gatunek liryczny poezji prowansalskiej ukształtowany w średniowieczu przez trubadurów. Pieśń miłosna wyrażająca żal kochanków z powodu nadejścia dnia. *Réveilles, à l'aurore, par le cri du guetteur, deux amants qui viennent de passer la nuit ensemble se séparent en maudissant le jour qui vient trop tôt; tel est le thème, non moins invariable que celui de la pastourelle, d'un genre dont le nom est emprunté au mot alba, qui figure parfois au début de la pièce. Et régulièrement à la fin de chaque couplet, où il forme refrain*". Jakież to smutne. Sprawdźmy w Random House. Brzmi lepiej. „Białe miasto wzniesione na wzgórzu. Forteca". – Zrzuca słownik z łóżka i otwiera encyklopedię. – Akwedukt... Alameda... Alaska... Mam. Alba. – Sprawdza treść hasła. – Kilka nieistniejących już miast w starożytnej Italii. I książę Alba.

Wzdycham i przewracam się na wznak. Dziecko zaczyna się ruszać. Wcześniej chyba spało. Henry wraca do słownika Oksfordu.

– Cóż oni tu wymyślają – rzuca po chwili.

Wsuwa dłoń pod moją koszulę nocną i przesuwa ją po napiętym brzuchu. Dziecko kopie z całych sił dokładnie w miejscu, w którym Henry trzyma rękę. Cofa ją przestraszony i patrzy na mnie w bezbrzeżnym zdumieniu. Zaczyna przesuwać dłonie po znanych i nieznajomych obszarach.

– Ilu DeTamble'ów możesz tam zmieścić?

– Na pewno znalazłoby się miejsce dla jeszcze jednego.

– Alba – szepcze Henry.

– Białe miasto. Niezdobyta forteca na białym wzgórzu.

– Na pewno się jej spodoba. – Henry ściąga mi powoli majtki. Zrzuca je z łóżka i spogląda na mnie.

– Tylko ostrożnie... – ostrzegam go.

– Bardzo ostrożnie – odpowiada, zdejmując z siebie ubranie.

Czuję się wielka, niczym cały kontynent pływający na oceanie poduszek i koców. Henry pochyla się nade mną od tyłu i przesuwa językiem po mojej skórze, niczym zdobywca badający nowy ląd.

– Powoli... powoli... – Trochę się boję.

– Pieśń miłosna śpiewana przez trubadurów o poranku... – szepcze Henry, wchodząc we mnie powoli.

– Swoim ukochanym – odpowiadam. Zamykam oczy i jakby z oddali słyszę głos Henry'ego:

– Właśnie tak.

ALBA, INTRODUKCJA

Środa, 16 listopada 2011
(Henry ma 38, Clare 40 lat)

HENRY: Stoję w galerii surrealistów w instytucie sztuki w Chicago, w przyszłości. Nie jestem, niestety, najlepiej ubrany; udało mi się tylko znaleźć długi czarny płaszcz w szatni i ukraść spodnie z szafki strażnika. Ale za to zdobyłem buty, a to jest zawsze najtrudniejsze. Dochodzę do wniosku, że muszę koniecznie ukraść jakiś portfel. Wtedy będę mógł kupić podkoszulek w sklepiku, zjeść lunch, obejrzeć kilka obrazów, a potem wyjść z budynku do świata sklepów i hoteli. Nie mam pojęcia, w jakim czasie się znajduję. Ale chyba nie przeniosłem się zbyt daleko w przyszłość; fryzury i ubrania nie różnią się zbytnio od tych, które oglądam w 2001 roku. Jestem jednocześnie bardzo podekscytowany tą wyprawą i zmartwiony, bo w mojej teraźniejszości Clare ma na dniach urodzić Albę i bardzo chcę przy niej być, ale z drugiej strony mam do czynienia z niezwykle udanym przypadkiem podróży w przyszłość. Czuję się tu świetnie. Stoję więc spokojnie w ciemnej sali, pełnej oświetlanych punktowymi reflektorami pudełek Josepha Cornella, i obserwuję grupkę uczniów, którzy niosąc w rękach składane krzesełka, idą za przewodniczką. Rozkładają krzesełka na podłodze i siadają, gdyż przewodniczka ma do wygłoszenia dłuższą opowieść.

Przyglądam się im z uwagą. Przewodniczka wygląda typowo: zadbana kobieta po pięćdziesiątce, z niemożliwie jasnymi włosami i ściągniętą twarzą. Nauczycielka, wesoła młoda kobieta z ustami pociągniętymi jasnobłękitną szminką, stoi za swoimi uczniami, gotowa skarcić każdego, kto zacznie rozrabiać. Mnie jednak najbardziej interesują uczniowie. Mają jakieś dziesięć lat, więc są chyba w piątej klasie. To szkoła katolicka, wszyscy noszą jednakowe mundurki: zielone dla dziewcząt, granatowe dla chłopców. Bardzo grzeczni, uważnie słuchają wykładu przewodniczki, lecz nie są nim pochłonięci. A szkoda, zawsze myślałem, że Cornell jest idealny dla dzieci. Przewodniczka uważa je chyba za jeszcze młodsze, bo zwraca się do nich, jakby były całkiem małymi dziećmi. Jedna z dziewczynek, siedząca w tylnym rzędzie, wydaje się bardziej zainteresowana od innych. Nie widzę jej twarzy. Ma długie kręcone czarne włosy i błękitną sukienkę, która wyróżnia ją spośród reszty. Za każdym razem, kiedy przewodniczka zadaje jakieś pytania, dziewczynka podnosi rękę, ale kobieta nigdy nie wzywa jej do odpowiedzi. Widzę, że mała ma już powoli dość.

Przewodniczka opowiada o pudełkach z serii *Ptaszarnia*. Każde z nich jest ciemne, lecz wiele ma wnętrza pomalowane na biało, z drążkami i dziurkami typowymi dla budek dla ptaków. W niektórych widać nawet wymalowane ptaki. To najbardziej surowe z dzieł Cornella, bez ozdóbek typowych dla serii *Soap Bubble* czy romantyzmu serii *Hotelowej*.

– Jak sądzicie, dlaczego pan Cornell zrobił te pudełka?

Przewodniczka przebiega wzrokiem po swoich małych słuchaczach, ignorując dziewczynkę w błękitnej sukience, która wymachuje uniesioną ręką, jakby cierpiała na chorobę świętego Wita.

Chłopiec z pierwszego rzędu rzuca nieśmiało, że artysta najwyraźniej bardzo lubił ptaki. Dziewczynka nie może już tego dłużej znieść. Zrywa się z miejsca i stoi z uniesioną ręką.

– Tak? – pyta niechętnie przewodniczka.

– Zrobił te pudełka, bo był samotny. Nie miał nikogo, kogo mógłby kochać, więc zrobił te pudełka, żeby je kochać. Dzięki temu ludzie będą mogli się dowiedzieć, że istniał. Zrobił je też dlatego, że ptaki są wolne, a w pudełkach mogą znaleźć bezpieczną kryjówkę. On też chciał być wolny i czuć się bezpiecznie. Zrobił te pudełka, by sam mógł stać się ptakiem. – Dziewczynka siada.

Jej odpowiedź zbija mnie z nóg. Mam przed sobą dziesięciolatkę, która czuje pełną empatię w stosunku do Josepha Cornella. Ani przewodniczka, ani pozostali uczniowie nie wiedzą, jak potraktować tę odpowiedź, lecz nauczycielka, najwyraźniej przyzwyczajona do niezwykłych wypowiedzi swojej uczennicy, mówi:

– Dziękuję, Alba, świetnie to ujęłaś.

Dziewczynka odwraca się i uśmiecha z wdzięcznością do nauczycielki, a ja nareszcie widzę jej twarz. Patrzę na swoją córkę. Do tej chwili stałem w galerii obok. Teraz robię kilka kroków naprzód, by lepiej się jej przyjrzeć. Alba dostrzega mnie i jej twarz się rozjaśnia. Zrywa się z miejsca, przewraca krzesełko i po chwili już trzymam ją w ramionach. Klęczę przed nią i obejmuję ją mocno, a ona powtarza raz po raz „Tatuś".

Pozostali patrzą na nas zdumieni, a nauczycielka szybko biegnie w naszą stronę.

– Alba, kto to jest? – pyta. – Kim pan jest?

– Jestem Henry DeTamble, ojciec Alby.

– To mój tatuś!

Nauczycielka zaczyna wykręcać nerwowo palce.

– Proszę pana, ojciec Alby nie żyje.

Odbiera mi mowę. Ale Alba, moja córka, zachowuje pełną kontrolę nad sytuacją.

– Nie żyje, ale nie stale – wyjaśnia nauczycielce.

Wreszcie odzyskuję mowę.

– Trudno to wszystko wyjaśnić... – zaczynam.

– On jest OPC – wyjaśnia Alba. – Jak ja.

Nauczycielka wydaje się w pełni usatysfakcjonowana tym wyjaśnieniem, choć dla mnie nie ma ono najmniejszego sensu. Zbladła nieco pod makijażem, lecz spogląda na nas ze współczuciem. Alba ściska mnie za rękę. „Powiedz coś", daje mi wyraźnie do zrozumienia.

– Pani...

– Cooper.

– Pani Cooper, czy moglibyśmy porozmawiać z Albą przez parę minut? Tak rzadko się widujemy.

– No cóż... ja... wyszliśmy z klasą na wycieczkę... nie mogę pozwolić, by Alba odłączyła się od grupy... nie mogę pozwolić panu jej zabrać. Nie mam przecież pewności, że pan naprawdę jest panem DeTamble...

– Zadzwońmy do mamy – mówi Alba.

Biegnie do plecaka i wyjmuje telefon komórkowy. Przyciska guzik i słyszę dzwonek telefonu. Szybko zaczynam sobie uświadamiać, że oto otwierają się przed nami nowe możliwości. Po drugiej stronie ktoś podnosi słuchawkę.

– Mama?! – woła Alba. – Jestem w instytucie sztuki... Nie, wszystko w porządku... Mamo, tatuś jest tutaj! Powiedz pani Cooper, że to naprawdę on, dobrze? Tak, no to pa! – Podaje mi telefon.

Waham się przez chwilę, próbując dojść do siebie.

– Clare?

Słyszę, jak wciąga ze świstem powietrze.

– Clare?

– Henry! O Boże, nie mogę w uwierzyć! Pędź do domu!

– Postaram się...

– Z jakiego czasu się tu zjawiłeś?

– Z dwa tysiące pierwszego roku, tuż przed narodzinami Alby. – Uśmiecham się do córki.

Przytula się do mnie mocno, trzymając mnie za rękę.

– Może powinnam tam przyjechać?

– Tak będzie szybciej. Mogłabyś powiedzieć nauczycielce, że to naprawdę ja?

– Jasne. Gdzie będziecie?

– Przy lwach. Przyjeżdżaj jak najszybciej. Nie zostanę tu długo.

– Kocham cię.

– Ja też cię kocham.

Podaję telefon pani Cooper. Po krótkiej wymianie zdań Clare udaje się ją przekonać, by pozwoliła mi zabrać Albę i czekać z nią przy wejściu do muzeum, gdzie się z nami spotka.

Dziękuję pani Cooper, która w tej niezwykłej sytuacji zachowała się bardzo przyzwoicie. Ujmuję Albę za rękę i ruszamy razem krętymi schodami w dół do działu chińskiej porcelany. W głowie aż kłębi mi się od myśli. O co powinienem spytać najpierw?

– Dziękuję za taśmy wideo – mówi Alba. – Mama dała mi je na urodziny.

– Jakie taśmy?

– Potrafię już otworzyć zamki „Yale" i „Master", a teraz pracuję nad „Walterem".

Zamki. Uczy się otwierać zamki.

– To świetnie. Ćwicz dalej. Albo?

– Tak, tato?

– Co to jest OPC?

– Osoba przenosząca się w czasie.

Siadamy na ławce przed porcelanowym smokiem z Tang. Alba siedzi naprzeciwko mnie z rękami splecionymi na kolanach. Wygląda dokładnie jak ja w wieku dziesięciu lat. Nie mogę w to wszystko uwierzyć. Alba jeszcze się nie urodziła, a siedzi tu przede mną, niczym Atena, która wyskoczyła z głowy Zeusa. Pochylam się w jej stronę.

– Wiesz, widzę cię taką po raz pierwszy.

Uśmiecha się.

– Miło mi cię poznać.

To najbardziej opanowane dziecko, jakie w życiu spotkałem. Przyglądam się jej uważnie: gdzie jest w niej Clare?

– Czy często się widujemy?

Zastanawia się przez chwilę.

– Niezbyt często. Ostatni raz spotkaliśmy się jakiś rok temu. I widziałam cię kilka razy, kiedy miałam osiem lat.

– A ile miałaś lat, kiedy umarłem? – Wstrzymuję oddech.

– Pięć.

Jezu. Nie dam rady.

– Przepraszam! Nie powinnam była tego mówić? – Jest wyraźnie skruszona.

Przytulam ją mocno.

– Nie przejmuj się. Przecież spytałem. – Biorę głęboki wdech. – A jak się miewa Clare?

– W porządku. Jest tylko smutna.

Słysząc to, czuję niemal fizyczny ból. Nie chcę wiedzieć nic więcej.

– A ty? Jak ci leci w szkole? Czego się teraz uczysz?

Alba uśmiecha się od ucha do ucha.

– W szkole niewiele się uczę, ale czytam dużo o dawnych instrumentach i o Egipcie, a razem z mamą czytamy *Władcę pierścieni*. Uczę się też tanga Astora Piazzolli.

W wieku dziesięciu lat? Wielkie nieba.

– Na skrzypcach? Kto cię uczy?

– Dziadziuś.

Przez chwilę sądzę, że ma na myśli mojego dziadka, lecz szybko uświadamiam sobie, że chodzi o mojego ojca. Świetnie. Jeśli tato zdecydował się poświęcić jej swój czas, musi być naprawdę dobra.

– Jesteś dobra? – Co za niegrzeczne pytanie.

– Tak. Jestem bardzo dobra.

Dzięki Ci, Boże.

– Jeśli chodzi o muzykę, ja zawsze byłem do niczego.

– Dziadziuś też tak twierdzi. – Chichocze. – Ale ją lubisz.

– Uwielbiam. Nie potrafię tylko grać na żadnym instrumencie.

– Słyszałam, jak śpiewa babcia Annette! Była taka piękna.

– Którego nagrania słuchałaś?

– Widziałam ją na żywo. W Lyric. Śpiewała *Aidę*.

Ona jest OPC, jak ja. O, cholera.

– Podróżujesz w czasie.

– Jasne. – Alba uśmiecha się z zadowoleniem. – Mama zawsze powtarza, że jesteśmy dokładnie tacy sami. A doktor Kendrick twierdzi, że jestem cudownym dzieckiem.

– Dlaczego?

– Czasami mogę się przenieść, gdzie chcę. – Wygląda na bardzo z siebie zadowoloną; zazdroszczę jej.

– A możesz w ogóle się nie przenosić, jeśli nie masz ochoty?

– Nie. – Spogląda na mnie lekko zakłopotana. – Ale to mi się podoba. No, czasami może nie jest zbyt wygodne, mimo to... bardzo interesujące, wiesz?

Tak. Wiem.

– Przyjdź mnie odwiedzić, skoro możesz się przenosić, gdzie chcesz.

– Próbowałam. Raz widziałam cię na ulicy; szedłeś z jakąś blondynką. Ale wyglądało na to, że jesteście czymś bardzo zaabsorbowani. – Rumieni się i przez ułamek sekundy widzę w jej twarzy Clare.

– To była Ingrid. Spotykałem się z nią, zanim poznałem twoją mamę. – Ciekawe, co robiliśmy z Ing. Co mogło tak zaniepokoić Albę? Czuję ukłucie żalu, że wywarłem tak złe wrażenie na tej uroczej dziewczynce. – A skoro już mowa o twojej mamie, to chyba powinniśmy wyjść na zewnątrz i poczekać na nią.

Słyszę w głowie znajomy pisk i mam tylko nadzieję, że Clare zdoła tutaj dotrzeć, zanim zniknę. Wstajemy i ruszamy szybkim krokiem w stronę głównych schodów. Jest późna jesień, Alba nie ma płaszcza, więc otulam nas oboje swoim. Opieram się o granitową płytę podtrzymującą jednego lwa. Alba przytula się do mojego nagiego torsu. Spod płaszcza widać tylko jej buzię na wysokości mojej piersi. Pada deszcz. Ruch uliczny spływa powoli Michigan Avenue. W głowie kręci mi się od potężnej miłości, jaką czuję w stosunku do tego niesamowitego dziecka, wtulonego we mnie tak mocno, jakby było częścią mnie, jakby nic nigdy nie mogło nas rozdzielić, jakbyśmy mieli dla siebie cały czas świata.

Chwytam się tej chwili, walcząc ze zmęczeniem i siłą przyciągania mojego własnego czasu. Pozwól mi zostać, błagam moje ciało, Boga, Ojca czasu, Świętego Mikołaja, każdego, kto tylko może mnie usłyszeć. Pozwólcie mi tylko zobaczyć Clare, potem odejdę w spokoju.

– O, jest mama – mówi nagle Alba.

Biały, nieznany mi samochód pędzi w naszą stronę. Zatrzymuje się na skrzyżowaniu i zza kierownicy wyskakuje Clare, zostawiając samochód na środku jezdni, blokując ruch.

– Henry!

Próbuję biec w jej stronę, ona też biegnie, padam na schody i wyciągam ręce w jej stronę. Alba trzyma mnie mocno i coś krzyczy, Clare jest już tylko parę metrów ode mnie. Wykorzystuję resztki woli, by spojrzeć na Clare, która wydaje się tak daleka. Jak tylko mogę najwyraźniej, krzyczę: „Kocham cię!" i znikam. Cholera. Cholera!

7.20, piątek, 24 sierpnia 2001
(Clare ma 30, Henry 38 lat)

CLARE: Leżę na podniszczonym szezlongu na podwórku za domem. Wokół mnie walają się książki i czasopisma, a przy łokciu stoi na wpół wypita szklanka lemoniady z rozpuszczonymi już kostkami lodu. Powoli zaczyna się ochładzać. Wcześniej było prawie trzydzieści stopni; teraz wieje lekki wietrzyk, a cykady rozpoczęły swój koncert. Nad moją głową przeleciało piętnaście odrzutowców kierujących się na lotnisko O'Hare, Bóg wie skąd. Tuż przed sobą mam swój wielki brzuch, który przygważdża mnie do tego miejsca. Henry'ego nie ma w domu od ósmej rano wczorajszego ranka i powoli zaczynam się bać. Co będzie, jeśli zacznę rodzić, a on nie wróci? Jeśli urodzę dziecko, a jego nadal przy mnie nie będzie? Jeśli coś mu się stało? Co się stanie, jeśli umrze? Albo ja umrę? Takie myśli przebiegają mi przez głowę, otaczając ją niczym lisie skórki, które starsze panie noszą owinięte wokół szyi. Krążą wokół mnie, aż nie mogę już tego dłużej znieść. Zazwyczaj, kiedy się martwię, znajduję sobie jakieś zajęcie. Martwię się o Henry'ego, szorując podłogę w pracowni, ładując jedno po drugim pranie do pralki albo robiąc papier. Teraz muszę jednak leżeć, unieruchomiona przez brzuch, w blasku zachodzącego słońca, podczas gdy Henry przeniósł się gdzieś daleko... robiąc to, co teraz robi. O Boże. Sprowadź go z powrotem. Natychmiast.

Nic się jednak nie dzieje. Pan Panetta przejeżdża uliczką i drzwi jego garażu otwierają się z przeraźliwym skrzypieniem, a po chwili znów zamykają. Nieopodal sunie rozwożąca lody Good Humor furgonetka. Robaczki świętojańskie rozpoczynają swój wieczorny taniec. Ale Henry'ego nadal nie ma.

Chce mi się jeść. Umrę z głodu na tym szezlongu, bo Henry nie zrobi kolacji. Alba zaczyna podskakiwać, a ja zastanawiam się, czy nie wstać i nie zrobić sobie czegoś do jedzenia. Po chwili jednak decyduję się na to, co robię zawsze, gdy Henry znika i nie może zająć się kolacją. Podnoszę się ostrożnie i powoli, krok za krokiem, idę do domu. Biorę torebkę, gaszę światła i wychodzę z domu, zamykając za sobą drzwi. Jak dobrze znów się ruszać. Po raz kolejny zaskakuje mnie świadomość (dziwię się, że jeszcze mnie to dziwi), że tylko jedna część mojego ciała jest tak ogromna. Zupełnie, jakbym przeszła nieudaną operację plastyczną albo należała do jednego z tych afrykańskich plemion, dla których ideał piękna oznacza wyjątkowo długie szyje, wyciągnięte wargi lub koniuszki uszu. Próbuję złapać równowagę z Albą wciąż podskakującą w moim brzuchu i tanecznym krokiem ruszam w stronę tajskiej restauracji Opart.

W środku jest chłodno i tłoczno. Kelner prowadzi mnie do stolika przy oknie wychodzącym na ulicę. Zamawiam roladki i pad thai tofu. Wypijam całą szklankę wody. Kiedy czuję nacisk Alby na pęcherz, idę do toalety, a gdy wracam, jedzenie już czeka na mnie na stoliku. Zaczynam jeść. Wyobrażam sobie rozmowę, jaką prowadziłabym z Henrym, gdyby tutaj był. Nawiasem mówiąc, ciekawe, gdzie teraz przebywa. Przeczesuję pamięć, próbując dopasować Henry'ego, który zniknął wczoraj, wkładając spodnie, do Henry'ego, którego znam z dzieciństwa. Ale to tylko strata czasu, muszę poczekać, aż wszystko sam mi opowie. Zresztą może już wrócił. Muszę się siłą powstrzymać, by nie wybiec z restauracji. Wyciskam sok z limonki na roladki i wsuwam kawałek do ust. Wyobrażam sobie Albę, malutką i różową, zwiniętą w moim brzuchu, jak je pad thai maleńkimi pałeczkami. Wyobrażam ją sobie z długimi, czarnymi włosami i zielonymi oczami. Uśmiecha się i mówi: „Dziękuję, mamo". Odpowiadam jej z uśmiechem: „Bardzo proszę, córeczko". Przytula do siebie małe pluszowe zwierzątko o imieniu Alfonzo. Daje mu trochę tofu. Kończę jeść. Siedzę jeszcze przez kilka minut i odpoczywam. Przy sąsiednim stoliku ktoś zapala papierosa. Płacę i wychodzę.

Toczę się powoli Western Avenue. Z samochodu pełnego portorykańskich nastolatków ktoś coś do mnie krzyczy, ale nie rozumiem ani słowa. Już przy domu zaczynam szukać kluczy w torebce, gdy nagle otwierają się drzwi. Stoi w nich Henry.

– Dzięki Bogu – mówi i mocno mnie obejmuje.

Całujemy się. Na jego widok odczuwam tak wielką ulgę, że dopiero po dłuższej chwili dostrzegam, że on zareagował podobnie, widząc mnie na progu.

– Gdzie byłaś? – dopytuje się.

– W Opart. A ty?

– Nie zostawiłaś żadnej kartki, wróciłem do domu, a ciebie nie było, pomyślałem, że pojechałaś do szpitala. Zaraz tam zadzwoniłem, ale powiedzieli mi, że nie...

Wybucham śmiechem. Nie mogę się powstrzymać przez dłuższą chwilę. Henry patrzy na mnie zaskoczony.

– Teraz już wiesz, jak to jest – mówię, gdy wreszcie udaje mi się coś z siebie wydusić.

Uśmiecha się.

– Przepraszam. Ale... nie wiedziałem, gdzie jesteś, i chyba trochę spanikowałem. Pomyślałem, że ominęły mnie narodziny Alby.

– Gdzie byłeś?

Henry uśmiecha się szeroko.

– Nie uwierzysz. Ale poczekaj, chwileczkę. Usiądźmy.

– Lepiej się połóżmy. Jestem wykończona.

– A co robiłaś przez cały dzień?

– Leżałam.

– Biedna Clare, nic dziwnego, że jesteś zmęczona.

Idę do sypialni, włączam klimatyzację i zaciągam rolety. Henry znika w kuchni. Po kilku minutach wraca ze szklankami. Układam się na łóżku i biorę od niego piwo imbirowe; Henry zrzuca buty i kładzie się obok mnie z piwem w dłoni.

– Opowiedz mi wszystko.

– No cóż... – Unosi jedną brew, otwiera usta, lecz zaraz je zamyka. – Nie wiem, jak zacząć.

– Po prostu wyrzuć to z siebie.

– Muszę zacząć od tego, że była to najdziwniejsza rzecz, jaka mi się w życiu przydarzyła.

– Jeszcze dziwniejsza niż my?

– Tak. My wyglądaliśmy całkiem rozsądnie: chłopak spotyka dziewczynę...

– Dziwniejsza od oglądania raz po raz śmierci twojej mamy?

– Teraz jest to już tylko koszmarny sen, który od czasu do czasu mnie nawiedza. Nie, tamto było zupełnie surrealistyczne. – Przesuwa dłonią po moim brzuchu. – Przeniosłem się w przyszłość. To było wspaniałe, byłem silny i czułem się doskonale i wpadłem tam na naszą małą.

– O mój Boże. Ależ ci zazdroszczę. Niesamowite.

– Tak. Miała jakieś dziesięć lat. Clare, ona jest naprawdę niezwykła... mądra, muzykalna i... pewna siebie, nic jej nie zbija z tropu...

– Jak wygląda?

– Jak ja. To dziewczyńska wersja mnie. Jest piękna, ma twoje oczy, ale w zasadzie wygląda jak ja: czarne włosy, blada cera z kilkoma piegami, ma mniejsze usta niż moje i na szczęście nieodstające uszy, długie kręcone włosy i moje dłonie z długimi palcami, jest wysoka... przypomina młodą kotkę.

Jest cudowna. Idealna.

– Obawiam się, że moje geny przeważyły... Ale za to ma twój charakter. Jest naprawdę niesamowita. Widziałem ją w gronie kolegów i koleżanek z klasy w instytucie sztuki. Opowiadała o pudełkach Josepha Cornella. Powiedziała o nim coś naprawdę wzruszającego... a ja jakoś wiedziałem, kim jest. Ona też mnie poznała.

– Miałam taką nadzieję. – Muszę o to zapytać. – Czy ona... czy...?

Henry waha się przez chwilę.

– Tak – mówi w końcu. – Tak.

Przez chwilę milczymy oboje. Henry gładzi mnie po twarzy.

– Wiem.

Chce mi się płakać.

– Clare, ona wyglądała na szczęśliwą. Zapytałem ją i powiedziała, że bardzo się jej to podoba. – Uśmiecha się. – Powiedziała, że to interesujące.

Oboje wybuchamy śmiechem, początkowo trochę smutnym, a po chwili śmiejemy się już na całego, aż bolą nas mięśnie twarzy, a po policzkach płyną łzy. Bo to naprawdę jest interesujące. Bardzo interesujące.

NARODZINY

Środa, 5 września – czwartek, 6 września 2001
(Henry ma 38, Clare 30 lat)

HENRY: Przez cały dzień Clare chodzi po domu jak tygrys w klatce. Skurcze pojawiają się mniej więcej co dwadzieścia minut. „Spróbuj się chwilę przespać", radzę, i rzeczywiście się kładzie, lecz zaraz znów wstaje. O drugiej nad ranem nareszcie idzie spać. Kładę się obok niej, lecz nie śpię, obserwuję, jak oddycha, słucham delikatnych chrapnięć i posapywań, bawię się jej włosami. Bardzo się denerwuję, choć wiem, że wszystko będzie w porządku, widziałem przecież na własne oczy, że ani Clare, ani Albie nie stało się nic złego. Clare budzi się o 3.30.

– Chcę jechać do szpitala – mówi.

– Może powinniśmy wezwać taksówkę. Jest okropnie późno.

– Gomez powiedział, żeby nie zwracać uwagi na porę.

– Dobra.

Wybieram numer Gomeza i Charisse. Telefon dzwoni szesnaście razy, po czym Gomez podnosi słuchawkę. Jego zaspany głos dobiega jakby z głębin oceanu.

– Mhm?

– Cześć, towarzyszu. Już czas.

Mruczy w odpowiedzi coś niezrozumiałego. Charisse bierze od niego słuchawkę i mówi, że już jadą. Dzwonię do doktor Montague i nagrywam jej wiadomość na automatyczną sekretarkę.

Clare klęczy na podłodze i kołysze się w tył i przód. Klękam obok niej.

– Clare?

Patrzy na mnie, nie przestając się kołysać.

– Henry... dlaczego zdecydowaliśmy się zrobić to jeszcze raz?

– Pewnie dlatego, że kiedy to się skończy, podadzą ci dziecko i pozwolą je zatrzymać.

– Ach tak.

Piętnaście minut później wsiadamy do volva Gomeza, który ziewa przeciągle, pomagając mi posadzić Clare na tylnym siedzeniu.

– Tylko nie zalej mi samochodu wodami płodowymi – mówi ciepło do Clare.

Charisse biegnie do domu po worki na śmieci, którymi zakrywa siedzenie. Wskakujemy do środka i odjeżdżamy. Clare opiera się o mnie i ściska mocno za rękę.

– Nie zostawiaj mnie – mówi.

– Nie zostawię. – W tylnym lusterku widzę badawcze spojrzenie Gomeza.

– To boli – jęczy Clare. – Tak bardzo boli.

– Pomyśl o czymś innym. O czymś miłym – mówię.

Pędzimy Western Avenue, kierując się na południe. Prawie nie ma ruchu.

– Opowiedz mi...

Przypominam sobie mój niedawny wypad w dzieciństwo Clare.

– Pamiętasz ten dzień, kiedy poszliśmy nad jezioro? Miałaś dwanaście lat. Pływaliśmy, a ty opowiadałaś, jak dostałaś okres?

Clare ściska mnie za rękę tak mocno, że zaczynam się obawiać o moje kości.

– Naprawdę?

– Tak. Byłaś trochę zakłopotana, ale jednocześnie bardzo z siebie dumna... Miałaś na sobie różowo-zielone bikini i żółte okulary przeciwsłoneczne w kształcie serduszek.

– Pamiętam... Och! Henry, to boli! Straszliwie!

Charisse odwraca się do nas.

– No, Clare, to tylko dziecko naciska ci na kręgosłup. Musisz się odwrócić.

Clare próbuje zmienić pozycję.

– Jesteśmy na miejscu. – Gomez skręca w podjazd przed izbą przyjęć Szpitala Miłosierdzia.

– Mokro mi – mówi Clare.

Gomez zatrzymuje samochód, wyskakuje i obaj ostrożnie pomagamy Clare wysiąść. Robi dwa kroki i odchodzą jej wody.

– Świetne wyczucie czasu, malutka – chwali ją Gomez.

Charisse biegnie przodem ze wszystkimi papierami, a my idziemy powoli długim korytarzem na oddział położniczy. Clare opiera się o ścianę dyżurki pielęgniarek, gdy tymczasem one, bez pośpiechu, przygotowują dla niej miejsce.

– Nie zostawiaj mnie – szepcze Clare.

– Nie zostawię – zapewniam ją raz jeszcze.

Jakże chciałbym mieć pewność, że tak się stanie. Jest mi zimno i trochę niedobrze. Clare odwraca się i ciężko się o mnie opiera. Obejmuję ją ramionami. Dziecko leży między nami niczym ciężka kula. Wyjdź, no wyjdź, gdziekolwiek jesteś. Clare dyszy ciężko. Zjawia się gruba pielęgniarka o jasnych włosach i obwieszcza, że pokój jest gotowy. Wchodzimy do środka. Clare natychmiast opada na czworaki. Charisse zaczyna wszystko układać: wiesza ubrania w szafie, ustawia w łazience przybory toaletowe. Ja i Gomez stoimy, patrząc bezradnie na Clare. Jęczy. Spoglądamy na siebie. Gomez wzrusza ramionami.

– Clare, co powiesz na kąpiel? – pyta Charisse. – W ciepłej wodzie poczujesz się znacznie lepiej.

Clare kiwa głową. Charisse macha ręką, dając Gomezowi do zrozumienia, że powinien się wynieść.

– Chyba pójdę na dymka – mówi i wychodzi z pokoju.

– Mam zostać? – pytam Clare.

– Tak! Nigdzie nie wychodź... stój tam, gdzie będę cię mogła przez cały czas widzieć.

– Dobra.

Wchodzę do łazienki, żeby puścić wodę do wanny. Łazienki w szpitalach zawsze mnie przerażają. Pachną tanim mydłem i przeżartym chorobą ciałem. Przekręcam kurek i czekam, aż poleci ciepła woda.

– Henry? Jesteś tam? – woła Clare.

Wystawiam głowę przez uchylone drzwi.

– Jestem.

– Zostań tutaj – nakazuje i moje miejsce w łazience zajmuje Charisse.

Clare wydaje z siebie dźwięk, jakiego jeszcze nigdy nie słyszałem u człowieka, głęboki, pełen rozpaczy jęk bólu. Co ja jej zrobiłem? Przypominam sobie dwunastoletnią Clare na plaży, roześmianą i pokrytą mokrym piaskiem, w jej pierwszym bikini. Och, Clare, przepraszam, przepraszam. Do pokoju wchodzi starsza czarnoskóra pielęgniarka i bada rozwarcie.

– Grzeczna dziewczynka – grucha do Clare. – Sześć centymetrów.

Clare kiwa głową, uśmiecha się, a zaraz potem krzywi. Obejmuje brzuch i z głośnym jękiem zwija się wpół. Podtrzymuję ją razem z pielęgniarką. Clare łapie powietrze szeroko otwartymi ustami, po czym zaczyna krzyczeć. Do pokoju wpada Amit Montague i natychmiast do niej podbiega.

– No, maleńka, już, już...

Pielęgniarka przekazuje doktor Montague najróżniejsze informacje, które dla mnie nie mają najmniejszego sensu. Clare szlocha przeraźliwie.

– Może by tak dać jej znieczulenie? – pytam ochrypłym głosem.

– Clare?

Kiwa głową. W pokoju zjawia się grupka ludzi z rurkami, igłami i skomplikowanymi aparatami. Siedzę, trzymając Clare za rękę. Nie spuszczam wzroku z jej twarzy. Leży na boku, jęcząc cicho, z twarzą mokrą od potu i łez, kiedy anestezjolog podłącza kroplówkę i wbija jej igłę w kręgosłup. Doktor Montague, marszcząc brwi, spogląda na monitor pokazujący pracę serca dziecka.

– Co się dzieje? – pyta Clare. – Coś jest nie tak.

– Serce bije jej bardzo szybko. Twoja malutka jest przerażona. Musisz się uspokoić, Clare, to dziecko też będzie spokojne.

– Ale to tak bardzo boli.

– Bo jest bardzo duża – mówi Amit Montague cichym, kojącym głosem. Krępy anestezjolog z sumiastym wąsem spogląda na mnie nad Clare. – Ale teraz podamy ci mały koktajl, trochę narkotyków, środków przeciwbólowych i zaraz się odprężysz. Dziecko też. Dobrze? – Clare kiwa głową, a doktor Montague uśmiecha się promiennie. – A ty, Henry, jak się miewasz?

– Nie można powiedzieć, żebym był odprężony. – Próbuję się uśmiechnąć. Przydałoby mi się trochę tego, co podają Clare. Przez chwilę widzę podwójnie, ale biorę głęboki wdech i wszystko wraca do normy.

– Już jest lepiej. Widzisz? – mówi doktor Montague. – Ból jest jak chmura, która przesuwa się po niebie. Odsuwamy go i porzucamy gdzieś nad drogą, a ty zostajesz tutaj razem ze swoją małą. Tu jest teraz bardzo przyjemnie, nigdzie nam się nie śpieszy...

Napięcie malujące się na twarzy Clare zniknęło. Nie spuszcza wzroku z twarzy doktor Montague. Aparaty cicho brzęczą. W pokoju panuje półmrok. Za oknem zaczyna wstawać świt. Doktor Montague spogląda na monitor pracy serca dziecka.

– Powiedz jej, że wszystko jest w porządku, to ona też się uspokoi. Zaśpiewaj jej piosenkę, dobrze?

– Alba, wszystko będzie dobrze – mówi cicho Clare. Spogląda na mnie. – Powiedz jej ten wiersz o kochankach na dywanie.

Początkowo nie mam pojęcia, o który wiersz jej chodzi, ale po chwili już sobie przypominam. Trochę mi głupio recytować Rilkego w obecności tych wszystkich ludzi, ale zaczynam: *Engel: Es wäre ein Platz, den wir nicht wissen...*

– Mów po angielsku – przerywa mi Clare.

– Przepraszam.

Zmieniam pozycję, tak że teraz siedzę przy brzuchu Clare, tyłem do Charisse, pielęgniarki i doktor Montague. Wsuwam dłoń pod przesiąkniętą potem koszulę Clare. Przez jej gorącą skórę wyczuwam zarys ciałka Alby.

– Aniele! – mówię do Clare, jakbyśmy leżeli w swoim własnym łóżku, jakbyśmy spędzali całą tą noc na mniej doniosłych sprawach.

Aniele: niechby się znalazł jakiś niewiadomy nam plac
i tam, na nieopisanym dywanie, kochankowie pokazaliby to,
czego umiejętności nigdy tu nie nabyli, śmiałe
podniebne figury wzlotu serca,
wieże swojej rozkoszy,
co nigdy nie miały podstawy, od dawna tylko o siebie wsparte
trzęsące się drabiny – i umieliby tego dokonać
w kręgu widzów, nieprzeliczonych bezgłosych umarłych:
czy tamci by wtedy rzucili ostatnie, których tak skąpią,
które tak skrzętnie chowają w niedostępnym nam miejscu,
obiegowe w wieczności monety szczęścia –
tym dwojgu, którzy wreszcie uśmiechają się szczerze, na dywan
*ukojenia**.

– No proszę – mówi doktor Montague, wyłączając monitor. – Wszyscy są już spokojni.

Uśmiecha się do nas promiennie i wychodzi z pokoju. Za nią znika pielęgniarka. Przyłapuję spojrzenie anestezjologa, które mówi wyraźnie: „Ależ z ciebie dupek".

CLARE: Słońce powoli wstaje, a ja leżę odrętwiała na tym dziwnym łóżku w różowym pokoju. Gdzieś tam, w obcym kraju, którym jest moja macica, Alba powoli posuwa się w stronę domu, a może się od niego oddala? Ból ustąpił, lecz wiem, że nie odszedł daleko, że czai się gdzieś w rogu pokoju albo pod łóżkiem i wyskoczy, kiedy będę się tego najmniej spodziewała. Skurcze przychodzą i mijają, dalekie, przytłumione, niczym bicie dzwonów we mgle. Henry leży obok mnie. Przez pokój przewijają się różni ludzie. Mam ochotę wymiotować, ale się powstrzymuję. Charisse podaje mi w papierowym kubku pokruszony lód. Smakuje jak stęchły śnieg. Patrzę na rurki, migające czerwone światełka i myślę o mamie. Oddycham głęboko. Henry przygląda mi się uważnie. Jest tak spięty i nieszczęśliwy, że znów zaczynam się martwić, czy nie zniknie.

---

* Rilke, *Elegie duińskie*, przekład Adam Pomorski (przyp. tłum.).

– Wszystko w porządku – mówię.

Kiwa głową i gładzi mnie po brzuchu. Pocę się jak szalona. W pokoju jest straszliwie gorąco. Wchodzi pielęgniarka i mnie bada. Bada mnie też Amit. Wśród tych wszystkich ludzi czuję, że jestem z Albą sama. Wszystko w porządku, powtarzam jej raz za razem. Świetnie ci idzie, nic mnie nie boli. Henry wstaje i zaczyna chodzić tam i z powrotem po pokoju, aż każę mu przestać. Czuję się tak, jakby wszystkie moje organy stały się żyjącymi stworzeniami, każdy ze swoim własnym planem zajęć, pociągiem do złapania.

Alba przesuwa się we mnie główką do przodu, niczym żywy świder, jakby chciała pogłębić wnętrze mojego ciała. Wyobrażam sobie, że płynie przeze mnie, wpada w spokojny o poranku staw, rozpryskując wodę na boki. Wyobrażam sobie jej twarz. Tak bardzo chcę ją zobaczyć. Mówię anestezjologowi, że chcę coś poczuć. Powoli odrętwienie ustępuje i ból powraca, lecz teraz jest to inny ból. Jest w porządku. Czas mija.

Czas mija, a ból pojawia się falami, jakby był kobietą stojącą przy desce do prasowania, przesuwającą żelazko tam i z powrotem po białym obrusie. Do pokoju wchodzi Amit i mówi, że czas jechać na salę porodową. Golą mnie i myją, kładą na wózek i wiozą korytarzem. Obserwuję przesuwający się nade mną sufit. Razem z Albą jedziemy, by wreszcie się spotkać, a obok nas idzie Henry. Na sali porodowej wszystko jest zielone i białe. Czuję zapach detergentów, przypominają mi Ettę, chcę, by teraz była przy mnie, ale ona jest przecież w Meadowlark. Patrzę na Henry'ego, który ma na sobie fartuch chirurgiczny, i zaczynam się zastanawiać, dlaczego tu jesteśmy, przecież powinniśmy być w domu, aż nagle czuję napór Alby i niemal bezwiednie zaczynam przeć. Raz po raz, jakby to była gra, piosenka. Nagle ktoś mówi: „Hej, a gdzie się podział tatuś?". Rozglądam się, ale Henry zniknął, nigdzie go nie ma. Niech go diabli, myślę, nie, nie, Panie Boże, wcale tak nie myślałam, ale Alba napiera coraz mocniej i nagle widzę przy sobie Henry'ego. Jest zdezorientowany i nagi, ale jest przy mnie! „*Sacré Dieu!*" – woła Amit, a potem: „Widzę główkę!". Prę z całych sił i główka Alby pojawia się między moimi nogami. Wyciągam rękę, żeby ją pogłaskać, jej delikatną, mokrą główkę, tak aksamitną, zaczynam przeć z całych sił i Alba wysuwa się ze mnie prosto w wyciągnięte dłonie Henry'ego. Ktoś woła: „Och!", a ja czuję się pusta i wolna. Słyszę dźwięk, jakby ktoś puścił starą płytę, wkładając igłę w niewłaściwy rowek, Alba zaczyna krzyczeć. W jednej chwili już jest przy mnie, ktoś kładzie mi ją na brzuchu i spoglądam na jej buzię, różową i pomarszczoną, na czarne włosy i mrugające oczka. Wymachuje na ślepo maleńkimi rączkami, nagle podciąga się do moich piersi i zatrzymuje się wyczerpana tym wyczynem; wyczerpana swoim przyjściem na świat.

Henry pochyla się nade mną, dotyka jej czoła i mówi: „Alba".

Później:

CLARE: Wieczór pierwszego dnia Alby na świecie. Trzymając ją w ramionach, leżę w szpitalnym pokoju, otoczona balonikami, pluszowymi misiami i kwiatami. Henry siedzi po turecku w nogach łóżka i robi nam zdjęcia. Alba właśnie skończyła jeść i z jej malutkich usteczek wypływają bańki powietrza. Zasypia. Henry kończy rolkę i wyjmuje ją z aparatu.

– Hej – mówię nagle, bo wszystko sobie przypomniałam. – Gdzie zniknąłeś? Wtedy na sali porodowej?

Henry wybucha śmiechem.

– Miałem nadzieję, że nie zauważyłaś. Pomyślałem, że jesteś tak zajęta...

– Gdzie byłeś?

– Włóczyłem się w środku nocy po mojej starej szkole podstawowej.

– Jak długo?

– Całymi godzinami. Kiedy zniknąłem, zaczynało świtać. Była zima i w szkole wyłączyli ogrzewanie. Jak długo mnie nie było?

– Nie jestem pewna. Chyba jakieś pięć minut.

Henry kręci głową.

– Byłem wściekły. Zostawiłem cię tu samą, żeby włóczyć się bez sensu po szkolnych korytarzach. To było takie... czułem się... – Uśmiecha się. – Ale nie było tak źle, prawda?

– Wszystko dobre, co się dobrze kończy – mówię z uśmiechem.

– Sam nie wiesz, jak mądrze mówisz*.

Rozlega się ciche pukanie do drzwi.

– Proszę! – mówi Henry i do pokoju wchodzi Richard.

Po kilku krokach zatrzymuje się z wahaniem. Henry się odwraca.

– Tato... – zaczyna. Zeskakuje z łóżka i dodaje: – Usiądź.

Richard trzyma w ręce bukiet kwiatów i pluszowego misia, którego Henry sadza na parapecie obok całej gromady innych.

– Clare – mówi Richard. – Ja... gratuluję z całego serca. – Opada powoli na stojące przy łóżku krzesło.

– Chciałbyś ją potrzymać? – pyta cicho Henry.

Richard kiwa głową, patrząc na mnie, jakby chciał sprawdzić, czy się zgadzam. Wygląda, jak gdyby nie spał od paru dni. Ma na sobie pomiętą koszulę, pachnie potem i stęchłym piwem. Uśmiecham się do niego, choć nie jestem pewna, czy to dobry pomysł. Podaję Albę Henry'emu, który delikatnie kładzie ją w niepewnych ramionach Richarda. Alba odwraca swoją malutką buzię w stronę nieogolonej twarzy dziadka i zaczyna szukać sutka na jego piersi. Po chwili poddaje się, ziewa przeciągle i znów zapada w sen. Richard uśmiecha się czule. Zapomniałam już, jak bardzo uśmiech rozświetla całą jego twarz.

– Jest piękna – mówi do mnie. A do Henry'ego: – Wygląda zupełnie jak twoja matka.

Henry kiwa głową.

– To twoja skrzypaczka, tato. – Uśmiecha się. – Geny przeskoczyły jedno pokolenie.

– Skrzypaczka? – Richard spogląda na niemowlę, na czarne włosy i malutkie, zaciśnięte piąstki. Jeszcze nikt nigdy nie przypominał skrzypaczki w mniejszym stopniu niż Alba w tej chwili. – Skrzypaczka. – Potrząsa głową. – Ale skąd... Mniejsza o to. Jesteś więc skrzypaczką, maleńka?

---

* William Shakespeare, *Jak wam się podoba*, akt II, scena IV, przekład Leon Ulrich (przyp. tłum.).

Alba wysuwa koniuszek języka i wszyscy wybuchamy śmiechem.

– Kiedy podrośnie, będzie potrzebowała nauczyciela – rzucam ostrożnie.

– Nauczyciela? Ach tak... Chyba nie oddacie jej na naukę jednemu z tych japońskich idiotów?

Henry chrząka cicho.

– Mieliśmy nadzieję, że jeśli nie będziesz miał nic lepszego do roboty...

Richard w lot rozumie jego słowa. Miło jest patrzeć, jak uświadamia sobie, że ktoś go potrzebuje, że tylko on może uczyć swoją jedyną wnuczkę.

– Będę zachwycony – mówi i przyszłość Alby rozwija się przed nią niczym długi czerwony chodnik.

Wtorek, 11 września 2001
(Clare ma 30, Henry 38 lat)

CLARE: Budzę się o 6.43. Henry'ego nie ma w łóżku. Alba też nie leży w swoim łóżeczku. Bolą mnie piersi i srom. Boli mnie wszystko. Ostrożnie wstaję z łóżka, idę do łazienki. Powoli przechodzę przez hol i jadalnię. W salonie Henry siedzi na kanapie z Albą w ramionach. Mały czarno-biały telewizor ma wyłączony dźwięk, a Henry unika patrzenia w ekran. Alba śpi. Siadam obok niego. Obejmuje mnie ramieniem.

– Dlaczego wstałeś? – pytam. – Myślałam, że to dopiero za parę godzin?

Na ekranie telewizora uśmiecha się prezenter pogody i pokazuje satelitarne zdjęcie Środkowego Zachodu.

– Nie mogłem spać. Chciałem pooglądać normalny świat.

– Och. – Opieram głowę na jego ramieniu i zamykam oczy. Kiedy je znów otwieram, na ekranie kończy się reklama telefonów komórkowych, a zaczyna reklama wody mineralnej. Henry podaje mi śpiącą Albę i wstaje. Po chwili słyszę, że robi śniadanie. Kiedy Alba się budzi, rozpinam koszulę i podaję jej pierś.

Bolą mnie sutki. W telewizji blond prezenter informuje o czymś z uśmiechem. Razem z drugą prezenterką, młodą Azjatką, śmieją się do mnie. W ratuszu burmistrz Daley odpowiada na pytania. Drzemię. Alba ssie pierś. Henry przynosi na tacy jajka, grzankę i sok pomarańczowy. Marzę o kawie. Henry taktownie wypił swoją w kuchni, ale czuję jej zapach w jego oddechu. Stawia tacę na niskim stoliku i kładzie mi talerz na kolanach. Zjadam jajka, podczas gdy Alba cały czas ssie pierś. Henry zbiera żółtko kawałkiem grzanki. Na ekranie telewizora grupka dzieciaków podskakuje wesoło na trawie, demonstrując zalety jakiegoś proszku do prania. Kończymy śniadanie, Alba też kończy swoje. Podnoszę ją, żeby się jej odbiło, a Henry wynosi naczynia do kuchni. Kiedy wraca, podaję mu malutką i idę do łazienki. Biorę prysznic. Woda jest tak gorąca, że niemal parzy, ale wywiera zbawienny wpływ na moje obolałe ciało. Wdycham wilgotne powietrze, wycieram się dokładnie, wcieram balsam w usta, piersi i brzuch. Szczotkuję włosy. Wkładam spodnie od dresu i sweter. Czuje się zdeformowana, jakby ktoś spuścił ze mnie powietrze. W salonie Henry siedzi z zamkniętymi oczami, a Alba ssie kciuk. Kiedy siadam na kanapie, otwiera oczy i cichutko popłakuje. Kciuk wysuwa jej się z buzi, wygląda na mocno tym zdziwioną. Na ekranie dżip jedzie przez pustynny krajobraz. Henry znowu wyłączył dźwięk. Masuję sobie powieki koniuszkami palców. Zasypiam.

– Obudź się, Clare – mówi nagle Henry.

Otwieram oczy. Obraz w telewizorze wiruje. Ulica w mieście. Niebo. Płonący biały wieżowiec. Mały jak zabawka samolot wbija się w drugą białą wieżę. Wybuchają płomienie. Henry włącza dźwięk.

– O mój Boże – mówi głos w telewizji. – O mój Boże.

Wtorek, 11 czerwca 2002
(Clare ma 31 lat)

CLARE: Rysuję Albę. Ma teraz dziewięć miesięcy i pięć dni. Śpi na wznak na niebieskim flanelowym kocyku rozłożonym na żółto-rdzawym dywanie w salonie. Właśnie skończyła jeść. Moje piersi są lekkie, niemal puste. Alba śpi tak głęboko, że bez obaw wychodzę na podwórko i idę do swojej pracowni.

Przez minutę stoję w drzwiach, wdychając lekko stęchły zapach. Potem znajduję papier w kolorze persymony, który wygląda zupełnie jak skóra wołowa, chwytam kilka pasteli, deskę do rysowania i wracam (z lekkim tylko ukłuciem żalu) do domu.

W środku panuje cisza. Henry jest w pracy (mam nadzieję), a z piwnicy dobiega szum pralki. Cicho szemrze klimatyzacja. Słyszę przytłumione odgłosy ruchu ulicznego z Lincoln Avenue. Siadam na dywanie obok Alby. Promienie słoneczne układają się kilkanaście centymetrów od jej stóp. Za pół godziny zaleją ją całą swym blaskiem.

Przypinam papier do deski i układam na dywanie pastele. Z ołówkiem w dłoni przyglądam się mojej córce.

Alba śpi smacznym snem. Jej klatka piersiowa wznosi się powoli i opada; słyszę cichutkie pochrapywanie za każdym razem, gdy wydycha powietrze. Boję się, czy się nie zaziębiła. To czerwcowe popołudnie jest co prawda ciepłe, ale Alba ma na sobie tylko pieluszkę. Jest lekko zarumieniona. Lewą rączkę zaciska rytmicznie raz po raz. Może śni się jej muzyka?

Zaczynam szkicować odwróconą w moją stronę główkę. Robię to bez zastanowienia. Moja ręka przesuwa się po papierze jak igła sejsmografu, rejestrując małą postać Alby. Dostrzegam, jak jej szyja znika w fałdkach dziecięcego tłuszczyku, widzę małe zagłębienia nad kolanami, gdy kopie nóżkami, po czym znów nieruchomieje. Mój ołówek opisuje wypukłość brzuszka, który znika nagle pod pieluszką. Przyglądam się swemu dziełu. Poprawiam zarys nóżek, raz jeszcze rysuję miejsce, w którym prawa rączka wyrasta z tułowia.

Zaczynam nakładać pastele. Najpierw rozjaśniam białym – wzdłuż noska Alby i jej lewego boku, na malutkich knykciach, pieluszce, lewej stopie. Potem dodaję cienie ciemną zielenią i ultramaryną. Głęboki cień przylega do prawego boku Alby w miejscu, gdzie jej ciałko styka się z kocykiem. Wygląda to jak kałuża wody. Nagle Alba na rysunku staje się trójwymiarowa i o mało co nie zeskakuje z papieru.

Korzystam z dwóch różowych pasteli: jasnego o barwie wnętrza muszli i ciemniejszego, który przypomina mi surowego tuńczyka. Szybkimi ruchami rysuję skórę Alby. Zupełnie jakby była ukryta gdzieś pod papierem, a ja tylko usuwam niewidzialną substancję, która ją zakryła. Na jasnej skórze chłodnym fioletem zaznaczam nosek, uszy i usta (lekko rozchylone w kształcie litery O). Jej czarne gęste włosy ożywają dzięki mieszaninie granatu, czerni i czerwieni. Bardzo starannie rysuję brwi wyglądające jak dwie włochate stonogi, które znalazły sobie dom na twarzy córeczki.

Teraz już cała leży w słońcu. Porusza się, zakrywa malutką dłonią oczy i wzdycha. Na dole kartki piszę nasze imiona oraz datę.

Rysunek jest skończony. Posłuży jako pamiątka – kochałam cię, stworzyłam i zrobiłam to dla ciebie – kiedy nie będzie już ani mnie, ani Henry'ego, ani nawet Alby. Będzie obwieszczał wszystkim: stworzyliśmy cię i oto jesteś, tutaj i teraz.

Alba otwiera oczy i uśmiecha się.

TAJEMNICA

Niedziela, 12 października 2003
(Clare ma 32, Henry 40 lat)

CLARE: To jest moja tajemnica: czasami cieszę się, gdy Henry znika. Czasem lubię być sama. Czasami późno w nocy chodzę po domu i aż drżę z przyjemności, że nie muszę z nikim rozmawiać, nikt mnie nie dotyka, tylko spaceruję, siedzę lub biorę kąpiel. Czasami leżę na podłodze w salonie i słucham Fleetwood Mac, The Bangles, B-52, The Eagles; zespołów, których Henry nie znosi. Czasem chodzę na długie spacery z Albą i nie zostawiam liściku, gdzie jestem. Albo umawiam się z Celią na kawę i rozmawiamy o Henrym i Ingrid lub o kimś, z kim Celia spotyka się akurat w tym tygodniu. Czasem umawiam się z Charisse i Gomezem, nie rozmawiamy wcale o Henrym i udaje nam się miło spędzić czas. Pewnego razu pojechałam do Michigan, a kiedy wróciłam, Henry'ego nadal nie było. Nie powiedziałam mu potem, że w ogóle gdzieś wyjeżdżałam. Czasami wynajmuję opiekunkę do Alby i idę do kina albo wybieram się późnym wieczorem na przejażdżkę rowerową nieoświetloną ścieżką wzdłuż plaży Montrose. Czuję się wtedy zupełnie tak, jakbym latała.

Czasami się cieszę, kiedy Henry'ego nie ma, ale zawsze jestem bardzo szczęśliwa, gdy wraca.

TRUDNOŚĆ NATURY TECHNICZNEJ

Piątek, 7 maja 2004
(Henry ma 40, Clare 32 lata)

HENRY: Jesteśmy na wernisażu wystawy Clare w Centrum Kultury w Chicago. Przez cały rok pracowała niemal bez przerwy, tworząc z drutu ogromne ptasie szkielety, owijała je przezroczystym papierem i pokrywała szelakiem, aż przepuszczały światło. Teraz te rzeźby wiszą u wysokiego sufitu i stoją przyczajone na podłodze. Niektóre mogą się poruszać: kilka ptaków macha skrzydłami, a dwa szkielety kogutów powoli niszczą się nawzajem w jednym rogu. Nad wejściem góruje trzymetrowy gołąb. Clare jest wykończona i równocześnie zachwycona. Ma na sobie prostą czarną sukienkę, włosy upięła wysoko. Niektórzy przynieśli jej kwiaty, trzyma teraz w ramionach bukiet białych róż; obok księgi gości leży stos owiniętych w celofan kwiatów. W centrum panuje ścisk. Ludzie krążą dookoła, wydają okrzyki zachwytu przy eksponatach, odchylają głowy do tyłu, by obejrzeć zawieszone pod sufitem ptaki. Wszyscy gratulują Clare. W porannym wydaniu „Tribune" ukazała się pełna zachwytów recenzja. Są tutaj wszyscy nasi przyjaciele, z Michigan przyjechała też rodzina Clare: Philip, Alicia, Mark, Sharon i ich dzieci, Nell, Etta. Charisse robi im zdjęcia i wszyscy uśmiechają się do obiektywu. Kiedy kilka tygodni później wręczy nam odbitki, uderzą mnie cienie pod oczami Clare i jej wychudzona postać.

Trzymam Albę za rękę. Stoimy przy ścianie na tyłach sali, z dala od tłumu. Alba nic nie widzi, bo wszyscy są dużo wyżsi od niej, więc biorę ją na ręce.

Rodzina Clare rozeszła się już po sali. Leah Jacobs, jej marszandka, przedstawia ją właśnie eleganckiej starszej parze.

– Chcę do mamy – mówi Alba.

– Mama jest teraz zajęta. – Kręci mi się w głowie. Pochylam się i stawiam Albę na podłodze.

Wyciąga do mnie ręce.

– Chcę do mamy.

Siadam na podłodze i chowam głowę między kolana. Muszę znaleźć miejsce, gdzie nikt nie będzie mnie widział. Alba ciągnie mnie za ucho.

– Przestań – mówię. Podnoszę wzrok.

Przez tłum przedziera się w naszą stronę mój ojciec.

– Idź – mówię do Alby. Popycham ją lekko. – Idź do dziadzia.

Zaczyna jęczeć.

– Nie widzę dziadzia. Chcę do mamy.

Czołgam się w stronę ojca. Wpadam na czyjeś nogi. Słyszę jeszcze krzyk Alby: „Mama!", i znikam.

CLARE: Na wernisaż przyszedł tłum ludzi. Wszyscy napierają na mnie z uśmiechem. Ja też uśmiecham się do nich. Wystawa prezentuje się wspaniale, wreszcie tego dokonałam. Jestem bardzo szczęśliwa i bardzo zmęczona. Cała twarz boli mnie od nieustannych uśmiechów. Są tu wszyscy, których znam. Rozmawiam właśnie z Celią, gdy słyszę jakieś poruszenie na tyłach galerii. Po chwili słyszę krzyk Alby: „Mama!". Gdzie jest Henry? Próbuję przecisnąć się przez tłum do małej. Po chwili dostrzegam: Richard wziął ją na ręce. Ludzie się rozstępują, by zrobić mi przejście. Richard podaje mi Albę. Mała oplata mnie nogami w pasie, chowa twarz na ramieniu i zaciska ręce na szyi.

– Gdzie jest tatuś? – pytam cicho.

– Zniknął.

NATURE MORTE

Niedziela, 11 lipca 2004
(Clare ma 33, Henry 41 lat)

CLARE: Henry śpi na podłodze w kuchni, cały poraniony i zalany krwią. Nie chcę go ruszać ani budzić. Przez chwilę siedzę obok niego na chłodnym linoleum. W końcu wstaję i włączam ekspres. Kiedy kawa zaczyna się sączyć do dzbanka, sycząc przy tym od czasu do czasu, Henry jęczy i zakrywa dłonią oczy. Widać wyraźnie, że ktoś go pobił. Jedno oko ma tak spuchnięte, że nie może go otworzyć. Krew płynie mu chyba z nosa. Nie dostrzegam żadnych ran, tylko fioletowe ślady po uderzeniach na całym ciele. Jest bardzo chudy, można policzyć mu wszystkie żebra. Kości miednicy wystają spod skóry, ma zapadnięte policzki. Włosy znów sięgają mu ramion, pojawiło się w nich siwe pasemko. Dłonie i stopy ma pocięte, a na ciele ślady po ukąszeniach owadów. Jest bardzo opalony i brudny, ma czarne paznokcie. Pachnie trawą, krwią i solą. Postanawiam go obudzić.

– Henry – mówię bardzo cicho. – Obudź się, jesteś w domu... – Gładzę go delikatnie po twarzy.

Otwiera oko. Widzę, że nie jest jeszcze całkiem rozbudzony.

– Clare – mamrocze. – Clare.

Ze zdrowego oka zaczynają płynąć łzy, ramiona drżą mu od szlochu. Przytulam go mocno i kładę jego głowę na kolanach. Ja też płaczę. Leży zwinięty w kłębek na podłodze, tulimy się do siebie, kołyszemy, płaczemy razem z wielkiej ulgi i z wielkiego smutku.

Czwartek, 23 grudnia 2004
(Clare ma 33, Henry 41 lat)

CLARE: Jutro Wigilia. Henry jest w Water Tower Place. Zabrał tam Albę, by zobaczyła Świętego Mikołaja u Marshalla Fielda. Ja kończę zakupy. Teraz siedzę w kawiarni w księgarni Border, popijając cappuccino przy stoliku pod oknem od frontu. Torby z zakupami oparłam o krzesło i daję odpocząć zmęczonym stopom. Za oknem zapada zmierzch. Wszystkie drzewa udekorowane są białymi lampkami. Po Michigan Avenue przesuwają się tłumy ludzi, a gdzieś w oddali słychać dzwonek Mikołaja Armii Zbawienia. Odwracam się w kierunku sklepu, szukając wzrokiem Henry'ego i Alby, i nagle słyszę, jak ktoś woła moje imię. W moją stronę podąża Kendrick z żoną Nancy, Colinem i Nadią.

Dostrzegam od razu, że wyszli ze sklepu FAO Schwarz; na ich twarzach maluje się wyraz typowy dla wstrząśniętych rodziców, którzy właśnie opuścili zabawkowe piekło. Nadia podbiega do mnie, krzycząc: „Ciocia Clare! Ciocia Clare! A gdzie jest Alba?". Colin uśmiecha się nieśmiało i wyciąga rękę, by pokazać mi ściskaną w dłoni malutką żółtą ciężarówkę. Gratuluję mu serdecznie i mówię Nadii, że Alba poszła odwiedzić Świętego Mikołaja. Dziewczynka szybko oznajmia, że widziała go już w zeszłym tygodniu. „I o co go poprosiłaś?", dopytuję się. „O chłopaka", odpowiada Nadia. Ma dopiero trzy lata. Uśmiecham się do Kendricka i Nancy. Kendrick szepcze coś do Nancy, która mówi: „No, dzieciaki, idziemy. Musimy znaleźć książkę dla cioci Silvie". Cała trójka kieruje się w stronę stołów ze specjalną świąteczną ofertą. Kendrick wskazuje na puste krzesło.

– Mogę? – pyta.

– Jasne.

Siada i wzdycha ciężko.

– Nienawidzę świąt.

– Tak jak Henry.

– Naprawdę? Nie wiedziałem. – Opiera się o okno i zamyka oczy.

Kiedy zaczynam podejrzewać, że zasnął, otwiera je i pyta:

– Czy Henry bierze wszystkie lekarstwa?

– Chyba tak. Oczywiście, jeśli tylko może, bo ostatnio często znika.

Kendrick bębni palcami po stole.

– Jak często?

– Co parę dni.

Słysząc to, wścieka się nie na żarty.

– Dlaczego mi o tym nie mówi?

– Boi się chyba, że wpadniesz w szał i zrezygnujesz.

– Jest jedynym obiektem badań, który potrafi mówić, a nigdy tego nie robi!

Wybucham śmiechem.

– Coś o tym wiem.

– Próbuję to wszystko rozgryźć od strony naukowej. Henry musi mi mówić, kiedy coś jest nie tak, bo inaczej będziemy się kręcić w kółko.

Kiwam głową. Za oknem pada śnieg.

– Clare?

– Hmmm?

– Dlaczego nie pozwalasz mi zbadać DNA Alby?

Prowadziłam tę rozmowę z Henrym chyba setki razy.

– Bo najpierw będziesz chciał zlokalizować wszystkie markery w jej genach i to jest w porządku. Ale potem razem z Henrym zaczniecie mnie namawiać, żebym zgodziła się na podanie jej leków, a to już nie jest w porządku. Dlatego.

– Ale ona jest jeszcze bardzo młoda; ma duże szanse, żeby pozytywnie zareagować na terapię.

– Powiedziałam: nie. Kiedy skończy osiemnaście lat, będzie mogła sama podjąć decyzję. Do tej pory wszystko, co podawałeś Henry'emu, zamieniało jego życie w koszmar. – Nie mogę spojrzeć na Kendricka. Spuszczam wzrok na dłonie splecione ciasno na stoliku.

– Ale może zdołamy opracować dla niej terapię genową...

– Ludzie umierali z powodu terapii genowej.

Kendrick milczy. Hałas w sklepie staje się nie do zniesienia. Nagle słyszę głos Alby: „Mama!". Podnoszę wzrok i dostrzegam ją na ramionach Henry'ego. Ściska go rączkami za głowę. Oboje mają na sobie czapki ze skórki szopa. Kiedy Henry dostrzega Kendricka, w jego oczach pojawia się strach. Zastanawiam się, jakie mają przede mną sekrety. Nagle Henry uśmiecha się i rusza w naszą stronę z Albą podskakującą wesoło na ramionach. Kendrick wstaje, by się z nim przywitać, a ja szybko odpędzam od siebie tę myśl.

URODZINY

Środa, 24 maja 1989
(Henry ma 41, Clare 18 lat)

HENRY: Ląduję z hukiem na boleśnie ostrej trawie Łąki. Leżę brudny i pokrwawiony u stóp Clare. Siedzi na kamieniu, nieskazitelna w swojej białej jedwabnej sukience, białych pończochach, bucikach i krótkich białych rękawiczkach.

– Witaj, Henry – mówi, zupełnie jakbym wpadł na herbatę.

– Co jest? – pytam. – Wyglądasz, jakbyś szła do pierwszej komunii.

Clare prostuje plecy.

– Dzisiaj jest dwudziesty czwarty maja tysiąc dziewięćset osiemdziesiątego dziewiątego roku – mówi.

Myślę bardzo szybko.

– Wszystkiego najlepszego z okazji urodzin. Czy schowałaś gdzieś dla mnie strój à la Bee Gees?

Nie zniżając się do odpowiedzi, Clare zsuwa się z kamienia i wyjmuje zza niego pokrowiec na ubranie. Teatralnym gestem rozpina zamek i moim oczom ukazuje się smoking ze spodniami i jedną z tych paskudnie oficjalnych koszul, które wymagają spinek. Z leżącej obok pokrowca walizki Clare wyjmuje też bieliznę, szeroki jedwabny pas, muszkę, spinki do mankietów i goździk. Jestem poważnie zaniepokojony. Zaczynam się zastanawiać nad dzisiejszą datą.

– Clare, nie pobieramy się dzisiaj, prawda? I nie robimy nic równie szalonego? Bo wiem na pewno, że rocznica naszego ślubu przypada w końcu października.

Kiedy się ubieram, stoi odwrócona do mnie tyłem.

– Nie pamiętasz nawet rocznicy naszego ślubu? Jakież to typowe.

Wzdycham ciężko.

– Kochanie, wiesz, że ją pamiętam, tylko nie mogę sobie teraz przypomnieć. Jeszcze raz wszystkiego najlepszego.

– Skończyłam osiemnaście lat.

– Wielkie nieba, rzeczywiście. A wydaje mi się, że dopiero wczoraj miałaś sześć.

Jak zawsze Clare jest bardzo zaintrygowana faktem, że niedawno odwiedziłem jakąś jej inną wersję, starszą lub młodszą.

– Widziałeś mnie ostatnio w wieku sześciu lat?

– Przed chwilą leżałem obok ciebie w łóżku, a ty czytałaś *Emmę*. Miałaś trzydzieści trzy lata. Ja mam teraz czterdzieści jeden lat i czuję na sobie każdy przeżyty dzień. – Przesuwam dłonią po włosach i dotykam zarostu. – Przepraszam, Clare. Chyba nie prezentuję się najlepiej w dzień twoich urodzin. – Wsuwam goździk w butonierkę i zaczynam zapinać spinki. – Widziałem twoją sześcioletnią wersję jakieś dwa tygodnie temu. Narysowałaś mi kaczkę.

Clare się rumieni. Rumieniec rozpływa się po jej twarzy jak krople krwi w misce mleka.

– Jesteś głodny? Przygotowałam prawdziwą ucztę!

– Jasne, że jestem. Umieram z głodu i boję się, że zaraz popełnię akt kanibalizmu.

– To nie będzie konieczne.

Ton jej głosu budzi moją czujność. Dzieje się tu coś, o czym nie mam pojęcia, a Clare spodziewa się, że wiem o wszystkim. Z podniecenia zaczyna cicho nucić pod nosem. Zaczynam się zastanawiać nad względnymi korzyściami płynącymi z prostego przyznania się do niewiedzy. A może powinienem dalej udawać? Na razie zostawiam sprawy własnemu biegowi. Clare rozkłada na trawie koc, który jakiś czas potem będzie leżał na naszym łóżku.

Siadam i od razu czuję się lepiej, mając pod sobą jego znajomą zieleń. Clare rozpakowuje kanapki, małe papierowe kubeczki, sztućce, krakersy, słoiczek kawioru z supermarketu, butelkę caberneta z wymyślną naklejką, lekko roztopiony ser brie i papierowe talerzyki.

– Wino! Kawior! – Jestem pod wrażeniem, ale jakoś mnie to nie bawi. Clare podaje mi wino i korkociąg. – Hmm, chyba jeszcze o tym nie wspominałem, ale nie wolno mi pić. Zalecenia lekarza.

Clare wygląda na przygnębioną.

– Ale z pewnością wolno mi jeść... i mogę udawać, że piję. Jeśli to ma w czymś pomóc. – Nie potrafię się oprzeć wrażeniu, że bawimy się w dom. – Nie wiedziałem, że pijesz alkohol. Nigdy nie widziałem, byś to robiła.

– Jakoś za nim nie przepadam, ale pomyślałam, że w tak doniosłej chwili miło będzie napić się trochę wina. Szampan pewnie byłby lepszy, ale w spiżarni było tylko wino, więc je przyniosłam.

Otwieram butelkę i nalewam po odrobinie do dwóch papierowych kubeczków, które unosimy w milczeniu. Udaję, że piję. Clare pociąga spory łyk.

– Nie jest wcale takie najgorsze – mówi.

– To wino po dwadzieścia dolarów za butelkę.

– Och. No to było rewelacyjne.

– Clare...

Rozpakowuje kanapki z pieczywa ryżowego przełożone ogórkami.

– Nie lubię wychodzić na głupka... to jasne, dziś są twoje urodziny, ale...

– Moje osiemnaste urodziny – zgadza się ze mną.

– Hmmm. Po pierwsze, jest mi bardzo przykro, że nie mam żadnego prezentu...

Clare, zaskoczona, podnosi wzrok i uświadamiam sobie, że zaczynam zmierzać w pożądanym przez nią kierunku.

– ...ale sama wiesz, nie mogę niczego ze sobą zabierać...

– Wiem doskonale. Nie zapomniałeś chyba, że ustaliliśmy wszystko podczas twojej ostatniej wizyty. Dzisiejszy dzień jest ostatnim na Liście, a na dodatek to dzień moich urodzin. Nie pamiętasz? – Clare wpatruje się we mnie badawczo, jakby mogła przerzucić swoją pamięć do mojej głowy.

– Ale ja jeszcze tam nie byłem. Ta rozmowa odbędzie się dopiero w mojej przyszłości. Ciekawe, dlaczego ci o tym nie powiedziałem. Na Liście zostało mi jeszcze sporo dat. Poza tym wiesz, że za kilka lat spotkamy się w teraźniejszości.

– To tak długo. Przynajmniej dla mnie.

Zapada niezręczna cisza. Dziwnie robi mi się na myśl, że w tej chwili w teraźniejszości mam dwadzieścia pięć lat, zajmuję się w Chicago swoimi sprawami, zupełnie nieświadomy istnienia Clare i mojej własnej obecności na tej uroczej łące w Michigan w piękny wiosenny dzień. W dzień jej osiemnastych urodzin. Plastikowymi nożykami nakładamy kawior na krakersy „Ritz". Przez długą chwilę słychać tylko głośne chrupanie. Rozmowa utknęła w martwym punkcie. Nagle po raz pierwszy zaczynam się zastanawiać, czy Clare jest do końca szczera. Wie przecież, że mam pewne problemy z oświadczeniami zaczynającymi się od „nigdy". Bo przecież nigdy nie mogę tak do końca wrócić wspomnieniami w przeszłość, gdyż jest ona w bardzo niewygodny sposób połączona z moją przyszłością. Po krakersach przechodzimy do truskawek.

– Clare...

Uśmiecha się niewinnie.

– Co takiego postanowiliśmy podczas naszego ostatniego spotkania? Co planowaliśmy na twoje urodziny?

Znów się rumieni.

– Właśnie to. – Wskazuje ręką rozłożone na kocu jedzenie.

– Coś jeszcze? To oczywiście jest wspaniałe.

– No... tak.

Zamieniam się w słuch, ale chyba już wiem, co zaraz powie.

– Więc?

Clare jest czerwona jak burak, ale udaje się jej mimo to wyglądać godnie, gdy mówi:

– Mieliśmy się kochać.

– Ach.

Szczerze mówiąc, zawsze zastanawiałem się nad doświadczeniami seksualnymi Clare, które miały miejsce przed 26 października 1991 roku, kiedy to spotkaliśmy się po raz pierwszy w teraźniejszości. Pomimo wielu odważnych prowokacji z jej strony nigdy nie chciałem się z nią kochać i spędziłem wiele godzin na pogaduszkach o niczym, walcząc z bolesną erekcją. Dziś jednak Clare stała się oficjalnie, jeśli jeszcze nie emocjonalnie, dorosła i chyba nie mogę już skomplikować jej życia... nie zapominając, oczywiście, o tym, że paskudnie skomplikowałem jej dzieciństwo, stając się mimowolnie jego częścią. Ile dziewcząt ma okazję oglądać swojego przyszłego męża w regularnych odstępach czasu, kiedy materializuje się przed nimi goły jak go Pan Bóg stworzył? Clare obserwuje mnie uważnie. Myślę o tym, jak się z nią po raz pierwszy kochałem, i zastanawiam się, czy ona też robiła to ze mną po raz pierwszy. Postanawiam zapytać ją o to, gdy wrócę do teraźniejszości. Tymczasem Clare chowa wszystko do kosza piknikowego.

– I co?

A, do diabła.

– Dobrze.

Clare jest podekscytowana i jednocześnie przerażona.

– Henry, kochałeś się ze mną mnóstwo razy...

– Mnóstwo.

Nie bardzo radzi sobie z wypowiedzeniem tego, co ma na myśli.

– Zawsze jest pięknie – mówię. – To najpiękniejsza rzecz w moim życiu. Będę bardzo delikatny.

Wypowiedziawszy te słowa, zaczynam się denerwować. Czuję spoczywającą na mnie odpowiedzialność, boję się, czy nie przypominam przypadkiem Humberta Humberta. Wydaje mi się również, że obserwuje mnie wiele osób, a wszystkie one są Clare. Jeszcze nigdy nie miałem mniejszej ochoty na seks.

– Dobra. – Biorę głęboki wdech. – Kocham cię.

Wstajemy oboje, chwiejąc się nieco na nierównym kocu. Clare wsuwa się w moje rozłożone ramiona. Stoimy nieruchomo, obejmując się na Łące niczym figurki państwa młodych na weselnym torcie. Ale to przecież jest Clare, która podeszła do mojej czterdziestoletniej wersji zupełnie tak samo jak w dzień, gdy się poznaliśmy. Bez strachu. Odchyla głowę do tyłu. Pochylam się i całuję ją.

– Clare?

– Mmmm?

– Na pewno jesteśmy sami?

– Wszyscy z wyjątkiem Etty i Nell są w Kalamazoo.

– Bo czuję się trochę jak w *Ukrytej kamerze*.

– To jakaś paranoja. Smutne.

– Nieważne.

– Możemy iść do mojego pokoju.

– Zbyt niebezpieczne. Boże, jest zupełnie jak w szkole średniej.

– Co takiego?

– Nieważne.

Clare cofa się o parę kroków i rozpina sukienkę. Przeciąga ją przez głowę i rzuca na koc z godną podziwu nonszalancją. Zdejmuje buty i zsuwa pończochy. Rozpina i zdejmuje stanik, zsuwa majtki. Stoi przede mną zupełnie naga. To przypomina cud: wszystkie drobne niedoskonałości, które pokochałem, zniknęły; brzuch Clare jest znów płaski, nie widać na nim śladów ciąż, które przyniosą nam tyle smutku i bólu, tyle szczęścia. Ta Clare jest nieco szczuplejsza i o wiele bardziej pogodna niż Clare, którą kocham w teraźniejszości. Po raz kolejny uświadamiam sobie, ile smutku stało się naszym udziałem. Jednakże dziś zniknął w magiczny sposób; dziś mamy przed sobą tylko szansę na wielką radość. Klękam na kocu, a Clare staje przede mną. Na chwilę przytulam twarz do jej brzucha. Kiedy podnoszę wzrok, widzę ją nad sobą, jak stoi na tle błękitnego nieba z dłońmi ukrytymi w moich włosach.

Zrzucam marynarkę i rozwiązuję krawat. Clare klęka i oboje z precyzją saperów rozpinamy spinki u mankietów. Zdejmuję spodnie i bieliznę. Nie ma mowy, by zrobić to z wdziękiem. Ciekawe, jak sobie z tym radzą striptizerzy. Może skaczą po scenie z jedną nogą w nogawce, a drugą już wyjętą? Clare wybucha śmiechem.

– Jeszcze nigdy nie widziałam, jak się rozbierasz. Niepiękny to widok.

– Ranisz mnie. Chodź tutaj, a zetrę ten twój uśmieszek.

– Uh.

Z dumą muszę przyznać, że w ciągu najbliższych piętnastu minut z twarzy Clare zniknęły wszystkie oznaki wyższości. Niestety robi się coraz bardziej spięta... zaczyna się bronić. Po czternastu latach i Bóg jeden wie ilu godzinach i dniach spędzonych na radosnym i namiętnym kochaniu się z Clare jest to dla mnie coś zupełnie nowego. Jeśli to tylko możliwe, chcę, by poczuła ten sam zachwyt, jaki stał się moim udziałem, gdy ją poznałem i kochałem się z nią, jak sądziłem (głuptas) po raz pierwszy. Siadam, dysząc ciężko. Clare też siada i w obronnym geście obejmuje kolana rękami.

– Wszystko w porządku?

– Boję się.

– Przysięgam, że podczas naszego następnego spotkania niemal mnie zgwałcisz. Chodzi mi o to, że jesteś w tej materii niezwykle utalentowana.

– Naprawdę?

– Jesteś niezrównana i olśniewająca. – Wyjmuję zawartość kosza piknikowego: kubeczki, wino, prezerwatywy, chusteczki. – Mądra dziewczynka. – Nalewam nam po kubeczku wina. – Za dziewictwo. „Gdybyśmy czasu mieli dość na świecie". Wypij.

Spełnia posłusznie moje polecenie, jak dziecko biorące lekarstwo. Napełniam ponownie jej kubeczek i wypijam zawartość mojego.

– Przecież nie wolno ci pić.

– To bardzo doniosła okazja. Do dna. – Clare waży jakieś sześćdziesiąt kilo, ale kubeczki są małe. – Jeszcze jeden.

– Będzie mi się chciało spać.

– Odprężysz się.

Wypija wino. Zgniatamy kubki i wrzucamy je do kosza. Kładę się na kocu na wznak, z rozrzuconymi ramionami. Wyglądam, jakbym się opalał albo został ukrzyżowany. Clare wyciąga się obok mnie. Przyciągam ją do siebie i po chwili leżymy na boku, twarzami do siebie. Jej włosy pięknie i wzruszająco opadają na ramiona i piersi. Po raz setny żałuję, że nie jestem malarzem.

– Clare?

– Hmm?

– Wyobraź sobie, że jesteś pusta. Ktoś przyszedł i wyjął ci wszystkie wnętrzności, pozostawiając tylko zakończenia nerwów. – Trzymam koniuszek palca na jej łechtaczce.

– Biedna mała Clare. Zupełnie bez wnętrzności.

– Ale to dobrze, bo zrobiło się tam bardzo dużo miejsca. Pomyśl o różnych rzeczach, które mogłabyś w sobie schować, gdybyś nie miała tych głupich nerek, żołądka i trzustki.

– Co na przykład?

Jest już bardzo wilgotna. Cofam dłoń i ostrożnie otwieram zębami paczkę prezerwatyw. Nie robiłem tego od lat.

– Kangury. Tostery. Penisy.

Clare wyjmuje mi z ręki prezerwatywę z pełnym fascynacji niesmakiem. Leżąc na plecach, rozkłada ją i wącha.

– Fuj. Naprawdę musimy?

Choć często nie chcę mówić Clare o różnych rzeczach, to rzadko ją okłamuję.

– Raczej tak – mówię, czując ukłucie winy.

Biorę od niej prezerwatywę, lecz zamiast ją założyć, postanawiam, że tak naprawdę przyda nam się cunnilingus. W przyszłości Clare przepada za seksem oralnym i gotowa jest do największych poświęceń (na przykład zmywania, kiedy akurat nie przypada jej kolejka), by na niego zasłużyć. Gdyby cunnilingus był dyscypliną olimpijską, na pewno zdobyłbym medal. Rozsuwam jej nogi i zbliżam język do łechtaczki.

– O Boże – jęczy cicho. – Wielkie nieba.

– Tylko bez krzyków – ostrzegam.

Jeśli Clare się rozpędzi, na Łąkę na pewno przybiegną Nell z Ettą, by sprawdzić, co się dzieje. W ciągu następnych piętnastu minut sprowadzam Clare o kilka stopni w dół na drabinie ewolucji, aż staje się niemal wyłącznie zbiorem komórek ogarniętych pożądaniem. Zakładam prezerwatywę, ostrożnie wsuwam się w nią, wyobrażając sobie, że zaraz zaleje mnie fala krwi. Ma zamknięte oczy i początkowo wydaje mi się, że nawet nie wie, że już jestem w środku, choć unoszę się tuż nad nią. Nagle otwiera oczy i uśmiecha się triumfalnie, błogo.

Udaje mi się skończyć w miarę szybko; Clare nie spuszcza ze mnie wzroku i kiedy szczytuję, dostrzegam na jej twarzy wyraz zaskoczenia. Jakież to dziwne. Jakie dziwne rzeczy robimy my, zwierzęta. Opadam na nią. Jesteśmy zlani potem. Czuję, jak bije jej serce. A może moje?

Wysuwam się z niej delikatnie i zrzucam prezerwatywę. Leżymy obok siebie, spoglądając w błękitne niebo. Trawa szumi na wietrze. Spoglądam na Clare. Jest nieco oszołomiona.

– Hej, Clare.

– Hej – odpowiada cicho.

– Bolało?

– Tak.

– Podobało ci się?

– Och tak! – wykrzykuje i zaczyna płakać.

Siadamy i przez chwilę tulę ją w ramionach. Cała drży.

– Clare, co się stało?

Początkowo nie rozumiem nic z jej bezładnych słów. Wreszcie zaczyna mówić wyraźniej.

– Teraz odejdziesz. Nie będę cię widzieć przez całe lata.

– Tylko dwa. Dwa lata i kilka miesięcy.

Nie odpowiada.

– Clare, tak mi przykro. Ale nic nie mogę na to poradzić. – To jednocześnie zabawne, bo leżałem tutaj, myśląc, że dzisiejszy dzień był prawdziwym błogosławieństwem. Mogłem tu być i kochać się z nią, a nie uciekać przed jakimiś zbirami albo zamarzać na śmierć w jakieś szopie. – Ale wrócę, znów będę z tobą. Dzisiejszy dzień był cudowny.

Uśmiecha się. Całuję ją.

– Dlaczego zawsze muszę czekać?

– Bo masz idealne DNA i nie rzuca tobą w czasie jak gorącym ziemniakiem. Poza tym cierpliwość to wielka cnota.

Clare okłada mnie lekko pięściami po piersi.

– Pamiętaj, że znasz mnie przez całe swoje życie, a ja poznam cię dopiero, kiedy skończę dwadzieścia osiem lat. Spędzę więc te wszystkie lata...

– Kochając się z innymi kobietami.

– No tak. Ale, choć jeszcze o tym nie wiem, to tylko trening przed spotkaniem z tobą. Wiesz, to bardzo dziwne doświadczenie. Jeśli mi nie wierzysz, spróbuj sama. Nigdy się przecież nie dowiem. To wygląda zupełnie inaczej, jeśli ci nie zależy na drugiej osobie.

– Ja nie chcę nikogo innego.

– To dobrze.

– Henry, daj mi choć jedną wskazówkę. Gdzie mieszkasz? Gdzie się spotkamy? Którego dnia?

– Tylko jedną. W Chicago.

– Więcej.

– Musisz mieć wiarę. Wszystko jeszcze przed tobą.

– Jesteśmy szczęśliwi?

– Często aż kręci nam się w głowie od wielkiego szczęścia. Ale jesteśmy też bardzo nieszczęśliwi z powodów zupełnie od nas niezależnych. Na przykład z powodu rozdzielenia.

– Więc przez cały czas, kiedy jesteś ze mną tutaj, nie ma cię ze mną tam?

– To nie całkiem tak. Czasem znikam tylko na dziesięć minut. Albo na dziesięć dni. Nie ma w tym żadnej reguły. Dlatego to jest dla ciebie takie trudne. Poza tym czasami znajduję się w bardzo niebezpiecznych sytuacjach i wracam do ciebie poobijany i zakrwawiony, a ty bardzo się o mnie martwisz, kiedy mnie nie ma. To tak, jakbyś wyszła za policjanta.

Jestem wykończony. Ciekawe, ile tak naprawdę mam lat w prawdziwym świecie. Według kalendarza mam czterdzieści jeden, ale przez te wszystkie wędrówki może się okazać, że naprawdę mam czterdzieści pięć lub sześć. A może trzydzieści dziewięć. Kto wie? Muszę jej jeszcze coś powiedzieć... Co to było?

– Clare?

– Tak, Henry.

– Kiedy znów się spotkamy, pamiętaj, że ja nie będę cię znał. Nie wściekaj się, kiedy mnie zobaczysz, a ja będę cię traktował jak zupełnie obcą osobę. I bardzo cię proszę, nie zarzucaj mnie od razu wszystkimi informacjami. Miej litość, Clare.

– Będę miała, obiecuję. Och, Henry, zostań!

– Ciii. Będę przy tobie.

Kładziemy się na kocu. Czuję się coraz bardziej zmęczony i wiem, że zaraz zniknę.

– Kocham cię, Henry. Dziękuję ci za... prezent urodzinowy.

– Kocham cię, Clare. Bądź grzeczna.

Znikam.

TAJEMNICA

Czwartek, 10 lutego 2005
(Clare ma 33, Henry 41 lat)

CLARE: Jest czwartkowe popołudnie. Siedzę w pracowni i robię bladożółty papier kozo. Henry'ego nie ma już od blisko dwudziestu czterech godzin i jak zwykle jestem rozdarta między obsesyjnym myśleniem o tym, gdzie i w jakim czasie może się znajdować, i wściekłością, że go tutaj nie ma, a zastanawianiem się, kiedy wróci. Nie pomaga mi to w pracy i zniszczyłam wiele kartek. Zsuwam je z powrotem do kadzi. Wreszcie robię sobie przerwę i nalewam filiżankę kawy. W pracowni jest zimno. Zimna powinna też być woda w kadzi, choć podgrzałam ją odrobinę, by oszczędzić ręce. Otulam dłońmi kubek z kawą. Pochylam twarz i wdycham unoszącą się nad nim parę i zapach kawy. Nagle, dzięki ci Boże, słyszę pogwizdywanie Henry'ego, gdy idzie ścieżką w stronę pracowni. Otrzepuje śnieg z butów i zrzuca płaszcz. Wygląda wspaniale, jest naprawdę szczęśliwy. Serce zaczyna mi bić jak szalone.

– Dwudziesty czwarty maja tysiąc dziewięćset osiemdziesiątego dziewiątego? – rzucam niepewnie.

– Tak. Och tak!

Henry bierze mnie w ramiona, nie zwracając uwagi na mokry fartuch i kalosze. Oboje wybuchamy śmiechem. Na twarzy Henry'ego maluje się zachwyt.

– Dlaczego mi nie powiedziałaś? Przez wszystkie te lata niepotrzebnie się nad tym zastanawiałem. Ty przebiegła lisico!

Gryzie mnie w szyję i łaskocze.

– Nic nie wiedziałeś, więc nie mogłam ci powiedzieć.

– W porządku. Boże, jesteś niesamowita. – Siedzimy na zniszczonej kanapie w pracowni. – Możemy włączyć ogrzewanie?

– Jasne.

Henry zrywa się i podkręca termostat. Grzejnik zaczyna szumieć.

– Jak długo mnie nie było?

– Prawie cały dzień.

Wzdycha.

– Warto było? Cały dzień niepokoju za kilka naprawdę pięknych godzin?

– Tak. To jeden z najpiękniejszych dni w moim życiu.

Milknę, wracając wspomnieniami do dnia spędzonego na Łące.

Często powraca do mnie twarz Henry'ego nade mną na tle błękitnego nieba i poczucie, że on sam mnie przenika i wypełnia. Myślę otym zawsze, gdy znika, a ja mam kłopot z zaśnięciem.

– Powiedz mi...

– Mmm?

Siedzimy mocno do siebie przytuleni, ogrzewając się wzajemnie i ciesząc z bliskości.

– Co się wydarzyło po moim zniknięciu?

– Wszystko posprzątałam, doprowadziłam się do względnego porządku i wróciłam do domu. Udało mi się wejść na górę, na nikogo nie wpadając. Zrobiłam sobie kąpiel. Po chwili Etta zaczęła walić do drzwi. Bardzo chciała wiedzieć, dlaczego siedzę w wannie w środku dnia. Musiałam udawać, że jestem chora. I w pewnym sensie byłam... przez całe lato włóczyłam się po okolicy, dużo spałam. Czytałam. Zamknęłam się w sobie. Spędzałam sporo czasu na Łące w nadziei, że może się tam pojawisz. Pisałam do ciebie listy. Ale wszystkie spaliłam. Przestałam jeść i mama zaciągnęła mnie do terapeuty. Pomogło. Pod koniec sierpnia rodzice oświadczyli, że jeśli nie zbiorę się do kupy, to nie pójdę jesienią do szkoły, więc natychmiast się zebrałam, bo moim jedynym celem w życiu było wyjechać z domu i znaleźć się w Chicago. Szkoła okazała się świetnym rozwiązaniem; była nowa, miałam własne mieszkanie, kochałam to miasto. Mogłam się czymś zająć poza nieustannym myśleniem o tym, gdzie jesteś i jak cię znaleźć. Kiedy wreszcie się spotkaliśmy, szło mi całkiem nieźle. Miałam swoje zajęcia, przyjaciół, często mnie zapraszano...

– Ach tak?

– Jasne.

– I co? Umawiałaś się?

– Oczywiście. Traktowałam to jak badania naukowe... Poza tym od czasu do czasu wpadałam w szał, że gdzieś tam jesteś i umawiasz się z innymi kobietami. Ale to wszystko przypominało czarną komedię. Umawiałam się z jakimś sympatycznym studentem, po czym przez cały wieczór nie mogłam się oprzeć wrażeniu, że to nudne i bezsensowne, i stale spoglądałam na zegarek. Po pięciu takich randkach musiałam dać sobie spokój, bo widziałam, że wkurzam tych facetów. Ktoś potem rozpuścił w szkole plotkę, że jestem lesbijką, i zaraz pojawiła się cała zgraja chętnych dziewcząt.

– Potrafię wyobrazić sobie ciebie jako lesbijkę.

– Jasne. Zachowuj się albo zmienię orientację.

– Ja zawsze chciałem być lesbijką. – Henry jest rozmarzony i senny. To niesprawiedliwe, bo ja jestem cała nakręcona, gotowa rzucić się na niego. Ziewa przeciągle. – No dobra, może nie w tym życiu. Za dużo zabiegów chirurgicznych.

Słyszę w głowie głos ojca Comptona siedzącego za kratką konfesjonału, który pyta, czy mam jeszcze jakieś grzechy na sumieniu. Odpowiadam zdecydowanie, że nie. To była pomyłka. Byłam pijana i to się nie liczy. Ojciec wzdycha i zaciąga zasłonkę. Koniec spowiedzi. Moją pokutą jest zatajenie wszystkiego przed Henrym do końca życia. Spoglądam na niego, jak siedzi zadowolony, jeszcze pijany wdziękami mojej młodszej wersji, i przed oczami staje mi śpiący w swojej sypialni Gomez. To była pomyłka, Henry, wyjaśniam w myślach. Czekałam na ciebie i poniosło mnie, tylko ten jeden raz. „Powiedz mu", słyszę głos ojca Comptona, a może kogoś innego? Nie mogę. Znienawidzi mnie.

– Hej – mówi cicho Henry. – Gdzie jesteś?

– Zamyśliłam się.

– Wyglądasz na bardzo smutną.

– Martwisz się czasami, że wszystkie wspaniałe rzeczy już się wydarzyły?

– Nie. No, może czasami, ale nie tak, jak myślisz. Ja nadal poruszam się w czasie, który dla ciebie jest tylko wspomnieniem, a dla mnie tak naprawdę nie minął. Martwię się, że nie zwracamy dostatecznej uwagi na tutaj i teraz. Podróże w czasie są jakby odmiennym stanem świadomości, więc jestem bardziej... czujny, gdy znajduję się gdzieś tam. To bardzo ważne i czasami myślę, że gdybym potrafił być równie czujny tutaj i teraz, wszystko ułożyłoby się idealnie. Ale ostatnio wydarzyło się wiele dobrego.

Uśmiecha się tym swoim cudownym, niewinnym uśmiechem. Poczucie winy mija, chowam je z powrotem do pudełka, w którym leży zwinięte jak spadochron.

– Alba.

– Alba jest idealna. I ty też. Chodzi mi o to, że choć w przeszłości bardzo cię kocham, to nasze wspólne życie, poznawanie siebie nawzajem...

– W dobrej i złej doli...

– Fakt, że przeżywamy także i trudne chwile, sprawia, że wszystko staje się bardziej prawdziwe. I tego właśnie pragnę.

Powiedz mu. Powiedz.

– Nawet rzeczywistość może się okazać nierzeczywista...

Jeśli mam mu o tym kiedykolwiek powiedzieć, to teraz jest najlepsza chwila. Henry czeka. Ale nie mogę. Nie mogę.

– Clare?

Patrzę na niego zbolałym wzrokiem, jak dziecko przyłapane na jakiejś wyjątkowo paskudnej psocie, i wreszcie rzucam niemal niedosłyszalnie:

– Spałam z kimś.

Henry zamiera i patrzy na mnie z niedowierzaniem.

– Z kim? – pyta, nie patrząc na mnie.
– Z Gomezem.
– Dlaczego? – Siedzi nieruchomo, czekając na cios.
– Byłam pijana. Poszliśmy na przyjęcie, a Charisse była w Bostonie.
– Poczekaj chwilę. Kiedy to było?
– W tysiąc dziewięćset dziewięćdziesiątym.
Henry wybucha śmiechem.
– Boże, Clare, nie rób mi tego. Cholera. W tysiąc dziewięćset dziewięćdziesiątym. Jezu, myślałem, że mówisz o czymś, co wydarzyło się w zeszłym tygodniu.
Uśmiecham się blado.
– Nie jestem tym, oczywiście, zachwycony, ale ponieważ sam zachęcałem cię do eksperymentów, nie mogę... sam już nie wiem. – Zaczyna chodzić tam i z powrotem po pracowni.
Nie potrafię w to uwierzyć. Przez piętnaście lat żyłam sparaliżowana strachem, że Gomez coś powie, zrobi coś w ten typowy dla siebie obcesowy sposób, a tu okazuje się, że Henry nie ma nic przeciwko temu. Czyżby?
– Jak było? – pyta obojętnie. Stoi do mnie tyłem i majstruje coś przy ekspresie do kawy.
Ostrożnie dobieram słowa.
– Inaczej. Nie chcę krytykować Gomeza...
– Wal śmiało.
– Czułam się trochę tak, jakbym znalazła się ze słoniem w składzie porcelany.
– Jest dużo wyższy i grubszy ode mnie.
– Nie wiem, jak teraz, ale wtedy nie miał za grosz finezji. Kochając się ze mną, przez cały czas palił papierosa.
Henry się krzywi. Wstaję i podchodzę do niego.
– Przepraszam. To była pomyłka.
Przyciąga mnie do siebie, a ja szepczę mu prosto w szyję:
– Czekałam bardzo cierpliwie... – Urywam, bo nie mogę mówić dalej.
Henry gładzi mnie po włosach.
– W porządku, Clare – mówi. – Nic takiego się nie stało.

Ciekawe, czy porównuje mnie z tamtą Clare, którą widział przed chwilą w roku 1989.

– Masz jeszcze w zanadrzu jakieś niespodzianki? – pyta, jakby czytał w moich myślach.

– Nie.

– Boże, ty naprawdę potrafisz dochować tajemnicy.

Spoglądam na niego. Patrzy na mnie w milczeniu. Widzę, że nie jestem już dla niego taka sama.

– Dzięki temu lepiej zrozumiałam... doceniłam...

– Próbujesz mi powiedzieć, że nie ucierpiałem w porównaniu z Gomezem?

– Właśnie.

Całuję go niepewnie i po chwili wahania Henry oddaje pocałunki. Wszystko jest już w porządku. A nawet lepiej. Powiedziałam mu, nic się nie stało, on nadal mnie kocha. Czuję się lżejsza i doceniam radość płynącą z wyznania grzechu. Nie dostałam nawet żadnej pokuty: ani jednej zdrowaśki albo ojczenasz. Cieszę się tak, jakbym wyszła cało z zupełnie skasowanego w wypadku samochodu. Gdzieś tam kochamy się z Henrym na zielonym kocu rozłożonym na Łące, a Gomez patrzy na mnie zaspanym wzrokiem i wyciąga po mnie swoje wielkie dłonie. Wszystko dzieje się właśnie teraz, ale jak zwykle jest za późno, by cokolwiek zmienić. Rozbieramy się z Henrym na kanapie w pracowni, jakbyśmy odpakowywali nowe pudełko czekoladek i jakby na nic nie było za późno. Jeszcze nie.

Sobota, 14 kwietnia 1990
(Clare ma 18 lat)
(6.43)

CLARE: Otwieram oczy i nie wiem, gdzie jestem. Zapach papierosów. Cień rolety padający na popękaną żółtą ścianę. Odwracam głowę i dostrzegam śpiącego obok mnie, w swoim łóżku, Gomeza. Nagle wszystko sobie przypominam i wpadam w panikę.

Henry. Henry mnie zabije. Charisse mnie znienawidzi. Siadam. W sypialni Gomeza panuje koszmarny bałagan. Pełno tu walających się wszędzie wypełnionych po brzegi niedopałkami popielniczek, ubrań, kodeksów, gazet, brudnych naczyń. Moje ubrania leżą na małej kupce na podłodze i odnoszę wrażenie, że patrzą na mnie oskarżycielsko.

Pogrążony we śnie Gomez jest naprawdę piękny. Wygląda tak dostojnie, zupełnie nie jak facet, który właśnie zdradził swoją dziewczynę z jej najlepszą przyjaciółką. Jasne włosy rozrzucone na poduszce. Wygląda jak przerośnięty, zmęczony zabawą chłopiec.

Czuję w głowie bolesne pulsowanie. Wnętrzności bolą mnie, jakbym została pobita. Wstaję i chwiejnym krokiem idę do łazienki: ciemnej, zagrzybionej, pełnej przyborów do golenia i wilgotnych ręczników. Kiedy już jestem w środku, nie wiem, po co tak naprawdę tu przyszłam. Robię siku i myję twarz twardym ogryzkiem mydła. Spoglądam na swoje odbicie w lustrze, by sprawdzić, czy nie wyglądam inaczej, czy patrząc na mnie, Henry zorientuje się, co zaszło... Jestem blada, ale poza tym wyglądam jak zwykle o siódmej rano.

W mieszkaniu panuje cisza. Gdzieś niedaleko tyka zegar. Gomez mieszka tutaj z dwoma kolegami ze studiów. Nie mam ochoty wpaść na żadnego z nich. Wracam do pokoju i siadam na łóżku.

– Dzień dobry. – Gomez uśmiecha się do mnie i wyciąga rękę.

Kulę się i wybucham płaczem.

– Hej, koteczku! Clare, malutka...

Podnosi się i już po chwili szlocham w jego ramionach.

Przypominają mi się wszystkie chwile, kiedy płakałam na ramieniu Henry'ego. „Gdzie jesteś?" – pytam w duchu zrozpaczona. „Potrzebuję cię, tutaj i teraz". Gomez raz po raz powtarza moje imię. Co ja tutaj robię? Zupełnie naga szlocham w ramionach nagiego Gomeza. Podaje mi pudełko chusteczek. Wydmuchuję nos, wycieram oczy, po czym patrzę na niego z rozpaczą. Spogląda na mnie zbity z tropu.

– Już wszystko w porządku?

Nie. Jak może być w porządku?

– Tak.

– Co się stało?

Wzruszam ramionami. Gomez przyjmuje postawę, którą stosuje przy przesłuchiwaniu świadków.

– Clare, uprawiałaś już kiedyś seks?

Kiwam głową.

– Chodzi o Charisse? Masz wyrzuty sumienia z powodu Charisse?

Jeszcze jedno kiwnięcie.

– Czy zrobiłem coś nie tak?

Kręcę głową.

– Clare, kto to jest Henry?

Patrzę na niego z niedowierzaniem.

– Skąd wiesz?

No, ładnie narozrabiałam. Cholera. A to sukinsyn.

Gomez pochyla się i bierze z nocnego stolika paczkę papierosów. Zapala jednego, zdmuchuje zapałkę i zaciąga się głęboko. Z papierosem w palcach wydaje się bardziej... ubrany, choć nadal jest nagi. Bez słowa wyciąga paczkę w moją stronę. Biorę jednego, choć nie palę. Wydaje mi się jednak, że powinnam to zrobić, a poza tym zyskam trochę czasu, by zastanowić się, co powiedzieć. Gomez przypala mi papierosa, szuka czegoś w szafie i po chwili wyjmuje niebieski, niezbyt czysty szlafrok. Wkładam go; jest ogromny. Siedzę na łóżku, palę i patrzę, jak Gomez wciąga dżinsy. Nawet w tym stanie dostrzegam, że jest piękny, wysoki i potężny, zupełnie inny od przypominającego panterę Henry'ego. Czuję się okropnie, porównując ich obu. Gomez stawia popielniczkę obok mnie i siada na łóżku.

– Mówiłaś przez sen do kogoś o imieniu Henry.

Cholera.

– A co mówiłam?

– Powtarzałaś „Henry" raz po raz, jakbyś kogoś wołała. I jeszcze „Przepraszam". Raz powiedziałaś też: „Nie było cię tutaj", jakbyś była naprawdę wkurzona. Kto to jest Henry?

– Mój kochanek.

– Przecież nie masz kochanka. Widujemy cię z Charisse niemal codziennie od sześciu miesięcy i nigdy się z nikim nie umawiasz. Ani nikt do ciebie nie dzwoni.

– Henry naprawdę jest moim kochankiem. Tylko wyjechał na jakiś czas. Wróci jesienią tysiąc dziewięćset dziewięćdziesiątego pierwszego roku.

– A gdzie jest?

Gdzieś niedaleko.

– Nie wiem.

Gomez jest przekonany, że wszystko sobie wymyśliłam. Z niejasnych powodów pragnę za wszelką cenę przekonać go, że mówię prawdę. Wyjmuję portfel z torebki i pokazuję mu zdjęcie Henry'ego. Przygląda mu się uważnie.

– Widziałem tego faceta. Nie, kogoś bardzo do niego podobnego. Ten facet na zdjęciu jest za stary, by mógł nim być. Ale tamten też miał na imię Henry.

Serce wali mi jak szalone.

– Gdzie go widziałeś? – Staram się, by mój głos zabrzmiał obojętnie.

– W klubach. Głównie w Exit i Smart Bar. Ale nie mogę sobie wyobrazić, żeby mógł być twoim facetem. Powoduje chaos wszędzie, gdziekolwiek się pojawi. To alkoholik i jest... no, paskudnie traktuje kobiety. Przynajmniej tak słyszałem.

– Bije je?

Nie mogę sobie wyobrazić, by Henry mógł uderzyć kobietę.

– Nie. Nie wiem.

– Jak ma na nazwisko?

– Nie wiem. Posłuchaj, malutka, ten facet przeżułby cię i wypluł... nie takiego mężczyzny potrzebujesz.

Uśmiecham się. Jest dokładnie taki, jakiego potrzebuję, ale wiem, że nie ma sensu biegać po klubach, by go odnaleźć.

– A jakiego potrzebuję?

– Mnie. Tylko ty tak nie uważasz.

– Masz Charisse. Do czego ci jestem potrzebna?

– Chcę ciebie. Sam nie wiem dlaczego.

– Jesteś mormonem czy co?

– Clare – mówi bardzo poważnym tonem. – Posłuchaj...

– Nic nie mów.

– Naprawdę, ja...

– Nie. Nie chcę wiedzieć. – Wstaję, gaszę papierosa i zaczynam się ubierać.

Gomez siedzi nieruchomo, obserwując każdy mój ruch. Czuję się brudna i nieświeża, wkładając pod jego bacznym spojrzeniem sukienkę, którą miałam na wczorajszym przyjęciu, lecz staram się tego nie okazywać. Nie potrafię zapiąć długiego zamka na plecach i Gomez zasuwa go z powagą.

– Clare, nie wściekaj się.

– Nie jestem zła na ciebie, tylko na siebie.

– Ten facet musi być naprawdę niezły, jeśli porzuca taką dziewczynę jak ty i spodziewa się, że będzie na niego czekała dwa lata.

Uśmiecham się do Gomeza.

– Jest niesamowity. – Widzę wyraźnie, że zraniłam jego uczucia. – Przepraszam. Gdybym była wolna i ty też...

Kręci głową i już po chwili mnie całuje. Odpowiadam mu pocałunkiem i przez moment zastanawiam się...

– Muszę już iść.

Kiwa głową.

Wychodzę.

Piątek, 27 kwietnia 1990
(Henry ma 26 lat)

HENRY: Ja i z Ingrid jesteśmy w Riviera Theater i tańczymy jak szaleni do słodkich tonów Iggy'ego Popa. Zawsze jest nam ze sobą najlepiej, gdy tańczymy, uprawiamy seks albo robimy cokolwiek, co pociąga za sobą aktywność fizyczną, a nie rozmowę. Teraz jesteśmy w siódmym niebie. Znajdujemy się tuż przed sceną i dzięki panu Pop powoli zamieniamy się w wielką kulę szaleńczej energii. Powiedziałem kiedyś Ing, że tańczy jak Niemka; nie była tym zachwycona, ale to prawda: robi to z wielką powagą, jakby dzięki swojej precyzji w tańcu mogła uratować dzieci głodujące w Indiach. Jest wspaniale. Igster ciągnie czule: *Calling Sister Midnight: Well, I'm an idiot for you...* i wiem dokładnie, co czuje. W takich chwilach dostrzegam sens naszego związku z Ingrid. Miotamy się jak szaleni, słuchając *Lust For Life*, *China Doll Funtime*. Nabraliśmy takiej prędkości, że możemy wysłać misję na Plutona. Czuję, że mógłbym tu zostać do końca życia i nie pragnąłbym już niczego więcej. Ingrid jest cała mokra od potu. Jej biały podkoszulek przykleił się do ciała w bardzo kuszący sposób i przez moment zastanawiam się, czy go z niej nie zedrzeć. Wiem jednak, że nie ma na sobie stanika i nieźle by mi się oberwało. Tańczymy, Iggy Pop śpiewa, lecz, niestety, po trzech bisach koncert dobiega końca. Czuję się rewelacyjnie. Kiedy wylewamy się z sali razem z tłumem widzów, zastanawiam się, co wybrać na dalszą część wieczoru. Na razie Ingrid postanawia stanąć w długiej kolejce do toalety, więc czekam na nią na Broadwayu. Patrzę, jak yuppie w bmw kłóci się z parkingowym, kiedy podchodzi do mnie potężny blondyn.

– Henry? – pyta. Chce mi wręczyć wezwanie do sądu, czy co?

– Tak?

– Masz pozdrowienia od Clare.

Kim, do diabła, jest Clare?

– Przepraszam, trafiłeś pod zły adres.

Podchodzi do nas Ingrid. Znów przypomina jedną z dziewczyn Bonda. Obrzuca spojrzeniem blond faceta, który rzeczywiście jest niezłym okazem swojego gatunku. Obejmuję ją ramieniem. Facet się uśmiecha.

– Przepraszam. Chyba masz sobowtóra.

Czuję nagły ucisk w sercu; dzieje się coś, czego nie rozumiem, moja przyszłość zagląda ukradkiem w teraźniejszość, ale nie jest to dobra chwila na prowadzenie śledztwa. Facet jest wyraźnie z czegoś zadowolony, przeprasza i odchodzi.

– O co mu chodziło? – pyta Ingrid.

– Chyba wziął mnie za kogoś innego.

Wzruszam ramionami. Ingrid wygląda na zaniepokojoną. Wiem, że martwi ją wszystko, co jest związane ze mną, więc nie zwracam na nią uwagi.

– Hej, Ing, co teraz robimy?

Czuję się tak, jakbym mógł doskoczyć do samego nieba.

– U mnie?

– Rewelacja.

Zatrzymujemy się w Margie's Candies, żeby kupić lody, i po chwili siedzimy w samochodzie, wykrzykując: „Lody, lody dla ochłody", i śmiejemy się jak dzieci. Później, leżąc w łóżku z Ing, zastanawiam się, kim jest ta Clare. Nie mam pojęcia, więc szybko o wszystkim zapominam.

Piątek, 18 lutego 2005
(Henry ma 41, Clare 33 lata)

HENRY: Zabieram dziś Charisse do opery. Grają *Tristana i Izoldę*. Wybieram się z Charisse, a nie z Clare, bo moja żona nie znosi Wagnera. Ja sam za nim nie przepadam, ale mamy abonament i lepiej będzie go wykorzystać. Rozmawialiśmy kiedyś o tym podczas kolacji u Gomezów i Charisse wyznała ze smutkiem, że nigdy nie była w operze. W rezultacie wysiadam teraz z Charisse z taksówki przed Lyric Opera House, a Clare siedzi w domu, pilnując Alby i grając w scrabble z Alicią, która przyjechała nas odwiedzić.

Tak naprawdę nie mam na to wszystko ochoty. Kiedy przyjechałem po Charisse, Gomez mrugnął do mnie i powiedział tonem troskliwego ojca: „Tylko nie zatrzymuj jej zbyt długo, synu". Nie mogę sobie przypomnieć, kiedy ostatni raz zrobiliśmy cokolwiek sami z Charisse. Bardzo ją lubię, ale nie bardzo mam z nią o czym rozmawiać.

Prowadzę Charisse przez tłum zgromadzony w holu. Idzie powoli, rozglądając się po wspaniałym wnętrzu, pełnym eleganckich bogaczy i studentów w sztucznych futrach i z przekłutymi nosami. Uśmiecha się do dwóch mężczyzn w smokingach, którzy przy wejściu na salę sprzedają programy, wyśpiewując: „*Libretto! Libretto! Kupujcie libretto!*" w dwugłosowej harmonii. Nie widzę nikogo znajomego. Miłośnicy Wagnera to komandosi w gronie wielbicieli opery; są utkani z silniejszej materii i wszyscy się znają. Teraz całują się na powitanie, gdy wchodzimy z Charisse po schodach na półpiętro.

Wykupiliśmy z Clare lożę tylko dla siebie; to jeden z luksusów, na które sobie pozwalamy. Odsuwam kotarę. Charisse wchodzi do środka. „Och!", mówi wyraźnie poruszona. Pomagam jej zdjąć płaszcz i wieszam go na oparciu fotela. To samo robię z moim. Sadowię się wygodnie. Charisse krzyżuje kostki i układa drobne dłonie na kolanach. Jej czarne włosy lśnią w ciepłym świetle, a ciemna szminka i mocno podkreślone oczy sprawiają, że wygląda jak niezwykłe, niesforne dziecko, które przebrało się i nie posiada się z radości, że wolno mu siedzieć do późna z dorosłymi. Siedzi i chłonie piękno Lyric: złoto-zieloną kurtynę, ozdobne łuki, złocone ornamenty, szum podekscytowanego tłumu. Kiedy gasną światła, uśmiecha się do mnie promiennie. Kurtyna idzie w górę i znajdujemy się na statku. Izolda zaczyna śpiewać. Opieram się wygodnie i daję się ponieść strumieniowi jej głosu.

Po czterech godzinach, jednym napoju miłosnym i owacji na stojąco odwracam się do Charisse.

– I jak ci się podobało?

Uśmiecha się.

– To było głupie, prawda? Ale ich śpiew sprawił, że wcale się takie nie wydawało.

Podaję jej płaszcz.

– Głupie? Chyba tak. Ale jestem gotów udawać, że Jane England jest młodą, piękną kobietą, a nie ważącym ponad sto pięćdziesiąt kilo babskiem, bo ma głos godny Euterpe.

– Euterpe?

– To muza muzyki.

W tłumie podekscytowanych widzów wychodzimy prosto w zimny wieczór. Ruszamy Wacker Drive i zaledwie po paru minutach udaje mi się złapać taksówkę. Mam już podać kierowcy adres Gomezów, gdy Charisse rzuca nagle: „Henry, chodźmy gdzieś na kawę. Nie chcę jeszcze wracać do domu". Proszę taksówkarza, by zawiózł nas do Don's Coffee Club przy Jarvis, na północy miasta. Charisse zachwyca się dalej śpiewem, który jej zdaniem był cudowny, oboje zgadzamy się, że scenografia pozostawiała wiele do życzenia, i dyskutujemy o tym, jak trudno jest cenić Wagnera, gdy wiadomo, że był antysemitą, a jego największym fanem był Hitler. Kiedy docieramy na miejsce, w knajpce jest pełno ludzi. Nad wszystkim czuwa sam Don w pomarańczowej hawajskiej koszuli. Macham do niego. Udaje nam się znaleźć mały stolik na tyłach sali. Charisse zamawia placek z wiśniami i lodami oraz kawę, a ja jak zwykle kanapkę z masłem orzechowym i galaretką i kawę. W tle słychać słodki głos Perry'ego Como, nad stolikami i wokół kupionych na wyprzedaży garażowej obrazów unosi się chmura dymu. Charisse opiera głowę na dłoni i wzdycha.

– Ależ tu jest cudownie. Czasami wydaje mi się, że zapomniałam, jak to jest, gdy jest się dorosłym.

– Nie wychodzicie z domu zbyt często?

Charisse ubija lody widelczykiem i wybucha śmiechem.

– Joe zawsze tak robi. Twierdzi, że dzięki temu lepiej smakują. Boże, przejmuję od nich złe nawyki, zamiast uczyć ich tych dobrych. – Zjada kawałek ciasta. – Wracając do twojego pytania, wychodzimy, ale niemal wyłącznie na imprezy polityczne. Gomez chce startować w wyborach do rady miejskiej.

Dławię się kawą i zaczynam kaszleć, W końcu odzyskuję głos.

– Chyba żartujesz – mówię. – Czy to nie przejście na stronę wroga? Gomez nigdy nie zostawial suchej nitki na władzach miasta.

Charisse patrzy na mnie cierpko.

– Postanowił zmienić system od środka. Ma już dość tych okropnych spraw dotyczących molestowania dzieci. Chyba udało mu się przekonać samego siebie, że potrafi coś zmienić, jeśli będzie miał odrobinę władzy.

– Może ma rację.

Charisse kręci głową.

– Wolałam czasy, kiedy byliśmy anarchistami. Wolę wysadzać w powietrze niż lizać tyłki.

Uśmiecham się.

– Nie miałem pojęcia, że jesteś bardziej radykalna w poglądach od Gomeza.

– Nie mam tyle cierpliwości, co on. Lubię działać.

– Gomez jest cierpliwy?

– Jasne. Pomyśl choćby tylko o tej sprawie z Clare... – Urywa gwałtownie i patrzy na mnie.

– O jakiej sprawie?

Zadając to pytanie, już wiem, że właśnie dlatego tu przyszliśmy, że Charisse chciała o tym porozmawiać. Ciekawe, czy wie coś, o czym ja nie mam pojęcia. Zastanawiam się, czy chcę się o tym dowiedzieć. Chyba nie.

Charisse odwraca wzrok, lecz po chwili znów patrzy na mnie. Otula dłońmi filiżankę z kawą.

– Myślałam, że wiesz. Gomez jest zakochany w Clare.

– Tak? – Wcale jej nie pomagam.

Charisse przesuwa palcem po blacie stołu.

– Clare puściła go kantem, ale on uważa, że jeśli cierpliwie poczeka, to coś się przydarzy i wyląduje u jej boku.

– Coś się przydarzy?

– Tobie. – Patrzy mi prosto w oczy.

Robi mi się niedobrze.

– Przepraszam – rzucam, wstaję od stolika i idę do małej toalety wytapetowanej zdjęciami Marilyn Monroe.

Spryskuję twarz zimną wodą i opieram się o ścianę, zamykając oczy. Kiedy staje się jasne, że jednak nie zniknę, wracam do stolika.

– Przepraszam. O czym mówiłaś?

Charisse nagle jakby zmalała. Wygląda na przerażoną.

– Henry – mówi cicho. – Powiedz mi.

– Co, Charisse?

– Powiedz mi, że nigdzie nie znikniesz. Powiedz mi, że Clare nie pragnie Gomeza. Że wszystko się ułoży. Albo powiedz mi, że to wszystko jest do niczego, sama już nie wiem. Tylko powiedz mi, co się wydarzy! – Głos zaczyna jej drżeć. Kładzie dłoń na moim ramieniu, a ja siłą powstrzymuję się, by jej nie strząsnąć.

– Wszystko będzie dobrze, Charisse. Zobaczysz. – Patrzy na mnie, nie wierząc i jednocześnie bardzo pragnąc uwierzyć. – On cię nie zostawi.

Wzdycha ciężko.

– A ty?

Milczę. Charisse patrzy na mnie, po czym schyla głowę.

– Wracajmy do domu – mówi w końcu.

Wracamy.

Niedziela, 12 czerwca 2005
(Clare ma 34, Henry 41 lat)

CLARE: Jest słoneczne niedzielne popołudnie. Wchodzę do kuchni i widzę, że Henry wygląda przez okno na podwórko. Przywołuje mnie skinieniem dłoni. Staję obok niego. Alba bawi się z jakąś starszą, może siedmioletnią dziewczynką o długich czarnych włosach. Dziewczynka jest bosa. Ma na sobie brudny podkoszulek z logo Cubsów. Obie siedzą na ziemi twarzami do siebie. Z okna widać tylko plecy starszej. Alba uśmiecha się do niej i wymachuje rękami, jakby latała. Dziewczynka kręci głową i wybucha śmiechem.

– Kto to jest? – pytam Henry'ego.

– To Alba.

– Wiem, ale kto jest z nią?

Henry uśmiecha się, lecz wygląda na zmartwionego.

– Clare, to Alba, tyle że starsza. Przeniosła się w czasie.

– O mój Boże.

Przyglądam się dziewczynce. Odwraca się i wskazuje na dom, więc przez moment widzę jej profil.

– Może powinniśmy do nich wyjść? – pytam.

– Nie, wszystko jest w porządku. Przyjdą tu same, jeśli będą miały ochotę.

– Bardzo chciałabym ją poznać...

– Lepiej nie... – zaczyna Henry, lecz w tej samej chwili obie Alby zrywają się z miejsca i trzymając się za ręce, biegną w stronę domu.

Wpadają ze śmiechem do kuchni.

– Mamo, mamo! – woła moja trzyletnia Alba. – Spójrz! To duża Alba.

Druga Alba uśmiecha się i mówi: „Cześć, mamo". Kiedy jej odpowiadam, odwraca się i dostrzega Henry'ego.

– Tatuś! – woła.

Biegnie, rzuca mu się w ramiona i zaczyna płakać. Henry spogląda na mnie, pochyla się nad Albą, przytula ją i szepcze jej coś do ucha.

HENRY: Clare z pobladłą nagle twarzą nie spuszcza z nas wzroku. Stoi, trzymając małą Albę za rękę; Albę, która z rozdziawioną buzią przygląda się, jak jej starsza wersja tuli się do mnie z płaczem. Pochylam się do Alby i szepczę jej do ucha: „Nie mów mamie, że umarłem dobrze?". Podnosi na mnie wzrok. Na rzęsach drżą kropelki łez, buzia jeszcze się jej trzęsie, ale Alba kiwa posłusznie głową. Clare trzyma w ręce chusteczkę, mówi jej, żeby wydmuchała nos, przytula ją. Alba pozwala się odprowadzić do łazienki, żeby umyć buzię. Tymczasem mała Alba przykleja się do mojej nogi. „Dlaczego ona jest smutna, tatusiu?", pyta. Na szczęście nie muszę jej odpowiadać, bo do kuchni wraca Clare ze starszą Albą. Nasza córka ma na sobie podkoszulek Clare i moje obcięte na wysokości kolan spodnie. „Słuchajcie", mówi Clare, „może się wybierzemy na lody?". Obie Alby kwitują jej słowa szerokim uśmiechem. Mała zaczyna podskakiwać, wołając: „Lody, lody dla ochłody...". Wsiadamy do samochodu. Clare prowadzi, trzyletnia Alba siedzi obok niej, a siedmioletnia ze mną z tyłu. Opiera się o mnie, a ja obejmuję ją ramieniem. Nikt nie odzywa się ani słowem z wyjątkiem małej Alby, która wykrzykuje co chwila: „Spójrz, Alba, piesek! Spójrz, Alba, spójrz...", aż jej starsza wersja mówi: „Tak, Alba, widzę". Clare zawozi nas do Zephyra; sadowimy się w lśniącym niebieskim boksie i zamawiamy dwie porcje banana split, lody czekoladowe i waniliowy rożek z posypką. Dziewczynki pochłaniają banana split niczym odkurzacze; my z Clare bawimy się naszymi lodami, nie patrząc na siebie.

– Alba, co się dzieje w twojej teraźniejszości? – pyta nagle Clare.

Dziewczynka rzuca mi szybkie spojrzenie.

– Niewiele – mówi. – Dziadziuś uczy mnie grać drugi koncert skrzypcowy Saint-Saënsa.

– Występujesz też w szkolnym przedstawieniu – podpowiadam.

– Naprawdę? – dziwi się. – Chyba jeszcze nie.

– Przepraszam. To zdaje się nastąpi w przyszłym roku.

Ciągniemy to. Prowadzimy urywaną rozmowę, koncentrując się na tym, co wiemy i przed czym musimy ochronić Clare i małą Albę. Po pewnym czasie starsza Alba kładzie głowę na opartych na stole ramionach.

– Zmęczona? – pyta Clare.

Alba potakuje.

– Lepiej już chodźmy – mówię do Clare.

Płacimy i biorę Albę na ręce. Prawie zasypia w moich ramionach. Clare bierze małą Albę, która niemal lśni od ilości wchłoniętego cukru. Kiedy jedziemy Lincoln Avenue, Alba znika.

– Wróciła – mówię do Clare.

Przez kilka chwil patrzy na mnie we wstecznym lusterku.

– Dokąd, tatusiu? – pyta Alba. – Dokąd ona wróciła?

Później:

CLARE: Wreszcie udało mi się przekonać Albę, żeby się chwilę zdrzemnęła. Henry siedzi na naszym łóżku, popijając scotcha, i obserwuje przez okno wiewiórki goniące się po dachu altanki. Siadam obok niego.

– Hej – mówię.

Obejmuje mnie ramieniem i przyciąga do siebie.

– Hej.

– Powiesz mi, o co w tym wszystkim chodziło?

Odstawia drinka i zaczyna rozpinać guziki mojej bluzki.

– A mogę nie mówić?

– Nie.

Rozpinam mu pasek i odpinam guzik dżinsów.
– Jesteś pewna? – Całuje mnie w szyję.
– Tak.
Rozsuwam zamek, wsuwam dłoń pod koszulę i zaczynam gładzić go po brzuchu.
– Ale ty wcale nie chcesz wiedzieć – szepcze mi prosto do ucha i przesuwa językiem po jego brzegu.
Drżę. Zdejmuje mi bluzkę i rozpina stanik. Kładę się na łóżku i patrzę, jak Henry zdejmuje dżinsy, bieliznę i koszulę. Kładzie się na łóżku.
– Skarpetki – mówię.
– Ach tak.
Posłusznie je zdejmuje.
– Próbujesz tylko odwrócić moją uwagę – mówię, patrząc mu prosto w oczy.
Pieści mój brzuch.
– Próbuję odwrócić swoją uwagę. A jeśli uda mi się także i z tobą, potraktuję to jako premię.
– Musisz mi powiedzieć.
– Nie.
Ujmuje moje piersi w swoje dłonie i przesuwa kciukami po sutkach.
– Wyobrażam sobie najgorsze.
– Bardzo proszę.
Unoszę biodra i Henry zsuwa mi dżinsy i bieliznę. Siada na mnie okrakiem, pochyla się i całuje. O mój Boże, myślę, co to może być? Co jest najgorsze? Zamykam oczy. Wspomnienie: Łąka, zimny dzień, kiedy byłam małą dziewczynką, biegnę przez wyschniętą trawę, słyszę hałas, zawołał mnie po imieniu...
– Clare? – Henry delikatnie gryzie mnie w wargę. – Gdzie jesteś?
– W tysiąc dziewięćset osiemdziesiątym czwartym roku.
– Dlaczego? – pyta po chwili wahania.
– Bo myślę, że właśnie tam to się wydarzy.
– Co i gdzie?
– To, o czym boisz mi się powiedzieć.

Henry zsuwa się ze mnie. Leżymy teraz na boku twarzami do siebie.

– Opowiedz mi o tym.

– To wydarzyło się jesienią. Było jeszcze wcześnie. Tato i Mark poszli polować na jelenie. Obudziłam się. Zdawało mi się, że mnie wołasz. Wybiegłam na łąkę. Byłeś tam. Razem z tatą i Markiem patrzyliście na coś, lecz tato kazał mi wrócić do domu, więc nie dowiedziałam się, co was tak zainteresowało.

– I co?

– Wróciłam tam później tego samego dnia. W jednym miejscu trawa była przesiąknięta krwią.

Henry nie odzywa się ani słowem. Zaciska usta. Obejmuję go mocno i przytulam.

– Najgorsze...

– Cii, Clare.

– Ale...

– Ciii...

Za oknem nadal świeci słońce. Nam jednak jest zimno i tulimy się do siebie, by się nawzajem ogrzać. Alba śpi w swoim łóżeczku i śni o lodach, jak na szczęśliwą trzylatkę przystało. Inna Alba, gdzieś w przyszłości, śni, że przytula się do ojca i budzi się, by odkryć, że...?

EPIZOD NA PARKINGU PRZY MONROE STREET

Poniedziałek, 7 stycznia 2006
(Clare ma 34 lata, Henry 42)

CLARE: Śpimy głęboko jak na bardzo wczesny zimowy ranek przystało, gdy nagle dzwoni telefon. Budzę się z gwałtownym biciem serca, lecz widzę, że Henry leży obok mnie. Sięga nade mną i podnosi słuchawkę. Spoglądam na zegarek; jest 4.32.

– Tak? – mówi Henry i słucha przez długą minutę.

Zdążyłam się już całkiem obudzić.

Twarz Henry'ego jest zupełnie pozbawiona wyrazu.

– Dobra. Zostań tam. Zaraz przyjedziemy. – Odkłada słuchawkę.

– Kto to był?

– Ja. Utknąłem na parkingu przy Monroe Street, nie mam ubrania, a jest piętnaście stopni mrozu. Boże, mam nadzieję, że samochód zapali.

Wyskakujemy z łóżka i wrzucamy na siebie wczorajsze ubrania. Kiedy wciągam dżinsy, Henry ma już na sobie buty i płaszcz i wybiega z domu, żeby zapalić samochód. Wrzucam do torby koszulę Henry'ego, kalesony, dżinsy, skarpetki, buty, płaszcz i rękawiczki, budzę Albę, ubieram ją w płaszcz i buty, narzucam swój płaszcz i wypadam z domu. Wyjeżdżam z garażu, zanim samochód zdążył się rozgrzać, i zaraz gaśnie. Zapalam go ponownie, czekamy minutę i znów próbuję wyjechać. Wczoraj spadło piętnaście centymetrów śniegu i cała Ainslie jest pokryta lodem. Alba popłakuje w swoim foteliku i Henry próbuje ją uspokoić. Kiedy dojeżdżamy do Lawrence, dodaję gazu i po dziesięciu minutach jesteśmy już na Drive. O tej porze nie ma tu nikogo oprócz nas. Ogrzewanie w hondzie mruczy cichutko. Nad jeziorem niebo zaczyna powoli jaśnieć. Wszystko wokół jest niebiesko-pomarańczowe. Kiedy pędzimy Lake Shore Drive, doświadczam potężnego déjà vu: zimno, jezioro pogrążone w sennej ciszy, blask ulicznych latarni. Na pewno już tutaj byłam, już to widziałam. Zanurzam się głęboko w tę chwilę. Początkowo wydaje mi się, że wszystko jest bardzo dziwne, a potem nie mogę się oprzeć wrażeniu, że teraźniejszość jest fałszem, bo choć pędzimy przez puste ulice, czas jakby stanął w miejscu. Mijamy Irving, Belmont, Fullerton, LaSalle: skręcam w Michigan. Jedziemy przez labirynt eleganckich sklepów, Oak Street, Chicago, Randolph, Monroe, i wjeżdżamy w betonowy świat podziemnego parkingu. Biorę bilet z automatu posłuszna zaleceniu wygłoszonemu przez bezduszny kobiecy głos. „Jedź na drugą stronę", rzuca Henry. „Automat przy budce ochrony". Kiedy spełniam jego polecenie, poczucie déjà vu powraca. Czuję się tak, jakby porzucił mnie mój Anioł Stróż. Parking jest niemal pusty. Pędzę do automatu przez ograniczone żółtymi liniami miejsca do parkowania. Słuchawka zwisa na sznurze, ale nigdzie nie widać Henry'ego.

– Może wróciłeś do teraźniejszości?

– Chyba jednak nie...

Henry jest zupełnie zbity z tropu, podobnie jak ja. Wysiadamy z samochodu. Tu, na dole, jest bardzo zimno. Nie odnoszę wrażenia, że powinniśmy wracać, ale też nie mam pojęcia, co się mogło wydarzyć. Podchodzę do budki ochrony i zaglądam przez okno. W środku nie ma strażnika. Monitory pokazują tylko pusty beton. „Cholera. Dokąd mogłem pójść? Przejedźmy się dookoła", mówi Henry. Wracam do samochodu i zaczynamy powoli krążyć po parkingu, mijając znaki nakazujące „Jechać powoli", wskazujące „Wolne miejsca", przypominające „Zapamiętaj, gdzie zostawiłeś samochód". Nigdzie jednak nie widać Henry'ego. Patrzymy na siebie z poczuciem totalnej porażki w oczach.

– Z jakiego czasu się zjawiłeś?

– Nie powiedziałem.

Wracamy do domu w milczeniu. Alba śpi. Henry wygląda przez okno. Na wschodzie niebo zaczyna różowieć, a na ulicach jest już więcej samochodów. To ludzie, którzy dojeżdżają do pracy spoza miasta. Kiedy stoimy na światłach przy Ohio Street, słyszę nad sobą krzyk mew. Zaśnieżone miasto wydaje się takie miękkie i czyste, piękne. Patrzę na wszystko z boku, jakbym grała w filmie. Jakoś udało nam się wyjść z tego cało, ale wcześniej lub później będziemy musieli za to słono zapłacić.

URODZINY

Czwartek, 15 czerwca 2006
(Clare ma 35 lat)

CLARE: Jutro są urodziny Henry'ego. W sklepie Vintage Vinyl próbuję znaleźć płytę, która mu się spodoba i której nie ma jeszcze w swojej kolekcji. Liczyłam na to, że pomoże mi w tym Vaughn, właściciel sklepu, bo Henry przychodzi tutaj od lat. Niestety, dziś za ladą stoi jakiś dzieciak ze szkoły średniej. Ma na sobie podkoszulek z Seven Dead Arson i prawdopodobnie nie było go jeszcze na świecie, gdy większość z oferowanych tu płyt została nagrana. Przerzucam zawartość koszy. Sex Pistols, Patti Smith, Supertramp, Matthew Sweet. Phish, Pixies, Pogues, Pretenders. B-52's, Kate Bush, Buzzcocks. Echo and the Bunnymen. The Art of Noise. The Nails. The Clash, The Cramps, The Cure. Television. Zatrzymuję się na chwilę przy starym albumie Velvet Underground, zastanawiając się, czy widziałam go gdzieś u nas w domu. Po bliższym przyjrzeniu się dochodzę jednak do wniosku, że to tylko składanka i Henry ma większość z tych utworów na innych płytach. Dazzling Killmen, Dead Kennedys. Nagle zjawia się Vaughn z wielkim pudłem. Wsuwa je za ladę i znów wychodzi. Nawraca jeszcze kilka razy, po czym razem z młodym pomocnikiem zaczyna rozpakowywać ich zawartość, układając płyty na ladzie. Raz po raz wykrzykuję z zachwytu na widok albumów, o których istnieniu nawet nie miałam pojęcia. Podchodzę do lady i bez słowa rozkładam przed nim trzy płyty.

– Cześć, Clare – mówi, uśmiechając się od ucha do ucha. – Jak leci?

– Cześć, Vaughn. Jutro są urodziny Henry'ego. Pomóż mi.

Przygląda się wybranym przeze mnie albumom.

– Te dwie już ma – mówi, kiwając głową w stronę Lilliput i The Breeders. – A ta jest okropna. – Te słowa padają pod adresem Plasmatics. – Ale okładka jest rewelacyjna, prawda?

– Tak. Masz w tych pudłach coś, co mogłoby go zainteresować?

– Nie, to wszystko nagrania z lat pięćdziesiątych. Zmarła jakaś staruszka. Ale to może ci się spodobać, dostałem wczoraj.

Z kosza z napisem „Nowe płyty" wyjmuje składankę Golden Palominos. Jest na niej kilka nowych utworów, więc decyduję się ją wziąć. Nagle Vaughn uśmiecha się szeroko.

– Mam dla ciebie coś naprawdę dziwnego. Odłożyłem to dla Henry'ego. – Wchodzi za ladę i szuka czegoś przez długą chwilę. – Proszę. – Podaje mi płytę w białej okładce bez żadnego napisu.

Wysuwam ją ze środka i czytam na naklejce: „Annette Lyn Robinson, Opera Paryska, 13 maja 1968, *Lulu*". Spoglądam pytająco na Vaughna.

– Nie jego bajka, co? To pirackie nagranie, oficjalnie nie istnieje. Jakiś czas temu Henry prosił mnie, żebym miał oko na jej nagrania, ale ja też nie przepadam za taką muzyką, więc zupełnie zapomniałem o tej płycie. Ale posłuchałem jej, jest doskonała. Choć to pirat, jakość dźwięku jest świetna.

– Dziękuję – szepczę.

– Bardzo proszę. Hej, czy to coś aż tak ważnego?

– To matka Henry'ego.

Vaughn unosi brwi, marszcząc przy tym komicznie czoło.

– Żartujesz? Ale tak... jest do niej nawet podobny. Ciekawe. Nic mi o tym nie wspominał.

– Rzadko o niej mówi. Zginęła, kiedy był jeszcze mały. W wypadku samochodowym.

– Tak, coś sobie przypominam. Znaleźć ci coś jeszcze?

– Nie, dziękuję.

Płacę za płytę i wychodzę. Idąc Davis Street, tulę do siebie głos matki Henry'ego, nie mogąc się doczekać chwili, gdy wręczę mu prezent.

Piątek, 16 czerwca 2006
(Henry ma 43, Clare 35 lat)

HENRY: Dziś są moje czterdzieste trzecie urodziny. Otwieram oczy o 6.46, ale, choć wziąłem sobie wolny dzień, nie mogę już zasnąć. Patrzę na Clare, która leży pogrążona w głębokim śnie, z rozrzuconymi ramionami i rozsypanymi na poduszce włosami. Wygląda pięknie, nawet z odciśniętymi śladami poduszki na policzku. Wstaję cichutko, idę do kuchni i włączam ekspres. W łazience puszczam wodę i czekam, aż poleci gorąca. Powinniśmy wezwać hydraulika, ale jakoś nie mamy do tego głowy. W kuchni nalewam sobie filiżankę kawy, zanoszę ją do łazienki i stawiam na umywalce. Nakładam na twarz piankę i zaczynam się golić. Zazwyczaj robię to, nawet nie patrząc do lustra, ale dzisiaj, dla uczczenia urodzin, postanawiam przyjrzeć się sobie dokładnie.

Włosy posiwiały mi niemal doszczętnie; kilka czarnych pasemek pozostało jeszcze na skroniach. Noszę je teraz trochę dłuższe, nie tak długie, jak wtedy, gdy poznałem Clare, ale i nie krótkie. Twarz mam ogorzałą od wiatru; w kącikach oczu pojawiły się zmarszczki. Widnieją również na czole, a dwie głębokie bruzdy biegną od nozdrzy do ust. Moja twarz jest zdecydowanie wychudzona. Cały jestem chudy. Nie jak więzień Auschwitz, ale i też nie normalnie chudy. Jak pacjent w pierwszym stadium raka. Albo narkoman. Nie chcę o tym myśleć, więc koncentruję się na goleniu. Myję twarz, spryskuję ją płynem po goleniu, robię krok do tyłu i oceniam końcowy efekt.

Wczoraj w bibliotece ktoś przypomniał sobie o moich urodzinach, więc Roberto, Isabelle, Matt, Catherine i Amelia zaprosili mnie na lunch do Beau Thai. Wiem, że rozmawiają w pracy o stanie mojego zdrowia, zastanawiają się, dlaczego nagle tak bardzo schudłem i się postarzałem. Wszyscy byli dla mnie bardzo mili, traktowali mnie, jak traktuje się chorych na AIDS albo pacjentów przechodzących chemioterapię. Marzę o tym, by ktoś zapytał mnie o to wprost. Wtedy mógłbym gładko skłamać i skończyć z tymi plotkami. Podczas lunchu żartowaliśmy jednak, delektując się pad thai, prik king, cashew pad seeuw. Amelia wręczyła mi w prezencie kilo ziarnistej kawy kolumbijskiej. Catherine, Matt, Roberto i Isabelle zrzucili się i kupili mi faksymile *Mira Calligraphiae Monumenta*, którą od dłuższego czasu obrzucałem tęsknym spojrzeniem w sklepie Newberry. Spojrzałem na nich wzruszony i uświadomiłem sobie, że moi współpracownicy sądzą, że jestem umierający. „Wiecie...", zacząłem, lecz nie miałem pojęcia, co im powiedzieć, więc zamilkłem. Rzadko brakuje mi słów.

Clare wstaje, budzi się też Alba. Ubieramy się i pakujemy do samochodu. Wybieramy się do Brookfield Zoo z Gomezem, Charisse i ich dziećmi. Spędzamy tam cały dzień, oglądając małpy i flamingi, niedźwiedzie polarne i inne zwierzęta. Albie najbardziej podobają się duże koty. Rosa trzyma ją za rękę i opowiada o dinozaurach. Gomez rewelacyjnie naśladuje szympansa, a Max i Joe szaleją, udając słonie. My z Charisse i Clare chodzimy bez celu, rozmawiając o wszystkim i niczym, ciesząc się słońcem. O czwartej po południu dzieciaki są już zmęczone, więc pakujemy je do samochodów, obiecując, że niebawem tu wrócimy.

Opiekunka do dziecka zjawia się punktualnie o siódmej. Clare przekupuje Albę, by była grzeczna, i wymykamy się z domu. Zgodnie z życzeniem Clare ubraliśmy się bardzo elegancko i kiedy suniemy Lake Shore Drive, uświadamiam sobie, że nie mam pojęcia, dokąd jedziemy. „Zobaczysz", mówi Clare. „To nie jest przyjęcie-niespodzianka?", pytam z niepokojem w głosie. „Nie", zapewnia mnie. Zjeżdża z Drive przy Roosevelt i jedzie przez Pilsen, latynoską dzielnicę na południu miasta. Na ulicach bawią się dzieci, mijamy je ostrożnie i wreszcie parkujemy na rogu Dwudziestej Ulicy i Racine. Clare prowadzi mnie do zniszczonego bliźniaka i naciska dzwonek przy bramce. Idziemy przez zarzucone śmieciami podwórko. Następnie puka do drzwi, które otwiera Lourdes, jej koleżanka ze studiów. Z uśmiechem zaprasza nas do środka. Mieszkanie zamieniono w restaurację z jednym tylko stolikiem. W powietrzu unoszą się smakowite zapachy, a na adamaszkowym obrusie czekają porcelanowe nakrycia i srebrne sztućce. Na rzeźbionej komodzie stoi gramofon. Lourdes całuje mnie w policzek i mówi: „Wszystkiego najlepszego z okazji urodzin, Henry". Wtóruje jej znajomy głos: „Tak, wszystkiego najlepszego". Wsuwam głowę do kuchni, gdzie krząta się Nell. Miesza coś w dużym rondlu i nie przestaje nawet wtedy, gdy obejmuję ją ramionami w pasie i lekko unoszę z podłogi. „No, no!", woła. „Widać, że jadłeś owsiankę". Clare obejmuje Nell i uśmiechają się do siebie przebiegle. „Wygląda na zaskoczonego", oświadcza Nell, a Clare patrzy na nią z promiennym uśmiechem. „Siadajcie", nakazuje Nell. „Kolacja gotowa".

Siadamy naprzeciw siebie. Lourdes wnosi półmisek z pięknie ułożonymi przystawkami: szynka parmeńska z melonem, doskonale przyrządzone małże, cienkie plasterki marchewki i buraków, pachnące koperkiem i oliwą. W blasku świec twarz Clare lśni łagodnym blaskiem. Sznur pereł podkreśla gładką, aksamitną skórę nad piersiami, które wznoszą się i opadają przy każdym oddechu. Clare przyłapuje moje spojrzenie, uśmiecha się i odwraca wzrok. Uświadamiam sobie, że skończyłem jeść małże i zastygłem z uniesionym w górę widelcem jak idiota. Odkładam go, a Lourdes zbiera talerze i przynosi następne danie.

Jemy wspaniałego tuńczyka Nell z sosem pomidorowym, przyprawionym jabłkami i bazylią. Delektujemy się sałatką z rzodkiewek i papryki. Jemy czarne oliwki, które przypominają mi lunch spożywany z mamą w hotelu w Athens, kiedy byłem jeszcze bardzo mały. Popijamy sauvignon blanc, wznosząc raz po raz toast. („Za oliwki!", „Za opiekunki do dzieci!", „Za Nell!"). Nell wychodzi z kuchni, niosąc nieduży biały tort ze świeczkami. Wszystkie trzy odśpiewują mi *Sto lat*. Wypowiadam w myślach życzenie i zdmuchuję świeczki za jednym zamachem. „Twoje życzenie na pewno się spełni", oświadcza z powagą Nell, lecz nie może wiedzieć, że należało do gatunku tych niemożliwych do spełnienia. Zjadamy tort przy akompaniamencie ptasiego koncertu za oknem, po czym Lourdes i Nell znikają w kuchni. „Mam dla ciebie prezent", mówi Clare. „Zamknij oczy". Spełniam jej prośbę. Słyszę, że wstaje od stołu. Po chwili rozlega się szum płyty, a po nim... skrzypce... i czysty sopran wznoszący się wysoko nad orkiestrą... to głos mojej matki śpiewającej *Lulu*. Zamykam oczy. Uśmiechnięta Clare siedzi naprzeciwko mnie. Wstaję, podnoszę ją z krzesła i mocno przytulam. „Niesamowite", mówię. Nie mogę znaleźć odpowiednich słów, więc zaczynam ją całować.

Dużo później, kiedy już pożegnaliśmy się z Nell i Lourdes, zapewniając je o naszej dozgonnej wdzięczności, kiedy już dotarliśmy do domu i zapłaciliśmy opiekunce, kiedy pokochaliśmy się otoczeni mgłą cudownego zmęczenia, leżymy w łóżku na krawędzi snu.

– Czy to były dobre urodziny? – pyta Clare.

– Idealne. Najlepsze.

– Czy zdarza ci się marzyć o tym, by móc zatrzymać czas? – pyta Clare. – Nie miałabym nic przeciwko temu, żeby zostać tutaj na zawsze.

– Mmmm – mruczę, przewracając się na brzuch.

Kiedy powoli zasypiam, Clare mówi jeszcze:

– Czuję się tak, jakbyśmy byli na samym szczycie kolejki górskiej.

Zaraz jednak zapadam w sen, a rano zapominam zapytać, co miała na myśli.

NIEPRZYJEMNA SCENA

Środa, 28 czerwca 2006
(Henry ma 43 i 43 lata)

HENRY: Odzyskuję świadomość w ciemności, na zimnej betonowej podłodze. Próbuję usiąść, ale kręci mi się w głowie, więc znów się kładę. Boli mnie głowa. Macam ją delikatnie; tuż za lewym uchem mam wielkiego guza. Kiedy moje oczy przyzwyczajają się do ciemności, widzę zarys schodów i podświetlone znaki WYJŚCIE, a zawieszona nade mną wysoko pojedyncza żarówka świeci bladym światłem. Ze wszystkich stron otaczają mnie stalowe kraty. Już wiem: wylądowałem w Klatce, po zamknięciu Newberry.

„Tylko nie wpadaj w panikę", mówię na głos. „Wszystko jest w porządku. W największym porządku". Przestaję, kiedy uświadamiam sobie, że wcale siebie nie słucham. Jakoś udaje mi się wstać. Drżę z zimna na całym ciele. Ciekawe, jak długo będę musiał czekać. Ciekawe, co powiedzą moi koledzy, gdy mnie tutaj zobaczą. W końcu wyjdzie na jaw, że jestem wybrykiem natury. To oczywiste, że myśl o tym nie napełnia mnie szczególną radością.

Próbuję chodzić po Klatce tam i z powrotem, żeby się trochę rozgrzać, ale przez to jeszcze bardziej boli mnie głowa. Rezygnuję więc, siadam na środku podłogi i kulę się, obejmując ciasno kolana rękami. Mijają godziny. Raz po raz odtwarzam cały ten incydent w pamięci, zastanawiam się, co mogło pójść nie tak.

Wreszcie mam już tego wszystkiego dość i zaczynam słuchać w wyobraźni płyt. Puszczam sobie *That's Entertainment* The Jam, *Pills and Soap* Elvisa Costello, *Perfect Day* Reeda. Próbuję sobie przypomnieć cały tekst *I Love a Man in Uniform of Four*, kiedy zaczynają migać światła. To Kevin, nazista z ochrony, otwiera podwoje biblioteki. Jest ostatnią osobą na całej ziemi, którą chciałbym spotkać, kiedy jestem nagi i uwięziony w Klatce. Oczywiście dostrzega mnie natychmiast. Leżę zwinięty w kłębek na podłodze i udaję, że jestem pogrążony w głębokim śnie.

„Kto tu jest?", pyta Kevin, o wiele głośniej, niż trzeba. Wyobrażam sobie, jak stoi sztywno wyprostowany w bladym świetle klatki schodowej. Jego głos odbija się echem od betonu. Schodzi po schodach i staje jakieś trzy metry ode mnie. „Jak się tam dostałeś?". Obchodzi Klatkę dookoła. Ja nadal udaję, że nie kontaktuję. Skoro i tak nic nie mogę wyjaśnić, to wolę w ogóle nie zawracać sobie tym głowy. „Mój Boże, to przecież DeTamble". Czuję na sobie jego zdumiony wzrok. Nagle przypomina sobie o krótkofalówce. „Dziesięć-cztery, hej, Roy". W odpowiedzi słychać tylko trzaski. „Roy, tu Kevin. Mógłbyś zejść do A46? Tak, na sam dół". Piski. „Po prostu zejdź i tyle". Wyłącza krótkofalówkę. „Boże święty, DeTamble, nie mam pojęcia, co próbujesz udowodnić, ale z pewnością ci się to udało". Słyszę, jak skrzypią jego buty, a on sam cicho pomrukuje. Chyba siedzi teraz na schodach. Po kilku minutach otwierają się drzwi prowadzące na górę i staje w nich Roy. To mój ulubiony ochroniarz. Jest wielkim czarnoskórym dżentelmenem, któremu uśmiech nigdy nie znika z twarzy. To Król Recepcji i kiedy przychodzę do pracy, zawsze bardzo się cieszę, gdy to on mnie wita.

– Co my tu mamy? – pyta teraz.

– To DeTamble. Nie mam pojęcia, jak się tam dostał.

– DeTamble? Proszę, proszę. Chyba bardzo lubi wietrzyć sobie małego. Opowiadałem ci, jak natknąłem się kiedyś na niego na trzecim piętrze? Był golusieńki jak go Pan Bóg stworzył.

– Tak, wspominałeś coś o tym.

– Chyba musimy go jakoś stamtąd wydostać.

– Nie rusza się.

– Ale oddycha. Myślisz, że jest ranny? Może powinniśmy wezwać karetkę.

– Musimy zawiadomić straż pożarną. Wytną dziurę w kracie tymi wielkimi obcęgami, którymi tną wraki po wypadkach.

Kevin jest wyraźnie podekscytowany. Nie mam ochoty na spotkanie ani ze strażą pożarną, ani z pogotowiem. Jęczę przeciągle i siadam.

– Dzień dobry, panie DeTamble – grucha radośnie Roy. – Zjawił się pan dziś o wiele za wcześnie.

– Tylko trochę – zgadzam się, przyciągając kolana do brody. Jest mi tak zimno, że aż bolą mnie zęby od ciągłego ich zaciskania. Przyglądam się obu strażnikom. Oni też nie spuszczają ze mnie wzroku. – Czy mógłbym was przekupić, panowie?

Wymieniają spojrzenia.

– To zależy, co pan ma na myśli – mówi Kevin. – Nie możemy tego utrzymać w tajemnicy, bo sami pana stąd nie wyciągniemy.

– Nie, nie, o tym nie ma nawet mowy. – Patrzą na mnie z wyraźną ulgą. – Posłuchajcie, dam każdemu z was po sto dolarów, jeśli zrobicie dla mnie dwie rzeczy. Pierwsza: jeden z was przyniesie mi kubek kawy.

Na twarzy Roya pojawia się wyćwiczony od lat uśmiech.

– Ależ, proszę pana, zrobię to za darmo. Tylko że nie wiem, jak pan ją wypije.

– Przynieś słomkę. I nie chcę kawy z automatu w holu, tylko prawdziwą, z baru obok. Ze śmietanką, bez cukru.

– Się robi.

– A ta druga rzecz? – dopytuje się Kevin.

– Idź do działu Zbiorów Specjalnych i przynieś ubranie z mojego biurka. Jest na dole, w szufladzie po prawej stronie. Zarobisz kilka dolców więcej, jeśli uda ci się na nikogo przy tym nie natknąć.

– Nie ma sprawy – mówi Kevin i zaczynam się zastanawiać, dlaczego tak go nie lubiłem.

– Lepiej zamknij te drzwi – mówi Roy do Kevina, który kiwa głową i posłusznie przekręca klucz w zamku.

Staje przy kratach i patrzy na mnie z wyrazem litości w oczach.

– Jak pan się tam dostał?

Wzruszam ramionami.

– Nie potrafię odpowiedzieć na to pytanie.

Roy uśmiecha się i kręci głową.

– No to niech się pan zastanowi, a ja pójdę po kawę.

Mija jakieś dwadzieścia minut. Wreszcie słyszę szczęk otwieranych drzwi i po schodach schodzi Kevin, a za nim idą Matt i Roberto.

Kevin spogląda na mnie i wzrusza ramionami, jakby chciał powiedzieć: „Próbowałem". Podaje mi koszulę. Wkładam ją pod bacznym spojrzeniem Roberta, który stoi ze splecionymi na piersiach rękami. Spodnie z trudem przechodzą przez kraty. Matt siedzi na schodach z niepewnym wyrazem twarzy. Słyszę, jak drzwi otwierają się raz jeszcze. Zjawia się Roy z kawą i drożdżówką. Wkłada słomkę do kubka i stawia go na podłodze obok drożdżówki. Zmuszam się do odwrócenia wzrok od kubka, by spojrzeć na Roberta, który mówi do Roya i Kevina: „Czy możecie zostawić nas samych?"

– Oczywiście, panie doktorze.

Ochroniarze idą na górę i znikają w drzwiach pierwszego piętra. Zostałem sam, uwięziony w Klatce, niezdolny do jakichkolwiek wyjaśnień, i patrzę na Roberta, którego szanuję i którego wielokrotnie okłamywałem. Teraz mogę już tylko wyznać mu prawdę, która wydaje się bardziej niedorzeczna niż jakiekolwiek kłamstwo.

– No dobra, Henry – mówi. – Skończmy z tym raz na zawsze.

HENRY: Jest piękny wrześniowy poranek. Jestem spóźniony, z powodu Alby (która nie chciała się ubrać) i kolejki (która nie chciała przyjechać), ale nie straszliwie, przynajmniej według moich osobistych norm. Kiedy podpisuję listę obecności w recepcji, miejsce Roya zajmuje Marsha. „Cześć, Marsha, mówię. Gdzie jest Roy?". „Miał coś do załatwienia", słyszę w odpowiedzi. Jadę windą na czwarte piętro. Kiedy wchodzę do działu Zbiorów Specjalnych, wita mnie Isabelle: „Spóźniłeś się". „Ale tylko trochę", odpowiadam. Wchodzę do mojego pokoju. Przy oknie stoi Matt.

– Cześć, Matt – mówię, a on podskakuje przestraszony.

– Henry! – wykrzykuje i blednie gwałtownie. – Jak ci się udało wydostać z Klatki?

Rzucam torbę na biurko i patrzę na niego zdumiony.

– Z Klatki?

– Ty... właśnie przyszedłem tu z dołu... siedziałeś uwięziony w Klatce... był z tobą Roberto... kazałeś mi tu przyjść i czekać, ale nie powiedziałeś na co...

– Mój Boże. – Siadam na biurku.

Matt siada na moim krześle i nie spuszcza ze mnie wzroku.

– Posłuchaj, mogę to wytłumaczyć... – zaczynam.

– Naprawdę?

– Jasne. – Zastanawiam się chwilę. – Ja... widzisz... Cholera.

– To coś bardzo dziwnego, prawda?

– Tak. Bardzo. – Patrzymy sobie prosto w oczy. – Posłuchaj, Matt... zejdźmy na dół i zobaczmy, co się tam dzieje. Potem wam wszystko wyjaśnię, dobra?

– Dobra.

Wstajemy i schodzimy na dół.

Kiedy idziemy korytarzem, dostrzegam Roya stojącego przy wyjściu na schody. Spogląda na mnie zdumiony, a kiedy ma mi już zadać oczywiste pytanie, słyszę nagle głos Catherine.

– Co się tu dzieje, chłopaki? – pyta, przechodząc obok nas. Próbuje otworzyć drzwi prowadzące na schody. – Roy, dlaczego nie mogę ich otworzyć?

– Hmmm... – Roy spogląda na mnie podejrzliwie. – Mamy tu mały problem z...

– W porządku, Roy – rzucam. – Chodź, Catherine. Roy, mógłbyś tu zostać?

Kiwa głową i otwiera drzwi.

Kiedy wchodzimy do środka, słyszę głos Roberta.

– Wiesz, jakoś nie mam ochoty wysłuchiwać tych twoich opowieści science fiction. Gdybym miał, pożyczyłbym od Amelii książkę. – Siedzi na ostatnim stopniu schodów i kiedy słyszy nasze kroki, odwraca się, by sprawdzić, kto się zbliża.

– Cześć, Roberto – mówię cicho.

– O mój Boże! – wykrzykuje Catherine.

Roberto wstaje, traci równowagę i Matt musi go podtrzymać. Spoglądam na Klatkę i dostrzegam w środku siebie. Siedzę na podłodze, w białej koszuli i spodniach khaki, przyciągając kolana do piersi. Najwyraźniej jestem bardzo zmarznięty i głodny. Przed Klatką stoi kubek z kawą. Roberto, Matt i Catherine patrzą na nas w milczeniu.

– Skąd tu trafiłeś? – pytam.

– Z sierpnia dwa tysiące szóstego roku.

Podnoszę kubek i przesuwam słomkę przez kratę. Moja druga wersja pije łapczywie.

– Masz ochotę na drożdżówkę? – pytam.

Kiwa głową. Łamię ją na trzy części i wsuwam do środka. Zupełnie jakbym był w zoo.

– Jesteś ranny.

– Tak, walnąłem o coś głową.

– Jak długo jeszcze tu będziesz? – pytam.

– Jakieś pół godziny.

Macha ręką w stronę Roberta.

– Kapujesz?

– Co się tutaj dzieje? – pyta Catherine.

Zwracam się do mojej drugiej wersji.

– Chcesz wytłumaczyć?

– Jestem zmęczony. Wal ty.

Tłumaczę więc. Wyjaśniam im zawiłości przemieszczania się w czasie, praktyczną i genetyczną stronę tego problemu. Tłumaczę, że to jest jak choroba i nie potrafię nad tym panować. Opowiadam im o Kendricku, o tym, jak poznałem Clare, jeden i drugi raz. Tłumaczę im zawiłości łańcuchów przyczynowych, mechaniki kwantowej, fotonów i prędkości światła. Opowiadam, jak się żyje poza ograniczeniami czasu, z którymi zmaga się większość ludzi. Wyjaśniam, dlaczego kłamię, kradnę; opowiadam im o strachu. Mówię, że próbuję wieść normalne życie.

– A częścią tego normalnego życia jest normalna praca – kończę.

– Trudno to nazwać normalną pracą – oświadcza Catherine.

– Ja nie nazwałbym tego normalnym życiem – mówi moja druga wersja.

Patrzę na Roberta, który siedzi na schodach, opierając głowę o ścianę. Wygląda na zmęczonego i smutnego.

– Wylejesz mnie? – pytam.

Wzdycha ciężko.

– Nie, nie wyleję. – Wstaje powoli i otrzepuje ręką tył marynarki. – Ale nie rozumiem, dlaczego nie powiedziałeś mi o tym dawno temu.

– Nie uwierzyłbyś – mówi moja druga wersja. – Teraz też mi nie uwierzyłeś, dopóki nie przekonałeś się na własne oczy.

– No tak... – zaczyna Roberto, ale jego słowa giną w potężnym szumie, który zazwyczaj towarzyszy mojemu pojawianiu się i znikaniu.

Odwracam się i widzę kupkę ubrań leżącą na podłodze Klatki. Wrócę tu po południu i wyłowię je wieszakiem. Spoglądam na Matta, Roberta i Catherine. Stoją oniemiali.

– Wielkie nieba – mówi Catherine. – To zupełnie tak, jakby pracować z Clarkiem Kentem.

– A ja czuję się jak Jimmy Olsen – mówi Matt. – Jezu.

– No to ty jesteś Lois Lane – żartuje Roberto z Catherine.

– Nie, nie, to Clare jest Lois Lane – odpowiada szybko.

– Ale Lois Lane nie miała pojęcia o tym, że Clark Kent jest Supermanem – wyjaśnia Matt. – Podczas gdy Clare...

– Bez Clare poddałbym się już dawno temu – mówię. – Nigdy nie rozumiałem, dlaczego Clark Kent trzymał wszystko w tajemnicy.

– To dodaje całej historii napięcia – wyjaśnia Matt.

– Naprawdę? Sam już nie wiem.

Piątek, 7 lipca 2006
(Henry ma 43 lata)

HENRY: Siedzę w gabinecie Kendricka i słucham, jak wyjaśnia mi, dlaczego nic z tego nie będzie. Za oknem panuje nieznośny upał, lecz w gabinecie klimatyzacja pracuje pełną parą. Mam nawet gęsią skórkę. Siedzimy naprzeciwko siebie, jak zawsze. Na biurku stoi popielniczka pełna niedopałków. Lekarz odpala jednego papierosa od drugiego. Siedzimy przy zgaszonym świetle, a w powietrzu unoszą się kłęby dymu. Chce mi się pić. Chce mi się krzyczeć. Chcę, żeby Kendrick nareszcie przestał mówić, żebym mógł mu zadać pytanie. Chcę wstać i wyjść. Ale siedzę i słucham posłusznie. Kiedy Kendrick milknie, dobiegają mnie odgłosy z korytarza.

– Henry? Słyszałeś, co powiedziałem?

Prostuję się na krześle i patrzę na niego jak uczeń przyłapany na myśleniu o niebieskich migdałach.

– Nie.

– Pytałem, czy wszystko zrozumiałeś. Dlaczego to się nie uda.

– Tak. – Próbuję zmusić się do myślenia. – Nic z tego nie będzie, bo mam spieprzony system immunologiczny. I jestem stary. Poza tym w grę wchodzi zbyt wiele genów.

– Zgadza się. – Kendrick wzdycha i gasi papierosa. Z popielniczki unosi się smużka dymu i niknie w powietrzu. – Bardzo mi przykro.

Opiera się wygodnie i splata dłonie na kolanach. Przypominam sobie nasze pierwsze spotkanie, tutaj, w tym gabinecie, osiem lat temu. Obaj byliśmy młodsi i bardziej zadziorni, pełni ufności w moc genetyki molekularnej, gotowi wykorzystać naukę, by poprawić naturę. Przypominam sobie, jak trzymałem w dłoniach podróżującą w czasie mysz Kendricka; nadzieję, jaką mnie to osiągnięcie przepełniło, kiedy patrzyłem na mały biały odpowiednik mojego organizmu. Myślę o wyrazie twarzy Clare, gdy powiem jej, że nic z tego nie będzie. Z drugiej strony ona zawsze była przekonana, że to się nie uda.

– A co z Albą? – pytam.

Kendrick krzyżuje nogi i podryguje nerwowo.

– Co z Albą?

– Czy ona ma jakąś szansę?

– Nigdy się nie tego dowiemy. Chyba że Clare zmieni zdanie i pozwoli zbadać DNA Alby. Obaj wiemy doskonale, że Clare boi się terapii genowej. Kiedy o tym wspominam, patrzy na mnie, jakbym był Josephem Mengele.

– Ale jeśli miałbyś DNA Alby, mógłbyś sklonować myszy i opracować dla niej leki. A ona sama podjęłaby decyzję o terapii, kiedy skończy osiemnaście lat.

– Tak.

– Jeśli więc dla mnie nie ma już ratunku, Alba mogłaby z tego skorzystać.

– Tak.

– W porządku. – Wstaję i pocieram dłonie. Odklejam od ciała przesiąkniętą zimnym potem koszulę. – Tak właśnie zrobimy.

Piątek, 14 lipca 2006
(Clare ma 35, Henry 43 lata)

CLARE: Siedzę w pracowni i robię papier gampi. Jest cieniutki i przezroczysty. Zanurzam sito w kadzi, po chwili je wyciągam i lekko nim kołyszę, by warstwa włókien równomiernie się rozłożyła. Stawiam sito na rogu kadzi i słyszę, jak przez podwórko biegnie Alba, wołając: „Mamo! Mamo, zobacz, co tatuś mi kupił!". Wpada do środka i biegnie prosto do mnie, a za nią już wolniej podąża Henry. Spuszczam wzrok, by zobaczyć, z czego jest taka dumna, i widzę rubinowe pantofelki.

– Takie same, jak miała Dorotka! – woła, stepując na drewnianej podłodze. Stuka piętą o piętę trzy razy, ale nie znika. To jasne, wróciła już przecież do domu.

Wybucham śmiechem.

Henry wygląda na zadowolonego.

– Dotarłeś na pocztę? – pytam.

– O, cholera, zapomniałem. Przepraszam. Pójdę tam jutro rano.

Alba wiruje jak szalona.

Henry wyciąga rękę i zatrzymuje ją.

– Przestań, Alba. Zakręci ci się w głowie.

– Lubię, jak mi się kręci.

– To nie jest dobry pomysł.

Alba ma na sobie podkoszulek i szorty. W zagłębieniu łokcia dostrzegam przyklejony plaster.

– Co ci się stało w rękę? – pytam.

Zamiast odpowiedzieć, spogląda ukradkiem na Henry'ego. Podążam za jej spojrzeniem.

– To nic takiego – mówi. – Obtarła skórę i zrobiła się jej malinka.

– Co to takiego malinka? – pyta Alba.

Henry zaczyna jej tłumaczyć, lecz przerywam mu po paru słowach:

– Po co przykleiłeś plaster na malinkę?

– Nie wiem. Alba chciała.

Ogarnia mnie złe przeczucie. Można to nazwać szóstym zmysłem matki. Podchodzę do Alby.

– Pokaż.

Przyciska ramię do siebie, zasłaniając je dla większej pewności drugą ręką.

– Nie odklejaj plastra. Będzie bolało.

– Zrobię to bardzo delikatnie.

Chwytam ją mocno za rękę. Jęczy cicho, ale nie ustępuję. Powoli odklejam plaster. Na środku sińca dostrzegam ślad ukłucia.

– To boli, zostaw – mówi Alba.

Puszczam ją więc, a ona przykleja z powrotem plaster i patrzy na mnie wyczekująco.

– Alba, zadzwoń do Kimy i zapytaj, czy ma ochotę przyjść do nas na kolację.

Uśmiecha się i wychodzi z pracowni. Po chwili słyszę trzaśnięcie drzwiami. Henry siedzi przy stole do rysowania i kołysze się na krześle. Nie spuszcza ze mnie wzroku. Czeka, żebym coś powiedziała.

– Nie mogę uwierzyć – rzucam wreszcie. – Jak mogłeś?

– Musiałem – wyjaśnia cicho. – Ona... nie mogłem jej zostawić, nie próbując przynajmniej... chciałem dać jej coś na początek. Kendrick może zacząć nad tym pracować, tak na wszelki wypadek.

Podchodzę do niego z szumem gumowego fartucha i kaloszy i opieram się o stół. Henry przechyla głowę. W blasku słońca widzę zmarszczki na czole, w kącikach ust i oczu. Ostatnio schudł jeszcze bardziej. W wychudzonej twarzy oczy wydają się coraz większe.

– Clare, nie powiedziałem jej, po co to robimy. Możesz zrobić to sama, kiedy... nadejdzie odpowiednia pora.

Potrząsam głową.

– Zadzwoń do Kendricka i każ mu przestać.

– Nie.

– To ja to zrobię.

– Clare, nie...

– Możesz robić, co chcesz, ze swoim własnym ciałem, Henry, ale...

– Clare! – wykrzykuje moje imię przez zaciśnięte zęby.

– Co?

– To koniec, rozumiesz? Koniec ze mną. Kendrick nie może już nic dla mnie zrobić.

– Ale... – Staram się pojąć, co przed chwilą powiedział. – Co się teraz stanie?

Henry kręci głową.

– Pewnie to, co podejrzewaliśmy. Ale jeśli tak właśnie będzie, to... nie mogę zostawić Alby, nie próbując jej pomóc... Clare, proszę cię, pozwól mi to zrobić dla niej! Może nic z tego nie wyjdzie, może ona nigdy z tego nie skorzysta... Kto wie, może spodoba się jej podróżowanie w czasie, może nigdy nie zginie, nie będzie głodna, nigdy nie trafi do aresztu, nikt jej nie będzie ścigał, nie zgwałci ani nie pobije, ale co się stanie, jeśli tego nie pokocha? Clare? Clare, proszę cię, nie płacz...

Nie mogę się jednak powstrzymać. Stoję na środku pracowni w żółtym gumowym fartuchu, szlochając rozpaczliwie. W końcu Henry wstaje i mocno mnie przytula.

– To nie oznacza, że jesteśmy z czegokolwiek zwolnieni – mówi cicho. – Próbuję tylko zostawić jej wyjście awaryjne. – Przez cienki podkoszulek wyczuwam jego żebra. – Czy pozwolisz mi przynajmniej zatroszczyć się o jej bezpieczeństwo?

Kiwam głową, a on całuje mnie w czoło.
– Dziękuję – mówi, a ja znów zaczynam płakać.

Sobota, 27 października 1984
(Henry ma 43 lata, Clare 13)

HENRY: Teraz już wiem, jak będzie wyglądał koniec.

Będę siedział na Łące, wczesnym rankiem, jesienią. Dzień będzie pochmurny i zimny, a ja będę miał na sobie czarny wełniany płaszcz, ciepłe buty i rękawiczki.

To dzień, którego nie ma na Liście.

Clare będzie spała w swoim ciepłym dużym łóżku. Będzie miała trzynaście lat.

Z oddali dobiegnie odgłos wystrzału. Trwa sezon polowań na jelenie. Gdzieś tam niedaleko mężczyźni w jasnopomarańczowych kurtkach będą siedzieć i czekać, a potem strzelać. Później będą pić piwo i jeść kanapki przygotowane przez żony.

Zerwie się wiatr. Będzie targał liśćmi drzew w sadzie, strącając te najbardziej zeschnięte. Trzasną drzwi na tyłach Meadowlark House i pojawią się dwie postaci w odblaskowych pomarańczowych kurtkach, z identycznymi strzelbami w dłoniach. Mark i Philip ruszą w moją stronę, na Łąkę. Nie zauważą mnie, bo będę leżał skulony w wysokiej trawie, czarny, nieruchomy punkt na brązowo-zielonym polu. Jakieś dziesięć metrów ode mnie zboczą ze ścieżki i skierują się w stronę lasu.

Zatrzymają się i zaczną nasłuchiwać. Usłyszą to przede mną: szelest, szum, coś poruszającego się w trawie, coś dużego i niezgrabnego, błysk bieli, może ogon? To będzie się zbliżać w moją stronę, w stronę polany. Mark podniesie strzelbę, wymierzy i naciśnie spust.

Rozlegnie się strzał i krzyk, krzyk człowieka. Chwila ciszy, a potem: „Clare! Clare!". I znów cisza.

Będę siedział przez chwilę, nie myśląc, nie oddychając. Philip zacznie biec, ja też, potem Mark i we trójkę spotkamy się w jednym miejscu:

Ale tam nic nie będzie. Tylko kałuża krwi, lśniąca i gęsta. Zdeptana sucha trawa. Będziemy spoglądali na siebie, nie rozpoznając się nad zagadkowym pustym miejscem.

Clare usłyszy ten rozpaczliwy krzyk. Usłyszy, jak ktoś woła jej imię, i usiądzie na łóżku z mocno bijącym sercem. Zbiegnie na dół i w samej koszuli wypadnie przez drzwi na Łąkę. Kiedy nas zobaczy, zatrzyma się zmieszana. Za plecami ojca i brata przyłożę palec do ust. Gdy Philip podejdzie do niej, schowam się w cieniu sadu i będę patrzył, jak drży w objęciach ojca. Mark będzie stał obok, niecierpliwy i skonsternowany, z cieniem zarostu na piętnastoletniej twarzy. Spojrzy na mnie, jakby próbował sobie coś przypomnieć.

Kiedy Clare spojrzy w moją stronę, kiwnę do niej, a ona wróci z ojcem do domu, machając mi na pożegnanie. Koszula nocna będzie powiewać na wietrze jak skrzydła anioła, a ona sama będzie się robić coraz mniejsza, aż rozpłynie się w oddali i zniknie w drzwiach domu. Ja będę stał nad kałużą krwi i będę wiedział, że gdzieś tam właśnie umieram.

EPIZOD NA PARKINGU PRZY MONROE STREET

Poniedziałek, 7 stycznia 2006
(Henry ma 43 lata)

HENRY: Jest zimno. Jest bardzo, bardzo zimno, a ja leżę na śniegu. Gdzie jestem?

Próbuję usiąść. Stopy zmarzły mi tak straszliwie, że wcale ich nie czuję. Znajduję się na otwartej przestrzeni bez żadnych budynków i drzew.

Jak długo tu jestem? Jest noc. Słyszę szum ruchu ulicznego. Podnoszę się na czworaki. Rozglądam się i już wiem: trafiłem do Grant Park. Ciemny zarys instytutu sztuki wznosi się daleko za całym polem śniegu. Piękne budynki stojące wzdłuż Michigan Avenue są ciche i ciemne. Lake Shore Drive suną samochody, a ich reflektory przecinają mrok. Nad jeziorem maluje się jasna smuga światła; zbliża się świt. Muszę się stąd wydostać. Muszę się ogrzać.

Wstaję. Stopy mam zupełnie białe i sztywne. Nie czuję ich, nie mogę też nimi poruszyć, ale jakimś cudem ruszam przed siebie, chwiejąc się i raz po raz upadając. W końcu zaczynam się czołgać. Przeczołguję się przez ulicę i tyłem zsuwam się po betonowych schodach, przytrzymując się barierki. Sól wgryza się w otarcia na rękach i kolanach, ale udaje mi się dotrzeć do automatu.

Siedem dzwonków. Osiem. Dziewięć.

– Tak? – mówi moja druga wersja.

– Pomóż mi – rzucam. – Jestem na podziemnym parkingu przy Monroe Street. Tu jest kurewsko zimno. Jestem obok budki ochrony. Przyjedź po mnie.

– Dobra. Nie ruszaj się stamtąd. Już jedziemy.

Próbuję odwiesić słuchawkę, lecz wysuwa mi się z ręki. Szczękam zębami. Podczołguję się do budki ochrony i walę do drzwi. Nikogo tam nie ma. Dostrzegam w środku rząd monitorów, grzejnik, kurtkę, biurko, krzesło. Przekręcam gałkę. Drzwi są zamknięte na klucz. Nie mam ich czym otworzyć. Okno jest zakratowane. Drżę z zimna na całym ciele. Na dole nie ma żadnych samochodów.

– Na pomoc! – krzyczę, lecz nikt się nie zjawia.

Zwijam się w kłębek przy drzwiach, podciągając kolana do brody, otulając dłońmi stopy. Nikt się jednak nie zjawia, a ja nareszcie – nareszcie! – znikam.

FRAGMENTY

Poniedziałek, wtorek, środa, 25, 26 i 27 września 2006
(Clare ma 35, Henry 43 lata)

CLARE: Henry zniknął na cały dzień.

Razem z Albą poszłyśmy na kolację do McDonalda. Potem grałyśmy w rybki i grzybobranie. Alba narysowała portret dziewczynki z długimi włosami, która trzyma na smyczy latającego psa. Wybrałyśmy sukienkę na jutro do szkoły. Teraz Alba leży już w łóżku. Ja siedzę na werandzie i próbuję czytać Prousta. Czytanie po francusku usypia mnie jednak i prawie drzemię, gdy słyszę huk w salonie.

Na podłodze leży Henry, siny i zmarznięty.

– Pomóż mi – szepcze przez zaciśnięte zęby, a ja biegnę do telefonu.

Później:

Izba przyjęć: w świetle jarzeniówek siedzą starsi ludzie cierpiący na najróżniejsze choroby, matki z rozpalonymi gorączką dziećmi, nastoletni chłopcy, którzy czekają, aż ich kolegom wyjmą kule z różnych części ciała. Potem będą się tym chwalić przed dziewczynami, lecz teraz siedzą wyciszeni i zmęczeni.

Później:

W małym białym pokoju pielęgniarka kładzie Henry'ego na łóżku i odkrywa koc. Henry otwiera oczy, spogląda na mnie i znów je zamyka. Jasnowłosy stażysta przeprowadza wstępne oględziny. Pielęgniarka mierzy temperaturę, puls. Henry drży na całym ciele tak mocno, że aż trzęsie się całe łóżko, a z nim ręka pielęgniarki. Zupełnie jak „magiczne" łóżka w motelach w latach siedemdziesiątych. Lekarz bada źrenice Henry'ego, uszy, nos, palce u nóg i stopy, genitalia. Owijają go w koce i coś, co przypomina folię aluminiową. Okładają mu stopy woreczkami z lodem. W małym pokoju jest bardzo ciepło. Henry znów otwiera oczy. Próbuje coś powiedzieć; coś, co brzmi jak moje imię. Sięgam pod koc i ujmuję jego lodowate dłonie w swoje. Spoglądam na pielęgniarkę.

– Najpierw musimy go rozgrzać, podnieść mu temperaturę – mówi. – A potem zobaczymy.

Później:

– Jakim cudem nabawił się hipotermii w sierpniu? – pyta lekarz.

– Nie mam pojęcia – odpowiadam. – Proszę jego zapytać.

Później:

Jest ranek. Razem z Charisse siedzimy w szpitalnej kafejce. Ona je budyń czekoladowy. Na górze Henry śpi w swoim pokoju. Czuwa przy nim Kimy. Ja mam na talerzu dwie grzanki z roztopionym masłem. Leżą nietknięte. Ktoś siada obok Charisse. Kendrick.

– Mam dobre wiadomości – mówi. – Temperatura Henry'ego podniosła się do trzydziestu czterech i sześciu kresek. Wygląda na to, że mózg nie został uszkodzony.

Nie jestem w stanie nic powiedzieć. „Dzięki Ci, Boże", powtarzam w myślach.

– Zajrzę do niego później, kiedy skończę pracę w szpitalu – mówi Kendrick, wstając.

– Dziękuję, Davidzie.

Odwraca się i odpowiada mi uśmiechem.

Później:

Do pokoju wchodzi doktor Murray z hinduską pielęgniarką o imieniu Sue, jak głosi identyfikator. Sue niesie dużą miskę, termometr i wiaderko. Cokolwiek się tu wydarzy, niewiele będzie miało wspólnego z najnowszymi osiągnięciami techniki.

– Dzień dobry państwu. Zaraz spróbujemy rozgrzać panu stopy.

Sue stawia miskę na podłodze i bez słowa znika w łazience. Słychać szum wody. Doktor Murray jest potężna i ma cudowną fryzurę w stylu afro, w której wyglądają korzystnie tylko bardzo piękne czarnoskóre kobiety o majestatycznej prezencji. Jej masywna postać kończy się dwiema zgrabnymi stopami w szpilkach ze skóry aligatora. Z kieszeni fartucha wyjmuje teraz strzykawkę i ampułkę.

– Co to jest? – pytam.

– Morfina. To będzie bolało. Stopy pana DeTamble są praktycznie martwe.

Ujmuje łagodnie Henry'ego za ramię, a on poddaje się jej posłusznie, jakby wygrała go w pokera. Jest bardzo delikatna. Wkłuwa igłę i powoli naciska tłoczek strzykawki; po chwili Henry wydaje z siebie jęk wdzięczności. Doktor Murray odsuwa zimne okłady z jego stóp, a z łazienki wychodzi Sue z gorącą wodą. Stawia wiaderko na podłodze. Doktor Murray obniża łóżko i obie sadzają Henry'ego. Sue mierzy temperaturę wody, po czym wylewa ją do miski i wkłada do niej stopy Henry'ego. On sam wciąga ze świstem powietrze.

– Tkanka, którą można jeszcze uratować, powinna się mocno zaczerwienić. Jeśli nie będzie wyglądać jak ugotowany homar, to mamy poważny problem.

Patrzę na stopy Henry'ego w żółtej plastikowej misce. Są białe jak śnieg, białe jak marmur, białe jak kreda, jak papier. Sue zmienia wodę, gdyż zimne jak lód stopy Henry'ego zdążyły ją już ochłodzić. Termometr pokazuje czterdzieści jeden stopni. Po pięciu minutach woda ma już temperaturę trzydziestu dwóch stopni i Sue zmienia ją raz jeszcze. Stopy Henry'ego przypominają śnięte ryby. Po policzkach płyną mu łzy i znikają pod brodą. Ocieram mu twarz. Gładzę po głowie. Czekam, by jego stopy wreszcie poczerwieniały. Zupełnie jakbym siedziała w ciemni i czekała, aż na papierze fotograficznym pojawi się zdjęcie. Przy kostkach obu nóg pojawia się nagle czerwona plama. Rozlewa się nierówno wokół lewej pięty, wreszcie różowieje kilka palców. Prawa stopa uparcie pozostaje biała. Skóra różowieje nieco koło podbicia, lecz na tym się kończy. Po godzinie doktor Murray i Sue delikatnie wycierają obie stopy, a pielęgniarka wsuwa między palce kawałki waty. Układają go z powrotem na łóżku i stawiają małe rusztowanie, by nic nie dotykało stóp.

Następnej nocy:

Jest bardzo późno. Siedzę przy łóżku Henry'ego w Szpitalu Miłosierdzia i patrzę, jak śpi. Gomez siedzi na krześle i też śpi. Z odchyloną głową i otwartymi ustami, od czasu do czasu pochrapuje.

Henry leży nieruchomo. Cicho pika aparatura medyczna. W nogach łóżka podobna do namiotu konstrukcja unosi koce nad miejscem, gdzie powinny być jego stopy, lecz teraz ich tam nie ma. Nie dało się ich uratować. Obie zostały amputowane dziś rano powyżej kostek. Nie potrafię sobie wyobrazić, usiłując sobie nie wyobrażać, co znajduje się pod kocami. Zabandażowane dłonie Henry'ego leżą na kocu. Ujmuję jedną z nich, chłodną i suchą, wyczuwam puls w nadgarstku. Po operacji doktor

Murray spytała mnie, co ma zrobić ze stopami Henry'ego. „Proszę je przyszyć z powrotem". To właśnie chciałam powiedzieć, ale tylko wzruszyłam ramionami i odwróciłam wzrok.

Do pokoju wchodzi pielęgniarka, uśmiecha się do mnie i robi Henry'emu zastrzyk. Po kilku minutach słyszę, jak Henry wzdycha, kiedy narkotyk dociera do mózgu, i odwraca do mnie twarz. Otwiera na moment oczy, po czym znów zapada w sen.

Chcę się pomodlić, ale nie mogę sobie przypomnieć żadnej modlitwy. Za to raz po raz powraca do mnie wierszyk: *Na stoliku stało mleczko i jajeczko. Przyszedł kotek, wypił mleczko, a ogonkiem stłukł jajeczko.* Boże, proszę Cię, nie. Nie rób mi tego, Boże. *Przyszła pani, kotka zbiła, a skorupki wyrzuciła.* Dalej nic. *Envoyez chercher le médecin. Qu'avez-vous? Il faudra aller à l'hôspital. Je me suis coupé assez fortement. Otez le bandage et lassez-moi voir. Oui, c'est une coupure profonde.*

Nie mam pojęcia, która jest godzina. Za oknem robi się jasno. Kładę dłoń Henry'ego na kocu. Obronnym gestem przyciąga ją do piersi.

Gomez ziewa i się przeciąga.

– Dzień dobry, malutka – mówi. Wstaje i znika w łazience.

Słyszę, jak robi siku, i wtedy Henry otwiera oczy.

– Gdzie jestem?

– W Szpitalu Miłosierdzia. Jest dwudziesty siódmy września dwa tysiące szóstego roku.

Henry wpatruje się w sufit. Potem powoli unosi się na poduszkach i spogląda w nogi łóżka. Pochyla się i sięga ręką pod koc. Zamykam oczy.

Henry zaczyna przeraźliwie krzyczeć.

Wtorek, 17 października 2006
(Clare ma 35, Henry 43 lata)

CLARE: Henry jest w domu od tygodnia. Spędza całe dnie w łóżku, skulony, twarzą do okna, co chwila zapadając w wywołany morfiną sen. Próbuję karmić go zupą, grzankami, makaronem i serem, lecz niewiele je. Rzadko też się odzywa. Alba bardzo chce mu sprawić przyjemność, przynosi tatusiowi pomarańczę, gazetę, ukochanego misia, lecz Henry tylko uśmiecha się blado. Stosik prezentów rośnie na szafce przy łóżku. Energiczna pielęgniarka, Sonia Browne, przychodzi codziennie, by zmienić opatrunek i udzielić nam porad w sprawie pielęgnacji chorego, lecz kiedy tylko wsiada do swojego czerwonego garbusa, Henry znów zamyka się w sobie. Pomagam mu korzystać z basenu. Zmieniam piżamę. Pytam, jak się czuje, czego potrzebuje, a on odpowiada mi półsłówkami albo milczy. Choć jest tutaj przy mnie, tak naprawdę zniknął.

Idę korytarzem z koszem bielizny do prania. Przez uchylone drzwi sypialni widzę Albę stojącą przy łóżku ojca, który leży skulony. Zatrzymuję się. Alba stoi nieruchomo, z opuszczonymi rękami, długie czarne warkocze opadają na plecy i odcinają się ostro od sweterka. Do pokoju wpada poranne słońce, zalewając wszystko złotym blaskiem.

– Tato? – mówi cicho Alba.

Henry nie odpowiada. Próbuje raz jeszcze, tym razem głośniej. Henry odwraca się w jej stronę. Alba siada na łóżku, a Henry leży z zamkniętymi oczami.

– Tatusiu?

– Hmmm?

– Czy ty umierasz?

Henry otwiera oczy i patrzy na nią badawczo.

– Nie.

– Alba powiedziała, że umarłeś.

– To stanie się dopiero w przyszłości. Jeszcze nie teraz. Powiedz Albie, że nie powinna ci opowiadać takich rzeczy. – Przesuwa dłonią po brodzie, którą zapuścił od czasu powrotu ze szpitala.

Alba siedzi z rękami splecionymi na kolanach.

– Czy teraz przez cały czas będziesz leżał w łóżku?

Henry podciąga się i siada oparty o wezgłowie łóżka.

– Może. – Szuka czegoś w szufladzie szafki nocnej, ale środki przeciwbólowe są w łazience.

– Dlaczego?

– Bo czuję się parszywie, jasne?

Alba cofa się i wstaje z łóżka. „Jasne!", mówi. Kiedy otwiera drzwi, wpada na mnie i odskakuje przestraszona. Po chwili obejmuje mnie ciasno rękami w pasie. Podnoszę ją; jest już taka ciężka. Zanoszę ją do jej pokoju i siadamy na łóżku, kołysząc się delikatnie. Alba wtula rozpaloną twarz w moją szyję. Cóż ci mogę powiedzieć, córeczko? Cóż mogę ci powiedzieć?

Środa i czwartek, 18 i 19 października;
czwartek, 26 października 2006
(Clare ma 35, Henry 43 lata)

CLARE: Stoję w pracowni z naręczem drutu i rysunkami w dłoni. Zrobiłam porządek na dużym stole, wszystkie rysunki wiszą teraz na ścianie. Stoję i próbuję wyobrazić sobie rzeźbę, którą mam zamiar zrobić. Próbuję ją sobie wyobrazić jako trójwymiarową. W naturalnych rozmiarach. Odcinam spory kawałek drutu i zaczynam robić z niego tors. Wyginam drut tak, by powstały ramiona, klatka piersiowa i miednica. Przerywam na chwilę. Może powinnam zaznaczyć ręce i nogi? Mam zrobić stopy czy nie? Zaczynam pracować nad głową i dochodzę do wniosku, że nie mam na to ochoty. Wsuwam niedokończone dzieło pod stół i zaczynam robić nowe.

Anioła. „Każdy anioł jest groźny. A jednak, nieszczęsny, będę śpiewał wam, bez mała śmiercionośni latacze duszy..."*. Chcę mu dać tylko skrzydła. Wyginam cienki metal, mierząc rękami rozpiętość skrzydeł; powtarzam wszystko, robiąc drugie, jak w lustrzanym odbiciu, sprawdzam, czy jest symetryczne, zupełnie jak wtedy, gdy obcinam Albie włosy. Spinam oba skrzydła razem i wieszam je u sufitu. Unoszą się na wysokości moich piersi, szerokie na prawie trzy metry, pełne wdzięku, ozdobne, bezużyteczne.

---

* R.M. Rilke, *Elegie duińskie*, przekład Adam Pomorski (przyp. tłum.).

Początkowo wyobrażałam je sobie białe, ale teraz już wiem, że muszą być inne. Otwieram szafkę z farbami i barwnikami. Ultramaryna, ochra, umbra, błękit paryski. Nie. Nareszcie znajduję. Czerwień tlenku żelaza. Kolor zakrzepłej krwi. Przerażający anioł nie może być biały; gdyby miał taki być, nie potrafiłabym znaleźć odpowiedniej bieli. Stawiam słoik z farbą na blacie, obok czerni. Podchodzę do wiązek włókien, które stoją, pachnące, w rogu pracowni. Kozo i len; przejrzystość i giętkość, włókno, które grzechocze jak szczękające zęby, i drugie, które jest miękkie jak wargi. Biorę kilogram kozo, kory twardej i opornej, którą trzeba gotować i rozbijać, łamać i miażdżyć. Podgrzewam wodę w wielkim garnku, który zajmuje dwa palniki. Kiedy woda zaczyna się gotować, wrzucam do garnka kozo, patrzę, jak ciemnieje i powoli nasiąka wodą. Odmierzam odpowiednią ilość sody i przykrywam garnek. Kroję kilogram białego lnu na małe kawałki, napełniam ubijacz wodą i patrzę, jak rozbija go na białą masę. Potem robię sobie filiżankę kawy i piję ją, spoglądając przez okno na dom.

W tej samej chwili:

HENRY: W nogach łóżka siedzi moja matka. Nie chcę, by dowiedziała się o moich stopach. Zamykam oczy i udaję, że śpię.

– Henry – mówi. – Wiem, że nie śpisz. No, kolego, słońce świeci już wysoko na niebie.

Otwieram oczy. To Kimy.

– Dzień dobry – mruczę.

– Jest już wpół do trzeciej po południu. Powinieneś wstać.

– Nie mogę wstać, Kimy. Nie mam stóp.

– Ale masz wózek. No wstawaj, musisz się wykąpać, ogolić, zrobić siku. Pachniesz jak starzec. – Kimy wstaje i obrzuca mnie posępnym spojrzeniem.

Odrzuca koce i leżę jak wyciągnięta ze skorupki krewetka, zimny i zwiotczały w popołudniowym słońcu. Kimy zmusza mnie, żebym usiadł na wózku, i wiezie mnie do drzwi łazienki, które są zbyt wąskie, by wózek mógł przejechać.

– No dobra – mówi, opierając dłonie na biodrach. – Jak to zrobimy?

– Nie mam pojęcia, Kimy. Ja jestem tylko kulasem; to nie moja bajka.

– Co to za słowo „kulas”?

– To bardzo brzydkie określenie kaleki.

Kimy patrzy na mnie, jakbym miał osiem lat i powiedział w jej obecności słowo „kurwa” (nie wiedziałem, co to znaczy, wiedziałem tylko, że nie wolno go używać).

– Powinno się chyba mówić „niepełnosprawny”. – Pochyla się i zaczyna mi rozpinać bluzę od piżamy.

– Ręce mam sprawne – protestuję i sam rozpinam ostatnie guziki.

Kimy odwraca się jak zwykle energicznie i puszcza wodę do wanny. Sprawdza temperaturę i zamyka odpływ korkiem. Z szafki nad lustrem wyjmuje maszynkę do golenia, mydło, pędzel z włosia. Nie mam pojęcia, jak wstać z wózka. W końcu decyduję się zsunąć z siedzenia; wypycham pośladki do przodu, wyginam plecy i zjeżdżam na podłogę. Wykręcam sobie lewe ramię i boleśnie uderzam się w zadek, ale nie jest tak źle. Terapeutka w szpitalu, bardzo pomocna młoda osoba o imieniu Penny, pokazała mi kilka technik pomagających wstać i usiąść na wózku. Tam jednak w grę wchodził tylko układ łóżko/wózek i wózek/krzesło. Teraz siedzę na podłodze, a wanna wznosi się nade mną jak białe skały Dover. Spoglądam na osiemdziesięciodwuletnią Kimy i uświadamiam sobie, że jestem zdany wyłącznie na siebie. Patrzy na mnie ze współczuciem. Myślę: pieprzyć to, muszę to jakoś zrobić, nie mogę pozwolić, żeby Kimy tak na mnie patrzyła. Zrzucam spodnie od piżamy i zaczynam odwijać bandaże na stopach. Kimy ogląda w lustrze swoje zęby. Przekładam rękę przez brzeg wanny i badam temperaturę wody.

– Jeśli wrzucisz trochę ziół, będziesz miała na kolację duszonego kulasa.

– Za gorąca? – pyta.

Odkręca kurek z zimną wodą i wychodzi z łazienki, popychając stojący w drzwiach wózek. Kończę odwijać opatrunki z nóg. Skóra jest blada i zimna. Dotykam ciała, które przykrywa uciętą kość. Niedawno wziąłem vicodin. Ciekawe, czy mógłbym wziąć jeszcze jeden tak, żeby Clare tego nie zauważyła. Lekarstwa stoją prawdopodobnie wysoko w szafce. Do łazienki wraca Kimy z krzesłem z kuchni. Stawia je tuż obok mnie. Zaczynam odwijać opatrunek z drugiej nogi.

– Ładnie to zrobiła – mówi Kimy.

– Doktor Murray? Tak, to wielka poprawa. Kształt jest teraz bardziej aerodynamiczny.

Kimy wybucha śmiechem. Posyłam ją do kuchni po książki telefoniczne. Kiedy kładzie je obok krzesła, siadam na nich powoli. Potem przesuwam się na krzesło i zsuwam do wanny. Woda wylewa się z wielkim pluskiem na kafelki. Ale siedzę w wannie. Alleluja! Kimy zakręca wodę i wyciera nogi ręcznikiem. Zanurzam się w wodzie.

Później:

CLARE: Po dwóch godzinach gotowania odcedzam kozo i też wrzucam do ubijacza. Im dłużej to potrwa, tym masa będzie gładsza. Po czterech godzinach dodaję glinę i barwnik. Beżowa maź nabiera nagle głębokiego czerwonego koloru. Wylewam zawartość ubijacza do wiaderka, a potem do kadzi. Kiedy wracam do domu, w kuchni Kimy robi gulasz z tuńczyka, który posypie potem pokruszonymi chipsami ziemniaczanymi.

– Jak poszło? – pytam.

– Bardzo dobrze. Henry jest w salonie.

Drogę z łazienki do salonu znaczą mokre ślady stóp Kimy. Henry śpi na kanapie z rozłożoną na piersi książką. To *Fikcje* Borgesa. Jest gładko ogolony. Pochylam się nad nim i wdycham świeży zapach. Wilgotne siwe włosy sterczą we wszystkie strony. Przez moment czuję się tak, jakbym to ja przeniosła się w czasie, jakbym przeżywała chwilę, która już się wydarzyła, lecz kiedy spoglądam na zwisający bezwładnie koc, wiem, że znajduję się tutaj i teraz.

Następnego ranka pada deszcz. Otwieram drzwi pracowni i druciane skrzydła już na mnie czekają, kołysząc się w szarym świetle poranka. Włączam radio. Dobiegają mnie dźwięki etiud Chopina, toczące się jak fale po piasku. Wkładam kalosze i gumowy fartuch, obwiązuję włosy chustką. Myję moją ulubioną formę i pokrywę, odkrywam kadź. Sięgam do środka i mieszam ciemnoczerwoną masę. Zanurzam formę w kadzi, po czym ostrożnie ją wyjmuję, odcedzając wodę. Stawiam formę na brzegu kadzi, by woda mogła swobodnie spłynąć i pozostawić warstwę włókna. Podnoszę pokrywę i przyciskam formę do kawałka filcu, poruszając nią leciutko. Po chwili na pilśni pojawia się papier, delikatny i lśniący. Przykrywam go drugim kawałkiem filcu, moczę i powtarzam wszystko od początku: zanurzam formę, wyjmuję, odcedzam, przelewam papier na filc. Zatracam się zupełnie w tej monotonnej czynności, a nad odgłosami kapiącej wody i padającego deszczu unosi się muzyka Chopina. Kiedy mam już cały stos papieru i filcu, przyciskam go prasą. Wracam do domu i zjadam kanapkę z szynką. Henry czyta. Alba jest w szkole.

Po lunchu staję przed skrzydłami z zapasem świeżego papieru. Zamierzam pokryć nim druciany szkielet. Papier jest wilgotny, ciemny i łatwo się rwie, ale pokrywa szkielet jak skóra. Skręcam go w ścięgna i sznury, które łączą poszczególne elementy. Konstrukcja przypomina teraz skrzydła nietoperza, pod delikatną warstwą papieru widać wyraźnie druciany szkielet. Suszę papier, którego nie wykorzystałam, ogrzewając go na stalowych płytach. Potem zaczynam rozrywać go na paski, pióra. Kiedy skrzydła wyschną, przyszyję je, jedno po drugim. Zaczynam malować paski, czarne, szare i czerwone. Upierzenie dla groźnego anioła, latacza śmierci.

Tydzień później, wieczorem:

HENRY: Clare namówiła mnie, żebym się ubrał, i poprosiła Gomeza, by zaniósł mnie do pracowni. Oświetla ją chyba setka świec, które stoją wszędzie: na stołach, podłodze, parapetach.

Gomez sadza mnie na kanapie i wraca do domu. Na środku pracowni z sufitu zwisa białe płótno. Odwracam się, by zobaczyć, czy Clare przygotowała projektor, ale nic takiego nie dostrzegam. Clare ma na sobie ciemną sukienkę, a kiedy porusza się po pracowni, jej twarz i ręce lśnią bielą.

– Chcesz kawy? – pyta.

Nie piłem kawy od czasu pobytu w szpitalu.

– Jasne.

Nalewa dwie filiżanki, dodaje śmietankę. Dotyk ciepłej filiżanki jest tak przyjemnie znajomy.

– Zrobiłam coś dla ciebie – mówi Clare.

– Stopy? Bardzo mi się przydadzą.

– Skrzydła – mówi, zrywając białą zasłonę.

Są ogromne, poruszają się lekko w blasku świec. Są ciemniejsze niż ciemność, groźne, lecz jednocześnie pełne tęsknoty, wolności. Przepełnione poczuciem, że stoję twardo na własnych stopach, biegnę, zrywam się do lotu. Marzeniem o tym, że mogę przechytrzyć siłę grawitacji, wznieść się nad ziemię. Wszystkie te marzenia powracają w zalanej ciepłym blaskiem pracowni. Clare siada obok mnie. Czuję, że patrzy na mnie. Skrzydła są milczące, mają wyszczerbione krawędzie. Nie potrafię wydusić z siebie ani słowa. *Siehe, ich lebe. Woraus? Weder Kindheit noch Zukunft / werden weniger... Überzähliges Dasein / entspringt mir Herzen.* (Patrzaj, żyję. A z czego? Ani dzieciństwa ubywa, ani jutra... W przytomności mej nadliczbowe bycie z serca mi bije*).

– Pocałuj mnie – mówi Clare.

Odwracam się do niej, do bladej twarzy i ciemnych ust, i zanurzam się, lecę, jestem uwolniony: w przytomności mej nadliczbowe bycie z serca mi bije.

---

* R.M. Rilke, *Elegie duińskie*, przekład Adam Pomorski (przyp. tłum.).

SNY O STOPACH

Październik/listopad 2006
(Henry ma 43 lata)

HENRY: Śni mi się, że jestem w Newberry i oprowadzam po bibliotece grupę studentów z Columbia College. Pokazuję im inkunabuły, najwcześniejsze księgi: fragment Gutenberga, *Grę w szachy*, Eusebiusa. Wszystko idzie świetnie, zadają mi bardzo wnikliwe pytania. Szukam na wózku specjalnej książki, którą właśnie znalazłem na regale; nawet nie miałem pojęcia, że posiadamy coś takiego w naszych zbiorach. To ciężka czerwona księga. Nie ma tytułu, tylko numer katalogowy *CASE WING fZX 983. D 453* wytłoczony złotem pod insygniami Newberry. Kładę pudełko na stole i rozkładam filcową podkładkę. Otwieram pudełko, a tam, różowe i zupełnie zdrowe, leżą moje stopy. Są zaskakująco ciężkie. Kiedy kładę je na filcu, zaczynają ruszać palcami, jakby chciały powiedzieć: „Cześć", i pokazać, że nadal to potrafią. Zaczynam o nich opowiadać, rozwodzę się nad związkiem moich stóp z osiągnięciami wczesnej sztuki drukarskiej w Wenecji. Studenci robią notatki. Jedna z dziewcząt, ładna blondynka w wyszywanym lśniącymi cekinami topie, wskazuje moje stopy i mówi: „Spójrzcie, one są całe białe!". To prawda, skóra zupełnie zbielała, stopy są martwe i nieruchome. Ze smutkiem notuję w pamięci, żeby następnego ranka od razu wysłać je do działu konserwacji zbiorów.

W moim śnie biegnę. Wszystko jest w porządku. Biegnę wzdłuż jeziora, zmierzając na północ. Czuję, jak wali mi serce, płuca wznoszą się i opadają rytmicznie. Poruszam się z gracją. Co za ulga, myślę. Byłem przekonany, że już nigdy nie pobiegnę, a tu proszę. Czuję się rewelacyjnie.

Ale nagle wszystko się psuje. Zaczynają mi odpadać części ciała. Najpierw lewa ręka. Pochylam się, podnoszę ją, otrzepuję z piasku i przyczepiam z powrotem, ale nie trzyma się zbyt mocno i po jakimś kilometrze znów odpada. Niosę ją więc w drugiej ręce, myśląc, że może, kiedy wrócę do domu, uda mi się przyczepić ją mocniej. Ale potem odpada mi druga ręka i już nie mogę podnieść żadnej z nich. Biegnę więc dalej. Nie jest tak źle, nic mnie nie boli. Po chwili uświadamiam sobie, że oderwał mi się penis i wpadł do prawej nogawki spodni od dresu, gdzie podskakuje denerwująco uwięziony przez gumkę przy kostce. Nic nie mogę na to poradzić, więc postanawiam nie zwracać na niego uwagi. Po chwili czuję, że moje stopy zupełnie się pokruszyły i jak kamienie trą o adidasy. Jeszcze parę kroków i łamią się w kostkach, a ja padam twarzą na ścieżkę. Wiem, że jeśli tak zostanę, to stratują mnie inni miłośnicy joggingu, więc zaczynam się toczyć. Docieram w końcu do jeziora i fale wciągają mnie pod powierzchnię wody. Budzę się, ciężko dysząc.

Śni mi się, że tańczę w balecie. Jestem primabaleriną. W garderobie Barbara pomaga mi włożyć różową spódniczkę. Barbara, była garderobiana mojej mamy, to twarda kobieta i choć stopy bolą mnie jak cholera, nie skarżę się, gdy wciska je w różowe baletki. Kiedy kończy, podnoszę się z krzesła i zaczynam krzyczeć. „Nie bądź mięczakiem", mówi Barbara, lecz w końcu lituje się nade mną i robi mi zastrzyk z morfiny. W drzwiach garderoby pojawia się wujek Ish i razem ruszamy niekończącym się korytarzem. Wiem, że bolą mnie stopy, mimo że ich nie widzę ani nie czuję. Pędzimy dalej i nagle staję za kulisami. Spoglądam na scenę. Grają *Dziadka do orzechów*, a ja tańczę partię Wieszczki Cukrowej. Z jakiegoś powodu zaczyna mnie to wściekać. Nie tego się spodziewałem. Ktoś jednak lekko mnie popycha i wychodzę na scenę. Zaczynam tańczyć. Oślepiają mnie reflektory, tańczę bezmyślnie, nie znając kroków, w ekstazie bólu. Wreszcie z przeraźliwym szlochem padam na kolana, a publiczność zrywa się z miejsc i bije brawo.

Piątek, 3 listopada 2006
(Clare ma 35, Henry 43 lata)

CLARE: Henry trzyma cebulę, spogląda na mnie z powagą i mówi:

– To... jest cebula.

Kiwam głową.

– Zgadza się. Coś niecoś na ten temat czytałam.

Unosi brew.

– Bardzo dobrze. Aby ją obrać, należy wziąć ostry nóż, położyć cebulę na desce i odciąć oba końce, o tak. Potem można ją obrać w następujący sposób. Świetnie. A teraz pokrój ją na części. Jeśli chcesz przyrządzić cebulowe kółeczka, musisz ją kroić w grube plasterki. Jeśli chcesz dodać do zupy albo sosu do spaghetti, kroisz ją w kostkę, o tak...

Henry postanowił nauczyć mnie gotować, ale wszystkie blaty w kuchni i szafki są dla niego za wysokie. Siedzimy więc przy stole, otoczeni miskami, nożami i puszkami sosu pomidorowego. Henry podsuwa mi deskę i nóż. Wstaję i niepewnie kroję cebulę w kostkę. Obserwuje moje wysiłki bardzo cierpliwie.

– Świetnie. Teraz zielona papryka: przeciągasz nożem, o tutaj i wyciągasz łodyżkę...

Przyrządzamy sos marinara, pesto, robimy lasagne. Następnego dnia czekoladowe ciasteczka i crème brûlée. Alba jest w siódmym niebie. „Jeszcze jeden deser”, prosi. Gotujemy jajka i dusimy łososia, pieczemy pizzę. Muszę przyznać, że to jest nawet całkiem zabawne. Ale kiedy po raz pierwszy robię sama kolację, jestem przerażona. Stoję w kuchni w otoczeniu garnków i patelni. Szparagi są rozgotowane, na dodatek sparzyłam się, wyjmując rybę z piekarnika. Wykładam wszystko na półmiski i wnoszę do jadalni, gdzie przy stole siedzi Henry z Albą. Henry uśmiecha się zachęcająco. Siadam, a on unosi szklankę z mlekiem: „Za nową kucharkę!". Stukają się z Albą szklankami, a ja spoglądam ukradkiem na Henry'ego. Kiedy zaczynam jeść, przekonuję się, że wszystko nawet nieźle smakuje. „Pycha, mamo", mówi Alba, a Henry kiwa głową. „Rewelacja", chwali. Patrzymy na siebie, a ja myślę: nie opuszczaj mnie.

CO RZUCISZ ZA SIEBIE, ZNAJDZIESZ PRZED SOBĄ

Poniedziałek, 18 grudnia 2006/niedziela, 2 stycznia 1994
(Henry ma 43 lata)

HENRY: Budzę się w środku nocy. Nogi bolą mnie tak, jakby wgryzały się w nie tysiące insektów o ostrych jak brzytwa zębach, ale zanim udaje mi się wytrząsnąć vicodin z buteleczki, zaczynam spadać. Po chwili leżę zwinięty w kłębek na podłodze, lecz to nie jest nasza podłoga, tylko jakaś inna w jakiś inny wieczór. Gdzie jestem? Ból sprawia, że wszystko lekko lśni, ale widzę, że w pokoju jest ciemno. Unoszący się w powietrzu zapach jest dziwnie znajomy? Co to takiego? Wybielacz. Pot. Perfumy, tak dobrze znane... ale to niemożliwe...

Słyszę kroki na schodach, głosy, szczęk klucza w zamku. (Gdzie mogę się schować?). Drzwi się otwierają. Czołgam się po podłodze, gdy w pokoju nagle rozbłyska światło, wybuchając w mojej głowie niczym pocisk. Słyszę szept kobiety: „O mój Boże". Nie, to nie może się dziać naprawdę, myślę. Drzwi zamykają się z trzaskiem i słyszę, jak Ingrid mówi: „Celia, musisz już iść". Celia zaczyna protestować i gdy tak kłócą się za drzwiami, zaczynam się rozpaczliwie rozglądać, ale nie ma stąd innego wyjścia. To na pewno mieszkanie Ingrid przy Clark Street, w którym nigdy nie byłem. Wszędzie pełno jest jej rzeczy, które mnie przytłaczają. Krzesło Eames, marmurowy stolik do kawy w kształcie nerki zarzucony czasopismami z modą, paskudna pomarańczowa kanapa, na której kiedyś... szukam gwałtownie jakiegoś ubrania, ale jedyną rzeczą, jaka może mi się przydać, jest fioletowo-żółty pled. Owijam się nim w pasie i rzucam się na kanapę. Ingrid otwiera drzwi. Przez długą chwilę stoi w milczeniu i patrzy na mnie. Przez głowę przebiega mi tylko jedna myśl: Ing, jak mogłaś to zrobić?

Ingrid, która żyje w mojej pamięci, jest chłodnym blond aniołem, którego poznałem na przyjęciu u Jimbo, 4 lipca 1988 roku. Ingrid Carmichel była olśniewająca i nietykalna, otoczona lśniącą zbroją bogactwa, urody i nudy. Ingrid, która stoi teraz przede mną, jest chuda i zmęczona; przechyliwszy głowę, patrzy na mnie z zaciekawieniem i pogardą. Żadne z nas nie wie, co powiedzieć. Wreszcie Ingrid zdejmuje płaszcz, rzuca go na krzesło i siada w drugim końcu kanapy. Ma na sobie skórzane spodnie, które cicho trzeszczą przy każdym ruchu.

– Henry.

– Ingrid.

– Co ty tutaj robisz?

– Nie wiem. Przepraszam. Ja tylko... no wiesz. – Wzruszam ramionami. Nogi bolą mnie tak straszliwie, że prawie przestaję się przejmować otoczeniem.

– Wyglądasz okropnie.

– Bardzo cierpię.

– Zabawne, ja też.

– Chodzi mi o ból fizyczny.

– Dlaczego?

Jeśli chodzi o Ingrid, mógłbym spłonąć na jej oczach, a jej nawet nie drgnęłaby powieka. Odrzucam narzutę i odsłaniam kikuty nóg.

Nie cofa się z przerażeniem i nie wydaje żadnego dźwięku. Nie odwraca też wzroku, a kiedy patrzy mi w oczy, widzę, że – o dziwo – to właśnie ona rozumie wszystko doskonale. Zupełnie niezależnie od siebie znaleźliśmy się w podobnym stanie. Wstaje i wychodzi do drugiego pokoju. Kiedy wraca, trzyma w rękach pudełko z przyborami do szycia. Czuję, jak ogarnia mnie fala nadziei. Nie myliłem się. Ingrid siada, podnosi pokrywkę i wszystko jest jak dawniej. Oprócz poduszeczek z igłami i naparstków w pudełku znajduje się cała apteka.

– Co chcesz? – pyta.

– Opiaty.

Wyjmuje woreczek pełen pigułek. Biorę dwie tabletki ultramu i połykam je na sucho, zanim Ingrid zdąży podać szklankę wody.

– No proszę – mówi, przeczesując długimi czerwonymi paznokciami jasne włosy. – Skąd się tu zjawiłeś?

– Z grudnia dwa tysiące szóstego roku. Jaki dzień mamy tutaj?

Ingrid spogląda na zegarek.

– Niedawno był Nowy Rok, ale teraz jest już drugi stycznia tysiąc dziewięćset dziewięćdziesiątego czwartego roku.

Nie, proszę. Tylko nie to.

– Co się stało? – pyta Ingrid.

– Nic.

Dzisiaj Ingrid popełni samobójstwo. Co mogę jej powiedzieć? Czy mogę ją powstrzymać? A jeśli do kogoś zadzwonię?

– Posłuchaj, Ing, chciałbym ci tylko powiedzieć... – Urywam. Co mogę powiedzieć, żeby jej nie wystraszyć? Czy to ma jeszcze jakieś znaczenie? Teraz, gdy ona już nie żyje? Nawet jeśli siedzi przede mną?

– Co takiego?

Zaczynam się pocić.

– Bądź... miła dla siebie. Nie... chodzi mi o to... wiem, że nie jesteś szczęśliwa...

– A czyja to wina?

Kąciki jej pomalowanych czerwoną szminką ust opadają. Nie odpowiadam. Czy to moja wina? Naprawdę nie wiem. Ingrid patrzy na mnie, jakby oczekiwała odpowiedzi. Odwracam wzrok. Patrzę na wiszący na przeciwległej ścianie plakat Laszló Moholy-Nagya.

– Henry...? – pyta Ingrid. – Dlaczego byłeś dla mnie taki okropny?

Zmuszam się, by na nią spojrzeć.

– Naprawdę? Nie chciałem.

Ingrid potrząsa głową.

– Mogłam żyć albo umrzeć, dla ciebie nie miało to najmniejszego znaczenia.

– Och, Ingrid. Naprawdę mi na tobie zależy. Nie chcę, żebyś umarła.

– Wcale ci nie zależało. Zostawiłeś mnie, a potem nawet nie pokazałeś się w szpitalu – mówi, jakby słowa ją dusiły.

– Twoja rodzina nie chciała, bym przychodził. Twoja mama kazała mi się trzymać z daleka.

– Szkoda, że mimo to nie przyszedłeś.

Wzdycham.

– Ingrid, twój lekarz powiedział mi, że nie mogę cię odwiedzać.

– Pytałam i powiedzieli mi, że nawet nie zadzwoniłeś.

– Dzwoniłem. Powiedzieli mi, że nie chcesz ze mną rozmawiać i żebym więcej nie dzwonił.

Środek przeciwbólowy zaczyna działać. Ból w nogach powoli ustępuje. Wsuwam ręce pod pled i przykładam dłonie najpierw do prawego, potem do lewego kikuta.

– O mało nie umarłam, a ty nie chciałeś ze mną więcej rozmawiać.

– Myślałem, że to ty nie chcesz. Skąd miałem o tym wiedzieć?

– Ożeniłeś się i nawet do mnie nie zadzwoniłeś. Zaprosiłeś Celię na ślub, żeby zrobić mi na złość.

Nie mogę się powstrzymać i wybucham śmiechem.

– Ingrid, to Clare zaprosiła Celię. Zaprzyjaźniły się, choć nigdy nie udało mi się dojść, jakim cudem to się stało. Chyba na zasadzie przyciągania przeciwieństw. Wiedz jednak, że z tobą nie miało to nic wspólnego.

Ingrid milczy, widać jednak, że bardzo zbladła pod makijażem. Sięga do kieszeni płaszcza, wyjmuje paczkę papierosów „English Ovals" i zapalniczkę.

– Od kiedy palisz? – pytam.

Wcześniej nienawidziła papierosów. Uwielbiała za to kokę i drinki o poetyckich nazwach. Zapala papierosa. Widzę, że drżą jej ręce. Zaciąga się głęboko i z jej ust wypływają strużki dymu.

– Jak ci się żyje bez stóp? – pyta. – I jak je w ogóle straciłeś?
– Odmrożenie. Straciłem przytomność w parku w styczniu.
– Jak się więc poruszasz?
– Głównie na wózku.
– O, to przykre.
– Tak, nawet bardzo.
Przez chwilę siedzimy w milczeniu.
– Nadal jesteś żonaty? Masz dzieci?
– Jedno. Córkę.
– Och. – Ingrid odchyla się, zaciąga papierosem i wydmuchuje strużkę dymu nosem. – Bardzo żałuję, że nie mam dzieci.
– Nigdy ich nie chciałaś, Ing.
Patrzy na mnie z nieprzeniknionym wyrazem twarzy.
– Ja zawsze chciałam je mieć. Nie sądziłam, że ty chcesz, więc nie poruszałam tego tematu.
– Nadal możesz je mieć.
Wybucha śmiechem.
– Naprawdę? Mam dzieci, Henry? Czy w dwa tysiące szóstym roku mam męża, dom w Winnetka i dwa i pół dzieciaka?
– Nie całkiem.
Zmieniam pozycję na kanapie. Ból minął, lecz pozostała po nim pusta skorupa, gdzie zamiast bólu jest oczekiwanie na jego pierwsze ukłucie.
– Nie całkiem – naśladuje mnie Ingrid. – Jak nie całkiem? Na przykład: „Nie całkiem, Ing, mieszkasz pod mostem"?
– Nie mieszkasz wcale pod mostem.
– Nie jestem więc bezdomna. Wspaniale. – Gasi papierosa i krzyżuje nogi. Zawsze uwielbiałem jej nogi. Dziś ma na sobie botki na wysokich szpilkach. Na pewno była z Celią na jakimś przyjęciu. – Udało nam się więc wyeliminować skrajności: nie jestem matroną z przedmieść i nie jestem bezdomna. No, Henry, daj mi parę wskazówek.
Milczę. Nie mam ochoty grać w tę grę.
– Dobra, zabawmy się więc w test wyboru. Na przykład: a) jestem striptizerką w obskurnym klubie przy Rush Street, b) siedzę w więzieniu za zamordowanie siekierą Celii, której ciałem

nakarmiłam potem Malcolma. O, to niezłe. c) mieszkam przy Rio del Soi z bankierem inwestycyjnym. Co powiesz na to? Podoba ci się któraś z tych odpowiedzi?

– Kto to jest Malcolm?

– Doberman Celii.

– Jasne.

Ingrid bawi się zapalniczką, zapalając ją raz po raz.

– A co powiesz na d) jestem martwa? – Wzdrygam się. – Podoba ci się?

– Ani trochę.

– Naprawdę? A mnie ta odpowiedź najbardziej się podoba. – Uśmiecha się. Nie jest to przyjemny uśmiech. – Podoba mi się tak bardzo, że wpadłam na pewien pomysł.

Wstaje i wychodzi do holu. Słyszę, jak otwiera i zamyka szufladę. Kiedy wraca do pokoju, jedną rękę trzyma schowaną za plecami. Staje przede mną, wykrzykuje: „Niespodzianka", i w jednej chwili mierzy do mnie z rewolweru. Nie jest duży, za to czarny i lśniący. Ingrid trzyma go blisko talii, nonszalancko. Nie spuszczam wzroku z broni.

– Mogłabym cię zastrzelić.

– Tak, mogłabyś.

– A potem siebie.

– To też jest możliwe.

– Naprawdę?

– Nie wiem, Ingrid. To ty musisz podjąć decyzję.

– Gówno prawda, Henry. Powiedz mi – rzuca rozkazującym tonem.

– Dobra. Nie. To się tak nie stanie. – Staram się, by moje słowa zabrzmiały pewnie.

Uśmiecha się z wyższością.

– A jeśli zechcę, żeby to stało się właśnie tak?

– Ingrid, oddaj mi broń.

– Podejdź tutaj i sam ją weź.

– Zastrzelisz mnie?

Kręci głową i uśmiecha się. Zsuwam się z kanapy i zaczynam się czołgać w jej stronę, ciągnąc za sobą koc. Po zażyciu środków przeciwbólowych nie mogę poruszać się zbyt szybko. Ingrid cofa się i wciąż do mnie mierzy.

– No chodź, Henry. Grzeczny piesek. Posłuszny piesek.

Odbezpiecza broń i robi dwa kroki w moją stronę. Zamieram. Mierzy prosto w głowę. Zaraz jednak wybucha śmiechem i przykłada broń do skroni.

– A co powiesz na to, Henry? Czy tak się stanie?

– Nie.

Nie!

Marszczy brwi.

– Jesteś pewny? – Przesuwa broń na pierś. – Tak lepiej? W głowę czy w serce?

Robi krok naprzód. Stoi tak blisko, że mogę jej dotknąć. Mogę ją chwycić... Kopie mnie w pierś. Leżę rozciągnięty na podłodze, nie spuszczając z niej wzroku. Pochyla się i pluje mi w twarz.

– Kochałeś mnie? – pyta.

– Tak.

– Kłamca – mówi i pociąga za spust.

Poniedziałek, 18 grudnia 2006
(Clare ma 35, Henry 43 lata)

CLARE: Budzę się w środku nocy. Kiedy dostrzegam, że nie ma przy mnie Henry'ego, wpadam w panikę. Siadam na łóżku. Przez myśl przebiegają mi setki możliwości. Mógł go przejechać samochód, mógł utknąć w jakimś opuszczonym budynku, tkwić gdzieś na zimnie... Nagle słyszę jakiś dźwięk. Ktoś płacze. To chyba Alba. Może Henry poszedł sprawdzić, czy wszystko u niej w porządku. Wstaję i idę do jej pokoju, lecz Alba smacznie śpi, zupełnie odkryta, za to przytulona do misia. Idę korytarzem, nasłuchując, i na podłodze w salonie znajduję Henry'ego z twarzą ukrytą w dłoniach. Klękam obok niego.

– Co się stało? – pytam.

Henry podnosi głowę i we wpadającym przez okno świetle latarni dostrzegam na jego policzkach łzy.

– Ingrid nie żyje.

Obejmuję go ramieniem.

– Ingrid nie żyje od bardzo dawna – mówię cicho.

Henry potrząsa głową.

– Lata, minuty... to nie ma znaczenia.

Siedzimy w milczeniu na podłodze.

– Jest już rano? – pyta wreszcie Henry.

– Owszem.

Za oknem jest jeszcze ciemno. Nie słychać też śpiewu ptaków.

– Wstańmy już, dobrze? – mówi.

Przyprowadzam wózek, pomagam mu usiąść i wiozę go do kuchni. Przynoszę z łazienki szlafrok i Henry z trudem go wkłada. Siedzi przy stole, wyglądając przez okno na zasypane śniegiem podwórko. Gdzieś w oddali słychać szczęk pługu odśnieżającego ulice. Zapalam światło. Wsypuję kawę do filtra i wlewam wodę do ekspresu. Wyjmuję dwie filiżanki. Otwieram lodówkę, lecz gdy pytam Henry'ego, na co ma ochotę, kręci głową. Siadam naprzeciwko niego. Ma zaczerwienione oczy, a włosy sterczą mu we wszystkie strony.

– To moja wina – mówi. – Gdybym się tam nie zjawił...

– Mogłeś ją powstrzymać? – pytam.

– Nie. Próbowałem.

Ekspres zaczyna szumieć. Henry przeciąga dłonią po twarzy.

– Zawsze się zastanawiałem, dlaczego nie zostawiła żadnego listu.

Już chcę go zapytać, co ma na myśli, gdy dostrzegam stojącą w drzwiach kuchni Albę. Ma na sobie różową koszulę nocną i zielone pantofle-myszki. Mruży oczy w ostrym świetle.

– Cześć, mała – mówi Henry, a Alba podchodzi do niego i siada na poręczy wózka.

– Dzień dobry – mówi.

– Dzień jeszcze nie wstał – mówię. – Jest jeszcze noc.

– To dlaczego wy już wstaliście? – Zaczyna węszyć jak mały piesek. – Robicie kawę, więc jest już rano.

– Znów to błędne przekonanie, że kawa oznacza ranek – mówi Henry. – W twoim rozumowaniu kryje się poważny błąd.

– Jaki? – dopytuje się Alba. Nie znosi się mylić.

– Opierasz swoje wnioski na błędnych danych. Zapomniałaś, że twoi rodzice uwielbiają kawę, są od niej niemal uzależnieni, wiec mogli po prostu wstać z łóżka w środku nocy, żeby się JEJ NAPIĆ! – Henry kończy, rycząc jak potwór.

– Ja też chcę kawy – oświadcza Alba. – Też jestem UZALEŻNIONA! – odpowiada Henry'emu równie głośnym rykiem.

On jednak ujmuje ją pod ramiona i stawia na podłodze. Alba obiega stół i mocno obejmuje mnie ramionami.

– Rycz! – wrzeszczy mi prosto do ucha.

Wstaję i biorę ją na ręce. Jest już taka ciężka.

– Sama rycz.

Niosę ją korytarzem i rzucam na łóżko, a ona zanosi się śmiechem. Stojący na szafce nocnej zegarek pokazuje 4.16.

– Widzisz? – mówię jej. – Jest jeszcze za wcześnie na wstawanie.

Po obowiązkowej dawce marudzenia Alba układa się do spania, a ja wracam do kuchni. Henry'emu udało się nalać nam kawy. Siadam przy stole. W kuchni jest bardzo zimno.

– Clare.

– Mmmm?

– Kiedy umrę... – Urywa, odwraca wzrok, bierze głęboki wdech i zaczyna jeszcze raz. – Wszystko przygotowałem: dokumenty, testament, listy do różnych ludzi i rzeczy dla Alby. Znajdziesz to u mnie w biurku.

Nie mogę wydusić ani słowa.

– Kiedy? – pytam.

Henry kręci głową.

– Miesiące? Tygodnie? Dni?

– Nie wiem, Clare.

Wie. Na pewno wie.

– Sprawdziłeś nekrolog, prawda?

Kiwa głową po chwili wahania. Otwieram usta, by zapytać go raz jeszcze, lecz nie mam odwagi.

GODZINY, MOŻE DNI

Piątek, 24 grudnia 2006
(Henry ma 43, Clare 35 lat)

HENRY: Budzę się wcześnie; tak wcześnie, że sypialnię zalewa błękitny blask ostatnich chwil przed świtem. Leżę, słuchając głębokiego oddechu Clare, sporadycznych odgłosów ruchu ulicznego na Lincoln Avenue, kraczących do siebie kruków, szumu kotła. Bolą mnie nogi. Opieram się o poduszki i biorę buteleczkę vicodinu. Zażywam dwie tabletki i popijam je zupełnie odgazowaną colą.

Zsuwam się pod koce i przewracam na bok. Clare śpi z twarzą wtuloną w poduszkę. Głowę, obronnym gestem, zakryła rękami. Rude włosy są schowane pod kocem. Bez ich gęstej fali wydaje się dużo mniejsza. Kiedy tak śpi, przed oczami staje mi mała Clare. Próbuję sobie przypomnieć, czy kiedykolwiek widziałem ją śpiącą, gdy była mała. Nie, nigdy nie widziałem jej pogrążonej we śnie. Jej obraz to obraz Alby. W pokoju robi się coraz jaśniej. Clare przewraca się na bok. Przyglądam się uważnie jej twarzy. W kącikach oczu i ust pojawiło się kilka drobnych zmarszczek, które stanowią zapowiedź tego, jak będzie wyglądała Clare w średnim wieku. Nigdy jej takiej nie zobaczę i bardzo mi tego żal. Żal mi widoku twarzy, z którą Clare będzie żyć beze mnie, której nigdy nie będę całował, która będzie należeć do nieznanego mi świata. Będzie tylko wspomnieniem Clare związanym na dobre z odległą przeszłością.

Dziś jest trzydziesta siódma rocznica śmierci mojej matki. Myślalem o niej, tęskniłem za nią codziennie przez te wszystkie lata, mój ojciec myślał o niej nieustannie. Gdyby żarliwa pamięć mogła przywrócić zmarłych do życia, matka stałaby się naszą Eurydyką, wstałaby z grobu niczym Łazarz, żeby nas pocieszyć. Jednakże cała nasza rozpacz nie mogła przedłużyć jej życia ani o sekundę, o jedno bicie serca, jeden oddech. Jedyną rzeczą, jaką moja tęsknota mogła sprawić, było doprowadzenie mnie do niej. Co pozostanie Clare, gdy ja odejdę? Jak mogę ją zostawić?

Słyszę, jak Alba mówi coś w swoim łóżku. „Misiu, jeszcze nie pora wstawać". Cisza. „Tatusiu?". Spoglądam na Clare, by sprawdzić, czy się obudzi. Śpi jak suseł. „Tatusiu!". Odwracam się, zsuwam z łóżka i czołgam korytarzem do pokoju Alby. Na mój widok zaczyna chichotać. Warczę cicho, a Alba gładzi mnie po głowie, jakbym był psem. Siedzi na łóżku otoczona wszystkimi pluszakami, jakie posiada. „Posuń się, Czerwony Kapturku". Odsuwa się posłusznie, a ja wspinam się na łóżko. Alba natychmiast okłada mnie zabawkami. Obejmuję ją ramieniem, opierając się wygodnie o poduszki, a ona podsuwa mi pod nos niebieskiego misia.

– Ma ochotę na pianki „Marshmallow" – mówi.

– Trochę za wcześnie na pianki, misiu. Może zjadłbyś jajka sadzone i grzankę?

Alba krzywi się, ściągając zabawnie usta, brwi i nos.

– Miś nie lubi jajek – oświadcza z powagą na cały głos.

– Ciii. Mama jeszcze śpi.

– Dobra – szepcze najgłośniej, jak potrafi. – Miś chce zjeść niebieską galaretkę.

Słyszę, jak Clare jęczy i zaczyna wstawać.

– A może płatki owsiane z mlekiem? – przymilam się.

Alba zastanawia się przez chwilę.

– Z cukrem trzcinowym?

– Dobra.

– Chcesz sama zrobić?

– Tak. Mogę się przejechać?

Waham się przez chwilę. Nogi bardzo mnie bolą, a Alba jest na to trochę za duża, ale teraz nie potrafię jej niczego odmówić.

– Jasne. Wskakuj.

Staję na czworakach, a Alba sadowi się na moich plecach. Tak ruszamy w stronę kuchni. Zaspana Clare stoi przy zlewie i patrzy, kawa kapie do dzbanka. Podchodzę do niej i pocieram głową o jej kolana. Chwyta Albę pod ramiona i podnosi. Mała cały czas chichocze jak szalona. Podczołguję się do mojego krzesła.

– Co na śniadanie? – pyta Clare z uśmiechem.

– Galaretka! – piszczy Alba.

– Mmm. Jaka? Z płatków kukurydzianych?

– Nieeee!

– Z bekonu?

– Nieee! – Alba przytula się do Clare i ciągnie ją za włosy.

– Aj! Nie rób tego kochanie, to boli. Już wiem! Galaretka z płatków owsianych.

– Tak!

– Pycha! – Clare wyjmuje z szafki cukier, mleko i pudełko płatków. Stawia je na blacie i spogląda na mnie pytająco. – A ty? Co powiesz na omletową galaretkę?

– Jeśli ją dla mnie zrobisz, to z przyjemnością.

Patrzę, jak zgrabnie porusza się po kuchni, jakby była samą Betty Crocker*, jakby robiła to od lat. Na pewno świetnie sobie poradzi beze mnie, myślę, ale jednocześnie wiem, że nie. Patrzę, jak Alba wsypuje płatki do miski, i próbuję ją sobie wyobrazić w wieku dziesięciu, piętnastu, dwudziestu lat. Jeszcze nie, myślę. Jeszcze chcę tutaj zostać. Chcę na nie patrzeć, brać je w ramiona, chcę żyć...

– Tatuś płacze – szepcze Alba do Clare.

– Bo musi jeść to, co dla niego przygotowałam – odpowiada Clare z powagą i puszcza do mnie oko.

Nie mogę się powstrzymać i wybucham śmiechem.

---

* Betty Crocker – fikcyjna postać „idealnej kucharki" stworzona w 1921 r. przez The Washburn Crosby Company z Minneapolis. Czytelnicy jej kulinarnej rubryki uznali ją za drugą, po Eleanor Roosevelt, najpopularniejszą kobietą Ameryki (przyp. tłum.).

SYLWESTER DRUGI

Niedziela, 31 grudnia 2006
(Clare ma 35, Henry 43 lata)

(19.25)

CLARE: Urządzamy przyjęcie! Henry miał początkowo opory, ale teraz wydaje się zadowolony. Siedzi przy stole w kuchni i uczy Albę wycinać kwiatki z marchewki i rzodkiewek. Nie było to najpiękniejsze zagranie z mojej strony. Wspomniałam o przyjęciu w obecności Alby, a jej tak bardzo się ten pomysł spodobał, że Henry nie chciał jej zawieść.

– Będzie wspaniale, Henry. Zaprosimy wszystkich naszych znajomych.

– Wszystkich? – pyta z uśmiechem.

– Wszystkich, których lubimy – poprawiam się szybko.

Przez kilka dni sprzątałam dom, a Henry z Albą piekli ciasteczka (połowa ciasta lądowała w buzi Alby, kiedy tylko spuściliśmy ją z oka). Wczoraj razem z Charisse wybrałam się do sklepu. Kupiłyśmy dipy, chipsy, pasty, wszelkie możliwe jarzyny, piwo, wino, szampana, kolorowe wykałaczki do koreczków, serwetki ze złotym napisem „Szczęśliwego Nowego Roku", pasujące do nich papierowe talerzyki i Bóg jeden wie, co jeszcze. Teraz cały dom pachnie przysmakami i usychającą choinką. W kuchni Alicia myje kieliszki do wina.

Henry spogląda na mnie.
– Clare, chyba już czas rozpocząć przedstawienie. Idź wziąć prysznic.
Spoglądam na zegarek. Rzeczywiście, już pora. Biorę szybki prysznic, myję włosy, suszę, wkładam bieliznę, pończochy i czarną wizytową sukienkę, szpilki. Muskam usta pomadką i skrapiam się odrobiną perfum. Ostatnie spojrzenie w lustro (wyglądam na przestraszoną) i wracam do kuchni, gdzie Alba, o dziwo, ma na sobie nadal czystą błękitną sukienkę z aksamitu, a Henry nadal siedzi w dziurawej koszuli z czerwonej flaneli i podartych dżinsach.
– Nie zamierzasz się przebrać?
– Ach tak. Jasne. Pomożesz mi?
Odwożę go do sypialni.
– Co chcesz włożyć? – pytam, szukając w szufladzie bielizny i skarpetek.
– Cokolwiek. Sama wybierz. – Zatrzaskuje drzwi. – Chodź tutaj.
Przestaję grzebać w szafie i odwracam się. Henry zaciąga hamulec wózka i przesuwa się na łóżko.
– Nie mamy czasu – protestuję.
– Masz rację. Nie marnujmy go więc na gadanie – mówi cicho, lecz jego głos brzmi nagląco.
Przekręcam zamek.
– Wiesz, dopiero co się ubrałam...
– Ciii. – Wyciąga do mnie ramiona.
Siadam na łóżku, a przez głowę przebiega mi natarczywa myśl: ostatni raz.

(20.05)

HENRY: Dzwonek do drzwi rozbrzmiewa w chwili, gdy zawiązuję krawat. „Dobrze wyglądam?", pyta nerwowo Clare. Wygląda świetnie, jest zaróżowiona i urocza. Wychodzimy z sypialni, a Alba biegnie otworzyć. „Dziadziuś! Dziadziuś! Kimy!", wykrzykuje podniecona. Ojciec otrzepuje zaśnieżone buty i pochyla się, by ją przytulić. Clare całuje go w oba policzki. Tato rewanżuje się i wręcza jej swój płaszcz. Alba rekwiruje Kimy i ciągnie ją do salonu, by pokazać choinkę.

– Witaj, Henry – mówi ojciec z uśmiechem, pochylając się nade mną.

Nagle uderza mnie myśl, że dziś wieczorem stanie mi przed oczami całe moje życie. Zaprosiliśmy wszystkich, którzy są nam drodzy: tatę, Kimy, Alicię, Gomeza, Charisse, Philipa, Marka i Sharon, ich dzieci, Bena, Helen, Ruth, Kendricka i Nancy z dziećmi, Roberta, Catherine, Isabelle, Matta, Amelię, artystów, przyjaciół Clare, moich kolegów ze szkoły bibliotekarskiej, rodziców przyjaciół Alby, marszandkę Clare, nawet Celię... Brakować będzie tylko tych, którzy odeszli na zawsze: mojej matki, Lucille, Ingrid... Boże, pomóż mi.

(20.20)

CLARE: Gomez i Charisse wpadają do domu niczym japońscy piloci kamikadze.

– Hej, Bibliotekarku, ty leniuchu, nie zamierzasz odśnieżyć chodnika?

Henry klepie się w czoło.

– Wiedziałem, że coś mi umknęło!

Gomez rzuca mu na kolana siatkę pełną płyt kompaktowych i wychodzi, by się tym zająć. Charisse wybucha śmiechem i idzie za mną do kuchni. Wyjmuje z siatki dużą butelkę rosyjskiej wódki i wkłada ją do zamrażarki. Słyszymy, jak Gomez śpiewa *Let lt Snow*, wymachując energicznie łopatą.

– Gdzie są dzieci? – pytam Charisse.

– Zostawiliśmy je u mojej mamy. Doszliśmy do wniosku, że u babci będzie im lepiej. Poza tym uznaliśmy zgodnie, że lepiej leczyć kaca w samotności. Mam rację?

Prawdę mówiąc, niewiele się nad tym zastanawiałam. Ostatni raz upiłam się jeszcze przed poczęciem Alby. Ona sama wpada teraz do kuchni i Charisse przytula ją mocno.

– Witaj, maleńka! Przynieśliśmy ci prezent! Proszę.

Alba spogląda na mnie.

– Otwórz.

Rozwija ozdobny papier i znajduje w środku zestaw do manikiuru razem z lakierem do paznokci. Aż otwiera buzię z przejęcia. Szturcham ją lekko dla przypomnienia.

– Dziękuję, ciociu.

– Bardzo proszę.

– Idź, pokaż tatusiowi, co dostałaś.

Wybiega do salonu. Wyglądam przez otwarte drzwi i widzę, jak Alba żywo gestykuluje, a Henry wyciąga palce, jakby na dobre szykował się do rozstania z paznokciami.

– Trafiłaś w dziesiątkę – mówię do Charisse.

Uśmiecha się do mnie.

– Marzyłam o tym, gdy byłam mała. Chciałam zostać kosmetyczką.

Wybucham śmiechem.

– Ale to okazało się za trudne, więc zostałaś artystką.

– Poznałam Gomeza i zrozumiałam, że nie można obalić systemu opartego na władzy kapitalistów, burżuazji i mizoginów, robiąc trwałą ondulację jego przedstawicielom.

– Jasne. Ale nie udało nam się rzucić go na kolana, sprzedając im nasze dzieła.

– Mów za siebie, mała. Ty po prostu bezgranicznie kochasz piękno i tyle.

– Przyznaję się do winy.

Wchodzimy do jadalni i Charisse napełnia swój talerz.

– Nad czym teraz pracujesz? – pytam.

– Wirusy komputerowe jako dzieło sztuki.

– Czy to nie jest sprzeczne z prawem?

– Nie. Ja tylko je wymyślam, maluję na płótnie i pokazuję na wystawie. Nie puszczam ich w obieg.

– Ale ktoś mógłby to zrobić.

– Jasne. – Charisse uśmiecha się szelmowsko. – Mam nadzieję, że tak się stanie. Gomez stale się ze mnie nabija, ale któryś z tych małych obrazków mógłby poważnie skomplikować pracę

Banku Światowego, dać w kość Billowi Gatesowi albo tym draniom produkującym bankomaty.

– No to powodzenia. Kiedy wystawa?

– W maju. Przyślę ci zaproszenie.

– Dobra. A kiedy je dostanę, włamię się do Banku Światowego i do końca życia będę się kąpać we francuskiej wodzie mineralnej.

Charisse wybucha śmiechem. Kiedy podchodzą do nas Catherine i Amelia, przestajemy mówić o obaleniu systemu za pomocą sztuki i zaczynamy podziwiać swoje kreacje.

(20.50)

HENRY: W domu zebrali się wszyscy najbliżsi nam ludzie. Niektórych widziałem ostatnio jeszcze przed operacją. Leah Jacobs, marszandka Clare, zachowuje się bardzo taktownie, ale nie mogę znieść współczucia malującego się w jej oczach. Zupełnie zaskakuje mnie Celia, która podchodzi prosto do mnie i wyciąga rękę.

– Przykro mi widzieć cię w tym stanie.

– Ty za to wyglądasz wspaniale. – Co jest zgodne z prawdą. Bardzo jej do twarzy w połyskliwej niebieskiej sukience i z wysoko upiętymi włosami.

– Dzięki – mówi tym swoim cudownym aksamitnym głosem. – Wiesz, o wiele bardziej wolałam, kiedy byłeś nie do zniesienia, a ja mogłam cię nienawidzić.

Wybucham śmiechem.

– Stare, dobre czasy.

Celia sięga do torebki.

– Znalazłam to dawno temu w rzeczach Ingrid. Pomyślałam, że może Clare zechce je mieć.

Podaje mi moje zdjęcie, chyba z 1990 roku. Mam na nim długie włosy i stoję roześmiany, bez koszuli, na plaży. Zdjęcie jest świetne. Nie pamiętam, żeby Ingrid je zrobiła, ale też czas, który spędziłem z Ing, zdążył się okryć mgłą niepamięci.

– Tak, na pewno. *Memento mori*. – Podaję jej zdjęcie.

Celia obrzuca mnie ostrym spojrzeniem.

– Jeszcze żyjesz, Henry.

– Już niedługo.

Wybucha śmiechem.

– Jeśli trafisz do piekła przede mną, to zarezerwuj mi miejsce obok Ingrid. – Odwraca się na pięcie i odchodzi, by poszukać Clare.

(21.45)

CLARE: Dzieci biegały jak szalone, dużo zjadły i teraz są śpiące, ale nie chcą odpuścić. W holu mijam Colina Kendricka i pytam, czy ma ochotę się zdrzemnąć. Odpowiada mi z powagą, że chciałby zostać z dorosłymi. Wzrusza mnie jego uprzejmy ton i uroda czternastolatka. Jest bardzo nieśmiały, choć zna mnie przecież całe życie. Nadia Kendrick i Alba nie wykazują się równie imponującą powściągliwością.

– Mamooo! – krzyczy Alba. – Powiedziałaś, że możemy zostać.

– Na pewno nie chcecie się zdrzemnąć? Obudzę was przed północą.

– Nieee.

Kendrick z uwagą przysłuchuje się tej wymianie zdań. Kiedy wzruszam ramionami, wybucha śmiechem.

– Nieustraszony Duecik. Dobrze, dziewczynki, idźcie teraz pobawić się cichutko do pokoju Alby.

Wychodzą, bardzo niezadowolone. Oboje wiemy doskonale, że nic z tej cichej zabawy nie wyjdzie.

– Dobrze cię znów zobaczyć, Clare – mówi Kendrick, gdy podchodzi do nas Alicia.

– Clare, spójrz tylko na tatę.

Odwracam się i widzę, że nasz ojciec flirtuje z Isabelle.

– Kto to jest? – pyta moja siostra.

– O mój Boże. – Wybucham śmiechem. – To Isabelle Berk.

Zaczynam opowiadać Alicii o niezwykłych upodobaniach seksualnych Isabelle.

Obie zanosimy się śmiechem tak gwałtownym, że nie możemy złapać tchu.

– Rewelacja. Cudo. Przestań już – wysapuje w końcu Alicia.

Podchodzi do nas Richard zaintrygowany naszym wybuchem.

– Co was tak rozśmieszyło, piękne panie?

Kręcimy głowami, wciąż zanosząc się od śmiechu.

– Śmieją się z rytuałów godowych swojego rodziciela – wyjaśnia Kendrick.

Richard kiwa głową rozbawiony i pyta Alicię o koncertowe plany na wiosnę. Odchodzą razem w stronę kuchni, rozmawiając o Bukareszcie i Bartóku. Kendrick nadal stoi obok, pragnąc mi powiedzieć coś, czego wcale nie mam ochoty słuchać. Kiedy przepraszam go i zaczynam się odwracać, kładzie mi dłoń na ramieniu.

– Poczekaj, Clare. Przepraszam.

– W porządku, Davidzie.

Przez chwilę patrzymy na siebie w milczeniu. Kendrick potrząsa głową i zaczyna szukać papierosów.

– Jeśli zechciałabyś wpaść kiedyś do laboratorium, pokazałbym ci, co robię dla Alby...

Rozglądam się, szukając wzrokiem Henry'ego. W salonie Gomez uczy Sharon tańczyć rumbę. Wszyscy świetnie się bawią, ale nigdzie nie widzę Henry'ego. Nie widziałam go od co najmniej czterdziestu pięciu minut i czuję, że muszę go znaleźć, żeby się upewnić, że wszystko jest w porządku, że jest tutaj.

– Przepraszam cię – mówię do Kendricka, który zdecydowanie chciałby kontynuować naszą rozmowę. – Może innym razem. W bardziej sprzyjających warunkach.

Kiwa głową. Podchodzi do nas Nancy z Colinem, więc i tak dalsza rozmowa okazuje się niemożliwa. Zostawiam ich pogrążonych w ożywionej dyskusji o hokeju na lodzie.

(21.48)

HENRY: W domu zrobiło się strasznie gorąco. Muszę trochę ochłonąć, wiec siedzę na zabudowanej werandzie od frontu.

Z salonu dobiegają mnie ożywione rozmowy. Pada gęsty śnieg, pokrywając miękką warstwą samochody i krzewy, wygładzając ich ostre zarysy i tłumiąc odgłosy ruchu ulicznego. To piękna noc. Otwieram drzwi oddzielające werandę od salonu.

– Gomez!

Podchodzi i wysuwa głowę na zewnątrz.

– Tak?

– Wyjdźmy przed dom.

– Tam jest cholernie zimno.

– No chodź, ty mięczaku. Takich teraz mamy radnych?

Coś w tonie mojego głosu w końcu go przekonuje.

– Dobra, dobra. Już idę.

Znika. Po chwili wraca w kurtce; w ręce niesie moją. Kiedy ją wkładam, podaje mi piersiówkę.

– Nie, dzięki.

– To wódka. Po jednym łyku jeżą się włoski na piersiach.

– Nie można pić alkoholu, kiedy zażywa się opiaty.

– Racja. Szybko zapominamy.

Wiezie mnie przez salon. Przy schodach unosi mnie z wózka i niesie na plecach jak dziecko. Wychodzimy przed dom. Natychmiast owiewa nas fala zimnego powietrza. W pocie Gomeza wyczuwam zapach alkoholu. Gdzieś ponad łuną sodowych lamp migoczą gwiazdy.

– Towarzyszu.

– Hmm?

– Dziękuję ci za wszystko. Byłeś najlepszym...

Nie widzę jego twarzy, ale wyczuwam, jak sztywnieje pod grubą warstwą ubrań.

– Co ty wygadujesz?

– Kostucha już na mnie macha, Gomez. To koniec. Już po balu.

– Kiedy?

– Niebawem.

– Jak bardzo niebawem?

– Nie wiem – kłamię. To już niedługo. Bardzo niedługo. – No, w każdym razie chciałem ci powiedzieć... wiem, że od czasu do czasu dawałem ci nieźle popalić – (Gomez wybucha śmiechem) – ale było świetnie. – Urywam, bo jestem na krawędzi łez. – Naprawdę świetnie.

Stoimy tak razem, dwaj dorośli Amerykanie, którzy nie mogą znaleźć właściwych słów. Pozostaną więc niewypowiedziane.

– Wracajmy – rzucam w końcu i wchodzimy do środka.

Gomez sadza mnie na wózku i przez chwilę mocno obejmuje, a potem, nie odwracając się już, odchodzi ciężkim krokiem.

(22.15)

CLARE: Henry'ego nie ma w salonie, w którym niewielka, lecz bardzo zdeterminowana grupka gości próbuje tańczyć w najróżniejszych stylach i wariacjach. Charisse i Matt chyba próbują tańczyć czaczę, a Roberto z wielką gracją prowadzi Kimy, która porusza się delikatnie, lecz pewnie. Gomez porzucił Sharon na rzecz Catherine, która pokrzykuje wesoło, kiedy ją okręca i wybucha śmiechem, gdy Gomez zatrzymuje się, by zapalić papierosa.

Henry'ego nie ma też w kuchni, którą zaanektowali dla siebie Raoul, James, Lourdes i reszta moich przyjaciół-artystów. Zarzucają się nawzajem opowieściami o strasznych rzeczach, które marszandzi robią artystom i vice versa. Lourdes opowiada właśnie anegdotę o Edzie Kienholtzu. Skonstruował ruchomą rzeźbę, która wywierciła głęboką dziurę w blacie drogiego biurka jego marszanda. Wszyscy wybuchają sadystycznym śmiechem. Grożę im palcem. „Lepiej, żeby was nie usłyszała Leah", żartuję. „A gdzie ona jest?!", wykrzykuje James. „Na pewno ma do opowiedzenia mnóstwo rewelacyjnych historii". Idzie szukać mojej marszandki, która na schodach popija koniak z Markiem.

Ben robi w kuchni herbatę. Ma przy sobie torebkę z mieszaniną najróżniejszych ziół, które wysypuje na sitko i zalewa wrzątkiem.

– Widziałeś Henry'ego? – pytam.

– Tak. Przed chwilą z nim rozmawiałem. Jest na werandzie. – Spogląda na mnie uważnie. – Trochę się o niego martwię.

Wygląda na bardzo smutnego. Wydawał się... – Urywa i macha ręką, jakby chciał powiedzieć: „Może się mylę". – Przypomina mi moich pacjentów, którzy nie mają już przed sobą zbyt wiele życia...

Czuję nagły ucisk w żołądku.

– Jest bardzo przygnębiony od czasu amputacji...

– Wiem. Ale mówił do mnie tak, jakby miał wsiąść do pociągu, który zaraz odjeżdża. Powiedział mi... – Ben zniża głos. Mówi teraz tak cicho, że ledwo go słyszę. – Powiedział, że mnie kocha, i podziękował mi... Ludzie, faceci, raczej nie mówią takich rzeczy, jeśli nie mają świadomości, że czas się zbierać...

Ukryte za okularami oczy Bena wilgotnieją. Przytulam go i stoimy tak przez długą chwilę, ignorowani przez roześmianych i rozgadanych przyjaciół.

– Nie chcę żyć dłużej niż inni – mówi w końcu Ben. – Jezu. Od piętnastu lat piję to świństwo i stałem się prawie cholernym męczennikiem. Chyba zasłużyłem sobie na to, żeby wszyscy moi znajomi stanęli przy mojej trumnie i powiedzieli: „Dzielny był z niego facet". Mam nadzieję, że Henry zacytuje Donne'a: „O, śmierci, nie bądź dumna, ty głupia suko". Będzie pięknie.

Wybucham śmiechem.

– Jeśli Henry nie będzie mógł przyjść, to ja na pewno go zastąpię. Potrafię go naśladować. Marnie, bo marnie, ale zawsze. – Unoszę brew i zniżam głos: – „Jeszcze jeden krótki sen i obudzimy się na wieczność. A śmierć usiądzie w kuchni ubrana tylko w bieliznę i o trzeciej nad ranem będzie rozwiązywać zeszłotygodniową krzyżówkę...".

Ben się uśmiecha.

Całuję go w blady policzek i odchodzę.

Henry siedzi sam na werandzie, w ciemnościach, i patrzy na padający śnieg. Przez cały dzień prawie nie wyglądałam przez okno i teraz ze zdziwieniem zauważam grubą warstwę białego puchu. Na Lincoln Avenue hałasują pługi, a nasi sąsiedzi odśnieżają podjazdy. Choć weranda jest zabudowana, czuć przejmujący chłód.

– Wracaj do środka – mówię.

Stoję obok niego, patrząc na szalejącego w śniegu psa po drugiej stronie ulicy. Henry obejmuje mnie ramieniem w talii i opiera głowę o moje biodro.

– Tak bardzo chciałbym móc zatrzymać teraz czas – mówi.

Przesuwam palcami po jego włosach. Odkąd posiwiały, stały się gęstsze i sztywniejsze.

– Clare.

– Henry.

– Już czas...

– Co takiego?

– Już... Ja...

– Mój Boże. – Siadam na sofie naprzeciwko niego. – Ale... nie... Zostań... – Ściskam go mocno za rękę.

– To już się stało. Chcę usiąść obok ciebie. – Zsuwa się z wózka na sofę.

Kładziemy się na zimnym obiciu. W cienkiej sukience trzęsę się z zimna. W salonie nasi przyjaciele śmieją się i tańczą. Henry obejmuje mnie ramieniem, próbując mnie ogrzać.

– Dlaczego nic mi nie powiedziałeś? Dlaczego pozwoliłeś mi ich zaprosić? – Nie chcę się wściekać, ale nic nie mogę na to poradzić.

– Nie chciałem, żebyś była sama... potem. I pragnąłem ze wszystkimi się pożegnać. Było świetnie, ostatnia wielka impreza.

Przez chwilę leżymy w milczeniu w otoczeniu wirujących płatków śniegu.

– Która godzina?

Spoglądam na zegarek.

– Parę minut po jedenastej.

O Boże. Henry ściąga koc leżący na krześle obok i okrywa nas oboje. Nie mogę w to uwierzyć. Wiedziałam, że to nadejdzie, prędzej lub później... A teraz leżymy tak po prostu i czekamy...

– Dlaczego nie możemy nic zrobić? – szepczę mu prosto w szyję.

– Clare... – Obejmuje mnie mocno.

Zamykam oczy.

– Przestań. Ja się na to nie zgadzam. Zrób coś. Zmień.

– Och, Clare.

Spoglądam na niego. W jego oczach lśnią łzy. Przytulam policzek do jego ramienia. Gładzi mnie po włosach. Leżymy tak przez długą chwilę. Przykładam dłoń do jego twarzy i czuję, że jest rozpalona.

– Która godzina?

– Prawie północ.

– Boję się.

Obejmuję go ramionami i ściskam nogami. Nie mogę uwierzyć, że Henry, mój najdroższy, zawsze taki silny, ciało, które teraz tulę ze wszystkich sił, może zniknąć.

– Pocałuj mnie!

Całuję go, lecz po chwili leżę już pod kocem sama. Śnieg nadal pada. W salonie cichnie muzyka i słyszę, jak Gomez zaczyna odliczać: „Dziesięć! Dziewięć! Osiem!". Pozostali goście dołączają do niego zgodnym chórem: „Siedem! Sześć! Pięć! Cztery! Trzy! Dwa! Jeden! Szczęśliwego Nowego Roku!". Strzelają korki od szampana, wszyscy zaczynają składać sobie życzenia, gdy nagle ktoś pyta: „A gdzie są Henry i Clare?".

Na ulicy ktoś odpala fajerwerki. Chowam twarz w dłoniach i czekam.

III

Traktat o tęsknocie

W czterdziestym trzecim roku dobiegł kresu
Krótki czas tego, kto przez liczne szpary
W gładkim naskórku rzeczy
Nieskończoność
Dostrzegał często – i od tego umarł.

A.S. Byatt, *Opętanie*,
przekład Barbara Kopeć-Umiastowska

Szła, musiał jednak długi czas przeminąć,
aż nieprzebytą drogę swą pokona;
aż z chwilą przejścia bodaj odmieniona
nie chodzić ma już, lecz na skrzydłach płynąć.

Rainer Maria Rilke, *Ślepnąca*,
przekład Adam Pomorski

Sobota, 27 października 1984/poniedziałek, 1 stycznia 2007
(Henry ma 43, Clare 35 lat)

HENRY: Opadam na wyschniętą wysoką trawę, niech to się stanie szybko, i kiedy za wszelką cenę staram się nie ruszać, rozlega się wystrzał, gdzieś daleko, to na pewno nie ma nic wspólnego ze mną, ale nie: leżę przygwożdżony do ziemi, patrzę na swój brzuch, otwarty niczym owoc granatu, masa wnętrzności i krwi; to nawet nie boli... to nie tak, to nie może być to, ale mogę tylko podziwiać tę kubistyczną wersję mojego brzucha, ktoś biegnie, chcę tylko zobaczyć Clare, zanim, zanim... Wołam ją: „Clare, Clare!".

I Clare pochyla się nade mną. Płacze. Słyszę szept Alby: „Tatusiu...".

– Kocham cię...

– Henry...

– Zawsze...

– O Boże...

– Dość świata...

– Nie!

– I czasu...

– Henry!

CLARE: W salonie wszystko znieruchomiało. Wszyscy zamarli. Patrzą na nas oniemiali. Śpiewa Billie Holiday, lecz po chwili ktoś wyłącza odtwarzacz i zapada śmiertelna cisza. Siedzę na podłodze, tuląc do siebie Henry'ego. Alba przycupnęła przy nas, potrząsa go za ramię, szepcze mu coś do ucha. Henry jest ciepły, leży z otwartymi oczami, ale staje się coraz cięższy. Rozdarta jasna skóra, wszędzie pełno krwi, strzępów ciała. Tulę go do siebie jak dziecko. W kąciku jego ust pojawia się strużka krwi. Wycieram ją delikatnie. Dookoła wybuchają fajerwerki.

– Lepiej wezwijmy policję – mówi Gomez.

ROZPAD

Piątek, 2 lutego 2007
(Clare ma 35 lat)

CLARE: Śpię przez cały dzień. Jak przez mgłę słyszę różne odgłosy: przejeżdżającą obok śmieciarkę, deszcz, gałęzie drzewa uderzające w okno sypialni. Śpię. To jest teraz mój świat, podbijam go, odpychając od siebie sny. Nie zgadzam się. Sen jest teraz moim kochankiem, zapomnieniem, narkotykiem.

Telefon dzwoni nieustannie. Wyłączyłam sekretarkę z nagraniem głosu Henry'ego. Jest popołudnie, noc, ranek. Wszystko sprowadza się do tego łóżka, tego niekończącego się snu, dzięki któremu mijają dni, który zatrzymuje czas i pozbawia go znaczenia.

Czasami się budzę, ale udaję, że śpię, jak w czasach, gdy Etta przychodziła budzić mnie do szkoły. Oddycham powoli, głęboko. Nie unoszę powiek i Sen, widząc swoje idealne odbicie, przychodzi znów, by się z nim połączyć.

Czasami budzę się i szukam obok siebie Henry'ego. Sen zaciera wszelkie różnice: między teraźniejszością a przeszłością, między życiem a śmiercią. Żyję poza głodem, próżnością, troską. Dziś rano dostrzegłam odbicie swojej twarzy w lustrze w łazience. Skórę mam cienką jak papier, pożółkłą, ściągniętą. Zaczerwienione oczy, matowe włosy. Wyglądam, jakbym była martwa. Niczego już nie chcę.

Kimy siada w nogach łóżka. „Clare?", mówi. „Alba wróciła ze szkoły... może przyjść się przywitać?". Udaję, że śpię. Alba gładzi mnie po twarzy małą rączką. Z kącików oczu płyną mi łzy. Alba stawia coś na podłodze. Plecak? Futerał na skrzypce? Słyszę, jak Kimy mówi: „Zdejmij buty", i Alba kładzie się obok mnie. Wsuwa mi głowę pod brodę. Wzdycham i otwieram oczy. Ona udaje, że śpi. Patrzę na jej gęste, czarne rzęsy, szerokie usta, bladą buzię. Oddycha głęboko. Pachnie ołówkami i szamponem. Całuję ją w czubek głowy. Otwiera oczy. Jest tak podobna do Henry'ego, że niemal nie mogę tego znieść. Kimy wstaje i wychodzi z pokoju.

Później wstaję, biorę prysznic i jem kolację razem z Kimy i Albą. Kiedy Alba leży już w łóżku, siadam przy biurku Henry'ego i otwieram szuflady, wyjmuję papiery, listy i zaczynam czytać.

Otworzyć po mojej śmierci 31 grudnia 2006

Najdroższa Clare,

pisząc ten list, siedzę w sypialni i patrzę przez okno na Twoją pracownię. Całe podwórko zasypał śnieg, wszystko dookoła lśni błękitem. To jeden z tych zimowych wieczorów, kiedy zimno zdaje się spowalniać czas. Zupełnie jak w klepsydrze: piasek przesypuje się powoli, prawie niezauważalnie, ale jego ziarenka wciąż wędrują w dół. Czuję się teraz tak, jak w chwilach, gdy przebywam poza czasem, a jednocześnie mam wrażenie, że on mnie unosi na powierzchni, zupełnie jak woda bardzo grubą pływaczkę. Dziś wieczór, kiedy siedzę sam w domu (Ty jesteś na recitalu Alicii w kościele Świętej Łucji), poczułem nieodparte pragnienie napisania do Ciebie listu. Nagle ogarnęła mnie chęć pozostawienia czegoś na potem. Czuję, że pozostało mi już niewiele czasu. Powoli wyczerpują się moje zapasy energii, przyjemności. Nie jestem już w stanie ciągnąć tego dłużej. I wiem, że Ty o tym wiesz.

Jeśli to czytasz, mnie prawdopodobnie już nie ma. (Piszę: prawdopodobnie, bo nigdy nie wiadomo, co może się wydarzyć; jakoś głupio jest mówić o własnej śmierci tak obojętnie, jak o jeszcze jednym wydarzeniu w ciągu dnia). A skoro już mowa o mojej śmierci, to mam nadzieję, że wszystko stało się szybko, bez większego zamieszania i w sposób jednoznaczny. Mam nadzieję, że nie przysporzyło Ci kłopotów. Przepraszam. (To przypomina trochę pożegnalny list pozostawiony przez samobójcę. Dziwne). Ale wiesz doskonale, że gdybym tylko mógł zostać, gdybym mógł ciągnąć to dalej, to chwytałbym się każdej sekundy. Śmierć, która nadeszła, wyrwała mnie z życia znienacka, jak dziecko porwane przez gobliny.

Clare, raz jeszcze chcę Ci powiedzieć, że bardzo Cię kocham. Nasza miłość była dla mnie nicią, dzięki której udało mi się przejść przez labirynt życia; siatką rozciągniętą pod chodzącym po linie człowiekiem, jedyną rzeczą w tym moim dziwnym życiu, której mogłem zaufać. Dziś wieczór czuję, że moja miłość do Ciebie jest mocniejsza niż ja sam, pozostanie tu po mnie i otuli Cię jak miękki pled.

Nie mogę znieść myśli o tym, że będziesz czekać. Wiem, że czekałaś na mnie przez całe swoje życie, nigdy nie wiedząc, jak długo to potrwa. Dziesięć minut, dziesięć dni. Miesiąc. Trudno było ze mną żyć, Clare, nigdy nie mogłaś na mnie polegać. Byłem jak marynarz, jak Odyseusz zmagający się z falami, czasem silny, a czasem będący jedynie zabawką bogów. Proszę Cię, Clare. Kiedy umrę, przestań czekać i poczuj się wolna. Uwolnij się ode mnie – schowaj mnie głęboko w sercu i zacznij żyć. Kochaj świat i siebie, płyń przez życie, jakby nie stawiało Ci żadnego oporu, jakby świat był Twoim naturalnym żywiołem. Przy mnie żyłaś jak w zawieszeniu. Nie chcę przez to powiedzieć, że niczego nie dokonałaś. Tworzyłaś piękno, nadawałaś wszystkiemu głębokie znaczenie: w swojej sztuce i w Albie, która jest niesamowita, a dla mnie byłaś wszystkim.

Kiedy umarła moja mama, mój ojciec zamknął się zupełnie. Wiem, że nie mogłaby tego znieść. Od chwili jej śmierci każda minuta jego życia była naznaczona jej nieobecnością, każdej czynności brakowało wyrazu, bo ona nie mogła tego oglądać. Kiedy byłem młody, nie mogłem zrozumieć, ale teraz już wiem, że nieobecność może stać się dręczącą obecnością, jak uszkodzony nerw. Wiem, że nie potrafiłbym żyć bez Ciebie. Ale mam nadzieję, widzę, jak idziesz przez życie swobodna i radosna, z rozwianymi na wietrze włosami.

Widziałem to tylko w wyobraźni, która tworzy swoje własne obrazy, ale ja zawsze tak chciałem Cię namalować. Mam nadzieję, że moja wizja stanie się rzeczywistością.

Clare, jest jeszcze jedna rzecz, o której chciałbym Ci powiedzieć. Długo się wahałem, bo bałem się, że kiedy Ci o niej powiem, być może się nie wydarzy (wiem,głupie przesądy); nie chciałem też, żebyś czekała, a to może oznaczać najdłuższe oczekiwanie w Twoim życiu. Ale powiem Ci, na wypadek gdybyś potrzebowała czegoś na potem.

Zeszłego lata siedziałem w gabinecie Kendricka, kiedy nagle znalazłem się w ciemnym holu obcego mi domu. Utknąłem między kaloszami, w powietrzu unosił się zapach deszczu. Na końcu korytarza zauważyłem światło. Wyglądało jak jasna ramka otaczająca drzwi. Podszedłem powoli i zajrzałem do pokoju. Przy oknie, tyłem do mnie, siedziała kobieta w koralowym swetrze, z długimi siwymi włosami opadającymi na plecy. Na stole obok niej stała filiżanka herbaty. Musiałem się poruszyć albo po prostu wyczuła moją obecność... odwróciła się i zobaczyła mnie, a ja ją... to byłaś Ty, Clare, jako starsza pani w przyszłości. To było cudowne, Clare, tak cudowne, że brak mi słów, by wyrazić uczucia, które mną w tamtej chwili targały. Zupełnie jakbym wrócił z zaświatów, by Cię przytulić, by zobaczyć odmalowane na Twojej twarzy wszystkie lata, jakie przeżyłaś beze mnie. Nie powiem Ci już nic więcej, byś mogła sobie resztę wyobrazić, żeby wszystko wydarzyło się spontanicznie, bez żadnych prób, kiedy nadejdzie właściwy czas. A nadejdzie na pewno. Jeszcze się spotkamy, Clare. Do tego czasu żyj pełnią życia w świecie, który jest taki piękny.

Powoli zapada zmrok. Jestem bardzo zmęczony. Kocham Cię i zawsze będę Cię kochał. Czas jest niczym.

Henry

DASEIN

Sobota, 22 lipca 2008
(Clare ma 37 lat)

CLARE: Charisse zabrała Albę, Rosę, Maxa i Joego na rolki do Rainbo. Przyjechałam do Gomezów, żeby odebrać Albę, ale jeszcze nie wrócili. Drzwi otwiera Gomez owinięty w pasie ręcznikiem.

– Wejdź – mówi. – Chcesz kawy?

– Jasne.

Przez salon, w którym jak zwykle panuje totalny bałagan, idę za nim do kuchni. Siadam przy stole nadal zastawionym talerzami po śniadaniu i odsuwam je, by móc oprzeć łokcie. Gomez kręci się po kuchni i parzy kawę.

– Dawno cię nie widziałem.

– Mam dużo pracy. Alba ma mnóstwo dodatkowych zajęć, więc wożę ją tam i z powrotem.

– Pracujesz nad czymś?

Stawia przede mną filiżankę i nalewa mi kawę. Mleko i cukier stoją już na stole.

– Nie.

– Och.

Opiera się o blat szafki, otulając dłońmi kubek z kawą. Wilgotne włosy zaczesał gładko do tyłu. Nigdy wcześniej nie zauważyłam, że zaczynają mu się robić zakola.

– Co więc robisz poza wożeniem Jej Wysokości?

Co robię? Czekam. Siedzę na naszym łóżku, przytulając starą flanelową koszulę, która nadal pachnie Henrym, i wdycham głęboko jego zapach. Chodzę na spacery o drugiej nad ranem, gdy Alba smacznie śpi, by porządnie się zmęczyć. Dopiero wtedy mogę zasnąć. Prowadzę długie rozmowy z Henrym, jakby nadal przy mnie był, jakby widział wszystko moimi oczami, myślał za pomocą mojego mózgu.

– Niewiele.

– Hmmm.

– A ty?

– Pracuję w radzie miasta. Odgrywam rolę surowego ojca rodziny. Normalka.

– Ach tak.

Wypijam łyk kawy. Spoglądam na zegar wiszący nad zlewem. Ma kształt czarnego kota: macha ogonem jak wahadłem, a mrugające wielkie oczy z głośnym tykaniem odmierzają każdą sekundę. Jest 11.45.

– Chcesz coś zjeść?

Kręcę głową.

– Nie, dzięki.

Sądząc po stojących na stole talerzach, Gomez i Charisse zjedli na śniadanie melona, jajecznicę i grzanki, a dzieci płatki kukurydziane i coś z masłem orzechowym. Stół przypomina archeologiczną rekonstrukcję rodzinnego śniadania z dwudziestego pierwszego wieku.

– Spotykasz się z kimś?

Podnoszę wzrok. Gomez nadal opiera się o blat, trzymając kubek na wysokości brody.

– Nie.

– Dlaczego?

Nie twoja sprawa, Gomez.

– Jakoś nigdy nie przyszło mi to do głowy.

– Powinnaś się nad tym zastanowić. – Stawia kubek w zlewie.

– Po co?

– Potrzeba ci czegoś nowego. Kogoś nowego. Nie możesz spędzić reszty życia, siedząc i czekając na pojawienie się Henry'ego.

– Jasne, że mogę. Przekonasz się.

Gomez robi dwa kroki i staje tuż przy mnie. Pochyla się i przykłada usta do mojego ucha.

– Nie brakuje ci... tego?

Liże środek mojego ucha. Tak, brakuje.

– Zostaw mnie – syczę, ale się nie odsuwam. Siedzę jak wmurowana.

Gomez podnosi mi włosy i całuje mnie w kark.

Chodź do mnie! Chodź!

Zamykam oczy. Dłonie podnoszą mnie z krzesła, rozpinają mi bluzkę. Czuję język na szyi, ramionach, sutkach. Wyciągam rękę i wyczuwam pod nią chropowaty ręcznik. Zrywam go jednym ruchem. Henry. Niecierpliwe palce rozpinają mi dżinsy, ściągają je, kładą mnie na stole. Na podłogę spada coś z metalicznym brzękiem. Resztki jedzenia i sztućce, brzeg talerza, skórka melona wbijają mi się w plecy. Dłonie rozsuwają mi nogi. Dotknięcie języka na łechtaczce. „Och...". Jesteśmy na Łące. Jest lato. Zielony koc. Właśnie zjedliśmy lunch, na języku czuję jeszcze smak melona. Język wędruje po wilgotnej miękkości. Otwieram oczy; patrzę na szklankę wypełnioną do połowy sokiem pomarańczowym. Zamykam oczy. Mocne, zdecydowane pchnięcia penisa Henry'ego. Tak. Czekałam cierpliwie, Henry. Wiedziałam, że wcześniej czy później do mnie wrócisz. Tak. Skóra na skórze, dłonie na piersiach, gorączkowy rytm pchnięć, tak...

– Henry...

Wszystko zamiera. Zegar na ścianie tyka głośno. Otwieram oczy. Gomez patrzy na mnie. Zły? Urażony? Przez moment jego twarz jest zupełnie pozbawiona wyrazu. Trzaskają drzwiczki samochodu. Siadam, zeskakuję ze stołu, biegnę do łazienki. Gomez rzuca za mną ubranie.

Kiedy się ubieram, słyszę głosy Charisse i dzieci wchodzących do domu. Śmieją się. Alba woła: „Mamo?!", a ja odpowiadam: „Już idę!". Stoję w wyłożonej różowymi i czarnymi płytkami łazience i patrzę na swoje odbicie w lustrze. We włosach mam płatki kukurydziane. Jestem blada i zagubiona. Myję ręce, przeczesuję włosy palcami. Co ja wyprawiam? Czym się za własnym przyzwoleniem stałam?

Nagle pojawia się odpowiedź: Teraz ty podróżujesz.

Sobota, 26 lipca 2008
(Clare ma 37 lat)

CLARE: W nagrodę za cierpliwość w galerii, gdzie Charisse i ja oglądałyśmy dzieła sztuki, idziemy z Albą do knajpki Ed Debevic, która obsługuje głównie turystów. Kiedy wchodzimy do środka, czuję się tak, jakbym nagle znalazła się w latach sześćdziesiątych. The Kinks grają na cały regulator, a wszędzie pełno jest natchnionych napisów:

Jeśli jesteś naprawdę dobrym klientem, zamówisz więcej!
Prosimy o wyraźne składanie zamówień!
Nasza kawa jest tak dobra, że sami ją pijemy!

Dziś trafiłyśmy na dzień robienia zwierzątek z baloników. Mężczyzna w lśniącym fioletowym garniturze wręcza Albie pieska, którego po chwili zamienia w kapelusz i wkłada jej na głowę. Mała jest zachwycona. Stoimy w kolejce przez pół godziny, ale Alba wcale się nie krzywi. Patrzy, jak kelnerzy flirtują z kelnerkami, i w milczeniu przygląda się balonikom innych dzieci. Wreszcie kelner w okularach w czarnej drucianej oprawie prowadzi nas do boksu. Na jego identyfikatorze widnieje imię SPAZ. Ja i Charisse otwieramy karty i próbujemy znaleźć w nich do zjedzenia coś poza frytkami i hamburgerami. Alba raz po raz wyśpiewuje słowo „milkshake". Kiedy pojawia się Spaz, Alba nagle staje się okropnie nieśmiała i trzeba ją siłą przekonać, by zamówiła milkshake'a z masłem orzechowym i małą porcję frytek (wyjaśniłam jej, że sam shake na lunch to czysta dekadencja). Charisse zamawia makaron z serem, a ja grzankę z sałatą i pomidorami. Kiedy Spaz odchodzi, Charisse śpiewa cicho: „Alba i Spaz, siedzą na drzewie i całują się". Alba zamyka oczy i zasłania uszy dłońmi, nie przestając się uśmiechać. Kelner o imieniu BUZZ chodzi tam i z powrotem obok lady z lunchem i w najlepszej tradycji karaoke wyśpiewuje *I Love That Old Time Rock And Roll* Segera.

– Nienawidzę Boba Segera – mówi Charisse. – Nie sądzisz, że napisanie tej piosenki zabrało mu nie więcej niż trzydzieści sekund?

Na naszym stole pojawia się wysoka szklanka z shakiem i długą słomką, a obok niej metalowy shaker z resztą napoju. Alba wstaje i wspina się na palce, by jak najwygodniej wypić swój przysmak. Balonikowy kapelusz raz po raz zsuwa się jej na czoło, przeszkadzając w tym ważnym zajęciu. Patrzy na mnie zza czarnych gęstych rzęs i odsuwa go na czubek głowy, a ten trzyma się tam wyłącznie dzięki elektrostatyce.

– Kiedy tatuś wróci do domu? – pyta nagle.

Charisse wydaje z siebie dźwięk, jakby pepsi wpadła jej do nosa, i zaczyna kaszleć. Klepię ją mocno po plecach tak długo, aż machnięciem ręki daje mi znak, żebym przestała.

– Dwudziestego dziewiątego sierpnia – mówię do Alby.

Znów zajmuje się pracowitym wyciąganiem napoju przez słomkę, a Charisse patrzy na mnie z wyrzutem.

Jakiś czas potem jedziemy samochodem przez Lake Shore Drive. Ja prowadzę, Charisse kręci gałką radia, a Alba śpi na tylnym siedzeniu. Skręcam w Irving Park.

– Czy Alba nie wie, że Henry nie żyje? – pyta Charisse.

– Jasne, że wie. Przecież go widziała – przypominam Charisse.

– To dlaczego powiedziałaś jej, że wróci do domu w sierpniu?

– Bo wróci. Sam podał mi tę datę.

– Och.

Mimo że nie spuszczam wzroku z jezdni, czuję na sobie uważne spojrzenie Charisse.

– Czy to nie jest trochę... dziwne?

– Alba to uwielbia.

– A ty?

– Ja nigdy go nie widzę.

Staram się mówić lekkim tonem, jakby ta niesprawiedliwość losu nie była dla mnie najgorszą torturą, jakbym nie czuła żalu, gdy Alba relacjonuje mi minuta po minucie swoje spotkania z Henrym.

„Dlaczego nie ja, Henry?", pytam w duchu, skręcając w zarzucony zabawkami podjazd Charisse i Gomeza. „Dlaczego tylko Alba?". Ale jak zwykle nie słyszę żadnej odpowiedzi. Tak po prostu już jest. Charisse całuje mnie i wysiada z samochodu, idzie powoli w stronę frontowych drzwi, które otwierają się jak za dotknięciem czarodziejskiej różdżki. Stają w nich Gomez i Rosa. Mała podskakuje jak piłeczka i pokazuje coś Charisse, która wyjmuje jej przedmiot z rączki i mocno przytula. Gomez patrzy na mnie przez długą chwilę, po czym kiwa do mnie. Macham mu w odpowiedzi, a on się odwraca. Charisse i Rosa wchodzą do środka. Drzwi się zamykają.

Jeszcze przez chwilę stoję na podjeździe. Alba wciąż śpi na tylnym siedzeniu. Po zarośniętym mleczami trawniku spacerują kruki. Henry, gdzie jesteś? Opieram głowę o kierownicę. Pomóż mi. Nikt nie odpowiada. Po chwili wrzucam wsteczny bieg, wyjeżdżam z podjazdu i ruszam w stronę naszego cichego, pełnego oczekiwania domu.

Sobota, 3 września 1990
(Henry ma 27 lat)

HENRY: Ja i Ingrid zgubiliśmy samochód i jesteśmy pijani. Jest ciemno, chodzę tam i z powrotem w poszukiwaniu samochodu, ale bez skutku. Pieprzony Lincoln Park. Cholera.

Ingrid jest nieźle wkurzona. Idzie przede mną i całe jej plecy, nawet każdy ruch bioder, są jedną wielką złością. To moja wina. Pieprzony klub Park West. Dlaczego otwarto klub nocny w samym środku yuppieville, gdzie nie można zostawić samochodu na dziesięć sekund, żeby go zaraz nie zgarnięto...

– Henry.

– Co?

– To znów ta mała dziewczynka.

– Jaka dziewczynka?

– Ta, którą już widzieliśmy.

Ingrid przystaje. Spoglądam na miejsce, które wskazuje mi palcem. Dziewczynka stoi w podcieniach kwiaciarni. Ma na sobie coś ciemnego, widzę tylko jej białą buzię i bose stopy. Ma może siedem, osiem lat; jest zdecydowanie za mała, żeby spacerować samotnie po nocy. Ingrid podchodzi do małej, która patrzy na nią obojętnie.

– Wszystko w porządku? – pyta Ingrid. – Zgubiłaś się?

Mała podnosi na mnie wzrok i mówi:

– Rzeczywiście się zgubiłam, ale teraz już wiem, gdzie jestem. Dziękuję – dodaje uprzejmie.

– Podwieźć cię do domu? Możemy cię podrzucić, jeśli uda nam się znaleźć samochód.

Ingrid pochyla się nad dziewczynką. Kiedy podchodzę do nich, dostrzegam, że mała ma na sobie męską kurtkę przeciwdeszczową; sięga jej do kostek.

– Nie, dziękuję. Poza tym mieszkam bardzo daleko stąd.

Dziewczynka ma długie czarne włosy i niesamowite ciemne oczy; w blasku wystawy kwiaciarni wygląda trochę jak dziewczynka z zapałkami z epoki wiktoriańskiej.

– Gdzie jest twoja mama? – pyta Ingrid.

– W domu.

Mała uśmiecha się do mnie.

– Nie wie, że tutaj jestem.

– Uciekłaś z domu? – pytam.

– Nie – odpowiada i wybucha śmiechem. – Szukałam tatusia, ale chyba zjawiłam się za wcześnie. Wrócę później.

Przeciska się obok Ingrid, podchodzi do mnie i chwyta mnie za marynarkę, ciągnąc w swoją stronę.

– Samochód stoi po drugiej stronie ulicy – szepcze.

Rozglądam się i rzeczywiście: czerwone porsche Ingrid stoi naprzeciwko nas.

– Dzięki... – zaczynam, a dziewczynka całuje mnie gdzieś koło ucha, po czym zaczyna biec chodnikiem z głośnymi plaśnięciami gołych stóp.

Kiedy wsiadamy do samochodu, Ingrid nie odzywa się ani słowem.

– To było bardzo dziwne – mówię wreszcie, a ona wzdycha ciężko.

– Henry, jak na taką mądrą osobę potrafisz być czasami cholernie ograniczony.

Wysadza mnie przed moim domem i odjeżdża bez słowa.

Niedziela, 29 lipca 1979
(Henry ma 42 lata)

HENRY: Jest jakiś dzień w przeszłości. Siedzę na Lighthouse Beach z Albą. Ona ma dziesięć lat, ja czterdzieści dwa. Oboje przenieśliśmy się w czasie. Jest ciepły wieczór, chyba w lipcu albo sierpniu. Mam na sobie dżinsy i biały podkoszulek, które ukradłem z eleganckiego domu w North Evanston; Alba jest ubrana w różową koszulę nocną, którą zdjęła ze sznura w ogrodzie jakiejś starszej pani. Jest na nią za długa, więc okręciliśmy brzeg wokół kolan. Przez całe popołudnie ludzie bardzo dziwnie się nam przyglądają. Chyba nie przypominamy normalnego ojca z córką siedzących na plaży. Ale się staramy; popływaliśmy i udało nam się nawet zbudować zamek z piasku. Zjedliśmy hot dogi i frytki, które kupiliśmy w budce na parkingu. Nie mamy koca ani ręczników, więc jesteśmy cali mokrzy i oblepieni piaskiem. Siedzimy, przyjemnie zmęczeni, obserwując małe dzieci bawiące się na falach i wielkie psy, które z głośnym ujadaniem biegają za nimi. Słońce zaczyna powoli zachodzić.

– Opowiedz mi coś – mówi Alba, opierając się o mnie wygodnie.

Obejmuję ją ramieniem.

– A co?

– Jakąś ciekawą historię. O tobie i mamie, kiedy mama była małą dziewczynką.

– Hmmm. No dobra. Dawno, dawno temu...

– Kiedy to było?

– Dawno temu i teraz.

– Naraz?

– Tak. Wszystko zawsze dzieje się naraz.

– Jakim cudem?

– Chcesz, żebym ci opowiedział ciekawą historię, czy nie?

– Tak.

– Dawno, dawno temu twoja mama mieszkała w wielkim domu, który stał przy łące. Na tej łące była polana, na której lubiła się bawić. Pewnego dnia, kiedy była malutką dziewczynką z bardzo długimi włosami, wyszła na polanę, a tam stał mężczyzna...

– Bez ubrania!

– Golusieńki. Kiedy mama dała mu ręcznik, żeby mógł się okryć, wyjaśnił jej, że podróżuje w czasie, a ona z jakiegoś nieznanego powodu mu uwierzyła...

– Bo to była prawda!

– No tak, ale skąd ona mogła o tym wiedzieć? Uwierzyła mu jednak, a później okazała się na tyle głupiutka, że wyszła za niego za mąż i tak się tu znaleźliśmy.

Alba wymierza mi cios prosto w żołądek.

– Opowiedz wszystko po kolei!

– Ufff. Jak mam ci opowiedzieć, kiedy mnie bijesz? Jezu!

– Dlaczego nigdy nie odwiedzasz mamy w przyszłości? – pyta Alba po chwili milczenia.

– Nie wiem. Gdybym tylko mógł, na pewno bym to zrobił.

Niebo robi się coraz ciemniejsze. Wstaję i podaję Albie rękę. Kiedy otrzepuje piasek z koszuli, chwieje się nagle, krzyczy: „Och!" i znika. Stoję na plaży sam i trzymając w ręce różową koszulę, patrzę na małe ślady stóp na piasku.

ODRODZENIE

Czwartek, 4 grudnia 2008
(Clare ma 37 lat)

CLARE: Jest zimny, pogodny poranek. Otwieram drzwi pracowni i otrzepuję buty ze śniegu. Odsuwam żaluzje, włączam ogrzewanie. Zaparzam kawę. Staję na środku i rozglądam się.

Dwuletnia warstwa kurzu i zapomnienia pokrywa wszystko. Stół do rysowania jest pusty. Mieszadło idealnie czyste. Formy i pokrywy są równo poukładane, przy stole leżą nietknięte zwoje drutu. Farby i barwniki, pędzle w słoikach, narzędzia i książki; wszystko leży dokładnie tak, jak zostawiłam. Szkice, które przypięłam pinezkami do ściany, pożółkły i zwinęły się na brzegach. Odpinam je i wrzucam do kosza na śmieci.

Siadam przy stole i zamykam oczy.

Wiatr targa gałęziami, które uderzają o ścianę domu. Ulicą, w topniejącym śniegu, przejeżdża samochód. Ekspres szumi i prycha, kiedy ostatnie krople kawy spływają do dzbanka. Otwieram oczy, drżę z zimna i mocniej otulam się grubym swetrem.

Kiedy obudziłam się dziś rano, poczułam nieodpartą chęć odwiedzenia pracowni. To było zupełnie jak fala pożądania: schadzka z moim dawnym kochankiem, sztuką. Teraz jednak siedzę tutaj, czekając, żeby... coś... do mnie przyszło, ale nic się nie zjawia. Otwieram szufladę i wyjmuję niebieski papier. Jest ciężki i trochę szorstki, zimny w dotyku jak metal. Kładę go na stole. Wstaję i przyglądam mu się przez chwilę. Biorę kilka kawałków białych, miękkich pasteli i ważę je w dłoni. Odkładam je na stół i nalewam sobie kubek kawy. Spoglądam przez okno na tył domu. Gdyby Henry był tutaj, może siedziałby właśnie przy swoim biurku, może patrzyłby na mnie przez okno. A może grałby z Albą w scrabble, czytał komiksy, gotował zupę na lunch. Wypijam łyk kawy i próbuję poczuć odwrócony czas; próbuję wymazać różnicę między teraz a wtedy. Trzymają mnie tutaj tylko wspomnienia. Czasie, pozwól mi zniknąć. A wtedy to, co oddzielamy naszą obecnością, znów zleje się w jedno.

Staję przed kartką papieru z pastelem w ręce. Papier jest ogromny. Zaczynam rysować na środku, pochylając się nad stołem, choć wiem, że o wiele wygodniej byłoby mi przy sztalugach. Zaznaczam zarys postaci o połowę mniejszy niż w rzeczywistości: tutaj będzie czubek głowy, tu krocze, a tam pięta. Powoli szkicuję głowę. Rysuję bardzo delikatnie, z pamięci: puste oczy, długi nos, lekko rozchylone usta. Brwi uniesione w zdumieniu: „Ach, to ty!". Szpiczasty podbródek i mocno zarysowaną szczękę, wysokie czoło i lekki zarys uszu. Potem szyja i ramiona, splecione w obronnym geście na piersiach, żołądek, pełne biodra, lekko ugięte nogi, opuszczone w dół stopy, jakby moja postać płynęła w powietrzu. Punkty orientacyjne zaznaczone na niebieskim papierze przypominają gwiazdy, a cała postać to gwiazdozbiór. Cieniuję rysunek i postać staje się trójwymiarowa, przypomina szklane naczynie. Dodaję pracowicie rysy twarzy, wypełniam oczy, które patrzą na mnie w zdumieniu, że tak nagle powstały. Włosy rozsypują się po papierze, unosząc się swobodnie. Co jeszcze znajduje się w tym wszechświecie, na tym rysunku? Inne gwiazdy, położone gdzieś bardzo daleko. W szufladzie z narzędziami znajduję igłę. Przyklejam rysunek do okna i zaczynam nakłuwać małe dziurki. Każda z nich staje się słońcem w jakimś innych wszechświecie. Kiedy mam już przed sobą całą galaktykę, zaczynam dziurkować zarys postaci, która teraz staje się prawdziwym gwiazdozbiorem, siecią maleńkich światełek. Przyglądam się swojemu wizerunkowi, a on odpowiada mi spojrzeniem. Kładę palec na jej czole i mówię: „Zniknij", ale ona zostanie. To ja zniknę.

ZNÓW RAZEM

Czwartek, 24 lipca 2053
(Henry ma 43, Clare 82 lata)

HENRY: Stoję w ciemnym holu. Na jego końcu widzę lekko uchylone drzwi obramowane ramką światła. W holu pełno jest kaloszy i płaszczy przeciwdeszczowych. Podchodzę cichutko do drzwi i zaglądam do pokoju. Wypełnia go blask porannego słońca. Początkowo razi mnie boleśnie w oczy, a kiedy przyzwyczajam się do światła, dostrzegam stojący przy oknie prosty drewniany stół. Twarzą do okna siedzi przy nim kobieta. Obok niej na stole stoi filiżanka. Za oknem rozpościera się jezioro, fale rozbijają się o brzeg i wracają ze spokojną regularnością. Kobieta siedzi nieruchomo. Wydaje mi się znajoma. Jest stara; zupełnie białe włosy splecione w cienki warkocz opadają na lekko przygarbione plecy. Ma na sobie koralowy sweter. Cała jej postawa wskazuje, że oto widzę kogoś, kto jest bardzo zmęczony. Ja też ledwo stoję. Przestępuję z nogi na nogę. Podłoga trzeszczy. Kobieta odwraca się, a na jej twarzy natychmiast pojawia się wyraz wielkiej radości. Ku swemu wielkiemu zdumieniu widzę, że to jest Clare. Stara Clare! Podchodzi do mnie wolniutko i biorę ją w ramiona.

Czwartek, 14 lipca 2053
(Clare ma 82 lata)

CLARE: Dziś rano wszystko jest czyste; podwórko jest zarzucone połamanymi podczas burzy gałęziami, które zaraz pójdę pozbierać.

Wiatr wysmagał piasek na plaży, a deszcz pozostawił na nim małe wgłębienia. Lilie kołyszą się i lśnią w porannym świetle. Siedzę przy stole w jadalni z filiżanką herbaty, patrzę na wodę, nasłuchuję. Czekam.

Dzisiejszy dzień nie różni się bardzo od innych. Wstałam o świcie, włożyłam spodnie i sweter, wyszczotkowałam włosy, zrobiłam sobie grzankę i herbatę. Teraz siedzę i spoglądam na jezioro, zastanawiając się, czy on dzisiaj przyjdzie. Ten dzień nie różni się zbytnio od innych, kiedy znikał, a ja czekałam. Tym razem jednak otrzymałam instrukcje: wiem, że Henry w końcu się zjawi. Czasami zastanawiam się, czy ta moja gotowość, to oczekiwanie nie powstrzyma cudu. Ale nie mam wyboru. On przybędzie, a ja tu na niego czekam.

Jemu w sercu wezbrały tęsknice.
Płacząc w objęciach trzymał drogą połowicę.
A jak żeglarze ziemi cieszą się widokiem,
Których nawet Posejdon na morzu szerokiem
Burzą i bałwanami roztrzaskał na szczęty –
Więc owi, co przez wzdęte przedrą się odmęty
Ku lądowi, słonawym obwalani błotem,
Jakże radośnie na brzeg wyskakują potem –
Z taką radością męża powitała żona,
Dwojgiem śnieżystych ramion garnąc go do łona.

Homer, *Odyseja*,
przekład Lucjan Siemieński

PODZIĘKOWANIA

Pisanie jest rzeczą bardzo osobistą. Dla obserwatora może wydać się nudne, bo przyjemność płynącą z pisania najsilniej odczuwa sam autor. Dlatego bardzo gorąco chciałabym podziękować wszystkim, którzy pomogli mi napisać i opublikować *Zaklętych w czasie*:

Dziękuję serdecznie Josephowi Regalowi, który powiedział „Tak" i wprowadził mnie w tajniki procesu wydawniczego. To było naprawdę niesamowite. Dziękuję wspaniałym pracownikom wydawnictwa MacAdam/Cage, a szczególnie mojej redaktorce, Anice Streitfeld, za cierpliwość, troskę i wnikliwość. Z wielką przyjemnością pracowałam z Dorothy Carico Smith, Pat Walsh, Davidem Poindexterem, Kate Nitze, Tomem White'em i Johnem Grayem. Podziękowania należą się również Melanie Mitchell, Amy Stoll i Tashy Reynolds. Dziękuję Howardowi Sandersowi i Caspianowi Dennisowi.

Powstanie tej książki od początku wspierała The Ragdale Foundation. Dziękuję jej cudownym pracownikom, a zwłaszcza Sylvii Brown, Anne Hughes, Susan Tilett i Melissie Mosher. Dziękuję również The Illinois Arts Council i podatnikom stanu Illinois, którzy przyznali mi stypendium w dwutysięcznym roku.

Jestem ogromnie wdzięczna obecnym i byłym pracownikom Biblioteki Newberry: doktorowi Paulowi Gehlowi, Bartowi Smithowi i Margaret Kulis. Bez ich pomocy i wsparcia Henry pracowałby w barze Starbucks. Dziękuję również pracownikom biblioteki publicznej w Evanston, za ich cierpliwość w odpowiadaniu na najdziwniejsze pytania.

Dziękuję Marilyn Sward i Andrei Peterson, artystkom wytwarzającym papier, które cierpliwie i hojnie dzieliły się ze mną swoją wiedzą.

Dziękuję Rogerowi Carlsonowi z Bookman's Alley, za wiele lat cudownych polowań na książki, i Steve'owi Kayowi z Vintage Vinyl, za odkładanie wszystkich płyt, których chciałam posłuchać. I Carol Prieto, najlepszej pośredniczce w handlu nieruchomościami.

Gorące podziękowania należą się również przyjaciołom, członkom rodziny i kolegom, którzy czytali, krytykowali i dzielili się ze mną swoim doświadczeniem. To Lyn Rosen, Danea Rush, Jonelle Niffeneger, Riva Lehrer, Lisa Gurr, Robert Vladova, Melissa Jay Craig, Stacey Stern, Ron Falzone, Marcy Henry, Josie Kearns, Caroline Preston, Bill Frederick, Bert Menco, Patricia Niffenegger, Beth Niffenegger, Jonis Agee i uczestnicy jej zajęć pisania powieści w Iowa City w dwa tysiące pierwszym roku. Dziękuję Pauli Campbell, za pomoc przy francuskich tekstach.

Szczególne podziękowania należą się Alanowi Larsonowi, którego niezmącony niczym optymizm był dla mnie zawsze najlepszym przykładem.

Na koniec największe podziękowania należą się Christopherowi Schnebergerowi: czekałam na Ciebie, a teraz jesteś tutaj.

SPIS TREŚCI